KALMÁR
LAJOS GÁBOR

Rose és az ezüst obulus

Arte Tenebrarum Publishing
www.artetenebrarum.hu

Copyright

Felhívás

Kedves Olvasó!

Felhívom a figyelmét, hogy ez a történet a képzelet szüleménye.

A benne előforduló nevek, személyek, helyek vagy események az író fantáziájának termékei.

Amennyiben a cselekmény élő személyekre, létező helyekre és megtörtént eseményekre emlékeztetne, az pusztán a véletlen műve.

Tartalom

1.

Tábor az erdőben

A kisváros csendes volt, és élte nyári mindennapjait. A fenyőillatú hajnalban a nap narancsszínű korongja lustán bújt át a magas hegyek csipkés horizontján, s kíváncsian bámulta azt a pár maréknyi embert, akik az iskola előtt gyülekeztek. A nyári szünidő a kétharmadához ért. Éppen annyi idő telt el, hogy a gyerekek elfeledjék az iskolát s annak minden kötelezettségét, és elkezdjenek hiányozni a régi barátok. A családok az igazán meleg nyári hetekre tervezték meg a nyaralásukat, ami itt New Haborben és környékén a nyári szünidő kezdetére volt aktuális.

New Habor az Egyesült Államokban, Washington államban található, mélyen a Cascade-hegység szívében, az Északi Cascade-i Nemzeti park területén. Szerethető kisváros volt, párezres közösséggel, iskolákkal és kórházzal – egyszóval mindennel, ami a városkát és az agglomerációjába tartozó szétszórt farmokat ellátta. A mai felgyorsult világban talán már nem lehet beszélni eldugott városkáról, de azért New Habor még a civilizáció minden vívmányával együtt is békésen szunnyadt a hatalmas hegyek és véget nem érő erdők ölelésében. Idilli hely volt, olyan mesébe illő, ahol nem kellett méteres kerítés a szomszédok közé, hogy elzárja őket és egymást a külvilágtól. Itt nem voltak kerítések, a házak előtti füvet pedig az éppen ráérő lakos vágta le, ha kellett, akkor a szomszédok háza előtt is.

Így talán érthető, hogy a Cascade-hegység egyedi klímája miatt az igazi nyári hőség igen rövidre redukálta a nyaralásra szánt időt, amikor a családok együtt lehetnek. A gyermekek persze hosszabban élvezték a nyári szünetet, a családi vakáció után is, és a szerencsésebbek, akik tehetősebbek voltak – esetleg éltek rokonaik az ország déli részén –, azoknak igazán hosszú volt a nyaralás. Ezek a gyerekek viszont egészen kevesen voltak, és amikor már csak pár hét volt hátra az iskolából, ismét elkezdett éledezni a gyerekhad.

Szokás volt a kicsit messzebb fekvő Diablo-hegy és az azonos nevű tó közelében lévő kempingbe menni az iskola tanulóival. Több okból is szerencsés volt ez. Egyrészről, azok a szülők, akik nem tudták egész nyárra megoldani a csemetéjük felügyeletét, azok erre a nem egész másfél hétre legalább nyugodtak lehettek. Másrészről pedig igazán hasznos volt a gyerekek részéről is, mert akik iskolát váltottak a következő tanévtől, azok kicsit megismerkedhettek a leendő társaikkal, tanáraikkal és szokásokkal.

Száz szónak is egy a vége… A gyerekek nagy része hatalmas reményekkel várta a nyári vakáció eme kicsúcsosodását. A hihetetlen történetek, melyekkel minden évben hazatértek a diákok, elegendő táptalajt adtak a következő évi táborozás sikeréhez, amiben természetesen a tanárok és a nagyobb iskolás segítőik is sokban hozzájárultak. Így aztán évek hosszú sora alatt igazi kiváltsággá vált ott lenni és részt venni a tábor mindennapi életében.

Ezután érthető, hogy e kora reggeli napon miért is töltötte be az iskola előtti parkoló csendjét reménykedő suttogás, pisszegés és beszélgetés. Az éppen érkező gyerekek a nyakukat nyújtogatva keresték osztálytársaikat, barátaikat, elfeledve és magára hagyva az őket kikísérő szülőket, nagyszülőket, akik pár perce még alig tudták berimánkodni kedvenc porontyukat az autóba, hogy el ne késsenek. Itt aztán eltűnt a lámpaláz, az ismeretlentől való félelem, csak a barátok léteztek számukra. Kisebb csoportokban suttogva dicsérgették egymás ruháját, új frizuráját és felszerelését. Némely felnőtt tanácstalanul állt magára hagyva a csomagokkal. Őket vagy egy másik szülő segítette ki, vagy a szervezésben segédkező középiskolás diák.

Rose kicsit megilletődve, de kíváncsian figyelte az egyre sokasodó tömeget. Csupán pár lépésnyire távolodott el édesapja és édesanyja biztonságot nyújtó közelségéből. Nem, a lány nem volt egy kifejezett család kedvence, csak egyszerűen nagyon szerette a szüleit, és ez volt az első olyan igazi alkalom, mikor magára szándékozták hagyni. Ő is tökéletesen belátta, hogy szüksége lesz erre a pár napra, neki is és szüleinek is. Az új tanévet a középiskolában kezdi majd meg, és úgy gondolta, hogy kifejezetten előnyére fog válni, ha már az iskolakezdés előtt megismerkedik néhány diákkal, felügyelővel és tanárral.

A két iskola a városkában nem volt nagy távolságra egymástól, csupán egy nagyobb park terült el a két épület között. A parkot kettészelő út pedig mágikus határt jelentett a kisiskolások és a „nagyok" között. Ez az út volt az a választóvonal, aminek átlépése egyben a felnőtté válást is jelentette a gyerekek szemében. Rose természetesen a felsőbb évesek közül már ismert tanulókat, akik az ő iskolájában is felette jártak, de a gimnáziumban már sokkal több ismeretlen is volt: Olyan gyerekek, akik a környék más településeiről jártak, onnan, ahol nem volt középiskola.

A kislány kíváncsian figyelte a parkolóban összegyűlt embereket. Néha bátortalan mosollyal viszonozott egy-egy felé küldött kíváncsi pillantást, egy tétova integetést vagy elkapott tekintetet. S ezekből nem volt kevés, mivel Rose kivételes szépségnek számított, megtorpanásra és egy kósza pillantásra kényszerítette nemcsak a gyerekeket, hanem a kísérőket, szülőket és tanárokat is. Csodás szőke haja még összefonva is a derekát verdeste, kék szeme pedig barátságosan csillogott szép metszésű szemeiből. Angyali alakja és arca kiemelte őt e csendes, suttogással teli fenyőillatú reggelen a többi gyermek közül, pedig kellően a háttérben maradt.

Amint közeledett az indulás időpontja, Rose gyomrában valami megfoghatatlan érzés gyűlt egyre jobban gombóccá. Az ismeretlentől való félelem kicsit elbizonytalanította. Egész nyáron várta az indulás napját és a nagy kalandokat ígérő másfél hetet, most mégis kicsiny zöld szörnyeteg kaparászott a pocakjában. Ez lesz az első alkalom, amin részt vehet az Diablo-tavi kempingben. Kicsit több mint másfél éve költöztek ide New Haborbe, így tavaly nyáron nem tudott menni.

Igazából nem is akart.

Nem igazán érezte magát készen rá, mert éppen elég nehéz volt beilleszkednie az új osztályába és iskolájába. Nem is akart a kellőnél több időt közöttük tölteni, csak éppen annyit, ami elkerülhetetlen. Ebben az évben viszont már más volt a helyzet. Megszokta a bájos kis városkát, az iskolát, a tanárokat és az osztálytársait is. Nem, barátai a szó szoros értelmében nem voltak, de ezt tudatosan alakította így, mert nem is akart közel kerülni senkihez. Elvolt a maga kis világában, szeretett mindenkit, őt is szerették, de nem érezte úgy, hogy szülinapi partikat kellene tartania vagy részt kellene vennie másokén. Megtartotta a két lépés távolságot, és mindig illedelmesen kivágta magát, akárhányszor csak szülinapi meghívókártyát talált az asztalán, a szekrényében vagy éppen az uzsonnás dobozában.

Barátja volt Sharp seriff és helyettese, White doki vagy a polgármester éppúgy, mint a könyvtáros, a gyepmester vagy Barney, a Zöld Sárkány, a környék nevezetes kocsmájának törzsvendége. Ennyi elég is volt neki. Szeretett és szerethették – ahogy otthon tanulta, a legkisebb jóindulatával is mosolyt tudott csalni az emberek arcára. Kiváló példa volt erre a pékségben dolgozó idős hölgy, akinek a reggeli csúcsforgalomban is úgy köszönt, hogy „Szép napot!" vagy „További szép napot!". A hölgy, akinek még a nevét sem tudta (azon egyszerű oknál fogva, hogy Rose magassága pont akkora volt, hogy a látványpult egy csillogó sávja folyamatos takarást képezett az asszony lisztes köpenyére tűzött névkártya és a lány szeme közé), pár alkalommal észrevehető kis mosollyal díjazta a kislány kedvességét, aztán már ő is így köszönt Rose-nak, mindig egy mosollyal ajándékozva meg őt. Aztán már ez lett a hivatalos üdvözlési mód a pékségben, s nemegyszer ajándék péksütemény is járt a kislánynak mellé e kedves szokás bevezetéséért cserébe. A mosoly is mindennapos lett a pékáru mellé, kapja azt éjszakai műszakból hazatérő munkás, fáradt családanya vagy fázós természetvédelmi őr. Persze Rose nem akart világmegváltó lenni, de éppen egy-egy szorongással teli éjszaka után – amit egy betervezett dolgozat vagy felelet okozott nála – ő maga is tapasztalta, hogy milyen jó és feszültségoldó tud lenni egy kedves mosoly, köszönés vagy a seriff lazán odavetett buksivakarása. Az emberek a pékségben összemosolyogtak a háta mögött, és ez a szokás hamarosan kitört az üzlet szűk közösségéből; tért akart és tudott hódítani, s már senki sem emlékezett rá igazán, mikor és honnan indult el ez a szállóigévé vált köszönés. Pedig Rose csak jött, köszönt, mosolygott és elköszönt, semmi több nem történt. Talán csak a belőle áradó, mások iránti tisztelet volt az, ami miatt a jelenet megragadt az emberekben.

Most azonban túlzottan egyedül érezte magát, mert olyan soknak tűnt az a pár lépés, ami már elválasztotta a szüleitől. Temérdeknek, annak tudatában, hogy belátható időn belül még sokkal több lesz. Olyan jólesett volna Rose-nak most egy mosoly, egy biccentés, egy erőtlen integetés, bármi, ami egy kis lökést adhatott volna neki.

A bátorítás, ami kirántotta a lányt a gondolataiból, a lehető legváratlanabb helyről érkezett, ugyanis abban a pillanatban három sárga iskolabusz gördült be komótosan a parkolóba. A gyerekhad megélénkült, a szülők elcsendesedtek, a tanárok és kísérők pedig megpróbálták kezükbe venni az irányítást. Ez nem történt zökkenőmentesen, de a zűrzavarnak legalább annyi előnye volt, hogy a gyerekek észrevétlenül el tudták morzsolni a szemük sarkában összegyűlt könnycseppeket… és a szülők is.

A kislány felé egy feltűnően szeplős lány közeledett.

– Rose! Te vagy Rose Palmer, igaz? – kérdezte kissé lihegve, és szinte választ sem várva karon ragadta a kislányt, majd vonszolni kezdte maga után.

– Nem tudtunk értesíteni, de be kell ugranod mára a felügyelők közé... – hadarta a szeplős leány. Rose hátra sem tudott pillantani rendesen, csak éppen a szeme sarkából látta még a szüleit. Nem így akart elmenni. Szeretett volna elbúcsúzni, minden jót kívánni és megölelni őket! Felháborította a szeplős lány viselkedése, de amikor közte és a szülei között a szerteszét futkosó gyerekek tömege összezáródott, látta, hogy már felesleges az előre gondolatban elgyakorolt, de elmaradt búcsúzás miatt bosszankodnia. A pillanatban minden benne volt: édesapja büszke, bátorító tekintete és édesanyja féltő pillantása egyaránt. Talán jobb is volt így, gyorsan, váratlanul és fájdalommentesen.

– ...Nem kell megijedned, csak a délelőttről van szó! – hadarta a leány, minden bátorítás nélkül. – Wendy nem jött meg, most pedig megy a rohangálás – motyogta inkább magának, mint Rose-nak. – Te valami eminens tanuló vagy? – kérdezte, aztán elengedte Rose kezét.

– Nem, nem hiszem, hogy az lennék – válaszolta Rose a fogai között, és a szeplős lány szemébe nézett.

A kísérő szemei vadul cikázva kémlelték a buszok felé kavargó tömeget, aztán amikor észrevette Rose pillantását, egy röpke másodpercre mélyen a szemébe nézett. Kissé talán elbizonytalanodott, de aztán egy kósza gondolattal ki is söpörte az érzést. Beletúrt a hajába, ismét megfogta Rose karját, és elindult vele a hátsó busz irányába.

– Nem számít, hogy az vagy-e, nekem legalábbis nem! – mondta, és Rose még a háta mögül is látta a félrefordított arcon átfutó halvány megvetést. – Nekem csupán Rozsdás mondta, hogy neked szóljak, neki meg mit tudom én, ki mondta...

– Rozsdás? – kérdezett vissza Rose kíváncsian.

– Mr. Murphy! Úristen! Véletlenül se használd ezt a nevet! – A szeplős lány úgy megrémült, hogy még a szeplői is eltűntek az égővörös arcáról. – Csak a diákok hívják így. Uramatyám, ezt nem is tőlem hallottad! Letagadom, ha rám hivatkozol!

– Ugyan! Nem fogok, ne félj.

– Hihetetlen, mennyit fecsegek – locsogott a lány továbbra is, oda sem figyelve Rose-ra. – Szóval, ott van a hátsó busznál az a vörös tanár, Mr. Murphy. Nála jelentkezz. A csomagjaidat majd a segítők felpakolják a buszra, ne aggódj!

– Nem aggódom! – felelte Rose mosolyogva, mivel ahogy meglátta a tanárt, egyből megértette, miért is hívták a tanulók a háta mögött Rozsdásnak.

Mr. Murphy égővörös üstökkel, vörös bajusszal és szakállal nézte az előtte tornyosuló eleven káoszt. Arcába is mintha egy pulykatojás robbant volna, olyan szeplős volt. A két lány odaért mellé, és egy pillantással nyugtázták a helyzetet.

– Köszönöm, Kathy! – vetette oda barátságos mosollyal a szeplős lánynak. – Nos, maga Rose Palmer, ezek szerint, ha jól sejtem! – fordult a kislány felé.

– Igen, Mr. Murphy! – válaszolta Rose, és megpróbálta levenni szemét a vörös férfiról.

– Egy lány, Wendy Smith, nem érkezett meg. Ő lett volna az egyik felügyelő ezen a buszon mellettem. Magát ajánlotta a volt osztályfőnöke... Remélem, jól tette! – kezdett bele Rozsdás.

– Remélem én is... – suttogta Rose.

– Elvileg csak a beszállítást kellene segíteni koordinálni, mi leszünk a legkisebbekkel, és biztos vagyok benne, hogy jól jön a segítsége. Aztán a táborban már megoldjuk maga nélkül is!

Volt valami Rozsdás hangjában és viselkedésében, ami egyáltalán nem tetszett Rose-nak. Olyan volt, mintha a háta közepére sem kívánná a lányt, pedig hát Rose egyáltalán nem akart idejönni és figyelni a kicsikre. Nem hiányzott neki ez az egész, mert az osztálytársaival akart találkozni, beszélgetni velük, ameddig csak kedve tartja, aztán a busz ablakain át bámulni a tovasuhanó tájat.

Ezt a tervet is szétzúzták Rozsdás és az apróságai. Talán nem is ez zavarta, hanem az, hogy Rose érezte, hogy még neki kellene hálásnak lennie a tanárnak. Na, azt azért nem, köszöni szépen! Megvoltak a tervei a táborban töltött napokra, tervek, melyekbe nem fértek bele, hogy játssza az eminens tanulót, aki ott lohol a tanárok mögött, és lesi, mikor, miben lehet a legjobb. Ebbe akaratlanul beleborzongott. Arra mindig is ügyelt, hogy kivételes tudását csak annyira csillogtassa, hogy a jók fölé emelje magát, de ahhoz kevéssé, hogy tanárait tanulmányi versenyekre, ünnepi szavalásokra és egyéb megvetendő meghívásokra késztesse.

Most pedig ott állt a busz hátsó ajtajánál, kezében egy darab papír – amit Rozsdás az imént nyomott oda –, és azt sem tudta, mit is kezdjen vele és önmagával. Rápillantott a lapra. Harminc-egynéhány gyerek neve szerepelt rajta felsorolva, középtájon hat-hét név be volt keretezve és összenyilazva. „Ó, hát a nagy számok törvénye alapján ezek lesznek a rám bízott gyerekek!" – fogant meg Rose agyában a gondolat.

S a gondolatokat tettek követték.

Kérdések és megerősítések nélkül tette, amit gondolt. Hangosan felolvasta a hat nevet. Kicsit várt, felpillantott a lapról, és körbenézett. Szinte biztos volt abban, hogy az a hat szempár, ami rá szegeződött és kikukucskált a szülők mögül, az ő felügyeletére váró nebulókhoz tartoznak. Bátorítóan mosolygott a gyerekek felé, és intett, hogy megerősítse őket a tudatban, miszerint ideje elbúcsúzni és odamenni hozzá, s talán azért is, hogy bátorítsa magát abban, hogy ő maga is felelőségteljesnek és megbízhatónak tűnjön. Olyannak, aki tudja, mi a feladata, aki segíti a gyerkőcöket és akiben megbízhatnak.

A mosoly és a határozott fellépés megtette a hatását. Több gyerek is köré gyűlt, a maradékot pedig erőteljes szülői noszogatás serkentette előre, Rose felé. „Már csak az indulást megelőző és utáni hisztit kellene megúszni valahogy" – futott át a gondolat Rose agyán.

A segítők és szülők néhány perc alatt telepakolták a busz gyomrát a csomagokkal, Rose pedig csak remélni tudta, hogy az övét is tényleg berakták már.

Aztán amilyen nagyon várta, olyan gyorsan és zökkenőmentesen eljött az indulás pillanata, sőt már mentek is, és néhány kósza könnycsepp kivételével a gyerekek elég jól vették az akadályt. A leghátsó buszban volt Rose és a kis csapata, így a gyerekek az ablakhoz nyomott arccal tudtak még a parkolóban ácsorgó szülők és nagyszülők tömegére nézni. Mindenki kereste az ismerős arcokat, de a busz gyorsított, és emberek, kabátok összemosódtak. Kezdetét vette a nagy kaland.

Rose is tétován odapillantott, de lelke mélyén tudta, hogy szülei már régen elmentek onnan. Talán csak remélte, hogy még egy pillantást vethet rájuk, de végül is mindegy volt, mert nem hagyhatja magát elszomorodni. Most nem.

Azért ez a pár nap egész jó kalandnak ígérkezett, és elég volt a kis szemekbe néznie ahhoz, hogy erőt merítsen és sugározzon.

Azon kapta magát, hogy a papírlapot böngészi és a neveket próbálja az arcokhoz párosítani. A gyerekek megszeppenve ültek. Némelyik még mindig ablakhoz nyomott orcával figyelte az elsuhanó embereket, autókat, házakat és utcákat, talán látni és felfedezni még egy utolsó ismerős helyet, amíg rá nem kanyarodtak a hídra, ami kivezetett a városból a nagy kalandokat ígérő vadonba.

*

A buszok nem haladtak túl gyorsan, nem volt hová sietni. Mindenki zötyögve ült a fertőtlenítő és műanyagápoló szagú busz kényelmes ülésein. A táj érdekes volt, lekötötte a gyerekek és Rose figyelmét is. Miután elhagyták New Habort, és rákanyarodtak a Cascade-hegységet átszelő útra, a táj a szerpentin szinte minden kanyarja után változott: Hósipkás magas hegycsúcsok, ködbe vesző csipkés vonulatok, hegyoldalak végeláthatatlan fenyőerdővel, és az utat kígyóként tekeregve követő Skagit-folyó a szurdok köves medrében. Rose gyomrában minden kanyarral múlt az a furcsa érzés, ami az indulás előtt még ott nyújtózott és csavargatta a lány tudattalan érzékeit. Ahogy távolodtak, úgy múlott az otthon melegének és a szülői ölelés hiányának érzése.

Valami új volt születendőben, és ezt mindenki érezte a buszon, gyerek és felnőtt egyaránt, s ez elé nem állhatott semmi. Elkezdődött, ahogy felszálltak a sárga iskolabuszokra, s talán csak napok múlva ér véget, amikor újból az iskola parkolójában lesznek s ismét ölelő karok zárják őket körül. De addig is itt és most el kellett engedni mindent, ami a hátuk mögötti városkához köti őket. Mindent, ami korlátot állít és gúzsba köti a szabad akaratot a tökéletes nyaralás megfertőzésére.

„Igen!" – Rose akaratlanul is kihúzta magát egy kissé, aztán a szeme sarkából körbepillantott, hogy látta-e valaki.

Eltökélte, hogy ennek a pár napnak tökéletesnek kell lennie. Minden olyan dolgot ki fog próbálni, amihez kedve lesz. Mintha minden egyes megtett mérfölddel láthatatlan láncait tépné le: egyre felszabadultabbnak és szabadabbnak érezte magát. Pedig az igazsághoz hozzátartozik, hogy otthon semmiféle szabályok vagy láncok nem korlátozták a lányt. Mindig is megbíztak józan ítélőképességében.

Mégis most valami olyan dologra vágyott, ami más, mint ami eddig volt. Maga sem volt biztos abban, hogy mire is gondol valójában, de tudta, hogy ha eljön az ideje, akkor fel fogja ismerni azt, amire vágyik.

Mosoly futott végig az arcán: akaratlan kis mozdulat volt, rövid időn belül már a második reakció, ami csakis egy furcsa szörnyecske ébredezését jelenthette.

Körbepillantott. A rábízott gyerekek nézelődtek, a felügyelőkkel és a busz többi utasával együtt valami régi dalt énekeltek. Rose nem ismerte, de nem is bánta, mert szerette a maga teremtette kis világot, és abba éppen csak annyit engedni be, ami még hasznos lehet. Ez a dal nem volt hasznos, így biztos volt abban, hogy nem is fog megrekedni még tudata távoli peremén sem.

Viszont a gyerekek élvezték, és ez volt a lényeg. Belebámult a csillogó kis szemecskékbe, amik az éneklés közben meg-megpihentek rajta. Játékosan megkócolta néhányuk kobakján a hajat. Kedves próbált lenni, és a jövőt tervezgette. Megérkeznek, és egy gonddal kevesebb. Sem Rozsdás, sem a többi tanár nem állhat az útjába. A kérést teljesítette, figyelt a srácokra, amíg meg nem érkeztek, aztán mindenki megy a maga dolgára. Szinte látta magát a takaródó előtti percekben kiszökni a tópartra, csak azért, hogy még egy utolsó kavicsot eldobjon a rezzenéstelen víztükörbe. Aztán bámulni a fekete égbolton szabálytalanul elszórt milliónyi ezüstös csillagot, a növő Holdat, ahogy elbújik a szomszéd hegycsúcs bércei mögött, esetleg hullócsillagra várni a hűvös éjszakában. Korábban kelni a napnál, és figyelni, ahogy a lángoló égitest ezernyi sziporkája a hajnal rózsaszín paplanjában megcsillan a tó víztükrében. Hallgatni a fenyves rengeteg tűlevelén hangversenyt játszó kósza nyárvégi szellő simogató dallamait, és együtt fütyülni a fák tetején ülő rigókkal.

Eltűnt a Rose arcát simogató képzeletbeli szellő és a füleiben zümmögő madárdal, s most már a messzeségbe bámuló tekintete is a jelenre koncentrált, mert egy apró érintés visszarángatta a halkan duruzsoló buszra. Egy kislány ült mellette. Belekarolt, és vállára hajtotta fejét. Rose kutatott az emlékei között, megpróbálta maga elé képzelni a nevekkel teleírt papírlapot, és az archoz nevet keresni. Kis ideig tartó töprengés után abban állapodott meg magával, hogy a hozzábújó kislány csakis Chloe lehet. Csakis ő lehet az, Chloe akárkicsoda…

A kislány gesztenyebarna szemeivel felpillantott Rose-ra, aztán dúdolva bámulta az ablakokon túli tovasuhanó tájat. Néha szemet behunyva megpihent egy pillanatra, de a dallamot továbbra is zümmögte magában. Aztán egy kisfiú („Talán Ralph" – igazította a nevet a fiúhoz Rose) felállt, a másik oldalához furakodott, és a lány másik karjára hajtotta fejét. Aztán a két egymással szembe fordított ülés megtelt a hat gyermekkel, akiket a lány a buszra szólított.

Rose elkapta Rozsdás pillantását, aki szinte percre pontosan mindig hátrafordult, és egy gyors szemrevételezéssel megnyugtatta magát, hogy minden rendben van a busz hátsó felében is. Amint eljött ez a pillanat, Rozsdás megszokott nyugalommal pásztázta végig a jármű utasterét. Egy másodperc erejéig az üres helyeket meglátva furcsa ráncok futottak végig a homlokán. Amint viszont meglátta a Rose köré gyűlt gyerekeket, a ráncok kisimultak, de a szemöldök még mindig furcsa, kétkedő helyzetben állt. Valamit odasúgott a mellette ülő nőnek, aki szintén hátrafordult, és semmitmondó, üres tekintettel Rose szemeibe nézett, aztán valamit mondott Rozsdásnak. Hogy mit, azt a fiatal lány nem érthette, mert túl messze volt tőlük, de azt látta, hogy Rozsdás fel sem pillantva az ölébe tornyosuló jegyzetből, valamit odafirkál, kisatíroz, és ismét firkál egy lapra.

A lányt valamiért nem lelkesítették ezek a pillantások. Furcsa, szokatlan, gyomorszorító üzenetet hordoztak, ami egyre jobban biztosította Rose-t abban a megérzésében, hogy ilyen éber tekintetek kereszttüzében már kezd veszélyben lenni az éjszakai és hajnali kóborlása.

Falvakon és farmokon át vezetett az utuk. Lenyűgöző hegyeken és völgyeken keresztül, át az érintetlen vadonon. S mire megunhatták volna a látványt, a busz lassítani kezdett, és begördült a tábor nagy, kövezett parkolójába. Mindenki megelevenedett, és kíváncsian tekingettek az ablakokon át, a tábort kémlelve.

Rozsdás felemelkedett az üléséről, a zajongó társaság felé fordult és egy apró köhintéssel csendre intette a gyerekeket:

– Kis figyelmet kérek! Csend legyen! – mondta, és elindult az ülések között sétálva, hogy mindenki tökéletesen hallja, amit mondani szeretne. – Kérném, hogy a buszról mindenki próbáljon meg a lehető legkulturáltabban leszállni. A csomagok a buszon maradnak. Mindenki maradjon a felügyelője mellett. Még egy kis séta vár ránk, mielőtt elfoglalhatjuk a tábor számunkra kijelölt faházait. Csendet, rendet és fegyelmet kérek mindenkitől! – mondta, és egy pillantást küldött Rose felé.

A lány már sokadszorra sem értette ezeket a kétségtelenül idegesítő pillantásokat. Mintha ő egész idáig beszélgetett és fegyelmezetlenkedett volna. Nem is tudta mire vélni a történteket, hiszen ő volt az, akinek legkevésbé sem volt kedve az egészhez. Nem ő akarta ezt, nem ő kérte.

Már nagyon várta, hogy elmúljon ez a pillanat, és mehessen a maga útjára a többi társa közé. Ám a gyomrában kuporgó szörnyecske ficánkolt egyet, mintha megsejtette volna az elkövetkező másodpercek történéseit, melyek akár romba is dönthették volna Rose szépen, gondolatban felépített terveit az elkövetkező napokra.

S ahogy látta, hogy Rozsdás feje felé fordul, már tudta, mi fog következni.

– Nem, ugye nem… – nyögte Rose erőtlenül.

– Ó, örülök, hogy tudja, mire gondoltunk! – suttogta elégedett mosollyal a tanár, de kíméletlenül folytatta: – Arra gondoltunk, hogy amíg Wendy meg nem érkezik, ami remélhetőleg csak pár óra… vagy nap… addig folytatnia kellene a felügyelőséget.

– Én nem, én egyáltalán nem vagyok erre alkalmas… – suttogta elhaló hangon a kislány. – Én nem szeretném… én még soha nem…

– Majd belejön! – mondta Rozsdás, és oda sem figyelve Rose mentegetőzésére megveregette a lány vállát, majd a kezébe nyomott egy vastag jegyzettömböt. – Ebben megtalálja a kötelességeit, valamint az iskola és a tábor házirendjét.

– Elnézést, Mr. Murphy, de én… nem akarom ezt csinálni…

Az utolsó négy szót Rose már csak magának motyogta, mert Rozsdás sarkon fordult, és ahogy kell, magára hagyta. Állt ott még egy végtelennek tűnő másodpercig. Úgy érezte magát, mintha leforrázták volna. Nem értette, mivel érdemelte ezt ki, az volt az érzése, hogy minden csúnyán összeesküdött ellene, s nem látta a kiutat. Csak remélni tudta, hogy az a Wendy minél hamarabb itt lesz. Ugyan mi történhet vele? A csaj biztos elaludt vagy elfelejtett felkelni, és a szülei rögtön begurulnak vele. Diablo egyáltalán nincs messze New Habor városától, hiszen iskolabusszal sem tartott olyan sokáig az út. „Jól van" – gondolta a lány. „Mi történhet?" – Úgy tervezte, hogy még elkíséri a gyerekeket a táborig. Feltételezte, hogy Wendy már ott várja őket, fogadva a barátnői üdvözlését és az irigy tekinteteket amiatt, hogy külön érkezett, nem kellett a rozoga buszokon unatkoznia és énekelni az egyszerű kis gyerekdalokat. Már kezdte is megérteni és irigyelni Wendyt, amiért „lekéste" a buszokhoz a csatlakozást.

Azért egy kicsit dühítette ez az állapot. Érezte, hogy ez az érzelem ki is ül az arcára. Résnyire összehúzta a szemeit és a kiutat kereste, mert ugyebár mi van, ha Wendy esetleg meg sem érkezik a táborozás végéig? Erre vajon gondolt-e Rozsdás és a görbelábú tanárnő? Gondolt-e valaki az ő éjszakai kavicsdobálásainak és napkeltéinek a terveire? Valami azt súgta neki, hogy ez mások számára igazán másodlagos szempont, lényegtelen és elhanyagolható.

Azután lepillantott a körülötte álló gyerekek tanácstalan, tiszta tekintetébe. Türelmesen vártak. Bátorítóan, de tanácstalanul.

Ettől aztán Rose homlokán kisimult az az alig látható ránc, amit az összehúzott szemöldök okozott. A szája szélén egy egyre szélesebb mosoly játszott a gyerekek reménykedő pillantásával, és végül persze a mosoly nyert. A gyerekek tekintete megtelt örömmel, és utolsóként leszálltak a buszról.

A csapat eleje már eltűnt az égig érő fenyőfák lábainál tekergő gyalogösvényen, kisebb nagyobb csoportok követték az elöl haladó tanárokat. Rose nem akarta a rábízott gyerekekkel a csapat végén találni magát, ezért kicsit noszogatni kezdte a tanulókat. Megszámolta őket, és nyugtázta, hogy mind a hat megvan, az arcok ismerősek voltak: Ott volt Chloe, Ralph, Cindy és még három akárkicsoda, de ismerős gyerek. Nem is nagyon akart a nevükkel bajlódni, bár kezdte belátni, hogy mégiscsak meg kell tanulnia előbb vagy utóbb.

Éppen, hogy elérte kis csapatával az erdőben kanyargó ösvényt, máris egy előre nem látott megoldandó feladat akadályozta a továbbhaladásban: Egy kisfiú – akinek neve Rose-nak most az istenért sem ugrott be, így gondolatban csak „akárki-akárkicsoda" névvel illette – remegő szemekkel közölte vele, hogy márpedig neki pisilnie kell. Kezeit már a lába közé szorítva toporgott, így Rose gyanította, hogy már erősen szorítja őket az idő. Megállt, és varázsütésre mind a hat gyerek így tett. A mögötte lévő csoport vezetője, ahogy elhaladt mellettük, egy pillantást vetett a topogó kisfiúra és Rose-ra, majd egy halvány mosoly suhant át az arcán.

Rose megkövülten állt. Most aztán mitévő legyen? Itt az ösvény közepén csak nem utasíthatja akárki-akárkicsodát, hogy könnyítsen magán, a fák közé nem küldheti, és a többi gyereket sem hagyhatja addig magára. Lassan mindenki elhaladt mellettük, s a megoldás csak az utolsó társaság után volt kivitelezhető.

A lány kis csapata minden tagját az út azon része felé fordította, amerre menniük kellett volna tovább, a toporgó kisfiút pedig bekísérte két-három fával beljebb az ösvénytől. Innen szemmel tarthatta a többieket is és a pisilőt sem kellett magára hagynia. Érezte, hogy ő maga is kissé zavarba jön, de amint a fiú nekiállt a dolgának, bal kisujját a fiú kapucnijába akasztotta, és elfordult tőle a többieket szemmel tartani. A friss fenyőillatú erdőben az iskola kis csapata egyre halkuló zsivajjal távolodott, Rose csak remélni tudta, hogy az egyetlen ösvény a táborig vezet, lehetőleg megtévesztő elágazások nélkül.

A másodperc törtrésze alatt történt valami:

A szeme sarkából, a látómezője leghomályosabb peremén egy élénk, tündöklő kék csillanást látott, és egy behangolatlan rádió recsegő sercegéséhez hasonló hangot hallott. Mire arra a pontra összpontosította a figyelmét, a jelenség meg is szűnt. Azon a ponton történt a jelenés, amit rajta kívül senki sem láthatott. Kis csapata háttal volt a csillanásnak, s a dolgát végző kisfiúnak is a látóterén kívül esett.

Pár pillanat múlva már az ösvényen állt kis csapata mellett. Tétován mérlegelte a helyzetet, hogy vajon szóba hozza-e azt, amit az imént látott, vagy a megfejthetetlen történeteket hagyja inkább az esti tábortüzek mellé. Úgy döntött, hogy magában tartja. Maga elé tessékelte a lurkókat, és elindította őket a korhadó tűlevelektől borított ösvényen.

Gyorsan utolérték az utolsó csapatot, de mire újra a gondolataiba és a látottakba merülhetett volna, a fák ritkulni kezdtek, és szemeik előtt kibontakozott az erdei tábor faházainak körvonala, háttérben a kéken csillogó Diablo-tóval. A levegőben ínycsiklandozó illatok keveredtek a fenyőerdő és a tó párás, nehéz levegőjével, s ez akaratlanul is ráébresztette Rose-t arra, hogy valójában mennyire éhes. Viszont tudta, hogy nem az ebéd lesz az első, ami következni fog.

A frissen érkező társaság olyan tessék-lássék módon kisebb csapatokban felsorakozott a faházak közötti téren. A tanárok és felügyelők a faházak befogadóképességéhez mért csoportokra osztották a közösségeket. Rose és kis csapata együtt maradhatott és egy nyolcszemélyes faházat, a 12-es számút kapta meg, ami nem volt a legjobb helyen lévők között. A legjobbakat a nagyobbak már elfoglalták. A tanárok és felügyelők is próbálták a legközpontibb házakat elfoglalni, ahonnan az egész tábort szemmel lehetett tartani, ha a helyzet úgy kívánta.

A házak két patkóalakú félkörben helyezkedtek el, az egyik patkó vége szinte a tópartig ért, a másiké pedig az erdőig. A 12-es faház a külső gyűrű legutolsó háza volt. Egyszerre érte az erdőt és a tópartot is: Rose számára a legideálisabb helyen volt, viszont a kicsiknek elég messze minden fontosabb épülettől: akár az étkező vagy a központi barakkok.

Rose kinyitotta az ajtót, és elsőként lépett be a két helyiségből álló házba. A ház szinte egyetlen hatalmas helyiségből állt, középen asztallal, székekkel az oldalain pedig ágyakkal. A szoba hátsó részén ajtó nyílt, kizárásos alapon a vizesblokk lehetett mögötte. A faház és a bútorok finoman érezhető illata belengte a szobát.

Hagyta, hogy a gyerekek maguk foglalják el a számukra kedvező ágyat. Nem szólt bele, magának viszont gyorsan lefoglalta az ajtó mellettit, hogy az éjszakai tekergőket fülön tudja csípni, vagy éppen ő maga is észrevétlenül tudjon kiosonni a szabadba. Hiszen tervei között elég sok, csak a szabadban végrehajtható dolog szerepelt. Örömmel nyugtázta, hogy az ágyból rálát a központi épületre és az előtte lévő gyülekezőtérre, a szoba összes ágyára, sőt még a mellékhelyiség ajtajára is.

A Rozsdástól kapott, tenyere izzadságától átnedvesedő jegyzeteket az ágya melletti éjjeliszekrényre hajította, és elnyújtózott az ágyon.

Egy koppantás után kinyílt az ajtó, Kathy szeplős arca jelent meg a résben.

– Egy óra szabadfoglalkozás ebédig! Ott majd mindenki részletes utasításokat kap! – mondta, és már el is tűnt a feje és az ajtó zárja halkan visszakattant a helyére.

Rose végigpillantott a kis csapatán: Iskola-előkészítősök lehettek, alig több hat-hét éveseknél. Az biztos, hogy alig ismerhették egymást, mert bár alig barátkoztak, az azért látszott, hogy nem ismeretlenek egymásnak. Mindenki a maga választotta ágy közelében tartózkodott. Egyikük az éjjeliszekrényke ajtaját és fiókjait nézegette, a másik az ágy szélén ült, és meredten bámult Rose felé, hogy mi lesz a teendője. Volt, aki az ágya melletti ablakon keresztül kémlelte a környezetet, mások pedig csak maguk elé néztek, mint akik azt mérlegelik, hogy és miért is kerültek ide.

– Nos… – kezdte kis torokköszörülés után Rose. – …mint tudjátok, a számotokra kijelölt osztályelső nem érkezett meg időben, így átmenetileg én lettem kijelölve számotokra, amíg meg nem jön a végleges felügyelőtök.

Ezt inkább a maga megnyugtatására hangsúlyozta ki, mert látta a gyerekeken, hogy számukra aztán teljesen mindegy, hogy ki van velük. Valószínűleg a másik lányt sem ismerték jobban, mint őt. A kétséget azonban el kellett oszlatni, hogy ne várjanak tőle túl sokat.

– Szóval, próbáljuk jól érezni magunkat addig, amíg együtt kell lennünk. Nem tudom, mit kell csinálni. Nem akartam én ezt az egészet, de feleljünk meg a feladatnak mindannyian… ha lehet!

Érezhető volt, hogy ezt is inkább magának mondja, és valahol belül érezte, hogy ez a nagy szónoklat nem fogja elérni azt a célt, amiért eredetileg belekezdett. Így arra gondolt, elengedi ezt az egészet, és úszik az árral. Remélhetőleg már úton van a felmentő sereg, és hamarosan kirángatja őt ebből a kátyúból, amibe akaratlanul került.

– Nos, van egy óránk ebédig. Mit szólnátok, ha kicsit felderítenénk a tábort? – kérdezte vidáman, és egy vidám mosolyt pattintott az arcára. – Mi legyen az első, az étkezde vagy a tó? Esetleg van jobb ötlet?

– Mi a neved? – kérdezte egy félénk, cincogó hangocska a szoba hátuljából.

– Rose, igen, Rose vagyok! Ezt elfelejtettem, talán ezzel kellene kezdeni… igen, kérlek, mutatkozzatok be ti is.

– Chloe… Ralph… Mark… Cindy…

Rose nem győzte kapkodni a fejét. Igen, Chloe megvolt, a buszon hozzábújó gesztenyebarna szemű kislány, ez rendben is volt. Aztán még Mark-ot is betudta azonosítani a pisilős kisfiúként. De a többiek, csak úgy repkedtek a nevek, és ő hamar elvesztette a fonalat… ismét. „Na mindegy, majd belejövök" – gondolta, és cselhez folyamodott:

– Úgy gondolom, hogy amíg együtt vagyunk, addig ki fogom jelölni a helyetteseimet mind a fiúk, mind pedig a lányok között, amit aztán naponta cserélünk, hogy mindenki sorra kerülhessen. Első napi helyetteseim Chloe és Mark. Kézfeltartással szavazzuk meg!

Mindenkinek lent maradt a keze, de Rose érezte, hogy ez nem az akarata ellen szól, csupán a demokrácia eme egyetemes cselekedete, még nem volt elvárható a szobában jelenlévők között.

– Akkor ezt meg is beszéltük – állapította meg, s hogy a gyerekek is érezzék, valami jót cselekedtek, felállt az ágya széléről. – Most pedig szépen sorban induljunk el felderítőutunkra.

A gyerekek kicsit bátortalanul, de elindultak Rose irányába, és együtt kiléptek az ajtón. Érdekes volt megfigyelni, hogy bár nem korlátozta őket semmi, mégis akaratlanul is a lány közvetlen közelében maradtak. A tábor benépesült mindenfelé játszó, futkározó, csacsogó gyerekek kisebb nagyobb csoportokban vagy éppen egyesével. Rose és kis csapata a nagy, központi épület felé vette az irányt, ott sejtette az étkezőt is és azokat a kulturális helyiségeket, ahol el lehet ütni az időt. Körbejárták az épületet, felfedezték az étkező ki- és bejáratát, bementek a tévészobába, a kis könyvtárba, ahol még sok minden mást is lehetett csinálni: többek között egy nagy polcnyi társasjáték, kirakó, építőkocka és színező volt az, amit a lány elsőre kiszúrt, mint lehetséges elfoglaltság e korcsoport számára.

Kicsit körbejárták a tábort is. A tóparton kavicsokat gyűjtöttek. Mindenki szigorúan csak egyetlen darabot, mert Rose attól tartott, hogy ha nem lesz elég figyelmes, akkor a nyaralás végére telehordják a gyerekek a szobát. Ő maga is választott egy szép, lapos követ, amit valószínűleg el tudna úgy hajítani a vízbe, hogy az kacsázva ki- és beugráljon a vízbe. Az erdőben tobozokat szedtek, de kizárólag az öklöcskéjüknél kisebbet és természetesen csupán fejenként egy darabot.

Gyorsan elrepült az ebédig hátralévő idő, és egy távoli kolompszó jelezte, hogy a felszolgálók készen állnak az éhes sáskahad fogadására. Rose gyorsan rendbe szedte kis csapatát, megszabadította a lányokat a hajukba akadt tűlevelektől, leporolta a térdeken lévő foltokat, ággal lepiszkálta a cipők szélére ragadt tóparti sarat, segített megmosni a kezecskéjüket, és elindultak az étkező felé. Az ajtóban maga elé engedte a gyerekeket, és kezével kicsit büszkén végigsimította mindegyik fejét, azután a 12-es asztalhoz vezette, majd leültette őket. Az asztal már meg volt terítve, és ott gőzölgött egy nagy tál leves. De mielőtt még bárki hozzá érhetett volna, a főasztalnál ülő idős hölgy (a görbelábú, aki Rose buszán utazott) felemelkedett, és zengő hangon megszólalt. Hangja betöltötte az étkezőt, és csendre intett minden zajongót. Egy pillanat műve volt, és máris a légy zümmögését is meg lehetett volna hallani.

– Kedves táborozó ifjak! Az új gyerekeket az Isten hozta, a régieket az Isten hozta vissza! Ismét eltelt egy év, és itt lehetünk. Mint tudjátok, itt egészen kevés szabály van, azokkal mindenki hamarosan meg fog ismerkedni, de azt a keveset kérem szépen betartani és betartatni. Itt is tudunk jutalmazni és büntetni is, de a második lehetőségre, ha lehet, ne kerüljön sor! Most pedig jó étvágyat mindenkinek! Ebéd után eligazítás a megbízottaknak!

Az asztaloknál megcsörrentek az evőeszközök, halk morajlás költözött vissza a terembe, és mindenki nekilátott az ebédnek. Rose csoportja ült az asztalnál, és mereden nézett a lányra, ő pedig vissza rájuk, aztán gyorsan végigpásztázta a termet. A nagyon kicsiknél, mint amilyen az ő csoportja is volt, ott a felügyelő merte ki a levest a gyerekeknek. Megértette a tanácstalanságot, felállt hát, és mindenkinek mert a gőzölgő levesből a tányérjába, utoljára merített magának is, leült, és jó étvágyat kívánva nekilátott az evésnek.

Most érezte csak igazán, mennyire éhes volt már. Miközben gyorsan lapátolta be a jólesően meleg levest, egyszer csak végigfutott a gerince mellett egy érdekes kis érzés, és felpillantott. Érezte, hogy figyelik.

Tekintete végigsiklott a helyiségen, és szinte rögtön meg is állt a tanárok és nevelők asztalánál. Rozsdás éppen őt nézte, jobb kezével a levesét kevergette – mintha túl meleg lenne, és így hűtené –, bal kezét viszont a szája elé rakta, és kissé közelebb hajolva a görbelábú hölgynek súgott valamit, talán azért takarta el a száját, nehogy le lehessen olvasni róla a szavakat. Az idős hölgy alig észrevehetően bólintott, és felpillantott Rose irányába, most már kettőjükkel nézett a lány farkasszemet. Volt egy érdekes pillanat, amit Rose nem tudott magának megmagyarázni, egy furcsa érzés, ami tükröződik a pillantásokban: valami oda nem illő.

Egy kósza másodpercig tartott csupán az egész, aztán minden olyan volt, mint előtte, Rozsdás étvágytalanul kevergette a levesét, talán a második fogásra várva. Rose elhessegette bizonytalan érzéseit, hiszen nem lehetett egy futó pillantás alapján egyből furcsákat gondolnia. Miért ne találkozhatna a pillantása másokéval, mikor azok beszélgetnek a mellettük ülőkkel? Így az első napokban még biztosan minden tanár, nevelő és felügyelő kicsit idegesebben pásztázza az új helyet és személyek adottságait, erényeit és képességeit. Lehetetlen elvárni azt, hogy a tanárok ne figyeljék a gyerekeket, hiszen még az ülésrend is úgy volt kialakítva, hogy mindig szem előtt legyenek.

Rose is figyelemmel kísérte evés közben az asztaltársaságát: A lurkók ügyesen kanalazták a levest, és akik először végeztek, kíváncsian tekintettek körül. Már csak egy gyerek tányérjában volt leves, de Rose sejtette, hogy az benn is fog maradni, mert a kisfiú nem is nagy lelkesedéssel állt neki, amikor zörgő kiskocsis segítők jelentek meg. Rose segített leszedni a levesestányérokat, és kitálalni a második fogást a védenceinek. Ő maga kissé eltelt a gyorsan befalt levessel, s nem is nagyon kívánta a második fogást, inkább („ha lesz egyáltalán" – gondolta) akkor a desszertre fájt a foga, viszont amikor meglátta azt a vegyesgyümölcsös pitét, már attól is elment a kedve.

Ebéd után a felügyelők még gyors eligazítást kaptak, és egy újabb stósz jegyzettel felruházva indult vissza az asztaluknál türelmesen és csendben várakozó gyerekekhez. Miközben Rose feléjük haladt, azon elmélkedett, hogy vajon meddig fog tartani a csoportjában ez a szokatlan fegyelem. Ismert jó pár ilyenforma gyerkőcöt, de ez a nagy rend egy vihar előtti csendet sejtetett, bár nagyon remélte, hogy téved ebben. Egyre jobban megkedvelte őket, és bízott benne, hogy sikerül ezt a pár napot békésen túlélniük nagyobb összekoccanások és fegyelmezések nélkül. Úgy gondolta, hogy ezt a békét kell fenntartania a gyerekek és maga között. Sokkal nehezebb lenne békét teremtenie, mint ezt a kölcsönös harmóniát megőrizni.

A jóllakottságtól kicsit kábán a tábor középső területe felé vette az irányt a csapatával. A központi tér mellett volt a szabadtéri szórakozásokra alkalmas placc számtalan tábortűzrakó hellyel, kisebb és nagyobb mászókákkal és játékokkal szinte minden korcsoport számára. Mint egy tyúkanyó, úgy terelgette Rose a gyerekeket, s ők is mindig a nyomában voltak. A lány kinézett maguknak egy két-három játékból álló szabad területet egy nagy, árnyas fa tövében, és ott rendezték be főhadiszállásukat. Ő maga kényelmesen leült a fa tövébe, felhúzta a térdeit, rátette a frissen kapott papírokat, és figyelmesen tanulmányozni kezdte őket úgy, hogy persze a szemét szinte minden pillanatban a gyerekeken tartotta. Hamarosan erre sem volt szükség, mert az ebéd utáni kajakóma a nyári melegben hamarosan lelassította őket és ki-ki egy-egy kényelmes helyen nyújtózott el és pihente ki a reggel óta tartó élmények sokaságát. Elcsendesedett a kis társaság, és mindenki elmerült a bárányfelhők tanulmányozásában, vagy éppen a fűben motoszkáló élőlények megfigyelésében.

A lányt olyan érzés kerítette hatalmába, mintha egy láthatatlan, jéghideg ujj simított volna végig a tarkóján. Fülében ismét felsercegett az az egyszer már hallott hang, amit egy behangolatlan rádió recsegő zajához tudott volna legjobb tudása szerint hasonlítani. Tekintetével próbálta keresni azt a kék villanást, ami követte a hangot ott az erdei ösvényen.

S ott is volt. Megpillantotta.

A jobb szeme sarkából, az erdő irányából látta ismét a jelenséget. A gyerekekre nézett. Azok álmodozva pihentek a pázsiton vagy a hintákon. Mindenki el volt a maga teremtette kis világban. Rose maga mellé fektette a jegyzeteket, és már fel is egyenesedett. Hangtalanul elindult az erdő felé, de minden óvatos lépés után visszapillantott a csapata többi tagjára. Azok nem törődtek a távozásával, mert egyszerűen észre sem vették.

Szokatlan módon a tündöklő kék csillanás megismétlődött, szinte ugyanonnan, ahonnan Rose az imént látta, viszont a sercegő hang most nem volt érzékelhető.

Ezúttal már határozottabb léptekkel haladt az erdő fái közé. Tudta, hogy a villanás túl mélyről jött ahhoz az erdő sűrűjéből, hogy olyan messzire behatoljon a fák közé. Onnan már sokáig tartott volna visszaérnie a gyerekhez, és ezzel komoly bajba sodorhatta volna őket. A kíváncsiság és a kalandvágy legyőzött számára mindent, és hirtelen már csak ez számított. Már az erdei ösvényen látott jelenés is elgondolkodtatta, és ezt nem tudta mire vélni, de nem gondolta, hogy ez meg fog ismétlődni. De most, hogy ez bekövetkezett, legyőzhetetlen késztetést érzett arra, hogy a nyomába eredjen, még ha csak egy megcsillanó karóra fényét is látta.

Kalandra vágyott.

Már akkor is, amikor megtudta, hogy erre a táborozásra jön el, nem pedig bébifelügyeletre. Persze tisztában volt vele, hogy erről nem a kis lurkók tehetnek, ezért a legnagyobb odafigyelést és szeretetet kapták tőle, amit ebben az elmúlt pár órában csak adni tudott. De ő érezni akarta a vére áramlását, a szíve dübörgését a fülében. Mindent meg akart ismerni, ami ezen a vadregényes tájon csak lehetséges volt, ami több a New Habor-i átlagos hétköznapoknál. A gyerekek nem tűntek el a szemei elől. Még látta őket, amikor visszanézett. Érezte, hogy már nem jár messze, mert valami érthetetlen és megmagyarázhatatlan dolog vezette ezen az úton. Olyan volt, mintha egy láthatatlan kéz terelné, és egyszerűen tudta, hogy jó fele megy, és hogy a cél már ott lehet a közelében.

Ekkor a rádiórecsegésszerű hang ismét felhangzott, halkabban, de kicsit tisztábban és érthetőbben, mintha már valamiféle idegen nyelvű szavakat is felismert volna bennük: halk, a gyerekhangnál vékonyabb és dallamosabb hangot. Mintha felülről szólt volna, felkapta a fejét, és meg mert volna esküdni, hogy egy kék szárnyacskát látott továbblebbenni a fenyőfák teteje felé.

Csak egy pillangó volt.

A hangok is elhaltak, és a megtévesztésig hasonlóan felsírtak, a fák ágai egy játékos kósza széllöket miatt recsegtek, és az ezernyi tűlevélen átsuhanó levegő éppoly hangokat adott ki, mint amik az erdő fái közé csalták a kíváncsi lányt.

Rose csalódottan sétált vissza a jegyzetei mellé az árnyas fa alá. Nem volt kedve ismét az olvasmányába merülni. A tábor házirendje és minden más szabálya úgy tűnt, rá úgysem lesz érvényes, hiszen a mindennapi teendőit a gyerekek időrendjéhez kell alakítania. Hiszen mire megy vele, ha a takarodó neki egy órával később lenne, mint a kicsiknek? Ezek a kiváltságok őt nem érintették, hiszen úgyis a gyerekekkel lesz. Kicsit ismét megpróbált gondolatban fellázadni a vele történteken és egyre jobban bízott benne, hogy már hamarosan meg fog érkezni az a bizonyos Wendy, ha nem is ma, de nagyon remélte, hogy holnap itt lesz, és reggel már leváltják őt. Akkor majd nyugodtan kergetheti képzelete kék pillangóit.

A délutáni nagy meleg az esti órák közeledtével kissé elviselhetőbb volt, így Rose még a szép, csendes estét kihasználva kicsit levitte a gyerekeket a tópartra kavicsokat gyűjteni, lábat lógatni a vízbe és nézni a felsőbb évesek ténykedéseit a parton. A víz kristálytiszta volt, a felszíne kissé fodrozódott a lágy szellők miatt, így a hatalmas domboldalak fenyőrengetegének tükörképe nem tudott kirajzolódni. A távoli hegycsúcsokon még hósapka volt, így az előttük elterülő táj egy hatalmas, mozgó képeslaphoz hasonlított. A föveny kerek és lapos kavicsokból állt, amiket a sok száz, talán ezer év eróziója koptatott simára, a járás még mezítláb is elviselhető, sőt talán kellemes volt rajta. A vízfelszínt a parttól távol egy kisebb és egy nagyobb sziget körvonala törte meg, de érzékelhető volt, hogy teljesen lakatlanok és minden civilizációtól mentesek. Talán a kemény téli szelek, talán csak az idő vasfoga tette, de a tóparton számtalan ép vagy már korhadó fatörzs hevert szerteszét, igen hangulatossá téve a Diablo-tó közvetlen környezetét. Rose eltántoríthatatlan tervei között még jobban szerepelt az, hogy egy hajnalt végigüljön, és kivárja, ahogy a kezdeti rózsaszínből narancsba vált az ég, midőn az égő nap első melengető sugarai végigsimítják az arcát.

Gyorsan elrepült a délután is, és mire feleszméltek, már a vacsorához szólító, távolinak tűnő hívószavak hangzottak fel a messzeségből. A vacsora egyszerű volt, minimális segítséget igényelt Rose részéről, a gyerkőcök ügyesen megoldották. Rose nem evett sokat, a kiadós ebéd után nem is nagyon volt éhes, inkább a gyerekeken legeltette a szemeit.

Az egyetlen nagy hátránya ennek a völgykatlanban elterülő tónak és a partján lévő tábornak, hogy viszonylag gyorsan sötétedett, mert a lenyugvó nap hamar átbukott a magas bérceken. A napfény eltűnésével hirtelen a hőmérséklet is csökkent, s mivel a levegő meghűsölt, a fények pedig kezdtek a sötétségbe hajlani, Rose úgy látta a legjobbnak, ha a vacsora után már nem maradnak sokáig a gyerekekkel a szabadban.

Visszatértek a 12-es faházhoz.

Ki-ki elfoglalta magát a lehetőségekhez mérten. Rose segített a gyerekeknek kipakolni az utazótáskák és bőröndök tartalmát a szekrényekbe. Előkerültek a féltve őrzött alvósbabák, katonák és mindenféle kis kedvenc, ami szép álmokat ígért és hozott a tulajdonosának, aki valószínűleg nagy műgonddal csempészte bele kedvencét a többi holmija közé. Aztán amikor minden a helyére került, szépen sorban elkezdték a fürdést. Rose két csoportra osztotta őket, természetesen fiúkra és lányokra. Kissé tartott tőle, hogy hátha itt is segítségre szorulnak majd, de mindkét nem ügyesen és a vártnál hamarabb abszolválta a feladatot.

Rose kicsit elgondolkodott a mai napon. Ismét lepörgette maga előtt a kora reggeli keléstől a történteket, és maga is meglepődött, milyen gyorsan elszáguldott mellette ez a nap. Miközben az eseményeken merengett, ő is gépiesen elkezdte kipakolni a cuccait az ágya mellett lévő szekrénybe és az éjjeliszekrényére. Természetesen a legszükségesebbekre koncentrálva, mert nem adta fel a reményt, hogy egyszer csak betoppan a kis csapat igazi vezetője, és akkor a lehető leggyorsabban kell majd összepakolnia és átadnia a helyét. Hirtelen végigfutott az agyán, hogy ha ez esetleg megtörténne – amire igen kevés esélyt látott így az éj közeledtével –, akkor azt sem tudná, hova kell mennie, és hol van az ő számára fenntartott szálláshely. Osztálytársaival nem is – vagy csak éppen futólag – találkozott. Amit el akart mondani, azt már tudták ők is, és vegyes pillantásokkal vették tudomásul, hogy ő felügyelő lett. Voltak, akik irigykedtek az ezzel járó kiváltságokra, mások pedig sajnálkozva pillantottak rá, mert sejtették, hogy ezzel a megbízással tönkretették a messzire mutató terveit és lehetőségeit.

Miközben Rose ezeken elmélkedett, azon kapta magát, hogy már az ágyon ül, és a lábai előtt heverő szőnyeg kopott rojtjait nézegeti, közben pedig furcsa, minden apró zaj nélküli csend vette körül, még egy bogár zümmögését is meg lehetett volna hallani.

Felpillantott.

Minden kis lurkó szótlanul, bátortalanul az ágya szélén üldögélt. Némelyik a lábát lógázta, némelyik pedig az időközben feketévé sötétült külvilágot nézte az ablak piszkos üvegén keresztül. Rose meg is állapította magában, hogy szokatlanul csendes társaságot fogott ki. Nem voltak felesleges beszélgetések, trécselések, zajongások vagy szóváltások, nem tudta, hogy ez csak a mai nap megilletődöttsége miatt lehet, az ismeretlen hely és sok idegen miatti bátortalanság, vagy egyszerűen csak ilyen emberkék csapatát sikerült kifognia. Jó volt ez a számára, ő maga sem szerette feleslegesen koptatni a száját, de azt nem tudta, hogy ez a kezdeti bátortalanság meddig tart majd, és ha felébrednek a gyerekek, akkor vajon majd azt is tudja-e kezelni.

Most azonban ott ültek az ágyak szélén, tiszta szemeikkel őt vizslatták, és várták az aktuális teendőt, de az álmosság tagadhatatlan jeleit hordozták magukon. Nagyokat pislogtak, fáradtan lógatták kezeiket és lábaikat.

– Szerintem egy mesének még bele kellene férnie az időbe lefekvés előtt. Mit gondoltok? – kérdezte kicsit pajkosan a gyerekektől.

A felcsillanó szemek és a megélénkült mozdulatok szavak nélkül is megadták a választ. Rose magához intette a gyerekeket, azok félkör alakban leültek az ágya előtti szőnyegre, és kényelmesen elhelyezkedtek, míg Rose a polcról leemelt egy vaskos, ütött-kopott mesekönyvet. A helyiségben körbejárva lekapcsolgatta a világítást, csak találomra hagyott égve pár olvasólámpát a szobában. Mivel ő maga nem akart választani, egyszerű dolgot talált ki. Azért, hogy mindenkinek legyen sikerélménye, és tudta, hogy a gyerekek még nem tudnak olvasni, úgy döntött, hogy azt játssza a lurkókkal, hogy mindenki választhat egy mesét lefekvés előtt a tartalomjegyzékre bökve. Így mindenki sorra kerül, nem is lehet őt szidni, hogy rosszat vagy éppen nem elég izgalmasat választott.

Hangulatos fény festette be a szoba falait. Mire Rose elkezdte a kiválasztott mesét, mert odakint is tábortüzek gyúltak az estében. Az ágyak melletti néhány lámpa fénye és az ablakokon beszűrődő távoli táncoló lángnyelvek halvány fényénél Rose olvasni kezdett. Fel-felpillantott, és olyan megnyugvás és szeretet járta át a szívét, hogy bár nem szívesen gondolt volna rá, mégis úgy érezte, hogy most már nem is lenne olyan könnyű csak úgy egyszerűen fogni minden cókmókját, összepakolni és átmenni egy másik barakkba.

A mese véget ért, a gyerkőcök szó nélkül felálltak, és mindenki elindult a frissen vetett ágya felé. Aztán Chloe, a gesztenyebarna szemű kislány odasomfordált Rose mellé, és megölelte. Ezen felbátorodva másik két kislány, Maggie és Cindy is kivette részét a jóéjtölelésből.

Rose egy akaratlan pillantást vetett az ablakok irányába, és legnagyobb megdöbbenésére Mr. Murphy fejét pillantotta meg, amint éppen a szobába kukucskál. Rose meg mert volna esküdni, hogy látott egy halvány mosolyt átsuhanni a tanár arcán.

Csak egy pillanat volt, s a vörös üstök, a bajszos, szakállas ábrázat el is tűnt.

A gyerekek lefeküdtek, Rose lekapcsolgatta az olvasólámpákat. Csak a vizesblokk mellett hagyott égve egy éjszakai fényt, de a saját olvasólámpáját még nem kapcsolta le. Nem tudta, mit várhat az első éjszakától, nem tudta, hogyan fognak viselkedni és elaludni a gyerekek a számukra még idegen helyen.

Rose azt mérlegelte, hogy vajon volt-e olyan fárasztó és zsúfolt a mai napjuk, hogy elnyomja őket az álom. Leült az ágyára, hátát a falhoz támasztotta, és nézte a szoba félhomályba burkolózó ágyait, szekrényeit és sötét sarkait. A mocorgások és forgolódások egyre ritkultak, a légzések nyugodtak és egyre szabályosabbak lettek, a gyerekek lassan álomba merültek.

Csak egy takaró mocorgott rendszeres időközönként. Rose halkan odaosont és bekukucskált a takaró alá. Csillogó szempár pislogott vissza rá.

– Mi a baj? – suttogta Rose alig hallhatóan.

– Pisilnem kell… – felelte halkan a kisfiú, akiben Rose Markot ismerte fel, akit idejövet, már az erdei ösvényen is hatalmába kerített ez a nem túl kellemes érzés.

– De hát miért nem mész ki? – suttogta bátorítóan a lány.

– Nem tudtam, hogy lehet-e – válaszolt félénken a kisfiú.

– Persze, hogy lehet, ne butáskodj! Gyerünk... – mondta, és hogy segítsen, még ki is takarta a fiút, és a papucsát odafordította a lábfeje felé, hogy könnyebb legyen belelépni.

– Én is kimehetek? – szólalt meg egy másik halk gyerekhang.

– És én...? – kérdezte valaki a szoba túlsó sarkából.

Rose elmosolyodott, és hosszú haját elsimította az arcából.

– Mindenki, akinek kell, kimehet a mosdóba! Ezt nem kell megkérdezni külön ezek után. Akinek kell, az menjen nyugodtan ki! – mondta most olyan hangosan, hogy az egész helyiségben mindenhol hallható legyen.

Mindenütt mocorgás, ágynemű zizegése, csoszogó papucsok nesze törte meg a csendet. Rose nem figyelte konkrétan, de úgy érezte, hogy szinte mindenki kiment a mellékhelyiségbe. Eltelt egy kis idő, mire a szoba megint elcsendesedett, és az előző álomjárta nyugalom visszatért. Rose érezte, hogy neki is lecsukódnak a szemei, de tudta, hogy még neki is le kell gyorsan tussolnia, mivel a gyerekek között nem akart. Most viszont még úgy érezte, időt kell adnia a kicsiknek, hogy minél mélyebb álomba süppedjenek, és a fürdőből kiszűrődő zajok ne ébresszék fel őket.

A szoba sarka felől ismét mocorgás halk neszeit hallotta meg, oda is osont ahhoz a gyerekhez:

– Mi a baj, segíthetek valamit? – suttogta a kisfiúnak.

– Éhes vagyok! – felelte Ralph, bár Rose nem volt biztos a nevében.

– Rendben. Figyelj, esküszöm, hogy keresek neked valamit, de meg kell ígérned, hogy amíg kimegyek, addig a helyeden maradsz, és nem kószálsz sehova! – A kisfiú reménykedve bólintott. – A mosdóba kimehetsz! – suttogta még gyorsan visszafordulva Rose, és áldotta az eszét, hogy erre rájött. Amennyire halkan csak tudta, felkapta a pénztárcáját és a pulóverét az ágyról, és kisietett a barakkból.

Nem akart futni, de sietősre vette a lépteit, nem akarta sokáig magukra hagyni a gyerekeket, főleg nem úgy, hogy Rozsdás és talán a Görbelábú tanárnő is ott leselkedik a faháza környékén, figyelve, hogyan birkózik meg a feladattal. Emlékezett rá, hogy a központi épület aulájában látott egy édességautomatát. Gondolta, talán lesz benne valami kekszféle, ami megfelel arra, hogy csillapítsa a kisfiú éhségét, és az vissza tudjon aludni.

Gyorsan meg is találta, csodák csodájára működött is, és már siethetett is vissza a 12-es faház irányába.

Egy pillanat volt csupán, egy félmondat, amit elkapott az egyik már pislákoló tábortűz mellett elhaladva, és ami megtorpanásra késztette.

– ...Wendy, meséld el még azt is, és menjünk aludni!

Ennyi volt, ami megütötte a fülét. Természetesen rögtön arra a Wendyre gondolt, akit ő egész nap vár. Lassan, időt hagyva a gondolkodásra a lány továbbindult. Miért is ne lehetne több Wendy is, hiszen nem olyan ritka név, hogy mást ne hívhassanak így ebben a táborban.

Aztán mégis úgy döntött, hogy megáll. Egy hatalmas fenyő törzsének dőlt. Onnan pontosan szemmel tarthatta a 12-es barakkot, és még olyan közel volt a tábortűz mellett ülőkhöz, hogy minden szavukat tisztán hallotta. Viszont kezdett neki egyre gyanúsabb lenni Wendy, mivel az a lány, aki annyira biztatta a mesélésre, nem volt más, mint a szeplős Kathy, aki a buszhoz ráncigálta reggel Rose-t. Túl sok véletlen egybeesés volt itt ahhoz, hogy csak úgy visszarohanjon a házhoz. Az épületet szemmel tartja, közben kivárja a történet végét, és megkérdezi őket, hátha tisztázódik a „Wendy-sztori" számára is.

Mindenki elhallgatott a tűz körül, Wendy egy hosszú, száraz botot vett a kezébe, és szórakozottan elkezdte piszkálgatni a hamu alatt még vörösen izzó zsarátnokot. Aztán erőt vett magán, aztán halkan és lassan mesélni kezdett:

– Nem tudom, valójában mikor kezdődött ez a történet, a házról mindig is furcsa és rémisztő szóbeszéd járt szájról szájra. A házat, ami valójában egy kisebb kastély, átokjárta tornyaival és véráztatta folyosóival hosszú évek óta minden épeszű ember messzire elkerülte és csak az Átok Háza néven emlegették. A történet kezdetére senki sem emlékszik, amióta él a néphagyomány, azóta az egy démon lakta tanya. Mesélik, hogy egy indián varázsló és megátkozott törzse kísért a falak között, de a történelem századai elmosták az igazságot, és csak babonák és hiedelmek maradtak fenn róla. Évtizedek óta lakatlanul áll. Mesélik azt is, hogy soha nem lakott benne senki. Nem tudom, mi az igazság az eredetéről… – kezdte Wendy, még mindig a parazsat bámulva. – Történt egyszer, hogy pont a mi kis városkánk, New Habor egyik tehetősebb embere vette meg azt a házat hosszú évekkel ezelőtt. Mondják, hogy ő sem bírta ott sokáig, pár hét után elege lett a kísértet lakta démoni házból, és visszaköltözött a városba. A házba újabb évekig ismét nem tette be élő ember a lábát, aztán az öregúr odaadta az unokahúgának egy nyárra. Az eljött a barátaival, és ott nyaralt. Az első évben nem történt semmi említésre méltó. A második nyáron azonban kísérteties jelenségek kezdték ördögi aktivitásukat a házban. Nyikorgó padló és léptek zaja hallatszott éjszakánként, a háziállatok elpusztultak, a lámpák villogtak, és kísérteties sikolyok és jajgatások zavarták meg az ott élőket. Az Átok Háza életre kelt.

Egy fiú érkezett a házba a nemes úr kérésére, de már az odaérkezése után biztos volt abban, hogy a visszaút le van zárva, és ott rekedtek a házban. Nap nap után fogytak a ház lakói. Rituális, megmagyarázhatatlan halálesetek áldozatai lettek… Valami rémisztően gonosz hatalmat eresztettek szabadjára a ház falai között. Valamit, aminek aztán nem tudtak parancsolni többé. Azt mesélik, hogy az utolsó túlélők úgy szabadultak ki, hogy lementek a pincébe, és a szerteágazó katakombákban megkeresték és kiásták az indián varázsló testét, ami még a hosszú évek múltán is tökéletes épségben volt. Hogy, hogy nem sikerült elégetniük az északi toronyban a maradványokat, s a varázslat megszűnt. A kísértetek és démonok visszatértek a varázsjelek közé zárt katakombákba, de fogadalmat tettek, hogy visszatérnek, ahogy lehetőségük lesz rá. Senki sem tudja, mi is az átok valójában, nem tudni, hogy az Átok Háza vérszomjas démonai meddig tarthatók fogságban, de azt mesélik, hogy amikor minden elkezdődött, épp olyan forró nyár volt, mint az idei… – suttogta Wendy a hatás kedvéért elhaló hangon. – A fiú visszatért New Haborba, de úgy tudni, hogy soha senkinek nem mesélt többé arról a nyárról, nem is áll szóba senkivel, talán csak az öreg, részeges Barney szól hozzá. Néha látni sétálni éjszakánként a város elhagyott utcáin. Mondják, hogy keresi a szerelmét, akit ott veszített el a Házban…, s most, ezen a forró nyáron ő is eltűnt… Azt mondják, már egy hónapja senki sem látta…

Az előadás jól sikerült, a csend kézzel fogható volt a hűvös éjszakában, mindenki visszafojtott lélegzettel várta a folytatást. De a történet itt véget ért, a hallgatóság fantáziájára volt bízva a befejezés, mint minden tábortűz melletti rémmesének. Rose jól mulatott magában a parázsló hamu gyenge fényénél látható arcokra nézve, talán ez kiülhetett az ábrázatára is, mert amikor egy pillanatra találkozott a pillantása Wendyével, meglátta a fellángoló haragot a lány szemében.

– Talán viccesnek találod ezt, Szöszi? – kérdezte Wendy felháborodva.

– Persze! – válaszolta őszintén, és hagyta, hogy egy halvány mosoly fusson át az arcán. – Miért, nem az volt a lényeg?

– Látszik, hogy nem régóta élsz itt! Ha tudnád, amit mi, akkor nem lenne kedved viccelődni ezzel – vetette oda szárazon Kathy.

– Majd megtudod… – suttogta Rose felé Wendy.

– Mit kell megtudnom? Hogy minden nyáron egy átokverte kísértetházról szóló rémmese kering a Diablo-tó táborában a tábortüzek körül a gyerekek között?

– Tudod, mit jelent a Diablo szó?

– Igen, ördögöt jelent spanyolul! – vágta rá Rose a megfejtést.

– És azt is tudtad, hogy nemcsak a tavat, hanem a közelben lévő városkát és a mögöttünk lévő hegyet is így nevezik? – kérdezte Wendy, miközben felállt a farönkről, amin eddig üldögélt.

– Igen, természetesen ezt is tudtam! – válaszolt kiegyenesedve a kislány.

– És nem tartod ezt furcsának a hallottak tudatában? – tette fel most a kérdést egy másik lány a csoportból, aki szintén felállt, és Wendy mellé lépett, de szemeit le sem vette Rose-ról.

– Nem, egyáltalán nem. Gondolom, valamiről el kellett nevezni…

– Hát akkor ezek szerint te okosabb és bátrabb vagy az évszázadok óta itt élő embereknél! – vágott a szavába Kathy.

– Azt tudtad, Szöszi, hogy a ház tényleg létezik, és hogy nincs is messze a tábortól? Ezzel azért, remélem, újat mondtam! – vágta oda Wendy foghegyről.

– Kíváncsivá tettél! – válaszolta Rose.

– Nos, ha tényleg kíváncsi vagy és olyan okos és bátor, mint ahogy mondod, akkor szerezz te is egy ilyet! – suttogta Wendy, és Rose elé lépett. Felemelte a kezét, és megmutatta a bal csuklóján logó karkötőt, azon még ebben a gyenge fényben is jól látszott egy rózsaszín, törött kagylóhéj. – Az északi torony kandallójában találsz te is ezekből a kifúrt kagylókból, azt mondják, az elégetett varázsló nyakláncából valók ezek, és minél vörösebbet találsz, annál közelebb volt a gonosz, démoni szívéhez. Nos, Szöszi… kíváncsivá tettelek? – kérdezte fölényesen, és nem palástolt gúnnyal a hangjában.

Elment Rose mellett, és mélyen a szemébe nézett, aztán távozott a másik barátnő és Kathy is. Mindegyikük felmutatta a karkötőjükön fityegő apró, kifúrt kagylót. Lekicsinylő pillantásokat és gúnyos mosolyt küldött felé mindenki, aki a hamvadó tábortűznél ült. Ha tetszett, ha nem, Rose elrontotta a mulatságukat ma este, s ezt nem tudták megbocsájtani egykönnyen.

– Még egy pillanat! – szólt Rose a távolodó gráciák után. – Te Wendy vagy? Wendy Smith?

– Igen, okos kislány! – válaszolta továbbra is gúnyos mosollyal.

– Helyetted kellett beszállnom a bébicsőszök közé? Remélem, holnap reggel már leváltasz! – mondta számon kérőn Rose, és mimikájával a lehető legkomolyabban próbálta a számára kedvező választ kicsikarni.

– Nem, nem szerepelt a terveim között pisis gyerekekkel tölteni a táborozást. Azt hittem, erre már rájöttél. Vagy mégsem vagy olyan okos?! – villantotta tekintetét most kíváncsian Rose felé, majd választ sem várva hátat fordított, és a két udvarhölgyével elsietett a barakkok felé. Pár lépés után még hátra sem fordulva, talán az erdő fáinak suttogva így szólt: – Van még kilenc éjszakád megszerezni a kagylót, Szöszi... Vagyis a mai már nem játszik, úgyhogy nyolc! Sok szerencsét!

Wendy utolsó szavait még messzire vitte a kósza éji szellő, felkapta és szétszórta a tábor barakkjai felett.

„Sok szerencsét... sok szerencsét... sok szerencsét!" – visszahangoztak az utolsó mondatok kegyetlenül megsokszorozódva Rose fülében, és egy kissé nyugtalanítani is kezdték. Vetett még egy pillantást a három lány után, majd gyors léptekkel elindult a 12-es barakk felé, kezében az izgalomtól kissé megtépázott csomagolású édességgel.

A lehető leghalkabban nyitotta ki az ajtót és osont oda az éhes kisfiú ágyához. Az már elaludt. Rose megigazította a félig lelógó plüssdínóját, visszatakarta a félig lerúgott takarójával, és gyengéden kisimította a kisfiú arcából a szemébe lógó kajla hajtincseket. Ezután végigment az összes gyerkőc ágya mellett, gondoskodóan minden ágynál megállt, és kedvesen megigazított valamit.

A lehető leghalkabban lezuhanyozott, ami nem volt a legkellemesebb késő esti mulatság, mivel már szinte végzett a tisztálkodással, mire a meleg víz elkezdett folyni a csapból. Vagy túl messze volt a faházuk a hőközponttól, és a hosszú csöveken sokára ért oda a meleg víz, vagy a tábor rengeteg gyereke egyszerűen kifürödte a tartalékot is, és idő kellett a visszafűtésre. A lány fürdéstől felfrissülve, üde gondolatokkal dobta le magát az ágyára, lekapcsolta a lámpáját, hogy csak az a néhány éjszakai fény világítson be a szobába, és a hátára fekve, ábrándozva bámulta a mennyezet fagerendáit.

Eldöntötte, hogy holnap reggel az első dolga az lesz, hogy megkeresi Rozsdást vagy a görbelábú hölgyet, és átadja feladatait az előkerült Wendy Smith-nek. Kicsit dühítette a lányok összeesküvése. A kérdést mérlegelve, arra jutott, hogy valószínűleg nem ellene irányult a szerepcsere, csak véletlen áldozat lett. Viszont nem értette, hogy ha ennyire nem is volt kedve csinálni Wendy helyett a gyerekek pesztrálását, akkor miért vállalta el egyáltalán? Ha elvállalta, hát csinálja is végig! Tisztán emlékezett rá, hogy Mr. Murphy a buszoknál kijelentette, hogy csak addig kell helyettesítenie Wendyt, amíg az elő nem kerül.

„Most megvan, hát isten veled 12-es barakk!"

De igazán? Ez lenne tényleg szíve minden vágya? Körbepillantott az ágyban alvó apró emberkékre, és nem tudott volna őszintén válaszolni a kérdésre. Tényleg gondolkodás nélkül itt tudná hagyni ezt a kis csapatot, ezt a barakkot? Tudta jól, hogy valamilyen szinten övé a választás. Ha akarja, oda sem megy holnap reggel Rozsdáshoz, és itt marad a gyerkőcökkel. Bár ha odamegy és beszél a tanárral, még nem biztos, hogy el is mehet. Lehet, hogy már sokkal régebben tudja, hogy Wendy itt van, csak hagyta kibontakozni az eseményeket és őt! Ha pedig beszél Mr. Murphy-vel, és elmehet, akkor vajon mit nyer vele?

A gyerekeket már megszerette és talán ők is őt, ez kétségtelen. S vajon kell-e neki egy ellenség az új iskolájában úgy, hogy szinte még be sem tette a lábát. Sőt, nem is egy lenne, hanem mindjárt három, ha a két barátnőt is beleszámolja. Már olyan sokszor eljátszott a gondolattal, hogy mihez kezd magával itt a táborban, és most hagyja magát kétségek között szenvedni.

Próbálta elhessegetni ezeket a gondolatokat. Gondolta, majd csak lesz valahogy holnap, s még az is lehet, hogy magától megoldódik minden. Csak most egy kicsit túlreagálja a dolgot, és talán nem is létező megoldásokat keres a történtekre. Behunyta szemét, és próbált elaludni, de az álom csak nem kopogtatott elméje ajtaján.

Ez a kagyló-ügy nem hagyta nyugodni.

Tényleg létezhet az a ház, és valóban itt van a közelben? Megtörténhettek itt olyan dolgok, amiket a nyugodt és civilizált elme nem tud megmagyarázni? Persze, persze, hallott már ő maga is rengeteg rémtörténetet kísértetjárta házakról, szellemekről, démonokról és még ki tudja, a pokolnak milyen szörnyű teremtményeiről nem, de hogy ezek tényleg megtörténtek? Hát, arra kézzel fogható magyarázatot még nem kapott, és nem is hallott. Persze az igazsághoz hozzátartozott, hogy nem is járta körül ezt a témát sohasem. Ha már természetfeletti vagy misztikum, akkor ő leragadt a tündérek, manók, unikornisok és egyéb kedves lényeknél. Most pedig kénytelen volt belegondolni, hogy ha valóban nagy figyelmet szentel a misztérium számára oly kedves lényeinek, akkor ilyen elven a sötétebbik oldal teremtményei is létezhetnek. Legalábbis a maguk papírra vetett dimenziójában... Itt a materiális világban még a számára kedvesekben sem hitt.

Most viszont lelkében és tudatában kétely ébredt.

Mindenben, amit eddig ismert, mert azzal tisztában volt, hogy kora ellenére tudata és tudása jelenleg elégé véges, és számtalan könyvtárat meg lehet tölteni azzal a tudással, ami csak a közvetlen környezetéből hiányzik az ismeretanyagából. De nem, nem hagyja rábeszélni magát, hogy bedőljön egy ilyen klasszikus tábortűz mellett mesélt rémtörténetnek. Kicsit sajnálta, hogy belesétált a csapdába, és belekényszerítette magát egy ilyen becsületbeli üggyé duzzadt kagylómegszerzési mizériába. Nem is sajnálta, inkább mérges volt magára, szinte látta maga előtt Wendyt és a barátnőit, akik talán ezekben a percekben is betegre nevetik magukat az ábrázata láttán.

„Sok szerencsét... sok szerencsét..." – hallotta most is a gúnyos mondatot. Ott zúgott halkan, de érthetően a fülében, az agyában és a tudatában, mióta elhangzott és elcsendesedett körülötte minden, s egyedül maradhatott gondolataival:

„Ha tényleg tudnám, hogy létezik az az átok sújtotta ház, hát most azonnal útnak indulnék, és hoznék abból a híres-nevezetes kandallóból kagylót. A legszebbet és a legvörösebbet, ha kell, hát kiválogatnám az összeset! Ha Wendy és barátnői meg tudták csinálni, ha tudtak szerezni maguknak kagylót, akkor én is fogok!"

De nem, hiszen tudta, hogy a gyerekeket nem hagyhatja egyedül.

„Ördögi kör!"

A dac és a becsülete megsértésének érzete még sokáig nem hagyta nyugodni a lányt, álomtalan álomban forgolódott még igen sokáig az ébrenlét peremén. Azon a rövid távon az édesség automatától a barakkig olyan nagy utat tett meg, és olyan sok minden történt abban a pár röpke percben. Érezte, hogy ez át fog ívelni ezen a tíznapos táborozáson, és szükség lesz arra, hogy erőt merítsen valamiből.

„Sok szerencsét… sok szerencsét" – suttogták még sokáig a kíméletlen hangok.

2.
Ház a ködben

Rose arra ébredt, hogy valaki lágyan megsimítja az arcát. Az első pillanatban nem is tudta, hogy hol van. Nem emlékezett, hogy mikor aludt el, csak arra, hogy még nagyon sokáig forgolódott az ágyában tehetetlen álmatlanságában. Pokolian fáradtnak érezte magát, még a szeme kinyitásához sem érzett elég energiát magában, s nem is erőltette. Még két percet akart, csak két nyugodt, csendes percet, az talán adott volna neki annyi erőt, hogy felbírja emelni szemhéjait.

Az előzőnél sokkal óvatosabb, lágy érintés simította végig a lány arcát, s szinte tudatta, hogy nincs ellenkezés, ébrednie kell az éjszaka fárasztó magányából. Rose résnyire nyitotta a szemeit, és hunyorogva próbált kikukucskálni a réseken a külvilágra. Az első pár dolog, ami eljutott az agyába és felismerhető alakot öltött, az egy maroknyi apró gyerek volt, akik kíváncsian körbeállták ágyát és figyelmesen nézték rettentő reggeli szenvedését, a második pedig a szokatlanul nagy világosság volt.

„Elkésünk!" – Amilyen gyorsan cikázott végig agyán a rengeteg kérdésre a válasz, hogy hol is van, mit csinál itt, és ki is ő valójában (szóval a minden reggel megszokott filozofikus gondolatok), olyan gyorsan pattant fel a szeme. A gyerekek a meglepetéstől sikítva ugrottak egy lépést hátrafelé, aztán mindannyian el is kacagták magukat. Csak Rose nem nevetett. Egy apró mosoly futott át az arcán, de aztán igyekezett minél jobban és gyorsabban felmérni a helyzetet, hogy hol is tarthat már a nap. Azt megdöbbenve konstatálta, hogy minden gyerkőc már fel van öltözve, sőt a maguk kis ügyetlen módján még az ágyak is be voltak vetve. A levegőben érezni lehetett némi szappan és fogkrém enyhe illatát, úgyhogy már a tisztálkodáson is túl voltak. Ámulva nézett rá a kis seregére. Igazán kitettek magukért, büszke volt rájuk. Amilyen lendületesen csak tudta, ő is rendbe szedte magát.

– Ha mindenki készen van, mehetünk reggelizni! – jelentette ki elégedetten az órájára pillantva, és egy kis kacsintást küldve a gyerekeknek.

Indulás előtt még kinyitotta a szoba néhány ablakát, hogy amíg távol vannak, addig is a friss, erdei levegő kimossa az éjszakai álmok állott illatát. Amint kilépett a szabadba, tüdeje megtelt a reggeli párás, fenyőillatú levegővel, és pár mély lélegzet után távozott tagjaiból az ólmos fáradtság. Olyan tiszta erővel telt meg a tudata és az izomzata, hogy úgy érezte, az éjszaka minden rémes pillanata semmivé foszlott.

A gyerekekkel rendezetten, de utolsók között érkeztek meg az étkezőbe. Már várta őket a reggelihez megterített asztal friss pirítóssal, foszló kaláccsal, vajjal, lekvárral, teával és tejjel. Rose mindenkinek segített, akin csak egy pillanatra is megérezte a kétség apró rezdüléseit. Segített közelebb tolni a széket az asztalhoz, megkenni a pirítóst vagy éppen a kalácsot, és mindenkinek öntött a kívánságának megfelelő reggeli italt. Ott serénykedett a kis csapata körül, amikor pillantása egyik gyerekről a másikra suhant, keresve a következő tennivalót, a szomszéd asztalnál ülőkön állt meg egy másodpercre. Wendy ült ott udvartartásnyi kicicomázott barátnők társaságában. Éppen őt nézték, és vihogtak.

Ez talán még nem is dühítette volna fel Rose-t, de amikor Wendy és Kathy, mintha összebeszéltek volna, egyszerre felemelték kezüket, és megpöckölték a karkötőn fityegő kagylódarabokat, akkor úgy érezte, csak kinyújtott középső ujjával tudta volna megfelelően ellensúlyozni a mutogatást. Az igazán vérlázító az volt, amikor az egyik barátnő még a nyolcat is mutatta a kezeivel, jelezve, hogy már csak ennyi éjszakája maradt megszerezni a kagylót.

Levette a szemét a díszes társaságról, és inkább a kis csapatára koncentrált. Úgy érezte, hogy az talán idegesítőbb Wendyék számára, ha semmibe veszi a gúnyos szekálásukat. Leült a helyére, kent magának is egy szelet kalácsot, öntött egy fél pohár teát, és a gyerekeket figyelve hagyta ismét elkalandozni gondolatait.

Nem is sejtette, hogy ekkora presztízs lesz csinálva abból a tegnap esti tábortűz melletti beszélgetésből. Úgy látszott, hogy itt valami beavatási ceremóniához hasonló feladatnak minősül megszerezni azt az átkozott darab kagylót. Valamiféle különös talizmán lehet az a birtoklójának, valami, ami a tábortüzek legendáiból kinőtte magát, és új életre kélt itt a valóságos, anyagi világban. Mintha Hamupipőke üvegcipellőjét kellene megszereznie az elkövetkezendő éjszakák egyikén, hogy ez a furcsa társadalom befogadja, és elismerje. De vajon akar-e ő ehhez a társasághoz csatlakozni, akar-e részese lenni ennek a dívakörnek? E kérdéseket fel sem kellett tennie magának, mert annyira biztos volt magában és a válaszaiban. De vajon ki lehet-e már hátrálni ebből a kétségtelenül ostoba helyzetből? Ezt a pár napot kibírná itt a táborban, de aztán szeptembertől nap mint nap ki lenne téve ezeknek a gúnyolódásoknak, s azt igazán mérlegelnie kellett, hogy a tanév elkezdése előtt kellenek-e neki ilyen ellenségek az új iskolájában.

S mi más, mint a kaland miatt várta ezt az tábort!?

Erre várt, egy olyan táborozásra, ami emlékként örökre beleég az elméjébe, és gyökeresen megváltoztatja ez eddigi kislányos hozzáállását. Valamit várt, valamire várt, ami most itt van. Egy éjszakai kaland, kis rettegéssel és félelemmel, de annál nagyobb adrenalinsokkal. Mi kell még ennél több? A lehetőség itt van, és már az első este tálcán nyújtotta a sors. Már csak meg kellett ragadnia, szorítani, el nem engedni, és megfelelni magának és az elvárásainak. Saját magának kell megfelelnie, nem Wendynek és a hóbortos pereputtyának. Csak ő tudhatja, mennyit is ér neki az fránya kagyló, ér-e egyáltalán valamit. S ki tudja, létezik-e valójában a ház, északi torony, kandalló tele hamuval és kagylódarabokkal. Vagy egy New Habor-i bolhapiacon szerzett kagylófüzér darabkái szolgálnak csak a rémmese kézzel fogható bizonyítékául? Persze, jó móka az újoncokat rémisztgetni és teljesíthetetlen próba elé állítani őket, közben pedig jókat röhögni.

Rose tudta, hogy nagy fába vágta a fejszéjét, de azzal is tisztában volt – legalábbis remélte –, hogy Wendy és barátnői sem tudták, kivel kezdtek ki. Igazából lángolt a dühe, amikor csak ránézett a lányokra, agyában dübörgött a forró vér, és az indulat azt üvöltötte a fülébe, hogy útra keljen, bármerre is kell elindulnia. Egyetlen hatalmas gond csúfította csak el az egyenletet: A gyerekek, akikre felügyelnie kellett.

Őket nem hagyhatja magukra, nem osonhat el mellőlük. Tudta, hogy felelősséggel tartozik értük éjjel és nappal. Nem engedhet a megsértett önérzetének és a kalandvágyának azzal, hogy esetleg bajba vagy egyenesen veszélybe kerülnek miatta a kis emberkék. Most sem vette le róluk a szemét, nézte őket, ahogy majszolják a kalácsukat vagy a pirítósukat, s néha belekortyolnak a még gőzölgő teába. Beszélnie kellett Rozsdással vagy a görbelábú hölggyel. Biztos volt abban, hogy visszaállítják a régi rendet, és akkor talán...

– Mivel lassan mindenki végez a reggelivel, és még csend van, kérlek titeket, figyeljetek rám egy kis időre! – szólalt fel a görbelábú hölgy. Felállt, ujjait sátormód összetámasztotta maga előtt, és kivárta, amíg mindenki elhallgat. – Úgy döntöttünk, hogy ebben az évben nem tartjuk meg a barakkok bajnokságát. Mindenki élvezze a nyári szünet utolsó nagy élményét! Mire hazatérünk, már nem sok fog elválasztani bennünket az iskolakezdéstől. Viszont nehogy azt higgyétek, hogy mostantól mindent lehet! Nem, a klasszikus versengés marad csak el, ami szinte minden délelőttöt és délutánt lefoglalt. A feladatokat megkapjátok, és ti magatok osztjátok be az időtöket rájuk. Így is kicsit nagyobb önállóságra és fegyelemre szeretnélek ösztönöz bennetek. A feladatok között lesznek könnyűek és nehezek. Tökéletesen tisztában vagyunk azzal, hogy a faházak lakóinak nem ugyanolyanok a képességeik, ezért plusz pontokat lehet majd összeszedni a kisebb korcsoportúaknak. S kérlek benneteket, hogy vegyétek komolyan a játékot, és tiszteljétek azt, hogy szabadabban lesztek kezelve ebben az évben. A feladatokat megkapják a házak vezetői. Az 1-es, a 7-es és a 12-es ház számítson egy reggeli utáni szemlére. Köszönöm a figyelmeteket, folytassátok a reggelit!

Amint leült a hölgy, halk morajlásban szinte rögtön elindult a szóbeszéd: Mindenkinek volt véleménye a hallottakról, és az kifejezetten pozitív lehetett, mert Rose szinte csak mosolygó arcokat látott. Azt üzenték a vidám ábrázatok, hogy erre a jó hírre aztán senki sem számított.

A konyhai segítők kigurították kis kocsijaikat, és elkezdték leszedni az asztalokat, egy segítő pedig felpattant a tanárok központi asztalától, és gyorsan kiosztotta minden asztalnál az elvégzendő feladatok jegyzetét. Rose a kezébe vette, de bele sem pillantott, remélte, hogy nem az ő feladata lesz végigcsinálni ezeket a gyerekhaddal. Fél szemmel a tanári asztalt figyelte, s amikor meglátta, hogy Rozsdás feláll, és indulni készül, ő is felpattant, és odasietett hozzá.

– Mr. Murphy, kérem, beszélhetnék önnel? – próbálta meg a legudvariasabb módon elkezdeni mondanivalóját.

– Természetesen, Miss Palmer, lesz rá módja! Rögtön a 12-es faháznál kezdjük a szemlét! Javaslom, szedje össze a gyerekeket, és az utolsó simításokat még végezzék el a hálókörleten. Ott lesz lehetősége feltenni a kérdéseit. Most ne haragudjon, de addig még van egy kis dolgom! – válaszolta egy kis sürgetéssel, és fölényes elutasítással Rozsdás.

Rose állt ott egy pillanatig tétován, majd visszament a gyerekekhez. Megsimította a hozzá legközelebb álló kissrác kobakját, lehajolt közéjük, és halkan így szólt:

– Gyerünk, srácok, tegyünk ki magunkért! Nálunk kezdenek a szemlével, úgyhogy kápráztassuk el őket, aztán megbeszéljük mitévők legyünk a mai délelőttön.

Visszasiettek a házhoz.

Rose Cindyt állította őrszemnek az ajtóhoz, a többieket pedig elküldte, hogy igazítsák még meg az ágyneműjüket és az éjjeliszekrényükön levő személyes dolgaikat. Elégedetten látta a szorgos kis kezek nyomán helyére kerülő kedvenc plüssöket és sima ágyneműket.

Kis idő elteltével Cindy, a szőke, szemüveges kislány visszatért, és odasúgta mindenkinek, hogy közelednek a felnőttek. A gyerekek Rose köré gyűltek, és várták, hogy vajon mi is fog történni, és mit is várnak el tőlük a tanárok. Rose sem tudta, hogy mire számíthat. Sohasem volt még része ilyenben, de abban bízott, hogy ezek után okosabb lesz, és jobban fel tudnak majd készülni a következő reggelre. A szoba nem volt tökéletes, de a gyerekek önállóan raktak rendet. Igazán nem segített nekik, és ezt Rose álláspontja szerint igenis díjazni kell, vagy legalábbis illene.

Rozsdás, a görbelábú hölgy és még két felügyelő diák belépett, akik valószínűleg az adminisztrációt végezték.

– Kérlek benneteket, hogy mindenki a saját ágyához álljon, nem fogjuk ellopni a házvezetőtöket! – utasította a gyerekeket a görbelábú hölgy, és elkacsázott a vizesblokk irányába.

A gyerekek engedelmesen, de kissé megilletődve elfoglalták helyüket a kérés szerint, ki-ki a saját ágyánál. Rozsdás elindult az egyik sor mellett. Mesterkélt pillantásokat vetett az ágyakra, de sokkal előbb visszaért Rose mellé, mint a hölgy, mert ő kicsit elidőzött még a fürdő után a másik sor ággyal is. Rose egy fél lépéssel közelebb araszolt Rozsdás felé, hogy minél halkabban meg tudja szólítani. Hirtelen úgy érezte, hogy kiszárad a torka, és ahogy morzsolta kézfejeit a háta mögött, a tenyere is izzadni kezdett. Egyre nehezebbnek tűnt feltenni a kérdést, és úgy gondolta, hogy jobb rögtön rákérdezni a számára fontos dologra, mint összevissza kerülgetnie a témát. Nagyon nehezen buktak ki belőle a mondatok.

– Mr. Murphy! Tegnap este találkoztam Wendy Smith-szel. Úgy gondolom, már eleget helyettesítettem. Mikor adhatom át neki a csoportot? Azt ígérte, hogy csak addig kell itt lennem, amíg meg nem érkezik – suttogta.

Látta, hogy a közeli ágyaknál álló Chloe és Maggie is meghallotta a kérdést, és alig észrevehetően felé fordították kis fejüket. A pillantásokban mérhetetlen félelmet és csalódottságot fedezett fel, és már nagyon-nagyon megbánta, hogy feltette a kérdést. Azt az önző vágyát pedig, hogy megszerezzen egy ócska kagylót egy buta lánycsapat kedvéért, előbbre helyezte, mint ezeknek a gyerekeknek a szeretetét. De már megtörtént, visszafordíthatatlan volt a kérdés, és Rozsdás felismerve a helyzetet, jó hangosan válaszolt, hogy lehetőleg a szoba legtávolabbi sarkában is érthetően lehessen hallani a gúnyos és megalázó választ:

– Tökéletesen tisztában vagyok vele, hogy Miss Smith megérkezett a táborba, de többszöri ellenőrzéseink során úgy tapasztaltuk, hogy kiválóan megállja a helyét a gyermekek között. Tökéletesen vette az akadályt az étkezések közben, az altatáskor is láttam, hogy megfelelően látja el a feladatát.

A gyerekek szeretik magát, és nem akartuk kitenni őket egy új házvezető érkezésének. Mi a baj, Miss? Úgy látom, szót fogadnak, szeretnek és figyelnek minden pillantására. Miért nincs megelégedve?

– Nem én nem vagyok elégedetlen! Minden rendben van velük, csak én...

– Elcsuklott a hangja. Alig tudta befejezni a mondatot, mert a rémült és bamba szemekbe nézve árulónak érezte magát. – Én csak... Velem van a baj! Én tehetek róla... Semmi baj!

– Ahogy gondolja. Akkor nem értem a kérdését, Miss Palmer! Ha minden rendben van, akkor hajrá! Gyerünk, csapjunk bele a délelőttbe, és legközelebb, ha azt keresi, hogy miben van a baj, akkor tanácsolom, hogy az ágyneműk megigazításával foglalkozzon inkább, mint azzal, hogy ki és mikor érkezett meg a táborba! Sajnos nem adhatok plusz pontokat a 12-es barakk csapatának a rendetlen ágyazásokért.

– Ne haragudjon, Mr. Murphy! – Rose azon kapta magát, hogy agyát elönti a vér a felháborító igazságtalanságért, amivel tulajdonképp tisztában volt, hogy csak őt akarja büntetni. – Az ágyak igen is szépen rendben voltak. Ezek a kisgyerekek egyedül végezték el a feladatot, egy ujjal sem nyúltam a takarókhoz és párnákhoz!

– Hát igen, az látszik is! – dünnyögte gúnyosan Rozsdás.

– Azt hittem, itt az a feladat, hogy hagyjuk a gyerekeket kicsit felnőtté válni. Igenis nagy munka egyedül megigazítani az ágyneműt, és úgy kihúzni simára, hogy a kis kezeikkel el sem érik az ágy túlsó oldalát! Miért érdemelnének hát plusz pontot azért, ha én igazítanám meg helyettük az ágyukat? Az lenne szerintem az igazságtalanság! – mondta Rose indulatosan, elvörösödött arccal.

Még mindig égett az arca az előző megaláztatástól, de tudta, hogy csakis magának köszönheti, mert a gyerekeket nem hagyja megbüntetni. Rozsdásnak is enyhült a gúnyos pillantása, és észrevette, hogy Rose-nak talán igaza van. A görbelábú hölgy egy pillantással az ajtó felé terelte az ellenőrző bizottságot, és amint kiléptek a házból, élénk beszélgetésbe kezdett Rozsdással. Rose egyedül maradt a sok kíváncsi tekintetű gyerekkel. Ezzel sem volt egyszerű szembenéznie. Tudta, hogy hibázott, és érezte, hogy meg kell magyaráznia, különben elveszett minden, ami az elmúlt napban felépült körülöttük.

– Már nem szeretsz minket? – kérdezte csendesen az egyik sápadt kisfiú.

– Megbántottunk valamivel? – szólt a kis csapat másik feléről egy hang.

– Mi szeretünk, ne hagyj itt minket! – mondta egy kislány, és megfogta Rose kezét.

– Nem, semmi gond! Kérlek benneteket, hallgassatok meg! – válaszolt Rose.

Leült az ágya elé terített kissé kopottas szőnyegre, és maga mellé intette kis csapatát. Azok néhány másodpercnyi tétova mozdulatlanság után odamentek, és leültek a lánnyal szemben. Figyelmesen tekintettek fel Rose-ra, aki büszkén nézett vissza rájuk.

– Nagyon büszke vagyok rátok. Nagyszerű emberkék vagytok, és nagyon szeretlek benneteket! Nincs, és nem is történt olyan dolog, ami miatt neheztelnék rátok, és úgy érzem, hogy meg kell magyaráznom nektek az elmúlt percekben történteket! – Rose tudta, hogy nem lesz egyszerű mindent elmondania, és nem volt biztos abban, mennyit mondhat el a gyerekeknek, de úgy érezte, hogy őszintének kell lennie velük. – Tudnotok kell, hogy tegnap reggel az indulás előtti percekben kaptam csak azt a feladatot, hogy segítsek nektek a felszállásban, és ha lehet, koordináljam a leszállást is, mert az, akinek ez a feladata lett volna, nem érkezett meg. Ezért neveztek ki engem. Elvileg csak az ideutazás idejéig lettem volna veletek. Amikor ideértünk, akkor azt a további feladatot kaptam, hogy még maradjak veletek, mert nincs itt a lány, aki felelős lenne értetek. Aztán eljött az ebédidő, a délután majd az este és a takarodó ideje is. Megkedveltelek benneteket, de tudtam, hogy ez nem az én feladatom lenne, és akármikor leválthatnak engem, de legjobb tudásommal és szeretetemmel foglalkoztam veletek.

Rose mély levegőt vett, mert tudta, hogy elérkezett a történetben oda, ami miatt viaskodott benne a mehetnék és a maradás kérdése.

Csendesen folytatta:

– Este kimentem a házból kekszért az egyik társatoknak. Amikor visszafelé tartottam, meghallottam annak a lánynak a nevét, aki helyett veletek vagyok. Éppen valami ostoba rémmesét mondott a barátainak a tábortűznél egy elátkozott házról és az azt lakó kísértetekről. Most már tudom, hogy nem kellett volna foglalkoznom vele, de sajnos ott és akkor felvettem a kesztyűt, és kimondatlanul, de elfogadtam egy kihívást, amiben el kellene mennem a házhoz, és az egyik torony kandallójából, amiben elvileg rengeteg kagyló van, kellene hoznom nekem is kagylót a karkötőmre. Azóta azzal gúnyolnak a többiek. Egyébként nem törődnék vele, de a szívem szerint el kellene mennem oda, és ha tényleg van ott valami, akkor azt meg kellene szereznem. Sohasem voltam gyáva. Mindig kiálltam magamért, de ez most egy kicsit komplikáltabb lett így, hogy itt vagytok ti is nekem! Benneteket nem akartalak egyedül hagyni a saját makacs terveim miatt. Ezért kérdeztem meg Mr. Murphyt az előbb, hogy ha itt a lány, aki elvállalta a felügyeleteket, akkor miért nem vált le. Nem azért kérdeztem meg, mert nem szeretek veletek lenni, vagy bajom lenne bárkivel, csak egyszerűen itt van az, akinek ezt kellene csinálni, és pont az ő csapdájába estem bele akaratlanul. De most már tudom, hogy nem kellett volna ezt megkérdeznem, hiszen valahol belül tudtam, hogy mi lesz a válasz, tudtam, hogy nem fog idejönni senki helyettem, és talán nem is esne jól nekem sem, ha itt kellene hagynom benneteket. Egyszerűen csak el akartam menni az egyik éjszaka belevetni magam a kalandba. Ez történt. Semmi baj nincs, nem törődöm azzal a buta lánycsapattal és a kagylójukkal. Nekem most itt a helyem mellettetek, és ezt a pár napot tökéletesen szeretném tölteni veletek. Hát ennyi…

Rose elharapta az utolsó mondat végét, mert értelmetlen lett volna tovább magyarázkodnia, és feleslegesnek is érezte még túl sokáig csűrni-csavarni az elmúlt nap történéseit. Körbepillantva látta, hogy a kérdések és a bizonytalanság eltűnnek a pillantásokból, és meleg megnyugvás költözik a helyükre. Talán csak azért, hogy véget vessen a kellemetlen hallgatásnak, összecsapta a tenyerét, és így szólt:

– Ugy gondolom, éppen itt az ideje, hogy kimenjünk a tópartra, ott elolvassuk és megbeszéljük a táborozásunk alatt teljesíthető feladatokat, és eldöntsük, hogy akarunk-e ebben részt venni, vagy csak kavicsokat dobálunk a tóba, és tobozokat gyűjtünk az erdőben, amíg haza nem kell mennünk. Ha részt veszünk benne, akkor mivel és hol kezdjük? Gyerünk, lusta banda, hasatokra süt a nap! – mondta viccesen, és tapsolt még egyet. – Indulás előtt mindenki menjen el a mosdóba. Nem akarok az erdőben vagy a tóparton pisiltetni senkit, világos?

A gyerekek mosolyogtak, és a ragyogó szemük láttán Rose tisztában volt vele, hogy jól döntött, és ezt kell tennie. Wendyt és lánycsapatát pedig majd lerendezi valahogy, az iskolakezdésig van még éppen elég idő. Visszajön majd a szüleivel, megkeresik a házat és tanévkezdetre már ő is vidáman mutogatja a többi irigy pillantásnak a karkötőjére csatolt kagylót.

A lehető legvörösebbet!

*

A tó vize mozdulatlan volt, s megfeszített tükörként kétszerezte meg a tájat és a kék eget, amin csak elvétve kergetőztek hófehér bárányfelhők. Feltűnően sok gyerek választotta a tópartot a reggeli levezénylésének szánt helynek, de a sokaság ellenére nem volt túl hangos a ricsaj. Volt valamiféle titokzatos varázsa ennek a homokpadnak és a rezzenéstelen víznek. A ma reggel békésen sétálgató és üldögélő gyerekek áhítattal bámulták a környezetét. Csak néha zavarta meg az idillt egy vízfelszínen kacsázó lapos kavics vagy egy-egy vállalkozóbb szellemű gyerek, aki lerúgta cipőjét és zokniját, s a hűvös reggel ellenére is úgy döntött, hogy megmártóztatja lábát a hideg hegyi tó kék vizében.

Rose és kis serege a homokpad bal oldali szélén helyezkedett el, ahol nem volt olyan sok társuk. A part itt kicsit kihaltabbnak tűnt a tóba dőlő fatörzsek miatt. Ezek viszont ideális búvóhelyet nyújtottak a kíváncsi szemek elől a csapatnak.

„Néhány kiselejtezett ponyvával még szuper kis bungit is lehetne gyártani az összedőlt fák törzse alatt" – gondolta Rose, de sejtette, hogy megvalósítva úgysem lesz, ahhoz kevés az idő. Maga köré gyűjtötte a gyerekeket, és átnézték a különböző feladatokat, amiket meg lehetett oldani ebben a hátralévő nyolc napban.

Volt lehetőség mindenféle nehézségi feladatra a homokvárépítéstől az erdei túráig, ahol meg kellett találni egy elrejtett pecsétet. Rose úgy érezte, hogy egyik feladat sem teljesíthetetlen, még az ő kis csapatának sem. A gyerekekkel úgy döntöttek, hogy a lehető legnehezebbnek ítélt feladattal kezdenek, mert még frissek és kipihentek így a táborozás kezdetén. Aztán ahogy múlnak a napok, úgyis lankadni fog a lelkesedés és a kedv a feladatok iránt, akkor ráérnek majd a tó partján homokvárat építgetni akár egész nap.

Így aztán első feladatnak az erdei ösvény eldugott pecsétjeinek rejtélyét beszélték meg, amit megpróbálnak teljesíteni. Úgy okoskodtak, hogy elsőre valószínűleg úgysem találják meg, de a próba arra tökéletes lesz, hogy a táborból induló rengeteg ösvényt átjárják, és megtalálják azt az egyet, ami a megoldást rejti. Ha szerencséjük lesz, lehet, hogy hamar a végére is tudnak járni, ha nem, akkor is van még nyolc napjuk a megfejtésre, mivel az utolsó napon már úgyis a hazaútra kell készülődniük. Addig is minden délelőtt kimehetnek az erdőbe és járhatják a fenyőillatú ösvényeket, ebéd után pedig a könnyebb feladatokra tudnak koncentrálni, amikor már kissé fáradtan és tele pocakkal nincs olyan nagy odaadás.

Rose kivette az egyik lapot a hátizsákjából, amin az utasításokat kapta mindennap, a hátuljára csak úgy kapkodva felskiccelte a tábor felületes vázlatát és azokat az ösvényeket, amiket ismert vagy látta a kiindulási helyeiket. Arra gondolt, hogy annak jó szolgálatát veheti, ha berajzolja, meddig jutottak el az ösvényeken. Több okból is: Mert meg tudja jelölni az elágazásokat, így visszafelé könnyebben visszatalálnak, és nem utolsósorban azért, hogy tudják, már melyik ösvényt járták végig. A feladatban valószínűleg a helyes útvonal megtalálása volt a kihívás, nem pedig a távolság, mert feltételezte, hogy a szervező és a feladatot tervező tanárok nem küldenék túlságosan messzire a gyerekeket.

Rose úgy okoskodott, hogy a reggeli hétkor van, de jó, ha nyolctól számolhatja az indulást, délben viszont már ebédre kell menni. Így marad tisztán négy óra a feladat teljesítésére, amire két óra oda és két óra visszautat kell számolni. Egy ember átlagosan 3-5 km/h sebességgel tud haladni. Mivel ők gyerekek, és a hegyi terep is nehézség, így inkább a három kilométer per órával lehetett számolni. Ha azt is belekalkulálta, hogy a kicsikkel valószínűleg ugyanazt a feladatot kell végrehajtani, viszont velük meg kell állni pihenni, és a keresgélés is időt vesz el, akkor a feladat maximum másfél óra távolságban lehet akármelyik irányban, vagy közelebb, átlagos, sétálós tempóban. Azt beszélték meg, hogy szisztematikusan fognak elindulni a tábortól eső legelső ösvényen haladva, és legyezőalakban a mindig következő ösvényen haladnak tovább. Ha eltelt a másfél óra, akkor visszaindulnak. Nem változtatnak semmit, hanem ugyanazt az utat használják visszafelé is, hátha felfelé haladva elkerülte a figyelmüket valami fontos részlet. Ha elágazás van, akkor berajzolják a térképükön, és másnap visszatérnek a másik irányban is felderíteni az erdei ösvényt. Persze csak abban az esetben, ha elég közel van az elágazás ahhoz, hogy a másfél órás limittel még sokat tudjanak haladni a másik irányba is.

A gyerekek roppantul elvarázsolódtak attól, hogy Rose ilyen nagyszerű tervet eszelt ki, és főleg az tetszett nekik, hogy ők is bele lettek vonva, és szavazati jogukkal élve beleszólhattak a tervezgetésbe. Persze Rose-ra hagyták az egészet, de látták, hogy a nagylány tényleg mindenre próbál gondolni. Ez onnan is látszott, hogy amikor másodszor nyitotta ki a hátizsákját, kivett belőle egy marék fóliába csomagolt édességet. Mindenkinek kiosztott a zörgő zacskókból egyet-egyet, és finoman utasította őket, hogy mindenki bontsa ki nyugodtan a sajátját. Ha nem kívánják a sütit, akkor csomagolják vissza, ha igen, akkor nyugodtan falják fel. A titok a zacskóban az édesség mellé csomagolt apró acélsípocska volt, amit Rose még előző este figyelt ki az édesség automatában. A sípocskát mindenkinek a kabátjára vagy a mellénykéjére segített kötni, kinek a zipzárjába fűzte, kinek a gomblyukába. Megbeszélték, hogy csakis szükség esetén használhatják. Amennyiben valakinek baja van, lemarad vagy más eseményt szeretne megbeszélni. Rose kifejezetten kérte, hogy csakis erre az esetre használják a sípot.

A lány az órájára pillantott. Azt mérlegelte, hogy a felkészülés szerinte megfelelő volt, idő is maradt még bőven, hiszen a reggeli dolgok elég gyorsan megtörténtek, így még van annyi idő, hogy egy kis próbakört tegyenek az első útjukba kerülő ösvényen. Ellenőrizte tehát a kis csapata felszerelését, szorított a cipők fűzőjén. Ahol úgy érezte, hogy szükséges, megigazította a kabátkák gallérját, egyszóval elvégezte az utolsó simításokat. Kibújtak a kidőlt fák nyújtotta menedékből, és útnak indultak a legelső erdei ösvény felé. Leghátul ment, innen tudta a legjobban szemmel tartani a többieket és irányítani is a kicsiket.

Lassan bandukoltak az erdő felé. Az első kitaposott ösvény hívogatóan csalta maga felé a lelkes kis felfedezők seregét, mígnem elnyelte őket a hatalmas fenyőerdő rengetege, eltűnve ezzel a tóparton pihenő táborozók szeme elől. Azt a kis zsivajt – ami a tóparton volt hallható – is felszívta a milliónyi tűlevél és a csendet, amily körbefogta őket, csak az ösvényen csoszogó lépéseik és egy-egy kíváncsian vagy éppen félénken felreppenő madár neszezése törte meg. Az út bár kanyargott, de egyenesen tartott, elágazások nélkül a hegy oldalán. Néhol úgy fordult, hogy a fák annyira megritkultak, hogy szinte rá lehetett látni a szomszéd hegy oldalára és a völgyre, ami alattuk terült el. A tó közelsége, a viszonylag nagy nappali meleg és a hűvös éjszaka miatt néhol a szemnek átláthatatlan köd és páratömeg takarta el a látnivalót.

Rose kifejezetten jól érezte magát. Tüdejét átjárta az üde erdő fenyőillatú levegője. A friss oxigén átmosta a vérét, és új erőt pumpált az izmaiba. Nem érzett fáradtságot, bár az iram sem volt túl megerőltető. A gyerekeken sem látszott, hogy nagyon fáradnának, bár szinte folyamatosan felfelé mentek. Néhol volt egy-egy vízszintesebb plató, ahol kipihenhették a sétát. Rose azért fél óránként beiktatott egy kis pihenőt. Előkerült egy kulacs a hátizsákjából, a tegnap este zsákmányolt keksz is, és kifújták magukat az erdő fáit vagy a párába burkolózott tájat csodálva. Ilyenkor gondosan ellenőrizve az eltelt és hátralévő időt, tematikus térképén a lehető legpontosabban igyekezett berajzolni az ösvény kanyargásait.

Látta, hogy a gyerekek szeme is folyamatosan pásztázza a csapás mindkét oldalát, folyamatosan keresve bármilyen jelet vagy útbaigazítást, ami esetleg a feladat megoldásának árulkodó jele lehet, mert hát miért is ne lehetne, hogy már az első délelőtt sikerüljön megtalálni és teljesíteni egy feladatot. Elég jól haladtak, és a gyerekeken sem lehetett látni a fáradtság jeleit, kifejezetten vidámak voltak, élénken figyelték az erdő fáinak és életének minden rezdülését. Semmi olyan jelet nem láttak, ami azt sejtetné, hogy bármi is el van rejtve az erdei ösvényen vagy annak közvetlen közelében.

A harmadik megállónál, amikor letelt a terveinek megfelelő másfél óra, egy kicsit hosszabb pihenőt szándékozott tartani, de hamar átértékelte számításait. A gyerekek jól bírták a sétát, és Rose úgy okoskodott, hogy mehetnek még egy szakaszt, hiszen a hegyről leereszkedve sokkal gyorsabban fognak haladni, mint felfelé. Ergo ugyanazt az utat lefelé sokkal rövidebb idő alatt meg tudják tenni, mint hegynek felfelé.

Így aztán egy szusszanásnyi idő múlva továbbindultak a tűlevelekkel borított erdei ösvényen a ködös ismeretlen felé. Az idő és a hőmérséklet kellemes volt, néha már a nap erőlködő sugarai is át tudták törni a hegyek völgyeiben ragadt makacs ködfoltokat. Olyankor a fenyőágak között besütő napsugarak jóleső melegsége simogatta a túrázó kis sereget, és ha lehet, még vidámabb lett a társaság. Semmi jelét nem látták annak, hogy a megfelelő úton haladnak, de hát ezt sejtették is a legelején, és láthatóan nem is foglakozott vele senki. Ezen az erdei ösvényen már nem is számíthattak semmire, mivel hamar elérték azt a pontot, ahonnan már vissza kellett fordulniuk. A köd már nem volt olyan sűrű, és a hegyek sziluettjeiből sejteni lehetett a táj és a domborzat alakját. Látszott, hogy az a hegyoldal, ahol ők haladnak, egy patkó ívéhez hasonlóan kanyarodni kezd, s mivel ők a képzeletbeli patkó külső ívén haladtak, így hamarosan ráláttak a völgykatlan túlsó oldalának körvonalaira.

Itt is kissé kiszélesedett az ösvény. Egy karvastagságú ágakból hevenyében összeákolt korlát tartóztatta fel a szakadékhoz túl közel merészkedőket. Rose a szemeit kicsit továbbfuttatta az ösvényen, és látta, hogy az hamarosan véget ér, és egy szélesebb murvás, kőzúzalékos úthoz kapcsolódik. Tehát ez az ösvény csupán ennyit rejtegetett számukra. Nem érezte magát csalódottnak. Bemelegítésnek tökéletes volt, így első napra. A gyerekeket kicsit szélnek eresztette, és engedte, hogy olyan távolságon belül, amit még felügyelni tudott, mindenki keressen magának valami kis emléket – kavicsot, fakérget, vagy ami szívének kedves lehet –, ha később a mai délelőttre gondol.

– Szia, Szöszi! Gondoltam, hogy első utad erre vezet majd! – hangzott fel a háta mögül egy undok, gúnyos és kellemetlenül ismerős hang.

A kis plató felett, ahol a gyerekek keresgélték kincseiket, pár korhadó falapból és rozsdás ácskapocsból összeállított padról és asztalról Wendy és barátnői néztek le rá láb lógatva.

– Sajnálom, hogy rád maradtak a gyerekek! – mondta minden részvét nélkül, miközben az egyik hajcsigájával játszott az ujjai között. A gúny most nem volt annyira érezhető a szavaiból.

– Milyen első utamról beszélsz? – kérdezte Rose kissé ingerülten. Már lassan kezdett elege lenni abból, hogy minden sarkon ebbe a lánycsapatba botlik, főleg így, hogy nem tudják megállni beszólás nélkül a találkozásaikat.

– Hát erről, erről az ösvényről beszélek, Szöszi! Tudtam, hogy ide fogsz jönni, ezért is gondoltuk úgy, hogy megörvendeztetünk a társaságunkkal – szólt Wendy.

– Csak hogy ne érezd olyan egyedül magad! – mondta egy háttérbe szorított barátnő.

– Jó lenne, ha értelmesen beszélnétek, vagy inkább hallgassatok! – kezdte elveszteni a türelmét Rose.

– Vigyázz a szádra, Szöszi! – sziszegett egy másik lány.

– Ugyan, hagyjad csak, Melody! – legyintett túl színpadiasan felé Wendy. – Arról beszélünk, Szöszi, hogy kiszámítható vagy, és gondoltuk, hogy az első utad ide fog vezetni a tegnap éjjel a tábortűznél történtek után. Kellett egy kis terepszemle, igaz? Nincs ezzel semmi baj, én is így csináltam volna!

– Hova kell a terepszemle? Nem értek semmit, hagyjatok békén! Persze ha nem túl nagy kérés! – motyogta Rose inkább csak maga elé, mert a gyerekek előtt nem akart szócsatába keveredni. Azt meg pláne nem akarta, hogy esetleg elfajuljon a helyzet.

– Lányok, nem hiszem el! Lehet, hogy a mi kis Szöszi barátnőnk tényleg nem is tud semmit? Lehet ilyen szerencsém? Tényleg nem is olyan okos, mint ahogy mondják?! – kiáltott fel Wendy, és örömében összepacsizott egy mellette ülő lánnyal, aki eddig egy pattanást piszkált az állán.

– Nem vagyok a barátnőtök! – sziszegte Rose. – És ahogy telnek a napok, egyre kevésbé szeretnék az lenni… – folytatta továbbra is maga elé motyogva.

– Ó, hát persze! Persze, hogy nem! Viszont a viselkedésed mást mutat. Gondolom, nem véletlenül vagy itt! Úgy látszik, hogy érdekel a dolog, és furdal a kíváncsiság miatta! – mondta fölényesen Kathy.

– Egyáltalán nem érdekel semmi. Én csak követtem az ösvényt a 12-es barakk elhanyagolt gyerekeivel, és a feladványt próbáltuk megkeresni – válaszolta Rose. Most ő rejtett egy kis csípős gúnyt a szavai közé. – Különben is már az előbb mondtam, hogy beszéljetek érthetőbben. Miért is kellett volna erre jönnöm? Napozzatok tovább, és élvezzétek a csodás kilátást!

– Ó, igen! A kilátás csodálatos és bámulatos! – mosolygott össze Kathy egy padon pipiskedve ülő barna lánnyal.

– Éjszaka kifejezetten szép lehet! – kontrázott az rá, és nyerítve felkacagott, majd Rose felé nézett, megmutatta a karkötőjén csüngő kagylót, és halkan suttogta felé. – Tik-tak, Szöszi, tik-tak…

– Unalmasak vagytok! – fortyant fel Rose. – Nagyon beakadt nálatok ez a lemez! Kicsit többre számítottam tőletek. – A gúny most sem hiányzott a szavai közül.

– Hát, te biztosan nem vagy unalmas. Előrelátó vagy, csak nem értem, a gyerekeket miért hoztad el ide! Velük akarod megcsináltatni a piszkos munkát, mi? – vágott vissza Kathy.

– Milyen nagy szád lett tegnap reggel óta – szólt halkan Rose. – Mikor Rozsdás hozzád szólt, majdnem összepisilted magad az izgalomtól. Egyébként nem akarunk csinálni semmit itt a gyerekekkel. Mint már mondtam, az erdei feladatok miatt jöttünk ide! Hanyagoljatok minket, ha kérhetem! – Az utolsó mondatot most is csak magának mondta, és közben a gyerekek felé pillantott, akik látszólag semmit sem hallottak vagy vettek észre az egyre jobban tapintható feszültségből.

– Ülj vissza, Kathy! – Wendy parancsoló hangja ostorként csattant. – Azért vigyázz, Szöszi! Okosabb vagy te annál, minthogy az iskolában is akarj egy-két morcos hódolót.

– Nem akarok tőletek semmit sem most, sem pedig később! Ugyan miért gondoljátok, hogy hatalmas terveket kovácsolva jöttem erre a gyerekekkel? – kérdezte Rose, és kíváncsian várta a választ.

– Ó, Szöszi! Nagyon jól adod magad! Miért is, lássuk csak… – tette a halántékára a mutatóujját Wendy, mintha nagy erőlködéssel tudna csak koncentrálni a helyes válaszra. – Hát, talán ezért… – mutatott magabiztosan a távolba, Rose háta mögé.

Rose megfordult, és a mögötte elterülő, ködbe vesző tájat kezdte el fürkészni érdeklődve. A bágyadt napsugarak melengető erejének hála a felfelé szálló meleg levegő lassú mozgásra kényszerítette a völgyben rekedt lusta és vastag ködpaplant. Forogva, gomolyogva mutatta minden oldalát a nap felé, várva, hogy a meleg kiszabadítsa a körforgás börtönéből. Itt-ott kibukkant a szemben lévő oldalon egy-egy jól kivehető, tenyérnyi fenyőfolt, majd a ködfüggöny lebbent egy utolsót, és akkor Rose megpillantotta. Ott állt a négy égre meredő tornyával, omladozó homlokzatával, kísérteties valójában a tegnap esti tábortűz zsarátnokaiból megidézett kísértetház.

Az Átok Háza.

Pont olyan volt, ahogy Rose elképzelte, s most ott állt tőle talán egy puskalövésnyi távolságban. A köd gomolygott, hol elnyelte a házat, hol pedig a kíváncsi szeme elé tárta. A lány egy pillanatra azt hitte, hogy a köd el fogja nyelni, és a következő fordulat után csak égig érő fenyőfák lesznek a helyén. Vágyott arra, hogy eltűnjön a káprázat. Nem akart szembesülni vele, hogy valójában itt van, és kezeivel érinthetné az épület falait. Nem akarta, hogy tudatosuljon benne, hogy Wendynek és barátnőinek egyetlen szava is igaz lett volna, miszerint az este hallottaknak tényleg van valóságalapja. Behunyta a szemét, és annyira akarta, hogy mire kinyitja, ne legyen ott a romos ház, hogy szinte belefájdult a feje, és összecsikordultak a fogai.

Füleiben ismét hallotta a behangolatlan rádió sistergő, sercegő zúgását, és tudta, hogyha kinyitja a szemét, a kék villanásokat is meg fogja pillantani. Egy meleg, kicsi kéz fogta meg a mutatóujját, aztán még a hüvelykujját is, és így tovább: lassan minden ujjára jutott egy-egy apró kéz. Arcizmai meglazultak, és fogai már nem préselődtek egymáshoz oly szorosan, és szemhéjai felnyitásához is elegendő erőt érzett magában.

Megtette hát, felpillantott.

A ház ott volt, a fejfájás és a sercegés sem enyhült, de a gyerekek köré álltak, és bátorítóan többen is apró mosolyt villantottak felé. Wendynek és barátnőinek háttal volt, így azok szerencsére semmit sem tudtak leolvasni az arcáról, és nem is látták a szenvedését.

– Nos, akkor már szinte mindent tudsz, Szöszi! – szólt hozzá Wendy a már megszokott maró gúnnyal. – Még nyolc éjszaka. Sok szerencsét!

Wendy abbahagyta a lábának lóbálását, leszállt az asztalról és hű bérencei egy intésére követték. Mielőtt még eltűnt volna a fák takarásában, visszafordult, és a mutatóujját felmutatva jobbra-balra mozgatni kezdte. Rose csak a szájáról tudta leolvasni a szavakat, Wendy már messze volt ahhoz, hogy értse is. Viszont pontosan tudta, hogy mit mond, egyszerű volt megérteni, hiszen az ujjával mutatta is, hogy: tik-tak… tik-tak.

Amint az egyre jobban gyűlölt lányok eltűntek a sűrűben, Rose térdre ereszkedett a gyerekek gyűrűjében, és magához ölelte valamennyit. Tudta, hogy sokat köszönhet most a jelenlétüknek. Nem is mert belegondolni, hogy hová fajulhatott volna a szócsatája a többiekkel, ha a gyerekek iránt érzett alázata és kétségbeesése nem csillapítja a lánycsapat felé irányuló roppant dühét. Hiába tudta, hogy türtőztetnie kellett volna magát, mert haragja és sebezhetősége csak még több támadási felületet nyújtott volna a feléje irányuló gúnyos szavaknak és ártó szándéknak. Legközelebb csak nehezebb lesz, ha nem tudja indulatait és érzéseit kordában tartani. Meg is fogadta egy röpke másodperc alatt, hogy a következő alkalommal mosolya pajzsa mögé fogja rejteni érzelmeit.

Ez idáig sohasem érzett magában ilyen indulatokat. Mindenkit szeretett, és mindenki szerette őt, tisztelettel és alázattal állt az ismeretlen emberekhez. Sohasem érezte, hogy lenézik. A tegnap este azonban felszabadított benne valamit, egy sohasem látott fenevadat, aminek az volt a feladata, hogy megvédje magát. Védekező mechanizmusai felismerték a problémát, és egyelőre még a lehető legrosszabb dolgot választották... felvették a felé dobott kesztyűt. Ez csak a rutintalanság számlájára volt írható. Ebből az elmúlt nem egész negyed órából is annyit tanult, hogy lassan ráérzett az ízére, hogy kell béklyókat vetni a fenevadra, ha kell, és mikor hagyja szabadon áramlani érzelmeit.

Attól nem volt gyengébb vagy kevesebb, hogy az eddig nem ismert érzéseket nem tudta kezelni, és haraggal válaszolt rájuk. Valószínűleg más is így reagált volna a kialakult helyzetre. A tábortűznél történtek alatt ráutaló magatartással és kalandvágyával lecsapta a feldobott labdát, nem mérlegelte a nehézségeket és a következményeket. Márpedig azt jól tudta és már megtanulta, hogy minden döntésének előbb vagy utóbb következménye lesz. S ez most nem egy elhallgatott rosszabb osztályzat vagy egy elsumákolt takarítás. Wendy és barátnői viselkedése volt csupán a kulcs. Azzal a határtalan gúnnyal és közönnyel még nem találkozott, amivel őhozzá álltak. Megszokta, hogy szeretik és elfogadják, és most a tudata döbbenten szembesült vele, hogy igenis lehetnek olyanok, akik ismeretlenül is inkább ellenséget és konkurenciát látnak benne. Ez a tudat mérgezte meg a gondolatait, és kergette a harag és a kétségbeesés borotvapengéjére. Tudta, hogy mostantól bármi is történjen, nem veszítheti el az önuralmát. A sebezhetőséget a maga oldalára kell állítania, és egy aprócska közöny álarcát kell felöltenie. Nem adhatja meg az örömöt minden alkalommal, hogy lássák mások is, milyen legyőzhető. Minden egyes olyan alkalom, amikor gyengének mutatkozik egy-egy lehetőség a vérszagra odagyűlő alakoknak, és tudta, hogy ezek nem is fognak habozni, kihasználnak minden alkalmat és lehetőséget most és legközelebb is.

Magához ölelte a gyerekeket, simogatta buksijukat, és hagyta, hogy őt is szeressék. „Hát ugyan mi kell ennél több a világon, mint az önzetlen szeretet, amit ezek a kicsiny emberkék akaratlanul szórnak a világba szerteszét?" – Nem tudta, meddig tartott volna ez a nagy csoportos ölelés, de az tény, hogy a szeretet nagy, rózsaszín léggömbjét Mark pukkasztotta ki:

– Pisilnem kell... – suttogta halkan a kisfiú egy röpke nap alatt már másodszor.

Rose elmosolyodott, Mark is küldött egy félénk és bocsánatkérő mosolyt. Aztán mindenki elkezdett mosolyogni, majd nevetni a helyzet abszurditásán. Csengő gyerekkacaj csilingelt a hatalmas fenyőfák között, útra kelt és öntudatra ébredve, visszhangozva besuttogott a bokrok alá, a fák koronájába és a gomolygó ködbe. Rose kibontakozott az ölelésből, és egy közeli fa felé irányította a kisfiút – utasítva őt, hogy ne menjen beljebb –, a többieket pedig arra, hogy illedelmesen forduljanak el, és ha lehet, ne kukucskáljanak.

Eszébe jutott a tegnapi pisiltetés, és vele együtt agyába furakodott az a furcsa kék villanás és sercegő, különös hang, amit ott és akkor hallott először. Aztán délután a játszótéren, az erdőszélen és most. Most nem látta a kék villanásokat, bár az is lehet, hogy csak nem vette észre, hisz olyan sokfelé kellett figyelnie, és olyan sok dolog kötötte le az érzékszerveit és az érzelmeit. Nem tudta megmagyarázni magának, nem tudta, miért ismétlődött meg már harmadszor, nem tudta, hogy csak ő érzékeli-e őket, és azt sem, hogy valóban mi is történik. Abban biztos volt, hogy nem a fenyő tűlevelei között fütyülő szellőt hallotta, s bár most elmaradt a kék villanás már biztos volt benne, hogy az sem egy pillangó szárnyán megcsillanó napsugár.

Kicsi Mark végzett a dolgával, Rose az órájára pillantott, és konstatálta, hogy haladéktalanul indulniuk kell vissza, mert lekésik az ebédet, s nem tudta, hogy azért vajon milyen büntetést kapna a 12-es barakk vagy a vezetőjük. Érezte, hogy reggel kissé felbosszantotta és magára haragította Rozsdást is, bár őt lehet, hogy a görbelábú hölgy már lecsillapította. Viszont úgy volt vele, hogy jelen pillanatban elég neki az, ha csatáit csak egy fronton, Wendyvel vívja, nem kellett neki még egy hadszíntér. Valahol nem is olyan mélyen azt is tudta, hogy Rozsdással, alias Mr. Murphyvel nem lenne könnyű dolga. Sokkal nagyobb hatalom van a kezében, mint bármely halandó táborlakónak. S valahogy addig jó, míg ez a hatalom ott nyugszik békésen Rozsdás felügyelete alatt.

Gyorsan haladtak lefelé. Nem volt szükséges pihenőket tartani, mert az út nem volt megerőltető, egyszerűen csak vitte őket a lábuk. Az ebédhez ugyan utolsónak értek oda, de még jóval a tűréshatáron belül, szinte érzékelni sem lehetett a késést. Elfoglalták helyüket, Rose körbejárta az asztalt és segített merni mindenkinek a forrón gőzölgő levesből. Aztán elkapta a szomszédos asztalnál ülő Wendy pillantását, mélyen a szemébe nézett, és küldött neki egy röpke mosolyt.

Amíg hűlt kicsit a levese, az asztal alatt ujjaival gyorsan kitapogatta a hátizsákjában a térképének vázlatát, és kiterítette maga mellé az asztalra. Bal kezével szórakozottan kevergette a gőzölgő levest, jobbjával pedig bejelölte a vázlatába a megjárt ösvény utolsó kanyarulatait, és egy apró kis kivehetetlen pacát is rajzolt oda, ahol a körülbelül a ház volt.

„Hátha jól jön még ez az információ valamelyik éjjel…" – gondolta.

*

Az ebéd finom volt és laktató. Rose belegondolt, hogy milyen nehéz is lehet ilyen finomságokat készíteni ennyi gyereknek itt a vadon szélén, oly messze a városoktól. Néha látta a konyhai segítőket kis zsúrkocsikat tolva az asztalok között szlalomozni, de azt a munkát inkább büntetésnek vélte. A konyhai munkát viszont nagyon szerette, és kíváncsi is lett volna rá, hogy vajon itt főzik-e az ételeket, vagy már készen érkeznek valamelyik közeli településről. Feltételezte, hogy itt is kell lennie valamilyen helyiségnek, ahol készítik az ételeket, hiszen az eddigi reggelik és a vacsorák nem igényeltek túlságosan nagy konyhaművészeti tudást. Természetesen az megint más dolog, hogy több tucat gyerekre szalonnás tojást vagy pirítóst gyártani is kimeríti az egyszerű főzés fogalmát.

Rose elhessegette ezeket a gondolatokat, és úgy döntött, hogy majd egyszer, ha nagyon unatkozik, akkor utánajár, hogy is kerül az asztalra a meleg kakaó és pirítós. Tele hassal most inkább hátradőlt kicsit a székén, és békésen szemlélte csemetéi majszolását. Jó volt látni, hogy bár csak feltételezte, hogy milyen válogatósak lehetnek ezek a kisgyerekek, ahhoz képest békésen befalták az ebéd minden egyes falatkáját, ami Rose segítségével a tányérjukra került. Nagy valószínűséggel a korai ébresztő, a túra a hegyi ösvényen és a fenyőerdő gyantaillatú friss levegője hozta meg az étvágyukat és tüntette el az esetleges válogatósságukat az ételek iránt. Mindegy volt, mi van ebédre, csak meleg legyen és elég ahhoz, hogy az elégetett kalóriákat pótolja, és újra elraktározzon elegendő energiát a délután kihívásainak leküzdésére.

Már szinte teljesen kiürült az étkezde, mire végeztek a 12-es barakk utolsó lakói is. Rose türelmesen nézte a lassabban evőket, nem sürgette őket. Nem maradt sok terve a mai napra. Úgy gondolta, hogy ebéd után kicsit lepihennek megint valahol a játszótérnél vagy a tóparton a kidőlt fák alatt. Ha elmúlott a laktató ebéd utáni punnyadtság, akkor esetleg feldobja a kérdést, hogy mitévők legyenek. Ha kell, pihenhetnek is, semmi sem kergeti őket, nincs megoldási kényszer rajtuk.

Így aztán amikor mindenki letette az evőeszközét, gyorsan talpra parancsolta a gyerekeket, nehogy a kajakóma itt érje őket, és kiterelte őket a szabadba. A nap erősen tűzött, ezért aztán az egyik hatalmas fa árnyékában bocsátotta szavazásra a kérdést, hogy hol is pihenjék ki a délelőtt és az ebéd fáradalmait. Csupán a barakk volt tabu, a játszótér és a tópart között hagyott választási lehetőséget. A gyerekek egyöntetűen szavazták meg a tópartot, csupán a kicsi Mark tartózkodott, mivel ő már most zavartan topogott. Rose egy pajkos kis mosolyt küldött felé, és hogy a kisfiúnak ne kelljen kérnie vagy mondania, ő adta ki a parancsot, hogy ebéd után mindenki mosson kezet, és a tópartra menet előtt mindenki keresse fel a mellékhelyiséget.

Egy apró, szégyenlős, de hálás mosoly volt a köszönet.

Míg a gyerkőcök elsétáltak az étkezde épületének hátsó része felé, Rose is utánuk ment, de csak roppant lassan, hagyva elég időt, hogy mindenki elvégezze a maga dolgát. Közben pedig ismét hagyta szabadon szárnyalni gondolatait. Egyre jobban izgalomba hozta, ha a házra gondolt. Agyának egyik rejtett zugába, ahová a szabályok ellen lázadó gondolatait száműzte, gyökeret eresztett az az aprócska ötlet, hogy egyik éjjel el kellene rugaszkodnia a valóságtól, lerázni a béklyókat, és elmenni a házhoz. Felvillanyozta a gondolat, hogy lázadhat, felpezsdült a vére, ha az ösvényre gondolt, ahol a holdfényes éjszakában rohanhatna a négytornyú ház felé. Be sem kellett hunynia a szemét, mégis szinte érezte az éjszaka hűvösségét, ahogy a hideg, párás levegő ezer tűszúrásként égeti meztelen karját. Érezte a jéghideg levegőt a tüdejében, ami próbálja hűteni lángoló vérét, és szinte látta maga előtt a szájából kiáramló lélegzetének minden egyes párafelhőcskéjét.

Egyre kezelhetetlenebbül furakodott elméjébe az éjszakai kaland lehetősége, csak egyszerűen a kivitelezést nem tudta még összerakni a fejében. Hogy is tudna megszökni, hiszen emlékezett rá, hogy az elmúlt este, amikor a mesét olvasta a gyerekeknek, látta az ablakon beleskelődő Mr. Murphy arcát. Szinte biztos volt benne, hogy a tanárok és a felügyelők hajnalig vagy legalább késő estig felváltva járőröznek a táborban a barakkok között, és próbálják elkapni vagy leleplezni a lehetséges törvényszegő táborlakókat. Másodszor, azt is tudta, hogy a gyerekeket nem hagyhatja egyedül és felügyelet nélkül semmilyen körülmények között. Tisztában volt vele, és nem is a várható büntetésektől félt, hanem attól, hogy ha esetleg tényleg szükség lenne rá, és akkor nem találnák ott a gyerekek. Elképzelhető, hogy el is indulnának megkeresni őt az éjszakában itt, egy hatalmas erdő közepén. Ettől a gondolattól, még a hideg is kirázta. Tudta, hogy ennyit nem ér egyetlen kagyló sem. Ezt nem lehet becsületbeli ügynek tekinteni, és ezt azért Wendynek és népes rajongótáborának is be kell látnia. Harmadszor, pedig pont Wendy és társasága voltak azok, akikben nem bízott meg egy aprócska pillanatig sem. Valahol a zsigereiben érezte, hogy valószínűleg pont ezek a lányok lennének az elsők, akik értesítenék a tanári kart vagy a felügyelőket az éjszakai kóborlásáról.

Elég sok ismeretlen tényező és ismert buktató is volt tehát az egyenletében, hogy tudja, ezt igazán jól elő kell készítenie, ha egyáltalán sort kerít rá itt és most ebben a hátralévő nyolc napban. Ebben azonban nem volt még kellő rutinja. Ahol tudta, ott mindig betartotta a számára kért vagy előírt kéréseket. Soha eszébe sem jutott megszegni a szabályokat, hiszen tudta, hogy ezek a szabályok nemcsak őt védik, hanem kordában is tartják az ifjú személyiségeket. Mindig is megfeleltek számára ezek az előírások, hiszen gúzsba nem kötötték, szabad lehetett, csinálhatott, amit akart, és ez éppen elég volt számára. Nem volt szükség mindig újabb és kétségbeesettebb szabályok bevezetésére, amik csak a következő lázadó gondolatokat és tetteket szülték volna. Életének szabályai mindig is egyszerűek, betarthatók és elfogadhatók voltak, melyekről Rose mindig úgy gondolta, hogy működnek.

Persze, persze itt állt most élete nagy kalandja előtt, vérében izzott a kalandvágy, a tenni akarás és a szabályok felrúgni akarása... csak pár órára, csak egy éjszakára. S a legdöbbenetesebb az volt, amikor felismerte, hogy nem is csak Wendy miatt szeretné megtenni, hanem saját maga miatt is, hogy érezze a lázadó szembeszállást, azok a dolgok ellen, amik valójában nem is korlátozzák őt. Olyan szabályok ellen, amik nem is léteznek, nem hátráltatják és soha nem is nehezítették meg sem a jelenét, sem pedig a jövőjét.

Amíg várta a gyerekeket a mosdó előtt, leült egy kivágott fa árván maradt, korhadó tönkjére, s míg gondolataival viaskodott, szórakozottan rugdosta a kavicsokat a föld porában. A körülményekhez képest próbálta arca vonásairól száműzni azt, hogy milyen nehéz gondolatokkal is küzd meg valójában. Érezte, hogy ebből az egészből csak ő maga csinált problémát, és már sokadszorra átkozta el azt a percet, amikor tegnap este megállt meghallgatni a tábortűz mellett Wendy meséjét.

Mennyivel nyugodtabb és felszabadultabb lehetne most, talán jobban odafigyelne a tücskök ciripelésére. Lepkéket kergethetne a srácokkal, és vadvirágot szedhetne a lányokkal. Ez sohasem jelentett nehézséget számára, ha akart, bármikor szeretettel leereszkedett a társa vagy társai mellé, nem érdekelte a környezete, az sem, hogy hány ember mosolyogja meg, ha éppen versenyt liheg a szomszéd néni öreg kutyusával, vagy éppen virágkoszorút köt a hátsó szomszéd kislányának fejére. Rose az elmúlt este miatt kicsit elvesztette önmagát. Azt, ami miatt mindenki, aki ismerte őt, szerette. Kortól függően biccentettek felé mosolyogva, vagy elé szaladtak az utcán. Most ez a Rose egyre távolodott a kavicsokat rugdaló lánytól, és egy olyan énje akarta átvenni az uralmat, akit – bár sohasem találkozott vele – nem szeretett, és amilyen soha nem is akart volna lenni.

Rose-nak össze kellett szednie magát. Tudta, hogy egyszerűen csak nagyon sok váratlan esemény történt vele tegnap reggel óta, amikor még szülei oldalán azt a csínyt tervezgette, hogy majd napkeltét néz a tóparton. Ehhez képest most nyolc gyerekért felelős, és ki akar szökni éjjel egy kísértetházba holmi kifúrt indiánkagylókért. El kellett kissé engednie ezt a küldetést, mert minél görcsösebben próbálta megoldani, úgy csúszott ki minden az irányítása alól, mint az összeszorított ujjak között átcsorgó víz. Ha elég lazán kezeli, akkor valami azt súgta, hogy magától megoldódik majd ez is, mint minden más az életében, mert az időt úgysem állíthatja meg. Mosolyának újra őszintének kell lennie, gondolatainak tisztának, és a jelen pillanatban legfontosabbal kell foglalkoznia: a gyerekekkel. Ők az elsők, és azoknak is kell maradniuk a táborozás végéig. Ezen nem változtathat egy csapat plázacica sem.

Elrúgta hát az utolsó kavicsot, amit a lába még nyújtózkodás nélkül elért, felemelte a fejét, és vidáman, mosolyogva várta a felé sétáló gyerekeket. A jóllakottság furcsa fáradtsága telepedett a kis csapatra, amíg összevárták egymást a korhadó fatönk körül. Lassan, de nagyokat pislogtak, és a pillantásuk meg-megállapodott a környezet egy-egy távoli pontján. Lesétáltak az azúrkék vízpart homokos, aprókavicsos partjára, és elfoglalták törzshelyüket a kidőlt farönkök között. Ki-ki belátása szerint leült vagy elnyújtózott az árnyékban.

Most, itt a nyugalom néma szigetén, mikor senki sem beszélt hozzá, Rose is érezte, hogy tagjai és szemhéjai elnehezülnek, és bármit megadna, ha csak pár percre behunyhatná a szemét. Túl sok minden zakatolt az agyában, és a pár percnyi alvásról azt gondolta, száműzné a felesleges dolgokat onnan, megtisztulhatna és feltöltődhetne tőle, de az alvásra még várnia kellett. Még nem érkezett el az ideje. Hatalmas önuralommal nyitva tartotta a szemét, és a gyerekeket bámulta, öröm volt rájuk nézni. Néha-néha találkozott a pillantása egy-egy tekintettel, és akkor a tiszta szeretet nézett vissza rá. Hiába volt kicsinyke fáradtság is közte, a szeretet mosolygott vissza a kék, barna vagy zöld szempárakból. Elég sokszor egy kis villanásnyi mosoly is csatlakozott a tekintetekhez, és Rose tudta, hogy a reggeli bizonytalanság már eltűnt a pillantásokból.

Kicsit hagyta még őket pihenni, látszott, hogy mindenki békésen elfoglalja magát. A legtöbben bágyadtan a homokba rajzolgattak az ujjukkal vagy egy darab hegyesebb ággal. Volt, aki csak hanyatt feküdt az egyik fa törzsén és az égen békésen vándorló bárányfelhőket nézte. Kicsi Mark lovaglóülésben ült egy törzsön, hátát nekivetette egy vastagabb ágnak, és teljesen elmélyült abban, hogy a korhadó fáról lefejtse a meglazult és felpöndörödött kérget.

Lucy – egy hosszú szőke hajú, élénk kékszemű kislány – lépett most oda Rose elé.

– Rose, szeretnék kicsi odamenni a nővéremhez. Valamit szeretne mondani – szólt igazán csendesen a kislány.

– Ez csak természetes, Lucy, menj csak – bólintott Rose, és megsimogatta a kislány karját.

– Ugye megvártok, és nem csináltok nélkülem semmit? – kérdezte fürkésző tekintettel.

– Nem, nyugodt lehetsz. Nem tervezek semmit, amíg vissza nem érsz, de kérlek, ne maradj sokáig – bólintott bátorítóan Rose.

– Igyekszem vissza, és nagyon szépen köszönöm – szólt még hátra Lucy, és futva elindult a központi épület irányába.

Talán senki sem figyelt fel a halk beszélgetésre, és Lucy gyors lépteinek halk zaját is hamar eltompította az, ahogy a tópart kavicsos-homokos partjáról a zöld pázsitra ugrott. Rose addig követte szemével az egyre távolodó kislányt, míg az el nem tűnt az épület sarka mögött. Aztán a tópartra kilátogató többi gyereken futtatta végig tekintetét, a nagyobbak most is lerúgott cipőjük és levetett zoknijaik kupaca mellett üldögéltek a parton, és meztelen lábaikat a vízben áztatták. Néha egy-egy viccesebb kedvében lévő fiú végigszaladt előttük a bokáig érő vízben, lefröcskölve, akit csak ért. Persze a kezdeti rémült sikoltásokat hamar felváltotta a kacagás és a tettes verbális megfegyelmezése. Néhány tanár és felügyelő a part túlsó felén, az erdőszéli hűvösben üldögélt, és onnan szemlélte a békés és idilli hangulatot.

Mint mindig, amikor Rose pillantása találkozott Rozsdás tekintetével, a lány úgy érezte, hogy a karján feláll a szőr, és a gerince mellett egy jeges simítás fut végig. Nem tudta megmagyarázni, miért érzi úgy, hogy a tanár folyamatosan őt figyeli és ellenőrzi, de az megcáfolhatatlan tény volt, hogy Rose akármikor nézett felé, valamilyen véletlen folytán Mr. Murphy mindig őt figyelte. Most is őt bámulta, bár a távolság miatt nem lehetett megállapítani, hogy őt nézi-e, vagy csupán az ő irányába tekint, de Rose most is úgy tett, mintha ezt észre sem vette volna. Pillantása megállás nélkül továbbsiklott a parton ismét nevető és sikítozó társaság felé.

Néhány osztálytársát fedezte fel köztük, ezért intett feléjük. Amíg látta a viszonzott intéseket, gondolta, valószínűleg most ő is ott ülne közöttük, ha a tegnap reggel nem úgy alakul, ahogy. Egy barna hajú lány széttárt karokkal és felhúzott vállal egyértelműen azt kérdezte tőle, „Mi van veled, mi történt?". Rose csak egy legyintéssel válaszolt, hogy „Hosszú lenne elmesélni, inkább hagyjuk!". Úgy is sejtette, hogy a barátai már tudják és ismerik a történetet, hiszen ha máshol nem, hát az étkezések alatt láthatták, hogy miért is nincs velük. A lány felmutatott hüvelykujjal nyugtázta a választ, és beletörődött, hogy majd később megbeszélik, aztán arcára fagyott a mosoly, mert míg Rose-zal beszélgetett, figyelmetlen volt, és a következő fröcskölés váratlanul érte. A hátára záporozó vízcseppek miatt sikítva homorított, és már fordult is társai felé. Rose jót nevetett magában, most kicsit hiányoztak a barátai, de aztán meglátta közeledni az imént elszaladó Lucyt, és a felelősségtudat el is feledtette vele az osztálytársai hancúrozását.

Lucy feltűnően boldogan és mosolyogva közeledett felé.

– Minden rendben van? – kérdezte Rose kedvesen.

– Köszönöm kérdésed, igen, minden a lehető legnagyobb rendben van! – válaszolt fülig érő mosollyal a szőke kislány.

– Nagyon szeretheted a nővéred. Biztos nagyon hiányzott már! – jegyezte meg Rose a kislány felhőtlen jókedvét látva.

– Igen, nagyon szeretjük egymást! Ritkán vagyunk ennyit távol egymástól!

– De hiszen alig egy napja értünk ide! – mosolygott Rose.

– Egy nap is hosszú idő… – felelte Lucy lesütött szemekkel. – Neked van testvéred?

– Nincsen! – válaszolt Rose halkan, s kissé elszégyellte magát. – Egyáltalán nem úgy értettem, hogy még csak egy napja jöttünk el. Tudom, hogy nagyon szeretheti egymást két testvér és két ember. Bocsáss meg! Én ezt igazán nem tudhatom, nem éreztem még. Bár a szüleimre nagyon sokat gondolok én is, és ha tudnám, hogy itt vannak a közelben, akkor biztosan szeretném látni őket.

Lucy kacsintott egyet, és most rajta volt a sor, hogy beletúrjon Rose hajába, s kissé megborzolja azt. Rose amint a szüleire gondolt, egy undok gombóc gyűlt össze a torkában, és a szemeit is égő érzés homályosította el. A gombóc csak forgott a torkában, és nem engedte szavakba önteni gondolatait. A légzés is egyre nehezebbé vált számára, és úgy érezte, hogy nagyon gyorsan el kell fordítania a tekintetét a kislányról, vagy kicsordulnak a könnyei és menthetetlenül sírva fakad.

Próbált alig észrevehetően nagy levegőket venni, hogy legyűrje a gombócot a torkából, és nem pislogni, nehogy az az aprócska nedvesség, ami összegyűlt a szeme sarkában, útnak induljon, és végigszántsa az arcát. A távolba nézett, és édesapja borostás arcára gondolt, ami mégis oly gyengéden adta az esti jóéjt puszit, erős karjaira, amik között mindig vigasztalást és bátorítást kapott, édesanyja kezeire, aminél senki sem tudott gyengédebben simogatni, ha egy rossz álom után a békés nyugalmat kellett éreztetni. Az elmúlt nap kilátástalansága elöntötte lelkét, és nagyon elkezdett hiányozni neki egy bátorító szó vagy gyengéd érintés. A kalandokat kereste, s most úgy állt a dolog, hogy kicsit még többet is kaphat ettől a pár napos tábortól.

Nem bírta tovább, mert a lágyan lengedező szellő annyira kiszárította szemét, hogy pislantania kellett. A benne összegyűlő könnycsepp azonban nem indulhatott hosszú útjára, mert Lucy gyengéden lesimította, és elmorzsolta az ujjai között.

– Már érted… – suttogta Rose fülébe.

Rose csak bólintott, és megölelte a kislányt.

– Értem. Nagyszerű kislány vagy. A nővéred büszke lehet rád – suttogta Rose, és ő is viszonozta az előbb kapott kócolást. – Majd mutasd meg, ha a közelünkben lesz.

– Már találkoztál és beszéltél vele délelőtt az erdőben – jegyezte meg Lucy, és dolgát végezve visszasomfordált Chloe és Cindy mellé.

– Wendy az? – kérdezte rosszat sejtve Rose. – *Wendy az?* – Másodszor már csak halkan magának tette fel a kérdést, mert látta, hogy Lucy nem hallotta, és láthatóan már mással kezdett foglalkozni, ami túlzottan lekötötte figyelmét. Néha suttogott valamit két barátnőjének, akik fel-felpillantottak Rose felé. Ha valamikor, hát most aztán teljesen elbizonytalanodott Rose, és valami titkos összeesküvést vélt felfedezni, amit a háttérből irányítanak. Legszívesebben odament volna a három apró gráciához, és kifaggatta volna őket, de az ebéd után megfogadta, hogy megpróbál csakis egyetlen dologra koncentrálni, ami elsősorban a gyerekek felügyelete. Nem hagyhatta magát eltéríteni, és nem is akart a Wendy-féle ház ügye után még egy titokzatos témát a nyakába venni. Az első is éppen eléggé elterelte a figyelmét mindenről, ami a nyugalmát és a pihenését szolgálta volna.

A gyerekekkel összehívta a kupaktanácsot, hogy eldöntsék, mitévők is legyenek a délután vacsoráig hátralévő részével. Derítsenek-e fel egy újabb ösvényt az erdőben, végezzenek-e valami társadalmi munkát plusz pontokért, vagy csak egyszerűen pihenjenek. Egybehangzó választásuk a nap hátralévő részére a csendes semmittevés volt.

Rose nem foglalkozott többet a gondolataival, bár tudta, hogy majd éjszaka ismét egyedül marad velük, és akkor nem tud majd kibújni a döntéshozatalok alól. Addig is viszont még rengeteg idő volt, amit hasznosabban el lehetett tölteni a magányos tépelődésnél. A jó idő, a vízpart felől egyre erősödő locsogás, sikoltozás és nevetéshullámok ellenére sem szerette volna túl közel engedni kis csapatát a vízhez és az egyre felbátorodó nagyok közelébe sem. Feltalálták magukat a rejtekadó fatörzsek menedékében, ahol Rose mindenkihez odament, és segített a munkálatokban, vagy éppen figyelte a titokzatos elfoglaltságokat. Lassan minden gyermek nevét megtanulta, és használta is. Épített homokvédfalat ártatlan homoki futrinkák köré, s bár ezek a bogarak elég gyorslábúak voltak, a magas, de laza falak útjukat állták. Rose bár nem rajongott semmilyen ízeltlábúért, megígértette a gyerekekkel, hogy idővel szabadon kell ereszteniük a bogarakat. Aztán hántott némi fakérget kicsi Mark kedvéért, egyszerű matekfeladatokat írt a homokba a pihenni nem akaró gyerekek szórakoztatására. Együtt számolta a tovasuhanó bárányfelhőket az égen Ralph kérésére.

Egyszer elkísérte a csapatot a mosdóhoz. Nem utolsó sorban saját megkönnyebbülése miatt is, s persze kicsi Mark kedvéért is, még mielőtt gúnynevet akasztanának rá a többiek. Ilyenkor Rose feltűnően vigyázott rá, hogy a lehető legkevesebb kétség se merüljön fel azért, hogy mindez a kisfiú miatt történik. Ez jó taktikának bizonyult, és így tehermentesítve lett kicsi Mark is, aki felettébb hálásan kezelte és viszonozta ezt a figyelmességet.

Amilyen messzinek tűnt a vacsora eljövetele, olyan gyorsan érkezett el mégis. A magas hegyek bércei mögé lebukó, lángoló napkorong hűvös árnyékot vont a tópartra és környékére. A gyerekek külön felszólítás nélkül is gyorsan szedték a sátorfájukat, és igyekeztek az étkező felé, Rose még egy utolsó pillantással ellenőrizte, hogy a futrinkák is visszanyerték-e a szabadságukat, majd lassan elindult sereghajtóként a csapata nyomában. Büszkeség töltötte el őket nézve, remélte, hogy csakis a jóra fogja őket motiválni a továbbiakban is. A többi barakk legénységéhez képest az ő csapata közeledett a leghalkabban és legkulturáltabban az étkező felé, de mielőtt még odaértek volna, a mosdó felé vették az irányt, hogy a délután minden piszkát és porát letisztítsák ott a kezeikről. Ezt látva több másik barakk vezetője is a mosdó felé irányította a csoportját. Rose egy apró mosollyal nyugtázta a helyzetet, és nem kerülte el a figyelmét az sem, hogy mindezt a Görbelábú Hölgy is észrevette – természetesen Rose higgadt mosolyával együtt –, és a lány egy pillanatra meg mert volna esküdni, hogy egy apró mosolyt látott végigsuhanni a hölgy arcán. Nem volt több mint egy kicsiny rándulás, de Rose számára annál többet jelentett.

A vacsora ismét eseménytelenül telt. Kis csapatának segített az étel kiporciózásában, a kakaó kitöltésében, és a székek kényelmes helyzetbe rendezése is fontos feladat volt. Csupán egyetlen mosollyal nyugtázta a Wendyék asztala felől szinte folyamatosan jövő beszólást és gúnyolódást, amit bár nem értett, de ki tudta találni, hogy valójában miről és kiről is szól. Nem is nézett feléjük, mert nem érzett magában annyi önuralmat, hogy meg tudná állni a szócsatát. Viszont annál többször kereste Lucy pillantását, és próbálta ellesni, hogy vajon ő odatekint-e az asztaltársaságra, és ha igen, akkor kire. Furdalta a kíváncsiság, hogy vajon ki lehet a kislány nővére, de sajnos minden erőlködése hiába való volt, nem lett okosabb a vacsora végeztével sem. Amikor Wendyék befejezték az evést, és elhagyták az étkezdét, Lucy még egy futó pillantással sem nézett a kivonuló lánysereg után.

A vacsora legyűrése most nem ment olyan gyorsan, mint az ebédé, és miután elhagyták az étkezdét, Rose tett egy gyors kitérőt még a keksz- és édességautomata felé. Valami azt súgta neki, hogy még szüksége lehet erre, és a tegnap estén okulva nem akart még egyszer ugyanabba a hibába esni.

Összeszedte kis csapatát, és a 12-es barakk irányába vezényelte őket, ahol reggel óta nem is jártak. A helyiség úgy volt, ahogy hagyták. A levegő friss volt odabent, és csend honolt. A feloltott lámpák fénye sem mozdított meg semmilyen árnyékot a legsötétebb sarokban sem. A gyerekek ledobták felesleges ruháikat, lerúgták a cipőjüket, és néhányan végignyújtóztak az ágyon. Mivel a fiúk voltak kevesebben, Rose kérésére ők mentek el előbb zuhanyozni és fogat mosni. Gyorsabban is végeztek, mint a lányok. Ők már pizsamában ültek az ágyuk szélén, mikor még volt olyan leányzó, aki el sem indult a többiek után.

Aztán természetesen, mire eljött a takarodó ideje és a sötétség is elmaszatolta az ablakokon túli külvilág körvonalait, és csak néhány korán kelő csillag sejtelmes ragyogása fúrta át a sötétséget, már mindenki lefekvésre készen volt.

Rose maga elé intette őket, s akár az elmúlt nap, ma is szépen körbeülték a gyerekek a kopott, rojtos szőnyegen egy mese elmesélése erejéig. Elég hosszú történetet sikerült kiválasztani, s néhányan a végére bele is ásítottak. Rose a tegnapi napból példát véve lefekvés előtt még mindenkit kiparancsolt a mosdóba. Amíg kint voltak, Ralph éjjeliszekrénykéjére odacsempészett pár darab kekszet, hátha megint megéhezne. Később egy kósza pillantással nyugtázták egymás felé a figyelmességet. Rose leoltotta a lámpákat, csak a saját szekrényén lévőt hagyta égve, azt is csak addig, míg a jótékony álmok magukkal nem ragadják a gyerekeket, és ő is el nem tud menni fürödni, majd pedig aludni.

Ahogy csendesedtek a kicsik, és egyre folyamatosabbak lettek a szuszogások, ment még egy kört a szobában. Megigazította a takarókat, helyre rakta a szanaszét heverő cipőket az ágy alatt, kiterítette a gombócba gyűrt törölközőket, majd maga is leült, és elnyúlt az ágyában. A takaró alatt valami furcsa sercegésre lett figyelmes, ahogy végigfeküdt rajta. Kezével kitapogatta, és meglepetésére egy finoman, pontosan összehajtott papírlapot húzott ki a lepedője alól. Az üzenet nem volt hosszú, viszont annál tartalmasabb:

„Minden éjjel tíz órakor Rozsdás megy egy kört a tábor barakkjai körül, aztán éjfél körül a 7-es barakk egy felügyelője következik, de ő ma nem megy el a 12-es barakkig. Hajnali négy körül megint Rozsdás következik…
   Tik… tak… tik… tak.”

Rose felpillantott a lapról, és a sötétben három fénylő szempárral nézett farkasszemet: Lucyéval, Chloe-éval és Cindyével.

Gondolatai táncolni kezdtek, akár egy őrült keringő, és vére lángolva felpezsdült.

3.
Az éjszaka kószálói

Az első pillanatok megrökönyödést és határtalan örömöt szabadítottak fel benne. Rose legbelül érezte, hogy csak ezekre az információkra van szüksége ahhoz, hogy megkockáztassa az éjszakai kiruccanást a házhoz. S tudta, hogy akármennyire is van a józan esze a kaland ellen, az, hogy elinduljon csakis azon múlik, hogy a legelső lépést mikor teszi meg, mert utána már nincs visszaút, végig kell járnia. Örült a levélnek, és tudta, hogy pontosan az van benne, ami rá tudja venni az első lépés megtételére, hiszen ez csak a mai éjszakára vonatkozott, holnap már biztosan más tanár, másik barakkból látja el az éjszakai járőrszolgálatot.

De a lány öröme olyan gyorsan elszállt, ahogy jött.

„Mi van, ha ez csak egy csapda?" – kezdett aggódni.

Szinte fel sem kellett tennie magának a kérdést, felesleges volt, hiszen a zsigereiben érezte: persze, ez lehet egy jól előkészített kelepce is. Vajon miért is lenne más? Aki írta, tökéletesen tisztában van azzal, amire Rose készül. S mivel erről szinte csak Wendy és lánykülönítménye tudott, így kézenfekvő volt a következtetés, hogy ez csakis csapda lehet. Ugyanis senkinek sem lenne haszna abból, ha ő sikeresen elvégezné a küldetést, és hajnalig visszatérne egy kifúrt kagylóval – már ha tényleg léteznek egyáltalán olyanok. Nekik az lenne az érdekük, hogy ha lehet, minél több akadályt görgessenek az útjába, hogy meg tudják akadályozni a sikerét.

„Persze, hogy csapda!"

Vajon ki akarhatná az ő sikerét abból a csapatból? Az egyértelmű választ már majdnem meg is adta magának, amikor elmélkedéséből felpillantott, és a három még mindig felé néző, világító szempárra nézett. Az ismeretlen igazság ott ólálkodott csendesen a négy szempár között, és Rose megértette, hogy talán Lucy és a titokzatos nővér délutáni találkozója nem is volt olyan véletlen, ahogy talán az sem, hogy a vacsora után a most csillogó szempárral ránéző három kislány evett a leghosszabb ideig. Talán azért, hogy a titokzatos jóakaró észrevétlenül a takarója alá tudja csempészni a levelet. Ha viszont így áll a helyzet, akkor talán szó sincs ellene szőtt összeesküvésről, mivel nem tartotta valószínűnek, hogy a három kis védence akármiben is rosszat akarna neki. Valószínű, hogy csak az ő akaratuk és kérésük miatt „szivárogtak" ki ezek a fontos és roppant értékes információk, bár az is lehet, hogy az egész kiscsapatnak tudomása volt arról, hogy a három kislány volt a főkolompos. Ezt kicsit megerősítette a látvány is, hogy egyre több szemecske nyílott fel, és nézett felé kíváncsian a félhomályba burkolózott helyiség valamennyi ágya felől.

Rose megértette, hogy a gyerekek miatt nyugodtan elindulhat, mert ha álmukból felébrednek valami miatt, akkor sem fogják az egész tábort felverve kikiabálni az eltűnését, ugyanis kimondatlanul is szövetségesek lettek. Hirtelen megérezte a hatalmas súlyt, ami ránehezedett. Rájött, hogy most már nem tudja kihúzni magát semmivel ez alól. Nem maradt indok, ami gátolná abban, amire szinte azóta vágyott, hogy először hallott arról, hogy eljöhet táborozni ide az Isten háta mögé.

– Most már tényleg alvás, ha mondom! – dorgálta meg a csendesen figyelő társaságot.

A kis szemek parancsszavak nélkül is egymás után, sorra visszacsukódtak. Hiába, hosszú és kimerítő volt az eltelt nap, és a következő is fárasztónak ígérkezett. Rose ismét ment egy kört a szoba kis lakóinak ágya körül. Megigazította a takarókat, megsimította a kobakokat, majd visszaült az ágya szélére. Hiába próbált másként vélekedni, tudta, hogy már megfogant az agyában a gondolat, hogy neki fog indulni ma éjjel.

A lehető legcsendesebben elrendezte az előkészületeket, amik igazából nem is voltak nevezhetők nagy dolgoknak. Csupán a hátizsákjába csúsztatta az édesapja által ráerőltetett maroknyi kis zseblámpát, aminek most nagy szolgálatát vette, bár indulás előtt még roppant felesleges dolognak találta a szülői házban. Egy kulacs vizet is bekészített, egy zsebkést, egy váltás pólót (bármi történhet alapon). A túra nem lesz könnyű, ezzel tisztában volt, de az ölébe hullt lehetőség miatti adrenalin fröccs nagyon bátorrá tette. Gondolta, a távolságot az adott időn belül könnyedén tudja majd teljesíteni. A gyerekekkel az oldalán is megtette és még bőségesen marad ideje a házban is csavarogni egy kicsit.

Az egyetlen ismeretlen csupán az indulás időpontja volt.

Nem öltözött át pizsamába, csak a túracipőjét rúgta le az ágy elé, és bebújt az ágyba úgy ruhában, ahogy volt. Nyakig magára húzta a vékony takarót, kezébe vett egy könyvet, de jobbára az ablakokat figyelte, mert bízott enne, hogy Mr. Murphy a mai estén is be fog kukucskálni, hogy ellenőrizze a barakk lakóinak viselkedését. Rose csakis abban bízhatott, hogy észreveszi Rozsdást. Csak miután a tanár elhagyja a 12-es barakk közvetlen környezetét, akkor indulhat útnak.

Eljött a tíz óra, majd szépen lassan negyed tizenegy is elmúlt.

Egyre fogyott Rose ideje, amit a kis kalandra fordíthatott. Legalábbis, amit a házban tölthetett el, hiszen legkésőbb hajnali négy órára vissza kellett érnie, ha azt akarta elérni, hogy titokban maradjon az akciója. Míg egyre türelmetlenebbül várt, a lehetséges nehézségeket próbálta mérlegelni és számba venni: azokat, amiket itt a szobában nem lát előre. Bízott magában és az improvizációs képességében, de szerette azért előre látni a lehető legtöbb előforduló eshetőséget.

„Az úttal nem lesz gond" – gondolta magában. Az ösvény szinte egyenesen vezetett, elágazás nem volt. Gyorsan, szinte észrevétlenül oda tudott jutni a tábor területéről, csupán a sötéttel kellett megküzdenie azon a részen. A kőzúzalékos utat tehát elég könnyedén meg tudta találni, és bár csak feltételezte, hogy az közvetlenül a házhoz vezet, arra a következtetésre jutott, hogy gyorsan megtalálja azt és annak bejáratát. Az odabent töltött időt szerette volna a lehető legrövidebbre korlátozni. Nem volt félős, de azért feltételezte, hogy egy kísértetjárta házban minden perccel egyre nő majd a legkisebb megmagyarázhatatlan zajra történő megrettenése és félelme.

Tehát gondolatban már csak a hazaút volt hátra. Azt fontolgatta magában, hogy a kalandvágy és az izgalom miatt az is könnyedén megy majd, és le tudja győzni az egész napot és a kialvatlanságot. Ha szerencséje van, akkor ébresztőig még tud is egy jót pihenni, és a holnap, ha lehet, akkor a legkevesebbet fog feláldozni a maradék energiájából.

Éppen az órájára akart pillantani, amikor a hátsó ablak előtt egy sötét árnyék suhant el hangtalanul, és szinte észrevétlenül beleolvadva a kinti sötétségbe. Rose szíve őrült tempóra kapcsolt, és amint meglátta Rozsdás arcát a szeme sarkából a mellette lévő ablakban, rögtön a könyve soraira fordította minden figyelmét. Érezte, hogy Mr. Murphy sokáig pásztázza a szobát és a lakóit. Rose színpadiasan nagyot ásított, leengedte a könyvet az ágya mellé, és a fal felé fordulva lekapcsolta a szoba egyedüli világításaként szolgáló kis asztali lámpát, ami az éjjeliszekrényén árválkodott.

Kis idő elteltével hallotta a halk mozgolódást odakintről és az egyre távolodó léptek finom neszezését. Kipattant az ágyból, az ablakhoz osont, és a lehető legóvatosabban kikémlelt rajta, valahol azt várta, hogy az üveg túloldalán Rozsdás kárörvendő ábrázata mosolyog majd az arcába, de nem. Rozsdás halk, de fegyelmezetten gyors lépteivel, már szinte elérte a következő barakkot.

Rose türelmesen követte tekintetével a tanár mozgását, és amikor már csak egypöttynyi árnyékát lehetett látni a tanári szállások felé közeledve, a lány cselekedett. Beleugrott a túrabakancsába, letérdelve mellé a lehető legszorosabbra kötötte mind a két fűzőjét, hogy ne kelljen felesleges időt vesztegetnie az esetleges újrakötéssel. Ahogy elindult az ajtó felé, még azzal a mozdulattal magához is ragadta az előkészített hátizsákot. Az ajtóban visszapillantott még egyszer a békésen alvó és egyenletesen szuszogó gyerekekre, és még mielőtt meggondolhatta volna magát, a keze már a kilincsen volt, kinyitotta az ajtót, és kiosont a házikóból.

Hangtalanul zárta be maga mögött az ajtót, fekete pulcsijának kapucniját a fejére húzta és óvatos léptekkel az ösvény felé osont eggyé olvadva a környező erdő fény nélküli sötétségével.

A gondolatok most már nem zavarták. Rálépett az útra. Innentől vitte előre a lába, feleslegesnek tűnt emésztenie magát bármin is. Úgy gondolta, hogy ami probléma felmerülhet, azt meg kell oldania, és a meghatározott időre vissza kell érnie a barakkjához, a gyerekekhez kagylókkal vagy nélkülük. „S ez a vége." – Igen, ezt eldöntötte, míg várt Rozsdásra. Úgy vélte, több éjszakát nem áldoz és kockáztat ilyen butaság miatt. Most mindent megtesz a siker érdekében, és ha lehet, akkor a lehető legszebb kagylót választja ki a hamuból, de aztán vége a játéknak. Holnap reggelikor odadobja majd a lányok asztalára a trófeáját, nem is fogja felfűzni karkötőnek, csak odaveti, és minden szó nélkül továbbmegy a gyerekekkel az asztalukhoz.

„Soha többé nem hallgatok az ilyen kihívásokra!" – Ez jó lecke volt a számára, ugyanakkor vicces is, de amikor felelősséggel tartozik mások irányában, akkor a saját egóját igenis meg kell tanulnia háttérbe szorítania. Pláne nem azért, hogy imponáljon pár elkényeztetett lánynak az iskolából. Ő ennél mindig is többre tartotta magát.

Lábai és szemei gyorsan rátaláltak a sötétbe vesző ösvény bejáratára, amit most még a tábor halvány fényei is megvilágítottak, de pár lépés, és a feketeség lett az úr, pár lépés és a kaland valóban elkezdődött. Innen még volt visszaút, csak meg kellett fordulnia, és visszasétálni a barakkig, lerúgni a bakancsot, és elnyújtózni a puha és meleg ágyban.

De Rose úgy döntött, nem teszi: csöppnyi megtorpanás nélkül, határozottan indult el a ház felé.

S az Átok Háza már várta őt.

*

Néhány méter után az erdő életre kelt. Az első pár lépés, amit Rose az ösvényen megtett még csendre és figyelemre ösztönözte a sötét erdő minden teremtményét, de aztán hamar felismerték, hogy egy sötétben lopakodó kislány nem feltétlenül okoz veszélyt. Az erdő és az avatatlan szemnek láthatatlan teremtményei ismerték a fenyegetettség érzését: egész életük a felismerésén alapult, csak annak volt köszönhető minden megélt napkelte. Senki sem volt biztonságban, ezt megtanulták, amióta a fehér ember betette a lábát az indiánok által még mélyen tisztelt rengetegekbe. Igaz, hogy a legnagyobbaknak és legerősebbeknek szinte csak az embertől kellett rettegniük, de a kisebbeknek, a prédaállatoknak, amik a csúcsragadozóknál lejjebb helyezkedtek el a tápláléklláncon, már mindenre és mindenkire óvatossággal kellett tekinteniük. S ezen a jövőjük múlott, az életük és az utódaik élete. Ne legyenek kétségeink, ők megtanulták ezt, és sok-sok generáción keresztül örökül hagyták utódaiknak. Ezért aztán a prédaállatok az egérkéktől a szarvasokig vagy urbanizálódtak és elfogadták az ember közelségét és az abból adódó veszélyeket, előnyöket vagy olyan csapásokon jártak évtizedek óta, ami a génjeikbe ivódott és a lehető legnagyobb biztonsággal elkerülte az emberek és a ragadozók útját. Csupán a gyengék és a hátramaradottak nem voltak biztonságban, akik már kikerültek a csapat vagy csorda biztosította védelem hatósugarából, mert őket bizony kíméletlenül elemésztette ez a könyörtelen és mégis oly csodálatos rendszer.

Az erdő sötétjében lapuló egérke ösztönösen tudta, hogy az éj könyörtelen vadásza, a bagoly ellen semmi esélye sem lenne, hiszen meg sem hallaná a közeledését, csak a hátába mélyedő karmokat érezné, és pillanatok alatt darabokra hullana a jövője. A sötétben osonó embertől viszont nem kell félnie. Annak sokkal rosszabbak az érzékszervei, mint neki vagy utódainak. Nem jelent veszélyt, sőt inkább biztonságot ad, hiszen míg a közelben van, addig a könyörtelen és néma gyilkos nem fog repülni, csak les a korhadó fa évtizedes odújából, vagy egy arra alkalmas ágról, amiről legjobban beláthatja éjszakai vadászterületét.

Az éjszaka rovarai is abbahagyták a sötétségnek és szerelmüknek írt szüntelen szimfóniájukat: a véget nem érő ciripelést. Éjszakai lepkék és pillék ugrottak az ösvény menti bokrokról vagy fakéregről a Hold gyenge fénye felé, hogy a verdeső szárnyukkal táncba hívják a folyton növő és fogyó nagy fehér óriást. Aztán megnyugodva és kikosarazva minden parányi élőlény visszatért megszokott helyére, és vagy szárnyai nyújtogatásával, vagy ciripeléssel múlatta az éjszakából hátralévő időt.

A vadászokat is óvatosságra intette az ösvényen osonó ember.

Figyelemmel méregették, és arra kapták fel a fejüket, ahonnan egy ijedt rigó vagy a mindentől megriadó varjak csaptak fel lármázva. Vártak, várták, amikor ismét eljön az ő idejük a zsákmányszerzésre, és nagyon jól tudták, hogy el fog jönni, ha esetleg nem ma, akkor majd holnap. Ebben az évszakban bőség volt, lehetett válogatni és kivárni a legkedvezőbb alkalmat. A kicsik is erősek voltak már, egyedül is tudtak vadászni, nem voltak rászorulva a szülői gondviselésre, védelemre és etetésre, hiszen mire megjön a fehér évszak minden könyörtelenségével, addigra a kölyköknek és fiókáknak készen kell állni. Aki nincs felkészülve, az elveszett: ez a vadon és a tél íratlan szabálya, nincs mellébeszélés, magyarázkodás vagy második esély.

Rose az erdőben élő teremtményekkel semmit sem foglalkozott. Talán fel sem figyelt a vadon éjszakai neszeire, csak ment, mert mennie kellett, és főleg mert vissza kellett érnie. Szíve vadul dobogott, de nem is csak az egyre megerőltetőbb emelkedőktől, nem is a nehéz éjszakai levegőtől és a félelemtől végképp nem. Sokkal inkább az eszeveszett örömtől, amelyről úgy érezte, hogy repülni tudna, továbbá, hogy az egész eddigi életéből ez hiányzott. Felszabadultnak és szabadnak érezte magát, akár a sok év fogság után kiszabaduló vadállat, ami letépte béklyóit, és végre ismét azok nélkül élhet. Szinte a föld felett lebegve haladt a célja felé. Nem volt ismerős a terület, így a sötétben egyformának tűnt minden. Viszont jól emlékezett arra, hogy az ösvény hogyan vezetett a kőzúzalékos terep felé. Nem volt félnivalója, hiszen egyszerű volt az út, csak kicsit megerőltető.

Rose az erőltetett menetben kissé kifulladt. A lábaiban már elkezdte érezni a fáradtságot, a levegőt is szaporábban vette, és az oldala is szúrni kezdett egy kicsit. Ezért aztán lassított, ivott egy kortyot, de inkább csak annyit, amivel a száját nedvesítette meg. Úgy vélekedett, hogy még szüksége lehet vízre, így igyekezett beosztani azt. Inkább vigyen haza belőle, minthogy idő előtt elfogyjon. Igazából nem volt indokolt az őrült sietsége, a ház megvárta, és biztos volt abban, hogy könnyebben tud majd sietni hazafelé a lejtőn, mint az emelkedőn felfelé. Így csak saját magát fárasztja ki, főleg úgy, hogy ma már másodszor teszi meg ezt az amúgy sem egyszerű utat.

A fáradtságát viszont lassan elűzte a friss, oxigéndús levegő – amit szinte harapni lehetett – jótékonyan áramlott szét ereiben, és kipucolta a korai izomláz első jeleit. Jólesett kicsit sétálni itt az erdőben. Eszébe jutott, hogy hátra sem néz, pedig kíváncsi volt az éjszakai tábor látványára. „Vajon ma is vannak kisebb-nagyobb társaságok, amik a tábortűznél rémtörténetek mesélésével múlatják a takaródóig hátralévő időt?" – Már mindegy is, mert messze járt, így Rose nem is pocsékolta az erejét arra, hogy feleslegesen forgolódjon. „Ha vannak ott emberkék, hát melegedjenek csak a tűz mellett… Nálam szabadabb és boldogabb lány úgysem létezik ma éjjel az egész földkerekségen."

A lassabb sétálásnak azonban egy félelmetes hátrányával hamar szembesülnie kellett, ugyanis így minden nesz és zaj hallható volt fülei számára. Amíg sietett, addig az avaron és levelek között a lépteinek zaja elnyomta a külvilág hangjait, szemei csak az ösvényt és az út melletti fákat fürkészte. Most viszont az éjszakai erdő sötétjének minden kísérteties neszezése felkeltette a figyelmét, a szeme sarkából szemlélve minden koromfekete árnyék megmozdulni látszott. Osonó, óvatos lépteket vélt hallani néha maga mögül, néha szemből vagy egy-egy elhagyott vastagabb törzsű fa túlsó oldaláról.

Ha pedig megállt, akkor csend ereszkedett a tájra, félelmetes, halott csend. Amint továbbindult, ismét megelevenedett az erdő minden neszével és a sötét árnyékban ólálkodó lényével együtt, amit csak agya kreálni tudott. Ahogy telt az idő, úgy kezdte Rose elméjét ellepni és lefoglalni a pánik. Nem volt ijedős lány sohasem. Nehéz volt kihozni belőle a rettegést, de ez most más volt, ez az erdő különbözött mindentől, és ez az éjszaka nem hasonlított semmilyen más korábban átélt élményhez. Mintha az erdő tényleg megelevenedett és életre kelt volna körülötte, és nemcsak a békés állatok, hanem minden olyan is, amik csak a legmerészebb fantáziában léteztek. Óriás árnyékok mozdultak meg és suhantak azokra a helyekre, ahol már olyan sűrű volt az árnyak szövevénye, hogy a szem nem érzékelte a különbséget a sötétség fokozatai között, továbbá, hogy éppen ebből az éjfekete masszából lépett-e ki egy kísérteties árny, és úszott tova a látható táj perifériájára. Ha megmozdultak az alakok, akkor elhallgatott az erdő minden élőlénye, abbamaradtak a huhogások és a ciripelések.

Csupán Rose szíve dübörgött a halotti csendben.

Nem tudta, hogy mennyi ideje indult el és mennyi út van még előtte. Kezdte elveszíteni kapcsolatát a valósággal, az idő múlása nem volt számára követhető, ahogy a távolságok arányai is elmosódtak. Levegője kezdett elfogyni, és érezte, hogy a pánik és félelem hulláma összecsap a feje felett.

Rose megállt, egy fának támasztotta a hátát, és behunyta a szemét. Mélyeket lélegzett, és hagyta, hogy őrülten zakatoló szíve megnyugodjon, és a visszatérjen megszokott ritmusához. Ahogy ott állt, hagyta, hogy térdei berogyjanak, és hátát a fatörzsön lecsúsztatva lekuporodott a fa tövébe, átkarolta a lábát, és a térdeire hajtotta fejét.

S az erdő, a szellemek lakta erdő is lecsillapodott, akárcsak a lány eszeveszetten kalimpáló szíve. A félelmetes neszeket, lépteket és kísérteties hangokat felszívta a sötétség, elnémultak és elnyelték őket az árnyak. Rose kinyitotta szemét, és hagyta, hogy látása az előbbi kaotikus látomások helyett ismét megszokja az éjszakai erdő sötét formáit, kontúrjait és sziluettjeit. A fantáziájának peremén settenkedő árnylények pedig nyughatatlanul ugyan, de visszahúzódtak a szem által átláthatatlan erdő mélyére, s várták türelmesen a következő megjelenésük pillanatát.

Rose kicsit savanyúan ugyan, de elmosolyodott. Szinte kedve lett volna nevetni, ha arra gondolt, hogy őrült szíve és érzékszervei mennyire megviccelték és megrémítették őt. Hagyott magának még pár percet a teljes nyugalomig, majd okulva az eltelt idő tanulságából, most már teljes önuralommal felállt, és elindult az ösvényen célja felé.

A kerekarcú Hold kíváncsian kandikált ki néha egy-egy felhő mögül, és amíg tehette, megvilágította Rose lábai előtt az ösvény avar lepte, kitaposott vonalát. Nem tudta, hogy mekkora út van még hátra, de érezte, hogy már nem lehet sok. Mikor már tudatosan kezdte keresni az ismerős helyeket, kanyarulatokat vagy fatörzseket, és emlékeivel próbálta meg összehasonlítani, akkor ért arra a helyre, ahol a kis csapatával az utolsó pihenőt tartotta. Ahol Wendy és barátai vártak rá, és megmutatták neki az Átok Házát. Akkor látta először.

Megnyugodva kisétált a szedett-vedett, ágakból összeeszkábált korláthoz, és a ház felé nézett. Itt volt tehát, ideért. Innentől ismét új útszakasz várt rá, egy olyan, amit még nem taposott a lába, amit most, ezen az éjjelen kell felfedeznie. A Hold éppen egy felhő pereme mögé bújt, Rose úgy döntött, hogy megvárja, míg újra fényével árasztja el a tájat. „Az sohasem nagy ár – gondolta –, ha fel tudom kicsit mérni a távolságokat és az irányokat." – Amíg kíváncsian az eget fürkészte, észrevette, hogy a két szemben lévő hegy sötét sziluettjei között eltűntek a csillagok, és olyan feketeség érkezik, ami szinte a sötét bérceket is magukba olvasztja. Messze, nagyon messze villám cikázhatott, végignyalva a fekete felhők lelógó pocakját. Csak egy távoli villanás volt, éppen csak érzékelni lehetett, de összetéveszthetetlen volt.

Tehát vihar közeledett.

Az előőrshöz tartozó kis felleg kikúszott az ezüstös Hold elől, aminek a hideg, kékes sugarai higanyként folytak végig a tájon. Rose szeme végigsiklott a völgykatlanon, aztán a kísérteties fekete tömbű, négy égbe nyúló tornyú házon állt meg. Sötét emlékek és hihetetlen legendák kézzel fogható mementójaként magasodott ki a tájból, alázatosan őrizve létének minden pillanatát. Csodálatos és egyben félelmetes is volt ebben az érintetlen vadonban az oda nem illő, lustán elterpeszkedő építmény, akár egy túl szép arcon végigfutó sebhely.

Rose markolta a semmilyen biztonságot nem adó korlátot, és lenyűgözve szemlélte az épületet. Próbálta kitalálni, melyik lehet az északi torony, melyiket kell majd megcéloznia, ha odaér, mivel érezte, hogy azért az ideje eléggé fogytán lehet már. Ezért úgy döntött, hogy amíg a holdfény tart, addig a lehető legalaposabban megszemléli a környezetet. Arra jutott, hogy a jobb oldali hátsó torony lehet az északi torony, az, ami (csak most vette észre) mindig sötétségben volt, hiába erőlködtek a Hold sugarai, valamiért mégsem tudták megvilágítani. Tehát az a sötét torony volt a kulcs, oda kellett érnie a holdfényben, még a vihar előtt.

A legsötétebb torony.

Gondolhatta volna – akár egy olcsó filmben. Hát, persze hogy abba kell majd felmennie. Szemlélte mámorosan a tájat, a házat és a gyülekező felhőket. Elkalandoztak gondolatai a közeli jövőről és a távoli eljövendőről is. Még mikor itt állt a sikerének kapujában, akkor is arra gondolt, hogy mennyire könnyen és felelőtlenül ugrott bele ebbe a kalandba. S miért? Kinek akar ezzel bizonyítani egyáltalán? Azt már az elején leszögezte magában, hogy nem Wendy és a siserahada kedvéért csinálta. De vajon olyan biztos volt ez? Nem akart közéjük tartozni, ez biztos, de akkor mit is veszített volna, ha nem veszi fel a kesztyűt? Hiszen nem lehet mindenkinek barátja, és mások sem akarnak majd a barátai lenni. Hirtelen már abban sem volt biztos, hogy magának akart bizonyítani, és most a várva várt kalandok miatt áll itt.

Kissé elbizonytalanodott.

Igen, Wendynek valamennyi szerepe tagadhatatlanul volt, ezt Rose nem cáfolhatta meg. A szeptemberi iskolakezdés az új középiskolában is nagy szerepet játszott. Ha nem is akart felvállaltan a lányokhoz tartozni, azért jól jött volna pár ismerős arc. Tudta, hogy kicsit tart az évkezdéstől, az új tanároktól, új termektől, új arcoktól. Legbelül valami olyanra vágyott, amit már ismer, és talán erre lettek volna jók ezek a lányok. Valakik lettek volna, akikkel nem kell együtt bandázni iskola előtt vagy után, de lehet inteni vagy biccenteni a szünetekben, vagy a város szupermarketjében, amikor a szüleivel ott vásárol. „Tényleg erre van szüksége?" – tette fel magának a kérdést századszor is.

A lányok cinikus, bántó és lefitymáló beszólásaik és viselkedésük a legkevésbé sem azt üzenték számára, hogy egy karkötőn fityegő kagylódarab miatt bekövetkezik majd a pálfordulás, és onnantól kedvesek, megértőek lesznek vele, és talán még integetnek is neki a bevásárlóközpontban. „Hát persze, hogy nem!" – gondolta magában. Úgy vélte, hogy ezen nem tud változtatni egy éjszakai kis kaland, amit talán ők irányítanak a háttérből, mert ugyebár ezt a lehetőséget sem lehetett kizárni. Persze valójában ők is érezhették, hogy Rose egyáltalán nem is akar spanolni velük sem most, sem a közeljövőben, és talán ez a tudat váltotta ki bennük azt, hogy a falkaszellemet kihasználva a gyengébbnek hitt és egyedüli prédára oly egyszerűen rávetették magukat. Rose pedig kiváló alany volt ehhez. Könnyedén bevette a csalit a tábortűznél, befolyásolható volt a becsületessége miatt, tehát egyben kiváló préda is. Egyik sem volt különb nála, de a csapatszellem, a számbeli fölény és az ezzel járó arrogancia és gőg erővel ruházta fel a gyenge egyedeket.

Rose elmosolyodott.

Itt áll az éjszaka közepén egyedül egy elátkozott ház közvetlen közelében, rögtön el fog indulni felfedezni, és azon agyal, hogy vajon Wendy és perepúttya hogy is fogja lereagálni hősies tettét. Egyszerre volt nevetséges és idegesítő számára, hogy egyszerűen nem tudja kizárni agyából ezt a beágyazódást, mintha tényleg ettől függne a boldogsága. Hiszen még be sem jutott a házba, még nincs is kagylócskája, ami természetesen lehet, hogy nem is létezik, legalábbis nem itt, és nem az északi toronyban. Még egyáltalán semmivel sem tudja bizonyítani, hogy kijött és nem volt gyáva. Még nincs semmije, amit a karkötőjére fűzhetne, vagy csak úgy minden szó nélkül flegmán a reggeliző lányok közé vethetne.

A legsötétebb torony.

Valahogy mindig azon állt meg a pillantása, mert egyszerűen vonzotta a tekintetét. Hívta, csalogatta a szívét és az egész egyéniségét, valami láthatatlan erő csábította oda. Érezte, hogy mennie kell, nincs mire várnia... lesz, ami lesz. A lelkében szunnyadó kalandvágy parazsát felkorbácsolta a puszta tény, hogy csak egy karnyújtásnyira van, amire vágyik, és lüktető izzással indult ki agyából a gondolat, hogy egyszerűen csak engedjen el mindent, és induljon. Most már eljött a cselekvés ideje. Idáig eljutott, nem szabad a megválaszolhatatlan kérdésekkel foglalkoznia és azok miértjén rágódnia. El kell engednie a korlátot, és pár perc séta után a ház előtt majd ráér elmélkedni, míg a bejáratot keresi.

Közeledett a vihar.

Már összetéveszthetetlen volt a távoli villámok apró sziporka fénye a messzeség peremén túl. A mennydörgés moraja még nem volt hallható, ahhoz még túlságosan messze volt, de láthatóan közeledett, és ez azt jelezte Rose számára, hogy nem is Rozsdás hajnali ellenőrző körútja miatt kell hazasietnie, hanem a közelgő vihar fenyegetése elől. Semmi kedve sem volt egy viharral a sarkában, elázva és fázva kóvályogni az erdőben, míg el nem éri a 12-es barakkot.

„El kell indulnom."

Elengedte a korlátot, hogy elinduljon, de szinte azonnal a földbe is gyökerezett a lába.

Amint fordította el a fejét a ház felől, és az ösvény felé vette volna az irányt, egy aprócska fényvillanást látott a szeme sarkából, éppen a látómezejének pereméről, ami már a megkérdőjelezhető tartományban van. Az egész századmásodperc csupán azért volt olyan érdekes, mert Rose ezt a villanást a ház felől látta.

Egészen pontosan a legsötétebb torony legfelső ablakából.

Lehetett volna egy távoli villámlás tompa fénye is, de Rose megesküdött volna rá, hogy a toronyablakban látta a fényt. Így hát, a mozdulata megtört, és szinte rögtön vissza is fordult a sötétbe meredő torony irányába. Meredten bámulta a sötét sziluettet, várta, hátha megismétlődik a jelenség, és bebizonyítja az igazát. Csak bámulta rezzenéstelenül, nehogy lemaradjon a bizonyságról, míg könnybe nem lábadt a szeme, és kénytelen volt pislogni.

Már majdnem csalódottan feladta a hasztalan kémlelést, amikor ismét megtörtént, most már tökéletes bizonyossággal tudta, hogy a legsötétebb torony ablaka mögül jött a fénypászma.

Valaki vagy valakik voltak a toronyban.

Nos, abban Rose biztos volt, hogy bohócot nem fog csinálni magából.

Az éjszakai kalandja itt véget ért, visszatér a táborba, és alszik még egy jót reggelig. Teljesen biztos volt ugyanis abban, hogy Wendy és pár vicces kedvű barátja van a toronyban. Hiszen kik is lehetnének mások, egyértelmű és túl kézenfekvő volt. Bekapta a horgot, idevezették, és most odafent várják, hogy ijesztgessék és kinevessék a hiszékenysége és bizonyítási vágya miatt.

Mesteri terv volt tökéletes végrehajtással.

Hogy is dőlhetett be ennek?

Hiszen pofonegyszerű volt és klasszikus. Egy tanítani való kísértethistória, ahogy kell, úgy tálalva. Tábortűz mellett a gyanútlan áldozatot meggyőzni, bizonyítékokat mutatni, beépített emberekkel elérni, hogy minden hihető legyen, majd pedig a finálé a házban.

Csakhogy elárulták magukat. Valószínűleg túl óvatlan vagy türelmetlen volt valamelyikük, és idejekorán felkapcsolták a lámpájukat. Nem számítottak rá, hogy ő éppen figyelheti őket, és így romba döntheti a nagyszerű tervüket.

Rose kissé csalódott lett, mert ettől a felfedezéstől valami furcsa, émelyítően rossz szájíze lett, pedig tényleg csak egy másodpercen múlott, hogy belesétáljon a csapdába, ami talán megpecsételte volna az iskolában a jövőjét, mint egy szánalmas lúzernek. Egyetlen fránya másodperc – ennyin múlott csak –, és már ott sétálna a ház gondozatlan kertjében a bejáratot keresve. Valami arra késztette, hogy örüljön neki, és legbelül elfogadja, hogy így lesz a legjobb, hogy visszamegy a táborba és kialudja magát, ha tudja. Sem kedve, sem értelme nem volt felvenni a kesztyűt, és a most megszerzett tudattal mégis bemenni a házba, és felmenni az északi sötét toronyba, hogy eljátssza az áldozatot.

A távolban halkan sercent egy villám.

Most, hogy ilyen szinte tragikus hirtelenséggel lett vége a kalandnak, hirtelen hiányozni kezdett neki, és már sajnálta, hogy nem lehet kagylócskája.

Tudta, hogy ha visszaindul a táborba, már sohasem fog ide visszajönni. Nem fog a hátralévő időben vakmerően elindulni az éjszakába a megfoghatatlan legendák nyomába. Valami azt súgta neki, hogy nem így lesz vége, ilyen egyszerűen nem lehet vége. Ennél az is jobb lett volna, hogy belesétál a kelepcébe, és egy jót nevet a végén a többiekkel, akik rászedték.

Több villanás nem jött a sötét torony felől.

Rose csalódottan elengedte a korlátot, és elindult vissza, a tábor felé.

A hazafelé kanyargó ösvény sötéten tátongott felé, de a sötétségben egy sokkal sötétebb, hatalmas árnyék mozdult meg. Rose sikítani akart, de torkát nem hagyták el hangok, a néma rettenet csak apró nyögésként szakadt ki a tüdejéből.

A következő villám szinte közvetlenül Rose feje felett sercent, és azonnal levegőt és földet rengető égzengés süketítette el a lányt. A rettenetes az volt, hogy a sötét árnyék nem tűnt el, hanem a villám fénye egy hihetetlenül nagy farkast világított meg.

Rose gerince mentén végigszaladt az iszonyat, és a rettegéstől úgy érezte, hogy minden haj- és szőrszála az égnek mered.

Már jelentéktelen semmiséggé olvadtak az előbb oly fontosnak tűnő dolgok, mint a sötét torony, a kagyló vagy éppen Wendy. A túlélés ösztöne minden felesleges dolgot és érzést kisöpört Rose agyából, és mérlegelni készült.

Itt viszont nem volt esély.

Rose arra gondolt, hogy vajon mennyire fog fájni, és hogy az utolsó pillanatokban vajon édesanyja és édesapja arcára fog-e emlékezni.

A következő villám robajló becsapódásakor a hatalmas farkas felemelte jobb mellső lábát, és irgalmat nem ismerve elindult a lány felé.

Rose behunyta a szemét.

Már csak arra maradt ereje…

*

Összeszorított szemhéjain keresztül látta a következő villámot, a becsapódása sercenve csilingelt végig a völgykatlan folyosóján, az égzengés pedig abban a pillanatban remegtette meg a földet. A villám földet érési pontja roppant közel lehetett, mert Rose érezte a testét körülvevő elektromosságot, hajszálai akaratlanul is felágaskodtak. A semmiből szélvihar támadt, aminek ereje alatt a fák recsegve-ropogva nyögtek fel és hajlottak meg a lökések hullámaiban ezernyi tűlevéllel szórva tele Rose testét.

Ezek viszont másodlagos érzések voltak, olyanok, amiket érzékszervei felfogtak, Rose viszont arra várt, amit nem látott és nem érzékelt. Várta a farkas támadását, a húsába maró óriási tépőfogakat, az őrjöngő harapásokat, és várta a végső, tompa reccsenést. A véget, ahol elhalkul a vihar és az égzengés, ahol véget érnek az emlékek, ahol elmúlik a fájdalom, és csak a nyugodalmas csend marad.

Talán még pár másodperc…

A szörnyeteg nem volt olyan messze, talán már csak pár lépésre lehetett.

Rose nem tudta, miért teszi, de kinyitotta szemét… s belebámult a farkas pofájába.

Ugyanis a fenevad orra alig pár centiméterre volt Rose arcától. Hatalmas állat volt, háta majdnem Rose mellkasáig ért, így pofája majdnem a lány arcával volt egy magasságban. Arasznyi fogait vicsorogva megmutatta, nedves orrával szüntelenül szaglászta a lányt, szemei vörösen izzottak, miközben méregette őt, s ezüst szőrét borzolta a kavargó szél. Már csak egy villámnál is gyorsabb mozdulat, és vége az életének.

Rose még sohasem érezte ennyire kiszolgáltatottnak magát. Végtagjai egyszerűen felmondták a szolgálatot, és nem tudott megmozdulni. Sem a lábai nem engedelmeskedtek, hogy legalább hátrálni tudott volna a szörnyeteg elől, sem pedig a kezeit felemelni, hogy legalább távol tudja tartani magától a farkast támadás esetén. Bár valahol mélyen érezte, hogy törékeny karjai, teste és ereje nem tudná meggátolni és elkerülni a végzetét, ha ez a csupa izom gyilkológépezet ölni akarna. Mégis félelmetes volt érezni, hogy szinte csak a szemgolyója működik és kizárólag az fogad szót agya kétségbeesett parancsainak. A rettegés és a másodpercek óta tartó halálfélelem miatt remegni kezdtek lábai, és könny szökött a szemébe.

Soha életében nem rettegett még ennyire.

A démoni teremtmény vörös szemei szüntelenül mozogtak, és figyelték minden mozdulatát, mintha csak arra időzítené a támadását, hogy Rose egy óvatlan mozdulatot tegyen, vagy megforduljon, és elkezdjen futni előle, így megmutatva a legkedvezőbb támadási felületet: a nyaki csigolyákat és verőereket, amiket könnyedén megragadhat, és átharaphat. Ha Rose pislantott egyet, akkor a farkas még feljebb húzta az ajkát, hogy szabaddá váljon ínye és fogai. A folyamatos morgás mellett vészjóslóan mordult egyet az égzengésnél mélyebb és rettenetesebb hangon. Tökéletesen sakkban tartotta a lény a halálra vált arcú lányt, aminek nem is lehetett sejteni a végkifejletét.

Rose már elkezdett bizakodni.

A másodperc egy tétova töredékéig arra gondolt, hogy ha végezni akart volna vele a szörnyeteg, már megtette volna, de abban is biztos volt, hogy mindenben bízhat, csupán ebben a megállapításában nem.

S ekkor megmagyarázhatatlan dolog történt:

A behangolatlan rádió sercegéséhez hasonló hangot hallotta ismét, a táborban töltött idő alatt már sokadszor, a viharnál is hangosabban és tisztábban. Egyszer halkan, aztán hangosan, majd megint halkan, de most az elektromos sercegésben egy furcsa, idegen nyelvű, de kifejezetten dallamos férfihangot is vélt hallani.

Ez már egyszerűen elviselhetetlenül sok volt.

Legszívesebben üvöltött volna a rémülettől, a füleit le akarta szorítani, hogy ne hallja a tomboló vihar és a sercegő monoton hangokat, szemhéjait vissza akarta csukni, hogy ne is lássa ezt a pokoli lényt. „Ha legközelebb felnyitom a szemem, hátha már nem lesz ott semmi!" – kívánta magában. Legszívesebben a kézfejébe mélyesztette volna fogait, hogy akkor majd hátha a 12-es barakkban ébred, és kiderül, hogy az egész csak egy rossz álom volt.

Viszont a teste nem engedelmeskedett neki, csupán könnyei záporoztak szüntelen, és a sírástól el-elakadó lélegzete mozgatta mellkasát.

S ekkor megtörtént a csoda.

Az ezüstszőrű teremtmény szemeiben a vörös izzás kicsit halványult, a tőrnyi fogaira lassan visszaengedte pofáját, és a vicsorgásával a szüntelen morgása is elhalkult, csak a nedves orra szaglászott megállás nélkül. Aztán a támadásra megfeszült izmai is ellazultak, és már szinte egy hatalmas, békés állat benyomását keltette. A farkas elindult Rose mellett az ösvény lány mögötti folytatása felé.

Teste és ezüst szőre szinte hozzáért Rose-hoz.

S csodás virágillata volt a lénynek.

Rose talán az illat, talán a mérhetetlen megkönnyebbülés hatására ésszerűtlen késztetést érzett.

Meg akarta simogatni a fenevadat, de csodák-csodájára, mielőtt agya parancsolhatott volna kezének, az felemelkedett, és megérintette a farkas hátán a szőrt. Több dolog is történt akkor egyszerre: először is, a farkas démoni mordulással jelezte a nemtetszését, de nem állt meg, nem fordult, és nem kapott hátra Rose irányába. Másodszor, az érintése nyomán az ezüst szőr és az ujjbegyei között apró, csiklandozó kék kisülések, villámocskák alakultak ki. Valami láthatatlan erő ezek ellenére is ott tartotta Rose kezét a farkas hátán, míg az el nem haladt teljesen mellette.

Rose utánafordult, és akkor pillantotta meg a másik teremtményt a háta mögött.

Egy férfi volt az.

Teljesen az ösvény árnyékában állt, még az egyre sokasodó villámlás sem világított be rá. Mintha tudta volna, hol maradhat teljes sötétségben arca… vagy a vihar zabolátlan fényei is elkerülték volna ezt a titokzatos embert. Bárhogy is volt, tökéletes sötétségben állt, és Rose csak azt tudta megállapítani, hogy férfinek derékig érő, hosszú haja van, s bár az arcát mindig sötétség és a csapzott haj takarta, azt azért látta a lány, hogy a férfi mindkét keze csuklótól a válláig tetoválva van. Egy embermagas, girbe-gurba, csupa göcsört botra támaszkodott hanyagul.

A farkas engedelmesen odasétált a férfi mellé, aki ugyanúgy, mint Rose az imént, végigfuttatta ujjait az ezüstszőrű farkas hátán, apró, kék villámocskákat csalva elő.

Rose az arcába csapódó esőcseppektől és tűlevelektől a sírástól kissé megdagadt szemeivel erősen pislogott egyet, hogy jobban meg tudja figyelni ezt a két titokzatos lényt.

De mire kitisztult a szeme, és ismét élesen látott, hiába kereste, a rejtélyes idegen és a hatalmas farkas már sehol sem volt.

Mintha elnyelte volna őket a villámszagú éjszaka…

*

Rose egy fenyőfa tövében ült reszketve, térdeit felhúzta a mellkasához, és csak bámult a semmibe.

Nem tudta, hogy mennyi idő telt el a farkas és az idegen távozása óta.

Kopp… kopp… kopp.

Kopogtak a hatalmas fenyőfák tűlevelein és megtépázott ágain összegyűlő és lecseppenő esőcseppek. Lehullottak Rose mellé a száraz avarra. A vihar magja már messze járt, és a villámok fénye ismét csak a távoli horizont mögül kacsintgatott ki néha-néha. Az eső csendesen, de rendíthetetlenül zuhogott.

„Áldott eső."

Amikor a két rémisztő teremtmény eltűnt, Rose megkönnyebbült, mert oly hatalmas súly szakadt fel fiatal szívéről, hogy zokogás remegtette meg. Egyre keservesebb, de felszabadult zokogás. Térdre rogyott ott, ahol volt az erdei ösvény közepén, arcát remegő kezeibe temette, és megállíthatatlanul sírt. Soha életében nem érzett még halálfélelmet. Fiatalkora ellenére szembesülnie kellett a reménytelenséggel, azzal, ami bármikor visszavonhatatlanul bekövetkezik, amitől minden ereje teljében lévő teremtett lélek retteg. Azokban a másodpercekben, amikor oly közel érezte magához a halált, nagyon sokat gondolt a szüleire. Szinte csak édesapja és édesanyja körül jártak a gondolatai, próbálta felidézni az arcukat, emlékezni ölelésükre és illatukra.

A rettegés hirtelen megszűnése és a nem várt megmenekülés érzése felszakította a lelkében és szívében felgyülemlett feszültséget, és a lehető legegyszerűbb módon adta ki magából: zokogással, ami megtisztította, a megkönnyebbülés érzése árasztotta el testét és szellemét.

Felállt, és beült a legközelebbi fa alá.

Rose elmerült a nagy semmiben. Elhatározta, hogy nem fog gondolkodni, nem erőlteti agyát. Csak ül és örül, hogy túlélte ezt az elképzelhetetlen és megmagyarázhatatlan találkozást. Elméjéből száműzött minden gondolatot, ami emlékeztette volna a 12-es barakkból való kilépése utáni történtekre. Egyszerűen csak ült, bámult maga elé a semmibe, hallgatta az egyre gyorsabban, tompán koppanó esőcseppeket, és ha úgy alakult, hát ismét utat engedett a sírásnak. Valahogy érezte, hogy ez nem a gyengeségének a jele, mert minden egyes lehullott könnycsepptől sokkal erősebb lett.

Kopp... kopp... kopp... kopp.

Aztán az egyre gyorsuló ütemű csepegés kihúzta melankóliájából, és emlékeztette magát, hogy vissza kell térnie a táborba bármi áron. Az órájára nem is pillantott, de tudta, hogy késlekednie nagyon már nem lehet.

Pár másodperc alatt kitisztult a feje, és máris a következő feladatra koncentrált. Áldotta az eszét és az előrelátását, hogy egy váltáspólót is tett a hátizsákjába. Gyorsan lecserélte az esőtől és könnycseppektől elázott ruhadarabot. A száraz póló kicsit felmelegítette, és az érzést nem rontotta el az sem, hogy a fekete kapucnis pulcsija, amit visszavett, csakhamar átnedvesítette ezt is. Megnedvesítette a sírástól kiszáradt torkát, majd a kulacsból a tenyerére is öntött párszor, hogy meg tudja mosni kicsit az arcát. Aztán a nedves pólót és a kulacsot is visszatette a hátizsákba, és a lámpát ki sem véve, a vállára vetette a zsákot, és indult is hazafelé. Nem kellett világítania, már ismerte az utat, és érezte, hogy meglepetésekben sem lesz többé része a hazafelé vezető sötét ösvényen.

A nyomasztóan sötét erdő mozdulatlanul és hangtalanul figyelte, ahogy Rose lépésről lépésre elszántan halad a tábor felé. Az éji vihar minden teremtményt beűzött a menedékébe, egy kósza lélek sem mozdult az ösvény közelében. Rose is hangtalanul, árnyékként mozgott az erdei út vonalát követve, tökéletesen beleolvadt a sötétségbe. Léptei legkisebb zaját is szivacsként nyelte el a nedves avar.

Az idő és a tér jelentéktelen tényezővé olvadt.

A percek peregtek, az eső kitartóan csepegett, de Rose magabiztosan haladt a tábor felé, s mikor még nem is számított rá, egyszerre csak felderengtek előtte az erdei ösvény végénél a tábori barakkok fekete tömbjei. Fény alig-alig szűrődött ki a házakból vagy a házak közötti lámpákból.

Amikor leért az ösvényről, kicsit megtorpant, és türelmesebben, körültekintőbben szétnézett, de minden óvatossága alaptalannak bizonyult. A tábor és minden lakója az elvonuló vihar utáni csendben aludt, és már nem is látszott semmi, ami háborgatta volna az álmát reggelig.

Rose azért óvatosan odaosont a 12-es barakk ablakához, bekukucskált, és elégedetten konstatálta, hogy minden a legnagyobb rendben van odabent. Mindenki az ágyában volt, és onnan megfigyelve úgy látszott, hogy alszanak is.

Rose ellépett az ablaktól, és már nyúlt a kilincs felé. Gondolatban már érezte az átázott és kihűlt bőrén a forró zuhanyt, aztán a testét körülölelő puha ágyat és takarót, továbbá az álomtalan álmot, ami a pihenés áldását hozza fáradt testére.

Már kissé le is nyomta a kilincset, amikor egy ismerős hang szólalt meg mellette. Szinte nem is értette, hogy lehetett olyan közel hozzá, anélkül hogy észrevette volna.

– Nocsak-nocsak, Miss Palmer! – szólalt meg túl barátságosan Rozsdás.

– Merre járt, ha szabad érdeklődnöm?

Rose agyában a másodperc töredéke alatt rengeteg dolog szaladt át. Kereste a legmegfelelőbb, de még hihető apró hazugságot az éjszakai kóborlásának magyarázatára, igyekezett a meglepődés és az ijedtség jeleit elrejteni azt sugallva, hogy tökéletesen tisztában volt Mr. Murphy jelenlétével, és szinte már várta, hogy mikor szólítja meg. Próbálta az árnyékban tartani sírástól megviselt ábrázatát, és nem utolsó sorban mindezt záros határidőn belül megoldani.

– Nem tudtam aludni, uram! – vágta ki a legegyszerűbb választ Rose. – Úgy gondoltam, futok egy kicsit az erdőben, hátha segít.

– Igazán? – kérdezte a tanár a lehető legtöbb kétkedést erőltetve szavaiba. – Ilyen viharban és esőben?

– Igen, Mr. Murphy! – szólt határozottan a lány. – Talán pont a vihar miatt nem tudtam elaludni!

– Roppant furcsának találom, hogy valaki hajnalban megy el futni. Miért nem este ment? – próbálta a tanár szőni a hálóját Rose köré, hátha a végén mégiscsak sikerül csapdába csalnia.

– Ó, este a gyerekekkel kellett foglalkoznom, és nem akartam magukra hagyni őket, uram! – válaszolta a lány, megsejtve a kelepcét. – Sokára aludtak el a gyerekek, azután meg én is próbáltam aludni, de hát nem sikerült. Ezért úgy határoztam, hogy megpróbálok kicsit kifáradni és futni egy keveset.

– Már két órával ezelőtt sem láttam a szobában – suttogta Rozsdás. Kilépett az árnyékból, megpróbált egy lépéssel közelebb kerülni, és a lány arcába nézni, hátha ki tudja olvasni az igazságot.

– Biztosíthatom, uram, hogy akkor még itt voltam! Lehet, hogy éppen a mellékhelyiségben tartózkodtam! – Rose látta a kétkedést Rozsdás arcán, saját magát viszont próbálta a lehető legjobban az árnyékban tartani és pókerarccal válaszolgatni.

– Tehát csak a mellékhelyiségben volt? – kérdezte a szemöldökét felhúzva a tanár.

– Mint, már említettem, ha nem látott, akkor valószínűleg ott voltam – válaszolta Rose, és úgy döntött, hogy az egyetlen ütőkártyáját is kihasználja, mielőtt még nagyon megszorul körülötte a hurok. Hiszen valójában nem tudhatta, hogy Rozsdás tényleg járt-e itt pár órával ezelőtt, vagy csak blöfföl.

– Nem hagynám magukra huzamosabb ideig a gyerekeket. Ugye ezt nem is feltételezi rólam, Mr. Murphy?

– Nagyon remélem, hogy nem kell efféléket feltételeznem magáról – préselte ki a fogai között a férfi, és még közelebb lépett a lányhoz.

– Nem tudom, mi a baja velem, Mr. Murphy. Nem én akartam itt felügyelő lenni. Ön választott ki erre a feladatra. Elvállaltam még akkor is, amikor kiderült, hogy az egész táborozásomat keresztülvágja és tönkreteszi ez az egész ügy. A lehető legjobban helytállok benne, és mégis kizárólag gyanakvás van körülöttem. Reggel is a barakk ellenőrzésekor csak a negatívumokat kaptam meg, és most is. Nem értem, hogy ha nem elégedett velem, akkor miért nem teszi vissza a helyemre az eredetileg ideválasztott lányt. Amennyiben a személyem ennyire zavarja, kérem, váltson le, nehogy a 12-es barakk nagyszerű lakói miattam részesüljenek rosszabb bánásmódban és pontozásban az elkövetkezendő napokban! – Rose már támadásba lendült, ontotta a szavakat, és nem is törődött vele, hogy végül is Rozsdás elkapta, és jogosan próbálja felelősségre vonni. – Mint már reggel jeleztem, nagyon szívesen lemondok erről a megtiszteltetésről, és visszamegyek nyaralni a barátaimhoz.

– Én pedig jeleztem, hogy erre már nincs lehetősége! – szólalt meg magabiztosan Rozsdás, de azért ki lehetett érezni a hangjából, hogy kicsit meglepődött Rose válaszán. – Ön marad a 12-es barakk vezetője a tábor végéig. Ezen már nem változtatunk, csak a legvégső esetben, de szerintem azt azért maga sem szeretné – dobta még oda sokat sejtetve a lánynak.

– Rendben van, Mr. Murphy, viszont szeretnék azért néha kicsit kimozdulni én is, akár késő este vagy hajnalban, amikor gyerekek nélkül egy kicsit magam lehetnék. Futhatnék az erdőben, vagy megnézhetnék a tóparton egy napkeltét – rukkolt elő akaratlanul a kéréssel Rose.

– Úgy gondolom, hogy ebbe beleegyezhetek – jelentette ki rövid mérlegelés után Rozsdás. – Kaphat saját felhasználású időt, azzal a feltétellel, hogy a 12-es barakk élete nem változik, és nem szenvednek ettől semmilyen hiányt a barakk lakói.

– Nagyon köszönöm, uram! Tökéletes lesz a felesleges energiáim levezetésére! – Amikor Rose befejezte a mondatot, már érezte, hogy nem kellett volna ennyire ütnie a vasat. Kissé túlzásba vitte.

– Ó, hát a felesleges energia levezetésére tudok egy megoldást, és az álmatlan éjszakákat is tudjuk vele orvosolni szerintem! – csapott le Rose utolsó mondatára felvillanó szemekkel a tanár. Hagyott egy hosszú másodpercet a lánynak, amit ő maga igyekezett kiélvezni. – Álmatlanságra a munka a legjobb gyógyír, reggel öt órakor jelentkezzen Mrs. Rodrigueznél a konyhán, a reggeli előkészítésénél tud majd szorgoskodni. Ébresztőre vissza is érhet a barakkba, és tudja ébreszteni a gyerekeket és reggelizni vinni őket. Biztos vagyok benne, hogy több legyet is ütünk egy csapásra. Szinte biztos, hogy jobban fog ízleni nekik a reggeli, ha megtudják, hogy a barakkvezetőjük készítette. Másodszor pedig biztos, hogy maga is fáradtabb lesz, és biztos jobban esik majd az alvás, nem lesz szüksége éjszakai futásra. Harmadjára pedig a konyha ablakából gyönyörű kilátás nyílik a tópartra és a napkeltére. Úgy gondolom, hogy ezzel a megoldással mindenkinek a javát szolgáljuk, de természetesen, ha ezek után is lesz még kedve az éjszakai futásokhoz, hát hajrá, ne kímélje magát!

– Nagylelkűsége lenyűgöz, uram! – préselte ki fogai között meglepett válaszát Rose, és igyekezett minél több iróniát csempészni mondandójába.

– Ó, hát ez természetes! – válaszolt nem kevesebb gúnnyal a tanár. Nem hagyta magát, mert volt már alkalma rengetegszer kezelni az ehhez hasonló helyzeteket. – Mindent a kedves tanulók testi-lelki egészségéért és a közösség minden tagjának békés, elégedett nyugalmáért. Örülök neki, hogy ön is átérzi, Rose, hogy milyen nehéz itt rendet és fegyelmet tartani, de természetesen ez ne gátolja meg abban, hogy jól érezze magát.

– Köszönöm, Mr. Murphy, most viszont ha megbocsát, elmennék zuhanyozni és aludni! Úgy érzem, sikeres volt a futás, egészen elálmosodtam! – mondta Rose, és egy jól időzített álásítással nyomatékot adott a szavainak.

– Nem is akarom feltartani, Miss Palmer, bár az alvásról, már azt hiszem, le kell mondania ma éjszakára – mondta mosolyogva a tanár, és közben az órájára mutatott, és körmével az üvegén kopogott. – Tik… tak! Itt a hajnal, vége az éjszakának!

Volt valami furcsa abban, ahogy az órájának üvegét kopogtatta, valami félelmetes.

„Talán tud Rozsdás is arról, hogy hová is készültem azon az éjjelen? Tud a küldetésemről, a házról és a kagylókról?" – kérdezte magában Rose. „Nem, az szinte teljesen kizárt! De, miért is? Miért ne árulhatott volna be Wendy vagy valamelyik barátnője? Talán nem is volt véletlen, hogy Rozsdás ott várt a barakk előtt."

– Igyekezni fogok, Mr. Murphy! – válaszolta Rose, de nem mert az órájára pillantani, csak bízott benne, hogy maradt pár perce kicsit lepihenni.

– Öt órakor legyen az étkezde hátsó bejáratánál! – mondta Rozsdás, és visszahátrált egy lépést, hogy kényelmesebben ki tudja kerülni a lányt.

– Ugye csak a mai napról van szó, uram? – tette fel ezt a nem is nagyon elhanyagolható kérdést Rose.

– Igen! – válaszolta Rozsdás, és mivel szinte hallotta Rose sóhajtását, még hátra sem fordulva visszaszólt: – És a holnap reggelről! Egyelőre!

– Hát ez remek… – suttogta Rose.

– Nem értettem, Rose! Van még valami? – kérdezett vissza Mr. Murphy.

– Semmi, uram! Csak jó éjszakát kívántam! – válaszolta a lány, és most a legnagyobb körültekintéssel tette hozzá némán a kéretlen mondanivalóját.

– Jó pihenést, Miss Palmer! – mondta a férfi, és már el is tűnt a fák között a következő barakk árnyékában.

Rose egy pillanatig bámulta a sötétségbe vesző alakot, majd halkan benyitott a barakkba. Ahogy volt, vizesen és fáradtan lerogyott az ágya szélére, és legszívesebben a fejét verte volna bele a falba. „Ezt aztán jól összehoztad,

Rose!" – gondolta magában. Talán még meg is úszta volna ezt a kis kalandot egy ejnye-bejnyével, de nem, neki túl kellett magyaráznia a dolgot. Nem is lett volna semmi gond, ha nem kezdi el a felesleges energiák ledolgozásával magyarázni az éjszakai kitérőt.

Így aztán most mehet a konyhára dolgozni két hajnalban is.

Viszont végül is, ha jobban belegondol, még elég olcsón meg is úszta ezt a kiruccanást. Elkapta Rozsdás, de kétszer két óra hajnali közmunka lett a büntetése, semmivel sem több. S mellé szinte ajándékba kapta az engedélyt az éjszakai kimenőre.

Merthogy visszamegy a házhoz, azt már rég eldöntötte.

Erőt vett magán, és felállt az ágya széléről, lerúgta a bakancsot, papucsba lépett, kezébe vett egy váltás száraz ruhát és egy törölközőt, aztán elindult a fürdő felé lábujjhegyen, hogy fel ne ébressze a barakk apró lakóit. Gondosan magára zárta az ajtót, hogy a zuhanyzásának a legkisebb zajai se férkőzhessenek ki az alvó gyerekekkel teli helyiségbe. Ledobta ruháit, és a legforróbb vizet engedte magára, amit még el tudott viselni a bőre.

Csak állt ott percekig a reá zuhogó forró vízben.

Jólesően nyújtózkodott a víz alatt, átjárta a meleg az átfagyott bőrét, izmait, és egészen a csontjáig felmelegítette a leányt. Lemosta az éjszaka minden koszát, és a könnycseppeket is, amiket ontott a csodálatos megmenekülése után. Úgy érezte, hogy órákig el tudná ezt viselni, ekkor eszébe jutott, hogy nem is tudja, mennyi az idő, és az órájára pillantott, letörölte róla a párát, és megdöbbenésében, kétszer is ellenőrizte, hogy jól lát-e.

Fél öt volt.

A tudat, hogy le kell mondania az alvásról, pontosan úgy hatott rá, ahogy várta. Rögtön pokolian fáradttá vált, úgy érezte, hogy minden gyengeség visszaköltözik a csontjaiba. Éppúgy az elmúlt éjszaka kialvatlansága, az egész napos felügyelet, és a kétszer megmászott hegyoldal és a találkozása a kísérteties férfival és óriási farkasával úgyszintén.

Úgy érezte, hogy egy egész napot át tudna aludni, de azzal is tisztában volt, hogy nem teheti. Nem haragíthatja magára Rozsdást még jobban. Erősnek kell látszania, bármit is érez ott belül. Ha már megnyerte az engedélyt az éjszakai kiruccanásokra, akkor nem szabad azzal magára haragítania a tanárt, hogy rögtön az első reggelen nem jelentkezik a büntetésére. Talán még azt is elérné, hogy ezután még többet lenne éjszaka ellenőrizve, és a kiváltságos kóborlása is meg lenne vonva.

„Jó ez így, a reggel nem lehet olyan vészes a konyhán" – gondolta magában. „Az ebéd vagy a vacsora sokkal rosszabb lenne, és most hajnalban senki sem tudja majd meg, hogy büntetésben vagyok. Napközben sokkal többen észrevennék, hogy a konyhán kell dolgoznom."

Rose arra gondolt, hogy milyen büntetéseket lehet még kiszabni a rendetlenkedő táborlakók között, és hogy az ő büntetése egyáltalán annak számít-e, vagy ennél már csak nehezebb és megalázóbb munkák vannak-e. Mondjuk, az étkezőben a kis felszolgáló kocsik tologatásához nem fűlött volna a foga, mert az igazán megalázó munka. Belegondolt, hogy ha így folytatja, talán legközelebb már ott tologatja a kis zsúrkocsikat, és Wendy koszos tányérját kell leszednie és mosogatnia a lány és barátnői legnagyobb kacagása közepette.

S valóban: Wendy és barátnői ott kacagtak rajta, mutogattak felé, húzogatták piros pöttyös kötényét és kendőjét, ami még a többi felszolgáló közül is kiemelte őt. Dobálták felé a tányérjaikat, amik összetörve szilánkokkal és ételmaradékkal fröcskölték tele Rose arcát és ruháját. Rozsdás és a Görbelábú Hölgy a háttérből kiabált vele... Hirtelen felpattant a szeme. Az előbb elaludt a zuhany alatt.

Rossz álma csupán egy másodpercig tarthatott, de heves szívverése és légzése sokkal többnek érezte az eltelt időt. A forró víz is csak fokozta az álmosságát, ezért nagyon lassan, hogy ne legyen túl kellemetlen, átállította hidegre. Ettől kicsit felébredt.

Kijött a zuhanyzóból, megtörölközött, és belebújt száraz és meleg ruhájába.

Nem is akart magának adni több időt a várakozásra. Kilépett a szabadba, óvatosan és halkan becsukta maga mögött az ajtót, és elindult az étkezde felé, majd ott kivárja az öt órát vagy a konyhás néni érkezését.

A szemerkélő eső ellenére kifejezetten enyhe idő volt, vékony pararéteg úszott a talaj felett. A sötét felhők alig vánszorogtak az égbolton. Nem fújt a szél, ami nagyobb iramra késztette volna őket, csak a tó felől felszálló enyhe pára és a hegyek felől érkező hidegebb levegő körforgása inspirálta őket gyámoltalan mozgásukra. Ez viszont azt vetítette előre, hogy legalább a délelőtt folyamán a völgyben és a hegyek között rekedt felhőkből eső várható.

Rose álmodozva sétált a barakkok között a pára fedte, kitaposott gyalogút kanyargását követve. Minél több idő telt el a visszaérkezése és Rozsdással való találkozása óta, annál könnyebb szívvel gondolt a büntetésére. Végül is, ha igazán belegondolt, többet nyert a lebukással, mint veszített. „Ezt a két reggelt pedig kibírom. Nem lehet ez olyan rettenetes, más is kibírta már."

Időközben megérkezett az ebédlő sötét épületének hátsó részéhez. Két ajtó volt ott, s mivel nem tudta, hogy melyik lesz a megfelelő, így következetesen a két ajtó közötti korláthoz ment. Kezével letörölte a korlát vasán összegyűlt kövér vízcseppeket, majd felugrott a korlátra, és lábát lóbálva kényelembe helyezte magát. Az épület sötét kolosszusként magasodott fölé, s Rose ott a tövében, arra gondolt, vajon hány és hány gyerek várakozott már itt a büntetés letöltése miatt. Vajon mi lesz a feladata, és vajon mit szól majd... ühmm... Mrs. Rodriguez? – kaparta elő emlékezete mélyéről a nevet, amit Rozsdás említett neki.

Aztán gondolatban legyintett is egyet játékosan. Mrs. Rodriguez valószínűleg megszámlálhatatlan mennyiségű gyermeket látott el munkával, mivel Rose hiába erőltette meg magát időközben, nem nagyon tudott volna más büntetőmunkát kitalálni itt a táborban. Talán a tábor területén lehetett volna még dolgozni, füvet nyírni, szemetet szedni vagy locsolni, de eddig még nem látott semmi gondnokfélét, akinek a felügyeletére rá lehetett volna bízni a rosszaságon kapott, neveletlen nebulókat. A felügyelet nélküli munka pedig, mint a tanárok azt bölcsen belátták, semmi jóra nem vezetett volna, legalábbis a nevelő jellegét elvesztette volna a munka kezdése után nem sokkal.

A bejárat felől kanyargó úton, egy kissé köpcös, alacsony ember és hosszú árnyéka jelent meg, és sietve közeledett az épület felé. Minden kétséget kizáróan a konyhásnő lehetett. Amikor közel ért a lábát lóbáló lányhoz, jól

láthatóan elmosolyodott, és csak ennyit kérdezett:
– Mr. Murphy?
– Igen! – bólintott visszamosolyogva Rose.

A hölgy látványosan megcsóválta a fejét, még mindig mosolyogva, kinyitotta a kezén hozott táskáját, majd hosszas kotorászás után kivett egy hatalmas kulcscsomót belőle. A következő másodpercekben a kulcsokat zörgetve és tapogatva kereste a megfelelőt, némelyiket az épület oldalán sárgásan világító lámpa fénye felé fordította, de nem is illesztette a zárba egyiket sem, csak már a tökéleteset, ami nyitotta. Rose ámulattal nézte a szinte már ceremóniának tetsző mozdulatokat. Gondolatban azt képzelte, hogy holnap reggel is ezt fogja majd látni, mert olyan rutinszerűek voltak a mozdulatok. Sőt, talán minden reggel ezt látná. Így az első pillanatban és benyomásra roppant szimpatikusnak találta Mrs. Rodriguezt, a reggel igazán nagy kalandnak ígérkezett.

Leugrott a korlátról, akaratlanul letörölte a hátsójáról a vízcseppeket, és elindult a hölgy után a kinyitott ajtón át a még sötét helyiségbe. Csekély fény furakodott csak be a hajnali párán át az ablakokon és a nyitott ajtón át, de az a kevéske, ami bejutott, kísérteties körvonalakat és árnyékokat adott a konyha sötét felszerelési tárgyainak és berendezéseinek. Mielőtt még Rose fantáziája belendült volna, hogy képzelete szülötteivel benépesítse a konyhát, Mrs. Rodriguez kitapogatta a lámpa kapcsolóját, és felkattintotta azokat szépen, komótosan, sorjában. A fénycsövek fáradtan kattogva, rugdalózva villantak fel, és a helyiség berendezései testet öltöttek, a sötét árnyékok pedig visszahúzódtak a homályba. A konyha hátsó részében néhány fénycső még makacsul villogott. Nem akarták az igazságot, és lázadtak a korai ébresztés miatt, aztán persze kissé felmelegedve engedtek a parancsnak, és állandó fény hullott az alattuk elterülő térre.

– A nevem Rose, Rose Palmer! – mutatkozott be a lány.
– Örülök, hogy megismertelek, Rose, az én nevemet ismered, de szólíthatsz Doloresnek vagy aminek akarsz. Én nem ragaszkodom a protokollhoz, és nem is tartozom az iskolátok alkalmazottjaihoz, hogy megillessenek bármilyen előjogok! Csak egy egyszerű konyhásnéni vagyok! – válaszolta egy újabb mosoly kíséretében a hölgy kedvesen. – Gyere velem, kérlek! Át kell öltözni!

Rose engedelmesen visszasietett Dolores mellé, és mögötte haladva egy hátsó helyiségbe mentek. Rose kapott a bakancsára egy egyszer használatos, egyszerűen felhúzható mamuszszerűséget, hajára egy hajhálót, ami alá minden kósza kis hajszálat be kellett gyömöszölnie, és egy hálószerűen vékony anyagú ruhát, ami az öltözékét védte meg, és persze a környezetét az öltözetétől. Elég viccesnek találta magát, amikor végigpillantott a kinézetén.

– Lehet, hogy nem tudom megjegyezni majd a nevedet, drágám. Elnézésedet kérem már előre is – jegyezte meg még mindig kedvesen Mrs. Rodriguez. – Mostanában annyi gyereket küld ide az a Mr. Murphy, mintha én minimum egy börtönőr lennék. Alig kezdődött el ez a tábor, és már a számát sem tudom, hogy mennyi gyerek volt a kezeim alatt. De félni nem kell, mert a munka egyszerű, és én magam is el tudom látni, de ha már itt van valaki mellettem, akkor a szabályokat be kell tartani.

– Értem, Mrs. Rodriguez! – szólt figyelmesen Rose. Le sem vette tekintetét a nőről.

– Első szabály: mindig nekem van igazam! Akármi is történik, én vagyok a főnök! – mondta mosolyogva. – Ha azt mondom, hogy végeztünk mára, akkor nincs több munka. Ha azt mondom, hogy azt majd én megcsinálom, akkor nem kell kivenni a kezemből, mert én majd megcsinálom. Ha azt mondom, hogy csináld meg, azt viszont örömmel fogadom, ha megcsinálod! Egyszóval: én vagyok a főnök!

– Értem, Mrs. Rodriguez! – bólintott Rose.

– Második szabály: ha még sincs igazam, akkor automatikusan az első szabály lép életbe!

– Értettem, Mrs. Rodriguez! – mosolygott Rose. – Igyekszem észben tartani. Nem lesz nagy kihívás!

– Hagyjad már ezt az „Értettem, Mrs. Rodriguez!" dumát! Szólíts inkább Doloresnek! Siessünk, mindjárt itt lesz a pék! – mondta békésen a nő.

Rose igyekezett kapkodni a lábát ebben a maskarában, és tartani a lépést a konyha mindenható úrnőjével. Most a másik ajtóhoz mentek – nem ahhoz, amelyiken bejöttek. Mrs. Rodriguez leakasztotta az ajtó belső oldaláról a biztonsági láncot, kinyitotta a zárat, és kitárta az ajtót. Egy kis dobozosautó már odatolatva az ajtó előtt pöfögött, sofőrje a motorháztetőnek támaszkodott, és az eget kémlelte.

– Ma sem lesz szép napkelténk. Mit szól hozzá, Mrs. Rodriguez? – tette fel a kérdést Doloresnek, mint amikor egy nem túlságosan ismert baráttal találkozik az ember, és az időjárás megbeszélése megfelel a kötelező társalgási etikettnek. Most egy pillanatra megállt a pillantása a lányon. – Ismét új munkatárs?

– Igen, Ronald, új munkatárs! – mondta a hölgy. – S valóban nem, úgy néz ki, hogy ma sem lesz szép napkelténk!

– Az ördög tudja, mi történik mostanság! Tiszta félelmetes itt minden napok óta. Kedvem sincs kilépni a házból – jelentette ki Ronald. Kiköpött a kocsija elé, majd elindult a kinyitni a jármű hátsó ajtaját. – A kutyáim is napok óta egész éjjel be sem fogják a pofájukat, csak ugatják azt az istenverte hegyet. Valami ismét nincs rendjén. Én mondom, mintha megint készülne valami odafenn! – mondta, és ismét kiköpött.

– Oh, dios mio, Ronald! Az ég szerelmére, ne is említsen ilyeneket! – mondta Mrs. Rodriguez, és sietve keresztet vetett, aztán ajkához emelte a kezét, hogy apró puszit nyomjon rá.

Ronald középkorú férfi volt, megnyerő ábrázattal. Jó kondiban volt, testtartása arról árulkodott, hogy valamikor kisportolt alkattal rendelkezett, amit az idővel sem hagyott elhájasodni. Kék szemei szinte világítottak ebben a ködös, párás, hajnali félhomályban. Vállig érő haja copfba kötve lógott a hátára. A lány számára első benyomásra majdnem bizalomgerjesztő úriembernek tűnt, de azok a hegyes köpések így korán reggel egy kicsit eltántorították a lányt a kedvező véleménytől.

A feltáruló ajtó szabadon eresztette a raktérben eddig visszatartott illatokat. Amint Rose megérezte a frissen sült kenyér és péksütemények illatát, arra gondolt, hogy aki ilyen csodát tud készíteni, az csak jó ember lehet. Az orrát eltöltő fenséges illatok lenyűgözték, és csak állt ott, és bámulta a kocsi

sötét belsejét, várva, hogy meg is pillanthassa ezeket a csodákat.
– Úgy látom, nagy sikere van ma reggel is, Ronald! – kacsintott Dolores, és fejével óvatosan Rose irányába biccentett.
– Igen, én is úgy látom! – válaszolt a férfi mosolyogva, bemászott az autóba, és elkezdte kiadogatni a tálcákat.
Rose természetesen hallotta a megjegyzést, és elkapta a két felnőtt tekintetének találkozását. A tálcán sercenve koccantak össze a ropogós kiflicskék. Rose nem tudott parancsolni az érzékszerveinek, ezek az illatok és hangok lenyűgöző cunamit indítottak el agyában, és akaratlanul is megkordult a gyomra.
– Én nem csak úgy látom, hanem úgy is érzem, uram! – szólt kis szégyenkezéssel, de annál nagyobb mosollyal a lány, és segített lepakolni a kocsi mellé a ládákat és tálcákat.
A másik kettő őszintén felnevetett, majd Rose is elnevette magát. Ronald kivett az egyik ládából két hatalmas kiflit, és az utolsónak kiadott tálcára tette.
– Ez a munkadíj. Ilyen frisset úgysem ettél még! – kacsintott a lányra.
– Nagyon szépen köszönöm, uram! Régen volt már a vacsora! – mentegetőzött Rose a gyomorkorgása miatt.
– Ugyan, nagyon szívesen adom! – biccentett a lány felé, majd a nő felé fordult, és amíg visszacsukta a hátsó ajtókat, folytatta az előbb elkezdett gondolatokat: – Hát, Dolores, ha tetszik, ha nem, valami nincs rendjén odafenn. A vén, falábú rabsic is reszketve jött le a hegyről egy nappal ezelőtt. Azt mondta, hogy a hágón túl látta az Ördögöt és azt a hatalmas farkasát. Itt kóborolnak megint a bérceken. A vadak is eltűntek, a kakas sem szólt ma reggel...
– Elég ha mondom, Ronald! Azt a vén szeszkazánt nekem ne is emlegesse! Elment annak az esze jó dolgában! – vágott a szavába Mrs. Rodriguez, a lány felé pillantott, és ismét keresztet vetett.
– Ahogy gondolja, Dolores! Na, Isten áldja magukat, holnap reggel megint jövök. A rendelést majd küldjék el! – szólt vállrándítva Ronald. Ismét kiköpött – harmadjára –, majd beszállt az autójába, s hamarosan már a féklámpáinak vörös fényei is eltűntek a párás félhomályban.
Rose megdermedt a hallottaktól, de ezt szerencséjére Dolores nem vette észre. Egyszerre öntötte el testét a jéghideg veríték és a forró láz, a gondolatok pedig úgy cikáztak agyában, mintha csak körbe-körbe suhanna odabent az a rengeteg félinformáció, amit össze kell valamikor raknia majd egy egésszé.
– Gyere lányom! – szólt csendesen Dolores. – Hordjuk be ezeket a ládákat, mielőtt ez a párás hideg ki nem kezdi a frissességüket, s mielőbb meg kell dézsmálnunk az ajándékokat is.
Rose szó nélkül, gondolataival viaskodva segített bevinni a ládákat és tálcákat a konyha megfelelő részére. Dolores hozott egy dobozt az egyik hatalmas hűtőszekrényből, és maga mellé intette a lányt. A rendelésen felül kapott két hatalmas, forró és ropogós kiflit, szétosztotta maguk között, és egy tompa kést is adott a lánynak. Rose egy pillanatig sem habozott, a dobozból vajat kent a kifli végére, és még mielőtt a vaj megolvadva útnak indult volna, leharapta a falatot. Úgy érezte, hogy talán a mennyországban van, mert ennyire friss kiflit még sohasem kóstolhatott, és a vaj is fenséges volt, nem olyan egyszerű féle, mint amit otthon talált volna.

Amikor az első falat jóleső érzéssel leért a gyomrába, akkor érezte csak igazán, hogy mennyire éhes is volt már. Csendben, jóízűen ettek egymás mellett, pedig Rose úgy érezte, hogy millió kérdése lenne, amit fel kellene tennie az asszonynak. Néha megállt a tekintete rajta. Maga sem tudta, hogy spanyolnak vagy indiánnak nézte volna-e azokat a furcsa vonásokat, amit még örökül hagytak a nőnek az ősei. A nevéből és a fohászkodásából, amit Ronaldnak mondott, arra következtetett, hogy inkább a spanyol felmenői voltak többségben, de szép metszésű arcán és szemeiben látott Rose néha felcsillanni valami vad és fájdalmasan elnyomott ősi ösztönt is.

– Mit gondol, Dolores, ha elég bánatos képpel nézek, akkor holnap reggel is kapunk két kiflit? – kérdezte Rose mosolyogva, amikor az utolsó falatot is lenyelte.

– Minden bizonnyal! – mosolygott a nő, majd hozzátette: – Nem is kell hozzá olyan bánatos kép. Ronald mindig többet hoz, mint amit kellene. De mit is fecsegsz, te leány? Holnap is jönnöd kell? Mit vétettél? Elment az esze annak az embernek? Sohasem küldött még két napra senkit. Főleg nem egy ilyen szép és kedves teremtést, mint amilyen te vagy! – Kedvesen és biztatóan rápillantott a lányra, majd elindult, hogy a maradékot visszavigye a hűtőbe, a késeket pedig a mosogatóba.

– Rajtakapott most hajnalban, hogy kint voltam a barakkból éjjel, és két hajnalra ide küldött büntetésből – válaszolta Rose.

– Hol voltál, drágám? – kérdezte Dolores.

– Fent a hegyen…

Dolores kiejtett a kezéből mindent. A kések csörömpölve táncoltak a konyha kövezetén, a vaj pedig ahogy leesett, széttört dobozából szanaszét fröccsent. A nő ismét keresztet vetett, és spanyolul az égiekhez fohászkodott.

– Oh, dios mio ayudame! Mit kerestél ott, az ég szerelmére, te leány?! – kiáltott fel, és szinte abba sem akarta hagyni a keresztek vetését, szép metszésű szemeiben rettegés gyúlt.

– Én csak…

– Soha többé ne tedd arra a hegyre a lábad éjjel, gyermekem! – vágott a szavába ismét Mrs. Rodriguez. – Nem is lenne szabad senkinek, pláne most!

– Miért nem lehet oda felmenni, Mrs. Rodriguez? Mi van odafenn a hegyen? Tudja, mi van a házban, Dolores? – törtek fel a kérdések a lányból.

– Odafent nagyon sok minden van, amit nem érthetsz még meg, és semmi sincs, ami egy gyerekre tartozna! – válaszolta keményen a nő, és határozottan Rose szemébe nézett. Már nem volt benne semmi, ami barátságos és kedves lett volna. – Ne menj fel a hegyre soha többet éjszaka, drágám! – Az utolsó mondatnál a hangja már nem csengett olyan parancsolóan, de Rose megsejtette, hogy Dolores sokkal többet tud nála arról a helyről.

– De, Dolores, csak azt szeretném…

– Csitt, te lány! Sok a munka, túl sok időt fecséreltünk el feleslegesen! – A mondat második felét már inkább magának mondta, mert a fejét csóválva elindult a hűtők felé.

Dolores negyed óra múlva megenyhült ugyan, de a reggel hátralévő részében már nem sokat beszélgettek, a Rose fantáziáját piszkáló kérdésekről pedig semmit. Teljesen egyszerű feladatai voltak a lánynak, amit nagyon élvezett, és teli pocakkal, nagy örömmel csinálta is.

Ami eddig egyszerűen csak az asztalon várta őket reggel, az most tudatosult csak benne, hogy nem kevés munka gyümölcse. Minden asztalhoz két tányért kellett készítenie. Az egyikre különböző sajtokat, a másikra felvágottakat halmozott ízlésesen és nagy-nagy kreativitással. A tányérokra tett finomságokból így aztán lassan virágok, mosolygó arcok alakultak ki. Azután mikor ezzel elkészült, kis tálkákba mert ömlesztett sajtot, vajat vagy éppen lekvárt és mézet.

Gyorsan repült az idő. Tetszett neki a feladat, és örömmel konstatálta, hogy amikor egy-egy kész tálat az előkészített kis kocsira tett, amik ott voltak Dolores mellett, akkor félreismerhetetlenül egy-egy apró mosoly volt a jutalma, amint a nő pillantása végigfut a tányérokon.

S eljött az idő, amikor el kellett búcsúznia Mrs. Rodrigueztől, tudva azt, hogy reggelig még fel kell ébresztenie, és gatyába ráznia kis védenceit a 12-es barakkban. A nő megköszönte a munkáját, és útjára engedte.

A következő, amire Rose emlékezett, már az volt, hogy a védőfelszerelésétől megválva halad egyre gyorsuló léptekkel a 12-es barakk felé. Csak remélte, hogy még nem ébredtek fel a gyerekek, és nem hiányolják nagyon.

Gondolatai közben főleg azon jártak, hogyan is tudná felderíteni a ház és a farkasos ember rejtélyét a hátralévő éjszakákon.

Merthogy megpróbálja, abban biztos volt.

4.
A nevesincs teremtmény

Sötét volt még a barakkban, amikor belépett, a kinti párás szürkeségnek nem volt annyi fénye, hogy világosságot varázsoljon a helyiségbe. Rose megállt egy pillanatra az ajtóban, majd felkattintotta a kapcsolót, ami rögtön melegsárga fénnyel árasztotta el a szobát. Néhány szempár megcsillant a szoba különböző részeiről, és egyre több pattant fel a következő pillanatokban.

Rose körbejárta az ágyakat, a lustálkodókat egy kis simogatással gyorsabb ébredésre ösztökélte, az éberebbeket pedig máris irányította a fürdőbe, aztán öltözködni. Volt mindenkihez egy kedves szava, bátorító pillantása vagy kajla buksiborzolása. A gyerekek hálásan tekintettek fel rá, visszamosolyogtak, és nagy ásítozások közepette engedelmeskedtek a korai kéréseknek. Amikor már mindenki felöltözött és útra készen állt, a lány maga köré gyűjtötte őket.

– Milyen volt az éjszaka? Minden rendben volt? – kérdezte Rose kíváncsian a gyerekeket.

– Igen, már nagy gyerekek vagyunk! – válaszolt Chloe.

– Igen, mindenki aludt, mint a bunda! – jelentette Cindy.

– Semmi probléma nem volt! – szólt halkan Mark.

– Huhh, ennek kifejezetten örülök! Kicsit izgultam – mondta Rose, és úgy tett, mintha a kézfejével letörölné a homlokáról az izzadtságcseppeket.

– Sose félts minket. Gyerekek vagyunk. Nagyon sokat és mélyen tudunk aludni! – kacsintott felé Ralph.

– S neked milyen éjszakád volt? – kérdezett vissza Lucy. – Sikerült a terv?

Rose úgy gondolta, hogy el kell mondania az éjszakai történések főbb eseményeit, persze ami feltétlenül a gyerekekre tartozik. Így aztán leült a legközelebbi ágy szélére, úgy, hogy lehetőség szerint az ablakokra és az ajtóra is rálásson, nehogy avatatlan fülekbe jusson, amit mondani szeretne. Még jobban maga köré hívta a gyerekeket, és a kis kör közepébe suttogta.

– Sajnos nem sikerült eljutnom a házba. Már nagyon közel jártam, amikor észrevettem, hogy valaki vagy valakik világítanak a ház ablakai mögül. Gondolom, Wendy és a barátnői közül volt ott valaki. Úgy gondoltam, hogy nem adom meg nekik az örömöt, hogy ismét rajtam köszörüljék a nyelvüket, így hát nem is mentem be. Aztán... – Kicsit elhallgatott, de úgy döntött, hogy a farkasos részt kihagyja. – ...roppant vihar kerekedett. Egy kis fedezékben kellett meghúznom magamat, amíg csillapodott annyira, hogy vissza tudjak jönni. Hát, sajnos ennyi sikerült. Nem jó, de lehetett volna rosszabb is.

– De csak most értél vissza. Nem láttalak itt, csak most ébresztőkor jöttél be! – jegyezte meg Cindy, és a szemüvegét visszatolta az orrnyergéről a szeme elé.

– Egyszer már voltam idebenn, csak akkor mindenki aludt! – jegyezte meg Rose. – Nem kell félnetek, figyeltem rátok!

– Nem félek! – válaszolt kicsit durcásan Cindy, és kezeit összekulcsolta a mellkasa előtt.

– Én sem félek!

– Én sem! – jött szinte mindenki szájából a megerősítés.

– Rendben! – suttogott Rose, és az ajkai elé tette a mutatóujját. – Hiszek nektek, csak kicsit csendesebben legyetek.

– Akkor hol voltál az ébresztőig? – kíváncsiskodott kicsi Mark.

– Amikor visszaértem az erdőből, és be akartam jönni a barakkba, már itt várt az ajtó előtt Mr. Murphy…

– Rozsdás? – kotyogott bele Chloe.

– Igen, de nekünk legyen inkább Mr. Murphy! – figyelmeztette Rose. – Igen, itt volt. Nem hinném, hogy sokáig várt. Valószínűleg csak épp észrevette, hogy nem vagyok a házban, vagy meglátta, hogy az erdőből jövök. Nem tudom, de a lényeg az, hogy lebuktam. Elkapott, és büntetőmunkára küldött a konyhára Mrs. Rodriguez mellé. Csak bejöttem hajnalban, lezuhanyoztam, és mentem letölteni a büntetésem. Ezért nem láttatok, és ezért csak most érkeztem meg.

– Ez nagyon gáz! – szólt Lucy. – Ezek szerint nem volt jó az éjszakai járőrbeosztás?

– Szerintem jó volt, csak Mr. Murphy kicsit több figyelmet szentel rám, mint a tábor többi lakójára, és mint amennyit kellene – válaszolta Rose mosolyogva. – De semmi gond. Kaptam tőle kimenőt. Ez volt az igazán jó hír az éjszakában. Mondtam neki, hogy szeretnék éjszakánként kicsit kimenni az erdőbe futni vagy a hajnali napfelkeltét nézni, mert ha mindig idebent vagyok, akkor kimaradok ezekből. Megengedte, hogy kimenjek, ha van még elég energiám, de hogy ne legyen, ezért beosztott ma és holnap hajnalra dolgozni a konyhára.

– Akkor ha nem sikerült, ma ismét megpróbálod? – kérdezte Cindy.

– Nem. Szerintem ma pihenni fogok. Nem aludtam semmit az éjjel, és tegnap sem túl sokat! Örülök ha túlélem valahogy a mai napot. – jegyezte meg Rose, és úgy érezte, ahogy szóba jött a fáradtság, abban a pillanatban el is tudott volna aludni.

– Ha akarod, majd mi tartjuk a frontot, és nem nyaggatunk ma! – mondta Ralph.

– Majd meglátjuk, viszont mostantól erről egy szót sem szeretnék hallani, még suttogva sem, ha a tábor más lakói előtt leszünk. Most pedig irány reggelizni, mert megint mi leszünk az utolsók! – kiáltott felpattanva az ágyról Rose, és még hozzátette halkan Maggie szemébe nézve, mert észrevette, hogy a kislány szeme megakad a szépen bevetett ágyának mostani gyűrődésein: – Reggeli után segítek megigazítani, ígérem!

– Ugyan nem kell – mondta a kislány. – Úgysem volt tökéletes!

– Kedves vagy! – mosolygott rá a nagylány. – Gyerünk reggelizni!

Rose tyúkanyóként terelte ki a gyerekeket a barakkból a szabadba.

Az eső még szemerkélt egy kicsit. Az eget a hegyek közé szorult köd takarta el, a föld felszínén pedig még pára úszott. Nagyon szomorkás és kissé nyomasztó volt a környezet, és teljesen kora őszi hangulatot kölcsönzött a tájnak. Rose már azon törte a fejét, hogy reggeli után mihez is kezdjen a gyerekekkel. A kültéri programokat gondolatban el is vetette, mert ahogy neki, úgy azt feltételezte, hogy másnak sem lenne kedve idekint tölteni a szabadidejét. Azt gondolta, hogy reggeli után és a barakkellenőrzés előtt vagy azután közösen átnézik a lehetőségeket a gyerekekkel, hátha állítottak össze olyan feladatot a tábor szervezői, amit ilyen mogorva időben is el lehet végezni. A lényeg, hogy ne legyen túlságosan megerőltető számára, viszont a gyerekek érezzék magukat a lehető legjobban.

Az ebédlőhöz a legnagyobb igyekezetük ellenére is ismét az utolsók között érkeztek meg. Rose arra gondolt, hogy azért lehetett, mert a komor időjárás miatt most nem nézelődtek el a szomszédos barakkok lakói, hanem siettek reggelizni, és egy forró tea reményében az ebédlő helyiségbe. Az asztalok mellett már szinte kivétel nélkül ültek, a tanárok és a felügyelők asztala is tele volt, Rose leültette a gyerekeket a már megterített asztalukhoz. Kicsit csodálkozott is, hogy már ott volt a reggeli, és nem látja a kiskocsis felszolgálókat az asztalok között zörögve szlalomozni.

Rose mosolyogva vette észre, hogy szinte minden asztalnál mutogatnak a tányérok dekorációja miatt, és a mosolygós arcot, virágot vagy bármi mást mintázó szalámik és sajtok mosolyt csalnak a mogorva idő miatt szomorkás arcokra. A tanári asztalnál is beszédtéma volt a tálalás. Rose egy pillanatra elkapta a Görbelábú Hölgy és Rozsdás pillantását. Lesütötte a szemét, mert nem akarta, hogy felhőtlen mosolya miatt még több büntetést kapjon. Valamiért azt sejtette ugyanis, hogy a legmosolygósabb szalámiarcok valamiért – feltehetően Dolores közreműködése miatt – Rozsdás elé kerültek.

Rose gyerekei is élvezték a pillanatokat. Ráadásul ők még tudták is, hogy barakkjuk vezetőjének keze munkáját rejtik a reggeli meglepetések. Mindenki jóízűen reggelizett az asztalánál, és még Cindy is, aki szinte kivétel nélkül csak sajtot vagy lekvárt szokott reggelizni. Most szalámit halmozott a vajjal megkent kenyerére. Rose töltött mindenkinek meleg teát, és leült a helyére. Ő nem nagyon kívánta a reggelit. A Ronaldtól kapott forró kifli és a ráolvadt vaj még mindig ott nyújtózott a pocakjában, és ő már tudta, hogy az övénél fejedelmibb reggeliben senkinek sem volt része, talán csak Doloresnek.

Miközben a reggelijén járt az esze, mozgást érzékelt a szeme sarkából. Kíváncsian fordította a fejét abba az irányba, mert közben eszébe jutott Wendy és díszes társasága. Nos, ez a gondolat aztán messzire száműzte a hajnali lakoma emlékét, és az éjszakai képek úsztak be Rose lelki szemei elé: A felvillanó lámpa fényei a ház legsötétebb tornyának ablakai mögött.

Wendyt pillantotta meg, aki mindenkinél később foglalt helyet az asztaltársaságánál. Szemei szikrákat, sőt inkább villámokat szórtak. Mindenki hallgatott, és rá sem néztek a vezetőjükre. „Nocsak, nocsak" – gondolta Rose. „Ilyen rosszul viseli Wendy, hogy nem jött össze az éjszakai tréfájuk?"

Elmosolyodott.

S míg mosolygott, tekintete egy századmásodpercre összekapcsolódott Wendyével, aki semmibe vette őt, mintha észre sem vette volna azt, hogy Rose nézi. Duzzogva ült le a helyére, hátradőlt a székén, hátravetette hosszú haját, a mellkasán összekulcsolta a kezeit és tüntetően merengve a semmibe nézett. Nem is reggelizett. Láthatóan majd szétvetette a düh és a tehetetlen kétségbeesés, hogy nem kiabálhatja ki magából a baját.

Rose kis elégedettséget érzett. Levette szemét a szomszéd asztalról és a saját kis alattvalóival kezdett foglalkozni. Megkent még egy kiflit és a lehető legigazságosabban elfelezte a két repetázni vágyó fiú között. Igyekezett jól dolgozni, mert gondolta, hogy méricskélés tárgya lesz a két kifli darab. Öntött még meleg teát, sajtot adott az asztal hátsó részén kérőknek, onnan pedig szalámit és vajat húzott előre, hogy ott is elérje, akinek kell még.

Megint a 12-es barakk asztala végzett legkésőbb a reggelivel. Már félig kiürült az ebédlő, mikor kicsi Ralph még kért egy fél vajas kiflit és ráérősen kenegette lekvárral. Rose nem szólt neki, hagyta, hadd egyen, ha még kívánja, pedig a kisfiú már két fél szalámis és egy fél sajtos kiflit is megevett. A többiek már csak a maradék teájukat szürcsölték, talán még Mark forgatta a szájában az utolsó kiflicsücsköt.

A szomszéd asztaltársaság is az utolsók között kezdett szedelődzködni és indulni, de Rose látta, hogy Wendy még az asztalnál ül szinte ugyanabban a pózban, ahogy utoljára látta, csak most a barátnői után nézett. Amikor az utolsó is elhagyta az ebédlőt, Wendy is felállt, és Rose meglepetésére nem a kijárat felé ment, hanem a már üres tanári asztalok felé. Ott a paravánok mögül kitolt egy zsúrkocsit, és elkezdte leszedni a tanári asztalról a terítéket.

Rose elképedve, tátott szájjal nézte.

Wendy, mikor végzett, annál az asztalnál eltolta a teli kocsit a konyha irányába. Kis idő múlva visszatért, és a másik asztalt elkezdte leszedni a soron következő üres kocsira. Rose látta rajta, hogy a legnagyobb akaraterejét szedi össze, hogy ne nézzen fel, pedig szinte biztos volt benne, hogy tudja a lány, hogy figyeli őt.

„Rose... Rose...” – csóválta meg a fejét jobbik énje. „Mire vársz valójában? A szemébe nevetnél, vagy kigúnyolnád őt? Ugyan már, ez nem is te vagy!”

Rose lesütötte szemét saját szemrehányását hallva, és pillantásával megsürgette a gyerekeket.

Wendy unta meg előbb a szótlan párviadalt, és a soron következő asztal helyett a 12-es barakk melletti asztalhoz tolta kocsiját, aztán Rose háta mögött elkezdte takarítani a maradékokat. Csendben, alig hallhatóan szólalt meg, akkor is szinte csak Rose hallotta:

– Mégiscsak kimerészkedtél a házhoz, Szöszi? Nem gondoltam volna rólad – suttogta.

– Miből gondolod? – kérdezett vissza Rose.

– Hallottam, hogy te is büntetőmunkán voltál. Gondolom, téged is elkapott Rozsdás! – válaszolta Wendy.

– Irigylésre méltók az értesüléseid. Igen, elkapott Mr. Murphy, de gondolom, hogy nem véletlenül. Kicsit sok volt a véletlen az éjszaka, s bár nincs üldözési mániám, de én is tudom, hogy mennyi kettő meg kettő – mondta dacosan Rose.

– Ha erre gondolsz, hogy esetleg miattam, miattunk kapott el...

– Ugyan mi másra is gondolhatnék? – vágott a szavába Rose.

– Szóval, ha arra gondolsz, hogy esetleg miattam, miattunk buktál le, akkor sajnos el kell, hogy keserítselek. Mert ha hiszed, ha nem, nem volt benne a kezünk – mondta a lány.

– Nem hiszek neked – válaszolta Rose, és mélyen a lány szemébe nézett, keresve benne az elhangzottak igazát.

– Nézd, nem érdekel, hogy hiszel-e nekem, vagy sem! – reagált egy vállrándítás kíséretében Wendy. – Egyszerűen lehetetlen bárkit is rajtakapni az éjszakai kiruccanásokon. Gondolod, hogy ha megtudná Rozsdás, hogy kint van valaki, akkor őrt állna az ajtó előtt egész éjjel? Csak úgy tudná rábizonyítani a kóborlást, ha tetten van érve. S ha valaki kimegy este tízkor, és csak hajnalban fog visszaérni, akkor addig lesben kellene állni rá várva. Szerinted megér ennyit egy felnőttnek ez? Rozsdás, valamint mindegyik tanár és felügyelő is tudja, hogy kijárnak a nagyobb gyerekek éjjel az erdőbe! Ostoba vagy, ha azt hiszed, hogy csak neked van bátorságod kimenni.

– Nem vagyok ostoba... – nyögte ki Rose, és tökéletesen tisztában volt azzal, hogy most az egyszer igaza van Wendynek. – ...tudom, hogy nem csak én voltam kint az éjszaka.

– Ugyan honnan tudnád, hogy kik voltak kint az éjszaka? Semmit sem tudsz, Rose, hidd el, semmit – sziszegte Wendy.

– Pontosan tudom, hogy kint voltatok ti is a Házban. Előttem érkeztetek meg nem sokkal, de én nem mentem be utánatok, nem akartam céltáblája lenni a kis poénotoknak! – terítette ki lapjait Rose.

– Csak én voltam kint az éjszaka, senki más! – mondta elkerekedő szemekkel Wendy. – De én nem voltam a Ház közelében sem.

– Láttam az elemlámpák fényét az ablakok mögött. Hiába próbálkozol, nagyon gyenge kísérletezés! – csacsogta Rose, és egy apró tettetett kacajt is odavetett Wendynek.

– Nem!... Voltam!... A ház!... Közelében sem! – mondta Wendy mindent szót kihangsúlyozva és megnyomva.

– De.... – Rose úgy érezte, hogy elmegy a hangja és kiszárad a torka.

– Nem volt senki a házban! – jelentette ki ismét Wendy. – Legalábbis a táborból biztosan nem!

– De akkor te hogy buktál le? – Alig tudta kinyökögni a szavakat Rose.

– Nem hiszem, hogy lenne hozzá közöd, Szöszi! – jött a jéghideg válasz.

– Mégis miből gondolod, hogy hiszek neked? – próbált kapaszkodót találni Rose az általa felállított elmélethez.

– Miből gondolod, hogy érdekel? – mondta Wendy, s mivel közben végzett az asztal lepakolásával, gyorsan letörölte a reggeli maradványokat is az asztallapról, majd színpadias mozdulattal Rose arcába rázta a törlőkendőről a maradékokat, és rátámaszkodott a zsúrkocsira, aztán elindult letenni a konyha felé.

– Csak, hogy lásd kivel van dolgod – mondta, és Rose füléhez hajolt, hogy belesuttogjon: – Randiztam egy sráccal az erdőben, Bill Smith-szel a 9-es barakkból. Ha le akarod ezt is nyomozni.... – Majd megint hangosra váltott, és ő is belenézett Rose immár kétségbeesett szemeibe. – Nem volt senki a Háznál tegnap éjjel, neked viszont ismét elment egy éjszakád, eggyel kevesebb, fogy az időd!

Rose számára a legrémisztőbb az volt, hogy most tényleg az igazságot vélte látni a lány szemében, és nem is értette, mi lehetett az oka Wendynek a hazugságra. A többiek biztosan falaztak Wendynek, ezért nem ment senki más ki a házukból, nem akarták megkockáztatni a csoportos lebukást. Rose nem ért annyit számukra. Őt már belevitték a saját kelepcéjébe, amiben láthatóan csak vergődik, és nem tud se kimászni belőle, sem pedig megoldani nem tudja, vagy akár felesleges plusz energiát fordítani még a megszégyenítésére is.

Rose kissé kábultan a sok kevésbé sem várt információtól a lány után nézett, és érezte, hogy az éjszaka történteket valószínűleg újra át kell gondolnia és értelmeznie. Közben az asztalnál az utolsó gyerek is befejezte a reggelijét, és a száját törölgette egy szalvétában. Lassan teljesen kiürült az étkező, így itt volt az idő, hogy igyekezzenek ők is vissza a barakkba, és még a felügyelők reggeli ellenőrzése előtt elvégezzék az utolsó simításokat a szoba rendjét illetően.

*

– Az éjszakai vihar és esőzések miatt úgy döntött a vezetőség, hogy a kültéri programokat kicsit korlátozzuk! A központi épület mögötti ösvény egy erdei tisztáshoz vezet, ahol pavilonok vannak felállítva. Ott várunk mindenkit, aki szeretne plusz pontokat szerezni a barakkjának. Lehetőség lesz különböző logikai és ügyességi játékokban való részvételre. Természetesen semmi sem kötelező, legfeljebb ajánlott, és a plusz pontok jól jönnek mindenhol! – jegyezte meg a Görbelábú Hölgy, és közben még vetett egy pillantást a gyűrött ágyneműre, amiről még reggeli előtt Rose kelt fel, de már nem volt idő megigazítani az ellenőrzés előtt. – S még egy apróság: Holnapután érjük el a táborozásunk idejének a felét, ezért lehetőség van látogatókat fogadni. Ez főleg a legfiatalabb lakóknak jelenthet jó hírt. A szülők tudják, hogy jöhetnek, tehát mindenki úgy készüljön, hogy vasárnap reggeli után maradjanak az étkezőben, és ott tudják majd fogadni a szülőket egy óra erejéig!

Görbelábú Asszonyság, Rozsdás és a kis kompánia elhagyta a 12-es barakkot. Rose már abban a pillanatban érezte, hogy ez a reggel sem fog jól sikerülni, amikor alighogy visszaértek a reggeliből, már meg is pillantotta Cindy a közelgő tanárok csoportját. Egyszerűen nem volt idő semmire, sem a szellőztetésre, sem pedig az ágyak megigazítására. A delegátus most nem is szentelt túlságosan nagy figyelmet a helyiség tisztaságára és a rendre, hiszen már az ajtóból is tökéletesen látszódtak a hiányosságok. Rose nagyon a szívére vette az ismételt elhasalást a vizsgán, ezért szentül megfogadta, hogy holnap reggel nem fogja annyiban hagyni a rendrakást, nem hagyja majszolni a reggelit, hanem végre a sarkára állítja a barakkot, és patyolat tisztaság fogja várni a küldöttséget.

Mivel most már veszett ügy volt a rendcsinálás, úgy döntött, hogy a gyerekek lelkét szedi kicsit rendbe, mert a sok savanyú arckifejezés bizony segítségért kiáltott felé.

– Nézzük a jó oldalát... – kezdte egy kis mosolyt és vidámságot csalva a hangjába. – ...már nincs itt semmi dolgunk. Ezt a reggelt ismét elbuktuk. Délután elkezdjük a barakk rendbetételét. Ígérem, hogy nem hagyjuk az utolsó pillanatokra. Most még kicsit értelmetlennek tartom a takarítást, mert ha kimegyünk a valószínűleg sáros tisztásra, nos, onnan olyan mennyiségű koszt hozunk be, hogy kezdhetnénk elölről az egészet.

Rose kicsit elgondolkodva nézett maga elé, kereste a szavakat, hogy mit is szeretett volna még mondani. Amikor eszébe jutott, hirtelen belekapaszkodott egybe, és kimondta:

– Maggie, nagyon sajnálom! – nézett a kislányra bocsánatért esedező szemekkel. – Tudom, hogy a gyűrött ágy az én hibám volt, és meg is ígértem, hogy megigazítom, de sajnos már nem volt rá elég idő! Az én hibám volt, bocsánatot kérek!

– Ugyan, nem történt semmi! – válaszolt a kislány, és lesütötte a szemét, talán azért, hogy a többiek ne lássák meg benne az összegyűlt könnycseppeket. Hiszen ő is észrevette, hogy amint beléptek a helyiségbe a tanárok, rögtön mindenkinek az ő ágyán állt meg a szeme, s ez elég is volt, hogy ne menjenek beljebb. – Én is sajnálom. Úgy látszik, hogy a tanárok sem kedvelnek bennünket.

– Nos, akkor azt mondom, hogy kicsit vessük be magunkat! – simogatta meg Maggie feje tetejét Rose. – Remélem, jók vagytok a játékokban. Szedjünk össze annyi pontot, amennyit csak tudunk ma délelőtt. Vasárnap pedig jönnek a szülők. Biztos már mindenkinek nagyon hiányoznak, juhééé!

Ettől tényleg felderült a gyerkőcök arca. Nevettek, és Maggie is felemelte végre mosolyogva az arcát, és átölelte barátnőjét, Chloet. Rose megsimította a kislány arcát, letörölte az ott rekedt könnycseppet, és szétmorzsolta ujjai között. Úgy érezte, hogy valami őrültséget kell csinálnia, ezért gondolkodás nélkül odament az ágyához, és egyetlen mozdulattal feltépte a szépen hajtogatott takaróját, aztán egy kupacban visszavágta az ágyra.

A gyerekek egy másodpercig megkövülten néztek rá, aztán a homlokok ráncai kisimultak, és hirtelen mindenki tudta, mi a dolga. Rohantak a saját ágyukhoz, és ők is összegyűrték rajta az ágyneműt, párnák pufogtak a falon vagy a mennyezeten, de mindezt elnyomta az egyre jobban felerősödő, csilingelő kacagás. Az önfeledt, tiszta nevetés, amire csak gyerekek képesek, felszabadultan és ki nem kényszerítve. Messze suhant a nevetés szárnyán a reggeli ellenőrzés rossz emléke, elillant minden negatív érzés, ami korlátozta őket. Egy pillanatig újra gyerekek lehettek – büntetés vagy dorgálás nélkül, és ez a pár percnyi felszabadultság, kacagás és ugrálás újra élénk pírt és mosolyt rajzolt a gyerekek arcára.

Rose még pár pillanatig élvezte a hancúrozást, szétnézett a csatatérré átalakult szobában, majd egy halk szóval rendet teremtett. Azért azt nem szerette volna, ha túlságosan elszabadulnak az indulatok. Ki tudja, mire lettek volna képesek ezek a pici lurkók, ha teljesen elengedik magukat. Rose mosolygott, a gyerekek nevettek és huncut pillantásokkal tekintettek társaikra és vezetőjükre.

A lány mindenkit kiküldött még egyszer a mosdóba. Kicsi Markot kétszer is. Mindenkivel vetetett fel egy pulcsit, nem sejtve, hogy mennyire lesz hűvös az erdőben, és inkább felvállalta azt, hogy cipeli a ruhákat a gyerekek helyett, semhogy egy is megfázzon és a gyengélkedőre kelljen menni vele. Már mentek is az erdei tisztás irányába.

A pavilonok is fából voltak készítve, alatta az asztalok és padok is: hét-nyolc darab volt elszórva a tisztás területén minden rendszer nélkül. Először Rose és kis védencei figyelmesen végigjárták a pavilonokat, megnézték az asztalokra kirakodott játékokat. Voltak kézműves foglakozásra szánt asztalok, ahol különböző dolgokat – mint karkötők, nyakláncok vagy agyagfigurák – lehetett készíteni. Voltak asztalok, melyekre kirakósokat halmoztak, és nehézségtől függően időre lehetett kirakni őket, volt kártyajátékos asztal, és egy sakkpavilon is. Minden pavilonban volt egy tanár vagy felügyelő, így Rose is nyugodtan elfoglalhatta magát.

Gyerekei gyorsan szétszéledtek mellőle, és ki-ki a maga megálmodott vagy neki szimpatikus sátorban vetette bele magát a játékos elfoglaltságba. Rose egy ideig még sétálgatott a pavilonok között, figyelte, hogyan játszanak önfeledten egymással a gyerekek, de amint telt az idő, egyre többen érkeztek, és sokszor úgy érezte, hogy már láb alatt van. Ment még egy utolsó kört a gyerekek között, mindegyiknek megsúgta, hogy hol találják meg, és hagyta, hadd bontakoztassák ki a tudásukat.

Elvonult a tisztás legtávolabbi pontjára, ahol még volt egy ütött-kopott pad kényelembe helyezte magát, és szemmel tartotta a terepet, de a pavilonokban beszélgető és viccelődő emberek hangja csak halk morajként szűrődött felé. A sakkpavilon volt hozzá a legközelebb. Látta, hogy kicsi Mark egyedül üldögél az egyik padon, lábait lóbálja, és az asztalra támasztja a könyökét, az ujjait összetámasztva sátrat formál a kezeiből, és vár. Aztán kis idő elteltével megszánta az egyik felügyelő, és leült vele szembe egy partira. Rose mosolygott, és magában megköszönte az ismeretlennek ezt a cselekedetet.

Jólesett itt csendesen, minden zsivajtól távol kicsit kikapcsolnia a világ zajait, és csak figyelni mindent és mindenkit olyan céltalanul, mintha a semmibe bámulna egy hatalmas hegy végtelen kéklő horizontjába. Álmos is volt kissé. Próbálta felmérni, hogy mennyire volna feltűnő, ha most lehunyná a szemét, és aludna egy órácskát, csupán egy apró, kurta órácskát, de aztán elvetette az ötletet, érezte, hogy bírja még. Az éjszakai esőtől még friss, hűvös volt az erdei levegő, és ez ébren és éberen tartotta. Teste fáradt volt ugyan, de agya még serényen dolgozott és kereste a magyarázatokat az éjszaka történteken.

Első megválaszolandó kérdés, ami nem hagyta nyugodni, az a ház volt.

Még most is, midőn felidézte az éjszaka emlékeit, tisztán emlékezett a ház legsötétebb tornyának ablakában felvillanó fényekre. Többször is látta, semmi kétsége nem lehetett. Biztos volt abban is, hogy nem a villámlások fényét tévesztette össze vele, hiszen a vihar a torony mögül érkezett, így az semmiképpen nem tudta volna a torony első ablakait megvilágítani. Emberi számítások szerint tehát valaki kétségtelenül volt a toronyban, és ha figyelembe veszi és elfogadja Wendy vallomását, hogy sem ő, sem a barátnői nem voltak ott, akkor kézenfekvő volt a kérdés, ami szöget ütött megválaszolhatatlanul Rose fejében:

„Akkor ki volt a toronyban tegnap éjjel?"

Kirángatta magát a merengésből, és a két futva felé közeledő kislányt nézte, akik kézen fogva közeledtek felé. Cindy és Lucy volt. Amikor odaértek elé, egy pár másodpercig csak lihegtek, majd Lucy kinyújtotta Rose felé a kezét, Cindy pedig megszólalt:

– Ez a mai első. Neked csináltuk! – nyújtotta át kis ajándékukat Rose-nak.

– Nagyon szépen köszönöm! – hálálkodott a lány, és belenézett a tenyerébe. – Ó, egy karkötő! Segítsetek felvenni!

– Nagyon szívesen, Rose! – válaszolta a két kislány szinte egyszerre, és segítettek feltenni Rose csuklójára, közben Lucy magyarázott: – Ezekre a lógó bőrszíjakra majd fel lehet fűzni dolgokat... Na, megyünk, és csinálunk még! Ahogy jött, olyan gyorsan el is viharzott a két leányzó. Ottjártuknak bizonyítékául csak egy karkötő maradt Rose csuklóján. Egyszerű bőr karkötő volt. A széléről apró rojtokként bőr szalagok lógtak mindkét oldalról. Rose forgatta a csuklóján, és közben gyönyörködött benne. Sokkal többet ért ez számára, mint bármennyi arany- vagy ezüstkarkötő, hiszen ezt a lányok saját kezükkel csinálták, hogy örömet szerezzenek neki. Kicsit meg is hatódott ettől, de nem hagyta, nem hagyhatta a gondolatait más mederbe folyni. Vissza kellett térnie az eredeti eszmefuttatásához, mert egyre több olyan dolog történt körülötte, ami magyarázatra szorult.

Második kérdése a félelmetes farkas és lidérces gazdája volt.

Kétségtelenül élete legszörnyűbb pillanata volt szembenézni azzal a hatalmas lénnyel. Látott már életében ilyen állatot állatkertben és tévében is, de ez a fenevad szinte medvenagyságú volt. A lánynak be sem kellett csuknia a szemét, hogy visszaidézze az állat finoman szimatoló, nedves orrát az arca előtt, a felhúzott íny alatt felvillanó tőrnyi, csillogó tépőfogakat és az izzó szempárt, ami a félelem és könyörület legkisebb szikrája nélkül méregette őt. És jól emlékezett arra a lelket is megfagyasztó mélyről jövő, morajló morgásra is.

Aztán Rose mégis behunyta a szemét, mert jött és beúszott képzeletébe egy békés és nyugalommal teli emlék: A mellette elhaladó hatalmas állat furcsa, mégis kellemes virágillata, az ezüst szőrszálak puha érintése, és az ujjbegyein játszó, kéken villódzó, apró villámok. Amit talán az érintése és simítása váltott ki, talán természetes tulajdonsága az óriási fenevadnak.

S ott volt még a sötétség palástját magára húzó ember, ha ember volt egyáltalán, nem pedig egy lidérc vagy démon valamelyik ősi meséből vagy legendából. Az ember, aki a félelmetes farkassal járja a hegyeket és a bérceket. Igen, ők is valóságosak voltak, talán még a legsötétebb torony ablakában vélt fényeknél is valóságosabbak. Hiszen megérintette a farkast, tehát az nem volt és nem lehetett illúzió. S hogy teljesen igazat adhasson magának, felidézte, hogy hajnalban Ronald, a pék is mesélt egy farkassal portyázó félelmetes idegenről, aki hosszú idő után, megint felbukkant a környék hegyeiben.

Rose nem félt tőlük. Valamiért úgy érezte, hogy ha lehet, akkor elkerülne mindenféle találkozást az ördögi párossal, de valami azt súgta neki, hogy nem bántanák őt. Legalábbis ha bántani akarták volna, akkor az éjjel megtehették volna. Azt nem tudta, hogy ha a farkassal egyedül találkozna, akkor is ez lenne-e a véleménye, de most úgy érezte, hogy ők ketten inkább barátok, mint ellenségek.

Harmadszorra ott volt a furcsa hang, amit ideérkezése óta már többször is hallott több helyen, és hiába gondolkozott, nem tudott összefüggéseket találni sem a helyek, sem a megtörtént események között, hogy mi válthatta ki nála ezt a rákapcsolódást a megmagyarázhatatlan hangra.

Ismét jött a hang!

Rose eleinte nem tudta, hogy valóban hallja-e, vagy csak azért szólal meg a fejében, mert éppen arra gondolt. De nem, az élmény eredeti és valóságos volt, mint mindig – egy ócska rádió behangolatlan sercegéseként jött, hol erősebben, hol elhalkulva. Most is, mint ahogy az éjjel tapasztalta, kihallani vélt a sercegő zizegésből egy dallamos hangot, talán beszédet. Mintha el szerette volna hessegetni a kéretlen jelenséget, megrázta a fejét, és körbepillantott, hogy vajon figyeli-e valaki. Senki sem figyelt rá, de még az irányába sem néztek. A hang felerősödött, és Rose kihallani vélt egy szót, egyetlen alig hallható szót: „Segíts!"

*

Nagyon nehezen tudta eldönteni, hogy csak a képzeletében hallja a szavakat, vagy valójában elhangzottak-e. Kíváncsian felegyenesedett, és körbepillantott, hátha látja is a forrásukat, de csupán a halkuló és egyre erősödő hangot hallotta. Senki sem figyelt rá, senki sem tekintgetett felé a pavilonok irányából, így szinte biztos volt abban, hogy csak ő hallja, vagy csak az ő fejében van jelen ez a titokzatos sercegés.

És akkor másodszor is meghallotta a segélykérő kérő szót:

„Segíts..." – Halkan, a lágy tavaszi szellő simogatásánál is gyengédebben susogta neki a sercegés.

Ismét körbepillantott.

Kissé távolabb, a háta mögötti erdőből a már sokszor látott azúrkék villanást vélte felfedezni. Kíváncsian elindult a fény irányába. Félve oldalra pillantott, nem járatja-e valaki a bolondját vele, aztán a háta mögé nézett, hogy követik-e. De a pavilonok irányából még mindig nem figyelt rá senki. Megkerült egy kissé sűrűbb aljnövényzetű gazszigetet, és egy ősöreg, göcsörtös tölgyfát pillantott meg úgy harminclépésnyire attól a helytől, ahol most állt. Ez magában is furcsa látvány volt itt a végeláthatatlan fenyőerdők vidékén, de még szokatlanabbnak találta azt, hogy úgy deréktájon jókora lyuk tátongott a fa évezredes törzsén. Hogy az idő korhasztotta a lyukat, vagy állatok vájták ki az odút, azt már nem lehetett megállapítani, viszont egy gyerek minden erőfeszítés nélkül elfért volna benne.

Ebből az üregből szűrődtek ki szabálytalan időközönként a kék villanások.

Rose megállt a fa előtt félúton, és mérlegelte a helyzetét. Hiszen akárhonnan is nézte, nem volt természetesnek nevezhető ez a jelenség. Azt is felmérte, hogy ha odamegy a fa tövébe, akkor ő már egyáltalán nem fog látszani a pavilonok felől.

Természetesen a kíváncsiság győzött, és Rose meg sem állt az öreg fáig.

Kíváncsian lesett be a nyíláson. Csak az üreg koromsötét belseje pillantott vissza rá, amíg... ismét felvillant a kékség. Rose legszívesebben megdörzsölte volna a szemét, hogy biztos legyen abban, amit lát, de kezei éppen a kapaszkodással voltak elfoglalva. Lábujjhegyre állt, hogy még jobban szemügyre tudja venni, amit elsőre látott. A fülében már nem sercegett a titokzatos hang. Halk, de szapora légzést hallott, és az erőtlen és kétségbeesett segélykérést.

Az ismételt kék felvillanásnál pedig újra megpillantotta az aprócska lényt, ami talán akkora lehetett, mint Rose kisujjának legfelső perce: teljesen emberszerű volt, hátából két pár szárny nőtt ki, mégsem volt az egész lény nagyobb, mint egy apró boglárka pillangó. Amint elkezdett verdesni az egyik apró szárnyával, az mintha valamiféle energiát termelne, az egész teremtmény azúrkéken kezdett izzani. Ernyedten lógott az üreg hátsó falának közepe táján, és Rose már látta is, hogy az aprócska tünemény egyik szárnya beleakadt vagy ragadt valamibe, ami nem hagyta szabadulni az üregből.

Sohasem látott hozzá hasonlót, és ha nem hallotta volna folyamatosan a fejében az apróság segélykérését, akkor is segített volna neki. Akkor és ott nem is törődött vele, hogy valójában egy olyan természetfeletti lénnyel néz farkasszemet, amit talán élő ember nem látott még. Segíteni akart neki, de akárhogy nyújtózkodott, nem érte el, odakapni vagy ugrálni pedig nem látta értelmét, nehogy megsértse a lényt. Ezért aztán nem volt mit tenni, be kellett másznia az öreg tölgy odvas belsejébe, ha komolyan gondolta a segítséget. Mire meggondolhatta volna magát, már neki is rugaszkodott, feltolta magát, és becsusszant az üregbe az azúrkék tünemény mellé. Az teljesen megrémült, és veszettül csapkodni kezdett a szárnyával, szinte vakító fényességgel szórva be az odút, és a segélykérése már őrült sikollyá változott. Rose amennyire tudta, összeszorította a szemeit, az egyik kezével befogta az egyik fülét, és a másikkal így vakon és süketen tapogatta ki a kis teremtményt. Amint megérezte ujjai között a verdeső szárnyacskát, gyengéden markába zárta a lényt – nem is kellett tennie szinte semmit –, amint megemelte az apró testet, érezte is, hogy a másik szárnya is kiszabadul.

A sikoly elhallgatott, és most a csend fájt legalább annyira Rose fejében és füleiben. Az izzó fény is elhalványult, így bár a lány félénken tette, résnyire kinyitotta szemét, de már nem láthatta a fa üregének odvas belsejét.

Az apró teremtmény vert egyet mindkét szárnyával, és felvillant a gyönyörű kék fény. A lány vissza is csukta a szemét. Rose úgy érezte, mintha egy bukfencet vetne a levegőben: elszédült és émelygett. Kicsit öklendezett is és nem kis erőfeszítésébe került, hogy sovány és oly távoli reggelijét ne lássa viszont, próbált pár mély lélegzetet venni, hátha attól megnyugszik ő maga és a gyomra is. Érezte orrában a párás, nehéz erdőszagot és még valami mást is, azt az ismeretlen virágszagot, amit akkor érzett, amikor a hatalmas farkas szőréhez ért, és az elhaladt mellette az elmúlt éjjel.

Kinyitotta a szemét.

Nem ismerte fel az erdőt, ahol volt. Biztos, hogy nem ott volt, ahol pár pillanattal ezelőtt még bemászott egy odvas fába. Ez más volt: sötétebb és félelmetesebb.

Apró kék villanás.

A lény még ott volt a markában. Kinyújtotta a tenyerét, hogy visszaadja a szabadságát ennek a csodás kis teremtménynek. Szeme elé emelte a kezét, hogy jobban meg tudja szemlélni az apró lényt. Kifejezetten emberszerű volt. Testét virágszirmokból és fűszállakból összeeszkábált ruha fedte, arca barátságosnak tűnt, és kedvesen mosolygott. Fel s alá járkált, jól látszódott tanácstalansága, talán még veszekedett is magával tehetetlenségében.

– Ki vagy te? – suttogott neki Rose.

Az apró lény rápillantott, majd láthatóan magyarázni kezdett, tovább folytatva céltalan fel s alá járkálását, néha verve egyet szárnyacskájával. Csakhogy most Rose nem hallott semmit, csupán a nagy, üres és fájó csendet.

– Hol vagyok? Hogy kerültem ide? Ki vagy te? – kérdezte türelmesen a lány.

Az azúrkék emberke ismét ránézett, és mintha megvilágosodna számára, hogy Rose nem hallja, arca felderült, és apró szája vigyorra görbült. Az volt Rose véleménye, hogy legyen ez akár álom, akár valóság, hát nem a legokosabb teremtménnyel áldotta meg a szerencsés találkozás. A kis lény, mintha meghallotta volna ezt a lekicsinylő gondolatot, a vigyora szépen lassan egy félelmetes vicsorrá alakult át, és a hozzá legközelebb eső testrészbe, történetesen Rose kisujjába mélyesztette tűhegyes fogacskáit.

– Na, mondhatom, szépen vagyunk! – sziszegte Rose, és heves mozdulatokkal megpróbálta lerázni az ujjáról a fogaival rácsimpaszkodó emberkét. Az elengedte Rose ujját, és nagy ívben lerepült, de még a levegőben lefékezte magát, aztán visszarebbent a lány orra elé. Rose ösztönösen a szájába kapta vérző ujját, és sértődötten szopogatta a sérült testrészét.

Eltelt egy kis idő, mire feleszmélt a lány a változásokra.

Megtelt a füle az erdő zajaival: recsegő ágakéval, zizegő levelekével, a tovasuhanó szellő lágy neszével, az apró szárnyacskák verdesésének halk zümmögésével vagy az apró teremtmény véget nem érő háborgásával.

– Mit fogok én ezért kapni a Zöld Tündértől, még belegondolni is szánalmas... De még nincs semmi baj, csak gyorsan vissza kell csinálnom mindent! Igen, ez lehet a megoldás! Vissza kell vinnem ezt a halandót, és senki sem láthatja meg... Igen, amint lehet, vissza kell vinnem! Senki sem tudhatja meg... Mit szólnának, ha ezt megtudnák? Huhhh, kiráz ettől a hideg!

Így hadarta maga elé a kis emberke a mondanivalóját, mintha Rose még mindig nem hallaná őt. Csak mondta és mondta, be sem állt a szája.

– Még hogy ki vagyok én... még hogy hol van ő! Kérdések és kérdések, mintha megmondhatnám a válaszokat... mintha az olyan egyszerű volna... Szegény én! Mit fogok kapni ezért... még hogy ő...

– Ki vagy te? – kérdezte ismét Rose, és feledve az ujjba harapás rút esetét, rámosolygott az emberkére.

– Ki vagyok... ki vagyok... – zsörtölődött az emberke.

– Igen, ki vagy te? – kérdezett vissza Rose.

– Hogy én? – A szárnyas emberke most a lányra nézett, és el is felejtette hosszadalmas monológját. Szemeit kissé összehúzva kérdezett vissza: – ...hogy én ki vagyok?

– Igen, azt kérdeztem, hogy ki vagy te? – válaszolt türelmesen Rose.

– Hogy ki vagyok én... huhhh, ez fantasztikus! Hall engem... ért is engem... Ki vagyok én?! – ismételte magát a tündérke, és kíváncsian nézett a lány szemébe. Rose csak kinyitotta a száját, még nem is válaszolt, az emberke máris kacagásban tört ki, és a térdét csapkodta örömében. „Ez tényleg nem normális" – gondolta ismét Rose, és egyre kétségbeesettebben gondolt a hazajutására. Nagyon remélte, hogy nem csak ennek a teremtménynek a tudásán múlik az ő visszakerülése az odvas fába.

– Igen, folytathatjuk ezt estig, de tudnál nekem válaszolni rendesen? – kérdezte most Rose, és egyre jobban hallatszott hangján a kétségbeesés.

– Természetesen, én csak egy holdtündér vagyok! – húzta ki magát elismerést várva.

– Hát, ide figyelj, Csak! Hol vagyok? Meg tudod ezt nekem mondani, kedves Csak? – kezdte türelmesen Rose.

– Ki az a csak, és miért kedves a csak, nem értem! – fordította félre a fejét az emberke.

– Hát te mondtad az imént… – Most a lányon volt az éretlenkedés. – Én, Csak, egy holdtündér vagyok.

– Hahahaha… – kacagott a kis emberke, és közben bukfenceket vetett örömében. – Én egy holdtündér vagyok, nem Csak, a holdtündér, hanem csak egy holdtündér. – Már úgy nevetett, hogy a könnyei is folytak közben.

– Értem! – Rose kicsit furán érezte magát a félreértés miatt, de egyikőjüket sem tudta hibáztatni miatta. Legszívesebben ő is nevetett volna, de most kicsit jobban érdekelte, hogy miként jut vissza. – Szóval te egyedül vagy holdtündér itt?

– Nem, dehogy. Rengetegen vagyunk! – válaszolt a nevetéstől kicsit megkönnyebbülve a tündérke. – Olyan sokan vagyunk, hogy annyi név nem is lenne. Ezért nincs nevünk. Hogy lehetne minden egyes hangyát elnevezni? Badarság! És minek elnevezni? – értetlenkedett.

– Csak azért bátorkodtam megkérdezni, hogy hogyan szólítsalak, ha szeretnék hozzád szólni! Nálunk ez így szokás. Én Rose vagyok! – mutatkozott be a lány illedelmesen.

– Én pedig Csak vagyok! – válaszolt a tündér, és ismét fergeteges kacagás tört ki belőle. – Érted… Csak…

– Roppant vicces, de túlléphetnénk már ezen! – fonta össze kicsit morcosan kezeit a mellkasa előtt Rose, és a porban a lábával egyre türelmetlenebbül dobolni kezdett, míg várta, hogy az emberke kiszórakozza magát.

– Na jó… – fojtotta vissza a nevetésének utolsó hullámait a lény. – Szólíts, ahogy akarsz, úgyis én leszek az első a nevesincs tündérek között, akit elneveznek.

– A Hold után Luna lesz a neved, én ezt szeretném! Csak Luna… – húzta fel a szemöldökét mosolyogva Rose. – Érted… Csak Luna…

– Értem, értem… – kacagta a tündér. – …ha ez tetszik neked, legyek Luna.

– Nos, Luna, hol vagyok, és hogy kerülök haza?

– Hát… – kezdte volna a tündérke, de mielőtt még bármit is mondhatott volna, nem is olyan messze ág reccsent, és halk neszezés hangjai szűrődtek feléjük

– El kell innen tűnnünk! Vegyél a markodba! – kiáltott a kis emberke.

Jött a bukfenc az ismeretlenbe, majd a zsibbadt émelygés és hányinger. Az előbbi sötét erdő eltűnt, de még ez sem az az erdő volt, ahonnan elindultak.

Egy égig érő hegy előtt álltak.

A Kéklő Hegy.

Rose tátott szájjal bámulta a hatalmas, kéken lüktető hegyet. Ebben a világban, ahová került, kékes félhomály uralkodott, mint amikor az éjszaka feketeségét próbálja lelökni magáról az ezerszínű pirkadat, és minden kéken izzik a sötétség és a világosság határmezsgyéjén. A Hold kerek arca körül az égen milliónyi csillag izzott, sokkal erősebben, mint az otthoni égbolton.

Otthon.

Egyre fájdalmasabban hasított ez a szó Rose agyába, emlékek tolakodtak elő, és kezdett eluralkodni rajta az egyre elhatalmasodó kétségbeesés. „Vajon hazajutok-e innen valaha?" – kérdezte magában. „Hol vagyok egyáltalán? Valóság ez, vagy csak álom, jóleső ábránd, amit valójában a pavilonok melletti padon álmodva látok? Elnyomott az álom a padon a jóleső napsütésben a kimerítő nap és a fantasztikus éjszaka után? Haza fogok jutni innen? Felébredek valaha ebből a kétségtelenül fantasztikus álomból?" – Ilyen és ehhez hasonló kérdések puffogtak elméjében, miközben agya nem győzött betelni a látvánnyal, és kérdéses volt, hogy vajon tényleg szeretne-e még hazamenni.

A kérdések csak további kérdéseket szültek.

A kéken lüktető hegy jobb oldali, távoli horizontján sötét fellegek gyülekeztek, de ezt csak a tapasztalt szemek vehették észre. Valami olyasmi volt, mint amit Rose éjjel a ház mögötti hegyeknél vett észre. Távoli, de annál félelmetesebbnek ígérkező vihar közeledett a tájra.

Rose egy virágos réten állt, a bal füle mellett Luna, a nevesincs holdtündér zümmögött kitartóan. Az éjszaka érzett virágillat itt már teljesen betöltötte a levegőt. „De vajon mi a közös a hatalmas farkas és ez a csodás álomvilág között? Mert ez az illat nem lehet véletlen, annyira egyedi, akár egy ujjlenyomat." – Rose leguggolt, hogy jobban szemügyre vehesse a virágokat, azok millió színben pompáztak, és ezernyi alakban lengedeztek ujjai előtt. Amint hozzáért az egyikhez, az csodálatos üveghangon megcsendült, az ezernyi színű és alakú üvegvirág mezőn végigfutott ez a hang, és amerre járt, arra a szivárvány minden árnyalata cikázott végig az üvegtesteken. A színek és a fények néha szétváltak, ahogy suhantak a Kéklő Hegy irányába, néha pedig újra egyesültek.

A csodálatot nem tudta volna Rose szavakba vagy érzésekbe foglalni, felegyenesedett és úgy nézte ezt a lenyűgöző világot. A szavak csak nagyon lassan, nehezen formálva törtek elő a szájából:

– Hol vagyok én valójában, Luna? – nyöszörögte. – Ez biztosan nem az én világon, és nem is lehet álom, mert ilyen gazdag fantáziám nincs, hogy mindezt kitaláljam. Hol vagyok, Luna?

– A te világodban vagy – suttogta kedves mosollyal a tündérke. – Egy elfeledett világban, de a te világodban!

A Kéklő Hegy felől most egy másik, gyönyörűen csilingelő dallam indult vissza Rose és a titokzatos emberke felé, az üvegtestű és -szirmú virágok sziporkázva hajladoztak a melódia hangjai alatt.

– Mennünk kell! – susogta Rose fülébe Luna.

– Haza? Haza kell mennem? – kérdezett vissza Rose kábán.

– Igen, úgy gondolom, most már itt az idő – válaszolta kedvesen Luna.

– Nem biztos, hogy szeretnék menni. Még nem. Várjunk még egy kicsit, hadd nézzek körül! Hadd vessem szemeim még pár percig erre a csodára. Félek, hogy soha többé nem láthatom – nyögte Rose.

– Az időd itt véges, úgyhogy mennünk kell! – súgta Luna. Nem volt a szavaiban sürgetés, inkább szánalom és megértés.

– Ez csodálatos, Luna! Emlékezni fogok én erre, ha felébredek? Én biztos, hogy szeretnék! – mondta Rose.

– Miből gondolod, hogy ez álom? – kérdezett vissza Luna. – Ha a szemeddel látod, ha a füleiddel hallod, ha érzed a tapintásoddal és minden illatát szagolod, akkor nemcsak az agyadban létezik, hanem a szívedben is! S attól, hogy túl csodálatos, miért ne lehetne valóságos?

– Ilyet én még sohasem láttam, nem olvastam és nem is hallottam róla! – mondta Rose.

– Igen, nagyon keveseknek adatik ez meg! – jegyezte meg Luna. – Világunk roppant sérülékeny és törékeny, egy gonoszabb szó vagy tett darabokra törheti. A világod, ami a mi világunk is egyben, a legnagyobb fenyegetés számunkra, ezért már titokban tartjuk. Néhányan, az Őrzők vigyázzák a világok közti átjárókat, nem juthatnak ide már a hamu és por birodalmából.

– Akkor én mit keresek itt? – kérdezte Rose.

– Csak egy kis baleset miatt, egy hiba miatt! – sütötte le a szemét Luna.

– Szeretnék emlékezni rá! – könyörgött a lány.

– Ez nem tőlem függ! – válaszolta a kis teremtmény, és repült egy gyors kört Rose feje körül, közben a felvillanó azúrkék villanás végigsiklott a rét üvegvirágain.

– Visszajöhetek még? – tört elő a kérdés Rose-ból, ami már régóta ott lapult kimondatlanul.

– Ez sem tőlem függ! – rázta meg a fejét a kis lény. – Olyan kérdéseket teszel fel nekem, amikre nem áll módomban válaszolni, és amiket nem befolyásolhatok. Hogy emlékezni fogsz-e, azt nem tudhatom, mert még nem beszéltem olyan emberrel a világodból, aki visszatérhetett ide. Ha beszéltem volna vele, akkor tudnám, hogy emlékezett-e az első alkalomra.

– Ezek szerint járt már itt más is a világomból? – kérdezte Rose.

– Természetesen nem te vagy az első, és nem is az utolsó, véleményem szerint, aki bejöhet, de vele nem beszéltem még. Így azt sem tudom, hogy miért jöhetett vissza, az ő tettei miatt, vagy e világ törvényei miatt lehetett visszajáró. Ezt ne kérdezd. Nem tudom és lehet, hogy nem is tudhatom. Én csak egy apró porszem vagyok ebben a világban. Vannak itt sokkal nagyobb hatalmak, emberek és lények, amik talán tudnák a titkot, de én csak a Zöld Tündért ismerem.

– Ő itt van. Miatta kell visszamennem, igaz? – kérdezte Rose.

– Nos, az ittléted, hogy is mondjam, nem betervezett látogatás, aminek minél előbb véget kell vetni, mielőtt még nagyobb baj lesz! – mondta Luna.

– Nem félek. Nem hiszem, hogy bántanának itt engem! – szólt kicsit bátrabban Rose, mint amit a szíve diktált volna.

– Ne haragudj meg rám, de nem is neked van félnivalód a Zöld Tündértől… – suttogta a tündérke bátortalanul.

– Ó, bocsánat! Értem – nyögte ki Rose, mert hirtelen megértette, hogy a büntetés nem őt éri, ha sokáig húzza még az időt. – Szeretnék még visszajönni.

– Mennünk kell! – figyelmeztette Luna.

Rose bólintott. Érezte, hogy nem fog választ kapni a kérdésére. Felemelte jobb kezét, és kinyitotta a tenyerét, hogy Luna rászállhasson. Amikor ez megtörtént, még egyszer végigfuttatta tekintetét a meseszép tájon, ami a szeme elé tárult. Tudta, hogy talán utoljára láthatja. Szíve csordultig telt bánattal, hogy itt kell hagynia ezt a birodalmat. Úgy érezte, hogy a bánat máris kiszárítja torkát és könnyeket csal a szemeibe.

– Látlak még valaha? – búgta, lenyelve a feltörő bánatát és könnyeit.

– Ha szerencséd van – bökött Luna a lány szíve felé –, ott maradok veled örökké!

Több szó már nem hangozhatott el közöttük, mert jött a jól ismert bukfenc az émelygéssel és a hányingerrel.

Rose még ki sem nyitotta a szemét, már tudta, hogy most sikerült, hazajött.

De fülében még ott csilingelt az elindulásukkor megcsendülő üvegtestű virágok dallama.

*

A hangok mások voltak.

Az illatok, a nap melege és a szellő érintése is.

Rose még pár másodpercig zárva tartotta szemhéjait. Nem akarta kinyitni a szemét, nem akart szembesülni ezzel a világgal azok után, hogy már látta azt a másikat. Valami furcsa, megmagyarázhatatlan bánat telepedett a szívére, aztán ahogy kinyitotta a szemét és körbepillantott, kezdett elolvadni szíve körül az a fagyos ölelés, ami mindenáron könnycseppeket csalt volna a szemébe.

Persze, hogy imádta ezt a világot, szerette az égig érő fák leveleinek suhogását, a bárányfelhők táncát és vonulását a ragyogó kék égen, a madarak énekét a bokrok sűrűjéből, a félelem nélküli gyermekkacajt, ami a szellők szárnyán suhant felé a pavilonok irányából.

Mindennél jobban imádta a szüleit.

Nem is értette azt a pillanatnyi elmezavart, ami ott akarta marasztalni abban a másik világban. Neki itt a helye, ez az ő világa, ide köti az élete és a szerettei. Már nevetséges gondolatnak számított, mindaz, ami odaát átfutott az agyán, és nem is értette, hogy verhetett egyáltalán gyökeret a fejében ilyen képtelen gondolat.

Még látta, ahogy a két kislány, Cindy és Lucy visszaérnek futva a pavilonhoz, miután odaadták neki a karkötőt.

Hát csak ennyi volt? Csupán pár másodperc volt az álma, pedig sokkal többnek tűnt a számára. Biztosan nagyon fáradt volt, és a nagyon mély alvásban látott álmot élhetett meg ilyen hosszú időnek.

Azért valami nem hagyta nyugodni: az érzékelhető valóság. Hiszen érezte az illatokat, tapintotta a virágokat, látta az erdőt, majd pedig a hatalmas Kéklő Hegyet is. Feltápászkodott a padról, ahol már egy kicsit el is zsibbadtak a tagjai, és a megmozgatásra volt is egy ötlete, hiszen ha nem csak álom volt, akkor az ősöreg fának itt kell lennie. Felállt, és elindult abba az irányba, amire emlékezett. Átvágott a sűrű aljnövényzeten. Tudta, hogy még egy pár lépés, és meg kell pillantania a fát.

S a fa ott volt.

Ezer év súlya rogyasztott a göcsörtös testén, deréktájon ott sötétlett a kivájt üreg is. Rose most, hogy megpillantotta, kissé bátortalanul indult a fa közelébe. „Akkor mégsem álom volt, hiszen előtte még sohasem jártam itt, csak az elmúlt percekben átélt élmény miatt emlékeztem a fára és az üregre!" – Bátorságát összeszedve emelkedett lábujjhegyre, és belenézett a koromsötét üregbe, de nem látott semmit. Se kék villanásokat, sem pedig apró, lepkeméretű emberkét. Nem élte át még egyszer az álmát, hiába is bízott benne annyira.

Még volt egy utolsó ötlete: felugrott, és felkapaszkodott az üregbe. Amikor szeme amennyire csak lehet, hozzászokott a sötétséghez, kitapogatta az üreg hátsó falát, és kopogtatni kezdte, hátha ott van valamiféle átjáró, ami abban a másik világba.

Újra koppantott egyet az üreg belső falára.

Egy bizonytalan, de jól hallható koppantás volt a válasz.

Rose most kettőt koppintott, és feszülten várta a választ.

Igen határozott, két koppintás jött az üreg túlsó oldaláról.

Rose izgatottan fészkelődni kezdett. „Hát, mégsem álmodtam! Itt az átjáró abba a másik világba. Csak valahogy rá kell jönnöm, hogy is tudnám erről az oldalról megnyitni." – Gyerekes izgalom futott végig rajta. Érezte, hogy valami olyasmi történik most, ezekben a percekben, amire mindig emlékezni fog. Ismét koppintott egyet a korhadt fára.

– Na, jó, azért ezt estig nem fogom játszani! Mit csinál itt, Miss Palmer? – csattant ostorként Rozsdás hangja az üreg bejárat felől.

Rose úgy érezte magát, mint akit leforráztak. Csupán Mr. Murphy kopogott neki vissza a fa túloldaláról. Amit a fantasztikus másik világgal való kapcsolatfelvételének gondolt, az csupán egy tanár cselekedete volt. Nincs hát semmilyen másik világ, csak egy álom volt, egy csodálatos és káprázatos délibáb. Nem is értette, hogy is gondolhatta mindezt komolyan, és arra gondolt, amíg mászott a hátsóját előre tolva kifelé az üregből – mivel odabent megfordulni nem tudott –, hogy valószínűleg azért lehet ez, mert ilyen csodálatosat még sohasem álmodott. Ezért kapaszkodott abba, hogy ez valóság, nem pedig illúzió.

– Másszon ki onnan! – szólt jókedvűen Rozsdás. – Úgy látom maga aztán tényleg keresi a kalandokat, de a gyerekeinek most önre van szüksége! Szeretném, ha részese lenne a sikereiknek. Így is annyi pontot szedtek már össze, hogy a tábor végéig nem kell kitakarítaniuk a barakkot, és nem kell ágyazniuk sem!

– Igen, Mr. Murphy, igyekszem! – válaszolta lesütött szemekkel Rose, amikor lehuppant Rozsdás mellé az üregből a puha avarra. – Miről beszél? Mit tesznek a gyerekek, uram!?

– Arról, hogy gyerünk a gyerekek mellé! Kitesznek magukért, mindenkit legyőznek, már nincs is pluszpont, amit másoknak adhatnánk, míg maga az erdőben kalandozik! – vetette oda Rozsdás kicsit szemrehányóan, de kétségtelenül mosoly futott át az arcán, és megcsillant a szemében valami, amit Rose még nem látott benne eddig.

– Igen, indulok hozzájuk! – felelte a lány, és úgy érezte, hogy még sohasem érezte magát ilyen szerencsétlennek. Szinte egy tanár rángatja ki egy fa odújából, el sem merte képzelni, hogy milyen látványt nyújthatott hátulról.

– És köttesse be a vérző ujját a pavilonoknál! – mondta még a tanár, és választ sem várva, már el is indult vissza a pavilonok felé, menet közben pedig még visszapillantott a lányra: – És a holnap reggeli munkát se felejtse el! Jót tesz önnek, úgy látom! Kreatív volt a reggeli tálalása!

– Köszönöm, Mr. Murphy! – válaszolt Rose, és egy apró mosolyt küldött vissza a férfi felé, de szinte csak illendőségből, mert a vérző ujjára gondolt, amit Rozsdás említett az imént.

Rozsdás már el is tűnt a pavilonok felé vezető úton. Rose is utána ment, kicsit ráérősebben, hogy szemügyre tudja venni a vérző ujját. Észre sem vette, mikor sértette fel, talán amikor a fa üregébe rugaszkodott fel, vagy magában az üregben mehetett bele egy szálka, amint végigtapogatta az odú falát a képzeletbeli átjáró után kutatva, csak akkor a hihetetlen kalandvágy miatt nem érezte. Menet közben letörölte a vért egy hirtelen előrángatott zsebkendővel, mely már végigfolyt a kézfején. Amikor letörölte, kicsit megnyomkodta a sebet, hátha megláthatja, milyen mély és még benne van-e a szálka vagy más idegen anyag, de legnagyobb meglepetésére az ujjából több köralakban elhelyezkedő tűszúrásból serkent ki a vér.

Mintha egy aprócska állkapocsban elhelyezkedő fogak ejtették volna a sebet.

Rose körül ismét megfordult a világ, igen, ez volt az igazi, az egyetlen kézzel fogható bizonyítéka annak, hogy igenis valóság volt, és átélte mindazt, amiről meg akarta győzni magát, hogy csak álom volt. Rose szívét elöntötte az öröm azért, hogy emlékezhet. Továbbá, hogy megmaradtak az emlékei, s akkor (bár ezt csak titkon remélte) akár még vissza is térhet. Vérző ujjára tekerte a zsebkendőjét, és határozott lépésekkel elindult a pavilonok felé.

Lucy és Cindy amint meglátták, egyből elé rohantak, megfogták a kezét, és már húzták is maguk után a legközelebbi asztalhoz. Az asztalt már egy kisebb tömeg állta körül. Mark sakkozott ott egy férfival, de láthatóan nyerésre állt, mivel az úrnak már szinte nem is maradtak sakkbábúi, melyekkel léphetne.

– Mark mindenkit legyőzött. Szinte hihetetlen – suttogta Lucy, közben pedig gyerekes örömmel ugrált.

– Mindenkit? – kérdezte Rose. – Mi történt még?

– Hát, szinte mindent megnyertünk, mindent, ahogy mondom! – újságolta Chloe. – A kirakósban Ralph és Maggie győztek három különböző kategóriában is, a Rubik-kockával Lucy nyert, a logikai kártyajátékokban Cindy vert meg mindenkit, az ügyességiekben én nyertem, Mark pedig mindenkit lealáz a sakkban.

– Kik vagytok ti? – bukott ki a kérdés Rose száján, és ámulva bámulta, ahogy a csúfos vereség elkerüléséért Mark ellenfele feldöntötte a királyát, ami a játék feladását jelentette.

– Földönkívüliek – suttogta sejtelmesen, tágra nyílt szemekkel Chloe.

– Ezt ne csináld! Félelmetes vagy! – kacagott fel mellette Lucy.

– Egy kivételes képességű gyerekcsoportban vagyunk, van mit a tejbe aprítanunk. Ezek csak alapfeladatok nekünk, de erről egy szót se! – kacsintott rá Ralph.

– Mr. Murphy akkor tényleg igazat mondott. Minden pontot elhoztatok? – nyitotta tágra a szemét Rose, és közelebb araszolt az asztal sarkánál álló Görbelábú Hölgyhöz, akinek a kezében csíptetős irattartó volt, hátha bele tud lesni a feljegyzéseibe.

A gyerekek szétszéledtek mellőle, de mindenki kapott egy-egy dicsérő szót és mosolyt. Rose belátta, hogy Rozsdásnak igaza volt, amikor azt mondta, hogy most gyerekei között a helye. Igazából Rose játéknak és kellemes időtöltésnek gondolta ezt a délelőtti foglalkozást, nem is sejtette, hogy a gyerekek ennyire komolyan gondolják. Úgy látszik, hogy ott akarták bebizonyítani, miszerint igenis jók, ahol nem zavarhatták őket külső körülmények. A reggeli ellenőrzések túlságosan is részrehajlók voltak, de itt nem lehetett mellébeszélni, győztek és ezt nem vehette el vagy kérdőjelezhette meg senki, s ők tették a dolgukat.

Rose roppant büszkén járt s kelt közöttük, mert érezte, hogy a gyerekek sokkal többet értek el itt, mint pár pluszpont. Tudta, hogy most vívták ki a tanárok és felügyelők tiszteletét.

Többször is odaült Mark mellé a szünetekben. Megölelte a kisfiút és megkócolta a buksiját. Úgy érezte, hogy neki van a legnagyobb szüksége a bátorításra és önbizalma visszanyerésére. A hála apró szikrái csillogtak a kisgyerek szemében, érezhetően feltöltődött a sok elismeréstől.

Ahogy telt-múlt az idő, egyre kevesebben ültek le Mark elé, míg egyszerre csak elfogytak az ellenfelek. A 12-es barakk lakói győztes seregként hagyták el a pavilonok környékét, és mivel már nem volt sok idő az ebédig, Rose úgy döntött, hogy sétáljanak egyet a tó partján, ne menjenek vissza a körletükbe.

Egy kavicsdobálásnyi idő múlva aztán ebédhez hívott a harang, és most kivételesen a 12-es barakk apró bérlői nem utolsónak érkeztek meg, hanem elsőnek. Elfoglalták a helyüket, Rose segített mindenkinek kimerni a levest, majd a főételt is. Magának is bőségesen szedett, mert már tényleg nagyon távolinak tűnt számára az a hajnali vajas kifli, és pocakja az elmúlt fél órában szüntelenül figyelmeztette is erre a tényre.

Mint a sáskák, mindent felfaltak.

Az ebéd után Rose még engedélyezett egy sétát a tóparton a megbeszélt barakktakarítás előtt. Szerencsére vagy éppen szerencsétlenségre, már a tóparton észrevették, hogy észak felől ismét sötét fellegek gyülekeznek, így legalább nem fájt a szívük a betervezett délutáni munka miatt. Sokkal rosszabb lett volna úgy végezni a nagytakarítást, ha odakint hétágra süt a nap és a tó felől a fürdőző és pancsoló gyerekek zsiváját hozza a nyár forró lehelete. A nyári zivatar úgy egy óra múlva érte el a tópartot és a tábort, de olyan gyorsan, hogy a gyerekek alig érték el szárazon a barakkot, pedig Rose már az első esőszagú széllökésnél a barakk felé irányította őket.

A barakk eső és szél által védett verandáján aztán megálltak, és ámulva nézték, hogy alakul ki az első széllökésből a délutáni felhőszakadás. Az első nagyobb villámlás és mennydörgés robajára a gyerekek még megijedtek, aztán már csak nevettek magukon, ha a vártnál nagyobb égzengés megrémítette őket. A barakkok közötti parkban és tábortűzrakó helyeken már nagyobb összefüggő tavacskák alakultak ki a szakadatlanul hulló esőtől.

Akaratuk ellenére a szakadó eső vízpermetét a folytonos széllökések beterelték a veranda teteje alá, és még mielőtt megfáztak volna a gyerekek, Rose beparancsolta őket a meleg helyiségbe.

Azokat az ablakokat, amik az esőtől védve voltak, kinyitották, mert tényleg ráfért a szobára egy alapos szellőztetés, ami aztán percek alatt megtelt az esőszagú, friss levegővel. Mindenki tett-vett a szobában és a fürdő- és mellékhelyiségben. Rose, ahogy ígérte, alaposan kivette a részét a takarításból: a lányokkal sepert és felmosott, csempét és tükröt tisztított, a fiúkkal pedig az ágyakat rakta rendbe, és húzkodta a falak mellé, hogy így középen sokkal nagyobb hely legyen. Eddig az ágyak a falakra merőlegesen voltak elrendezve úgy, hogy csak a fejrész találkozott a fallal, így viszont a szemben lévő falakra helyezett ágyak majdnem összeértek, és középen csak egy kis folyosó volt, ahol közlekedni lehetett. Most az ágyakat a falakkal párhuzamosan rakták. Az éjjeliszekrényekkel együtt pont elfértek a ebben a helyzetben, így középen egy tökéletes kis tér alakult ki, a helyiség sokkal otthonosabb lett, jobban beláthatóbb volt, és senkinek sem kellett a másik hátát néznie.

Mindenkinek nagyon tetszett az új barakk, és fáradtan, de elégedetten nyújtóztak el a helyiség közepén lévő szőnyegre és ülőpárnákra. Onnan nézték a délután nagy részét felemésztő munkájukat. Rose is boldogan dobta le magát az ágyára. Mindent egybevéve nagyon jólesett neki az a délutáni móka. Kicsit ki tudta kapcsolni az agyát, és el tudta terelni a gondolatait, hiszen annyi minden történt vele az elmúlt huszonnégy órában, hogy azt lehetetlen lett volna feldolgoznia. Ha egy kicsit elfeledkezett magáról, máris az éjszakai és a délelőtti találkozások jártak az eszében. De nemcsak átgondolta, hanem folyamatosan olyan kérdésekkel bombázta magát, amiről pontosan tudta, hogy úgysem képes megválaszolni.

Egyszerűen az átélt emlékek meghaladták a józanész és az elfogadott biológiai, rendszertani és fizikai törvényszerűségeket, mert ezekre nem lehetett magyarázatot adni. El lehetett fogadni, át lehetett élni őket, és talán nem is kellett volna megmagyarázni, csak hát az emberi elme, ha találkozik valami felfoghatatlannal, akkor keresi a miérteket és hogyanokat, mert nem tudja nyugodt szívvel elfogadni, hogy igenis lehetnek olyan dolgok, amikre nincs és nem is létezik ésszerű magyarázat a mi elfogadott törvényeink közé kényszerített rendszerünkben.

Lehetett volna harcolni ellenük és bizonygatni az ellenkezőjét, de Rose nem akart küzdeni, nem akarta meggyőzni magát arról, hogy ilyen nem lehet, nem létezhet, csak azért, mert nincs élő ember, aki beszélt volna róla, megírta, lerajzolta vagy megfilmesítette volna.

Attól még létezett.

Túlságosan jól érezte még mindig azt a különös virágillatot az orrában, ami körüllengte a viharos szél ellenére a hatalmas farkast. Érezte ujjai végén az apró kék villámocskák bizsergését, és látta a hatalmas idegen arcát takaró, esőtől vizes haját és a villámok fényében megcsillantó szemeket. Hallotta a behangolatlan rádió sercegésébe keveredő hangokat, a nevesincs tündér segélykérését, látta a kéken villogó szárnyakat, az erdőt és az üvegtestű virágok mezejét, érezte és átélte minden érzékszervével és porcikájával. Érezte, ahogy Luna az ujjába mélyeszti apró fogait, érezte és látja most is, midőn eszébe jut, és rápillant ép eszének kézzel fogható mementójára.

A vérzés csillapodott ugyan, de szinte folyton szivárgott kicsit a vére. „Talán túl mélyre hatoltak a tűhegyes fogacskák" – gondolta Rose. „Vagy lehetett valami a holdtündér szájában vagy nyálában, ami nem hagyta begyógyulni a sebet." – Nem volt veszélyes dolog, nem is nagyon izgatta magát miatta. Volt, hogy fél óránként, máskor pedig egy óra múlva kicserélte a sebtapaszt rajta, ennyi elég volt, nem igényelt különösebb eljárást a sérülés kezelése.

Az eső ugyan csillapodott, de a sötét fellegek miatt a megszokottnál sötétebb volt, amikor Rose a barakk apró lakóival elindult vacsorázni. A vacsora nem volt különleges. Éppen elég volt arra, hogy könnyű álmot hozzon a tábor lakóinak. Hamar elfogyott a meleg kakaó és kalács, s a gyerekek láthatóan elbágyadtak a hosszú, fárasztó nap után, és Rose belátta, hogy valahol ez is volt a cél. Ő maga is nagyon fáradt volt már, nemcsak a rengeteg élmény miatt, hanem amióta itt volt, még nem is sikerült úgy igazán kialudnia magát.

A vacsora után a barakkban minden ment a megszokott kerékvágásban: fürdés, mese, aztán lámpaoltás. A csend szinte a lámpa fényének megszűnésekor rátelepedett a szobára, de mielőtt még mindenki behunyta volna a szemét egy halk suttogás szállt a levegőben Rose felé.

– Ma éjjel is megpróbálod? – búgta valaki a sötétből.

Rose nem tudta megállapítani, hogy ki lehetett az.

– Nem tudom. Jó lenne, de nagyon fáradt vagyok. Aludnom kell! – súgta vissza, hogy mindenki jól hallhassa. – Ha nem vagyok itt, akkor mindent úgy csináljatok, ahogy megbeszéltük. Nem elrohanni segítségért! Ha kell, szóljatok valakinek a szobában! Hajnalban biztos, hogy nem leszek itt, mert megint jelentkeznem kell a konyhán a büntetőmunkámra. De utána igyekszem vissza hozzátok! Minden rendben lesz. Jó éjszakát!

S mielőtt még Rose leoltotta volna kis éjszakai lámpáját, látta, hogy minden ágyról egy kinyújtott hüvelykujj emelkedik fel.

Kis idő múlva ment egy szokásos kört, megigazította a papucsokat az ágy mellett és a takarót a gyerekek testén, majd ő is ledőlt az ágyára. Semmire sem vágyott jobban, mint aludni hajnalig.

Ha lehetséges, akkor álmok nélkül.

5.
A legsötétebb torony

Rose ott állt az erdei pihenőhelynél, ahol már sokadszorra nézett farkasszemet az Átok Házával. Sötét, csillagtalan éjszaka volt, de a ház tornyai még ebben a sűrű sötétségben is négy hatalmas fekete agyarként meredeztek az égbolt felé. Rose csak állt ott megbabonázva, immár harmadszor ugyanazon a helyen, és érezte, hogy most, ezen az éjjelen nem kerülheti el a sorsát: be fog menni a Házba, és végérvényesen pontot tesz ennek a kagylóügynek a végére.

Álomtalan, mélysötét, de nyugodt alvásba zuhant a gyerekekkel együtt pár órával ezelőtt. Testének minden porcikája pihenésre, agyának minden egyes sejtje pedig regenerálódásra vágyott. Azt, hogy az ideérkezése óta eltelt idő mennyire megterhelő volt a számára, akkor érezte csak igazán, amikor vízszintesbe került a teste és letette fejét is a puha párnájára. Talán két pislogásnyi idő után elolvadt a körülötte lévő világ, megszűntek a zajai, fényei és minden befolyásoló körülmény. Aludt, oly mélyen, ahogy csak a gyerekek képesek: minden perc éveknek tűnt számára.

Maga sem tudta, hogy mire ébredt fel, de alig pár perccel tizenegy előtt egyszer csak felpattantak a szemhéjai, és körülnézett a helyiségben. Az első pillanatokban fel sem ismerte, hogy hol van. Biztosan a mély alvás hozadéka volt ez, és azé a ténye, hogy délután átrendezték a szobát a gyerekekkel. Pár szívdobbanásnyi idő múlva aztán rendeződtek a gondolatai, és tettre készen ült fel ágyában. Egy csillogó szempár nézett csak rá figyelmesen a szoba egyik sötét sarka felől.

– Rozsdás most ment el! – jelentette Lucy nyugodtan az éjszakai kóborláshoz nélkülözhetetlen hírt.

Rose felmutatta felé hüvelykujját, amivel egyszerre megköszönte és nyugtázta is az értékes információt. Egy mozdulattal az ablakhoz lépett, és kinézett rajta. Mint ahogy gondolta is: a fekete árnyék éppen távolodott az épülettől. Az illető már messze járt a 12-es barakktól, elemlámpájának csóváját tolva maga előtt. Nem maradt több elfecsérelni való idő. Rose az előző éjszaka magával vitt hátizsákjáért nyúlt, az elemlámpája mellé ismét bekerült a kulacs víz és egy váltás póló.

Intett Lucy felé, hogy most már ő is aludjon. A kislány bólintott, és behunyta szemét, Rose pedig fejére húzta a pulcsija kapucniját, hátára vetette a hátizsákját, és kilépett az éjszakába követni a kalandra hívó ösztöneit. A sötétség ellenére kifejezetten gyorsan haladt az erdei ösvényen, már szinte megszokásból követték egymást lépései, és ismerősként üdvözölt egy-egy bokrot, kidőlt fatörzset vagy ösvény melletti sziklát.

S most ott állt, ahová immár harmadszor eljutott.

Már egy ideje bámulta a fekete tornyokat, talán csak azért, hogy kifújja magát, talán azért, hogy erőt gyűjtsön legyőzni balsejtelmeit és félelmeit, vagy elnémítsa a figyelmeztetéseket, amik ott kopogtatták agyának józanabbik felét.

Akárhogy is, most nem történt semmi, ami gátat szabhatott volna a sikerének, nem látott lámpafényeket a tornyokból, és a hatalmas farkas sem volt sehol a titokzatos kísérőjével. Minden arra engedett következtetni, hogy ez egy kifejezetten nyugodt éjszakának ígérkezik.

Rose vett egy mély levegőt, elfordult a háztól – hiszen kis idő múlva úgyis közvetlen közelről láthatja majd –, és elindult az ösvényen. Hamar kiért a kőzúzalékos, szélesebb útra. Még egy autó is kényelmesen közlekedhetett volna rajta. Rose a ház felé vette az irányt, de lement az útról, és az útszéli gyepen haladt inkább tovább, mert valamiért zavarta, hogy a lába alatt sercegnek, ropognak a kődarabok. Talán az úton haladva nem tudta volna meghallani környezetének a hangjait, és nem tudta volna úgy az irányítása alatt tartani a történéseket. Pedig nem volt félnivalója, nem követte senki, és a környezetében sem volt jelenleg egyetlen teremtett lélek sem. Ezen a furcsa, fülledt, csillagtalan éjszakán minden élőlény messze elkerülte az Átok Házát. A feketén ágaskodó tornyok olyan baljósan meredtek az égbolt felé, hogy szinte érezni lehetett a feszültséget.

Ezt csak Rose nem érezte, mert a kalandvágytól úgy dübörgött a teste minden porcikájában az adrenalin, hogy majd felgyulladt. Hangtalanul suhant a ház felé, és megpróbált mindenre figyelni a környezetében, hogy a visszaúton el ne tévessze a megfelelő ösvényhez a lejáratot, ezért a sötétség ellenére próbált megjegyezni egy jellegzetes tereptárgyat, ami a helyes útra vezeti majd. Azért több letört ágat is elhelyezett a murvás útra, hogy biztos legyen a siker, és a hazaút is zökkenőmentes legyen.

Aztán egy utolsó kanyarulat után ott magasodott előtte a ház. Onnan, ahol ő állt, inkább egy hatalmas kastélynak tűnt. A bejárathoz vezető utat elhanyagolt sövénysor szegélyezte, de az épület szélességében végig látszottak még a nyomai az egykor gyönyörű és gondozott kertnek. Porladó, embernagyságú szobrok is álltak az előkertben, ki tudhatja már, hogy kinek a dicsőségére emelt emlékművek pusztuló ereklyéi voltak ezek. A faragott kőarcokon a mosolyt már sikollyá munkálta az eltelt évek kegyetlen köszörűköve: a megállíthatatlan és lelassíthatatlan idő. Hátrább egy kőszökőkút – vagy talán kerti csobogó – maradványai porladtak szerteszét. A gondozatlan sövény, a mindent befutó borostyán és vadszőlő valóban egy elátkozott Ház hangulatát tárta Rose szemei elé.

Ahogy Rose a ház közvetlen közelébe ért, mintha hirtelen megállt volna az idő. A környezet zajai elnémultak, és tökéletes csend telepedett a házra. Rose lépései alatt a ház felé vezető útra szórt gyöngykavicsok visszhangozva sírtak fel, de ennél is hangosabbnak tűnt a fülében pufogó szívének minden egyes dobbanása.

Rose megállt egy pillanatra, letörölte homlokáról az erőltetett menet izzadságcseppjeit, aztán felpillantott a házra. Szemével megkereste az északi, legsötétebb tornyot, és a bejárathoz képest próbálta térben elhelyezni az útvonalat, hogy a lehető leggyorsabban oda tudjon jutni. Akárhogy is, de nem nagyon akaródzott most már olyan sok időt itt töltenie. Valami megmagyarázhatatlan, valami túl gonosz tényleg volt itt, ami kezdett beférkőzni Rose agyába, és figyelmeztetően jeges csiklandozást küldött végig a gerince mellett. Valószínűleg ha nem egyedül jön, akkor talán bátoríthatták volna egymást, de így bátorság ide vagy oda, ez az épület jócskán rászolgált a nevére.

Pedig Rose még csak a kertben járt.

A lány melletti szobor félig elmállott fejére egy bagoly szállt le hangtalanul, csak az éles karmok sercenése és a lepergő morzsalék hangja árulkodott az érkezéséről. Elégedetten huhogott egyet, majd hatalmas szemeivel visszabámult a megriadt lány arcára. Nem látott sűrűn embert ezen a területen, már régóta ez volt a vadászatának revírje, így nem is félt tőle. Aztán levette a szemét a lányról, kinyújtóztatta szárnyait, majd az elhanyagolt kert sűrű aljnövényzetének szentelte a figyelmét, hátha kitűnő érzékszervei felderítenek egy békát vagy egeret.

Rose csak lassan haladt az épület felé, próbálta minél jobban szemügyre venni. A ház vakolata kisebb-nagyobb foltokban már omladozni kezdett a homlokzaton, de még nagyon jól tartotta magát a gazdátlanul eltelt évek ellenére. Két sorban helyezkedett el tíz-tíz ablak az épületen, tehát csak két emelet volt és a négy torony, ami a lakhatást biztosította. Az alsó szint ablakai hanyagul be voltak deszkázva mindenféle szedett-vedett lécekkel. Nem úgy tűntek, mint amik képesek lennének megállítani a behatolni készülőket, de mivel ezek is sértetlenek voltak, úgy látszott, hogy a ház híre elég volt a kéretlen látogatók távoltartásához. A felső szinten spaletták védték az ablakokat, de az idő vasfoga jócskán megkezdhette a zsanérokat, mert szinte nem volt olyan spaletta, ami eredeti helyén lett volna. Leszakadva lógtak összevissza, ami első látásra, ha lehet, még félelmetesebb látványt kölcsönzött az épületnek.

Valamilyen természetfeletti erő elseperte az égről a fellegeket, és a mögülük kikandikáló ezüstarcú Hold erős fénye elűzte a sötét árnyakat a kert hátsó zugaiba. Így mire Rose a bejárati ajtóhoz ért, már mindent bevilágított a higanyfehér fény. A lány rátette apró kezét a hatalmas, rozsdás kilincsre, s az annak fényében, hogy sok év telhetett el azóta, hogy valaki próbálkozott a kinyitásával, hangtalanul és meglepően könnyedén engedett a nyomásnak. A nehéz, míves kidolgozású faajtó vasalata panaszos jajszóként sikoltva, csikordulva nyílott ki az éjszaka halotti csendjében. Az ajtó kinyílt, és Rose szeme elé tárult a ház hívogató sötétsége.

A hátizsákjából előhalászta a maréknyi zseblámpáját, de úgy döntött, hogy csak végszükség esetén használja. Inkább várni akart egy kicsit, egyrészt, hogy a szeme megszokja a benti sötétséget, másrészről pedig, hogy elhaljon az ajtó nyikorgásának visszhangzása.

Pár másodpercig állt ott és fülelt, hogy nem ébresztette-e fel a ház szellemeit, de mivel semmi erre utaló jel nem érkezett, kilépett a kis folyosóról, ami a bejárati ajtót kötötte össze egy hatalmas teremmel. A bedeszkázott ablakok keskeny résein keresztül vékony, ezüst holdsugarak szeletelték fel fényükkel a helyiséget. Jobb és baloldalon széles lépcsősor vezetett fel az emeleti folyosókhoz, szobákhoz és valószínűleg a tornyokhoz. A helyiség hátsó felében a lépcsők mögött és a szemben lévő falból ajtók nyíltak, valószínűleg a kiszolgáló helyiségekbe, konyhába, kamrába, és szobákba.

Berendezés szinte nem is volt a helyiségben. Amit látott, az szakadt és törött volt, mint a fal egyik oldaláról leszakadt fogas, vagy a sarokba dobott vagy lökött egyik lábát vesztett kis asztalka. Mindent ujjnyi vastag, szürke por lepett, és a levegő is nehéz volt ettől a dohos, évtizedes porszagtól. Rose léptei nyomán apró porfelhőcskék szálltak fel a földről, de a padlón láthatóan nem volt olyan vastag a porréteg, mint a berendezési tárgyak maradványain és a lépcső kovácsoltvas korlátján.

Csak egy pillanatra felkapcsolta a lámpáját.

A sárgás fénycsóvában és az ablakokon beszűrődő holdfény pászmáiban megcsillanó porszemek táncoltak. Pár pillantást vetett a padlóra, és léptek nyomát kereste a porban. Voltak nyomok, de nem olyanok, mint az övé. Visszanézett a sajátjára, amik viszont szépen kirajzolódtak, amerre jött. Így már tényleg nem értette, hogy kinek a fényeit láthatta tegnap éjjel, de mielőtt komolyabb összeesküvés-elméleteket gyártott volna, eszébe jutott, hogy ekkora háznak biztosan van másik bejárata is, sőt lehet, hogy több is.

Rose legszívesebben keresztül-kasul bejárta volna az épületet, de érezte, hogy bár ő úgy érzékeli, hogy az idő lelassult, mióta megpillantotta a házat, valójában gyorsvonatként rohant a visszaindulás legvégső időpontja felé. Nincs már sok elfecsérlésre szánt ideje, ezért meg is célozta a jobb oldali lépcsőt, és elindult felfelé rajta, a lámpáját arra a pár tucat lépésre azért még lekapcsolta.

„Jobb spórolni vele – gondolta magában – mert lehetséges, hogy az emeleti folyosókra már nem tud beszűrődni a kinti holdfény. Addig is takarékoskodom vele, hiszen lehet, hogy még hosszú ideig szükségem lesz rá." – Legszívesebben megállt volna, hogy a portól és az izgalomtól kiszáradt száját megnedvesítse, de valahogy úgy találta a legjobbnak, ha folyamatosan mozgásban marad, és akkor nem ad esélyt az agyának, hogy olyan dolgoknak szenteljen figyelmet, amik nincsenek is.

Hiszen mióta Rose belépett a házba, szinte folyamatosan hallott kísérteties hangokat: a hajópadló nyekergését, mintha puha lépések járnának körülötte, távoli puffanásokat, vagy éppen egy ajtó nyikorgását valahonnan a ház távoli helyiségeiből.

A ház élt.

Élt és figyelte a kéretlen behatoló minden mozdulatát és lélegzetvételét.

Rose, amikor felért a lépcsőn, tétovázva megállt a tetején, és a homályos folyosó jobb és bal oldali részét nézte. Nem volt teljes sötétség, mert néhány – talán – szoba ajtaja nyitva volt, és a Hold fénye kiszűrődött a helyiségből. Nem volt nagy fény, de a lámpát nem kellett felkapcsolnia, mert ahhoz megfelelő volt, hogy Rose eligazodjon a folyosón.

A lány szeme már hozzászokott a félhomályhoz, ezért úgy határozott, hogy elindul jobbra. Most kicsit megzavarodott, elvesztette a fonalat azzal kapcsolatban, hogy merre is találja az északi tornyot. A lába alatt idefent már üvegcserepek sercentek. Talán egy fiatal banda itt éjszakázásának és tombolásának szomorú emlékei voltak ezek, vagy talán valami más. Ahogy lassan haladt a folyosón, belesett azokba a szobákba, amikbe belátott. A bezárt ajtókat még kíváncsisága ellenére sem nyitotta ki, de a nyitottak résein automatikusan besuhant a tekintete. Mindenhol azonnal az érintetlen por szűrt szemet a lánynak. A szobák piszkosak és elhanyagoltak voltak, és vastag porréteg lepett mindent. Itt-ott már látszódtak lábnyomok a padlón, de a szobák nem voltak feltúrva vagy feldúlva, csupán a kíváncsiság vezette a szemlélődőt.

Az épület egykor előkelő berendezése és légköre még érezhető volt, a századéves falak szinte ontották a történelem átélt emlékeit, de pompája már a múlté és az enyészeté lett. A nehéz, állott levegő miatt Rose már nehezen kapkodva lélegzett, kis adagokban nyelve a levegőt – így próbálta kizárni a ház szagát. A szapora lélegzés pedig generálni kezdte benne a félelmet és pánikot. Egyre jobban úgy érezte, hogy minél előbb ki kell jutnia a szabadba, ki ebből a házból.

A folyosó derékszögű kanyarral folytatódott tovább, de a saroknál elágazott egy boltíves átjáróval is. Rose ott belesett a folyosó folytatásába, de nem látott semmit és senkit. Ezután az átjáró felé pillantott. Az nem is átjáró volt, hanem inkább egy lépcsőfeljáró kezdete, mert a küszöbnél már a spirálisan emelkedő csigalépcső első foka látszott.

Megvolt hát a toronyba vezető út.

A felvezető lépcsőn sötét volt, itt Rose felkapcsolta az elemlámpáját, és figyelmesen pásztázta a fokokat, de meglehetősen gyorsan haladt felfelé. Lábnyomokat nem látott, bár a feljárat nem volt kifejezetten piszkos. Negyven lépcsőfokonként keskeny, piszkos ablakocska szolgáltatott valami kis fényt, de ez jelen körülmények között még a semminél is kevesebb volt.

Kétszáz lépcsőfok: ennyi vezetett a toronyba. Rose lámpájának fénye a legfelső fok felett egy kis egyenes rész után egy szépen vasalt faajtóra esett. Láthatóan zárva volt, a réseken semmilyen fény vagy hang nem szűrődött ki, ezért Rose talán most a legbátrabban a kilincsre tette a kezét, és benyitott.

A helyiségben meglepő tisztaság és rend uralkodott. Az ajtóval szemben lévő falon hatalmas kétszárnyú ablak gondoskodott a természetes napfényről, a szoba berendezése meglehetősen szegényes volt. Az ablak mellett egy szép íróasztal és kényelmes, magas támlájú karosszék helyezkedett el, a baloldalon egy hatalmas ágy, aminek négy sarkából csigavonalú oszlop emelkedett a mennyezet felé engedelmesen tartva a bársony baldachint. És igen, ott volt az ággyal szemben a nem mindennapi látványt nyújtó, míves kidolgozású kandalló is.

A kandalló.

Most itt a célegyenesben Rose gyomra egy kicsit összeszorult az aggodalomtól, és talán a félelemtől is. A háta mögül, a lépcső legaljából vagy talán a folyosóról, amin ide jött, ismét apró zörejeket és zajokat vélt hallani. Jeges borzongás futott végig a gerince mellett, kezében a lámpa megremegett, de gondolkodás nélkül belépett a szobába, és behúzta maga mögött az ajtót. Nem akart már több időt itt tölteni, ebben a kísértetházban.

Odarohant a kandallóhoz, letérdelt elé, szájába vette a kis elemlámpát, hogy mindkét keze felszabaduljon, és beletúrt a hamuba. Eleinte semmit nem talált, aztán kő és tégladarabokat azonosított a lámpa fényében, amik minden bizonnyal a kémény belső falából omlottak le az idő múlásával az egykori tűztérbe. Aztán elszenesedett vagy félig elégett fa- és vékonyabb ágdarabokat húzott a lámpa fényébe, és nézegette őket piszkos tenyerén.

Aztán megtörtént:

Jobb kezének ujjai valami kicsi, vékony dolgot tapintottak ki a hamuban. Amíg emelte a fény felé, ujjaival érezte, hogy köralakú kis dologról van szó. „Csakis egy kagyló lehet" – Ezzel a gondolattal együtt agyában felrémlett Wendy történetének az a része, ami a kagylókról szól, mégpedig hogy a kandallóban elégetett varázsló nyakláncából valók. Tehát tényleg elégettek valakit itt, és ő most egy valaha élt ember hamvaiban turkál. „Ha van kagyló, akkor kellett is lennie itt valakinek. Igaz lehet Wendy története." – Ettől a gondolattól még jobban megrémült, és nagy lendülettel rántotta ki a másik kezét is a hamuból.

Annál nagyobb volt a meglepetése, amikor a hamutól és koromtól fekete tenyerén egy körömnyi érmécskét pillantott meg. Ujjai között kicsit megdörzsölte, amitől levált róla a kosz és a hamu. Fényes fehér fém villant ki – talán ezüst. A felületén ábrák és betűk is kivehetők voltak, de túl koszos volt és sötét ahhoz, hogy ki lehessen olvasni a feliratokat. Nem utolsósorban pedig Rose úgy döntött, hogy inkább majd holnap a táborban nézi meg, mit is talált.

A kicsi ezüstérme megtalálása viszont olyan örömmel töltötte el, hogy akaratlanul is úgy döntött, hogy még egy próbát tesz ott, ahol ezt a kincset találta, hátha rálel még valamire. Nem is kellett sokáig tapogatnia, és már egy második érme is a kezébe akadt, de csupán ennyi, több nem volt. „Azért voltaképpen ez is szép fogás erre az éjszakára" – gondolta közben Rose. Ha nem is kagyló, de azért talán ezek az érmék is megteszik bizonyítéknak. Már csak azt nem tudta, hogy hol lehetnek akkor a kagylók, mert itt, a hamuban biztos, hogy egy sincs.

Hamarosan választ kapott a kérdésére:

A két érmével a tenyerén öntudatlanul az ablak felé sétált, hogy a hold és a lámpa együttes fényében, ha lehet, még jobban szemügyre vegye frissen szerzett kincseit. A Hold viszont nem világított. Vagyis hát világított, csak nem be az ablakon. Rose kinézett rajta, és megdöbbenve vette észre, hogy a ház előtti előkertet látja, pedig azt nem láthatná ebből a toronyból, ezért nem világított be a holdfény az ablakon!

„Rossz toronyba jöttem fel! Mindegy, csak el innen!" – határozta el.

Gondolta, ennek is elégnek kell lennie, egy percnél sem marad többet itt, és fittyet hányva gondolataira és félelmeire, zsebre vágta a pénzecskéket, az ajtóhoz sietett, feltépte, és rohanni kezdett lefelé a lépcsőn. Ez azonban nem tarthatott sokáig, mert olyan lendületet vett az amúgy is meredek lépcsőn, hogy félő volt, hamarosan elesik. Zihálva lelassított, és megmarkolta szúró oldalát, de azért még továbbra is kettesével szedte a lépcsőfokokat. Minél gyorsabban haladt és folytak össze körülötte a torony falának téglái és a környezet zajai, annál jobban hallott mögötte és előtte felé szűrődő zajokat, sőt talán még egy rövid sikolyt is.

Amikor leért a lépcső aljához, megtorpant, és egy kis fegyelmet kényszerített magára, nehogy megint eltévedjen ebben az elátkozott házban. Természetesen nem követte és nem is várta senki és semmi megmagyarázhatatlan vagy démoni a lépcsőn vagy a folyósokon. Csend honolt körülötte. Csak kapkodó lélegzete és halk sóhajai visszhangoztak a füleibe. Nyugalmat parancsolva magára lehunyta a szemét, hiszen nincs itt semmi, csupán saját magát hajszolja bele a rettegésbe és pánikba. Szellemek és kísértetek nincsenek. Mindenre van értelmes magyarázat. Már nem az elmúlt évszázadokban élünk.

„Nono, Rose, nono!" – szólalt meg Rose a másik énje a fejében. „Azért nem hiszem, hogy mindennel el tudsz számolni az elmúlt huszonnégy órában. Nono! Csak finoman az ilyen megállapításokkal!"

Rose megrázta a fejét, félretűrte a rohanástól kibomló, szeme elé logó izzadt hajtincseit, és mélyet lélegezve a dohos levegőből, kinyitotta a szemét. Gyorsan felismerte az üvegszilánkokkal teleszórt padlójú folyosót, amin jött, és arra vette az irányt. Ismét végigment rajta, most a legkisebb figyelmet sem szentelve az üvegcserepeknek, vagy akár az álmosan tátongó szobáknak, így aztán gyorsan elérte azt a széles lépcsősort, ami a bejárati terembe vezetett le. Megfogta a rozsdás vaskorlátot, de megállt, mielőtt a legfelső lépcsőfok porába léphetett volna. Vett egy mély levegőt, és bátran elindult a folyosón a másik irányba a tényleges északi torony felé.

Tudta, hogy még egyszer nem tud és nem is akar idejönni, legalábbis saját elhatározásból biztosan nem. Még ha nincs is semmi életére veszélyes, halálát akaró hatalom a falak között, akkor is olyan baljós és kísérteties itt minden, hogy el fogja kerülni élete végéig ezt a házat. Most itt van, a kezdeti rettegés és félelem tűzkeresztségén átesett, ha feltételezi, hogy az építők szimmetrikusan dolgoztak – és miért tették volna másképpen –, akkor az utat már ismeri, és pár perc alatt meg is tudja járni az északi tornyot. S valóban már fel is tárult szeme előtt a derékszögű folyosó elágazása és a boltíves lépcsőfeljárat.

Ötven... száz... százötven... lépcsőfok, és a kétszázadiknál ismét ott állt egy kovácsoltvasakkal megerősített faajtó előtt. Mintha ugyanabba a toronyszobába lépett volna, mint korábban a másik toronyban. Tökéletes másolata volt annak, talán még az ágy felett porosan lelógó baldachin bársonyának színe is megegyezett. Minden megismétlődött: letérdelés a kandalló előtt, lámpa a szájba, és kutatás a hamuban.

Túl könnyen ment.

Nagyon nem is kellett turkálni a hamuban, nem kerültek a kezébe kavics- vagy elszenesedett fadarabok, hanem rögtön egy kis lapos tárgy. Rose még egy pillantását sem vetette a koszos markában heverő tárgyra, már tudta, hogy ezért jött, és hogy az nem lehet más, mint egy kifúrt kagyló. Bal kezébe vette, aztán még gyorsan a jobb kezével beletúrt a hamuba, és hamarosan még öt vagy hat kagylót tett az első mellé. A két leghalványabbat visszapöckölte a hamuba, a többit az ezüstérmék mellé tette a zsebébe, és csak akkor vette észre a padlón a rengeteg lábnyomot. Némelyik nagyon frissnek nézett ki, legalább annyira, mint a sajátja. A bátorsága és a talált kincsek felett érzett öröme egy pillanat alatt elillant, és lehervasztotta az arcáról az önfeledt mosolyt. Eltűnt a győzelmi mámor, amit már most érzett a reggeli találkozás miatt, ami Wendy és a barátnői asztalánál lett volna. Már egy kósza gondolatig azt tervezte, hogyan is mutatja majd meg a szerzeményeit. Előre mosolyt csalt az arcára, hogyan fog a lányok arcára fagyni a mosoly, amikor a nagyszájú beszólásaikat megvárva, egyszer csak megcsörrenti a saját karkötőjét, amin nem is egy, hanem egyszerre öt vérvörös kagyló fog csilingelni.

Ez a gondolatmenet most a semmivé hullott, és a lány szemei megállapodtak a lábnyomokon. Láthatóan legalább két különböző nyom volt, és mindegyik jóval nagyobbnak tűnt az övénél. Minden kétséget kizáróan felnőtt férfiaktól származhattak, de a legfurcsább talán mégiscsak az volt, hogy ezek a lábnyomok mezítlábas talpak lenyomatai lehettek.

Több dolog történt ekkor egyszerre.

Rose még mindig a kandalló előtt térdelt, a szájában az apró elemlámpával bámulva a padló porában megpillantott mezítlábas nyomokat, amikor a torony érezhetően megremegett alatta. Egy apró, de jól érezhető rezdülés volt, csak mintha egy óriás rúgott volna bele véletlenül a háznak ebbe a sarkába. Aztán még egy apró remegés futott végig a házon, de a toronyban már elég jól lehetett érezni. Mire Rose kimondta vagy gondolhatta volna magában azt, hogy ez talán földrengés, addigra már tudatosult is benne, hogy ez nem lehet az, mivel mellette a kandallóban váratlan légmozgás keletkezett.

A hamuból az egyre erősebben örvénylő szél tölcsért formált, ami porördögként forgott a tűztérben. Aztán a kavargó hamu egy része szürkésfekete lebegő koponyává materializálódott a kandalló légterének közepén, a maradék hamu és korom tölcséralakban zárta körül a rémisztő látványt. A koponya nem forgott, csak lebegett a levegőben, és a szemgödrök sötétsége szinte magához vonzotta Rose tekintetét. A kandallóban süvöltő szél az összes hamut és kormot felszippantotta a tűztér rácsáról, s bár a portól és hamutól Rose nem tudott minden apró részletet megfigyelni, de úgy látta, mintha a parázsfogó rácson csontok hevernének szabálytalanul széthajigálva. Furcsa volt, hogy bár alaposan beleturkált az imént a hamuba a kagylók után kutatva, mégsem érzett az ujjaival csontokat vagy nagyobb darabokat.

Mintha varázsütésre történne, a szél süvöltése és a hamutölcsér forgása megállt, mintha megdermedt volna, de tölcséralakját nem vesztette el, nem hullott vissza a hamu a kandalló aljára. A hamukoponya is ott meredt a mozdulatlan levegőben pár örökkévalóságnak tűnő másodpercig, aztán váratlanul kitátotta porpofáját, mintha üvöltene, végül pedig szétrobbant alkotórészeire. De nem tűnt el, csupán mintha új életre kelne a kandallón túli világban: a szoba légterében hol alaktalan gombóccá, hol pedig porfelhővé vált.

A heves légnyomás ellökte a kandalló közvetlen közeléből a lányt.

Rose még fekvő helyzetből a szemébe került por és hamu ellenére is jól tudta követni tekintetével az életre kelt porördögöt, amely forgott és fickándozott még párat, majd a nyitott ajtón át kiviharzott a torony lépcsőházába, Rose lámpájának fényével kísérve. A ház és a torony közben szinte már megállás nélkül remegett, nem nagyon, de érezhetően. A Hold elé ismét felhők úszhattak, mert eltűnt minden kintről beszűrődő fény, és a lámpa sárgás, halvány fénykévéje köré szurokfekete sötétség telepedett.

Megállt a remegés.

A csend szinte tapintható volt, és a Rose mellkasában vadul rugdalózó szívének minden dobbanása üstdob puffanásának hangzott a lány füleiben. „Elég ebből! Tényleg el kell már tűnnöd innen!" – harsogta az agya tehetetlenül elmerevedett izmainak. „Gyerünk, felállni, és meg se állj a táborig!" – A kezeibe és lábaiba mintha ólmot pumpált volna az ijedtség és a pánik, alig akartak mozdulni. Nagy nehezen négykézlábra tolta magát, de ekkor ismét kísérteties hang ütötte meg a fülét.

Lépések hangja közeledett a torony lépcsőjén felfelé. Nem is a cipő koppanásait hallotta meg, annál sokkal finomabb hangra lett figyelmes: a lépcsőfokok halk reccsenését vagy a rajtuk lévő por és kavics sercenését a talpak alatt. Egyre közelebbről hallatszódtak, amikor egyszerre csak egy erőteljes, de nem túl parancsoló hang szólalt meg a sötétből.

– Tudom, hogy itten vagy! Miért bújsz el előlem, te bitang? – zengett halkan, de érthetően.

Rose nem látta még a hang tulajdonosát, de talán a lámpájának vagy fáklyájának a derengő fénye már előrekúszott és látni lehetett, ahogy közeledik a csigalépcső kanyarjában. A lány gyorsan eloltotta a lámpáját, és kétségbeesetten nézett körül a szoba sötétségében menedék után.

Nem mintha egy toronyszobában lehetett volna hová bújni.

Az ágyig már nem juthatott el, hogy bebújjon alá. Egyetlen rejtekhely maradt csupán: a kandalló. Odamászott hát olyan gyorsan, ahogy a félelemtől begörcsölt teste csak képes volt rá, és a kandalló ajtó felőli rejtett falához lapult, amennyire csak tudott.

– Jer elő, te mihaszna! Tudhatom, hogy itten vagy! – zendült fel a hang már a szoba ajtajából. – Nem bujkálhatsz sokáig itten, úgyis megtalállak, te hitvány gazember!

Az igen furcsa beszéd Rose fülei számára idegenül csengett, de nem mert foglalkozni vele, ugyanis most mindennél jobban félt, és nem is akart az ajtó felé pillantani. Szorosan a falhoz lapult, és nézte a kandalló belső oldalának kormos tégláit.

– Innen nem menekülhetsz, te kutya! Elszámolnivalóm van véled! Talán megkönyörül rajtad jó urad szíve, ha végre feladod magad, és ím, urad elé járulsz kegyelemért!

Rose a szeme sarkából látta, hogy a megtestesült félelme elérte a kandalló vonalát, de még nem vette észre. Egy kicsit jobban felé fordította fejét, és láthatta, hogy a furcsa beszédű jövevény valóban férfi, és már a kandallónál áll, de neki kicsit féloldalt, háttal. A szoba túlsó sarka felé tekintett, és abba az irányba beszélt, mert valószínűleg az ágy alatt sejtette rejtőzködni a behatolót. Rose sejtette, hogy csak percek kérdése, és a tűzhely is át lesz vizsgálva. Bármennyire is rettegett, úgy érezte, hogy még egy másodperc, és feláll, megszólal, aztán feladja magát. „Ugyan mi baja lehet?" – gondolta. Ez talán a ház gondnoka. Rajtakapta, ahogy itt csavarog a házban, talán ő is meglátta a felvillanó lámpájának fényeit, mint Rose az előző éjjel, hiszen két toronyban járt az éjszaka és most jött ellenőrizni. Nem ez lehetett az első eset, és a ház hírét ismerve, nem is ez lesz az utolsó. Talán a ház hátsó felében lakik, így nyáron, télen úgysem jár itt senki, aki háborgatná a házat.

A lány próbálta megnézni jobban a férfit.

Igaz, háttal állt, de több furcsaság is volt rajta, ami elsőre is szemet szúrt Rose-nak: Először is, az egyik kezében fáklya volt, de szokatlanul gyenge fénye volt a tűznek, nem volt szaga, pedig vagy a rajta égő szuroknak, vagy a fanyélnek kellett volna füstölnie. Vállig érő ősz haja volt a férfinak, buggyos ujjú fehér inget és bő szárú nadrágot viselt, ami csak alig térd alá ért neki, az alól pedig meztelen lábszára kandikált ki, és mezítelen lábfeje. Szépen hímzett mellényke volt a fehér bő ing felett. Bő szárú nadrágjának övébe pedig többféle fegyver is bele volt dugva. Bal oldalt egy hosszú, vékony pengéjű kard tok nélkül, jobb oldalon ugyanolyan vékony pengéjű tőr, hátul pedig – amit szemből nem is lehetett látni – egy réges-régi, talán kovaköves marokpisztoly volt elrejtve. Bal kezében tartotta a fáklyát, a jobb kezét pedig a derekán pihentette, és ujjaival idegesen dobolt a csípőjén. Igen furcsa férfi volt, Rose hirtelen nem is tudta hová tenni a megjelenését és fura beszédét. Elsőre arra gondolt, hogy nem is gondnok, hanem valami elmegyógyintézet szökevénye, aki itt, ebben az ódon kastélyban éli ki perverz hajlamait.

Egy újabb másodpercig Rose mérlegelte a helyzetet, és már nem is volt kedve feladnia magát ennek a felettébb bizarr megjelenésű embernek. Csak azt nem tudta, hogy miért beszél vele így. Az, hogy beszökött egy marék kagylóért, azért csak nem akkora hitványság.

– Jer elő, ha szólítlak, gaz haramia! Kezd elfogyni urad türelme! Úgyis meglakolsz, ha mondom! Lejár az utolsó szekunda, és megyek érted jómagam, de azt ne várd meg, te galád, akkor oszt' nem állok jót magamért! – morogta egyre türelmetlenebbül a bőgatyás férfi.

Mielőtt még Rose ismét arra gondolt volna, hogy feladja magát, legnagyobb meglepetésére az ágy mögötti koromfekete sarokban megmozdult egy árny, és egy meglehetősen rongyos ember mászott ki a fáklya derengő fényébe. Megalázottan kúszott, fel sem emelte tekintetét az őt hívó emberre, csak egyszer pillantott fel a poros padló szennyéből, akkor pedig a férfi háta mögé nézett a kandallóba:

Egyenesen Rose szemeibe.

Tagadhatatlan volt a két szempár találkozása, még ha csak egy másodperc töredékéig is következett be, nem volt véletlen.

Üzenetet hordozott.

Mégpedig azt, hogy Rose maradjon ott, ahol van, maradjon csendben, akkor talán megúszhatja. A férfi úgy csúszott ura felé, hogy az kénytelen volt felé fordulni, ami által már teljesen hátat fordított a kandallónak.

– Ím, itt vagyok, jó uram! Jövök mán, kegyelmezz meg hű szolgádnak! – válaszolt a férfi tekintetét ismét a porba fúrva.

– Gaz lator, lelked a kezemben! Mit művelsz itt? A feje tetején áll a ház! – dörrent rá az úr.

– Kegyelmes nagyúr, hallgasd meg hű szolgád… – kezdte a porban kúszó koszos szolga, de ura félbeszakította:

– Hitvány kutya, ne kifogásokkal jöjj nékem eme gyalázatos órában! Az igazságot regélje a hazugságoktól mocskos szád! Meghalsz, te bitang, ha mellébeszélsz! – kiabált zengő hangon az úr.

– Tudjad, báró uram, hogy hitvány szolgád szája és szavai, csak a te dicsőségedet zengik pirkadattól alkonyatig, s vissza! – hunyászkodott meg a szolgaszerűség.

– Elég a ferde szavakból, te lator! Azt mondjad, merre jártál ma éjjel, és mik történtek, míg jó urad egy pár pillanatig nem figyelt!

– Hát tudd meg, jó uram…

– Ugye nem az történt meg? – vágott a szavába ismét az agresszor.

– …Jó uram, hallgass meg!

– Ugye nem?! – üvöltött most már a férfi, s a kezében elkezdett remegni a fáklya.

– Nem tudom, hogy történhetett, báró úr! – remegett a másik, és most már feltérdelt és felnézett urára.

– Mennyi jutott ki? – kérdezte rémülten a bőgatyás férfi.

– Úgy gondolom, hogy egy, nagyúr! – válaszolt szemlesütve a térdelő.

– Meeennyyiii? – kérdezett vissza üvöltve az uraság.

– Háromnál nem több! – restelkedett amaz.

Rose egyáltalán nem értette, miről folyik a beszélgetés, nem tudta, mi és hol, vagy hová jutott ki, hiszen ő még itt van, és teljesen egyedül. Talán a térdelő ember meg akarja őt menteni a büntetéstől. Habár nem ismerték egymást, de az a pillantás azt jelenthette, hogy a sarokból kikúszó ember pontosan tudta, hogy Rose is a szobában van még, talán őt akarja fedezni. „Ha végig itt volt a szobában, akkor miért nem jött elő már korábban is?" – kérdezte magától a lány.

Talán nem akarta, hogy Rose megrémüljön tőle, talán a parancsolójától jobban félt. Igen, ez lehetett a legvalószínűbb, mert a szemeiben, ahogy felnézett az urára, még mindig a rettegés lángolt. A bőgatyás férfi elől bújt el ebben a toronyszobában, s mivel nem ő jött, hanem Rose, így nem is fedte fel a kilétét, amíg a másik férfi meg nem jött. Ezek itt lakhattak a házban, az ő fényeiket láthatta Rose az elmúlt éjszakán az ablakok mögül felsejleni, s most bemerészkedett a rejtekhelyükre. Most már komoly felelőtlenségnek látszott ez az éjszakai kaland. Rose gondolhatott volna rá, hogy vannak olyan szökevények vagy hajléktalanok, akik elfoglalnak egy ilyen remek épületet. Pedig tegnap éjjel láthatta is, hogy nem lakatlan a ház, bár akkor még Wendyre és barátnőire gondolt, de miután megtudta a lánytól, hogy nem ők voltak idefenn a háznál, akkor szöget üthetett volna a fejében, és feltehette volna magának a kérdést, hogy vajon akkor ki volt a házban. Igen, talán fel is tette egy röpke másodperc erejéig, de aztán az agyának egy távoli zugába söpörte a kérdést, mert csábítóbb volt azon morfondírozni, hogyan is szökhetne ki ismét az éjszaka.

Most itt van, de a rémület fájdalmas bilincseket vert tagjaira, agya nem tudott forogni rendesen, hogy a szabadulását tudja tervezgetni. „Talán, míg a férfi a társát teremti le, elosonhatnék a háta mögött, aztán le a lépcsőn, ki a házból és be az erdőbe. Csak ott tudnék megszabadulni tőlük, hiszen minden bizonnyal a házat sokkal jobban ismerik, mint én. Itt nem tudnék elbújni előlük. Csakis az erdő nyújthat menedéket, csak az erdő!"

De az most olyan nagyon távolinak tűnt…

– Hároooom? – dadogta a bőgatyás férfi. – Ezért meglakolsz, beste…

Előhúzta az övéből a vékony pengéjű kardot, és a térdelő férfi mellkasához, a szíve tájékára nyomta a hegyét. A sebből vér serkent, és vékony csíkként kígyózott végig az izzadságtól nedves bőrön. A térdelő felszisszent, és próbált hátrább araszolni, bár ez térdelve nem volt egyszerű feladat.

Rose próbálta összeszedni minden bátorságát. Eszébe jutott, hogy talán ha hirtelen megszólalna, akkor a meglepetés erejével le tudnák ketten győzni a felfegyverzett férfit. Próbálta megmozdítani és kinyújtani elgémberedett lábait.

Az araszolva hátrafelé menekülő, elcsigázott férfi megérthette, hogy Rose mire készül, és a kard mellett ismét oldalra pillantva találkozott tekintete a lány rémült pillantásával. Alig észrevehetően tagadólag megrázta a fejét, hogy Rose ne csináljon semmit, csak a saját életével foglalkozzon. Még egy pillanatig látta a lány a büszke tekintetet, amiben semmi kétségbeesés nem volt, aztán a szempár a sötétségbe veszett, mivel elérte a férfi a sarkot, ahonnan kimászott.

Rose visszahúzta engedetlen lábát maga alá, hogy minél csendesebben tudjon maradni, koszos öklét a szájába gyömöszölte, és várta, amit még legrosszabb rémálmában sem szeretett volna látni. Érezte, hogy fogai belemélyednek a rettegéstől a húsába, és vér serken a sebből, meleg tisztátalan érzést hagyva az ajkain. A vér sós, fémes íze belekerült a szájába, legszívesebben kiköpte volna, de ezt nem merte megcsinálni, inkább lenyelte a könnyeivel együtt. Ettől az íztől és a tudattól, hogy mi került a szájába, felfordult a gyomra, és félő volt, hogy egy szempillantás alatt mindent kiad magából. Minden önfegyelmére szüksége volt, hogy magában tartsa azt, ami kikívánkozott. Könnyei kicsordultak. Talán a rettegéstől, talán a kezébe nyilalló fájdalomtól, vagy attól a tudattól, amiről sejtette, hogy pillanatokon belül be fog következni. Üvölteni szeretett volna, hogy megállítsa a könyörtelen kezet és a rozsdás penge siklását, de nem maradt elég levegő a tüdejében, hogy bármit is kipréseljen belőle a torkán át.

– Bocsáss meg gyarló lelkemnek, jó Uram! – suttogta halkan a térdeplő ember a sötétségből, de ez már talán nem is a kardot markoló nagyúrnak szólt, hanem egy sokkal nagyobb és hatalmasabb istenségnek, aki majd ítélkezik minden hozzá fohászkodó lélek felett.

Rose, amennyire csak tudta, összeszorította a szemét, mintha ezzel ki tudná zárni a külvilág minden zaját és történését.

Csupán egy aprócska nyögés jelezte, hogy bevégeztetett, ami talán nem is a fájdalom miatt szakadt fel a megfáradt testből, hanem az végett, hogy megszabadult lelke végre vándorútra kelhet a széllel immár ledobva ennek a földi létnek minden nyűgét és nyomorát.

Rose csak fültanúja volt mindennek. Nem tudta kizárni a szoba és a külvilág hangjait, hiába szorította össze könnyektől nedves szemeit, hiába mélyesztette fogait egyre mélyebben a húsába, hogy ne adjon ki semmilyen árulkodó hangot, amely tudatja másokkal a jelenlétét, mert amit hallott, azt agya pontosan megfestette szemei elé.

Megöltek egy embert a szeme előtt, és ő nem tett semmit, hogy megakadályozza: Agya ezt üvöltötte minden porcikája felé, de a józanabbik énje csendre intette a lelkiismeretét. Még egyáltalán nem menekült meg, és lehet, hogy pillanatokon belül ő maga is lelepleződik. Abban az egyben biztos volt, hogy ilyen elgémberedett izmokkal esélye sincs elfutni senki elől. Tárgyalásra sincs semmi esélye, hiszen szemtanúja volt a leggyalázatosabb tettnek, amit ember ember ellen tehet, ezt nem lehet megúszni.

Mérhetetlen, már szinte fájdalmas csend telepedett a szobára, és Rose nem is értette, hogy a gyilkos hogyan nem hallja meg az ő szívverését, hiszen a lány szíve olyan vadul dobogott, hogy szinte a levegőt is megremegtette a mellkasa előtt. Abban is biztos volt, hogy bármennyire is próbálja elnyomni sírását és fájdalmát, azért elég sok minden kihallatszik az üres kandallóból, ami nem odaillő ezen a késő éji órán. Lesz, ami lesz alapon kinyitotta a szemét, és felkészült rá, hogy pár centire az orrától megpillantja a gyilkos kéjesen mosolygó arcát.

Ott azonban nem volt semmi és senki.

Koromfekete sötétség pillantott vissza rá. Nem volt már senki a szobában, és a csigalépcső hajlatánál sem látszódott már fény. Ahogy a férfi jött, olyan gyorsan távozott is. Talán felfogta tette szörnyű voltát, és ő is menekül innen, ebből az elátkozott toronyból és házból.

Rose hangtalanul kimászott a kandallóból, kitapogatta az elemlámpáját, de megfogadta, hogyha ezer évig kell tapogatóznia, akkor sem fogja felkapcsolni, amíg ki nem ér a házból. Csodával határos módon fel tudott egyenesedni. Egy kis tornáztatás után már a lábait is tudta használni, kezdett visszatérni beléjük a vér és az élet, ideje volt elindulni. A sötétségben megpróbálta szemügyre venni a bal kézfején keletkezett, harapott sebet. Még így is elég csúnyának nézett ki, és most, hogy az adrenalin is kezdett kicsit kioldódni szervezetéből, erősen kezdett fájni a seb. Szánt hát rá egy kicsit több időt annál, mint egy futó pillantás. Letérdelt, újra szájába vette a lámpáját, és amikor arra gondolt, hogy éppen egy pillanattal ezelőtt gondolta úgy, hogy nem fog fényt gyújtani, még egy fanyar grimaszt is ráerőltetett az arcára. A lámpa fényében már jobban meg tudta vizsgálni a sebet, a hátizsákjából kivette a váltás pólót, amit hozott magával, és egy csíkot letépve belőle, szorosan körbetekerte vele a kézfejét. Gondolatai szerteszét kalandoztak, és arra gondolt, hogy talán nem is baj, ha egy kicsit elidőzik még a toronyban, mert abban szinte biztos volt, hogy a gyilkos is elhagyta a házat. Így legalább biztosabban, nyugodtabban, észrevétlenül ki tud jutni ő maga is.

Ekkor eszébe jutott, hogy nincs egyedül a szobában.

A halottra gondolt, és akaratlanul eloltotta a lámpát, nem akarta még a szeme sarkából sem megpillantani.

Rose nem mert még a sötétség ellenére sem a sarok felé nézni, ahol a férfi holttestét sejtette.

„Ne már, Rose… – szólította meg jobbik énje. – …És ha segítségre szorul? Lehet, hogy tudnál segíteni még rajta! Rajta… rajta…" – zengték az agyában lelkiismerete szólamai.

A lány erőt vett magán, s bár tudta, hogy legrosszabb rémálmait alapozza meg ezzel a cselekedettel, jobb kezébe fogta a lámpát, az elejét bekötözött bal markába rejtette, hogy semmilyen fény se jöjjön ki, ha felkattintja a kapcsolót, és csak annyit fényt küldjön a szobába, amennyit ő szeretne, azzal szabályozva, hogy éppen mennyire veszi el a kezét a fény elől. Felkattintotta a kapcsolót, és nagyon óvatosan elemelte kezét a fény útjából, és az ágy melletti sötét sarok felé irányította, felkészülve a legrosszabbra, ami jelen esetben egy saját vérében fekvő, üveges szemekkel a tátongó semmibe tekintő hullát jelent, aki majd még hetekig vagy akár évekig kísérteni fogja őt álmaiban.

A sarok azonban üres volt.

Rose megrázta a fejét, mint aki nem akar hinni a saját szemének. „De hiszen itt kell lennie!" – Már nem törődött semmivel. Benézett az asztal és az ágy alá. Látta a porban a mezítelen lábnyomokat, a térdelés és csúszás helyét, de testnek semmi nyoma nem volt. El sem húzták innen, mert annak sem volt nyoma a porban.

Mit is látott akkor valójában?

Fel kellett tennie magának a kérdést, hogy valóban látott-e valamit, vagy csupán agya viccelte meg ezen az érezhetően elátkozott helyen. Talán a kialvatlanság, a hely egyértelmű misztikussága, kísérteties története és történelme már az agyára megy. Ránézett bal kézfején a harapott sebre, mert az tagadhatatlan bizonyítéka volt annak, hogy nem álmodik, hogy itt van, de arra nem, hogy valóban megtörtént a gyilkosság, ami a szeme előtt játszódott le percekkel ezelőtt.

Már nem tudta, hogy mit is keres még itt, csak azt érezte, hogy ha nem hagyja el ezt a helyet, akkor talán még nagyon sok ilyen furcsa víziója lesz. Kissé kótyagosan kitántorgott a szobából, le a csigalépcsőn, át a folyosón és a hatalmas nappalin ki a szabadba.

„A friss levegő majd boldogságot is fecskendez a lelkembe. Aztán el innen, vissza sem fordulva."

*

Az ajtón kiérve először a bömbölő szél csapott az arcába néhány kövér esőcseppet és leszakított falevelet a koromsötét kertben. Olyan volt, mintha minden fény eltűnt volna az éjszakából, mintha teljesen lecsavarták volna a világ nagy fényerőszabályozóját. Csupán sejteni lehetett az úthoz vezető gyöngykavicsos ösvényt és az azt szegélyező sövénysorokat, de a kerti szobormaradványokat már nem lehetett látni. Rose kénytelen volt apró elemlámpáját felkapcsolni, és úgy keresni az utat, de ez sem vezetett sok eredményre, mert a lámpa sárga, vékony fénycsóváját elnyelte a tomboló szél által felkavart por és mindenféle hordalék örvénylő keveréke.

A házban a lány még nem is érzékelte az odakinti ítéletidőt, így kissé meglepődött, amikor kilépve onnan a hazafelé vezető utat próbálta felmérni szemeivel, és a benti poros-dohos levegőjű kísértetházból menekülve a szabad ég alá vágyott. Néha kissé előre is kellett dőlnie a szélrohamok lökéseit kompenzálva, hogy fel ne lökjék a fuvallatok. Lehajtott fejjel poroszkált az ösvényen. Résnyire összehúzott szeme elé tette a sérült, hevenyészve bekötött kezét, hogy próbálja védeni a felé suhanó törmeléktől. Nagy sokára kiért a széles útra, de ott ismét egy kétségbeejtő felfedezés tárult a szeme elé, ugyanis a kavicsos úton mindenfelé letört vagy leszaggatott faágak hevertek szerteszét. Esélye sem volt felismerni azt az ágat, amit azért hagyott az úton, hogy ne kelljen a tábor felé vezető ösvényt keresgélnie, és rögtön a megfelelő irányba tudjon elindulni. Nem volt kedve az éjszakai erdőben kóborolni és eltévedni, már akkor sem, most pedig ebben a semmiből kerekedett ítéletidőben még kevésbé.

Túl sok minden történt vele azóta, hogy megérkezett a táborba, úgyhogy ennek a számlájára írta, hogy csodálkozása ellenére nem esett pánikba, és higgadtan kezelte, hogy akár el is tévedhet. Valami azt súgta neki, hogy meg fogja találni az utat, és előbb vagy utóbb vissza talál a táborba még azelőtt, hogy a reggeli büntetőmunkára kellene jelentkeznie Doloresnél.

Nem tudta, hogy mi hajtja a lábait, de szinte elsőre, minden tétovázás nélkül fordult rá az ösvényre, amin idefelé is jött. Afelől nem is volt kétsége, hogy jó irányba halad, mert megállt azon a kis platón, ahonnan szép rálátás nyílt az elátkozott házra, és ahonnan már sokadszorra megcsodálta az éjszakai sötétségben a fekete építményt. Abban, hogy elátkozott, már teljesen biztos volt, bár mindig is szkeptikusan fogadta az ilyen történeteket. Ide is annak köszönhette érkezését, hiszen ha azon az oly távolinak tűnő éjszakán nem áll meg, és nem nevet Wendy rémtörténetén, akkor sohasem jut ide. Most, ennyi kaland után be kellett ismernie magának, hogy valami igenis volt abban a házban, valami, ami lidércnyomást és pánikot plántált az odaérkezők szívébe.

Volt ott valami félelmetes erő, amely illúziókkal és rettegéssel borította el az agyat úgy, hogy attól az ott tartózkodó elveszti a józanész feletti uralmát. Mindennek már nincs jelentősége.

Rose, miközben a szél zilálta erdőben poroszkált a tábor felé, többször is megtapogatta zsebének apró dudorodását. Ott volt a zsákmánya, a kagylók és az apró érmék. Ezt már senki nem veheti el tőle, és ha csak az elmúlt néhány óra megpróbáltatásait idézte fel maga előtt, meg kellett állapítania, hogy megérte eljönnie a házba ezen az éjjelen. Most, hogy már túl volt rajta, nagyszerű kalandként emlékezett vissza, aminek minden pillanatát igazi kihívás volt megélni.

Erre vágyott, mikor otthon a nyári táborozásról merengett.

Csak ezért az éjszakáért érdemes volt ide eljönnie. Rose minden porcikája bizsergett, mert ott belül érezte, hogy olyan dolgot tett ma éjjel, amit eddig még sohasem:

Szembenézett a démonaival.

Szembenézett velük, és legyőzte őket. A félelem és rettegés olyan formáit látta ma éjjel, amik padlóra küldhették volna őt, de nem, mert helytállt.

Ahogy gondolataiba mélyedve utat tört magának a viharos erdei ösvényen, egyszer csak egy lépéssel behatolt a harsogó csendbe. Mintha egy buborékba lépett volna, ami megvédi őt a vihartól, ahol megszűnik a szél bömbölése, a záporozó esőcseppek kíméletlen csapkodása és a fák ágainak recsegése. A vihar zajához szokott füleiben hirtelen fájt ez a tökéletes csend, a kezében szorongatott lámpája párat villant, és kialudt a fénye.

Érdekes és ismerős virágillat csapta meg az orrát, de nem fordult meg, hogy megkeresse a forrását. Nem, inkább behunyta a szemét, élesítette a többi érzékszervét, és várta a be nem tervezett találkozást.

Egy hideg, nedves dolog ért hozzá a sérült kezéhez.

Rose akaratlanul is megrázkódott, vett egy mély lélegzetet az immár jól érezhető virágillattal átszőtt levegőből, és hagyta, hogy átjárja a nyugalom. Pár másodpercig kiélvezte az érzést, majd kinyitotta a szemét, és szembenézett a hatalmas farkassal.

Az nem vicsorgott, hanem érdeklődve nézett Rose szemeibe, s a lány visszafúrta tekintetét a farkaséba. Aztán a fenevad megint megszaglászta a lány bekötözött bal kezét. A kötés néhol már átvérzett a lassan szivárgó vértől. A lány felemelte a jobb kezét, és lassan kinyújtva megérintette az állat fejét. Az hagyta, csupán a szimatolást fejezte be egy röpke pillanat erejéig.

A már ismert kék villámocskák ismét megjelentek sercegve Rose ujjai és a farkas szőrszálai között. A csiklandozás végigfutott a lány könyökén, majd fel a vállán a tarkójáig. Úgy érezte, hogy saját haján és karja szőrszálain is érzi a kettejük között kialakult furcsa elektromosságot. Ez az ezüstszőrű lény azonban nem szívelte nagyon a simogatást, egy-egy érintést még elviselt, de egy idő után már inkább elhúzódott a lány kezétől, és Rose-t megkerülve elhaladt mellette. A lány engedett a csábításnak, és hagyta, hogy keze végigsimítsa a farkas hátát.

Mint az elmúlt éjjel, a titokzatos férfi most is ott állt mögötte, olyan hangtalanul és mozdulatlanul, hogy Rose még csak megállapítani sem tudta, hogy mióta van ott, mióta követi, vagy mikor érkezett egyáltalán. A göcsörtös, görbe botot most is a kezében fogta, kicsit előredőlt, hogy vizes hosszú haja eltakarja arcát Rose kíváncsi tekintete elől. Így aztán a lány csak az ázott haj függönyén át láthatta a férfi szemeit.

– Félnem kellene tőletek? – suttogta a férfi felé.

Az idegen nem válaszolt, csupán pár pillanatot kivárva, mintha mérlegelné feleletét, alig észrevehetően megrázta a fejét, de Rose inkább csak a lelógó hajtincsek mozgásából tudta meg a nemleges választ. Ettől kicsit megnyugodott, hiszen bár a farkas nem bántotta, azt azért észrevette, hogy a titokzatos idegen parancsolhat a fenevadnak, így jobb, ha vele tisztázza, hogy kell-e tartania tőlük.

– Ha nem vagytok ellenségek, akkor barátok vagytok? – kérdezte a lány.

A hatásszünet ismét meg lett tartva, és a válasz ismét nemleges volt. Ez egy kicsit elbátortalanította a lányt azzal kapcsolatban, hogy felmerjen-e tenni további kérdéseket. Az, mondjuk, kifejezetten jó hír volt számára, hogy a páros nem tartja őt ellenségnek, de ha barátnak sem, akkor szerette volna tudni, hogy mire számítson.

– Éreztem már ezt az illatot ott, a kéklő hegy lábánál – jelentette ki Rose halkan.

Az idegen picit megemelte fejét, mint aki olyat hall, ami felkeltette a figyelmét, de aztán el is hessintette a gondolatot, mert lassan megfordult, és elindult az ellenkező irányba, hogy magára hagyja a lányt.

– Nem félek tőled! – kiáltott utána Rose, de nem erőszakosan, hanem úgy, mint aki a baráti szándékáról szeretné biztosítani a másikat.

A lidérces párost gyorsan elnyelte a fák közötti sötétség, s mikor Rose is megtette első lépését a tábor felé, a buborék szétpukkant, és ismét a tomboló vihar közepében találta magát. Pedig már el is felejtette, hogy mi várja, mert olyan nyugodt volt minden a farkas és gazdája környezetében. A lámpa a kezében pislogva újra kigyulladt.

Már másodszor találkozott velük. Számára úgy tűnt, hogy tényleg itt a völgyben portyáznak, de Rose úgy gondolta, hogy Ronald, a pék beszámolójának semmilyen igazságalapja nincs. Nem tudta elképzelni sem, hogy ez a páros emberekre vadászik, csupán olyan volt, mintha valami ehhez a tájékhoz kötné őket, és időnként itt bukkannak fel. Gondolt is rá, hogy ha hazamegy, majd utánanéz, hogy nem jelent-e meg más környékeken ez a démoni páros, talán talál feljegyzéseket vagy újságcikkeket ez ügyben az interneten vagy a könyvtárban. Lehet, hogy már régóta járja ezt a területet ez az ember-farkas páros. Mivel a pék is hallott róla, ezért biztosan keringenek még legendák róluk.

Volt valami nem e világi bennük. Azok a kis villámocskák, amiket a farkas szőrének végigsimításakor látott megjelenni, valóban természetfeletti jelenségnek tűntek. Persze Rose egyből a statikus elektromosságra gondolt, hiszen nemegyszer érezte már ő is egy-egy műszálas pulcsi levételénél az apró kisüléseket. De nem, ez más volt, nem csípett, hanem selymesen simogatott, nem volt összehasonlítható a kettő. Főleg a farkas titokzatos virágillata hozta zavarba, ami olyan volt, mint amit Luna mellett érzett a kéklő hegység lábánál elterülő üvegtestű virágok mezején.

Megdöbbentő volt a hasonlóság.

„Talán onnan jöttek ők is, abból a másik birodalomból?" – találgatta

Rose.

„Lehet egy átjáró? Talán ez a titokzatos páros azonos azzal az Őrzővel, akit Luna említett? Ők oltalmazzák az átjárót a két világ között?"

Fel kellett függesztenie a gondolatai és kiapadhatatlan kérdései szövevényes labirintusában tett kirándulását, mert a fák hajladozó ágai között megpillantotta a tábor pisla fényeit. Eldöntötte, hogy most óvatosabb lesz, mint tegnap hajnalban, és nem fut bele Rozsdás csapdájába. Lekapcsolta a lámpáját, és a vihar ellenére óvatosan, fától-fáig osonva közelítette meg a 12-es barakkot.

Hiába volt elővigyázatos, most senki sem ólálkodott a barakkja környékén, senki sem leselkedett a sötétben és a bömbölő vihart elnézve, nem is lehetett sok embernek kedve az éjszakai körsétákhoz. „Aki ilyenkor kimerészkedik, az meg is érdemli, hogy az erdőben töltse az idejét" – gondolta magában.

A lány beosont a barakkba.

Csend és békés szuszogások fogadták. Most mindenki aludt, nem fénylettek apró szemecskék a sötétben. Rose lerúgta bakancsát az ajtóban, felmarkolt egy adag tiszta ruhát, és megcélozta a fürdőszobát. Vigyázva, hogy minél kevesebb zajt csapjon, becsukta az ajtót, megnyitotta a meleg vizet, és levetkőzött. Beállt a zuhany alá, és élvezte, ahogy a forró vízcseppek dobolnak piszkos, ázott és odakint lehűlt bőrén. Amint a jóleső melegség kiolvasztotta minden porcikáját, alaposan, legalább háromszor átsikálta magát, mert olyan kormos, fekete víz folyt le róla – az elsőre a kandallóban tett kirándulása végső emlékeként –, hogy még ő maga is szégyenkezett miatta.

Lefejtette bal kézfejéről a hevenyében rákötözött ruhacsíkot, és megszemlélte a sebet. Kézfeje kicsit fel is dagadt már. Két fogának a nyoma helyén nagyon szétnyílt a bőr és a hús, és még mindig szivárgott belőle valami folyadék: néha vízszerű nedv, néha vér. Olyan szerencsétlen helyen volt a seb, hogy nem lehetett normálisan bekötni sem, a kötés mindig elcsúszott, a seb pedig minden mozdulatnál felszakadt, és szivárgott. „Ez nem is volt baj – gondolta Rose – hiszen ez a természetes tisztulás is gyorsítja a gyógyulást."

Az éjszaka nagy része ismét gyorsan elszaladt, és nem maradt ideje a fürdésen kívül semmi másra. Most viszont nem volt fáradt, és felvillanyozva várta a reggeli munkát és a friss, ropogós meglepetést, amit talán Ronald ismét ad nekik. Nagyon megéhezett. Szinte állandóan korgott a gyomra, de ezt nem is tartotta nagy bajnak, mert így még több esély van rá, hogy ha a pék meghallja, akkor ismét megörvendezteti egy kis előreggelivel. Kíváncsi volt arra is, hogy ma mit kell elkészítenie, és vajon ismét megcsinálhatja-e a felvágottas és sajtos tányérokat.

Még maradt negyed óra a tervezett találkozóig, de mivel Rose ennyi idő alatt semmi értelmeset sem tudott volna csinálni, hát fogta magát, és – most kivételesen jól felöltözve – kiment a barakkból, aztán elindult a konyha felé. A szél ereje egy kicsit csillapodott, mióta ideikint járt, már nem vágta olyan erővel Rose arcába a port és a leveleket, sőt még az esőcseppek sem hullottak olyan intenzíven. Az ég még fekete volt, sötét fellegek vastag dunyhája takarta el az égbolton tündöklő ezüstcsillagokat. Viszont nem nyaldosták a felhőket villámok, és még távoli égzengéseket sem lehetett hallani. Rose remélte, hogy mire a gyerekek felkelnek és reggeliznek, addigra az időjárás is megnyugszik, és talán ismét nyakukba veheti velük az erdei ösvényeket. Talán sikerül rálelniük az erdei ösvényeken elrejtett rejtélyre.

Amikor elérte a konyhát, megcélozta a korlátot, amin tegnap hajnalban üldögélt és a lábait lóbálta, és ismét a már jól bevált mutatvánnyal múlatta az időt. Nem kellett sokat várnia, mert ma valamiért Dolores is korábban érkezett meg. Rose felismerte a hölgy sötét körvonalát, és amikor közelebb ért, már ismerősként üdvözölte a nénit.

Dolores biccentett Rose felé, majd fázósan összehúzta nyakánál a kabátját. Kicsit talán morcosabbnak tűnt, mint tegnap. Mindenesetre látszott rajta, hogy nemrégen kelt ki az ágyából, és talán a puha, meleg ágynemű csábítása ült még ki az arcára, amit a kávé sem tudott még kisimítani. Rituálisan kinyitotta táskáját, kiemelte a kulcscsomóját, és zörgetve kereste a megfelelő kulcsot, ami nyitja a konyha ajtajának zárját. Amint feltárult az ajtó, belépett, és felkattintotta a kapcsolót. Akárcsak tegnap, villogó fénycsövek ugráló fényei árasztották el a konyha területét.

Rose már felszólítás nélkül, rögtön az öltöző felé ment. Beöltözött a munkaruhájába, és várta, hogy megérkezzen Ronald. Együtt kipakolják az autót és megreggelizzenek.

– Mi történt a kezeddel, te lány? – kérdezte Dolores hitetlenkedve meredve a véres kötésféleségre. – Így nem jöhetsz ide, így nem dolgozhatsz itt!

– Ó, csak egy kis balesetem volt most reggel, ezért nem tudtam még elmenni a gyengélkedőre, hogy ellássák. De ugye nem kell elmennem? Szeretnék itt maradni. Olyan nagy örömet szereztem a kisgyerekeknek azokkal a díszítésekkel. Ugye maradhatok, Dolores? – rimánkodott Rose.

– Hát, talán! – morfondírozott Mrs. Rodriguez. Az órájára pillantott, és odaintette magához a lányt. – Na, gyere, hadd látom!

Leültette Rose-t a lámpa alá, odament az egyik faliszekrényhez és egy dobozt vett elő. Lehántotta a lány kézfejéről a kötést, és szemügyre vette a sebet.

– Kutya harapott meg, vagy mi történt veled, te leány? – nézegette a sérülést. Kicsit széthúzta, amitől Rose felszisszent. – Tudod, mit? Nem is akarom tudni. Jobb lesz úgy.

Rose hálásan pillantott rá, és egy szívdobbanásnyi ideig találkozott a tekintetük. Dolores arcán egy halvány mosoly futott át, amikor meglátta Rose megkönnyebbült tekintetét. Kicsit megnyomkodta a sebet, hogy ami tisztulni való még van, az jöjjön ki, majd egy „úgy kell neked, mihaszna gyerek" tekintet után hozzáértő mozdulatokkal kitisztította a sérülést. Egy igen erős ragasztószalaggal összehúzta a sebet, és egy testszínű tapaszt tett rá. Szinte észre sem lehetett venni a sebesülést.

Rose roppant hálás volt a gyors elsősegélyért, de még inkább talán a fel nem tett kérdésekért. Mert hogy Dolores átlátott rajta, az olyan világos volt számára, mint a nap. Mire végeztek, már meg is hallották a konyha hátsó bejáratához guruló autó kerekei alatt ropogó kavicsok hangját.

Rose gyomra megkordult.

Dolores akaratlanul is felnevetett, és ismét hagyta, hogy összetalálkozzon a tekintetük. Rose felvonta a vállát, jelezve, hogy nem tehet róla, és ő is elmosolyodott, aztán sietve elindultak ajtót nyitni a péknek. Ronald éppen akkor szállt ki a vezetőülésből, amikor kinyílott az ajtó.

– Reggelt, hölgyeim! – köszönt kurtán a férfi, és el is indult kinyitni a raktér hátsó ajtaját miközben megjegyezte: – Átkozott egy éjszakánk volt. Bizsereg minden csontom és ízületem.

– Jó reggelt, Ronald! – köszönt vissza egyszerre a két nő.

– Nem emlékszem ilyen nyárra, mint ez az idei. Vihar vihar után, és mind a hegy felől jön. Én mondom, nincs ez rendjén! – zsörtölődött Ronald. Fellépett a platóra, és elkezdte kiadogatni a friss péksüteményes és kenyeres ládákat.

– Az ég szerelmére, Ronald, hagyja ezt abba! – szisszent fel Dolores. – Minden hajnalban ezekkel a baljós sejtésekkel jön fel hozzám. Az ember esze megáll! Mintha szörnyek leselkednének itt minden bokor mögül! Annyiszor mondja nekem ezeket, hogy ma hajnalban már én is rémeket láttam a nyugati országúton a hegyre vezető elágazásnál! Elegem van! – mondta emelt hangon, és keresztet vetett.

– Megértem én, Dolores. Ahogy kívánja! – válaszolt, majd mint, aki jól végezte dolgát, hegyeset köpött az elhúzott oldalablakon keresztül.

A kipakolás ezek után már szótlanul zajlott.

Rose próbált minél mélyebbeket szippantani a friss pékárú illatából, de csak nem sikerült korgásra kényszerítenie a pocakját, pedig lassan már végeztek a kirakodással. Ronald talán kicsit meg is sértődött, mert egyre gyorsabban adogatta ki a ládákat és tálcákat. Amikor az utolsót is kiadta, kilépett a kocsi szekrényéből, és bevágta az ajtót. Rose ekkor adta fel az utolsó reményét azzal kapcsolatban, hogy a mai hajnalt is egy fejedelmi reggelivel fogja kezdeni. A férfi el is indult már a vezetőfülke felé, és egy ismételt köpéssel tudatta, hogy igazán meghallgathatták volna a ma hajnali friss pletykákat.

Rose kicsit kétségbeesve pillantott Dolores felé, de úgy látszott, hogy ő egyáltalán nem bánja, hogy elmarad a ma reggeli rémisztgetés. Talán tényleg nagyon megijedt valamitől, miközben ide tartott. Még az utolsó előtti pillanatban akkorát kordult Rose hasa, hogy Ronald mozdulata is megállt, és Dolores elkuncogta magát. Rose restelkedve lesütötte a szemét, s égő arccal fel sem mert pillantani a felnőttek felé. Amit eddig szeretett volna, az most egyszerre mordult meg a belsőjében. Még jó, hogy sötét volt, és nem láthatták a szégyentől lángoló arcát.

– No, már azt hittem, nem volt jó a tegnapi reggeli! – viccelődött Ronald. Behajolt a vezetőfülkébe, és egy barna papírba tekert csomagot nyomott Rose kezébe. – Ez a mai munkadíj, ha már ilyen korán felkeltél. Ilyet még nem evett senki: prototípus, csak próbából sütöttem! Kíváncsi leszek, ízlik e!

– Elnézést kérek, nem szoktam ilyeneket csinálni társaságban! – mondta még mindig lesütött szemekkel, a földet bámulva Rose. – Nagyon szépen köszönjük!

– Nincs abban semmi! – mondta Ronald, és köpött a mai reggel egy harmadikat is a porba. – Ami kikívánkozik, az jöjjön is ki! Egyébként meg nagyon szívesen, de a vén boszorkánynak is adjál ám belőle! – bökött fejével Dolores felé.

– Ó, hát ez természetes! – válaszolta Rose, és tudta, hogy ezt kérés nélkül is megtette volna, bár egy kicsit sejtette, hogy a célzás inkább Doloresnél kellett, hogy betaláljon.

– Mit látott, Dolores, hajnalban a bekötőútnál? – fordult most Ronald a nő felé, mint aki nem is sejti, hogy az tökéletesen hallotta a „vén boszorkány" megnevezést.

Dolores láthatóan töprengett rajta, hogy elmondja-e az átélt élményét, és ezzel dobáljon-e Ronald meséjének tüzére még pár hasábot, vagy tartsa magában a történteket, és tegyen úgy, mint aki megsértődött az előbbi megszólításon.

– Hát... – kezdte aztán bátortalanul. – ...magam sem tudom, mit láttam. Éppen sétáltam felfelé, hogy ideérjek időben – persze a maga ostoba meséi jártak a fejemben –, amikor sisteregni kezdtek a füleim. Hiába piszkálgattam az ujjaimmal, csak nem akart elmúlni a hang. Olyan volt... olyan, mintha...

– ...mintha egy behangolatlan rádió sercegne – vágott a szavába alig hallhatóan Rose.

– Pontosan! – kontrázott rá Ronald. – Én is ilyennek hallom!

Most mindhárman egymásra pillantottak, és értetlenül néztek egymásra.

– Aztán mi történt? – kérdezte a férfi, megszakítva a némaságot.

– ...aztán egyre csak haladtam tovább, és úgy éreztem, mintha valaki figyelne. Isten a tanúm rá, hogy a Sátánnak és kutyájának éreztem meg a pillantását. Oldalra néztem a hegyi hágó felé vezető erdei út felé, ami az elátkozott házhoz is visz, és akkor megpillantottam őket. Az ösvény domborulatán álltak, így a körvonalai mögött nem a sötét erdő volt, hanem az égbolt, és tökéletesen láttam az Ördögöt kampósbotjára támaszkodni, és mellette a vörös szemekkel néző hatalmas démonkutyát. Csak álltak ott, és néztek felém, aztán egy másodperc múlva már nem is volt ott semmi.

– Igen, a részeges falábú is erről mesél: a hangról, aztán a démonokról, akik aztán úgy tűnnek el, mintha a föld nyelné el őket! – bólogatott serényen a férfi. – Ördög tudja, mi folyik itt. Nem lesz ennek jó vége, én mondom, nem lesz!

– Megmondom, mi folyik itt, Ronald! Teletömi az emberek fejét ezekkel a történetekkel, és már mindenki ilyeneket lát ott is, ahol nincs semmi – káricált Dolores. – Nem is volt itt semmi baj addig, amíg el nem kezdte ezt mesélni nekem minden reggel. Most meg lassan nem merek feljönni ide reggelenként!

– Persze, persze, gondolhattam volna, hogy én tehetek róla! köpött ki ismét a férfi. – Ha gondolja, felhozom én magát minden reggel, megvárom, míg kinyitja a konyhát, annyi időm van. Ha tényleg úgy gondolja, hogy én tehetek róla, akkor ennyivel igazán tartozom!

– Dehogy hozogat engem ide fel! – szólt Dolores. – Még öt vagy hat nap, és vége ennek a szezonnak. Ezek a gyerekek hazamennek, kezdődik az iskola, a tábor pedig bezár jövő tavaszig. Ezt már fél lábon is kibírom. Nincs itt semmi, amitől félni kellene, csak telebeszélte a fejemet ezzel a kísértethistóriával.

– Ahogy gondolja, Dolores, én csak felajánlottam – válaszolt ismét kissé sértődötten Ronald. – De azért valami biztosan van itt!

– Ugyan miből gondolja, Ronald? – tette fel a kérdést Dolores.

– Hát, csak abból... – kezdte a férfi, és már ki tudja, hányadik köpése sercent a földön. – ...abból, hogy amint az imént a kisasszony említette, hogy ő is hallotta a hangokat, ő is tudja, miről van szó.

Rose ereiben meghűlt a vér. Már bánta, hogy olyan elhamarkodottan közbeszólt az előbb, de hát ő maga is meglepődött, hogy rajta kívül más is hallotta a hangot. Látta Dolores arcán végigfutni a gondolatokat, amikről tudott már ezen kívül is. Hiszen tudta, hogy a büntetőmunkát azért kapta, mert tegnap éjszaka kilógott csavarogni az erdőbe, ma reggel pedig meglátta a sebet a kezén is.

– Én csak a hangokat hallottam. Nem tudok semmiről. Azt hittem, csak az én füleim csengenek. Nem gondoltam, hogy ezt más is hallhatja – csúszott ki a száján a nem túl hihető magyarázat.

Úgy látszott, Ronald bevette, de Dolores összehúzott szemöldöke és ráncos homloka azt sugallta, hogy gondolkodóba esett, és próbálja összerakni az eseményeket ő is, de elég gyengének találja Rose mentegetőzését.

– Mindegy, bárhogy is van, bárki is hallja a hangot és látja a férfit a fenevaddal az oldalán, az már nem lehet csak véletlen. Azt mesélik, hogy évekkel ezelőtt, mikor az a sok fiatal meghalt abban a hegyi kastélyban, akkor is ilyen titokzatos események követték egymást, és ilyen teremtmények népesítették be a hágó környékét.

– Mesebeszéd mindez, Ronald, maga is tudja – bizonygatta inkább csak önmagának Dolores, hiszen a férfit erről úgysem lehetett meggyőzni.

– Az elmúlt pár napban megint feltűnt a hegyen az a sötét alak a farkasával, minden éjjel viharok keletkeznek, mindig a hegy felől jönnek, pedig a meteorológia nem jelzi előre őket. Ez nem lehet véletlen. Valami történni fog, vagy már történik is, akár elfogadja, Dolores, akár nem! – heveskedett a férfi, majd lemondóan legyintett egyet, és egy köpéssel meg is toldotta. – Mennem kell, már várják az árut a faluban. Holnap reggel megint jövök, és hozok ennek a szép kisasszonynak valami meglepetést.

A bók pírt csalt Rose arcára.

– További szép napot, Ronald! – válaszolta hálásan a lány, és áttette a forró csomagot a másik kezébe, hogy intsen is a férfi után barátságosan.

– Jó utat, Ronald! Aztán nehogy nekem azt terjessze a faluban, hogy én mit meséltem ma reggel! – dorgálta meg a péket Dolores.

– Isten áldja magukat, hölgyeim! – búcsúzott el Ronald is. – Ááá! Nem fogom tovább mondani.

– Dehogynem – súgta oda Dolores a lánynak kacsintva, de ezt a férfi már nem hallhatta, mert beült az autójába, és elindította a motort.

A kocsi lassan gurulva kikanyarodott az útra, majd a féklámpáinak piros fényei lassacskán eltűntek az út kanyarulataiban.

– Rosszabb, mint egy pletykás vénasszony. Na, gyorsan pakoljunk mindent a helyére, és nézzük meg, mit kaptunk tőle. Ha jól sejtem, te már nagyon várod! – simogatta meg Rose vállát a hölgy.

– Igen! – válaszolta a lány, és ezt le sem tagadhatta volna, mert olyan táncot járt éhes pocakja, hogy alig tudott uralkodni rajta.

Amint minden a helyére került, Rose felült az asztalra a csomag mellé, és kérdő pillantásokat vetett Dolores felé, mintha csak engedélyt akarna kérni, hogy ő maga csomagolhassa ki a hajnali meglepetést. Doloresnek lehetett már rutinja az ilyen ügyekben, és ügyesen megsejtette, miről is van szó.

– Bontsd csak ki nyugodtan, hiszen te kaptad! – mondta a lánynak, és úgy tett, mintha még sürgős elfoglaltsága lenne az egyik hűtőnél.

– Ugyan már, Dolores, ez kettőnké, nem csak az enyém! – válaszolta Rose.

– Bontsd csak ki nyugodtan!

Rose örömmel eleget tett a kérésnek. Kíváncsian fejtette le a barna papírt a még meleg ajándékról, s a széttépett papírból egy fűszeres illatú, ropogós gyökérkenyér tárult szemük elé. Dolores is odajött mellé. Ő egy kis műanyag dobozkát tett le az asztalra, és a lányra nézett.

– Ezt meg én hoztam neked – mondta, és kibontotta a dobozkát. – Tegnap reggel bejött a fél tanári kar, és nagyon dicsérték a reggeli tálalást. Azt mondták, hogy nagyon sok embernek mosolyt csalt az arcára.

A dobozban valami barna dolog rejtőzött. Rose még nem tudta, mi az, de valami isteni illat csapta meg az orrát.

– A legfinomabb libamáj, amit valaha ettél! Külön csak a te számodra készítettem el! – tartotta Rose elé nem kis büszkeséggel Dolores. – Köszönöm szépen, hogy nem vetted büntetésnek és félvállról a tegnap reggeli munkád.

– Ugyan, Dolores, ezt nem kellett volna.... – nyökögte Rose meglepetten.

– Szívesen segítettem. Nagyon jól éreztem magam. Nem volt fáradság.

– Dehogynem! Nekem megkönnyítetted a dolgomat, és a feladataim is kevesebbek lettek, de ne is fecséreljünk erre több szót! Ettél-e már valaha libamájat, te lány? – csapott az asztalra Dolores.

– Nem, még sohasem!

– No, akkor éppen itt az ideje! Gyorsan állj neki, mert teljesen kihűl a kenyér. Úgy az isteni, ha a forró kenyéren megolvad a libazsír, és a szádban omlik szét az egész! – hagyta meg az étel kezelési útmutatóját a konyhásnő.

Doloresnek igaza volt.

Rose még soha életében nem evett ennyire különleges finomságot. Egyik falatot küldte le élvezettel a másik után korgó pocakjába. Természetesen Doloresnek is ennie kellett belőle, de a nő láthatóan csak roppant apró darabokat hasított a májból a saját kenyérdarabjára. Az ő jutalma igazából az volt, ahogy nézte Rose jóízű reggelizését. Mosolygott magában, és boldog volt, hogy ilyen nagy örömet szerezhetett ő is a lánynak. Mert valóban jólesett neki, hogy a tanári kar tegnap reggel meglátogatta és megdicsérte az egyszerű reggeli ízléses és vicces tálalását. Amióta itt dolgozott, erre még nem is tudott példát felidézni magában. Persze az ő dolga az volt, hogy a reggeli kikerüljön az asztalokra, de ez a kis extra kibillentette a tanárokat is a megszokott rutinból.

Rose jóllakottan dőlt hátra a fenséges reggelije után. Mindent megevett, még ki is törölgette a dobozkát a kenyér csücskével. Kis rosszallással gondolt arra, hogy most neki kell állnia dolgozni, és előkészíteni a reggelit a lassan felébredő táborlakók számára. Mielőtt még nekiindultak, Dolores még a szemébe nézett, és így szólt:

– Van esetleg valami, amit el szeretnél mondani valakinek? – kérdezte a hölgy barátságosan.

– Nem... – válaszolta Rose halkan, kicsit meg is rázva a fejét. – ...nincs semmi!

– Itt leszek – súgta Dolores.

– Tudom! – mondta a lány.

Dolores bólintva nyugtázta a helyzetet.

Rose kibámult az ablakon. Mire fel kellett kelnie mindenkinek, addigra úgy látszott, hogy az éjszakai vihar megint elcsendesedett. A megtépázott fák, az utakon és gyepen lévő letépett levelek, letört ágak és a mindenen drágakőként felcsillanó esőcseppek tanúskodtak csak az ítéletidőről, s talán még az álmok mellett az agyba besettenkedő külvilág hangjai is, amelyeket nem tud az a színes világ kizárni az ébrenlét birodalmából. Ezek a sejtések esetleg bennragadhatnak az ember elméjében ébredésig, és az első való világra vetett pillantásnál felsejlik – mint egy beforratlan seb – az emlék, hogy talán valamikor az álomtalan álom eljövetele előtt a világ nem is volt olyan békés és nyugodt, mint azt szerette volna. Rose sokszor aludt így és érzett, valamint hallott olyan dolgokat, amik aztán reggel visszakacsintottak rá a reggeli világosságban elnyújtózva. Kimondottan szeretett szélviharban, mennydörgésben, esőben aludni. Nem rettentették el az éjszaka hangjai. Inkább elringatták, ha fel is ébredt rájuk álmából.

Nem merenghetett sokáig a konyha ablakán túli viharvert világon, mert tudta, hogy dolga van, és az nem várja meg. Minél előbb végeznie kell, hogy aztán benyithasson a 12-es barakkba, és gyengéden felébressze kedvenc gyermekeit.

Amíg hangtalanul dolgozott a rá osztott feladatokon, azon gondolkodott, hogy vajon el kellett volna-e fogadnia Dolores ajánlatát, hogy mesélje el neki, amit akar. Persze tudta, hogy a konyhásnéni többet tud, mint, amit mutat. Tisztában volt vele, hogy nem buta nő, de legbelül úgy érezte, hogy amit ő látott és átélt az egyelőre csakis rá tartozik. Nem kell kiadnia magából, hiszen nem egy feldolgozhatatlan sokk, amin átment. Egyébként azt sem tudta volna, hogyan kezdené el valójában elmondani valakinek, anélkül hogy komplett bolondnak legyen tekintve.

Ilyen értelemben is sokszor gondolt a szüleire.

Imádta őket, és minden titkát megosztotta velük – már amennyi és amilyen titka lehet egy korabeli lánynak –, de ezt a pár napot nem tudta volna, hol is kezdje el mesélni nekik. Sejtette, hogy ez az ő titka marad, hacsak nem kap ésszerű magyarázatot mindenre addig, amíg itt van a táborban.

Most viszont nem is akart foglalkozni velük, hiába is tértek vissza gondolatai minduntalan a nevesincs kék tündérhez, Lunához, ahhoz a másik erdőhöz, ahonnan gyorsan kellett menekülniük, a kéklő hegyhez és az üvegtestű virágok mezéjéhez, a házhoz, a báróhoz és szolgájához, majd legvégül a titokzatos férfihoz és az ezüstszőrű farkashoz. Nem akart foglalkozni velük, mert tudta, hogy kellene egy pár magányos óra, hogy rendezni tudja kusza gondolatait, és akkor talán a legtöbb cselekmény miértjére is lenne válasz.

Most csak arra vágyott, hogy minél előbb kikerüljön a keze alól a legtöbb és legszebb tálalótányér, és magához ölelhesse kis védenceit, s megmutassa nekik az éjszakai zsákmányát:

A kifúrt, vörös kagylókat.

6.
A Zöld Tündér

Rose első bizonytalan lépései a félhomályos barakkban nem csaptak elég zajt ahhoz, hogy a gyerekek felébredjenek. A lány leült a bevetetlen ágya szélére, és végigfuttatta tekintetét a békésen pihenő gyerekeken. Csak egy perc pihenőt engedélyezett magának, csupán egyetlen perc csendet, mielőtt megint beindul körülötte a nyüzsgés, csacsogás és lárma.

Nem érezte magát kimerültnek, pedig otthon szinte egy hétvégi napon aludt annyit, mint itt az elmúlt összes éjszakán. Mégsem volt fáradt. Persze ha elfeküdt volna az ágyán, minden bizonnyal el tudott volna aludni egy szemhunyásnyi idő alatt, de teste mégsem feltétlenül kívánta az alvást.

Ha lett volna napkelte, akkor el lehetett volna mondani, hogy a kis csapatra a negyedik nap reggele virradt a táborban. A lány belegondolt, hogy mennyi minden is történt vele azóta, még a gondolatait is nehéz volt végigfuttatni az eseményeken anélkül hogy ki ne maradjon valami fontos és érdekes. Legvadabb álmaiban sem gondolta, hogy ennyi megmagyarázhatatlan és vad kalandban lesz része. Persze ezeket egy cseppet sem bánta, de azért valahol belül érezte, hogy ez bármikor rosszra fordulhatott volna. Egy kicsit sem kontrollálta az eseményeket, sőt inkább azok vitték őt előre, és ő csak abban bízhatott, hogy nevetve, a legkisebb sérülésekkel keveredik ki a kalandból.

Bízott a szerencséjében és a megérzéseiben.

Nagyon sok kérdőjel maradt benne az ezen az éjszakán átélt kalandok miatt is. Kicsi tüskék, amik ott maradtak benne, de folyamatosan furdalták az oldalát, hajtotta a kíváncsisága az igazság megtudása és birtoklása érdekében. Ha majd lesz egy kis ideje, akkor és csakis akkor átgondolja a házban történteket is józan fejjel, amikor már eléggé leülepedtek benne a jelenleg még túl friss élmények. Van még ideje elég, küldetése teljesítve van, már csak le kell aratni a győzelemért járó jutalmat.

Valamiért mégsem érezte magát önfeledten boldognak.

Valami nem stimmelt, valami hibádzott, valami, amitől tökéletes lehetett volna minden, de Rose még nem tudta megfejteni, mi lehet ennek a furcsa érzésnek az oka.

Nem gondolkodhatott tovább a problémán.

Eljött az ideje az ébresztőnek. Ma mindennek stimmelnie kellett a reggeli utáni ellenőrzésen is, de ahhoz az is szükséges volt, hogy az ébresztő utáni időben elkezdjék a körlet rendbe tételét. A gyerekeknek pedig Rose elég időt akart hagyni az ébredésre, nem akarta hirtelen és fájdalmasan kirántani őket a pihentető alvás és az álom békés labirintusából. Ha az ébredés lassan jön el, akkor az álom utolsó darabkái még az álmodóval maradnak, és talán nemcsak a reggelét, de az egész napját tudják jó irányba befolyásolni. A rossz álmok a szemhéjak mögött maradnak, de a jó és békés álmok megelevenedhetnek, és útra kelhetnek a széllel, addig, míg az álmodójuk hisz benne. Rose erőt vett magán, felkelt és felkattintotta a világítás kapcsolóját. A halogén égők sárgás fénnyel folyatták tele a szoba legsötétebb sarkait is, és ahogy melegedtek fel, úgy fehéredett ki a fényük. Az eddigi mély csendet most apró moccanások, takarók susogásainak zaja törte meg. Rose lerúgta bakancsát, és lassan körbejárt a szoba ágyai mellett, minden ébredő mellé leguggolt vagy letérdelt egy kicsit, mindenki kapott egy-egy simogatást, kedves, biztató szavakat, hogy könnyebben lépjenek az ébredés útjára.

Az éjszaka azért ezeknek a gyerekeknek elég hosszúnak bizonyult, bőven volt idejük kipihenni magukat, így aztán nem is okozott igazán nagy kihívást a felkelés. Mire Rose végigért az fekhelyek mentén, az első ágyakból már talpon is voltak a lurkók, és ki-ki a maga ritmusában elkezdte a napot. Volt, aki a fürdőt célozta meg legelőször, volt, aki öltözködni kezdett. Rose kinyitotta az ablakokat, és hagyta, hogy az éjszakai vihartól felfrissült levegő beáramoljon a szoba kissé állott, álomszagú légterébe, majd odament a saját ágyához, hogy bevesse, és rendet tegyen körülötte.

Kisvártatva mindenki elkészült a precízen eltervezett feladattal, és hat pár szem nézett kíváncsian Rose felé.

A lány megérezte a tizenkét szem fürkészését a hátán, megfordult, ismét leült az ágya szélére, és mosolyogva magához intette a gyerekeket.

– Nos? – kérdezte Chloe.

– Mi nos? – kérdezett vissza Rose.

– Mi történt az éjszaka? – tudakolta Lucy.

– Sikerült? – vágott a szavába kíváncsian Mark.

Rose nem bírta magában tartani örömét, és fülig érő szájjal elmosolyodott. Ez a reakció a gyerekeknek bőven elég volt, ez többet mondott minden szónál, ők is elmosolyodtak, és elismerően bólogattak.

Rose-nak eszébe jutott, hogy a kincsei még valahol az ágy alatt lapulnak, ugyanis amikor hajnalban hazaért és fürdeni ment, az elázott, csupa korom és hamu nadrágot csak lerúgta magáról, el is feledkezve arról, hogy micsoda érték lapul a zsebeiben. Letérdelt hát az ágya mellé, és behajolt alá, hogy a pókhálók fogságából kihalássza a jobb napokat is látott nadrágját. Óvatosan kiemelte a rejtekből, visszaült az ágyára, és kíméletesen elkezdte széthajtogatni a gombócba gyűrt ruhadarabot. Tudta, hogy melyik zsebekben találja majd meg a kincsecskéit, de egy kicsit játszott a gyerekek idegeivel, akik fürkészve figyelték minden egyes mozdulatát.

Végül aztán előkerült az első kifúrt vörös kagyló.

Rose Lucy kezébe adta, ezzel a gesztussal akarta tudatni a kislánnyal, hogy nélküle és a titokzatos levél írója nélkül talán nem is lépett volna arra az ösvényre, amit immár két napja tapos. Lucy megnézte a tenyerén lapuló kagylót, majd továbbadta a mellette lévő kislánynak, mert Rose már a kezébe is helyezte a következő darabot. A négy kagyló és a két apró érme vándorútra kelt a gyerekek tenyereiben, mindenki megszemlélhette őket.

– Ez micsoda? – kérdezte Cindy kíváncsian forgatva ujjai között az egyik érmét.

– Nem tudom. Ezeket is ott találtam, és nagyon megtetszettek, vagyis ezeket találtam meg először, csak aztán a kagylókat. Nem akartam otthagyni őket, jópofa érmécskék – válaszolta Rose.

– Valami van rajtuk, valami ábra vagy írás! – fordította Maggie a fény felé a nála lévő darabot.

– Lemoshatom őket, Rose? – kérdezte tettre készen Mark.

– Persze, csak kérlek vigyázz rájuk, nehogy a lefolyóba essenek! – figyelmeztette Rose, mert most már igazán bánta volna, ha eltűnik valamelyik.

– Ígérem, hogy vigyázni fogok rájuk! – kiáltotta a fiúcska, de pár csattogott is gumipapucsában a fürdő felé.

Most itt a szoba fényeiben csodálkozott el igazán Rose azon, hogy milyen csodálatos vörös színekben pompáznak azok a kagylók, amik még mindig a gyerekek között kézből kézbe vándoroltak.

– Feltehetjük a karkötődre? – kérdezte Lucy. – Arra, amit mi készítettünk neked?

– Ez természetes. Mindenkinek jut egy kötözni való – jelentette ki Rose.

– Nélkületek ez nem lehetne most az enyém. Nagyon hálás vagyok érte, hogy segítettetek nekem.

– Ugyan, nem tettünk semmit, csak aludtunk! – nevetett Cindy.

– Ígérem, ez volt az utolsó éjszaka, hogy magatokra hagytalak benneteket. Nem fordul elő többet, amíg itt vagyunk! – mondta Rose.

– Ne mondj ilyet! – szólt közbe Chloe. – Nem vagyunk már gyerekek. Nyugodtan menj éjjel , ahová csak akarsz. Elég bajod lehet azzal, hogy egész nap bennünket kell pátyolgatnod. Az a legkevesebb, hogy te is jól érezd magad.

– Köszönöm, de már megvan, amit szerettem volna. Nincs szükségem ennél több éjszakai kalandra. A küldetést teljesítettem – nyújtózkodott Rose elégedetten.

Közben Mark visszatért a két kis érmécskével a kezében. Tiszták és fényesek voltak, és tényleg jól kivehető volt az egyik oldalukon egy felirat és egy aprócska lyuk is, amin keresztül fel lehetett fűzni.

– Nagyon szép tiszták. Ügyes vagy! – dicsérte meg a fiút Rose.

– A langyos, szappanos víz és puha rongy csodákra képes, de ezek az érmék ezüstből vannak, és csak a hamut és a kormot kellett lemosni róluk. Önmaguk szépségét látod, nekem ebben nem sok munkám volt! – szerénykedett a fiúcska.

– Mi van ráírva? – nyújtogatták többen is a nyakukat kíváncsian.

– Igazából nem tudom. Valami régi nyelven lehet, mert számomra értelmetlen felirat van rajtuk. Az egyik oldalon csupa nagy betűk vannak egymás mellett ebben a sorrendben: *OBVLVS*. A felirat felett mintha két béka vagy talán sárkány ülne egymással szemben. A hátsó oldaluk sajnos túlságosan elkopott. Semmi értelmezhetőt nem tudok kiolvasni belőlük – mondta Mark, és bezsebelte a tágra nyílt szemekben felcsillanó elismerést, majd körbeadta az érméket.

– Nagyon jól néznek ki. Tegyük fel végre Rose karkötőjére! – sürgette meg a nézelődő társaságot Lucy.

Ahogy megbeszélték, úgy is lett: Minden gyerkőc felcsomózott akkurátusan egy-egy kagylót vagy érmét Rose karkötőjének himbálódzó, vékony bőrszalagjaira. Az első kagylót Lucy fűzte fel, hiszen ő volt a legjobban bezsongva miatta. Aztán következett egy ezüstérme, két kagyló, ismét egy érme, majd utoljára egy kagyló. Kifejezetten jól mutatott a két kislánytól kapott karkötőn ez a színes, csillogó és hintázó csecsebecsegyűjtemény. Rose elégedetten forgatta a szeme előtt csuklóján az éjszaka kézzel fogható emlékeit, s látta, hogy a kis szobatársainak is rettenetesen tetszik a karkötő. Rose még egyszer megköszönte mindenkinek a segítséget és a részvételt, majd letérdelt közéjük, széttárta a kezeit, és amennyire csak tudta, átölelte a köré csoportosult hat gyereket.

Rose barátságosan figyelmeztette a gyerekeket a reggeli közelgő időpontjára, és mindenkit útjára engedett. Az indulás előtt még helyére kerültek az alvóbabák vagy egyéb kedvencek, az ágyneműk tökéletes simasággal feszültek a matracon, a szoba levegője kicserélődött a már fenyőillatúra, mindenhol tisztaság és rend uralkodott.

Most kivételesen az elsők között érkeztek meg az étkezdéhez.

Rose odaterelte gyermekeit a részükre fenntartott asztalokhoz, leültette őket, és akit kellett, azt közelebb tolta a székkel. A reggeli már tálalva volt, Rose mosolyogva nézett végig a ma reggeli alkotásain, amivel ismét mindenkinek mosolyt tudott csalni az arcára még ezen az álmos, reggeli órán is. A tanárok és felügyelők asztala felé pillantott, a székek sora még foghíjas volt, de a felnőttek legtöbbje már az asztalnál ült, és beszélgetve, mosolyogva kortyolgatták kávéjukat. Rose szinte biztos volt abban, hogy a reggeli tálalása is szóba kerül, látta, hogy Rozsdás ismét felé pillant, és kezét a szája elé téve – talán, hogy ne lehessen leolvasni a szájáról, mit mond – odasutyorog valamit a mellette helyet foglaló Görbelábú Asszonyságnak.

Rose elégedetten ült le a helyére.

Boldognak érezte magát, mert ebből az elmúlt pár napból a lehető legjobban jött ki. A szinte lehetetlennek tűnő küldetést sikeresen teljesítette. Rozsdás ugyan elkapta, de csak azt érte el, hogy engedélyt kapott az éjszakai kóborlásokra, hiszen a büntetőmunkát is a maga hasznára fordította. A kora reggeli konyhai munka inkább izgalmas hecc volt, nem pedig büntetés, és a lány érezte, hogy erre már Rozsdás is rájött.

Rose meleg kakaót töltött a gyerekek csészéjébe, és segített megkenni a puha kenyereket. A szendvicsek feldíszítését már mindenki maga oldotta meg a saját ízlése és éhsége szerint. Rose a mai reggeli időben sem volt éhes. Úgy érezte, hogy a libamájas forró gyökérkenyér emlékét csak elrontani lehetne holmi egyszerű reggelinek hívott badarságokkal. Töltött magának is egy csésze forró kakaót, és még egyszer felidézte mellé a megismételhetetlen hajnali étkezést.

Nagy műgonddal megérkezett a szomszéd asztalhoz Wendy és az őt kísérő elmaradhatatlan leánycsapat. Legtöbbjük a korai óra ellenére is olyan tökéletesen néztek ki, mintha most léptek volna ki egy divatlapból. Wendy színészkedve adott elő valami érthetetlen monológot, amin természetesen a közelében álló lányok mesterkélten felkacagtak.

Rose akaratlanul elfintorodott a látványtól.

Kathy, aki éppen Rose felé pillantott, észrevette a grimaszt, és odasúgott valamit Wendy fülébe. A lány ugyan legyintett egyet a levegőbe, mintha nem érdekelnék a mondottak, de azért Rose felé tekintett ő is.

– Mi van, Szöszi, nem tetszik a műsor? – sziszegte Rose felé az egyik lány a sok közül. Rose nem ismerte a nevét, de nem is akarta megtudni.

– Dehogynem, csodálatos! – búgta oda válaszul, a mondat második részét érezhető gúnnyal fűszerezve.

– Ó, nem tetszik a nagylányok bulija, picibaba? – gúnyolódott Wendy, miközben mindannyian leültek az asztalukhoz úgy, hogy Rose mindenkinek szem előtt legyen.

– Mire gondolsz? A reggeli eltakarítására? Vagy ma mit tartogatsz? Még nagyobb buli lesz? – kacagott fel Rose akaratlanul is a tegnap reggeli utánira gondolva.

– Elhallgass! – sziszegte a fogai között elvörösödve Wendy.

– Ó, hát ennyire megviselt? Nem is gondoltam volna! – suttogva ütötte tovább a vasat Rose, vigyázva, hogy a gyerekeket ne vonja bele a beszélgetésükbe.

– A magad dolgával foglalkozz, Szöszi! – szállt be egy lány a beszélgetésbe, és akár a múltkori találkozáskor, most is elkezdte az állán piszkálni az egyik már elvakart pattanást. – Ugye nem kell figyelmeztetni, hogy mi is a dolgod? Nos, ha az megvan, akkor átszólhatsz a nagylányok asztalához! Tik-tak, kicsi Rose!

Rose ismét csak mosolygott.

Minden feltűnés nélkül kezeit letette az asztal alá, és a karkötős keze szárán könyékig felgyűrte a pulcsiját. Megvárta, hogy a pattanást piszkáló lány beszólásán kimulassa magát az asztaltársaság, és kíváncsian mindannyian ránézzenek a csípős visszavágásra várva.

Rose majd szétrobbant az izgalomtól. Csak erre várt. Felemelte kezét, és kinyújtott középső ujjával, mintha csak viszketne, megsimogatta a szeme sarkát.

A nagyszájú asztaltársaság először csak a felháborító bemutatást vette észre, fújva sziszegtek Rose felé, hogy „Hogyan képzel ilyet?", „Na megállj csak, kicsilány!" és hasonló mondatfoszlányok szálltak halkan a levegőben Rose felé, hiszen ennek a szócsatának úgy kellett végigmennie, hogy a környező és a tanári asztalnál ülő emberek mit sem sejtsenek ebből a pár napja egyre élesedő párbajból.

Kathy vette észre először – majd rögtön utána Wendy is – a Rose karkötőjén táncoló maréknyi kagylót és érmét. Lefagyott arcukról a gúny és a felháborodás torz mosolya, és a tökéletes megszégyenülés és hitetlenkedés ült ki meglepett ábrázatukra. Lassan a többi lánynak is feltűnt, mit figyelnek, és mind elhallgattak, csak a pattanását csipkedő lány fortyogott magában továbbra is kígyót és békát mondva Rose-ra, őt kétszer is meg kellett böknie a mellette ülő lánynak, mert annyira belemerült a tik-takolásba.

A nem is egy, hanem egy karkötőnyi vérvörös kagyló megtette a hatását: halotti csend és hófehér arcok néztek vissza rá.

Rose azért, hogy kiélvezze győzelme pillanatát és bevigye a kegyelemdöfést, egy puszit nyomott a szemétől elvett középső ujjára, és a szomszéd asztal felé küldve arra fújta azt. Ezután, mint, aki jól végezte dolgát, szánakozó pillantását elfordította róluk, és a gyerekekhez fordult nem is törődve a neszezéssel és sutyorgással, amit a feleszmélt társaság ezek után produkált.

*

Rose önnön merészségén és bátorságán meglepődve a reggeli befejezése után egy pillantásra sem méltatva a szomszéd asztal meglepett és megszégyenült társaságát, a gyerekekkel együtt elhagyta az ebédlő épületét. A diadal, ami szétáradt az ereiben, megfizethetetlen volt.

Nem is gondolta, hogy ilyen nagyszerű érzés lesz az őt folyamatosan piszkáló csapatot helyretenni, még ha csak egy kis időre is, mert abban biztos volt, hogy ennek lesz folytatása, ha nem is itt és most, de lesz. Most azonban nem foglakozott a bosszút forraló lányokkal, sem pedig a jövővel, csak az itt és a most számított. Itt és most pedig ezt a csatát megnyerte.

Kis csapata előtte kígyózott a 12-es barakk felé a kitaposott ösvényen, s Rose képzeletben már készült a mai nap második meglepetésére, ami a reggeli szoba ellenőrzés során vár majd a tanárokra és felügyelőkre, ha ma kivételesen egy rendes, tiszta szobával fogadják őket.

Nem is kellett sokáig várni rájuk.

Amint Rose és kis védencei bementek a szobájukba, Lucy már jelentette is, hogy látja közeledni a bizottságot, s hogy ne csoportosuljanak a szoba közepén, mindenki a saját ágya mellé állt, úgy várták a szemlét.

Rozsdás lépett először a szobába, rögtön utána a Görbelábú hölgy, aki körbepillantva a helyiségben, meg is torpant, így a mögötte közvetlenül érkező lány figyelmetlenül nekiment a hölgy hátsójának előretaszítva őt. A burleszk filmbe illő jelenet roppant nevetségesre sikerült, de a szobában tartózkodók próbálták megőrizni komolyságukat. Bár Rose meg mert volna esküdni arra, hogy Rozsdás szakállas arcán egy óvatlan mosoly végigfutott.

Ezen a reggelen most először Rose biztos volt abban, hogy a felügyelők még keresve sem találtak semmi kivetnivalót a szoba rendjében és tisztaságában, bár a Görbelábú hölgy óvatosan odasúgott valamit az íródeákként mellé szegődött tanulónak, aki ezután Rose irányába pillantott, bólintott és meglehetősen rövid bejegyzést firkantott a kezében tartott lapokra.

Szó nélkül járkáltak fel s alá, de Rose bízott benne, hogy ez jót jelent, hiszen a feltárt hibákra biztosan külön is felhívnák a figyelmüket. Talán egy percig sem tartott az ellenőrzés, és a küldöttség hátsó fele már el is indult kifelé, a másik barakk irányába. Már csak a két tanár maradt a szobában.

– Plusz pontok gyűjtésére van lehetőség ismét – kezdte Rozsdás olyan halkan, mintha valami kellemetlen dolgot kellene bejelentenie. – Mint tudjátok és látjátok, az éjszakai vihar újra tönkretett mindenféle kintre tervezett mai programot, de hogy ne legyetek a könyvtárba vagy a barakkotokba száműzve, lehetőség van egy kis kinti körlettakarításra…

Rose körbepillantott, és látta a gyerekek szemében a kíváncsi érdeklődést. Akiével esetleg találkozott a pillantása, az bátorítóan bólintott, hogy vállalják el nyugodtan, mert ők is mindenben benne vannak.

– …ezt minden barakknál felajánljuk – folytatta Rozsdás –, s aki előbb elvállalja, azé lesz a feladat. Természetesen a tábor területe elég nagy, így azt több részre osztottuk fel.

– Elvállaljuk! – csapott le a lehetőségre Rose a gyerekek bólogatásával megerősítve. – Miről lenne szó, Mr. Murphy, mit kellene csinálni?

– Ennek örülök, Miss Palmer. Így talán nem lesz annyi felesleges energiája az éjszakai kóborlásra és testmozgásra! – bökött oda a férfi, és egy félreérthetetlen pillantást vetett a lány karkötős csuklója felé. Rose ereiben egy pillanatra megfagyott a vér, de Rozsdás úgy folytatta, mintha csak egy véletlen reakció lett volna ez tőle. – A feladat roppant egyszerű: A letört ágakat, lehullott leveleket és a tópartra kisodródott hulladékot kellene összegyűjteni. Mivel a terület elég nagy, így több részre osztottuk fel. Az első a központi épület mögötti terület az erdő, a második a mellette lévő gyep a tóig, a tópartot is beleértve...

– Ez tökéletes lesz nekünk, Mr. Murphy, kérem ne is folytassa! – vágott Rose a felügyelő szavába.

– Rendben, Miss! – bólintott Rozsdás. – Köszönöm szépen. Ellenőrzés nem lesz, de a legjobb tudásuk alapján csinálják meg!

– Igyekezni fogunk, Mr. Murphy! – szólt eltökélten Rose. – Meg lesz elégedve a munkánkkal, uram!

Rozsdás egy tétova mozdulat után megfordult, és elsietett a többiek után a soron következő barakk felé.

– Nos, kedveseim, a feladat adva van! – mosolygott Rose immár a gyerekekre. – Azt javaslom, hogy mindenki vegyen fel olyan ruhát, ami már össze lett koszolva. Felesleges tisztát összerondítani.

A gyerekek szó nélkül eleget tettek a kérésnek, és a barakk teljes legénysége perceken belül ismét ott sorakozott Rose előtt, és már el is hagyták az épületet. A feladat nem volt ördögtől való, a központi épület mögötti frissen nyírt gyepre már oda volt készítve egy halom kerti szerszám, gereblyék, lombseprűk és egy nagy halom hulladéknak való zsák.

Rose úgy gondolta, hogy kicsi csapatának erejét nem osztja több részre, hanem végig a területen együtt haladva végzik majd el a munkát, és mivel nem is volt mire várni, szorgalmasan el is kezdték a takarítást.

Az éjszakai viharos szél által letört kisebb-nagyobb ágakat Rose és a fiúk egy helyre hordták, míg a lányok a füvet gereblyézték át, kisebb kupacokban hagyva azokat, hogy könnyebb legyen majd felszedni. Lassan haladtak a tópart felé, de a munkájuknak látványos volt a gyümölcse.

Rose érezte, hogy a megerőltető munkától elkezd nagyon sajogni, és ismét felszakadva vérzik a kézfején a saját fogai marta seb. S bár az éjszaka első felében aludt egy jót, most mégis újra izmaira telepedett egy idő után a fáradtság és kimerültség. Feje is elkezdett fájni. Ekkor arra gondolt, hogy alkalom adtán elmegy a központi épület aulájába, vesz magának egy üveg vizet, és meglepi a gyerekeket valami édességgel egy jól megérdemelt pihenő alkalmával. Az épület mögötti gyepen elvégzett munkát tűzte ki célul maga elé. Ez volt a nagyobbik és láthatóan nehezebb része is a területnek. Úgy vélte, hogy ha ez után tartanak egy kis pihenőt, akkor a tóparttal már könnyedén végeznek ebédig.

Az idő gyorsan telt, de a munka is szépen haladt, és kis idő múlva Rose már sétálhatott is az automatákhoz. Vett egy nagy vizet, és mindenkinek – magát is beleszámolva – egy karamellás csokiszeletet a jó munka megérdemelt jutalmaként.

Éppen kilépett az épületből, amikor egy kislány sikítása zengett bele a tószagú levegőbe. Rose futni kezdett a kis csapata irányába. Amikor a legereblyézett gyepre ért, egy pillanatra egyik gyerekét sem látta. Jeges rémület futott végig rajta. Hirtelen azt sem tudta, hogy merre keresse őket. Aztán megpillantotta őket az erdő fái között, kicsit beljebb a gyeptől. Mindnyájan egy csoportban voltak és láthatóan körbeálltak valamit. Rose csak remélni merte, hogy nem az egyik gyermeknek lett valami baja ott az erdő szélén.

Még jobban kezdett rohanni feléjük.

Amikor már csak pár lépésnyire volt tőlük, látta, hogy semmi oka aggodalomra: Nem érte őket semmi baj. A földön volt egy nagyon piros valami, azt figyelte mindegyik gyerek. Rose megbontotta a kört, és még jobban szemügyre tudta venni a megfigyelés tárgyát.

Egy összezúzott csurom vér állat maradványai voltak.

Ralph éppen azon ügyködött kíváncsian egy hegyes bottal, hogy felfordítsa a tetemet, hátha meg tudja állapítani, mi lehetett az. A lányok felváltva szörnyülködtek és sikongattak, Rose nem is értette, hogy ha ennyire nem bírják, akkor mi a fenének jöttek ide bámészkodni egyáltalán.

– Hagyd békén, légy szíves! – szólt rá a fiúra, és szelíden kivette a kezéből a piszkálásra szánt botot. – Lucy, Cindy és Chloe, legyetek szívesek abbahagyni a pánikolást! Menjetek le a tópartra, ha nem bírjátok!

Szavai nyomán ismét csend lett a csoportban.

– Mi történt? Alig egy percre mentem el – kérdezte nevetve Rose.

– Mark találta meg ezt az izét... – bökött a véres maradvány felé Maggie.

– Mark? – kérdezte Rose a fiút. – Mit kerestél te idebent az erdőben?

– Pisilnem kellett… – válaszolta a fiúcska halkan, lesütött szemekkel.

– Mi történt itt? Mi ez a csődület és lármázás?! – kiáltott egy feléjük közeledő személy mély hangon.

Egy nagybajuszú férfi volt, akit Rose még sohasem látott itt a táborban. Valószínűleg annak a kis traktornak a vezetője, ami már ott állt az épület mögött félig azzal az erdei hulladékkal megrakva, amit Rose és kis csapata szedett össze. Rozsdás is érkezett pár lépéssel Bajuszúr (ahogy Rose elnevezte az első benyomása alapján) mögött.

– Az egyik kisfiú véletlenül talált itt egy ilyen… izét! – nyögte ki Rose jobb híján ezt a töltelékszót, hiszen nem talált megfelelő elnevezést arra az állatnak nem nevezhető véres, szőrös masszára, ami a földön hevert.

– Úristen! Mit tettél?! – förmedt Bajuszúr a megszeppent fiúra.

– Én nem… nem tettem semmit… – dadogta Mark.

– Ne hazudj nekem! – kiáltott a férfi átszellemülten. Jól látszódtak a szájából szanaszét fröccsenő nyálcseppek.

– Nyugalom, Tom, nyugalom! – csitította Rozsdás Bajuszurat.

– De hát látod, mit tett ezzel a… nem is tudom, mi volt ez… Ehhez nagyon elvetemültnek kellett lenni! – fröcsögött Tom, a Bajuszúr. – Ezt jelenteni kell, mégpedig most azonnal!

– Nyugalom, Tom! – szólt rá most már erélyesen Rozsdás, és a kezét is a férfi vállára tette. – Nem jelentgetünk semmit, amíg nem tudjuk, mi történt itt egyáltalán!

– Nem Mark tette, Mr. Murphy! – vette védelmébe a fiút Rose.

– Így van, már így találtuk itt! – kiáltották a gyerekek is.

– Rendben, hiszek nektek, de igazán tudni szeretném, hogy mi történt itt! – szólt türelmetlenül Rozsdás. – Nagyon gyanús ez mindig, ha egy megkínzott állat kerül elő…

– Biztos, hogy nem Mark tette! – kiáltotta Rose.

– Ugyan, Miss Palmer, honnan tudná? Láttam, hogy nem is volt velük. Éppen a központi épületben tartózkodott. Onnan futott vissza hozzájuk? – kérdezte felhúzott szemöldökkel Rozsdás a lányt. – Bőven lett volna időd megtenni!

– Biztos vagyok benne, hogy nem ő tette! – jelentette ki magabiztosan Rose.

– Ugye, megkérdezhetem, hogy mire alapozza az állítását? Elhiszem, hogy szimpatikusak magának a gyerekek, de csupán pár napja ismeri őket!

– A válaszom roppant egyszerű, Mr. Murphy, ugyanis ezeket itt mind nem tudta volna megtenni! – mondta Rose, és kezével nagy ívet leírva körbemutatott.

Ameddig a szem ellátott, legalább harminc-negyven állat szétzúzott maradványa hevert szanaszét a fák alatt: tollas, szőrös állatok megcsonkított, összemarcangolt tetemei szennyezték az erdő talaját.

– Vigye innen a gyerekeket, Miss Palmer, most azonnal – szólt csendesen Rozsdás. – Nem is kell ide visszajönniük. Folytassák a tóparton a munkát!

– Értettem, uram! – bólintott Rose, és mint a kotlóstyúk, kiterelte a csibéit az erdőből a tó felé.

Amikor leértek a partra, Rose a kidőlt farönkök felé terelte a gyerekeket, ahol az egyik reggel már tanácskoztak. Ki-ki leült a számára szimpatikus helyre, Rose letette középre a vizet, hogy aki akar, tudjon inni, és kiosztotta a csokiszeleteket is.

– Gyere, elkísérlek a fák mögé! – súgta oda Marknak, amikor odaért mellé.

– Már nem kell! – jelentette ki a fiú mosolyogva, majd gondolkodva a sötét égboltra vetette a pillantását néhány másodpercre. – De, mégis kell!

– Kérlek benneteket, maradjatok itt! Rögtön visszajövünk! – szólt a többieknek Rose, és kezét nyújtotta a fiú felé. – Gyere, Mark!

Nem mentek messzire, gyorsan megvoltak a dologgal, és hamarabb visszaértek, mint azt Rose remélte. Amíg a gyerekek elmajszolták a csokit, mindenki a gondolataiba mélyedt.

Lucy szólalt meg először:

– Mi történhetett ott az erdőben? – tette fel a kérdést, amit Rose már várt.

– Én sem tudom, higgyétek el, és nem is szeretnék butaságokat mondani. De azt sem akarom, hogy féljetek.

– Hát, elég érdekes volt! – jelentette ki Chloe.

– Igen az volt, de mint mindennek, ennek is minden bizonnyal van egyszerű és ésszerű magyarázata. Valószínűleg nem történt más, mint hogy a hajnali vihar elől menekülő állatok összezúzták magukat a sötétben a fák között. Nem látták merre kell és lehet menekülni, és ez a sajnálatos dolog lett a vége.

– Igen, ez lehetséges! – bólintott Maggie.

– Én sem ismerem a válaszokat. Tudom, hogy egyszerű azt mondani, hogy lépjetek túl rajta és gondoljátok meg nem történtnek, de azzal is tisztában vagyok, hogy gyerekek vagytok, és mivel ilyennel nem mindennap találkozik az ember, meg is fog viselni benneteket. Kérlek, legyetek erősek és ne szenteljetek túl nagy jelentőséget ennek az eseménynek – nyugtatta őket Rose.

– Tudom, hogy sokkal okosabbak vagytok, mint ahogy azt gondolják rólatok, ezért abban is biztos vagyok, hogy meg fogtok birkózni ezzel a feladattal. Amikor csak akartok, beszélhetünk róla, nem kell elzárni magatokban. Viszont butaságokkal sem akarom megmagyarázni.

– Nem hiszem, hogy gondot okozna ez nekünk – felelte kacsintva Mark.

– Inkább érdekes volt, mint félelmetes.

– Rendben. Most pedig munkára! Fejezzük be ezt a partszakaszt. Ahogy látom, itt nem nagyon lesz mit tenni. Viszont rögtön ebédidő, és jó lenne, ha a délutánt már nem itt kellene tölteni! – mosolygott Rose. – Iszom egy kortyot, és én is megyek utánatok!

A gyerekek elindultak végig a part mentén. Párosával mentek, és egy-egy műanyag zsákot vittek magukkal. Abba szedték azt a szemetet, amit az éjszakai vihar miatt a tó kivetett magából. Jóformán csak pár üres palackról és alumínium dobozról volt szó, mást nem nagyon lehetett észrevenni

„Gyorsan végezni fognak" – gondolta Rose, és arra a pillanatra, amíg pár kortyot akart inni, visszaült az egyik farönkre. Feje ismét nagyon hasogatni kezdett, talán mert elég keveset ivott eddig. Aztán egyszer csak ismét előjött a fejében az a behangolatlan rádióhoz hasonló recsegés és érdekes virágillat. Lenyelte a szájában lévő vizet, leeresztette az üveget a homokra, aztán nem tudta miért, de tenyerével felfelé kinyújtotta a kezét, és belesuttogta a levegőbe:

– Luna! – és már jött is a bukfenc, az émelygés és szédülés.

Négykézláb landolt.

Nem ez volt a legideálisabb érkezés, amit szeretett volna, hiszen ráadásul majdnem még orra is bukott a lendülettől. Kicsit még mindig szédült és hányingere is támadt, ezért nem is erőltette a felállást, inkább maga alá húzta a lábait, és törökülésbe helyezte magát. Próbált mélyeket és egyenleteseket lélegezni, az szokott segíteni az émelygés leküzdésében. Kis világító pontocskák is ugráltak a szeme előtt, de azok előbb elmúltak, mint a rossz közérzet.

Ott volt ismét abban a furcsa világban.

Kicsit távolabb volt a Kéklő Hegytől, mint a tegnapi látogatásakor, de az üvegtestű virágok között üldögélt. Lengedező szellő simogatta az arcát, s ringatta a rét minden virágát, az érdekes virágillat most is érezhető volt. Minden bizonnyal ennek a világnak a sajátjai közé tartozott ez az édeskés illat. Az üvegtestű és szirmú virágok azonban most búsan lógatták fejüket, mintha hervadófélben lennének. Sötétebb is volt, legalábbis ott, ahonnan Rose jött, még kora délelőtt volt, és a felhős ég ellenére is világos. Itt bár az égen sötét és komor fellegek úsztak, látszott, hogy már alkonyodik is.

Luna, a kis kék holdtündér ott lebegett mozdulatlanul egyhelyben az arcától talán egy karnyújtásnyira. Kis kezecskéit a derekára helyezte, és rosszalló tekintettel meredt a rosszulléttel küzdő lányra.

– Ez mi volt, Luna? – kérdezte szédelegve Rose. – Most sokkal rosszabb volt, mint tegnap.

– Szia! – bökte ki a tündér.

– Persze, persze, bocsánat! Szia, Luna! – préselte ki magából a lány a szavakat figyelmeztetve magát az illemtan alapvető szabályaira. – Miért ilyen rossz most?

– Mert egyedül jöttél, tegnap pedig ketten ugrottunk ide – felelte Luna, és hozzátette: – Majd megszokod…

– Akkor jöhetek máskor is? – kérdezte az állapotát meghazudtolva felvillanó szemekkel Rose.

– …ha még lesz rá lehetőséged egyáltalán! – fejezte be a holdtündér, s ezzel le is hervasztotta a mosolyt Rose arcáról.

– Óóó… – Csak ennyit tudott kipréselni magából a lány elképedésében.

– Hogyan kerültem ide? Idehívtál? De hova *ide*, hol vagyok?

– Bla... bla... bla… Már megint kezded! – szólt rá Luna, és lábával idegesen dobolni kezdett a levegőben. – Nyugodj már meg, légy szíves!

– De hát…

– Itt vagy, mert itt kell lenned! – szakította félbe Luna.

– Miért kell itt lennem, Luna?

– Mert *ő* látni akar! *Ő* akar találkozni veled! – válaszolta titokzatosan a tündérke.

– Ki az az *ő*? Mindent úgy kell kihúzni belőled. Miért nem válaszolsz rendesen? – kérdezte türelmetlenül Rose.

– Csak!

– Miért?

– Érted: Csak! – nevetett fel a holdtündér. – Csak, a holdtündér…

– Jaj már, ez fájt! – mosolygott a lány visszaemlékezve a múltkor félreértett szóra, és jó volt látnia, hogy a tündér is vidámabb lett ettől.

– Ő akar találkozni veled, a Zöld Tündér, a Hetek egyike! – válaszolta Luna, és mondandója végére érve már rémület ült a szemeiben, és lehervadt az arcáról a mosoly.

Rose körbepillantott, mintha akit várnak, már ott lenne valahol a közelben. Nem tudta, hogy mire számítson. Luna már a múltkor is említette azt a tündért, de mindig félelemmel és nagy tisztelettel beszélt róla. Egy kis bátorság áradt szét az ereiben. „Nem is baj, ha jön ez a tündér" – gondolta. „Talán tőle válaszokat kapok a rengeteg kérdésemre, ami az idejutásom és az itt tartózkodásom miatt felmerült bennem." – Aztán ez a bátorsága el is illant, amikor a kis tünemény rémült arcára esett a pillantása.

– Olyan félelmetes? – bökte ki magából Rose, s ezzel a rövid kérdéssel egy sokkal nagyobb böffentés is elhagyta a száját, amitől aztán egyrészt roppantul elszégyellte magát, másrészről viszont sokkal jobban érezte magát, mert megkönnyebbült az émelygés és a hányinger kínzó érzésétől.

– Kinek mi a félelmetes? – vonta meg a vállacskáit a kis tündér. – Én biztos nem szeretném, ha *ő* akarna velem találkozni.

– Ki *ő*? Luna, kérlek mesélj róla! – kérlelte Rose a tündérkét.

– Hogy ki *ő*, azt nem hiszem, hogy jogom lenne elmondani neked, hiszen, lehet, hogy már így is többet tudsz, mint kellene, és én sem tudok mindenről.

– Azért próbáld meg, kérlek!

– Hát azt suttogják… – Itt a holdtündér egészen közel reppent Rose arcához, és maga is suttogóra fogta. – …Szóval suttognak egy ősrégi történetet. Valaha, amikor még béke és megértés honolt a világban, amikor még ez és a te világod egy volt. Igen, egykor egy volt, mielőtt szétválasztatott – nézett Rose kételkedő szemeibe a tündér, majd folytatta: – Egykor az emberek és a mesebeli lények együtt éltek. Nem volt ritka, hogy az emberek találkoztak az erdők mélyén vagy a mezőkön tündérekkel, manókkal, törpékkel vagy óriásokkal. A halandók félve bár, de szeretettel néztek ezekre a teremtményekre. Beépültek hiedelmeikbe, népszokásaikba, meséikbe, szólásaikba vagy történelmükben. Akkor még egy volt az egész! Aztán eljött a nap, amikor egy szépséges tündér és egy jobbágyfiú találkoztak, megismerték egymás népét, kultúráját, életét, majd meg szerették egymást, és életüket össze akarták kötni örökre. Szerelmük azonban nem talált megértésre sem az emberek, sem a tündérek nemzetségében. De hiába szép szó, kérlelés vagy fenyegetés, a két szerelmes inkább vállalta a bujdosást. Hiába rejtőztek hegyek barlangjaiban, erdők bokraiban vagy tengerek mélyén, a két úrhatnám birodalom szövetséget kötött a felkutatásukra, hiszen mindegyik rettegett attól, hogy mi következik abból, ha a két nemzetség keveredik. Paktumba fektették, hogy az emberek és a titokzatos világ lakóinak vére nem keveredhet, azt viszont nem tudhatták, hogy már késő volt ezt a vérrel írt fogadalmat aláírni.

Luna elhallgatott. Megrebbentette szárnyacskáit, amitől kéken felvillantak, és csak a kellő hatásszünet után folytatta, talán még halkabban, mint eddig:

– Hiába minden ármány és cselszövés, a két nemzet egyesülésének gyümölcse már úton volt, és egy világtalan éjszakán, viharok közepette, éppen amikor megtalálták a két menekülőt, akkor jött világra az újszülött. A tündérek és az emberek az apát elfogták, és láncra verték, majd körülállták a vajúdó tündérleányt és a felsíró csöppséget. Mindkét birodalom elképedve nézte. Az emberek azért tagadták ki fajukból a csecsemőt, mert annak világító zöld hajacskája volt, és nem emberi. A tündérek pedig azért nem akarták maguk között látni, mert a csecsemő a megszületésekor felsírt, és könnyek csorogtak kicsi arcán: tehát a tündéreknek túl emberi volt. Mindkét társadalom nemet mondott a befogadására és jogai biztosítására – suttogta a holdtündér elfúló hangon.

Rose is érezte, hogy egyre nő egy gombóc a torkában, és szemeit perzselve ostromolják az együttérzés könnyei. Megpróbálta mély levegővételekkel lenyelni a feltörni készülő bánatát és könnyeit. Meg sem tudott szólalni, csak hallgatta a suttogó apró teremtményt.

– Azt mesélik, hogy a szülőket száműzték a világ két ellentétes pólusára, a tündért megfosztották a halhatatlanságától, az emberfiútól pedig minden jóérzésétől és a mosolyától. Mivel az ellenkező pólusokon voltak, minden próbálkozásuk a közeledésre csak taszítást szült, és gyermeküket sem láthatták soha többé viszont: Ez volt a legsötétebb átok, amit kimondhattak rájuk. Szerelmük azonban haláluk napjáig sem enyhült. Sötét éjszakákon egymásnak suttogták a szerelmüket, és a szelek szárnyára bízták az üzeneteiket. Aztán egy fénytelen éjszakán, sok-sok év után úgy tartják, egyszerre szakadt meg a szívük – suttogta Luna.

– Ez borzalmas! – mondta Rose, és már nem is próbálta visszatartani könnyeit, hagyta hadd potyogjanak az üvegtestű virágokra csilingelve.

– Az ősi legendáink szerint az elsuttogott szomorú, szerelmes üzeneteikből és az egyszerre kilehelt utolsó lélegzetvételükből keletkeztek a

Földön a sarki fények, amik titokzatos éjszakákon a mai napig keresik szerelmük utolsó leheletét sejtelmesen gomolygó zöld fényükkel.

– Ez gyönyörű... – suttogta a lány záporozó könnyeit törölgetve kézfejével. Alig tudta kimondani kérdését: – A csecsemővel mi lett?

– Titokzatos világunk hét nemzetsége vette magához. A hét vezér felváltva nevelte a gyermeket. Félvér lénye fel van ruházva a tündérek halhatatlanságával és az emberi érzelmek átérzésével és megértésével. Úgy tartják, hogy a csecsemőként átélt szörnyűségek és a lénye kettősségének fájdalma miatt hullajtja a könnyeit folyamatosan.

Luna elcsendesedett. Hallgatott Rose is, csak könnycseppjeit törölgette. Aztán szöget ütött a fejébe az a gondolat, miszerint ez a tündér akkor nagyon nem szeretheti az embereket. Ő pedig ember, ember egy másik világból, akivel a Zöld Tündér találkozni akar.

– Tud bántani? – Igazából azt akarta kérdezni, hogy „Bántani akar?", de ez a kérdés nem jött a szájára, így megelégedett az elhangzott mondattal is, és a magabiztosság legkisebb érzése is kezdett elinalni tudatából.

– A félelem és a fájdalom fogalma mást jelent ebben a világban, mint abban, amiből jöttél.... – A holdtündér hirtelen abbahagyta mondandóját, és feszült figyelemmel nézett körbe.

A lágy szellő által lengedező üvegszirmú virágok csilingelése elhallgatott. Megállt az a gyenge légáramlat is, ami volt. Félelmetes mélytengeri csend ült a tájra, olyan, amiben bántó volt hallani még a fül zúgását is és a szív dobbanása is ágyúlövésszerű dörejnek hatott.

Luna félelmében és ijedtében összehúzta magát, Rose háta mögé röppent és onnan kémlelt ki a Kéklő hegy irányába. Rose szíve egyre vadabbul püfölte a bordáit, szinte már ki akart ugrani a börtönéből, kezén a seb is egyre jobban lüktetett és a fejfájása is visszatért.

– Üdvözöllek a világunkban! – szólalt meg egy kellemes női hang Rose háta mögül.

A lány megpördült, és egy csodálatos nővel találta szemben magát...

...aki csak a Zöld Tündér lehetett.

*

Rose előtt egy olyan szépség állt, akihez foghatót még sohasem látott. Arcának istennői vonásain nem látszódott a kor. Tökéletesen kortalan volt. Égszínkék szemei ragyogtak a félhomályban, és kíváncsian fürkészték Rose törékeny alakját és szemeit. Hatalmas, bokáig érő zöld haja uszályként úszott és lebegett a tündér körül, pedig egy apró fuvallat sem mozdult. Olyan volt, mint amikor valaki a víz alatt van, és a haj minden szálát a víz láthatatlan áramlatai mozgatják. Talpa nem érte el az üvegtestű virágokat. Felettük lebegett néhány centiméterrel, csak a testét takaró hófehér fátyolszerű anyag érte el és zörgette meg néha az üvegszirmokat.

Egy kósza könnycsepp gördült végig a tündér arcán, minden indok nélkül, talán azért, amit Luna mesélhetett. A csecsemőként átélt megpróbáltatások miatt. Rose látta és érezte, hogy ezekben a szemekben lakozik nem kevés keserűség, sőt harag is, és nem tévesztette meg az üdvözlés kedves hangneme sem. Igazából nem tudta, hogy mit kellene válaszolnia, hiszen hívatlanul járt itt először, most pedig... Nos, az hamarosan kiderül...

– Elnézésedet kérem, ha vétettem törvényeitek ellen! – válaszolta Rose. Szemeit le sem vette a Zöld Tündér tekintetéről. Próbált érzelmeket kiolvasni belőle.

– Igen, nem várt vendég vagy, de nem te vétettél! – búgta a tündér egy szúró pillantást villantva a holdtündér felé. Luna erre megrettenve rebbent még jobban Rose mögé. – Magamnak kell ellenőriznem, hogy mekkora a baj!

– Biztosíthatlak, hogy nem akarok semmi rosszat... – kezdett bele Rose, de a Tündér hirtelen felemelte a kezét, és csendre intette őt.

– A világunk nem véletlenül van elzárva évszázadok óta attól a világtól, amiből te is származol! Jobb és békésebb nekünk a por és hamu birodalmának gondjai és bajai nélkül, csak a megpróbáltatásokat és szerencsétlenségeket hoztok amúgy is egyre fogyó birodalmunkra. A Nagy Háború előtt még minden egy volt, aztán szétválasztatott. Ti éltétek a világotokban az életeteket nélkülünk, s mi itt a miénket. Úgy kívánják a Hetek, hogy térj vissza oda, ahonnan jöttél. Hátra se nézz, és ne is bánkódj!

– Visszajöhetek még? – szólalt meg félénken Rose. – Szeretnék még visszajönni.

– Életed nem köti ide semmi. A vágyak és érzések hiába lobognak oly nagyon világunk iránt, te is csak ember vagy, nem tartozol ide – mondta türelmesen a Zöld Tündér, és menni készült.

– Luna azt mondta, hogy kivételes esetben megnyílik egy átjáró a néhány közül, és akkor lehetőség van közlekedni a két világ között.

– A holdtündéreknek nagy varázsereje van, de arról ismerszenek meg, hogy nem túl okosak! – villantotta ismét a pillantását Luna felé a tünemény, és az nyikkant egyet ijedtében. – Felelőtlensége és figyelmetlensége miatt veszélybe sodorta magát azzal, hogy kíváncsiságának nem tudott határt szabni, és ott ragadt a másik világban, sőt csak emberi segítséggel tudott kiszabadulni szorult helyzetéből. Utána pedig idehozott téged is. Igen, kivételes esetekben megnyílhatnak az átjárók, és jöhet egy-egy kiválasztott, de a te érkezésed be nem tervezett és véletlen volt.

– De megmentettem őt... – kezdte Rose.

– Ne gondold, hogy tartozunk neked, ezért és ne is várj érte hálát. Világunk kapui nem nyílnak ki mindenkinek. Nem járhat ide kénye kedve szerint bárki, még ha meg is mentett egyet a birodalmunk nem túl értékes teremtményei közül.

– Minden élet értékes... – fejezte ki nemtetszését suttogva Rose, mert szívéhez nőtt már a kis holdtündér.

– Minden élet értékes, igen, nem jól fejeztem ki magam. Úgy kellett volna mondanom, hogy még ha meg is mentetted a birodalmunk egy nem túl értelmes teremtményét, akinek már ezerszer és még egyszer elmondtam és szájába rágtam, hogy a másik világ veszélyes. Megtalálhatta volna egy olyan ember is, akinek nem áll szándékában jót cselekedni vele. Most szerencséje volt! – Látszott, hogy a Zöld Tündér nem akar több szót fecsérelni, és menni készül.

– El kell felejtenem mindent? Mit kellene tennem, hogy néha visszajöhessek ide?

– Ennyire szeretnél visszatérni ide? De miért? – kérdezte már háttal állva a tündér. – Odaát van az életed: szülők, barátok, szeretet, érzések, minden, mi emberré tesz, minden, ami jobbá tehet. Mi van itt, amit ott nem találsz? Mi az, amiért visszatérnél, és nem kockáztatnánk a birodalmunk sorsát, ha kezedbe adnánk egy átjáró kulcsát? Miért bíznánk meg benned? Miért vagy más?

– Van valami varázsa ennek a helynek. Valami, amit nem tudok egyszerű szavakba önteni, valami, aminek jósága megérintette szívemet, mintha mindig is ide tartoztam volna. Érzem, hogy suttognak felém a virágok, a fák, a kövek, az út pora és a szellő. Érthetetlenül, szavak nélkül, de hallom őket.

A Zöld Tündér visszafordult Rose felé, és mélyen a szemébe nézett. A lány szeme követte a tündér arcán végiggördülő könnycseppet, aztán a tündér odalebbent Rose közvetlen közelébe, olyan közel, hogy látta magát a tündér szemében. Az pedig kinyújtotta kezeit, és végigsimította a döbbent lány arcát. Félúton kicsit megállt a mozdulata, és kezei között tartotta Rose arcát mintha gondolataiban próbálna meg olvasni.

Rose moccanni sem mert. Azt gondolta, hogy most következik az agymosás: minden szép gondolatának kitörlése, hogy aztán egy röpke álomból ébredve újra a tóparti farönkön találja magát minden emlék nélkül. „De legalább kellemesen hűvös érintése van a Zöld Tündérnek" – gondolta magában Rose. „Lehetne rosszabb és fájdalmasabb is."

– Sok mindent láttál az elmúlt pár napban, sok mindenen keresztülmentél és sok mindenkivel találkoztál – állapította meg a tündér. – Talán több mindennel is, mint kellett volna.

– Hát, eseménydús napjaim vannak, nem panaszkodhatom – viccelődött Rose, de a tündérnek nem csalt mosolyt az arcára a megjegyzés.

– Kérlek, sétálj velem! Kísérj el a Kéklő Hegyig! – szólt a tündér, és elengedte Rose arcát.

A szépséges teremtmény megfordult, és lassan elindult az ellenkező irányba. Rose a holdtündérre pillantott, aki most a jobb válla felett egyensúlyozott, de az csak grimaszolt egyet, és felhúzta vállait, jelezve, hogy ő sem ért semmit. Így hát a lány, mint aki az ismeretlen felé lépne, több kíváncsisággal, mint félelemmel indult el a tündér nyomában. Az üvegtestű virágok úgy nyíltak szét Rose előtt, mintha tudnák, merre vezetnek a következő lépései. A lány hamarosan felzárkózott a Zöld Tündér mellé, és valamiféle mély nyugalom telepedett szívére, talán a tündér közelsége, talán a különleges virágok illata miatt.

Nem siettek. Szótlanul sétáltak a virágos mezőn át, s Rose látta, hogy még igen messze van a Kéklő Hegy, bőven van még idejük beszélgetni, s hiába ostromolták agyát a megválaszolásra váró kérdések, most jólesett csendben sétálni a virágillatú mezőn. Kifogyhatatlan melegség öntötte el. Felnézett a gyönyörű tündér legendás zöld hajára, mely uszályként lebegett még mindig mellette.

– Hol vagyok? Mi ez a hely? – kérdezte végül bátortalanul, és fürkészve a tündérre pillantott.

– Szerinted hol vagy? – kérdezett vissza ugyanolyan érdeklődve az.

– Nem is tudom… – Ezeket a kérdéseket számtalanszor feltette már magának, de sohasem sikerült értelmes választ kisajtolnia elméjéből. – …Talán egy párhuzamos világban, ami a miénk mellett van, de nem ugyanabban az idősíkban, mert a múltkor hiába töltöttem el itt érezhetően sok időt, amikor visszamentem, ott szinte nem is telt el közben semennyi. Azonkívül itt alkonyodik, nálunk pedig délelőtt van. Olyan élet van itt, ami nálunk nincs, legfeljebb az álmaimban. Luna mondta, hogy a két világ egykor egy volt, de aztán szétvált erre a kettőre.

– Igen, ez egy köztes világ. Az idő itt nem úgy telik, mint a tiédben, de ez csupán annak személyétől függ, aki idejutott. Az is lehet, hogy a következő látogatásodkor itt már nagyon sok idő eltelik. De hogy megértsd ezt a világot, egy ősi legendát mesélek el neked. Porladó tekercsek őrzik a világ teremtését, s csak véneink képesek elolvasni, de itt mindenki tudja ezt:

„Kezdetben sötétség volt,
s tíz aranytojás álmodott,
a végtelen űrben elveszve,
aludtak abban az istenek.

Az élet szürke hajnalán,
réges-régen már:
A tíz aranytojás felrepedt
és felébredtek az istenek.

Kezdetben csak istenek voltak,
de egy gyönyörű gondolatukban
megszületett egy kis világ,
aminek a Föld nevet adták.

A Föld tányéralakú volt:
Alul föld, felette égbolt;
négy sarkán őrök álltak,
a világra kerubok vigyáztak.

Az istenek a Földön laktak,
Atlantisznak hívták otthonukat,
de néha nagyon unatkoztak
e végtelen birodalmukban.

Álmuk s vágyuk csillámporát
a földön széjjelszórták,
s ezek, ahogy a Földre értek,
lettek belőlük hatalmas emberek.

Csillogó-villogó porszemekből
lett népesség a Földön,

ami sima volt, akár a tó vize,
messze ellátott azon bárki szeme.

Valaha óriások éltek a Földön,
békében hosszú időn keresztül.
Hatalmas lovakon vágtattak,
végig végtelen pusztákban.

Ismerték titkát az acélnak,
csak cethalat halásztak,
s mamutra vadásztak.
Mindenből nagyot akartak.

Lassan elfogytak a cethalak,
kitűntek a nagyvadak,
csak nőttek az óriások,
vadak voltak s gonoszok.

Megharagudtak rájuk az istenek,
elküldték szent követüket.
A kötelező békével,
az óriások földjére.

De az óriások itt jól éltek,
nem akarták elveszíteni a Földet,
s mindent, mit az adhatott:
munkát, vadat, a halászatot.

Hát harci kardot készítettek,
s visszaküldték a követet,
harcba hívták az isteneket,
hogy háborúban nyerjék el a Földet.

Az örök világosság megszűnt végleg,
véres felhők kúsztak az égre,
ím a háború szelleme miatt,
így született meg az éjszaka.

De az óriások csak álmodoztak,
nem került sor hosszú harcra,
a háború gyors s esélytelen volt,

elpusztult mind ki lázadott.

Akit megérintett az istenek ostora,
lett ismét álmok csillámpora
a por, amit újra összegyűjtöttek,
felfújták az égre az istenek.

Hogy ne legyen sötétség végleg,
lehessen nézni éjjel az égre,
a vágyak s álmok porából,
így születtek meg a csillagok.

De a Földön oly sok volt
ebből az isteni porból,
hogy a maradékból golyókat gyúrtak,
így alkották meg a Napot s a Holdat.

S hogy az óriások el ne felejtsék
az istenek gyors győzelmét:
néha sötét éjszakán
a holdat vérszínűre változtatják.

Felhőket tolnak a csillagokra,
emlékezve a régi háborúra,
az utolsó lázadásra,
s annak megtorlására.

A maradék óriást a bosszú fűtötte,
kimentek hát a Földnek szélére,
elkezdték gömbölyűre rágni a Földet,
s nyálukkal keverték azt össze.

A Föld közepe felé köpték őket,
így alkották meg a hegyeket,
de mire a Föld gömbölyű lett,
roppant magasak lettek e hegyek.

Néhány beledőlt az óceánba,
oda, hol az istenek laktak,
a víz nagyon megemelkedett,
ez lett Atlantisz veszte.

Ellepte azt a víz örökre,
nem volt az isteneknek lakhelye,
felszálltak hát az Örök Egekbe,
s ott trónoltak mindörökre.

De előbb eloldozták a kerubokat,
kik a Föld szélén várakoztak,
csatába küldték őket
az óriásokkal szemben.

Azok lángoló pallosukkal
felvágták őket húsz darabra.
A csillámpor nem veszett el,
így születtek az emberek.

Az óriások a Földet elvesztették,
múltjukat rég elfeledték,
de mielőtt eltűntek végleg,
hátrahagyták örökségüket.

A csatatéren állt egy hatalmas óriás,
kinek az orrába csillámpor szállt,
s e szörnyű csata közepette
egy hatalmasat tüsszentett.

Megrázta e roppant fuvallat
a világon létező bolygókat.
Kilökte a Földet is a helyéről,
ezért kering mind a Nap körül.

Ez a haldokló, síró óriás
fekete felhőbe fújta bánatát,
s megátkozott könnyeiből
született meg az eső.

Mikor az utolsó óriás is elszunnyadt,
s repült örökké tartó álomba,
egy sóhaj hagyta el testét,
ebből született meg a szél.

Az emberek, kik belőlük lettek,
hasonlítottak az istenekre,
tele voltak álommal s vággyal,
az istenek szent csillámporával.

Szép világot építettek,
sokáig békében éltek,
de az emberek telhetetlenek lettek,
mert képzelték magukat isteneknek.

Ez az Egek Urainak nem tetszett,
harmadszor is haragra gerjedtek,
de most senkit nem bántottak,
csak elvették az álmaikat.

A beteljesülés titkát eltüntették,
egy köztes világba rejtették,
a Föld és az ég fölé,
álom és ébrenlét közé.

– A világunk teremtése így áll leírva. Persze ezt megszépítették az évszázadok – mondta mosolyogva a Zöld Tündér. Ahogy Rose emlékezett rá, most először látta mosolyogni. – Hogy a világunk hogyan keletkezett, azt természetesen nem tudhatom, de azt igen, hogy nem messze innen vált véglegesen ketté.

– Miért kellett kettéválnia? – kérdezte Rose. – Nem igazán értem.

– Az ember egy tökéletes teremtmény, és egyben tökéletlen is. Képes csodálatos dolgokat építeni, és ugyanazon lendülettel el is pusztítani. Képes két kezével szeretettel ölelni, és ugyanazon kezével kegyetlenül ölni, önfeledten szeretni, és ugyanazon szív mélyén ott rejlik a pokoli irigység, a fékezhetetlen düh, féltékenység és gyűlölet is.

– Igen, de nem minden ember gonosz! – sütötte le a szemét Rose.

– Nem, ha az ember egyedül van, akkor nagyon ritkán gonosz, de ha tömegben, akkor egy érthetetlen düh és rombolási vágy lesz úrrá rajta – suttogott elgondolkodva a tündér.

– Nem hiszem, hogy ösztönösen pusztítani akarnánk – válaszolta félénken a lány.

– Gondolod? – kérdezett vissza hirtelen a tündér. – Ha például elkísérne ez a holdtündér, vagy én téged a világodba, a kezdeti meglepetés után vajon mennyi időnek kellene eltelnie, hogy valaki pokolról valónak kiáltson ki, el akarjon fogni, dicsekedni akarjon velünk, vagy meg akarjon vizsgálni?

– Nem sok idő telne el, úgy gondolom! – válaszolta Rose még mindig lesütött szemekkel, a föld porát nézve, és megértette, mit is akar mondani a tündér az összehasonlítással.

– Megváltoztatok, nem az előnyötökre és nem most! – világított rá kinyújtott mutatóujját baljósan felemelve. – Emberi emlékezet már nem őrzi azt az időt, amikor még együtt éltetek egy közös világban a tündérekkel, manókkal, óriásokkal, törpékkel és milliónyi csodás teremtménnyel. Pedig ott voltunk az emberek mindennapjaiban, meséiben, legendáiban, történelmében. Segítettük életüket, cserébe csak helyet kértünk a mesék örökkévalóságában... de aztán az emberek megváltoztak. – Elsötétült a tündér tekintete, és leengedte felemelt ujját. – Mindent maguknak akartak. Gyarlók, kapzsik és gonoszak lettek. Mindent el akartak pusztítani. A föld törpéit, manóit, koboldjait a föld mélyén lévő kincsekért irtották. A tündéreket, angyalokat a levegő uralásáért boszorkánysággal vádolták meg, és üldözték őket évszázadokon át. A csodálatos teremtményeinket pedig, a sárkányokat, unikornisokat, pegazusokat és még ezernyi lényt azért vadászták, mert úgy gondolták, hogy halálukkal vagy mágikus testük részeivel uralkodni tudnak majd ők is, de ők egymás felett akarták ezt tenni. Minden csodás hatalmat, amit a világ teremtése óta átadtunk vagy ellestek tőlünk, ellenünk fordították és az élet egyszerű és apró csodáit már meg sem látták.

A Zöld Tündér megtorpant sétája közben, kinyújtotta felfelé tartott tenyerét, és megvárta, hogy a kis holdtündér odarepenjen. Gyengéden megsimogatta, majd a szintén megálló Rose szemébe nézve halkan folytatta:

– Az emberek hatalmas sereggel vonultak fel, de csupán hét teremtménnyel találták szemben magukat. A világunk hét legnagyobb nemzetségének a fejedelme állt szemben sorsával dacolva s a tudattal, amit az egyenlőtlen harc ígért. A csodák tündöklése azonban hatalmasabb volt a kapzsiság és az erőszak kiáltásainál. A hét vezér előtt az emberek serege vérontás nélkül letette a fegyvert. Mindezt csupán úgy, hogy az élet szépségeit felvillantva könnyet csaltak az emberek szemébe. A kábulatból ébredt tömeg azonban ezen még jobban felbőszült, és új erőre kapva elpusztították a hét nemzet fejedelmeit, akik erejüket nem a védekezésre használták, hanem egy utolsó nagy varázslatra. Azokból az emberi könnycseppekből, amik még szomjúhozták a szépséget, békével és nyugalommal létrehoztak egy átjárót. Átjárót egy köztes világba, ahová minden teremtett és kitalált lény menekülhetett az emberi gonoszság elől. Az emberek pedig a felejtés átkával sújtották az itt élőket, így azok a nélkülözés és a szeretet teljes megvonását kapták tőlük.

A tündér légiesen legyintett, és útjára engedte Lunát. Arcán egy könnycsepp gurult végig, és érdeklődve nézte, hogy Rose szemeinek sarkában is fátyolosan remegnek a könnycseppek.

– De hát, mi szeretünk benneteket! Minden mesében ott vagytok, ott vagytok... ott vagytok... mindenhol! – Rose kereste, mit sorolhatna még fel, de rá kellett jönnie, hogy igazán rövid a listája.

– Igen, vannak, akik valamilyen csoda folytán emlékeznek még a régmúlt időkre, és próbálják felelevníteni a legendákat. Ez nagyszerű, hiszen ennek a birodalomnak az lesz a pusztulása, ha már végleg eltűnünk minden emberi szív mélyéről. S lassan elveszik minden, már nem hisznek bennünk, csak a...

– ...csak a gyerekek! – fejezte be Rose. – Már csak a gyerekek hisznek bennetek!

– Igen, ahogy aztán telnek az évek, a gyerekek elkezdenek félni a mesebeli teremtményektől és a csodáktól. Talán ez is az átkunk része volt, nem tudom, de világunk nem tündököl, mint rég. Hiába minden szeretetünk az emberek iránt, ami szétvált, már sohasem lehet egy!

– De hiszen vannak átjárók. Miért nem mutatjátok meg magatokat? Talán ismét elkezdenének hinni bennetek a felnőttek is! – próbálkozott a lány.

– Igen, vannak átjárók, és hidd el, vannak olyan csodálatos alkalmak, amikor látogatást teszünk a világotokba. Létezik minden évben pár olyan nap, amikor olyan hatalmas az emberek között a szeretet és a megbocsátás egymás iránt, mint egykor. Ilyen áldott napokon mi is átmegyünk.

– Mint a karácsony?

– Igen, mint a karácsony. De nehogy azt hidd, hogy ez csak tőlünk függ. Igen vannak átjárók, de azokat nem használhatjuk felelőtlenül! – Itt újabb szemvillanás reppent a holdtündér felé. – Hiszen ide minden teremtett és kitalált lény került… és az emberi elme nem csak jóságos és szépséges teremtményeknek adott életet. Borzalmas és szörnyű teremtmények is vannak ebben a dimenzióban, bár azokat a mi világunkban is hét lakat alatt tartjuk. Igen, vannak átjárók, ami lehetőséget nyújt a kétirányú közlekedésnek, és nem te vagy az első, aki átjutott és részese lett a tudásnak. Léteznek vének, akik itt maradhattak a világunkban. Életük utolsó pillanatában menedéket és halhatatlanságot kaptak tőlünk a világunknak tett szolgálataik fejében. Ők a meseírók, a nagy mesélők, akik életben tartanak bennünket odaát.

– Ha csak ez a feltétel, akkor én is segíthetek nektek! Vissza szeretnék még jönni ide – mondta fellelkesedve Rose.

– Te még, ne haragudj meg érte, de gyereknek számítasz, hiszen ösztönösen hiszel bennünk! Gondolj bele, kérlek! Ki hinne neked? Nem kellene bizonyítanod az elmondottakat? Nem akarna mindenki idejönni, és saját szemével látni ezt a világot? Vagy akár részt belőle… ahogy te is? – A kérdéssorozat utolsó részét kihangsúlyozta a tündér.

– Igazad van, én is önző vagyok, és a jót akarom magamnak, én is meg szeretném érteni a világotokat. De én segíteni is kész vagyok. Nincs elveszve az otthonotok. Sokan hisznek benne, és tudom, hogy a felnőttek szívében is létezik még az a rész, amely szeretne hinni bennetek… tudom. Csak félnek… mindentől félnek – mondta a lány.

– Ahogy látom, a félelem már tőled sem áll olyan távol! – jelentette ki a Zöld Tündér, és fejével Rose bekötözött kézfeje felé biccentett.

– Miért mondtad el mégis nekem mindezt? Miért villantottad fel történelmetek darabkáit száműzetésem előtt? – kérdezte Rose.

– Mert még bizonytalan vagyok veled kapcsolatban! Érzem benned a jót. Éreztem, amikor megsimítottam az arcodat. Minden titkos álmodat és vágyadat láttam, Rose Palmer! – suttogta baljósan a tündér. – Nehogy azt hidd, hogy pár perce még nem akartalak minden emlék nélkül visszaküldeni téged a világodba.

– De… – kíváncsiskodott feszülten Rose.

– Tudod, hol vagyunk most, Rose Palmer? – érkezett a kérdés egy szívdobbanásnyi szünet után.

– Nem, nem tudom – vallotta be Rose, és kíváncsian körbenézett, hátha szemei lelnek valami támpontot, amiről tudni fogja a választ a kérdésre.

– Ez a hely itt a világunkban a Hősök mezeje! Itt vívták meg csatájukat ezernyi nemzedékkel ezelőtt az emberek és a Hetek, itt dőlt el, hogy ketté kell osztani, mi egy volt. Minden, ami itt van ebben a világban, legyen az rossz vagy jó, innen ered, ez a magja, ez a gyökere. Oly hatalom van a kövekben, fákban, virágokban vagy a fűszálakban, mit kitalált vagy halandó lélek meg nem érthet, és ereje hozzá fel nem érhet. Azt mondják, hogy a hét fejedelem ritkán, nagyon ritkán beszél hozzánk a mező virágainak, fáinak, a föld porának, köveinek vagy éppen a szeleknek suhanásával. Nagyon keveseknek adatik meg, hogy hallják ezt! S ahogy említetted, mielőtt visszaküldtelek volna, te hallod ezt!

Rose az egyetlen dologra gondolt, amit nem tudott megmagyarázni, és mostanában mindig hallott: azt a behangolatlan rádió zúgásához hasonló recsegést. Igen, egyszer még egy dallamos, ismeretlen nyelvű beszédszerűséget is hallott. Ez lenne a nagy titok. Ilyen egyszerű lehet?

– Én nem tudom, mit hallok.

– Igen, azt sejtem, és nem is tudtad volna meg, hogy innen származik a forrása, ha nem jössz át az átjárón, és nem találkozol velem. De ez még csekély tudás és indok ahhoz, hogy visszatérő lehess. Hazánkat mindenáron rejtve kell tartani a világotok előtt, mert még nem vagytok felkészülve az ismételt kapcsolatra földünk teremtményeivel. Azzal a kevéssel, ami nektek maradt, sem tudtok mit kezdeni.

– Nekünk maradt? – hitetlenkedett Rose.

– Igen, ahogy nálunk előfordulhatnak a világod teremtményei, úgy a tiétekben is élnek innen származók. Főleg száműzöttek, de vannak elég sokan, akik önként mennek!

– Vannak nálunk érdekes teremtmények? – kérdezte elámulva Rose.

– Persze. Tavi szörnyek, tengeri kígyók, emberszabású hegyi óriások és még sorolhatnám.

– Mint a Nagylábú, a Jeti, a Loch Nessi-szörny, a Chupacabra…

– Igen érdekes neveket találtok ki – mosolygott a Zöld Tündér. – Viszont a megállapításod helyes. Vannak odaát misztikus lények. Ti is tudjátok, de nem hiszitek és nem fogadjátok el. Nagyon megritkultak ezek az észlelések mostanában, sőt sokan a vadászatok és üldöztetés miatt inkább visszatértek a mi világunkba.

A Zöld Tündér elgondolkodva a Kéklő Hegy felé tekintett, mintha ott keresné a mondanivalójának folytatását.

– Teljesen bizonytalan vagyok. Sötét fellegek gyülekeznek ismét. Ez sosem jelent jót. Hervadnak az üvegtestű virágok, elpusztult állatok voltak a Halott Fények Erdejében, és ekkor megjelenik egy teremtmény a másik világból. Ennyi minden nem lehet véletlen egy azon időben.

– Halott állatok a mi erdőnkben is voltak. Véresen, összezúzott testtel – jegyezte meg Rose csak úgy mellékesen.

– Csakugyan? Lehetséges lenne, hogy ismét megtörtént? – húzta fel a szemöldökét a Zöld Tündér. Látszott, hogy ez az információ teljesen új neki, és villámgyorsan döntött. – Vissza kell menned most azonnal!

– Visszatérhetek még? – kérdezte reménykedve Rose.

– Ügyedben később döntünk! – mondta jelezve, hogy újabb kérdésnek nincs helye, és csettintett egyet az ujjaival.

Váratlanul és könyörtelenül jött a bukfenc, majd az émelygés és rosszullét.

Rose egy pillanatig nem tudta kinyitni a szemeit, de érezte a tüdejébe áramló friss, párás tóparti levegőt.

Amikor felpillantott, látta, hogy csakúgy, mint az előző eset után, most sem telhetett el egy szempillantásnál több idő, míg ő távol volt...

...abban a csodás birodalomban.

7.
Az ezüst obulus

Rose a szédülés és émelygés miatt ülve maradt még egy ideig az egyik kidőlt fatörzsön. Mélyen, szabályosan lélegzett, hogy leküzdje belsőszerveinek őrült táncát, és új erőre kapjon. A rengeteg információ, amit kapott az elmúlt időben, úgy zakatolt a fejében, mint egy elszabadult gőzmozdony, amik közül egyetlen egy dörömbölt vadul az agyában:

Vajon tényleg megbolondult?

Ami az elmúlt napokban történt vele, az nem lehet csupán valós események következménye. Csak így a semmiből nem csöppenhet bele ennyire lélegzetelállító és megmagyarázhatatlan történések láncolatába. Azon gondolkozott, hogy vajon mit tett vagy mit élt át először, amikor fel kellett volna figyelnie arra, hogy nem normális mederben kezd csordogálni életének folyama.

Akaratlanul is három fő folyamatra szedte szét az emlékeit:

Az első lényeges mozzanat, amire legelőször vissza tudott emlékezni, az a titokzatos hang, amit a mai napig hall, ha Luna a közelében van. Emlékezett rá, hogy a táborba érkezésük legelső perceiben, amikor Mark közölte vele, hogy neki bizony kisdolga akadt, akkor hallotta először. Aztán még aznap délután fordul elő ismét, amikor az ebéd után a játszótéren lógatták a lábukat unalmukban. Ez a behangolatlan rádióhoz hasonló hang szinte az érkezésétől végigkísérte, és ha hallotta, akkor mindig valami furcsa, megmagyarázhatatlan dolog következett. Bár magyarázatot a keletkezésére az elmúlt időben nem is kapott, talán csak a saját kis gondolata járt hozzá a legközelebb, amikor a Hősök mezejének hangjaiként azonosította azt.

De ha az, akkor miért hallja egyáltalán?

Mindegy. Erre a kérdésre úgysem tudja magától a választ. Valahogy érezte, hogy az valahol a másik világban van, nem ebben, így hát el is hessegette magától ezt a kérdést.

A második lényeges mozzanat, amire nem tudott magyarázatot találni, az az ismétlődő találkozása a hatalmas farkassal és a vele megjelenő titokzatos férfival. Rose emlékezett rá, hogy kérdésére a férfi azt mondta, hogy nem ellenség, de nem is barát. „Akkor viszont ki ez az idegen?" – találgatta magában. „Miért érzem a farkasa közelében azt a furcsa virágillatot, amit abban a másik, Köztes Világban? Miért jelenik meg sokadszorra a közelemben? Talán figyel engem, vagy esetleg követ?" – Emlékezett rá, hogy Ronald, a pék is mesélte, hogy mostanában ismét látják felbukkanni a hágó környékén. „Ismét! Akkor ezek szerint már többször is járt erre, de mit csinál itt és mit csinál, ha nem itt kószál? Erre nagyon óvatosan majd még rá kell kérdeznem a péktől, ha lehetőségem lesz rá." – Bár a büntetőmunkája már lejárt, de úgy gondolta, hogy Dolores talán nem fog megsértődni, ha a következő hajnalban is kisegítő munkára jelentkezik nála.

A harmadik dolog pedig az elátkozott ház és az ott átélt kalandja volt, hiszen mindvégig azzal próbálta meggyőzni magát, hogy amit ott látott az elmúlt éjjel a legsötétebb toronyban, az nem lehetett csupán hallucináció. Látta a mezítelen lábnyomokat, érezte a hamu illatát, hallotta a hangokat. Hogy ott járt – annak a bizonyítéka pedig ott fityegett a csuklóján és a kézfején: hordozta a félelmének és rettegésének vérző stigmáját. Biztos volt abban, hogy a térdelő férfi többször is ránézett és hallotta a testébe szaladó kard jellegzetes hangját, ahogy húst és csontot szakít. Meg kellett volna halnia az áldozatnak, de helyette nyoma veszett.

Rose elgondolkodott, hogy vajon összefüggnek-e ezek az átélt események. Egy nagy egész mozaikdarabkái lennének, amit majd a ködös és távoli jövőben össze tud illeszteni? Vagy inkább három különálló szál, amiket ha akar, akkor követhet, és csomóikat bogozhatja kedve szerint? Amire nem maradt sok ideje, hiszen ez már a negyedik táborban töltött nap volt. Így hát röpke egy hét múlva a saját, megszokott ágyában fog ébredni egy szép vagy éppen egy rossz álomként visszaemlékezve erre a nyári táborra. Azzal tisztában volt, hogy ahogy kiszakad ebből a közegből – legyen az bármikor is –, ezek a különös események már nem fogják követni őt. Ez a Diablo-tónak és környékének a sajátossága, vissza pedig nem térhet, talán csak a következő nyáron, hiszen hamarosan már az iskola is elkezdődik.

Nem tudta, hogy vajon bízhat-e valakiben – legyen az gyerek vagy felnőtt –, meg merje-e kockáztatni azt, hogy beszámoljon neki az átélt kalandjairól. Akárhogy is, de ezt a lépést azért elég kockázatosnak ítélte, jobbnak látta egyelőre elhallgatni és titokként kezelni ezeket az eseményeket. Teljes mértékben igazat adott a Köztes Világban hallottaknak, hogy az ő világa már régen nincs felkészülve az ehhez hasonló dolgokra. Az emberek elfelejtettek hinni, álmodni és tisztelni a titokzatos és megmagyarázhatatlan világot.

A lány tudatát mágnesként vonzotta a misztikus jelenségek sokasága.

Belátta, hogy amíg éjszakánként szabad kijárása van, csakis egyetlen járható út van előtte, az pedig nem más, mint az elátkozott ház. Valamiért az izgatta a fantáziáját a legjobban. A Köztes Világot és minden teremtményét tiszteletben tartotta annyira, hogy tudja, oda nem térhet vissza önszántából, csak ha hívják. A hatalmas farkast és a titokzatos kószát sem keresheti, majd ha ők akarják, akkor megjelennek neki. Egyetlen járható út maradt: Az, ha az átélt kalandok után még lenne kedve éjjel kísérteni a sorsot, és szembenézni minden félelmével és rettegésével, akkor csakis a házba tud visszamenni.

Azt, hogy miért, még igazán nem is tudta, hiszen igazából, amit lehetetett és kellett, már megszerezte. Valami mégis azt suttogta a tudatalattijának, hogy vissza kell mennie oda. Nem sejtette, hogy miért, csak azt tudta, hogy ma éjjel is útra kell kelnie, amint lehetősége nyílik rá.

Magasan, fenn a hegycsúcsok ormai felett sötét fellegek örvénylettek, ismét rossz közérzettel hintve meg a környéket. A szürke, borongós időben a kissé csípős szél is elfeledtette mindenkivel a késő nyári napok utolsó melegét. Persze itt a hegyek között sohasem volt olyan igazi nyár, mint a tengerpartokon. Itt megszokott volt, hogy a magasabb hegycsúcsok egész évben hósapkát hordanak, de mégis szokatlanul hűvös volt ez az utolsó pár nap.

Rose fázósan megborzongott, ahogy végigfutott rajta egy hűvös, kósza szellő a kidőlt tóparti fákon üldögélve. A rábízott gyerekek éppen végezhettek annak a pár szemétnek az összeszedésével, amit kiszabadítottak, és erre a partra vetettek az éjszakai vihar tajtékos hullámai, mert kis csoportjuk visszafelé tartott Rose irányába. Éppen időben, mert amikor Rose felállt és elindult eléjük, akkor megérezte az arcán az első ráhulló esőcseppeket, s mivel semmi kedve nem volt ismét bőrig ázni, a kis csapatot – megdicsérve és bátorítva – sűrűbb léptekre ösztökélte a központi épület felé. Már nem volt sok idő ebédig, Rose úgy gondolta, hogy a könyvtárban elütik valamivel a hátralévő perceket, és ha az idő nem javul, akkor ebéd után majd megtervezik a délután hátralévő részének kellemes és lehetőleg hasznosan történő eltöltésének tervét. Még az első lehulló cseppekkor sikerült elérni az épület tetővel védett teraszát, ahol a 12-es barakk lakóin kívül már többen is menedéket találtak az eső elől. Mint már megszokott volt, amint elkezdett esni az égi áldás, a szél is megerősödött, és viharos erővel kezdett fújni. Nem kis riadalmat és sikítozást keltett a látható horizonton túl csilingelve végigszaladó villám, majd az eget és földet morogva megrengető mennydörgés.

Rose jól látta, hogy a kis csapatából többen is összerezzentek a dörgés hallatán, ezért egy pillanatig sem mérlegelve, a könyvtár épületébe terelte a gyerekeket. A helyiség szerencsére teljesen üres volt, a nyári felhőszakadás és égzengés izgalmasabb kalandnak bizonyult az első sorból megtekintve, mint üldögélni a könyvtár agyonlapozott könyvei között. A gyerekek rögtön feltalálták magukat: volt, aki a könyvek felé vette az útját, mások a társas és logikai játékok köré csoportosultak. Csupán egy lusta szempillantásnyi időnek kellett eltelnie, és Rose már egyedül ácsorgott a helyiség ajtajában. A lány körbefuttatta a tekintetét a könyvtárban, és rögtön felkeltette a figyelmét a médiasarok a számítógéppel és interneteléréssel. Rögtön milliónyi kérdés özönlötte el az agyát, amikre azonnali választ akart, de szinte egyből türelemre is intette fellobbanó szenvedélyét, mert várnia kellett az ebéd végezetéig, utána birtokba veszi majd a kis csapatával ismét a helyiséget.

Mr. Murphy dugta be a fejét az ajtón:

– 12-es barakk, az ebédhez el lehet foglalni a szokásos asztalotokat! – szólt kicsit hangosabban a megszokottnál, hogy az odakint tomboló szelet túl tudja harsogni. – Az ebédet rögtön tálalják.

– Köszönjük! – bólintott Rose, majd a gyerekekhez fordult: – Gyertek, szedjük össze magunkat! Nem, Chloe, nem kell összepakolni, ebéd után szerintem visszajövünk még egy kicsit! – szólt a lánynak, mert látta, hogy egy röpke másodperc alatt sikerült neki rendetlenségbe fojtania az egyetlen asztalt, ami a helyiségben volt.

Rose kiterelte a gyerekeket a könyvtárból, de úgy rendezte, hogy Rozsdást még utolérje, és amikor mellette volt, halkan meg is szólította:

– Elnézést, Mr. Murphy, lehet egy kérdésem? – suttogta, hogy lehetőleg a gyerekek ne hallják meg.

– Természetesen, Miss Palmer. Kérdezzen csak! – válaszolta Rozsdás.

– Megkérdezhetem, hogy sikerült-e kideríteni, hogy mi történhetett azzal a temérdek állattal ott az erdőben, amit a gyerekek találtak? – nyögte ki Rose egy szuszra.

– Jómagam nem tudom, és bár a tábor felnőtt személyzete is megvizsgálta felületesen a testeket, de nem sikerült megállapítani a halál okát. Azonban erre nincs is semmi szükség, hiszen többen úgy gondolják, az a legvalószínűbb, hogy az éjszakai felhőszakadás miatt menekülő állatok egyszerűen a sötétség és a vihar miatt nem találták az utat, és szerencsétlenül összezúzták magukat a fák között – válaszolta kimérten Mr. Murphy.

– Többen úgy gondolják? Ezek szerint ön nem ért ezzel egyet? Ön szerint mi történt, Mr. Murphy? – bukott ki Rose száján a kérdések áradata.

– Csak egy kérdésről volt szó, Miss Palmer! – válaszolt mosolyogva Rozsdás, majd megnyújtotta lépteit, és faképnél hagyta az elképedt lányt, az elsuttogott köszönömöt már talán meg sem hallotta.

Rose úgy érezte magát, mintha pofonvágták volna, egyáltalán nem számított erre a reakcióra. Kicsit kótyagosan követte csemetéit az étkezőn át a megszokott asztalukhoz.

Azon már ott gőzölgött a forró leves, arra várva, hogy a sok kis lurkó megtöltse vele az éhes pocakját. Rose a már megszokott ceremóniával körbejárta az asztalát, segített merni mindenkinek a levesből, ahol kellett, közelebb tolta a széket, felvette a levert szalvétát, szóval végigcsinálta a szokásos dolgokat, és utolsónak merített a forró leves maradékából, amikor már látszott, hogy gyerekeinek elég lesz a kimert adag. Valamiért most nagyon jólesett neki a főttétel, érezte, ahogy végigszáguld a melegség az izmain és minden porcikáján. Talán az elmúlt éjszakák sorozatos elázása és fagyoskodása, talán az odakint tomboló nyári zivatar miatt történhetett – a lány nem tudta, de jelenleg nem is foglalkozott vele, sőt még az összes maradékot is kikanalazta a tányérjába.

Amióta kis csapatával bejött, nem is nézett a szomszéd asztal felé, egy pillantásra sem méltatta a lányokat, hagyta, hadd főjenek a saját levükben. Az elmúlt napok gonoszkodásai után ez volt a legkevesebb részéről. Most azonban, hogy pocakjába vándorolt a forró leves maradéka, és kezdte kifejteni jótékony hatását, egyre nagyobb késztetést érzett arra, hogy csak úgy, üzenetképpen megigazítsa újonnan szerzett karkötőjét. Szeme sarkából feléjük sandított, csupán annyira, amit onnan nézve talán még fel sem fedezhettek, és látta, hogy az asztaltársaság nagy része felé néz. Durcás, sértett és megalázott pillantások kereszttüzében érezte magát. Gyorsan le is vette tekintetét róluk, de azért, hogy a kagylók jól látszódjanak, és kicsit összekoccanva csilingeljenek is, ha lehet, megigazította arca elé lelógó hajtincsét, és visszasimította a füle mögé. A szomszéd asztalnál némileg hangosodott a beszélgetés, és mocorgás is támadt a nemtetszésüket kifejezvén a mozdulat miatt.

Ez volt az utolsó.

Rose amint befejezte a mozdulatát, megfogadta, hogy ez volt az utolsó eset, amikor így viselkedik. A kölcsönt visszaadta, ezek után már nem kell neki rosszul éreznie magát a felelőtlen kijelentése miatt. Érezzék magukat azok kellemetlenül, akik nem hittek benne, és szekálták az elmúlt napokban. Nem akarta úgy elragadtatni magát, mint reggel. Az már nem az a Rose lenne, akit olyan sokan ismernek és szeretnek. Nem akart túl önhittnek és nagyképűnek látszani a többiek előtt, hiszen nem felejthette, hogy hamarosan ismét találkoznia kell ezekkel a lányokkal, és az iskola az ő felségterületük lesz. Sokadszor figyelmeztette magát, hogy nem kell ellenségeket szereznie magának még az előtt, hogy átlépné az iskola küszöbét. Akkor és ott eldöntötte, hogy leteszi a mások által kiásott csatabárdot és békét köt Wendyvel és a lánycsapatával, legalábbis ő nem fog kezdeményezni semmi ellenségeskedést, és nem fogja még egyszer magára venni az őt érő támadásokat és kritikákat sem.

Félig megtöltött pocakja már elégedettségre adott okot, hátradőlt hát a székében, és figyelmét innentől az asztalánál kanalazó gyerekeknek szentelte. A gyerekek is éhesen befalták a meleg levest, kiadogatták Rose kérésére az üres tányérjukat az asztal végébe, hogy a lány összerakhassa őket egy oszlopba, majd csendesen várták a második fogás érkezését. Amire természetesen nem is kellett sokáig várni. Rose hálás volt a sorsnak, hogy a rábízott gyerekek nem voltak túlságosan válogatósak, egy-két kivételt leszámítva, egy kis grimaszolás után minden felkínált étel eltűnt az asztalukról, és különösebb pótétkeztetésekről sem kellett gondoskodnia. Talán a friss, hegyi levegő, talán a cselekménydús nappalok hozták meg a gyerekek étvágyát, nem lehetett tudni, bár az is felmerülhetett lehetőségként, hogy egyszerűen csak tisztában voltak azzal, hogy ha megeszik, ha nem, akkor sem lesz más a következő előírt étkezésig. S jobban járnak, ha megeszik, ami most van, és esetleg nem ízlik annyira, mintha éhesen egy még rosszabbal találkoznának.

Rose egy jóllakott óvodás lustaságával bámulta az ablaküvegre szakadatlanul záporozó esőcseppeket, a süvítő szélben hajladozó terebélyes fenyőfákat, és arra gondolt, hogy ha gyökeresen nem változik meg az időjárás, akkor a ma éjszakai kószálása (először a táborban töltött estéket tekintve) minden terve ellenére, bizony elmarad. Úgy elmerült gondolatai tengerében, hogy meg sem hallotta a mögé osonó léptek zaját, csak a suttogásra lett figyelmes, amit alig hallhatóan a fülébe mondtak:

– Tényleg megszerezted? Voltál a házban? – suttogta valaki.

– Igen! – válaszolt Rose, és egy apró biccentéssel is hangsúlyozta a tettét.

– Egyedül voltál ott? – érkezett a hitetlenkedő újabb kérdés.

– Persze... – méltatlankodott Rose. Nem is értette, mit gondolhat a kérdező, és már egyre kíváncsibb volt a személyazonosságára. – Mégis hány ember kell egy ilyen feladathoz?

– Gratulálok hozzá, Szöszi, nem hittem benned! – suttogta az ismeretlen. – De nehogy azt hidd, hogy itt vége lesz a megpróbáltatásaidnak. Még csak most kezdődnek. A reggeli üzeneted sokaknak nem tetszett!

– Már alig várom! – válaszolt Rose egyre ingerültebben, de hiába próbált a háta mögé pillantani, ebben a széken ülő helyzetben ez lehetetlen feladat volt. A gyerekek is mással voltak elfoglalva. Nem is figyeltek felé, így még esélye sem lesz megkérdezni, hogy ők kit láttak.

Az ismeretlen egy gyors mozdulattal Rose arcába dobta hosszú haját, így mire a lány újra szabad kilátással tudott körülnézni, már senki sem volt mögötte, sőt a szomszéd asztalnál ülők már félúton a kijárat felé tartottak. Egy hátrapillantó szempár vagy hátraforduló arc sem üzent többet a hallottaknál.

Rose nem tudta, hogy fenyegetésnek vagy figyelmeztetésnek vegye-e az üzenetet, de amint azt már sejtette, a csatát bár megnyerte, a háborúnak még nagyon az elején járt. Ezzel a gondolattal együtt az is megfogant benne, hogy ha tetszik, ha nem, lehet, hogy szerzett magának egy csapat ellenséget, ami elég sötét jövőt vetített elé. Ezzel együtt csak még jobban megerősödött benne az a fogadalma, hogy nem fogja felvenni még egyszer a felé nyújtott kesztyűt, és nem fog belemenni egy ilyen értelmetlen adok-kapokba. Ha van is problémája, nem akar csinálni még többet, és abban is biztos volt, hogy ő nem nyerhet ebben a háborúban, hiszen ellenfelei lényeges létszámfölényben vannak. Ami egyenes arányosságban van a gyűlölködő gondolatokkal, kieszelt csapdák sokaságával és a nyugodni nem akarás és békétlenség eszméjével. Mire valaki feladná, addigra újabbnál újabb ötletek jönnek majd, és ezzel neki egyedül kell ezek után szembenéznie. Úgy érezte, hogy ennek a dolognak minél előbb pontot kell tenni a végére, mielőtt még kezelhetetlenül elharapódzik. Elhatározta, hogy amint lehet, beszél Wendyvel, és ha kell, bocsánatot kér felelőtlen reggeli viselkedéséért.

Aztán egy vörös szemű szörnyeteg halkan feltápászkodott valahol Rose teletömött gyomrának közelében, megrázta magát, megveregette a lány vállát, és sátáni hangon biztosította arról, hogy cselekedeteiben nem volt semmi szégyellnivaló, és nehogy már ő érezze magát kellemetlenül, és megalázkodjon mások előtt. Amit tett, az igenis hősies és bátor dolog volt, ha nem hiszi, akkor pillantson csak a kézfejére, és nézzen a félelmében harapott sebre. Igenis kiérdemelte a karkötőt, a vérét hullatta érte, és az a legkevesebb, hogy bemutatott a szájaló, sértődött és hisztiző cicáknak. Ezeket a lányocskákat meg bízza csak arra a lányra, aki az elmúlt éjszakákat a viharban töltötte gyilkos lidércek, hatalmas farkasok és éjszakai kószák között, és adandó alkalommal ismét közéjük készül.

Úgy tűnt, a vörös szemű szörnyeteg dicsőbb tetteket és érzéseket tudott felvillantani Rose lelki szemei előtt, mint a kimért, okos és békét kereső józanabbik énje, így az utóbbi vesztésre állt az újszülött rémmel szemben. Ha akarják, hát felébreszti ő magában ezt a szörnyeteget, de aztán viseljék is a következményeit, mert ha kell, megvédi magát bárki vagy bárkik ellen.

Rose annyira felhergelte magát ezen, hogy arra lett figyelmes, milyen szaporán kapkodja a levegőt, és szíve olyan hevesen ver, mintha ki akarna ugrani a bordái közül. Visszaaltatta hát a frissen született szörnyet, ígéretet téve neki, hogy amint szükség lesz rá, megkaphat minden eszközt a túlélésre. Az újszülött ásított egyet, majd elnyújtózva lepihent, várva a kínálkozó alkalmat.

Rose barátként fogadta ezt az új érzést keblének mélyén.

Közben a gyerekek is végeztek az ebéd maradékainak elpusztításával. Rose figyelmeztette őket, hogy lustálkodni ráérnek majd a könyvtárban is, és ha lehet, akkor igyekezzenek vissza, mielőtt még másokkal is meg kell osztaniuk a helyiséget. Félő volt ugyanis, hogy mivel az ő csapata a legkisebb, ezért nem biztos, hogy kézzel fogható előnyük származhat ebből. Ha ők foglalják el ebben a cudar időben először a könyvtárat, akkor a többieknek kell alkalmazkodni hozzájuk, de ha már sokadiknak érkeznek, akkor kénytelenek beérni a maradék könyvekkel, székekkel vagy éppen játékokkal.

Szerencséjükre még ez a rossz idő sem ébresztette fel a tábor többi lakójában az olthatatlan tudásvágyat vagy elméjük további csiszolását, amit csak a könyvtárban tudnak orvosolni. A helyiség úgy volt, ahogy hagyták: üresen és elhagyatva. Mindenki visszatért hát oda, ahol az ebédhez szólítás előtti pillanatokban volt, és most már jóllakottan és egy kicsit lelassulva folytatták a megkezdett tevékenységeiket.

Rose átvágott a helyiségen, és leült a kényelmes fotelbe, ami a számítógép asztala mellé volt készítve. Olyan jólesett kinyújtóztatni tagjait, hogy egy pillanatig eljátszott a gondolattal, akár szundíthatna is egy kevéskét itt a melegben, hallgatva a vihar nem csituló hangjait. Biztos volt abban, hogy azok hamar álomba ringatnák. Valamiért másokkal ellentéttel ő nem félt a vihar hangjaitól. Igazán jól tudott aludni, ha dörömbölő eső verte az ablaka párkányát, ha süvítő szél csapkodta a szomszéd házának a zsalugátereit – míg azok nyaralni voltak – vagy ha áram nélkül maradtak egy hóviharban. Persze ő is összerezzent, ha egy villán cikázott át az égen, vagy váratlanul morajlott fel egy földet rengető mennydörgés – ez akaratlan reflex volt –, de nem menekült a ház védettebb sarkába vagy szülei ölelésébe olyankor. Most is kifejezetten csábította az esőcseppek monoton kalapálása és a távoli szélzúgás. Szemeit egyre nehezebben tudta nyitva tartani, és Chloe ásítására akkorát ásított ő is, hogy egy pillanatra azt hitte, kiakad az állkapcsa.

Ez a hirtelen fájdalom aztán visszarántotta a mámoros álmosságból a kíméletlen ébrenlétbe. A könyvtár mennyezetéről lelógó csillárban és körben, a falakon található falikarokban az izzók néha sercegve villogtak egyet-egyet, jelezve, hogy a vihar lassan már veszélyeztetni kezdi a tábor áramellátását is. A gyerekeket ez nem nagyon zavarta: némelyik felpillantott a hozzá közel eső lámpára, aztán folytatta az elfoglaltságát. Rose sem szentelt különösebb figyelmet ennek, agyából kikergette az alvásra buzdító ösztönzést, bekapcsolta a számítógépet, és türelmesen várta, hogy betöltse a megfelelő programokat a gép. Mikor aztán üzemkészen felállt a rendszer, a lány közelebb húzta magát a fotellel, és a monitorra függesztette tekintetét.

Hosszú másodpercekig ujjai ott lebegtek a billentyűzet betűi felett és azt sem tudta, hogy merre induljon el gondolatai szövevényes ösvényein. Ebéd előtt még sok kósza gondolata volt, mindent meg akart tudni, most viszont egyet sem tudott megfogalmazni magában, csak ült, és némán meredt a semmibe. Tudta, hogy ha most kinyitja a kaput, akkor talán sohasem fogja vagy tudja becsukni, mérföldkő lehet ez a délután életének hátralévő részében.

Aztán minden további gondolkodás nélkül gépelte megválaszolásra váró kérdéseit a billentyűzet segítségével a tudás hatalmas tárházába, és kopogtatás nélkül rúgta be azt a bizonyos ajtót. Ujjai sebesen dolgozva szűkítették a kört, hogy a számára értékes információkat ki tudja válogatni a rengeteg érdektelen és értéktelen ocsú közül. S egyszer csak elkezdtek özönleni az információk, egy olyan világ bizonyítékai, amiről hallott ugyan, de túl hihetetlennek tűntek ahhoz, hogy igazak legyenek.

A világunkban ragadt tündérekre már az 1880-as évek végéből származó feljegyzést is talált. A „cornwall-i tündérekkel" egy serdülő lány, bizonyos Grace Penrose találkozott egy meleg augusztusi napon. Elmondása szerint három apró, babaszerű alakot látott táncolni a kerti kútjuk mögött.

Talán még érdekesebb volt a „cottingley-i tündérek" esete 1917-ből. Elsie Wright tizenhat éves volt, amikor tízéves unokahúgával, Frances Griffits-szel öt fotóból álló sorozatot készítettek az angliai Cottengley-ben, házuk hátsó kertjében. A képeken Frances látható, amint tizenöt-húsz centiméteres, szárnyas alakokkal játszik, őket nevezték el később a cottengley-i tündéreknek. Családjuknak elmesélték, hogyan találkoztak és barátkoztak össze a tündérekkel, és büszkén mutatták a fényképeket is.

Egy másik feljegyzés arra hivatkozott, hogy 1933 júniusában a John o'London's című folyóirat egy levélírója azt állította, hogy két évvel azelőtt, augusztusban ő és legidősebb lánya nem kevesebb mint nyolc alkalommal láttak a warwickshire-i kertjükben apró, tündérszerű női alakokat, akik lenge, áttetsző ruhát viseltek.

Rose csak kapkodta a fejét az egyre több és több tündérmítosszal való találkozás láttán, álmaiban sem merte gondolni, hogy akármilyen valóságalapja lehet annak, amit a Zöld Tündér mesélt neki, hogy valaha a Földön békében, egymás mellett éltek az emberek és ezek a csodálatos lények.

Kíváncsiságból utánanézett még a törpéknek és manóknak is. Egy kis keresgélés után még félelmetesebb mennyiségben talált rá ilyen teremtményekről beszámoló leírásokra: fotókra és röntgenfelvételekre a híres San Pedro hegység alig arasznyi múmiájáról, amit aranyásók találtak meg és korát hatvanöt évesre becsülték a kutatók. A világ minden tájáról talált feljegyzéseket a törpenépekről, s néha a korábbi civilizációk – a kulturális és földrajzi különbségek ellenére is – hagytak hátra bizonyítékokat a létezésükre.

Ugyanez volt a helyzet az óriásokkal is. Rengeteg bizonyíték maradt fenn a létezésükről, amiket Rose elképedve szemlélt: Múzeumokban őrzött hatalmas három és fél-négyméteres csontvázak és koponyák, amik óriási szarkofágokból kerültek elő a föld mélyéről. Ilyen volt például a „lovelock-i koponya" vagy a „lompock-i óriás" csontváza.

Ennyi elég is volt erre a napra.

Rose hátradőlt a fotelben, és messzeségbe bámulva hallgatta az ablak üvegén még mindig kitartóan kopogó esőcseppeket. Egy csapásra megváltozott minden, amiben eddig hitt. Azt hitte, hogy gyermekkora meséinek kedves szereplői csak kitalációk, s erre hirtelen életre kelnek, és szembesülnie kell vele, hogy a világ és az élet sokkal szélesebb spektrumú, mint ahogy eddig elképzelni merte. Meséinek lényei kiléptek a könyvekből, és itt kopogtattak az agyába bebocsátást és elfogadást kérve.

Mert abban biztos volt, hogy ez mind nem lehet egyszerű kitaláció, nem lehet minden fénykép és lelet csupán csalás.

„A meséimnek igenis van valóságalapja – gondolta magában –, hiszen ott van! Láttam a két szememmel!" – Igen, sokkal egyszerűbb volt Rose-nak elfordítani a fejét az emberekről és egy kézmozdulattal megtagadni és elsöpörni mindent, amit nem lehet az első percben ésszerűen megmagyarázni. Persze ebben a világban, ahol tizenöt perc hírnévért bármire képesek az emberek, nehéz észrevenni az igazat és a jót. Nehéz hinni bármiben is, hiszen az emberek mindenre képesek a hírnévért, a dicsőségért és az elképzelt haszonért. Igaza volt ismét a Zöld Tündérnek, a mai világban már nincs felkészülve az ember a misztériumok elfogadására és megértésére. Csupán a gyermeki elme képes befogadni ezeket a csodákat, elhiszi, hogy álmában pegazuson szárnyal, manók kincsét őrzi, tündérekkel táncol a virágok ezerszínű szirmain, és angyalok vigyázzák az álmait. Talán ők még látják és megélik ezeket a találkozásokat.

Aztán történik valami.

Valami borzasztó... és a mesék szereplői már nem férnek bele a rohanó élet diktálta tűréshatár kereteibe, nincs helye semminek, ami nem kézzel fogható, megmagyarázható és bizonyítható, a mesék teremtményei pedig a szemhéjak mögött maradnak. Szerencsésebb esetben éjszaka még hozhatnak szép álmokat vagy nyugalmat az ébredés pillanatáig.

Rose nyughatatlanul birkózott gondolataival, melyeket gúzsba próbálta kötni az ésszerűség és a szkeptikus világrend uralkodó, elfogadható dogmája. A rend, amit évszázadok vagy évezredek alatt a felvilágosult emberi értelem elfogadott a béke és fegyelem fenntartásáért, továbbá a túlélés szükségességéért. Két világ harcolt benne, és tudta, hogy hamarosan választania kell, le kell tennie garasát erre vagy arra az asztalra, nem bolyonghat békétlenül. Tudta, hogy bármilyen hihetetlen is, amit látott, ott a Köztes Világban az nem fáradt agyának túlzó délibábja volt csupán, hanem valóság.

Már tudta, hogy létezik az a másik világ.

Egykor tényleg egy volt, mi már szétválasztatott. Együtt éltek és léteztek az emberekkel a már csupán mesékbe száműzött csodalények. Itt voltak és néha még mindig itt vannak a világban, csak már nagyon kevesek tudják vagy akarják látni őket. A gyerekek még igen. Az ő tiszta elméjük még mentes a világ bomlasztó rohanásától és a felnőttekbe sulykolt ideáktól. Rose komolyan elgondolkodott, hogy mindez miért következett be, miért nem változott vissza idővel. Vajon melyik világ gőgje volt hatalmasabb, melyik örült jobban a másik elfeledésének és kiközösítésének.

Volt egy biztos tippje, hogy melyiknek.

Valahol mélyen tökéletesen tisztában volt azzal, hogy ami szétvált, már sohasem lehet újra egy. Ebben a világban a tolerancia olyan mértékben lecsökkent minden iránt, ami kicsit is más, hogy itt már sohasem fognak a legeldugottabb erdők mélyén sem manók futkározni, nem suttognak tündérek a fiatal szerelmesek a fülébe, nem szelik át a kéklő eget griffek vagy pegazusok, valamint a föld aranyát sem rejtik a koboldok a szivárvány lábához. Az a világ sajnos elmúlt, bármilyen nehéz is volt ezt Rose-nak beismerni magának, leplezetlenül örült annak, hogy legalább van egy biztos pont, egy hely, ahol biztonságban vannak ezek a csodalények.

Legszívesebben kinyújtotta volna a kezét, tenyerét felfelé fordítva, hogy hívja Lunát, és megpróbáljon visszamenni ismét akár csak egy percre is. Ennek azonban nem volt itt az ideje, és Rose egy cseppet sem volt biztos benne, hogy sikerülne-e egyáltalán. Ő még sohasem próbálta hívni a kis holdtündért, és egyáltalán nem volt biztos, hogy erről az oldalról is megnyithatók-e az átjárók. Azt sejtette, hogy igen, csak abban nem volt biztos, hogy ő maga kapott-e már akkora hatalmat, hogy kérhesse a bebocsátást.

Egyébként sem hagyhatta magára a gyerekeket. Még ha sejtette is azt, hogy bármeddig is tart a kirándulása abba a másik világba, itt csupán egy szívdobbanásnyi időt vesz el az életéből. Azonban nem hagyhatta figyelmen kívül azt, hogy bármikor történhet vele valami, akár az ugrás közben, akár abban a másik világban, és ki tudja, mi történik akkor az itt maradt testével. S egyáltalán, itt marad-e a teste, vagy ugrik az is, csak az egész olyan gyorsan játszódik le, hogy az emberi szem nem képes felfogni és érzékelni a hiányát? Ha ott történne vele valami, akkor azt a sebet vagy sérülést visszahozná-e magán erre a világra, vagy ha a legrosszabb történne vele, akkor innen egyszerűen csak eltűnne, és nem kerülne vissza soha többé?

Egy szónak is száz a vége, Rose nem érezte sem magát, sem az időt alkalmasnak arra, hogy hívja Lunát, és ezernyi kérdését rázúdítsa, abban viszont eltökélt volt, hogy amint lehetősége lesz, ugrik odaátra. Egyetlen ott töltött percet sem akart elmulasztani ezek után, vágyott abba a másik világba, hogy megismerje minden tájékát és lakóját, vágyott arra, hogy bebizonyítsa, nem csak rossz, önző és gőgös emberek lakják a Földet.

De mi van, ha soha többé nem mehet vissza oda, hiszen ahogy megtudta, csak egy véletlen miatt került oda, amit egy ügyetlen holdtündér okozott. Vélhetően azért kellett visszamennie másodszor, hogy a Zöld Tündér kiderítse, mekkora baj történt, és megnézze, ki is volt az, aki bejutott ebbe a zárt világba. Még mindig fülében csengett a tündér válasza:

"Ügyedben később döntünk!" – Eltöprengett most ezen a mondaton. Lehet, hogy egyszerre csak arra ébred majd fel, hogy minden emléke arról a világról elveszett. Boldog tudatlansága visszatér, ami veszélyeztetné azt a másik világot. Talán nem is lenne olyan rossz, hiszen így csak azon rágódik, hogy mikor és hogyan mehet vissza, csupán önös érdekeit nézi újra, hogy neki mikor és hogyan lenne a legjobb.

Ismét rátörtek a kitaszíttatásának kétségbeesett hullámai, és el kellett telnie egy kis időnek, mire le tudta rázni ezeket a béklyókat, hiszen tudatában volt annak, hogy semmilyen befolyása nincs az ítéletben. Pár napja még álmodni sem merte volna, hogy létezhet ilyen világ, azok pedig, hogy járhat a földjén vagy találkozhat a lakóival, még a legvadabb álmaiban sem szerepeltek. Úgy vélte, hogy nem is szabadna neki tudnia erről.

Az ablak üvegén csordogáló esőcseppek bámulásával megpróbálta másfelé terelni a gondolatait, és lecsillapítani az érzéseit és érzelmeit. Valóban segített neki a természet rezdüléseinek figyelése, a távoli égzengés vagy a fák között átszűrődő villámok táncoló fénye.

Rose arra gondolt, hogy micsoda ötletei voltak a táborozás elején, melyekkel majd feldobja és emlékezetessé teszi magának ezt a pár napot. Mennyire mérges volt, amikor megkapta a nyakába ezeket a gyerekeket. El is mosolyodott ezen, és mindennél boldogabb volt azért, hogy az élete így alakult. Úgy érezte, hogy minden, ami eddig vele történt, az sorsszerű volt, és ha bárhol az út mellé lépett volna, akkor nem ez lenne a végeredmény. Roppantul ragaszkodott a gyerekekhez, és tudta, hogy ez fordítva is igaz, mert már biztosan a szíve szakadna meg, ha vissza kellene adnia őket másnak. Ahogy ezt végiggondolta, jutott csak el a tudatáig, hogy pár nap múlva vége a táborozásnak, és mindenki megy tovább a maga útján.

Rose levette a tekintetét a kinti időjárásról, és végigfuttatta a gyerekeken. Némelyik, amikor megérezte, hogy a lány rápillantott, felnézett, és még egy mosollyal is megjutalmazta őt. Valamit ki kell majd találnia, hogy tudja tartani a kapcsolatot a későbbiekben is a csimotáival, ez fontos elrendezni való volt a közeljövőben. Álmatagon elsimította szeme elé lógó kajla hajtincsét, és akkor félénken a fülébe csendült a karkötőjén összekoccanó érmécskék ezüstös csilingelése.

Még egy gondolat jutott az eszébe, aminek gyorsan utána akart nézni, mielőtt visszatérnek a barakkjukba, amire még nagyon kíváncsi volt, de nem abból a másik világból való volt. Az elátkozott ház kandallójában talált ezüstérmécskéknek szerette volna az eredetét kicsit felderíteni. Sok

kapaszkodó nem volt, így a lehető legegyszerűbb lépést tette meg. A keresőbe egyszerűen csak begépelte azt a furcsa szót, amit Mark az érem egyik oldaláról leolvasott még reggel a szobában a tisztítás után:
„OBVLVS"

A kereső nem jelzett találatot, de Rose nem is várt többet. Gondolta, hogy ez nem sok eredménnyel fog kecsegtetni, hiszen akármilyen régi nyelven írhatták rá az érmére. Még egy próbálkozást tett, és megengedte a gépnek, hogy mutassa neki a javaslatokat a szóra, amiket az talált.

Ismét tudta, hogy megtalálta, amit keresett.

Legalábbis közvetve. Kiderült, hogy a felirat nem „OBVLVS", hanem Rose szerint a régi írásjelek és betűk könnyebb érmébe verése miatt az u betűt felcserélték v-re. Úgy gondolta, hogy helyesen a szó „OBULUS" lehetett, csak a régi pénzverő mestereknek valószínűleg könnyebb volt erre a körömnyi ezüstlapra felverni ezt a verziót. Most, hogy Rose elgondolkodott ezen a megoldáson, már szinte nem is V-nek látta a v-t, hanem értelemszerűen U-nak.

Hamarosan az is kiderült, hogy az obulus egy ógörög pénzérme volt eredetileg, melyet ezüstből, bronzból vagy rézből vertek, és hat darab ért egy drachmát. Városállamonként, uralkodónként és koronként más és más veretet készítettek az érme oldalaira, hol az uralkodó arcképét, hol pedig a címerét vagy címerállatát. Volt még egy nevezetessége az érmének, amiről Rose ugyan már hallott, csak nem tudta, hogy ennek az típusnak tulajdonítható. Az ókori görögök ugyanis a halottak nyelve alá vagy a szemeire helyezték ezeket az ezüst obulusokat Kharón, a révész viteldíjául, aki hitük szerint a holtak lelkét vitte át a Sztüx folyón az alvilágba.

A képeket nézegetve Rose egyáltalán nem talált olyan érmét, ami a legkisebb részletben is hasonlítana a sajátjára. Aztán további kutatás és olvasás után rájött, hogy szinte hamvában holt ötlet is lenne kutatni olyan után, mert a későbbi időkben már szinte egész Európa átvette az obulus használatát, és a középkorban számtalan országban verték ezeket az apró ezüstérméket.

Tetszett neki, hogy ennyit is sikerült kiderítenie.

A nap folyamán többször is nézegette az új karkötőjét. Még szokatlan volt a viselése. Ujjai közé vette az érmécskéket vagy valamelyik kagylót, és akaratlanul játszott vele oda sem figyelve. Most, hogy tudta, milyen régi érmével van dolga, próbálta még jobban szemügyre venni, elkápráztatta a lehetőség, hogy akár ezer évnél is idősebb tárgyról van szó. Elképzelni sem tudta, hány és hány ember érinthette meg, mennyi és mennyi sors és élet szemtanúja lehetett az évszázadok alatt, és mennyi mindenről tudna mesélni. Most ott lóg belőle több is a karkötőjén, s lehet, hogy valaha egy ugyanilyen fiatal hordta magánál mint egész generációja legnagyobb vagyonát, vagy éppen egy eltávozott ember szemein pihentek várva az örökkévalóságot. S egyszer, ha már ő sem lesz, talán más viseli ezeket az ezüstlapocskákat.

Beleborzongott a lehetőségbe.

Végigfutott rajta a hideg, és ekkor rájött, hogy nem is csak a gondolatai miatt, hanem azért, mert kinyitotta valaki a könyvtár ajtaját, és a hideg huzat végigrohant a helyiségen. Odafordította a fejét, de az ajtó már vissza is csukódott, és egy fiú és egy lány alakját látta kézen fogva eltűnni. Talán egy kis együttlét miatt keresni szerettek volna egy eldugott vackot, ahol háborgatás nélkül eltölthetnek pár percet.

A nagy semmittevés ellenére elég gyorsan peregtek a délután lusta percei. Rose észrevette, hogy bár eddig kifejezetten csendben foglalták el magukat a gyerekek, most egyre többen tekintgettek maguk elé vagy az ablak felé. Mivel a vacsoraidő még elég messze volt, és látszott, hogy az addig hátralévő időt már nem tudják itt kihúzni, Rose gyorsan rendet csináltatott a könyvtárban. Ő maga is szorgosan kivette a részét belőle, ami természetesen nem csak a számítógép és közvetlen közelének környékére korlátozódott.

Behúzott nyakkal terelgette a gyerekeket a 12-es barakk felé a szemerkélő esőben. Nem volt hideg, de a könyvtár megszokott melegét felváltó kinti szeles, esős idő igencsak kellemetlen volt. Most, amikor kissé csillapodni látszott az eső és a szél tombolása, kihasználták az időt, és igyekeztek vissza a faházukba. Rose tanácstalanul tekintett a jövőbe, nem volt sok terve a vacsoráig hátralévő idő hasznos eltöltésére, bár nem is sejthette, hogy ez a gondja hamarosan meg fog oldódni magától is:

Amikor belépett a barakkba, földbe gyökerezett lábbal tekintett körbe a megszeppent gyerekek feje fölött. A helyiségben olyan fokú rendetlenség volt, amit elképzelni is nehéz volt. Ruhadarabok voltak mindenhol szanaszét, párnák és takarók szétdobálva, az ágyak pedig felborogatva. Egy megszaggatott játékmaci felakasztva, a lámpáról lógva nézte a szoba kaotikus állapotát, de talán még az járt a legjobban, mert mintha játékdarabok és eltört részek is lettek volna a helyiség padlóján a rendetlenségben.

Rose jól hallotta, hogy többen is elpityerednek, mert nem találkoztak még ilyen nagyfokú gonoszsággal. Rose maga köré gyűjtötte őket, ahogy csak karjával tudta magához ölelte a gyerekeket, és békés, nyugodt hangon duruzsolta:

– Semmi baj, gyerekek, semmi baj! Rendet csinálunk gyorsan!

– Miért tették ezt a szép házunkkal? – tört ki Chloe-ból.

– Nem tudom. Semmi baj! – nyugtatta őket a lány, és akit tudott és elért, annak a feje búbját meg is puszilta. – Nyugodjatok meg, és egy perc alatt rendet csinálunk!

– De Mrs. Maddison! Vele mi lesz? – bökött a felakasztott mackó felé fejével Mark, és szeméből hatalmas könnycsepp gurult végig az arcán.

– Leszedem, és még az éjjel megjavítom neked, ígérem! – szólt Rose halkan, és látta, hogy talán Mark az, akit a legjobban megviselt ez a kalóztámadás. – Az én hibám, miattam van mindez! Felbőszítettem a nagylányokat azzal, hogy megszereztem a kagylókat, és mivel rajtam nem tudtak, ezért rajtatok álltak bosszút! Ne haragudjatok rám, én vagyok a felelős.

Még jobban magához ölelte a gyerekeket, aztán mindnek egyenként adott még egy puszit, letörölte arcukról a könnycseppeket, és egy pajkos kacsintással azokat bátorította, akik nem sírtak, csak nagyon megrémültek a látványtól.

– Úgy tudunk legjobban bosszút állni, hogy rendet csinálunk, és úgy teszünk, mintha mi sem történt volna. Erősnek kell lennünk. Itt vagyok veletek, és mindenben segítek, amiben csak tudok!

Rose legjobb meggyőződése ellenére mondta mindezt, és nagyon remélte, hogy az arcára és a szavai hangsúlyára nem ül ki az, amire valójában gondol. Mert agya és szíve vörös ködbe borult, a harag ott tombolt a szemeiben, és tökéletesen tudta, hogy kik tették ezt. Megbocsáthatatlan bűnnek tartotta, hogy ártatlan gyerekeken álltak bosszút helyette. Ez az ő szemében olyan mértékű volt, amit azonnal meg akart torolni. A józan Rose ellenérvek nélkül félreállt, és a frissen született szörnyetegnek feltett kezekkel adta át a hatalmat, hogy az tegyen csak, amit jónak lát, mert ő nem fog szembeszállni vele.

Hogy példát mutasson a gyerekeknek, el is kezdte a rendcsinálást, de ennek az igazi oka talán inkább az volt, hogy ne lássák meg rajta azt az őrült dühöt, amivel legszívesebben átrohanna a közeli barakkba, és ő is összetörne és borogatna mindent és mindenkit a helyiségben. Szépen sorban felállította és a helyére tolta az ágyakat, segített az ágyneműket visszahelyezni az ágyakra. A szétszórt ruhák közül kiválogatta a sajátjait, észrevette, hogy jó pár közülük külön figyelemmel megtisztelve meg is van tépve. Azokat az ágyára dobta, mert most nem akart többet foglalkozni velük, inkább a gyerekek lelki békéje miatt aggódott. Próbálta viccesre venni az egészet, és ez egész jól sikerült. Az önfeledt bohóckodás, játékok megbeszéltetése és saját maga parodizálása hamar mosolyt és harsány nevetéseket csalt a korábban még gyászos hangulatú barakkba.

Rozsdás nyitott be a barakkba.

– Készüljetek a vacsorához, mert hamarosan… – Amint körbenézett a helyiségben, észrevette, hogy mi történt, hiszen a gyalázatos eset minden részletét még nem sikerült eltüntetni. Példának okáért Mrs. Maddison még mindig a lámpán lógott megcsonkítva. – Mi történt itt, Miss Palmer?

– Ugyan semmi, Mr. Murphy, csak játszottunk! – válaszolta a szavakat keresve Rose.

– Mi történt itt? A könyvtárban voltak idáig, ezt nem maguk csinálták! – jelentette ki a felügyelő, és meredten bámulta a lámpán lógó macit. – Ezt biztos, hogy nem maguk csinálták!

– Semmi különös nem történt, Mr. Murphy. Higgye el, tudom kezelni a helyzetet!

Mr. Murphy nem szólt erre semmit, csak levette a tekintetét a maciról, és mélyen Rose szemébe nézett. Alig láthatóan bólintott, mint aki mindent tud, aztán egy apró grimasz futott végig az arcán, jelezve, hogy „Rendben, Miss, akkor kezelje a helyzetet!". További nézelődés és felesleges szóváltás nélkül a férfi kisietett a szobából, mert sejtette, hogy a lány úgysem fogja elmondani neki az igazságot arról, hogy mi is történt itt valójában.

Rozsdás ezt tudta, és Rose is.

Esze ágában sem volt elmondani az igazságot. Egyrészt, mert nem akarta a bosszú lehetőségét átadni másnak, hiszen ha Rozsdás számon kéri és megbünteti Wendyt és barátnőit, akkor ő már nem tehet semmit. Azt egy tanár sem hagyná, hogy egy dologért dupla büntetést kapjanak a lányok, és ezzel párhuzamosan Rose is büntetést kapna. Másrészről pedig, tudta, hogy akkor még jobban elmérgesedne a helyzet közöttük, ha egy tanárhoz rohanna segítségért. Megoldja ő ezt, de vár egy kicsit, elaltatja a figyelmüket, és a kétségbeesett várakozásba fogja őket kergetni, hiszen azt biztosan sejtik a lányok, hogy tettüknek következményei lesznek. Akkor csap le rájuk, amikor a legkevésbé számítanak rá, mert ezzel bosszújának is édesebb lesz majd az íze. Ő tudta, hogy nem fog ezzel sokat várni, mert azért szerette volna ezt még melegében elrendezni, de nem most azonnal akart fejvesztve és kiabálva átrohanni a másik barakkba. Azzal csak nevetségessé tenné magát, és csak kinevetnék őt.

Mrs. Maddison lekerült a lámpáról, és még két másik megrongált játékkal együtt ott pihentek Rose ágyának párnáján, várva a rekonstruálást. A szétszórt ruhák ismét összehajtogatva mindenkinek a csomagjában vagy a szekrényében lapultak. A helyiség olyan rendben volt, ahogy még a reggeli eligazítás után itt hagyták, s most ideje volt elindulniuk vacsorázni. Nehezen indult a nap, és nehezen volt elviselhető a vége is, ezért Rose úgy érezte, hogy kicsit még indulás előtt erőt kell öntenie a gyermekeibe:

– Figyeljetek rám, legyetek szívesek! – szólt olyan hangosan, hogy mindenki hallhassa a szobában. – Tudom, hogy ma nagyon sok minden történt velünk. Úgy ébredtetek fel, hogy azzal a jó hírrel vártalak benneteket, miszerint sikerült a küldetésem, és megszereztem a kagylókat. Ez is a saját felelőtlen kijelentésem következménye volt, hogy magatokra kellett hagynom benneteket, hogy teljesítsem ezt a lehetetlennek tűnő feladatot. Megcsináltam, de mint azt reggel is mondtam nektek, ez nélkületek nem sikerülhetett volna. Nagyon büszke vagyok rátok, köszönöm szépen nektek!

– Mi vagyunk büszkék rád! – mondták többen is a szobában. Ez jólesett Rose-nak, de folytatta:

– Aztán reggelikor tudjátok, kik is megtudták, hogy sikerrel jártam és kissé elragadtattam magam emiatt, és nem tudtam elviselni a gonoszkodásaikat, s bár szégyellem bevallani, én is megsértettem őket. Akkor eldöntöttem, hogy ez nem mehet így tovább, békét kell kötnöm magammal és velük. Ha ők nem is akarnak, nekem nem szabad elfogadnom a jövőbeli sértéseket és kihívásokat. Miattatok! Aztán a délelőtti munka folyamán az erdőben talált kisállatok maradványainál ismét nagyon megijedtem, és biztos vagyok benne, hogy ti is! Mr. Murphy az ebéd előtt megerősítette azt a feltételezésemet, hogy az éjszakai vihar miatt megriadt állatok összeverték magukat menekülés közben, és ezért voltak ott szanaszét az földön. Véletlen és roppant sajnálatos dolog, hogy éppen mi találtuk meg őket.

– Ezen is túl vagyunk már, Rose! – válaszolt Cindy, és többen is helyeslően bólintottak erre a kijelentésre is.

– Aztán az ebéd közben figyelmeztetett valaki, hogy a kis háború, amit kirobbantottam azzal, hogy megtettem, amire senki sem számított, és még meg is sértettem csodás önérzetüket, még nem fejeződött be ezzel. Viszont nem is sejtettem, hogy benneteket fognak büntetni az én tetteim miatt!

– Ugyan! A te ruháidat össze is tépték, nekünk viszont csak néhány játékunk sérült meg! – mutatott rá Maggie.

– Amit ha megjavítasz, akkor meg nem történté lehet nyilvánítani – suttogta Mark csak úgy mellékesen.

– Megígértem, ezért megjavítom! – bólintott biztatóan Mark felé Rose. – Azt nem ígérem, hogy szebb lesz, mint újkorában, de amit tudok, azt megteszem. Viszont én nem hagyom tettek nélkül azt, amit itt műveltek! Az túlságosan gyáva és gonosz dolog volt, hogy ártatlan gyerekeken álljanak bosszút. Ennek véget kell vetni, mert túl sokat jelentetek nekem, semhogy ezt megtorlatlanul hagyjam.

– Miattunk nem kell! Megszoktuk már az iskolában is, hogy mindig a kicsiket és kisebbeket bántják és cukkolják! – mosolygott Lucy.

– De magam miatt nem fogom ezt hagyni! Aranyosak vagytok, és tudom, hogy okosabbak is, mint az átlag. Talán elfelejtem, milyen is volt ennyi idősnek lenni. De most én vagyok felelős értetek ebben a pár napban, nem hagyhatom, és nem is fogom, hogy gyáva és sunyi lányok célpontjai legyetek csupán az én hibáim miatt.

– De akkor sohasem lesz vége – mutatott rá Cindy.

– Annak kell véget vetni, hogy benneteket érjenek támadások. Bízzátok rám az egészet, nem lesz ezután semmi gond, és arra is szeretnélek megkérni benneteket, hogy legyetek a lehető legjobb színészek a mai vacsora közben.

– Ezt nem értem! – nézett kérdőn Mark a lányra. – Mit kell csinálnunk?

– Semmit! Tegyetek úgy, mintha semmi sem történt volna ma este itt a barakkban. Mintha nem is a mi szobánkat túrták volna szét, mintha nem is nekünk okoztak volna fájdalmat. Beszélgessünk, viccelődjünk, vacsorázzunk, de arra azért vigyázzunk, hogy ne toljuk túl. Természetesnek kell látszanunk, és ettől ők el fognak bizonytalanodni. Sokkal nagyobb bosszú lesz az a részünkről, ha nem vérben forgó szemekkel és rájuk mutogatva megyünk vacsorázni, hanem semmibe vesszük őket, és úgy teszünk, mintha mi sem történt volna. Ez biztosan elbizonytalanítja és feldühíti őket. Velem biztosan azt tenné! – mosolygott Rose.

– Jó terv! – mosolyogtak össze a gyerekek is. – Így mi jövünk ki belőle győztesen, anélkül hogy bármit is tettünk volna!

– Igen, valami ilyesmi lenne a terv! – bátorította őket Rose, és azon imádkozott, hogy az arcáról ne lehessen leolvasni azt, hogy azért ő ennél tovább akar majd menni, ha ők elaludtak.

Még egyszer összenéztek, aztán mindenki elment egy melegebb pulcsiba és esőkabátba bújni, hogy az étkezdéig tartó utat és vissza a legkisebb elázással meg tudják úszni. A sétát aztán ennek megfelelően szerencsésen meg is úszták, bár Rose úgy érezte, hogy az eső már elállt, és csak az égig érő fenyőfákról hordja le a szél a rajtuk maradt vízcseppeket és párát.

Az étkező helyiségbe lépve a kis csapat levetette esőkabátját, és felakasztotta az arra a célra rögtönzött fogasrendszerre, ami azt szolgálta, hogy lehetőség szerint ne legyen összecsepegtetve és széttaposva a gyerekek által behordott víz és sár az elkerülhetetlennél jobban.

Utolsónak érkeztek. Már mindenki az asztaloknál ült. Rose a szeme sarkából látta, hogy Rozsdás és a Görbelábú Hölgy is figyelemmel kísérik útjukat az asztalig. Ugyanezt érezte a csendesen viháncoló lánycsapaton is, és amikor egy villanásnyi időre odanézett, csak Wendyt látta nevetés nélkül, feszülten figyelni őt. Szinte sütött a szemeiből a megvetés és a gyűlölet, de Rose minden önuralmát összeszedve nem mutatta jelét annak, hogy egy csöpp figyelmet is szentelne ennek vagy akár az egész asztaltársaságnak.

A gyerekek is jól vették az akadályt, minden a tervek szerint ment.

Mindenki elfoglalta a lassan már megszokott helyét. Rose szokás szerint végigment, és mindenkinek segített, ahogy eddig is megszokta. Beljebb tolta az asztal felé a széket, ahol kellett, a kívánságnak megfelelő italt segített tölteni, ha még nagyon tele volt az asztalra tett kancsó. Kenyeret szelt ketté, rántottát halmozott a tányérra vagy a már vajjal megkent kenyérszeletre segített mézet csorgatni.

Aztán leült ő is a helyére.

A megszokottól eltérően most kifejezetten éhes volt. Talán a gyomra mellett ismét felébredő szörnyet kellett megetetnie, aki már alig várta az estének azt a szakaszát, amikor a gyerekek elaludtak, és ő útra kelhet Rose oldalán a szomszédos barakkba kiélni sohasem használt erejét és dühét. A szörnyeteg tudta, hogy fontos esemény lesz az éjszakai kiruccanás, hiszen ha jól sikerül, akkor Rose talán sokkal többször kéri majd a segítségét kérdéses ügyekben. S ennél többet nem is szeretett volna elérni egyelőre. Aztán majd idővel úgyis jobban összecsiszolódnak ők ketten.

Rose pedig tökéletesen uralva az érzéseit, és uralkodva a kitörni készülő szörnyeteg akaratán, békésen ült, és csatába igyekvők nyugalmával falatozta a rántottát, majd kent egy szelet lekváros kenyeret is, amit leöblített még két bögre forró kakaóval is. Közben itt is, ott is segített, felállt és gondos tyúkanyó figyelmével segítette a gyerekeket. Azok átérezték a helyzet súlyát, és a megbeszéltek szerint cselekedtek. Minden úgy zajlott az asztalnál, mint az első nap óta egészen idáig.

Az elsők között végezve, mindenki kiitta bögréjét, a tányérra tette használt evőeszközét, visszatolta székét és csendesen beszélgetve az esőkabátjához sietett, majd hátra sem nézve győztes seregként kimentek az alkonyi fényben úszó erdei ösvényre a barakkjuk felé.

*

A gyerekek hangtalanul sétáltak vissza a barakk felé, és hangos szó nélkül nyitották ki az ajtót is. Talán egy kicsit félve léptek a sötét helyiségbe, de amikor Rose felkattintotta a lámpa kapcsolóját, szinte hallhatóan lélegeztek fel. A szobában az az újonnan rakott rend fogadta őket, amit a vacsorára induláskor itt hagytak. Nem várta őket meglepetés, bár nem is lett volna senki, aki felfordulást rendezhetett volna, hiszen utolsónak értek az étkezdébe, és az elsők között jöttek el onnan.

A lefekvésig hátralévő időt mindenki fakultatívan tölthette el, így aztán sokan az ágyon heverészést választották, és a mennyezet falambériájának kémlelésével múlatták az időt. Rose hasznosan próbálta eltölteni, így minden figyelmét és ügyességét a tönkretett játékok megjavításának szentelte. Mrs. Maddison, a maci tűnt a legnehezebb feladatnak, így Rose azt hagyta utoljára. Nagyon megviselték szegényt a délután történtek. A többi játékot sikerült is a fürdés idejére renoválni és jogos tulajdonosának visszaadni. Bezsebelte az érte kapott fülig érő mosolyokat és csillogó szempárocskák pillantását, amit egy buksisimogatással viszonzott, de figyelt arra, hogy akinek nem szenvedett maradandó sérülést a tulajdona, az is kapjon a biztatásból és szeretetből.

Érezte, hogy szíve a mérhetetlen igazságtalanság miatt tele van haraggal, de legalább annyi, ha nem több szeretet is lapult benne, amit minden szándéka szerint még az elalvás utolsó pillanatai előtt egyenlő részben szétoszt a gyerekek között. Persze tudta, hogy van, aki kicsit jobban rászorul most a bátorításra, de azzal is tisztában volt, hogy nem feledkezhet meg arról vagy azokról sem, akik kicsit könnyebben élik meg ezeket a megpróbáltatásokat.

A táborozásnak nem erről kellett volna szólnia, hiszen a gyerekek elsősorban pihenni, kikapcsolódni és szórakozni érkeztek ide. Ehhez képest a táborozás utóbbi napjai nem az önfeledt szórakozásról szóltak, a rossz idő mindent elrontott, amit a gondos tervezés megálmodott a gyerekek számára. Bár emiatt Rose nem nagyon aggódott, mert úgy látta, hogy a rábízott gyerekek tökéletesen érzik magukat, és nincs okuk panaszra.

Rose csak forgatta a kezei között Mrs. Maddisont, nem tudta, hogyan is kezdhetné el a mackó javítását. Teljesen tanácstalan volt. A maci egyik mellső lába nemcsak a varrás mellett szakadt el, hanem maga a plüss anyag is szétjött, és azt kellett összefércelni. Ez már meghaladta Rose varrótudományát. Nem akarta bevallani a kisfiúnak, hogy ismét tett egy felelőtlen kijelentést, ezért inkább úgy csinált, mintha minden figyelmével a maci újjáélesztésén gondolkodna és ténykedne. Látta, amikor egy tanácstalanabb pillanatban felpillantott, hogy Mark milyen reménykedve néz felé, és alig várja, hogy megjelenjen Rose az ágyánál a gyógyult Mrs. Maddisonnal, akit aztán magához ölelhet, míg várja a jótékony álom eljövetelét.

Míg Rose tehetetlensége súlya alatt őrlődött, felgyorsulni látszódott az idő, és a lány úgy érezte, hogy pillanatok alatt eljött az esti tisztálkodás és lefekvés ideje. A lurkók szépen, sorban elmentek fürödni: először a lányok, hisz ők többen voltak, és az esti fürdés külön kis szertartás volt már nekik. Rose nem ment be hozzájuk sohasem, csak az ágyán ülve hallgatta az eszeveszett csacsogásukat, sikongatásukat és nevetéseiket. Aztán mosolyra húzódó szájjal nézte, ahogy kijönnek libasorban a fürdőből, szinte fapofával, mintha mi sem történt volna.

A fiúk ennél mindig kimértebben álltak hozzá: szinte szótlanul vonultak be, csak a zuhanyzóban fröcsögő vizet lehetett hallani, majd a mosdóba folyót, amikor fogat mostak, aztán a kivonulás is csendben történt részükről. Úgy tűnt, hogy szándékosan példát akarnak mutatni a csacsogó lányseregnek, hogy másképpen is lehet ezt csinálni. Bár Rose sejtette, ha fiúk lennének többségben ebben a barakkban, akkor valószínűleg ez a helyzet is megváltozna.

Még délután, amíg a könyvtárban töltötték az időt, Rose keresett egy új mesekönyvet, hisz a régit már kiolvasták. Az elmúlt napokban vele történtektől nem elvonatkoztatva, egy klasszikus mesekönyvet keresett a gyerekeknek, amik tele vannak manókkal, tündérekkel, törpékkel és a mesevilág minden elhagyhatatlan figurájával. Ő maga is vágyott ezekre a mesékre, amikben még ténylegesen kézzel fogható volt a tünemények varázslatos képessége, a szeretet, a segítőkészség és legfőként a békés együttélés.

A vastag szőnyegen körülötte ülő gyerekek némelyike nyitott szájjal hallgatta a mesét, amit kiválasztott ma estére. Rose szinte érezte, hogy ha felnézne a könyv sorai közül, akkor megpillanthatná a gerendákon ülő, lábait himbáló tündért és az ablakon bekukucskáló manókat, akik otthagyták titokzatos kincsüket csakhogy ők is velük együtt hallgassák ezt a történetet. Olyan közel érezte őket magához, hogy szinte beleborsódzott a háta a felismerésbe, hogy micsoda káprázatos erő és mágia van a gyerekek mindenre nyitott elméjében.

A mese végén mindannyian fürgén az ágyukhoz futottak, de Rose még a lefekvés előtt mindenkit kiparancsolt a mellékhelyiségbe, hogy az éjszakai pihenésüket, ha lehet, ne zavarja meg semmi.

Kicsi Mark szinte felszólítás nélkül, elsőnek ment ki. Rose lelkiismeret-furdalás közepette bámult utána, aztán az egész estét megmentő gondolata támadt: Lázas gyorsasággal a táskájába túrt, és a sok kacatot félrelökve kutatott benne, kisvártatva aztán ujjai rásimultak arra, amit keresett. Kivette a kulcsait, és lecsatolt róla egy kis viharvert teknőst. Pici volt, egy kis marékban is kényelmesen elfért, és sok viszontagságon ment keresztül Rose mellett az évek alatt, de a célnak tökéletesen megfelelt.

Rose a lámpák lekapcsolása után odament az éppen takarójába burkolózó Markhoz, és az ágya melletti egyetlen égve maradt éjjelilámpa fényében is látta, hogy Mark szemei a kellőnél jobban csillognak.

– Nagyon sajnálom, de nem készült el Mrs. Maddison – térdelt le Rose az ágy mellé odahajolva, Mark fölé suttogva. – Ígérem, holnap reggel ő fog ébreszteni téged!

– Ugyan… – „…semmi baj". Talán ezt akarta mondani a kisfiú, de hangja elcsuklott, és az ellenkezőjéről győzte meg a lányt. Ha valamikor, hát most újra fellángolt benne az eddig elfojtott harag Wendy és a csapata iránt.

– Viszont hogy addig se legyél egyedül, hoztam neked valakit – suttogta tovább Rose. – Ő az én kis barátom, nagyon régóta, és most neked adom, hogy kicsit pótolja a mackódat.

– Ó… – Csak ennyi jött ki Mark kicsi ajkai közül, és most már végképp legördültek arcára a szemeiben eddig gyűlő könnycseppek, miközben elvette a kis teknőst, és még sután kipréselte a kérdést magából. – Mi a neve?

– Nincs neve! – mondta halkan Rose, és letörölte ujjaival a kósza könnycseppeket, hogy aztán a pólójába törölje őket. – Elnevezheted őt, ha szeretnéd, nekem csak egyszerűen egy név nélküli barát, aki mindig velem volt, ha kellett.

– Nem fog neked hiányozni? – tette fel kissé talán gyerekes kérdését a fiúcska.

– Nem, nem fog – suttogta, és magában hozzágondolta még azt is, hogy ahova és amire készül, arról a legjobb barátja sem tudja már lebeszélni. – Ma éjjel a te kis őrangyalod lesz az én barátom, és biztos vagyok benne, hogy olyan jó szolgálatot fog tenni neked is, mint amit nekem szokott.

– Köszönöm szépen! – mondta Mark, és szíve tájára szorította a kis ajándékot. Ettől viszont Rose érezte úgy, hogy kicsordulnak a könnyei.

– Nagyon szívesen! – simogatta meg a fiú fejét, és érezte, hogy egy jó éjt puszinak is itt az ideje.

Aztán amilyen gyorsan csak tudott, felállt és csendesen végigsétált a szobában. Mindenkihez volt egy szép szava, egy mosolya vagy egy érintése.

A barakk lassan teljesen elcsendesedett, Rose visszament az ágyához, leült rá, és kezébe vette Mrs. Maddisont. Forgatta, nézegette, de nem jutott előrébb az ötleteivel, hogyan is kellene nekiállnia. Persze a legnagyobb gond az volt, hogy a gondolatai már egészen máshol jártak és egy, a gyomra környékén rítustáncot járó szörnyeteg irányítása alatt álltak. Alig várta, hogy a gyerekek elaludjanak, és eljöjjön az idő, amikor útra kelhet.

S bár az idő pergése mintha lelassult volna, de eljött a pillanat, amikor kinyújtózott a szörnyeteg Rose belsőjében, megropogtatta ujjait, és kíváncsian tekintett szét a helyiségben az alvó gyerekeket figyelve. Mindenki elaludt már, szépen szabályosan vették a levegőt, Mark még mindig magához ölelte a lánytól kapott teknőst, úgy aludt el. Rose felegyenesedett a helyiségben, s míg azt várta, hogy minden tagjába visszatérjen a rendes vérkeringés, végigment a szobán, és minden gyerekhez odament, megigazította a takarót, kit betakart, de volt, akiről kissé lehúzta.

Aztán farzsebébe csúsztatta az elmaradhatatlan kis elemlámpáját, felvette a legmelegebb fekete pulcsiját, bakancsát, és a kapucnit mélyen fejébe húzva, kilépett a barakkból. Igazából nem is tudta, hogy merre kell indulnia, csak azt, hogy az étkezdében asztaluk mellett van Wendyéké is, és ha ebből indult ki, akkor igazán közel kell lennie a 12-es barakkhoz az övéknek is.

Lassan, észrevétlenül suhant a tó felőli szomszéd barakkhoz. Odabent égtek még a lámpák. Óvatosan leselkedett be az egyik ablak sarkánál, centiméterről centiméterre emelve fel a fejét a fénybe, de csalódnia kellett, nem ebben a barakkban voltak azok, akiket keresett. Egyre jobban tetszett neki ez az éjszakai vadászat és becserkelése a gyanútlan ellenségeinek. Tudta, hogy amikor elindul, olyan útra lép, a táborozása kezdete óta másodszor, ami akár gyökeresen megváltoztatja az életét és talán önmagát is. Mégsem félt ettől, sőt inkább ismét a jóleső magabiztosság kezdett eluralkodni rajta.

A barakkjához közelebb eső, de másik irányban lévő ház sem az volt, amit keresett.

Aztán amikor Rose fekete árnyékként a következőhöz osont, és az ablakon benézve megpillantotta egy asztal körül ülve az ismerős, de méltán ellenszenves lányokat harsány jókedvükben és nagyokat kacagva, bukfencet vetett a belsője és elvakította a harag.

Minden óvatosságot félretéve az ajtóhoz rohant, és feltépte.

Az ajtóval szemben ülő lány vette észre először, aki még mindig az állán lévő pattanást piszkálta és nyomogatta vihogása közben. Arcáról lefagyott a vad vigyor, de mire a többiek észrevették volna buta ábrázatát, és az ajtó felé fordulhattak volna, Rose már mellettük termett, és egyetlen mozdulattal felborította az asztalt. Az üdítős dobozok és üvegpoharak hangos csörömpöléssel csapódtak a falhoz vagy éppen a földhöz, néhány üvegpohár durranva el is tört. A lányok idősebbek voltak, mint Rose, legtöbbjük termetesebb is, de olyan váratlanul érte őket a támadás, hogy most sikítozva menekültek előle.

– Hogy merészeltétek?! Micsoda szemétség kisgyerekeket bántani! Észnél vagytok, ti gyáva…?!

Üvöltötte a megszeppent lányoknak, de tovább már nem folytathatta, mert egy erős kéz megragadta a vállát, és maga felé fordította.

Rozsdással nézett farkasszemet.

– Elég, Miss Palmer! – szólt halkan a felügyelő. – Jöjjön ki velem!

– Nem, nem megyek sehová! Megbüntetem őket a délutáni tettükért! – visította még mindig vérben forgó szemekkel a lányok felé fordulva Rose. – Hogy merészeltetek bejönni a barakkunkba?! Gyáva férgek vagytok, hogy gyerekeken álltok bosszút!

– Jöjjön, Rose! Elég már! – csitította Mr. Murphy.

– Még egyszer! Ha még egyszer meglátok valakit is körülöttem vagy a gyerekek körül, akkor nem csak az asztalt borogatom rátok! Azt hiszitek, ettől nagyobbak lettetek?! Gyáva férgek vagytok, utolsó senkik!… – üvöltötte Rose, és érezte, hogy az erőlködéstől még néhány nyálcsepp is kifröccsen a szájából, de most ez legkevésbé sem érdekelte. Nem törődött vele, mert bosszút akart állni, félelmet kelteni és rettegést látni a lányok szemeiben. Felidézte maga elé a gyerekek döbbent arcát, Mark és a többiek könnycseppjeit, a megdöbbenést és félelmet, mert nem értik, miért történt velük mindez. Vissza akart adni ebből a félelemből és fájdalomból valamennyit, de ha lehet, akár az egészet.

Többen leestek vagy leugrottak a székükről az asztal mellől, és feltápászkodni sem maradt idejük. A többiek földbe gyökerezett lábbal, tágra nyílt szemmel figyelték a tomboló Rose ámokfutását és Mr. Murphy megjelenését a szobában. Olyan váratlan volt ez a támadás, hogy reagálni sem tudtak rá.

S egy pillanat múlva Rose megpillantotta a félelmet és rettegést némelyek szemében, amit a lány őrjöngő szavai keltettek benne. A Rose-ban élő szörnyeteg elégedetten kihúzta magát, és körbetekintett a szobában, boldogan konstatálta, hogy a harag micsoda pusztítást is tud okozni.

– Elég volt! – kiáltott rá Rozsdás, hogy kibillentse tombolásából. – Azonnal kifelé a barakkból, Miss Palmer!

– Nem érdekel semmi! Büntessen meg! – kiáltotta Rose, de engedett a gyengéd erőszaknak, amivel Mr. Murphy húzta vissza az ajtó felé, de nem fejezte be, el kellett mondania, milyen megvetendő dolgot tettek. – Gyáva kutyák vagytok! Hogy tehettétek?! Hogy lehetett ilyen őrült ötletetek?! Melyik volt ez a beteg elméjű, hitvány senki? Észnél voltatok egyáltalán? Tudjátok, mit tettetek? Ezek csak gyerekek, ti szánalmas bolondok! – visította a lány.

Rose látta, hogy Wendynek és még néhány lánynak leesett, hogy micsoda gyáva dolgot is hajtottak végre olyan ártatlan gyerekeken, akik nem szolgáltak erre rá. A szemekben megjelent a tettük súlyának döbbent felismerése.

– Találkozunk még… – szólt hozzá váratlanul az előbb még a pattanásait vakargató lány a földön ülve, legyőzve első megdöbbenését.

– Mit mondtál?! Mit mondtál?! – gerjedt visítva újabb lángoló haragra Rose, és hirtelen újra erősen vissza kellett Rozsdásnak tartania, nehogy nekiugorjon a hozzá szólóra. Egy felé guruló üdítős dobozba olyan erővel rúgott bele, hogy a falon szétrobbant. – Várni foglak!

Olyan vészjóslóan emelte rá a lányra mutatóujját, olyan harag remegett a hangjában, hogy annak rögtön elröppent az egérfarknyi bátorsága, és hiába nézett körbe, senki sem szólalt meg. Nemcsak Mr. Murphy miatt, hanem egyszerűen érezték, hogy Rose a vérükre vágyik, és nem akarták tovább bőszíteni az amúgy is kezelhetetlennek látszó lányt.

Rose lerázta magáról Rozsdás kezét, megfordult és még mindig háborogva kiment a barakkból.

– Jól van, Miss, nyugodjon meg! – szólt hozzá Rozsdás kedvesen.

Már a két barakk között álltak a sötétségben, előzőleg a felügyelő ráparancsolt, hogy várja meg, azzal visszament a megtépázott barakkba a megalázott lányokhoz, kisvártatva pedig vissza is jött onnan. Most ott állt Rose előtt. Kedvesen nézett a lányra, vörös haját és szakállát meg-megmozgatta az éjszakai szellő, de kék szemei szinte világítottak a sötétben.

– Nyugodt vagyok! – mondta a lány a legháborgóbb hangon és mozdulatokkal.

– Persze, én is! – mondta mosolyogva Rozsdás, és felpillantott a fekete, csillagtalan égre. – Szép esténk van!

– Igen, emlékezetes! – válaszolta Rose.

Érezte, hogy haragja hullámai kezdenek csillapodni, el is mosolyodott Mr. Murphy butácska megállapításán. A belsőjében tomboló szörnyeteg pedig lassan visszahúzódott a rejtekébe, nehogy esetleg leleplezze magát, és megpillantsák Rose tekintetében.

– Igen, emlékezetes lesz, de remélem, nem csak nekünk! – bökött a fejével az imént elhagyott barakk felé még mindig mosolyogva Mr. Murphy.

– Honnan tudta, Mr. Murphy? Honnan tudta, hogy itt leszek? – bukott ki az első kérdés a lányból, amit lecsillapodott elmével meg tudott fogalmazni.

– Nos, a válasz roppant egyszerű, kedves Rose! Mivel nem ez az első év, hogy kamaszokkal foglalkozom, és nem is ez az első táborozás, van egy kis érzékem kiszúrni az ellenségeskedést. A Wendy és maga között feszülő ellentét pedig, ne is haragudjon, de már szinte kézzel tapintható volt az első pillanattól fogva. Egy kicsit sem tudott megtéveszteni este. Pontosan tudtam, hogy kik tették azt a barakkjukkal, aminek szemtanúja voltam.

– Ezt értem, de honnan tudta, hogy itt leszek? – ismételte meg kérdését még egyszer Rose. Kíváncsi volt, hol rontotta el, mire nem gondolt indulás előtt, hogy ebből is okuljon és tanuljon.

– Én is itt lettem volna! – válaszolta Rozsdás kicsit közelebb hajolva a lányhoz. – Megfigyeltem, hogy milyen közel állnak önhöz a gyerekek, és hogy ők is mennyire megszerették magát. Láttam, hogy mennyire bántotta és felkavarta az, hogy látnia kell a szenvedésüket és a könnycseppjeiket! Biztos voltam benne, hogy még addig el fog jönni, míg friss a gyűlölete és a haragja irántuk, de minél kevesebb szemtanúnak volt szabad erről tudnia, legalábbis a gyerekei nem tudhattak róla. Láttam, hogy meg fogja torolni, és mindazt a fájdalmat, amit a gyerekek átéltek, megpróbálja majd visszaadni. Higgye el, Rose, többet tudok és látok, mint ön azt gondolná! – Ennek az utolsó mondatnak volt valami különös csengése, valami titokzatos üzenete, ami még nagyon sokáig a beszélgetés után visszacsengett Rose füleiben, csak most a lány nem is fordított neki túl nagy figyelmet.

– Ha tudta, hogy itt leszek és mire készülök, és még egyet is értett vele... – Rose óvatosan fogalmazta meg és tette fel a kérdését az idegességtől még mindig remegő hangon. – ...nos, akkor miért állt az utamba, Mr. Murphy?

– Szerintem két dologgal nincs tisztában, Rose! – kezdte szelíden Rozsdás. – Az egyik az, hogy nem álltam az útjába, legalábbis fogalmazzunk úgy, hogy éppen idejében léptem közbe. Ugyanis a haragjától vezérelve észre sem vette, hogy két lépésre voltam az ajtótól, amikor bement, de nem álltam az útjába, hagytam, hogy bemenjen. Erősítésként ott voltam maga mögött az első lépése után, így tehetetlenségbe zártuk a kedvenceit. Biztos vagyok benne, hogy ha nem a kellő időben jön ki onnan, akkor ők feleszmélve az első döbbenetből biztosan magának estek volna, és most nem érezné úgy, hogy győzteseként hagyta el azt a barakkot, nem kis elismerést és tiszteletet vívva ki magának.

– Nem érdekelt volna, hogy ha nekem jön valamelyik! – válaszolta dacosan Rose. – Fájdalmat szerettem volna okozni nekik, ...még többet!

– Sejtettem, de most mégis jobban járt, mert megúszott egy megtépést, feldagadt szemeket, felrepedt szájat, vagy az ég tudja még, mit, mondjuk egy fegyelmi eljárást – mondta a tanár vészjóslóan. – Maga szerint nem ment volna ennek híre a táborban? Vajon az önbíráskodásért dicséret és kitüntetés jár? Erkölcsileg talán érthető lett volna a tette, de hogy ne legyen másoknak is követendő a példa, biztos vagyok benne, hogy példaértékű büntetést kapott volna.

– Ugyan már, mit lehet tenni? Hazaküldenek, és nem jöhetek jövőre? – dacoskodott még mindig Rose, és ránézett haragtól még mindig remegő kezeire.

– Nem, Rose, …elveszik a gyerekeit! – válaszolta az elképedt lánynak a férfi. – S oda is értünk a második dologhoz, amivel nem lehet tisztában. Ugyanis a mai délutánon Wendy megkereste a tábor vezetésével megbízott hölgyet...

„...egyszerűbben a Görbelábú Hölgyet" – tette hozzá gondolatban Rose.

– ...és tudatta vele, hogy rettentően szánja-bánja a felelőtlenségét, hogy elhanyagolta az elvállalt feladatát, és a táborozás második részére szeretne eleget tenni a kötelezettségének, és teljesíteni azt, amit elvállalt, mert szerinte nem megfelelő személy lett találva erre a feladatra, és nagyon nehéz elviselnie a gyerekek szenvedését ön mellett.

Minden szó, amit Rose hallott egy-egy tőrdöfés volt a szívébe. Földbe gyökerezett lábbal hallgatta a tanár beszámolóját, és a haragot egyszerre csak felváltotta a jeges rémület, ami végigfutott a gerince mentén a tarkójáig. Egyszerre döbbenetes és félelmetes volt ezt az álnok cselszövést megtudnia. Alig kapott levegőt, mert úgy érezte, hogy menten rosszul lesz. Sohasem gondolta, hogy Wendy ennyire messzire el fog menni. Nem is sejtette, hogy idáig fajul kettejük ellentétje. Valamikor a nap folyamán gondolt is rá, hogy mivel ők többen vannak, annyival több és gonoszabb cselszövést és csapdát tudnak kieszelni számára. Igaza lett hát, és annak is, aki figyelmeztette az ebéd után, hogy ez csak a kezdet volt.

– Ugye ezt nem teheti meg, Mr. Murphy? – suttogta Rose elcsukló hangon. – Ugye nem teheti ezt meg velem… a gyerekekkel?

– Attól félek, hogy mint mondtam, ezt már meg is tette! – válaszolta Rozsdás.

– Nem, ugye ezt nem mondja komolyan, uram? Kérem, segítsen! – rebegte Rose sírástól elcsukló hangon.

Most futott csak végig rajta a szörnyű lehetőség gondolata, hogy ott kell hagynia a 12-es barakkot, és Wendy lépne a helyére.

„Wendy! Igen, ott támadtak meg, ahol a leggyengébb vagyok.

A gyerekeken keresztül."

Egyszerű és tökéletes terv volt, és ő nem látta át, belesétált ebbe a kifogástalan csapdába úgy, hogy még csak a lehetőségét sem vetettette fel magában. Egyszerű volt: Elhintették, hogy tökéletesen alkalmatlan a feladatra, a barakk felforgatásával lépre csalták és várták, hogy dühöngve megjelenjen. Arra nem volt bizonyíték – még ha egyértelmű is volt –, hogy ki a tettes és a barakkot ki forgatta fel, de arra lett volna – legalább négy-öt kisírt szemű tanú –, hogy ki borogatta fel az asztalt és támadta volna meg Wendy kis csapatát. Talán még „önvédelemből" kapott is volna Rose egy kis ízelítőt a verésből.

Tökéletes csapda volt.

Rose a felismeréstől csillogó szemekkel Rozsdásra fordította a tekintetét.
– Ó, hát átment! Látom, megértette ön is! – mosolygott Rozsdás. – Ugye, milyen briliáns ötlet? Szinte már felmerül, hogy gyerekek találták-e ki egyáltalán!
– De, uram, ön ezt átlátta! Tudta, mibe keveredtem? – kérdezte Rose.
– Sejtettem és a sejtésem beigazolódott! – bólintott Rozsdás.
– Most mi lesz velem, uram? – nézett fel Rose bátortalanul, de egyre gyűlő haraggal a férfira. – Ezért hagyta, hogy bemenjek? Ön is ezt akarta?
– Nem, Rose, én nem voltam benne! S reményeim szerint nem is lesz ebből semmi, nyugodjon meg – válaszolta békítően Mr. Murphy, hiszen észrevette a lány szemében az újraéledt harag lángjait, és Rose újra remegő kezeit. – A tábor vezetése az első napokban tényleg bizonytalan volt az alkalmasságodban, de aztán nem kerülte el a figyelmünket az akarat, amivel próbáltál megbirkózni a feladattal. A gyerekek tökéletesen meg voltak veled elégedve, jó kezekben vannak. Ezt az étkezések között és a napok folyamán megfigyeltük, és a reggeli ellenőrzésekben is egyre figyelemreméltóbb eredményeket produkáltatok. A büntetőmunkát is vidáman és könnyedén vetted, úgy, hogy még több energiát fektettél a gyerekek szeretetébe. Nem, Rose, ne higgye, hogy egy ilyen bejelentés után rögtön kapkodunk, és lecseréljük egy barakk vezetőjét. A terv sikeréhez kellett volna valami, ami bizonyítja, hogy ön tényleg alkalmatlan a feladatra. Ezzel tisztában voltam, ez szúrt szemet nekem, ezért mentem személyesen szólni, hogy vacsoraidő van. Valami hasonlóra számítottam, mint ami a barakkban fogadott. Ott és a vacsoraidőben is láttam az önben dúló dühöt és haragot. Hiába próbálta leplezni, én tisztában voltam vele, hogy besétál a csapdájukba, nem is sejtve, mi forog kockán valójában. Aztán már csak ki kellett várnom, hogy a gyerekek elaludjanak, és ön egy sötét bosszúállóként útra keljen az éjszakában.
– Bolond voltam! – sütötte le a szemét Rose. – Így végiggondolva és végighallgatva pedig olyan egyszerű lett volna felismerni. Nagyon sajnálom. Figyelmetlen voltam, de olyan sok dolog járt a fejemben, hogy a legfontosabbat nem láttam. Mi lesz most ön szerint, Mr. Murphy?
– Reményeim szerint semmi, de várjuk ki a reggelt! Amikor ön kijött, és én visszamentem, akkor a lányok tudomására hoztam azt, amit most elmondtam önnek is. Elmondtam, hogy átláttam a galád mesterkedésükön, és ha folytatják, akkor kicsit többet is megtud a vezetés annál, mint amit szeretnének. Szerintem nem lesz több gondja velük! – állapította meg Rozsdás.
– Legalábbis itt a táborban, aztán az iskola már egy másik dolog… – mondta grimaszra görbülő szájjal Rose,
– Igen, úgy gondolom, hogy ezt a problémát feltétlenül orvosolnia kell, mert a mai eset után pokollá teheti az életét ez a pár lány az iskolában, hiszen nézze meg, négy nap alatt mit hoztak ki egymásból.
– Igen, ez már bennem is felmerült! Át kell gondolnom mindent! – jelentette ki Rose.
– Nos, itt az alkalom! Menjen és sétáljon egyet! Úgyis erre vágyott az első éjszaka óta, hogy kóborolhasson. Úgy sejtem, most úgysem tudna elaludni! – kacsintott rá Rozsdás felidézve az első éjszakai találkozásukat. –

Majd néha ránézek a 12-es barakkra!

– Köszönöm, uram! – mondta Rose. – Mindent köszönök!

Rozsdás alig láthatóan biccentett, és már el is tűnt a barakkok árnyékában.

8.
Átkok között – újra a házban

A sötétség barátként ölelte körül Rose remegő testét. Remegett, de nemcsak az éjszakai hűvös levegőtől, hanem a rettenetes haragtól, ami ott dúlt a lelkében. Soha, semmilyen körülmények között sem sejtette, hogy egy ilyen összeesküvésbe kerülhet, és azt sem, hogy egy ártatlan táborozásnak induló dolog ennyire meg tudja változtatni az életét, nem utolsó sorban pedig saját magát. Egész életében nagyon szerette mindenki, akivel csak megismerkedett, és ő kedves volt és méltó a szeretetre, amivel kitüntették az emberek, legyen az egy pékség alkalmazottja vagy az iskolaigazgató. Soha senki nem volt vele barátságtalan vagy ellenséges és természetesen ő maga sem álnokoskodott vagy ellenségeskedett senkivel, nem volt gonosz soha.

Megváltozott.

Ha visszagondolt arra, hogy milyen nagyszerű érzés is volt odaosonni Wendyék barakkjához, berúgni az ajtót, felborítani az asztalt és a széttört üvegcserepek között gázolva rázúdítani minden haragját a rémült szemű áldozataira, kis túlzással, de boldognak érezte magát, boldognak és felszabadultnak. Felette állónak érezte magát a kialakult helyzetnek, egy könnyedén megoldott házi feladat volt csupán, aminek a jutalma egy olyan érzés volt, amit eddig félt megízlelni. S most a próbakóstolás után kellemesen áradt szét a szájában, az ereiben és a gondolataiban a megízlelt harag, gyűlölet és a tombolás elsőre kissé fanyar íze. Vágyott rá, hogy idővel majd újra érezze ezt, így hát elégedetten ölelte szívéhez a zöldszemű szörnyeteget, aki most, mint aki jól végezte dolgát, elnyújtózott… egy időre.

Az aggasztotta viszont hogy meggondolatlanul cselekedett, ő, aki mindig mindenben olyan alapos és megfontolt szokott lenni. Belesétált egy csapdába olyan egyszerűen és kiszámíthatóan, amin még ő maga is meglepődött. Persze nem sejthette az igazi indokot, a mindent mozgató szálat, hogy mindenképpen a gyerekek által fognak rátámadni, és a legfontosabb cél az ő eltávolítása a 12-es barakkból és a leggyűlöletesebb személy odaültetése. S az egész nem csak egyszerűen azért, mert az akadályokat minden segítség nélkül sikerült leküzdenie, mint például megszereznie a kagylókat a karkötőjére. Nem, az csak egy indok lett volna, egy újabb lehetőség a békétlenségre. Nem, amíg nem szerezte meg a kagylókat, addig is barátságtalanul és provokálóan viselkedtek vele, hátha elveszíti a türelmét, és esélyt ad arra, hogy bánthassák őt. Egyszerűen arról volt szó, hogy azon a számára olyan tanulságos estén, ott a tábortűz mellett önként jelentkezett balek, akit lehet szekálni, akibe bele lehet kötni és aki ellen áskálódni lehet.

Persze ezt nem láthatta előre, de azt igen, hogy az egész barakkfelforgatás csak azért történt meg, hogy ő bosszút álljon. Egyszerűen tudni lehetett, hogy ezt nem fogja tettek nélkül hagyni, nem fog azzal megelégedni, hogy büszkén, majdnem gőgösen felvonul az étkezdében, mint akivel nem történt semmi. Ez egy kiszámítható lépés volt, eltűnt a békés és megfontolt Rose már pár napja, és olyan ember lett, aki úgy érzi, hogy mindenáron és mindenkit megbüntetve a gyerekek védelmére kell kelnie: Aki minden mondatot vagy tettet személyes provokációnak tekint, és bosszúért horkan fel.

Mindenki tudta és látta rajta ezt.

Tudta Wendy és a barátnői.

Csupán saját maga nem vette észre ezt a változást, ami nem az előnyére következett be.

Tudta Rozsdás is, hiszen annyira látszott ez rajta.

Rozsdás.

Nagyot csalódott benne, persze jó értelemben. Valahogy az események mindig úgy alakultak, hogy Mr. Murphy minden találkozásukkor csak az ellenérzéseiről győzte meg őt. Ez alól csupán az az egyetlen alkalom tűnt kivételnek, amikor a Lunával való első találkozása után a nagy fa törzséből kimászva futott össze a tanárral, akkor emlékei szerint elég kedves volt vele. Most pedig kiderült, hogy mindig is szemmel tartották őt, de a megfelelő türelemmel tekintettek rá és a kis csapatára. Nem akarta az ő vesztét senki sem a tábor vezetői közül. Sőt, még az is megfordult Rose fejében, hogy direkt kaptak az alkalmon, hogy Wendy helyett egy olyan lányt toljanak a legkisebbek élére, aki még nem bizonyított, de megfelelőbb lehet a nagyképű bagázs vezetőjénél.

Rozsdás tehát figyelte őt, és ezt bizonyítani látszott a rengeteg emlékkép, amik azonnal felsejlettek Rose lelki szemei előtt, az étkezések között elkapott figyelő tekintete, az ablakon bekukucskáló szemek, a mindig vizsgálódó pillantások, ha találkoztak. Rozsdás esélyt adott neki és védelmet, amikor arra volt szüksége, hiszen a büntetése sem volt nevezhető büntetésnek, sőt inkább kiváltságot kapott érte cserében. Nem volt megrovás jellegű a konyhán Dolores társaságában összedobni a reggelit. Annál sokkal megalázóbb volt Wendyé, akinek a konyhásnő parancsára mindenki szeme láttára kellett mások maradékát összeszedegetnie az étkezések után.

Rose gondolatban ismételten köszönetet mondott Rozsdásnak. Sokkal tartozott neki. Így utólag belegondolva, tényleg kiszámíthatatlan és kritikus lett volna Wendyék barakkjában az elkövetkezendő fél perc. Így minden úgy történt, mintha Rose-t erőnek erejével eltávolítanák onnan, bár a helyiségben maradottak rossz szájízzel nézhettek egymásra utána. Rose erkölcsileg győztesen tette ki a lábát a szobából. Ők nem vághattak vissza, nem bánthatták, és ezek után szinte meg sem közelíthetik. A saját csapdájukba estek bele, és a legszebb az egészben az volt, hogy erről nem is beszélhettek, mert akkor az egész tábor megtudta volna, mire is készülnek és mit tettek aljas módon a legkisebbekkel, ami teljesen elítélendő még annak fényében is, hogy a két lány ellenségeskedése szította fel az indulatokat. Az még rendben van, ha egy sötét zugban Rose-t elkapják, és egy kis tiszteletre felhívás történik, de az, hogy a legkisebb gyerekeken álljanak bosszút, elfogadhatatlan lett volna.

Ez is vitathatatlanul Mr. Murphy érdeme volt, aki ezek szerint figyelemmel követte Wendyék mindennapjait is. Átlátott a cselszövésükön, és nem rohant beszélni a Görbelábú Hölggyel, nem figyelmeztette Rose-t sem, hanem hagyta folyni az eseményeket a saját medrükben, és csak akkor igazított a folyásirányon, amikor Rose érdekei úgy kívánták. Nem az ő érdeke volt, hanem a lányé! Furcsa volt szembenézni ezzel a felismeréssel, és úgy érezte, hogy túlságosan kevés volt az az elsuttogott köszönet, amit elválásukkor odamotyogott a férfi felé. Sokkal többel tartozik neki, mint amit el tudott képzelni még egy órával ezelőtt, és ezzel együtt visszhangzott fülében Rozsdás egyik mondata, amit most elővett azok közül, amik csak úgy elsuhantak akkor mellette:

„Higgye el, Rose, többet tudok és látok, mint ön azt gondolná!"

Akárhogy is volt, Mr. Murphy holnap reggel megérdemel egy pluszos reggelit, egy saját kezűleg készített meglepetést, akárhogy is legyen, és Rose csak remélni merte, hogy ezek után is figyelemmel kíséri a felügyelő a 12-es barakk lakóinak életét. Megnyugvás töltötte el, hogy tudomást szerzett egy védőangyal létezéséről, mert az már többször is megfordult a fejében – még mielőtt meglátogatta Wendy barakkját –, hogy mi minden történhet még velük a hátralévő napokon. Nem volt nyugodt miatta, nem tudta, hogy mi lehet még ezek után, hiszen Rozsdás is csak annyit mondott, hogy várják meg a reggelt az örömmel és a hálálkodással, bármi történhet még addig, és ami megtörténhet, az rendszerint meg is fog.

Rose nem volt nyugodt Wendy miatt sem.

Tisztában volt azzal, nem kellett nagy jóstehetség ahhoz, hogy ezt nem fogja szó és tettek nélkül hagyni sem ő, sem a barátnői. Talán ezekben a percekben is szövögetik a következő kelepcéjük hálóját, amibe gyanútlanul belesétálhat. Nem hiába tartott attól, hogy többen összedugva a fejüket veszedelmes ellenségek lehetnek, mint egyesével.

Briliáns volt ez az esti csapda is, csak nem sült el jól. Bár ezt nem lehetett Rose érdemei közé sorolni.

„Mi lesz, ha legközelebb nem szerzek róla tudomást, és ott lesz Rozsdás?" – kérdezte magától. Abban biztos volt, hogy sokkal körültekintőbbnek, alázatosabbnak és türelmesebbnek kell lennie. Bármilyen jó érzés volt, azért akkor sem szabad arra várnia, hogy a gyomra mellett lakó szörnyeteg majd megoldja helyette. Lám, mi lett volna az eredménye a mai estének is, egy másik lehetőséget vagy végkifejletet is figyelembe véve.

Tisztában volt vele, hogy ahogy már ő maga és Rozsdás is megfogalmazta, ebben az ügyben kompromisszumra kell jutnia Wendyvel, különben az iskola is elviselhetetlen lesz. Nem hiányzott ez neki, belegondolni sem mert, milyen beteges cselszövések nem jutnak az eszébe annak a maréknyi bosszútól túlfűtött lánynak, akik biztos, hogy nem fognak felejteni. Az lehet, hogy Rozsdás figyelmeztetése miatt most hallgatólagos fegyverszünet következik a tábor ideje alatt, de amint lehet, fel lesz szítva a harag tüze a szívükben. Vagy megegyezik Wendyvel, vagy az iskolás éveiben többet kell a háta mögé néznie, mint azt szeretné.

Tehát első és legfontosabb teendői listájának elejére felvéste azt, hogy Wendyt és barátnőit egy békés döntetlenre meggyőzze, visszaássák a csatabárdot, ami az elmúlt napokban előkerült, és ha barátokként nem is képesek, akkor legalább ne ellenségekként nézzenek a pár hét múlva kezdődő tanév elé. Nehéz feladat volt a megoldást megtalálni, hiszen ő nem akarta a már oly nehezen megszerzett tiszteletet kiengedni a markából. Abban is biztos volt, hogy Wendy sem lesz erre hajlandó, hiszen ha nem is most, de bőven van ideje a kölcsönt kamatostul visszaadni. Kényes kérdés volt, hiszen veszíteni egyik fél sem akarna semmit, a győzelemhez pedig Wendy állt közelebb azzal – a tényeket beleszámítva, hogy az idő és a létszámfölény neki dolgozott, és ahogy a délutáni példa mutatta is –, hogy remek gondolatoknak és ötleteknek nem voltak híján. Rose-nak talán még azt is számításban kellett vennie, hogy hátha van egy „B" terv, amit jobban figyelmen kívül hagyott, mint a nagyszabású „A" tervet. Esetleg párhuzamosan is futhat több kisebb kaliberű cselszövés, amik még láthatatlanok, és vagy az „A" terv sikere, vagy a bukása aktiválta volna őket.

Az egyetlen biztos pont jelenlegi életében az volt, hogy feldúlt lélekkel az erdei ösvényeket rótta. Hálásan gondolt Rozsdásra és bizonytalanul a Wendytől terhes, beláthatatlan jövőre. Az önsajnálat ideje azonban még nem jött el, még nem kellett mindkét kezét a magasba emelve fehér zászlót lobogtatnia, hiszen azt az egyet biztosan felismerte a lányok arcán, hogy ők maguk is megrettentek a viselkedésétől.

Az erdő csendes volt körülötte, mintha még a környezete is megérezte volna a lelkében dúló rettenetes csatát. Az eső és a szél is elállt, így még a tűlevelek végén csimpaszkodó vízcseppeket sem rázta semmi Rose arcába. A sötét fellegek miatt az égbolt tökéletes sötétségbe burkolózott, de olyan esőszag és feszültség érződött a levegőben, ami azt hivatott feltételezni, hogy egy villám akármelyik pillanatban végigszánthatja a felhők esőtől terhes pocakját, és felszakítva újra megnyithatja az égi csatornákat.

Az erdei állatok mind eltűntek a környékről, síron túli csend ereszkedett a tájra, mintha minden elmenekült volna. Most az éjszakai állatok állandóan hallható motozása az avarban is elmaradt. Préda és vadász ezen az éjszakán egyenrangú élőlénye volt az erdőnek. Békésen visszahúzódtak egy sokkal nagyobb hatalom akarata elől a nappali menedékükbe.

Rose fel sem fogta, hogy céltalan éjszakai kószálása egy már ismerős helyre vezette. Eltelt egy jelentéktelen pillanat, aztán felnézett az előtte magasodó átokverte házra.

*

Ösztönösen összerezzent. Az elmúlt éjszaka rémképei kergették egymást egy pillanatra behunyt szeme előtt, és minden egyéb gondolatot száműztek mostanra. Wendy és barátnői csupán jelentéktelen apróságokká halványultak.

Volt ez a három világ, amik között Rose csellengett az elmúlt napokban: A saját, valós idejű világa a táborral, a gyerekekkel, Rozsdással és minden tárgyi és emberi kellékével. Volt ez az éjszakai világa az elátkozott házzal, a farkassal és a titokzatos idegennel, és volt a legtitokzatosabbal, Lunával, valamint a Zöld Tündérrel, és még ki tudja, kivel és mivel nem. Bámulattal szemlélte mindegyiket, jó volt ezeken a helyeken lenni, de a jóleső félelem sem hagyta ösztönét és érzékszerveit megtéveszteni.

Most itt állt az egyik világ kapujában, és perzselő vágyat érzett arra, hogy ismét belépjen az ajtón, és többet tudjon meg erről a világról. Ez az egyetlen volt fizikailag is elérhető a számára, hiszen a másik világ kapui zárva voltak, s ő nem akarta feleslegesen bebocsátásért esedezve a rácsait rázni. Ez itt elérhető volt, és talán még egy kicsit el is mosolyodott a furcsa véletlenen, hogy haraggal telt, önkéntelen kószálása közben lábai akaratlanul is idehozták. Esetleg van egy hatalmasabb erő, ami idehívta és vezette őt? Igen, minden bizonnyal, erre már rájött az elmúlt napokban. Rádöbbent, hogy ő nem irányít szinte semmit a körülötte zajló eseményekből. Ez természetesen nem zavarta, mert tökéletes biztonságban érezte magát a farkas, a titokzatos idegen, Luna vagy a Zöld Tündér közelében. Egyedül ez a hatalmas elátkozott ház volt az, ahol átérezte a csontjáig hatoló félelmet és rettegést.

S talán éppen ez káprázta el.

Ez a hatalom csábította, hívta vissza hallható hangok és szavak nélkül is. Meg akarta ismerni még jobban a félelmet és rettegést. Megtapasztalta, s már vágyott rá, mint egy kábítószeres csöves a következő adagra. Feszegetni akarta a saját határait, hiába érezte, hogy az elmúlt éjszakán saját kézfejébe mart fognyomai egyre erősebben fájnak. Nem tudta, hogy vajon az éjszakai, erdei kóborlása közben egy kósza faág vagy bokor ütötte-e meg a sebét, vagy a ház közelsége váltotta-e ki benne a kiújuló fájdalmat.

Akármitől is történt, egyre erősebb fájdalom nyilallt a kézfején lévő sebbe, és már a másik kezének óvatos masszírozása sem sokat segített rajta. A szenvedés egyre elviselhetetlenebb lett, és Rose észrevette, hogy felszakadt sebéből újra vércseppek szivárognak ki a kötés alatt, vörös csíkocskát húzva végig a csuklója felé. Hirtelen egy gyenge légfuvallat simogatta meg a lány arcát, és a kín gyorsabban múlt el, mint ahogy érkezett.

Rose felpillantott a titokzatos sötétségbe burkolózott épületre, s arra gondolt, az vajon mennyi misztikus dolgot tartogat még neki mára. Mintha szeme sarkából az egyik emeleti ablakból egy halvány fényt látott volna pislákolni egy pillanatra, de mire tekintetét oda fordította, és arra koncentrált volna minden figyelmével, a lidércfény már el is tűnt.

Vagy nem is volt ott. Ki tudja…

A Rose fölé magasodó ház és hatalmas tornyainak sötét árnyékában eltörpült a lány törékeny alakja. Az előkert mozdulatlanul, némán bámult vissza rá, és a málló, hófehér szobrok kísérteties, de sajnálkozó mosollyal követték tétova lépéseit a halkan roszogó gyöngykavicsos ösvényen. Az égbolt csillagai koromfekete felhőket húztak maguk elé szégyenlősen, és a hatalmas égi vándor, a Hold is odabújt melléjük ezen a titokzatos ezer átokkal vert éjszakán. A halotti csend, ami a kertre és a házra telepedett, félelmetes volt, és Rose egyre vadabbul dobogó szívének két dobbanása közti szünetben arra gondolt, hogy ez félelmetesebb-e, vagy az lenne az, ha valamiféle hangokat hallana. Ez a nyomasztó csend sem ígért semmi jót, ahogy az is ijesztő lett volna, ha kísérteties zajok kísérték volna lépteinek halk hangjait.

A ház rászolgálva a nevére, kitett magáért.

Rose lábai megremegtek, és megtorpant egy pillanatra. Mérlegelte magában a kérdést, hogy vajon szüksége van-e erre az újabb kalandra, hiszen nem hajtja már semmi. Feladatát, mi ide kötötte, már tökéletesen teljesítette. Nem vallott szégyent, nincs hát itt semmi bizonyítani valója. A kérdésekre, amiket az elmúlt éjszaka szült, nem biztos, hogy a válaszokat megkapja, sőt még az az esély is fennállhat, hogy csak újabb és újabb kérdésekkel szembesül.

S arra is emlékezett, hogy Wendy történetében azok, akik nem hagyták a ház titkait nyugodni, sorra meghaltak. Lehet odabent sokkal hatalmasabb és veszélyesebb erő is, ami akár el is pusztíthatja őt, ha nem vigyáz magára. Az óvatlanságából pedig ma egyszer már levizsgázott, s ha tetszik, ha nem, hát csúfosan megbukott azon a próbán.

A fiatalos vágy győzött.

A kalandvágy az utolsó, féltve őrzött morzsáit is rászórta a mérlegnek arra a serpenyőjére, ami a továbbhaladást ösztönözte, így hát a józanész érvei ismét vereséget szenvedtek az óvatosság oltárán. Élet vagy halál jelentéktelen kérdéssé korcsosult.

Rose lépteinek zaját a szokatlanul mély csend megsokszorozva verte vissza a ház falairól, és az ajtó zsanérjainak fáradt nyikorgása is kétségbeesett jajkiáltásként visszhangzott az épület elhagyott termeiben. A jéghideg rézkilincset markolva Rose visszanyerte minden bátorságát, és farzsebéből kivéve a zseblámpáját, belépett a nyomasztó ház omladozó falai közé.

Semmi sem változott az utolsó ittjárta óta.

Bár egy nap alatt mi is változhatott volna meg? Láthatóan nem volt olyan túlvilági hatalom, ami a ház berendezéseit megfelelően a helyére rendezi, kitakarít és a mai napon lobogó fáklyák vibráló fényével üdvözli a visszatérő lányt. A falikarokon a mindig egymásra helyezett és elfogyó gyertyáinak olvadt viasza cseppkőként meredezett megsárgulva és pókhálósan a padozat felé körben a földszinti nagy terem falain. Rose óvatos lépései nyomán a vastag porrétegből felkavart porszemecskék vidáman táncra kerekedtek a lámpa fényének csóvájában. A ház belsejében is az a mélytengeri csend fogadta a lányt, ahol a szívének egyre vadabb dobogása ágyúlövésekként, füleinek zúgása pedig gyorsvonat tovarohanásaként idéződött fel. Semmilyen érzékszervekkel tapasztalható jelenség sem árulkodott arról, hogy a lányon kívül más is lenne a házban.

Rose végigfuttatta a szemeit az emeleti karzatra és a tornyok felé vezető lépcsőkön, de most nem választotta azt az irányt, ott tegnap éjjel volt már, és feltételezte, hogy a be nem járt folyosók és tornyok is éppoly szimmetrikusan helyezkednek el, mint ott, ahol már kóborolt. Most olyan helyre vágyott, ahol még nem járt, de az oldalát nagyon furdalta a kíváncsiság, és a bejárati ajtóval szemben lévő ajtók mögé szeretett volna belesni. Ha esetleg nem talál semmi érdekeset ott, akkor de csak akkor, esetleg majd ismét felmegy valamelyik még meg nem látogatott toronyba. Esetleg szerez még olyan furcsa kis ezüstérmét, obulust vagy vörös kagylót a gyerekeknek is emlékbe.

A padlón kavargó por már jótékonyan elnyelte Rose lépéseinek leghalkabb zaját is. Itt is voltak lábnyomok, kicsi, cipős lenyomatok, olyan aprók, mint Rose-é. Talán Wendy vagy valamelyik barátnőjének a lábnyomai voltak. Itt is akadtak mezítelen, nagy, férfinyomok, de látott óriási, durva nyomokat is, amik talán bakancstól vagy csizmától származtak. Voltak régi nyomok, amikbe már visszaült a felkavart por, de előfordultak effektíve friss nyomok is, s bár Rose nem értett a nyomolvasáshoz, azt látta, hogy a lenyomatokban szinte semmi por sem volt, a bakancs- és cipőtalpak mintázata még éles volt, nem kerekítette le az enyészet és a kérlelhetetlenül tovahaladó idő.

Ahogy sejtette is az első ittjártakor, az egyik ajtó annak idején egy kamraszerűségé lehetett, a második viszont a konyhába nyílt. Kíváncsian nyitotta ki annyira, hogy ne csak kukucskálni tudjon az ajtó mögé, hanem be is tudjon csusszanni a helyiségbe. A sötét éjszaka ellenére sem juthatott volna a konyha helyiségébe sok fény, mert itt az előtéri nagyterem ablakainak deszkázását is sokkal precízebben végezték el. Többrétegnyi deszka volt keresztül-kasul felszegelve az ablak tokjára, tökéletesen elzárva a kilátást a külvilágra. Talán a kijutást is épp oly tökéletesen zárta el, feltéve az egyszerű kérdést, hogy vajon a külvilág volt-e védve a háztól vagy ez utóbbi a külvilágtól.

A falaknál nagy munkaasztal volt, szekrények, polcok, egy nagy tűzhely, a helyiség közepén pedig egy hosszú étkezőasztal magas támlás székekkel. Az asztalon még pár helyen teríték volt: tányérok, evőeszközök, gyertyatartók és felborult poharak. Rose kíváncsian lépett közelebb az asztalhoz, és a tányérok fölé hajolt. Talán ételmaradékokra számított, egy sebtében fogyasztott, majd gyorsan itt hagyott vacsora maradványaira, de csalódnia kellett. A tányérok üresek voltak, vagy még étkezés előtt elhagyták a helyiséget, vagy az azóta eltelt időben eltakarították a ház és a környék élősködői – egerek és patkányok – a maradékokat.

Zseblámpájának fénycsóvája mint fényes kard szelte át a sötétséget, és világosságot vitt arra, amerre elhaladt: Poros és pókhálós edényekre, megégetett fenekű serpenyőkre, amik békésen lógtak a falba vert óriási szegeken, halomnyi konyhai segédeszközre, merőkanalakra, hatalmas késekre és húsvillákra. Kíváncsian felderítőútra indult körbe a konyhában, hátha egy újabb trófeát sikerül megkaparintania, egy kisebb bögrét vagy kupát.

„Na, annak lenne igazán nagy sikere!" – futott végig az agyán. Ettől a gondolattól kissé fellelkesült, és most, hogy már volt egy kézzel fogható célja a céltalan kóválygás ellenére, érdeklődve kezdte el nyitogatni a tálalószekrények ajtajait és fiókjait.

Semmi érdekeset nem talált, főleg nem olyat, ami kényelmesen elférne a markában vagy valamelyik üres zsebében, bár meg kellett állapítania, hogy kivételes szépségű étkészletek és poharak sorakoztak a polcokon. Mindegyiket egy érdekes címer díszítette – ásító oroszlánnal vagy sárkányszerű állattal –, mely valószínűleg egy ősi, nemesi családé volt. Ezek azonban mind egytől egyig előkelően nagyok és nehezek voltak ahhoz, hogy a táborig cipelje vissza... úgyhogy ez a terve dugába dőlt még mielőtt a megvalósításán el kellett volna gondolkodni.

A sarokban nagy, fekete tömeg árválkodott.

A lámpafény egy öreg, szúette faajtóra vándorolt, és rozsdás kilincse vágyakozva hívogatta a lányt. Természetesen Rose nem hagyta magát kéretni, odalépett az ajtó elé, és lenyomva a kilincset, feltárta az ajtót. A rozzant vasalások és sarokvasak nyikorogva-csikordulva sírtak fel a csendben, és a lány biztos volt benne, hogy az egész házban hallani lehetett cselekedetét.

Hatalmas fekete űr tátongott Rose lábai előtt, az ajtó mögött ugyanis a pince lejárata volt, ahol békeidőben valószínűleg a ház lakóinak élelmét, italát és a tartalékait tárolták. Rozoga falépcső fokai tűntek el a mélység sötétjébe, ahová már nem tudott a gyenge kis lámpa erőtlen fénypászmája lejutni. A lépcsőfokok nem egyenesen tartottak a mélybe, hanem volt egy enyhe bal kanyar a látható térben, ami jelezte a lépcső hajlatát. A pincébe vezető lépcsősor falai itt is omladoztak, talán a sok penész és a nedvesség hatására egészen furcsán, márványosra színeződtek az egykor vélhetően fehér falak. Csupaszon meredeztek. Nyoma sem volt gyertya- vagy fáklyatartóknak, vagy bármi más világítási lehetőségnek, pedig valószínűnek tűnt, hogy egykor akár naponta többször is meg lettek járva ezek a lépcsőfokok.

Rose orrát megcsapta a pincéből áradó áporodott, dohos levegő többéves lehelete. Ki tudja, mióta nem járt ember fia ezeken a szúrágta, recsegő lépcsőfokokon, hiszen itt már nem látszódott semmiféle lábnyom a porban. Valószínűnek tűnt, hogy Rose előtt már nagyon régen nem taposta senki a pincébe vezető utat.

Talán megszokásból, véletlenül vagy talán csak azért, hogy lefoglalja az agyát és gondolatait, Rose az elindulás pillanatától ismét elkezdte számolni a lépcsőfokokat. Nem félt most, mert a kíváncsiság sokkal erősebb volt benne, és titkon remélte azt is, hogy talál valami számára értékeset: valami relikviát, ami emlékeztetni fogja erre az éjszakára. Talán még rejtett kincsekre is számított, hiszen ha a toronyszobában ezüstérmécskét talált, akkor talán a pincében is lesz valami értékes. Természetesen maga sem tudta, hogy mire számítson, de jó volt hinnie és azzal a gondolattal eljátszania, hogy valami hihetetlen kincs vár rá a fokok számolása közben, inkább mint hogy a félelemtől citerázó lábaira gondoljon. Igen, a tegnap esti rettegés ismét kezdte benne felütni a fejét, és vadul cikázott gondolatai között.

A tizenhetedik lépcsőfok után bevágódott mögötte a nehéz pinceajtó.

Rémülten kapta a fejét hátrafelé. Nem látott semmit, és hamarosan beismerte magának, hogy nem volt értelme visszarohannia, mert a lépcső alján lehet, hogy nem is várja semmi pár poros és dohos boroshordón és régi faládán kívül, tehát úgyis mindjárt visszaér. De azért gonoszul elkezdte piszkálni a fantáziáját az a gondolat, hogy mi lesz, ha idelent ragad a pincében, mert a nehéz ajtót nem tudja majd kinyitni. Kicsit meggyorsította tehát a lépteit lefelé, mert akárhogy is legyen, elöntötte az az érzés, hogy minél előbb túl legyen rajta.

Rose lélegzetvétele felgyorsult: aprókat és kissé szabálytalanul kapkodott be a dohos levegőből, szíve tájékára is rátelepedett egy enyhe kis nyomás, ami a pánik első jele lehetett volna, ha nem direkt ezért az érzésért jött volna ide a házba és le a föld alá. Vére a fülében lüktetett a külvilág neszeit letompítva, ezért minden lépésénél mások lépéseit, sikolyát és még talán lánccsörgést is hallani vélt, a lámpa imbolygó fényénél pedig sötét árnyakat hallucinált, akik a fény elől egyre visszább húzódnak a pince mélye felé.

A hetvennegyedik lépcsőfok után hallotta a pinceajtó kinyitásának nyikorgó hangját.

„Valaki van még rajtam kívül a házban!"

Megállt fülelni, hátha hallja a közeledő lépések hangját, hiszen lámpafényt nem pillantott meg és a lépcső csigavonala miatt sem látott többet, mint öt-hat lépcsőfokot mindkét irányban. Aztán mivel félelmetesnek ítélte meg a hirtelen elé bukkanó ismeretlen megjelenését, úgy döntött, hogy nem itt várja be, hanem megpróbál lejutni a pincébe. Ott biztos van egy tágasabb helyiség, ahol nem lepheti meg senki olyan gyorsan. Amennyire lehetett, sietett és néha kettesével szedte a lépcsőfokokat, hogy minél előbb elérje a célját, ami ebben az esetben egy kis nyugalmat is jelentett volna.

A kilencvenkilencedik lépcsőfok után lába durván döngölt földpadlóra lépett.

Rose konstatálta, hogy valóban egy tágas helyiségbe ért le, és hogy nagyon mélyen lehet a föld alatt. Valamiért a lépcsővel szembeni sarokhoz sietett, hátát nekivetette a falnak, majd ijedten, lihegve nézett a lépcső felé. Úgy gondolta, hogy az csak jó lehet, ha hátulról fedezve van, és legalább abból az irányból nem kell számítania semmi váratlanra.

Percek teltek el némán és eseménytelenül.

Semmi jel nem utalt arra, hogy ténylegesen közeledne bárki is a pincében Rose nyomában, de azért a lány nem volt nyugodt. Az adrenalintól a szíve majd' ki ugrott a helyéről, figyelme minden mozdulatra és hangra ki volt hegyezve, tudata pedig igyekezett meggyőzni a testét, hogy minél halkabban lélegezzen, és nyugodjon meg egy kicsit.

Nyikorgás és halk puffanás jelezte, hogy a pinceajtó ismét becsapódott.

Csak a huzat játszott Rose érzékszerveivel, és tornáztatta meg még mindig oly vadul a kalapáló szívét. A felismerés olyan jólesett neki, hogy akaratlanul felsóhajtott, és egy lélegzetvételnyi ideig lehunyta a szemeit. Ahogy ezt megtette, szinte látni vélt előtte megjelenő, félelmetes, halott arcokat, amiket majd akkor pillantana meg, amikor ismét kinyitja a szemeit. Egy szívdobbanásnyi ideig nem merte ezt megtenni, de erőt vett magán, és mielőtt túlgondolta volna az előzőket, mégis felpattintotta a szemhéjait.

Természetesen nem volt ott semmi.

Rose most hagyott magának egy kis időt, hogy tényleg megnyugodjon, és szétnézett a helyiségben. Téglalapalakú helyiségben állt, de a mennyezet kis kupolákból és boltívekből volt kialakítva. Valóban néhány összetört faláda és kiszáradt hordó volt az egész felszerelés, nem is kellett sok időt szentelni a felfedezésükre. Tétován pásztázta végig a pincét a lány sokadszor is a lámpájával, de semmi olyat nem látott, ami a legkisebb esélyét is felcsillantotta volna annak, hogy valamiféle elfeledett kincset rejt.

Kissé felbátorodva önnön merészségén, körbe is járta a helyiséget, miután érezte, hogy ismét minden erő visszatér a végtagjaiba. A legérdekesebb dolognak talán az a pár tucat patkánycsontváz ígérkezett, amit a penészes fal tövében fedezett fel fintorogva. Aztán hirtelen észrevette – attól a helytől pár arasznyira, ahová a hátát vetette az imént –, hogy pár darab tégla körülbelül dereka magasságában be van törve, és a darabkáik nem ezen az oldalon vannak. Furcsállta is, ezért közelebb ment, hogy tüzetesebben is meg tudja vizsgálni felfedezését.

Egy elfalazott folyosót talált.

Rose hiába próbált meg leguggolva a lyukon keresztül bevilágítva a titkos folyosó rejtélye mögé látni, hamarosan belátta, hogy hasztalan próbálkozás, hiszen a lámpájának fénye nem tudta áttörni az odabent uralkodó sötétséget. Egy darabig belátott ugyan, de az most roppant kevés volt neki. A kaland hívó szava csengett füleiben, és ő alázatosan engedelmeskedett neki. Így hát nem volt mit tennie, a jól megszokott taktikához folyamodott, és szájába vette a kis elemlámpáját, hogy kezei felszabaduljanak, és mind a kettővel tudjon dolgozni annak fényénél. Elkezdte kibontani a falat.

A munka meglehetősen könnyen és gyorsan ment. Egy hegyes fadarabbal, amit jól irányzott rúgással egy ládából zsákmányolt, kikapargatta a téglák fugái közül a megszáradt, málló habarcsot, majd minden meglazított tégla után leült, és a lába rúgásaival sikerült szépen, lassan, egyenként tovább bővítenie a lyukat. Amikor Rose úgy ítélte meg, hogy ha nem is kényelmesen, de átfér a résen, abbahagyta a munkát, koszos pulcsija ujjába törölte a homloka verítékét, és nekifogott, hogy átpréselje magát az elfalazott helyiségbe. Ő maga sem tudta, mi is hajtja oda, hiszen gondolhatott volna arra a tényre, hogy nem véletlenül falazták el azt a folyosó szakaszt, de most valahogy nem érdekelte semmi. Itt akart lenni, messze a Wendy-féléktől, messze a zűrzavaros gondolataitól, messze mindentől, ahol csak ő van, és az új kaland minden rettegése feledteti vele a közelmúlt idegeit és érzelmeit borzoló eseményeit. Nem érdekelte a fájdalom sem, ami a megerőltető munka miatt tagjaiban áradt szét, csak az, hogy haladjon előre az úton, amit minden eljövendő másodperc más és más ösvényre terelhet.

Az első, amit Rose megérzett, az a levegő fojtogató bűze volt. Nem tűnt elviselhetetlen, de az első pillanatokban olyan borzasztó volt, hogy a lány öklendezve görnyedt térdre. Azt hitte, hogy azonnal találkozik a vacsorára jóízűen elfogyasztott étellel, de aztán szerencsére erre nem került sor. Orra lassan megszokta a szagokat, és talán még a pince dohos levegője is segített, ami jóindulatúan áramlott be, kicsit kicserélve a befalazott folyosó levegőjét.

A rosszulléttel küzdő lány tagjaiba visszatért az erő. Feltápászkodott, és lámpája halvány fényében körbenézett. A folyosó olyan keskeny volt, hogy ha középre állt volna és kinyújtja karjait, akkor könnyedén eléri mindkét oldalon a falat. A boltíves mennyezet is alig lehetett két méternél magasabb. A folyosó vörös téglákkal volt kirakva mesteri szimmetriával, és látszott, hogy alig húszlépésnyire elágazik.

A lámpa fénye hirtelen teljesen elhalványult.

Rose akaratlan mozdulattal megrázta, hogy életet leheljen belé. Ez úgy tűnt, hogy sikeres megoldás egy darabig, de óhatatlanul figyelmeztette a lányt, hogy nincs nála a hátizsákja, amiben a tartalékelemek is vannak ilyen esetre. Itt pedig nem volt ajánlatos ragadni, mert a koromsötét folyosóból és a pincéből kijutni egy örökkévalóságnyi időbe telhetett volna. Azt már tegnap éjjel is tapasztalta, hogy olyan, mintha gyorsabban telne az idő ebben a házban, és eszébe jutott 12-es barakk a kis barátaival. Rozsdástól ugyan nem kapott engedélyt egész éjszakás kimaradásra, de tudta, hogy amíg nem tér vissza, addig a férfi szemmel fogja tartani a védenceit, és semmi bántódásuk nem eshet, amíg távol van. Viszont nem is akart visszaélni Rozsdás jóindulatával, úgyhogy eldöntötte, hogy amilyen gyorsan csak tudja, megnézi a folyosó végét, és már siet is vissza a gyerekekhez.

Amint Rose elérte az elágazást, gondolkodás nélkül balra fordult. A folyosó ugyanolyan vörös téglákkal volt kirakva, semmi különöset nem látott rajta, és ötven gyors lépés után el is érte a végét.

Az a vége is le volt falazva.

A téglák kemény koppanással válaszoltak ütéseire, nem pedig kongással, ezért úgy gondolta, hogy a folyosó nem folytatódik a téglafal mögött.

„Most aztán vissza a másik irányba!" – Szinte futva tette meg az elágazásig hátralévő utat, és csak amikor a még felfedezetlen folyosórészbe ért, akkor lassított. Minden ugyanolyan volt, mint amit eddig megszokott, de itt az első ötven lépés után nem állta útját egy lefalazás. A baloldalon egy kis tárolófülke volt, aztán tízlépésenként hol az egyik, hol másik oldalon talált egyet-egyet. Egy ízben meg mert volna esküdni, hogy lánccsörgést vagy legalábbis vas- vagy acéltárgyak összekoccanását hallotta, de mintha a fal túloldaláról hallatszottak volna. Bement az egyik fülkébe, és fülét szorosan a téglafalhoz nyomta. Jó ideig fülelt, de már nem hallott semmilyen hangot a saját lélegzetvételén kívül. A fülkék teljesen üresek voltak, néhányban volt elkorhadt és összeroskadt polcrendszer, de a nagy részében csak döngölt föld és vastag pókhálók néztek vissza mindenhonnan. Rose eltöprengett, hogy az a rengeteg pók, ami az évek hosszú sora alatt teleszőtte ezt a katakombarendszert, vajon mivel táplálkozik, mert a minimálisnál is kisebb esélyt látott itt bármilyen élőlény felbukkanására. Aztán a lány elfogadta, hogy számára ez valószínűleg örök rejtély marad.

Százötven lépés után véget ért a jobb oldali katakombaszárny is.

Ugyan be volt dőlve a folyosót lezáró téglafal, de egy földomlás el is zárta mind a látványt, mind pedig a továbbhaladás lehetőségét. Itt is, akárcsak a legelső pincehelyiségben, rengeteg patkánytetemet figyelt meg. Pontosan a bedőlt fal közelében, addig sehol máshol nem. Ezekben az volt a megdöbbentő, hogy nem egyszerű csontvázak voltak, mint a pincében, hanem szinte teljesen ép tetemek, mintha valami láthatatlan erő vagy a katakomba száraz, átkos levegője egyszerűen mumifikálta volna őket. Ezek viszont nem számíthattak arra, hogy a kellőnél nagyobb figyelemben részesülnek a lánytól, így aztán Rose kissé csalódottan elindult visszafelé, elhagyva álmait a csodás lehetőségekről és kincsekről, amiket a pincében való felderítőúttól várt.

Visszabújt a legelső pincehelyiségbe, aztán fel a lépcsőn.

Kissé elszorult a torka, ha a becsapódó ajtóra gondolt, és nagyon remélte, hogy nyitva találja, és maga mögött hagyhatja ezt a bűzös, átkozott helyet. Még egy lépés, megragadta a kilincset, lenyomta, az ajtó pedig feltárult előtte. Végtelen megkönnyebbülés áradt szét a testében.

Majd ahogy jött, úgy fagyott is le az arcáról a mosoly, érezte, hogy testét jeges fuvallat és rémület öleli át, egy utolsót pislogott a lámpa, mielőtt végleg kialudt.

De az utolsó fénynél Rose még meglátta a sötét alakot hanyagul a konyhaasztalnak támaszkodva.

*

Rose lendülete megszakadt, és megmerevedve bámult a sötétségbe. A durván bedeszkázott ablakokon szinte semmi fény nem szivárgott be a benti sötétségbe, hogy megkönnyítse a lány dolgát. Biztos volt benne, hogy látott valakit a hosszú asztalnak támaszkodni, és az a valaki egy felnőtt férfi volt. A végtagjaiba remegés költözött, és szíve vad dobolása olyan gyors volt, mintha a mai, még hátralévő dobbanásokat mind egy percbe szeretné összesűríteni. Jéghideg levegő siklott Rose köré, s bár nem látta, de érezte, hogy annyira lehűlt körülötte a szoba, hogy látszott a lehelete.

Mielőtt azonban még többet gondolkodhatott volna azon, hogy valóban

látta-e a félelmetes személyt, vagy csak érzékszervei csapták be, és láttatták vele a lidércet, halk hang szólította meg:
– Lát engem, kisasszonkám? – búgta a hang barátságosan.
Rose eltöprengett, hogy mit is lehet erre válaszolni, hiszen ha hallja, akkor valószínűleg látja is a hang gazdáját.
– Igen, láttam és hallom önt! – válaszolta legyőzve minden kételyét és félelmét.
– Akko' látott engem az elmút iccakán is, kisasszonkám? – suhant a sötétségben a következő kérdés Rose felé.
A lány rettegve gondolt a tegnap éjszakai gyilkosságra, aminek akaratlanul is szemtanúja volt. „Csak nem talált meg a gyilkos? Milyen ostoba és felelőtlen voltam ma már másodjára! Visszajöttem ide, amikor gondolhattam volna arra, hogy itt bujkálhat még a tettes. Most aztán mit válaszoljak? Tagadjam le a tegnap éjszaka történteket, és próbáljak elfutni?" – A terv második része már csak azért sem működhetett, mert lámpa nélkül még a konyhából sem találná meg a kijáratot, nemhogy a házból! S valószínűleg annak, aki itt várta a sötétben, már sokkal jobban hozzászokott a szeme a sötéthez, és sokkal jobb helyismerettel is rendelkezik. Ha beismeri, és tényleg a gyilkos vár itt rá, akkor pedig elképzelni is szörnyű, mi várhat rá ettől az embertől, hiszen hidegvérrel megölte éjszaka azt a másik embert.
– Ki maga? – kérdezett vissza magát is meglepve, hogy az időt tudja húzni, míg a választ megtalálja az eredeti kérdésre.
– Senki, ...már senki! – jött az érezhetően csüggedt válasz. – Vótam valaha, de ma má' élő emlékezet se őrzi a nevemet…
Egy halk csettintés röppent a levegőbe, és az asztalon álló gyertyatartó viaszcsonkjában meggyulladt a kanóc, halvány, pislákoló fénnyel terítve be a helyiséget. A férfi még ott volt, ahol Rose az első pillanatban megpillantotta, csak most a halvány, aranyló fényben. Meg sem mozdult, és a lány rögtön megismerte a tegnap látott férfit, akit a toronyszobában megölt a lelketlen társa.
– De hát, ez lehetetlen… – hebegte Rose. – Láttam, hogy… mi maga, kísértet, lidérc vagy szellem?
– Hogy mi vagyok, aztat nem tudom, ...Nem tudom, minek nevezik aztat az emberek, aki itten maradott, de nem kéne itten lennie má'! – válaszolt őszintén a férfi, és kezét lazán áthúzta a gyertyatartón, de az úgy haladt át rajta, hogy a tartó nem dőlt fel, viszont a lángok megrezdültek a suhintástól. – Lehet engemet szellemnek vagy kísértetnek is híni, de hogy valójába' mi vagyok, aztat nem tudom!
– De hát láttam, hogy tegnap éjjel megölte magát az a lelketlen férfi, és most ismét itt van előttem! – hápogta borzongva a lány, és érezte, hogy nem érti a helyzetet.
– Ó, a báró úr! – mosolygott a kísértet, és közben hanyagul legyintett. – Ő majdnem minden éccaka megöl engem, kisasszonkám. Ez az ő legfőbb szórakozása, én meg úgy vagyok vele, hogy nem rontom el a szórakozását, hadd örüljön mán, hisz nem kerű' az ippen semmibe…
– De hát ez rettenetes, biztos nagyon fáj! – borzadt el Rose maga sem tudva, mit mond.
– Hát nem kellemes, de meg lehet szokni, kisasszonkám! – válaszolt a szellemlény egy újabb legyintés kíséretében, mellyel szinte tudatta, hogy

felesleges erre több szót fecsérelni.

– Ön is látott engem. Észrevettem, hogy többször is rám nézett, Mr… Szellem! – rögtönözte a megszólítást Rose.

– Igen, észrevettem má' előbb is, mikó' ide teccett tévedni a házba, kisasszonkám, de odafent a toronyba' láttam, hogy a kisasszonka is rám néz, és ez felettébb különös vót.

– Miért volt különös? – kérdezte Rose, és egyre jobban érezte, hogy kezdeti félelme és rettegése kezd múlni.

– Há' csak azé', me' a Gróf urat és engemet nem szoktak észrevenni az emberek, valamé' nem látnak, de kisasszonka látott minket. Mondottam is a báró úrnak, emlékszem, mondottam, de a nagyságos úr letorkollott, és mondotta, hogy galád kutya vagyok, ha eztet merem néki mondani. Végre büszke lesz rám a nagyúr, hiszen lám, igazam vót – fecsegett a lidérc.

– Mit csinálnak itt? Miért vannak itt? – kérdezte Rose.

– A tornyok őrei vagyunk jómagam és a báró úr. Ide köt minket egy átok. Elátkozott ház ez, kisasszonka, elátkozott! Nem szabadna itten lennie illen kései órán kisasszonnak, hisz még oly messzi van a kakasnak kukorékolása… – Elhallgatott, mintha fülelne, és távoli zajokat vélne hallani. – Mennie kéne kisasszonnak mihamarább! Hallom, jön az én uram és gazdám, és ma éjje' megint nem bódog, harapós kedvibe van…

S valóban igaza lehetett.

Távoli léptek közeledtek, majd feltárult az ajtó, és imbolygó fényű fáklyával a kezében ott állt a kissé morcos tekintetű báró. Rose testének nagy része takarásban volt az egyik tálalószekrény miatt, hiszen ahogy feljött a pincéből, rögtön lecövekelt az ajtóban. Az pedig nem nagyon látszódott a konyha előtér felőli ajtaja irányából, de Rose arcát újabb jeges fuvallat csapta meg, és a csontrepesztő hideg megdermesztette az egész testét. Most már kitűnően látta a lélegzésének nyughatatlan árapályán, hogy miként eregeti a lusta lehelet-felhőcskéket a levegőbe.

– Ó, te bitang kutya, hát itten lopod a napot dógod végezetlenül, miközben urad kihajtja a lelket is magábú'! – csattant a szava, akár egy korbács, s a férfi szelleme meg is rezdült félelmében.

– Dehogy, dehogy, nagyságos uram! Nem lopom én a napot, csak itten van, amit mondani akartam tegnap éjjel… – kezdte mentegetőzését a kísértet.

– Ne a nyelvedet koptassad rút hazugságokkal, azt mondjad meg a gazdádnak, hogy a Csellengőt megkötözted-e má'? – szakította félbe az igencsak mogorva báró. Az ő teste valamivel tömörebbnek tűnt, mint a másik férfié, de most már, hogy Rose figyelt rá, látszott, hogy valóban szellemekkel van dolga.

– Nem, jó uram, nem sikerült még, de itt van…

– Nem? Nem-e? Ó, te galád poloska! Hát, nem is értem, miért tűrök meg magam mellett ilyen hitvány ebet…

Mielőtt a másik szellem vagy Rose bármit is tehetett vagy mondhatott volna, egy elegáns mozdulattal kihúzta a háta mögött derékszíjába dugott kováspisztolyát, a férfira fogta, és elsütötte a fegyvert.

A felvillanó szikraesőben, ami a pisztoly csövét elhagyta, Rose még látta, hogy a férfi lemondóan megint a szemébe néz, mintha azt üzenné, hogy „Én megmondtam, …ez van minden éjjel…". A lövés kísérteties energiája átszaladt a férfi testén, és elfújta a gyertyatartó csonkjain pislogó lángocskákat.

A sötétségre felocsúdva Rose megrázta a lámpáját, és az csodák csodájára ismét felfénylett, de a két kísérteties alaknak hűlt helye sem volt már a konyhában.

A másodpercek lassan peregtek, de a Rose körülötti világ is lelassult, gondolatai azokon a dolgokon jártak, amik eddig értelmetlenek voltak, s hirtelen értelmet kaptak, miközben két ötlet fogalmazódott meg benne: Először is, hogy mennyi minden el van zárva az emberi elme elől, a másik pedig sokkal világibb volt, mégpedig hogy azonnal ki kell jutnia ebből a házból, s minden titkát maga mögött kell hagynia mielőbb. Kiszabadította lábait a jeges bénultságból, amibe ragadtak, és szinte rájuk erőszakolta elhatározását, hogy minél előbb kijusson a házból.

Egy harangzúgásnyi idő multán aztán lábai tették ösztönösen a dolgukat, minden további parancs szükségessége nélkül is. A lámpája villódzó fényében kikanyarodott a földszinti előtér nagy helyiségébe. Most már nem akart lábnyomokat nézegetni, ezüstérmécskék után kutatni, csak azt szerette volna, hogy tüdejét ismét meg tudja tölteni az erdő fenyőillatú levegőjével. Semmi többre nem vágyott egyelőre, hiszen ha ezt eléri, akkor már ezt az elátkozott házat is a háta mögött tudhatja.

A kézfején lévő seb, amit tegnap éjjel, félelmében saját maga harapott, égető fájdalommal nyilallni kezdett. Rose odanézett, és rémülten vette észre, hogy kézfeje már egy merő vér. Biztosan régóta elkezdett újra vérezni, csak nem vette eddig észre. Talán már a katakomba falának kibontásakor ismét felszakadt, vagy valamikor később, csak a nagy sietség és a szellemek felbukkanása miatt eddig figyelmen kívül hagyta. Érdekes dologra lett figyelmes, ami miatt kissé meg is lassította a lépteit, mert a sebből csörgedező vérpatak végigfutva a kezén és az ujjain, a földre cseppenve nem szétfröccsentek a padló porában, hanem kis golyóvá összeállva elgurultak Rose háta mögötti irányba.

Már maga mögött tudta az emeletre vezető lépcsőket, és talán tíz lépés választotta el a bejárati ajtótól, amikor furcsa, eddig ismeretlen hangok ütötték meg a fülét. A katakombában is hallható lánccsörgés csendülése jutott el olyan tisztán hozzá, hogy tudta, a hang forrásának abban a teremben kell lennie, amiből ő éppen kijutni igyekezik. Halk lépések neszezése is elérte a fülét, hiába lepte vastag porréteg a helyiség padlóját, ez is minden mással összetéveszthetetlen hang volt.

„Még nyolc lépés, és kijutok." – Ez teljesen kibillentette a lányt az álmélkodásból, és szinte el is felejtette a vándorló vércseppjeinek a rejtélyét. Mert a sebébe hasító fájdalom szinte sokszorosa volt az eddig érzettnek. Próbált nem figyelni rá, kizárni mindent, és csak arra koncentrálni, hogy lépteit ne szakítsa meg, de most már a feje is elkezdett fájni vagy a kezét égető fájdalom miatt, vagy az erőlködéstől.

Még hat lépés volt az ajtóig.

Rose csak lépkedett előre már-már gépiesen, és eltökélte, hogy bármi is történjen, nem fog megfordulni. Amíg ereje van és a lábai engedelmeskednek szándékának, addig ő azon lesz, hogy elérje a szabadságát jelentő ajtót. Halk, ismeretlen szó csendült alig hallhatóan a háta mögött. Biztosan nem a tornyok őre, és nem is a báró úr hangja volt. Azokat megismerte volna, hiszen nincs egy pár perce, hogy hallotta őket. Nem, ez egy idegen, eddig még nem hallott hang volt, bár... egy kicsit ismerősen csengett dallamos hangzása... Igen, a lány már emlékezett. Egyszer, amikor a behangolatlan rádióhoz hasonlító sercegést érzékelte, akkor már hallani vélte ezt az ismeretlen, dallamos nyelvet.

„Még négy lépés a szabadságig."

A hang parancsszavára a bejárati terem minden létező gyertyacsonkjának kanóca lángra kapott, és pislogó, remegő aranyfényű pompával díszítette fel az eddig hideg és sötét falakat. Rose legszívesebben lehunyta volna szemeit, hiszen azt a pár lépést, már csukott szemhéjjal is meg tudta volna tenni, de egy másik énje arra vágyott, hogy kontrollja alatt tudja tartani magát a következő pillanatokban. A konyha jeges élménye után szinte érezte a gyertyák pislogó lángjaiból felé áramló jóleső meleget, kedve lett volna megállni, és legalább elgémberedett ujjait megmelengetni egy kicsit, de ez nem a megfelelő pillanat volt ahhoz.

„Még két lépés."

Már úgy érezte, hogy úszik a levegőben, és lábai nem is érintik a poros padlót. Visszatartotta a lélegzetét, hogy legközelebb már csak a kinti, friss, erdei levegő hatolhasson tüdejébe. Most tanulta csak meg értékelni, milyen nagy öröm is lenne, ha ki tudna jutni ebből az elátkozott házból, és nem kellene itt megannyi átok között hánykódnia, mint viharvert hajónak a tenger közepén hurrikánok idején.

Már kinyújtotta kezét a kilincs után.

Ekkor a házat és a földet megremegtető fülsiketítő sikoly hasította át a levegőt olyan hatalmas energiával, ami vadul előre lökte a lányt, felkavarta a padló porát, és Rose-t a falhoz vágta. A sűrű porfelhőtől szinte semmit sem lehetett látni, de a lány ösztönösen megragadta a kilincset, feltépte az ajtót és kilépett a szabadba. A porfelhő vele együtt szakadt ki a külvilágba. A sikoly lökésének erejétől Rose elveszítette az egyensúlyát, és arccal a földnek csapódva landolt az ajtó előtt.

Elsötétült előtte a világ, és elvesztette az eszméletét.

*

Rose tudatának tökéletes elszakadása a valótól ugyan magányos és mélysötét, de legalább annyira nyugodalmas és gondolatoktól mentes volt. Nem tarthatott soká, mert amikor erőlködve felnyitotta szemeit és rémülten a hátára pördült, hogy szembenézzen azzal, ami rá vár, a vele együtt kitörő por még nem ült le a levegőből. Megdöbbenésében azt is észrevette, hogy a bejárati ajtó teljesen nyitva van, és a teremből kiáramló gyertyalángok pislogása miatt egy érdekes fénytócsa közepén fekszik. A terembe, amennyire belátott, nem vett észre senkit, és semmilyen mozgás nem jutott el a szeméig.

A bejárati ajtó megmozdult, és méltóságteljes lassúsággal becsukódott. Amikor elérte a tokját, és a zárszerkezet nyelve visszaugrott a fészkébe, a ház ismét tökéletes sötétségbe burkolózott. Mintha ez lett volna a jel arra, hogy a terem összes fényforrását ismét el kell oltani.

Túl misztikus és felfoghatatlan volt mindez.

Kellett pár perc, mire Rose szemei ismét hozzászoktak a sötétséghez. A Holdat még mindig lassan úszó, vastag esőfelhők takarták el a kíváncsi szemek elől, így sokkal nehezebb volt a tájékozódás, mint az ezüstszínű égitest fénye mellett. Ez azonban már nem okozott gondot a lánynak, hiszen nem először kellett hazatalálnia innen, sőt a tegnap éjjel sokkal inkább embert próbáló volt a viharban.

Rose minden csontja fájt, és kis nyögés hagyta el az ajkát, amikor felegyenesedett. Valami meleg is végigfolyt az arcán. Odanyúlt, letörölte, és még ebben a fénytelen éjszakában is látta, hogy vér sötétlik a tenyerén. Ujjai kutatva indultak felfedezni a vér eredetének helyét, és a jobb szemöldöke és a halántéka között tapintottak meg egy fájó és elég nedves dudort, ami valószínűleg a csúfos földet érésének az emlékeként ott fog díszelegni még jó pár napig a fején.

Újból elvesztette az egyensúlyát, amikor lehajolt, hogy a lába mellett heverő bágyadtan világító, maréknyi lámpácskáját felemelje, kikapcsolja, és a farzsebébe visszadugja. Amikor mégis odadobta pár napja a többi cucca közé, nem is sejthette, hogy mennyire nagy segítségére is lesz ez a kis tárgy hű barátként megannyi kaland közepette.

Végiggondolva ez elmúlt órák eseményeit meg kellett állapítania, hogy egyáltalán nem úgy alakultak a dolgai, ahogy még a könyvtárban kigondolta. Megtépázott ruhája és vérző szemöldöke legalábbis nem volt betervezve. „Hamarosan úgy járok, hogy már nem lesz mit felvennem, mert minden éjjel leamortizálom az aznapi öltözetemet." – Így aztán megtépázva bár, de temérdek új, megmagyarázhatatlan élménnyel a képzeletbeli zsebében kissé letörve az ösvény felé vette az irányt, hogy elinduljon a tábor és azzal együtt a puha ágya felé.

Ismerős virágillat csapta meg az orrát.

Mint az elmúlt időben oly sokszor, ez az érzés ismét mindent kitörölt a gondolatai közül, és érdeklődve pillantott körbe, hogy hol látja meg a hatalmas farkast vagy a titokzatos és nem túl barátságos kószát. Kíváncsian forgolódott körbe, de sehol sem látta meg a farkast, pedig a virágillat már egyre erősebben érződött körülötte. Mire feladta volna a keresést, egy halványkék derengést vett észre a bal oldali elburjánzott sövényben.

Luna volt az.

Odasietett, és nem törődve azzal, hogy kezeit durván összekarcolja, ismét segített a tündérkének megszabadulni szorult helyzetéből.

– Upsz… Ez nem úgy sikerült, ahogy szerettem volna! – jelentette ki vidáman, minden méltóságát összeszedve a csöppnyi teremtmény, és illedelmesen meghajolt Rose előtt, aztán lesöprögette ruhácskájáról a leveleket és pókhálókat.

– Üdvözöllek, Luna. Értem jöttél? – kérdezte vágyakozva Rose.

– Nem, kisasszony, nem egyedül jöttem el! – válaszolta az aprócska holdtündér.

Megpördült a sarkán, és fellibbent Rose szeme magasságába, majd a csöpp teremtményt a sűrű szárnycsapkodásra egyre erősebb kék fény vette körül védelmező auraként. Rose jól látta, hogy a kékségben úszó temérdek porszem és falevél megállt a mozgásában, mintha megdermedt, megfagyott volna a világ körülöttük. Az erdő halk neszei is megszakadtak, s ebben a megkövült világban egy halványzöld gömb alakult ki Rose mellett. Nőttön-nőtt, majd mikor embernagyságú lett a ragyogása és olyan vakító, hogy a lány már hunyorogva sem tudott belenézni, egyszerre csak odamanifesztálódott mellé a Zöld Tündér.

A kővé dermedt környezetben, ahol még a legutolsó porszem is mozdulatlanná merevedett, csak a földig érő zöld haja és a hófehér fátyol, ami takarta testét, lebegett békésen a tündér körül. Olyan misztikus és gyönyörű volt a szépség, hogy elképzelni sem lehetett volna titokzatosabbat. Mégis égszínkék szemei és arca keménysége elárulta, hogy egyáltalán nem jókedvében van itt, nem Rose látogatásának céljából ruccant át ebbe a világba. Gyönyörű metszésű arcán egy könnycsepp gördült végig, lassan siklott végig fénylő csíkkal mutatva megtett útját, és a tündér álláról csillanva a hófehér ruhájára cseppent, ahol zölden megvillanva magába szívta a titokzatos anyag.

A Zöld Tündér egy percig csak állt, a házat és közvetlen környezetét szemlélte, majd Rose felé pillantott. Arcának és homlokának vékony ráncai kisimultak, szemei mintha elmosolyodtak volna a viszontlátás örömére. A tündér odalépett a lány elé, merőn a szemébe nézett, és amint találkozott az égszínkék és a zöld szempár, mintha régi ismerősként köszöntötték volna egymást. A tündér felemelte kezeit, és gyengéden megsimogatta Rose arcát, majd a kezeiben tartotta, úgy nézett a lány szemeibe továbbra is. Rose már kezdte kényelmetlenül érezni magát, de a tündér érintése nyomán enyhült a fejfájása, és a szemöldöke melletti vérző dudor sem lüktetett már minden szívdobbanásánál oly vadul. A Zöld Tündér pedig csak bámulta és végigsimította az ábrázatot, mintha egy régen látott, számára nagyon kedves arc vonásait kereste volna a lányon. Aztán egy alig látható rándulás futott végig a tündér szép arcán, még kicsit meg is rázta a fejét, mintha bizonyítani akarná, hogy amit keres vagy látni vél, az csak délibáb, kósza ábránd. Vonásai megkeményedtek, de a barátságos fény nem tűnt el a szeméből, és talán még az ajkain is látható volt egy halvány mosoly, amit csakis a lánynak tartogatott ebben a kemény időszakban.

– Üdvözöllek, Rose Palmer! – köszönt apró fejbiccentéssel a tündér. – Látom, sikerült ismét a dolgok sűrűjébe kerülnöd!

– Üdvözöllek… khmmm… nem is tudom, hogyan szólítsalak! – töprengett hangosan Rose. – Szóval üdvözöllek én is…

– Ha mindenáron meg szeretnél nevezni, akkor szólíts nyugodtan Zöld Tündérnek. Mindenki így ismer, és így mindenki tudja, kiről van szó – bólintott a tündér beleegyezően.

– Csak az olyan személytelen… bocsáss meg! – javította ki magát Rose, mert látta, hogy mondata első felénél a tündér kíváncsian felhúzta az egyik szemöldökét.

– Igen, személytelen, de ennek is megvan az oka. A mi világunkban a névnek mágikus ereje van, ezért nem szeretjük a nevén nevezni a személyeket. A név mágiájával lehet élni, de főleg visszaélni akár aljas vagy nagyon gonosz célok érdekében. Ezért aztán nem nevezünk nevén élőlényeket, és nem is keressük az igazi nevét senkinek – válaszolt a tündér nyugodtan a lánynak, majd a fel sem tett kérdésére is: – Igen, nekem is van nevem, réges-régen így szólítottak szüleim, de már nem sokan élnek azok közül, akik ismerik azt a titkos szót.

– A holdtündérnek adtam nevet. Az nagy vétek tán? – kérdezte Rose próbálva elterelni a beszélgetés folyamát a kényes témáról, hiszen nagyon jól emlékezett a tündér szüleinek sorsára Luna elbeszéléséből. – Lunának neveztem el, de ezt hármunkon kívül most már nem tudja senki.

– Nem szokás elnevezni nálunk senkit sem, de mivel te ezt nem tudhattad, így nem is érhet vád érte, és az természetes, hogy egy igazán furcsa találkozásotok alkalmával összebarátkoztatok. Ha majd többet lehetsz a világunkban, akkor talán megláthatod, hogy ebből a kis teremtményből milliószámra akad a világunkban. Egyetlen példány nevének megismerése nem befolyásolhatja az egész faj jövőjét. – Hirtelen elhallgatott, és a ház felé pillantott, aztán így folytatta: – De nem ezért jöttem ide, Rose Palmer, hogy a holdtündérekről beszélgessek veled. Itt nem vagyok biztonságban... Ha szeretnél beszélgetni velem, akkor csatlakozz! Ha nem, akkor siess vissza a világod békésebb részébe, és ezek után kerüld el ezt a helyet messzire, aztán felejtsd el, ami itt történt veled az elmúlt napokban!

A tündér kinyújtotta a lány felé a jobb kezét.

Rose egy pillanatig sem mérlegelte a lehetőségeket, azonnal megragadta a tündér kezét, és jött a már megszokott bukfenc, ahol minden elsötétül körülötte. Érezte a lábai alatt a kemény talajt, de szinte azonnal a kezei alatt is, így konstatálta, hogy ismét nem túl elegánsra sikerült a megérkezése. Hányinger gyötörte, ma éjjel már másodszor, émelygett, szédült és arra gondolt, hogy ez az utazási módszer nem fog szerepelni a kedvencei között. Gondolatban bocsánatot kért Lunától, mert midőn kezét nyújtotta a Zöld Tündér felé, egy fél pillanatig arra gondolt, hogy vele az utazás biztosan kellemesebb lesz, mint a holdtündérrel, hiszen emlékezett rá, hogy a tündér kifejezetten ügyetlennek titulálta Lunát.

Rose nagy nehezen tudta csak kinyitni a szemeit.

Egy elsőre ismeretlen helyen találta magát, aztán amikor négykézlábról – hogy mentse a tekintélyét – a sarkára ült fel, és onnan nézett körbe még egyszer, csak akkor vette észre azt a sötét erdőt, ahová először érkezett meg Lunával a korhadt faodúból induló útjukkor. Mély lélegzeteket vett, hogy legyűrje az émelygést és hányingert, de sajnos ez sem segített, és a gyomra engedelmeskedett a természet erőinek, kidobta magából a vacsorát. Rose az erőlködéstől könnyes szemmel és kifejezetten rossz és büdös szájízzel egyenesedett fel. Romokban érezte tekintélyét, egészségét és a testét. Az elmúlt egy óra megpróbáltatásait figyelembe véve nem csodálkozott, hogy ez lett a vége, hiszen annyi minden történt vele, ami egy egész napra elosztva is sok lett volna.

Rose megtörölgette könnyes szemét, száját és érezte, hogy most már igazán sokat jelent számára a friss erdei levegő, ami megtölti tüdejét és lecsillapítja háborgó gyomrát is. A Zöld Tündér és Luna jó pár lépéssel hátrébb egy vastag fa törzsénél állva szemlélték kellő diszkrécióval a lány ténykedését, de nem zavarták meg a dolgában. Rose összeszedte magát, és lesütött szemmel, kis szégyenkezéssel csatlakozott hozzájuk.

– Hol vagyunk most? Ismerős ez a hely. Egyszer ide érkeztem meg Lunával – kezdte az odaát megszakadt beszélgetés fonalát felvéve Rose.

– Ez itt a Halott Fények Erdeje, itt mindig sötétség van, itt tartjuk a világunk nagytanácsait. Ez egy igen fontos és szent helye a birodalmunknak, ereje vetekszik a Holtak mezejével, a Kéklő Hegy erejével vagy a Fekete Pataki Kapu hatalmával.

– Fekete Pataki Kapu? – kérdezett rá Rose arra, aminek a nevét még sohasem hallotta.

– Igen, sötét, baljós és elkerülendő átjáró az a mi világunkban. A tiétekben ahhoz a házhoz vezet, ahol az imént találkoztunk. Rettentő erő tartja hatalmában, ami felett kevesen uralkodnak a mi birodalmunkban, a tiétekben viszont senki sem képes rá.

– Azt hittem, hogy ebben a világban csak kedves és szeretnivaló lények találhatók! – bukott ki a lányból. – Mesekönyvek segítőkész szereplői.

– Az emberi és isteni elme igazán sokrétű, mint már említettem, ebben a világban igazán sokféle teremtmény található. És igen, azt tudnod kell, Rose Palmer, hogy ebben a világban sokkal több a gonosz, aljas és mindig ádáz teremtmény, mint az, amiről álmodozol. A mesék nem csak jó tündérekről szólnak. Rengeteg ördög, lidérc, démon, számtalan vérszomjas szörny és legalább annyi megnevezhetetlen és förtelmes pokolfajzat is e birodalom lakója. Sajnos az emberi elme sokkal több életeket kioltó teremtményt teremt azoknál, mint akik a védelmére lehetnének. A gonoszságnak már semmi sem szab határt. Olyan lények élnek itt, amikre még gondolni is szörnyű, és mi magunk sem tudjuk, hányféle van már ezeken kívül.

A Zöld Tündér karon fogta a lányt, és lassan sétálni kezdtek a széles ösvényen, ami kígyózva szelte keresztül az erdőt, a világosság felé vették útjukat, kifelé a sötétségből. Rose felpillantott az égre. Itt is ugyanolyan fekete fellegek úsztak az égig érő lombtalan, kopasz fák ágai felett, melyek mint kinyújtott csontvázujjak nyújtóztak a csillagtalan égbolt felé.

– Ti nem féltek itt? – kérdezte Rose, és kíváncsian a tündér arcára nézett.

– Nem, nekünk nem eshet bajunk itt! – válaszolta a tündér, és Rose nem tudta leolvasni a nyugodt arcról, hogy valamit is eltitkolna. – Néha, nagyon ritkán itt is előfordulnak összecsapások a jók és a rosszak között, de nem e birodalom miatt, hanem a tiétekbe vezető átjárók miatt. A ti világotok érdekében történnek csak rossz dolgok itt nálunk.

– Az emberek elárultak benneteket, háborúba kezdtek veletek, elpusztították a vezéreiteket, átok és feledés közé száműztek benneteket. És ti mégis mindig azon munkálkodtok, hogy megmentsétek az emberiséget? – kérdezte hitetlenkedve a megtorpanó Rose. – Furcsa!

– Furcsa mi? – kérdezett vissza a tündér mosolyogva. – Talán a válasz is természetellenes lehet, hiszen szerintem érted, hogy nem is kifejezetten csak az emberiség védelme a célunk, hanem a sajátunk is.

– Ez nem értem! – mondta halkan Rose.

– Pedig roppant egyszerű, Rose! – kezdte a gyönyörű teremtmény, és gyengéden további sétájuk folytatására ösztönözte a lányt. – Amennyiben csak egyetlen teremtmény is átjutna, és csak egyetlen embert is bántana vagy megölne, az egész civilizált világotok a miénk ellen fordulna, és azt már az elmúlt találkozásunkkor tisztáztuk, hogy nektek teljesen mindegy, hogy a mi szempontjaink szerint ki a jó, vagy éppen ki a gonosz. Egyenlően gonosznak és félelmetesnek vagyunk bélyegezve, ellenségei lennénk minden embernek, és még meg sem védhetnénk magunkat, hiszen azzal is csak azt igazolnánk, hogy ártani akarunk nektek.

– Ördögi kör! – bólintott Rose.

– Igen, a legtöbb, amit tehetünk, hogy megakadályozzuk azt, hogy egyetlen olyan borzalmas lény – legyen az emberi vagy szörnyeteg – átjusson a ti világotokba. Óvnunk kell az átjárókat és nem használhatjuk őket felelőtlenül sem oda, sem pedig vissza – szólt a Zöld Tündér, és ismét egy szúrós pillantást küldött Luna felé elérve azt, hogy az ismét Rose válla mögé bújt védelmet keresve. – Világunk népeinek ezt tiszteletben kell tartania, mert létünk így is pengeélen táncol, míg a kegyetlen pokolfajzatok száma megállíthatatlanul növekszik, a mi nemzeteink pedig évek óta csak fogynak, ránk nem szentelnek figyelmet a világotokban.

– Tehát az a ház egy kapu a két világ között? – kérdezte a lány.

– Nem, nem kapu, hiszen nem szeretnénk kinyitni. Inkább nevezzük őrbástyának, ami a tökéletes védelmet jelenti a birodalmak között. Sok jó ember és teremtmény veszett oda, amíg fel lett oda állítva. Ezen a felén csak a Fekete Pataki Kapu a neve. Réges-régen ez fontos átjáró volt a két birodalom között, de aztán amikor szétvált, mi egy volt valaha, minden megváltozott.

– Régen volt ez? – kérdezte kíváncsian Rose.

– Egy év vagy száz… jelentéktelen mértékegység számunkra, számotokra fontos csupán az idő múlása. A Fekete Pataki Kapu volt az egyetlen járható út mind a két világ teremtményeinek számára. A nagy csata és szétválás után is ez az egy kapu maradt meg lehetőséget adva a békés együttélés megteremtésének. Aztán annyira megszaporodtak az összecsapások a két világ között, hogy a világunk bölcsei lezáratták az átjárót. Persze ez még nagyobb ellenszenvet váltott ki a ti világotokban ellenünk. Csakhogy a népeitek egyre furcsább és pontosabb fegyverekkel jelentek meg, messziről tudtak halált osztani, ami ellen már nem tudtunk védekezni. Még a ti életetekben számolva is sok emberöltővel ezelőtt készült el az a ház. Természetesen eleinte csak egy jelentéktelen kőrakás volt, de kevésnek bizonyult. Aztán ház lett, és idővel kialakult az a hatalmas, soktornyú épület, ami már tökéletesen el tudja látni a feladatát.

– Nem olyan tökéletesen! – jegyezte meg Rose. – Tegnap és ma éjjel is találkoztam ott két szellemmel vagy lidérccel vagy mivel…

– Ó, igen! Nos, ők éppen az átjáró őrzése miatt lettek oda kinevezve… – mosolygott a Tündér. – Igen vicces két teremtés…

– Igen vicces?! De hiszen az egyik minden éjjel megöli a másik szerencsétlent! Hogy tudnak így őrizni egyáltalán, és ki nevezi ki őket? – durcáskodott ezen Rose.

– Te, te nevezted ki őket, Rose Palmer! – mosolygott még mindig a Zöld Tündér.

– Én? – hebegte a meglepetéstől Rose.

– Igen, természetesen tudtod nélkül tetted! – nyugtatta meg a lányt, de a mosoly leolvadt az arcáról, mire folytatta. – Tudod, mit hoztál el a toronyból, Rose Palmer?

– Egy pár kagylót és két ezüstérmécskét, obulust… – Rose hirtelen kezdte kapiskálni, miről is lehet szó. – Két ezüst obulust is elhoztam…

– Igen, Rose, elhoztál onnan, és tudod-e, Rose Palmer, hogy mire valók az ilyen kis pénzecskék? – kérdezte türelmesen a tündér.

– Gondolom, vettek rajtuk ezt-azt...

– Ezt-azt? És még?

– A halottak szemeire tették őket, hogy a túlvilágra tudjanak jutni ebből a világból, a révész viteldíja volt – válaszolta a lány, és már értett mindent, legalábbis úgy érezte. – Szóval elvettem a viteldíját. Ilyenkor mi történik? Ebben a világban ragad? De nem maradhat itt, mert már régen átvitte a révész. Vagy mi van ilyenkor?

– Természetesen nem te vagy az első, aki kirabolt egy sírt, és mentségedül szolgál, hogy nem is tudtad, mit tettél. A következményekkel mi sem lehettünk tisztában, ezért rögtön odaküldtünk két őrzőt a házba, hogy fel tudjunk készülni a legrosszabbra is. A legutolsó teremtményt szabadítottad fel tetteddel, aki megpróbálkozott átjutni a világodba, így akaratlanul is te nevezted ki cselekedeteddel a két őrzőt a feladatra, de mire ők odaértek, már késő volt. Valami elszabadult a házban, valami, aminek nem lenne szabad ott lennie, ami miatt nem lehet biztonságban egyikünk világa sem.

– Én nem tudtam, nem is sejtettem, hogy ekkora bajt okozhatok a tettemmel. Csupán egy ártatlan próbatétel volt. Csak a kagylókból akartam vinni, de másik toronyba mentem fel tévedésből, és ott találtam meg őket a kandallóban! Én nem akartam ártani a világnak. Egyiknek sem! – Rose érezte, hogy zokogni kezd a lelkére nehezedő súlytól, a fáradtságtól és a kilátástalanságtól, hogy mit is idézett elő. – Itt van, visszaadom őket, nekem nem kellenek! – szipogott sírva, és kapkodva keresgélni kezdett a csuklóján fityegő karkötő után remegő kézzel.

– Már késő! – emelte fel a kezét elutasítóan a tündér. – Már a kezeden maradhat a karkötő, Rose Palmer, varázsa megszűnt, így elvesztették a céljukat. Mostanra értéktelen érmécskék.

– De itt van, visszaadom, nekem nem kellenek! – suttogta Rose, és érezte, hogy lábaiból kiszalad az erő, legszívesebben leülne a földre, és magába roskadva zokogna kiengesztelhetetlenül.

– Azzal már nem tudsz segíteni, Rose, és a sírással sem! – simogatta meg a Zöld Tündér ismételten a lány arcát. – Viszont ha akarsz, tudsz segíteni!

– Bármiben segítek, csak bocsássatok meg! – szipogta könnyeivel küszködve Rose, és szétmaszatolta könnycseppjeit a portól és vértől mocskos arcán.

– A valami még nincs tisztában az erejével és a szabadsága következményeivel. Az erdőben talált állatok teste az ő pusztításának az eredménye. Két feladatot kapsz, Rose Palmer. A határidő ma éjfél! Először is, éjfélkor legyél a házban, ez nagyon fontos. A második feladatod pedig: El kell érned, hogy a tábor minél előbb kiürüljön, és mindenki menjen el onnan sürgősen.

– A kérés első része teljesen megvalósítható, a másik fele azonban lehetetlen. Azt hiszem, hogy túlbecsülöd a hatalmamat. Én csak egy gyerek vagyok a sok közül. Nincs beleszólásom az ilyen dolgokba. Nem irányíthatom az eseményeket – mondta megfontoltan Rose, mert tisztában volt vele, hogy túlságosan nagy feladatot akart rábízni a tündér.

– Hmm... csak egy gyerek vagy... – hümmögött a Zöld Tündér, és csodálkozást színlelt. – Mégis te állsz itt piszkosan és véresen egy olyan világ földjén, amiről a világod teremtményeinek elképzelése sincs. Ne becsüld le a gyermeki tulajdonságokat, Rose Palmer. Sokkal őszintébben, tisztábbak és célratörőbbek, mint a felnőtteké, több dologra vagy képes, mint amire gondolni és legvadabb álmodban vágyni mertél.

Kiértek az erdő szélére.

A Zöld Tündér elgondolkodva megállt, és tekintetét végigjáratta az eléjük terülő tájon. Szemei szeretettel siklottak végig az ismerős hegyeken, dombokon és virágzó mezőkön, s egy könnycsepp gördült arcára és siklott alá.

– Akkor csak tegyél annyit, amennyi hatalmadban áll! – mondta halkan a lánynak. – A legnagyobb viharok is egy gyenge szellőcskével kezdődnek, minden segítség jól jöhet abból a világból.

A kisebb dombtetőn, ahol álltak, szép kilátás nyílt a tájra, és Rose úgy belemerült a csodálatos környék bámulásába, hogy csak alig hallotta meg a Zöld Tündér szavait. Alig hallotta, de felfogta és megértette, így nem érezte úgy, hogy hozzá kellene fűznie bármit is.

– Nézd, Rose Palmer! – A tündér kinyújtotta a kezét, és lassan húzta végig a horizont mentén. – Amott van a Kéklő Hegy, és a Hősök Mezeje eddig terül el, ezeket a területeket már ismered, de nem tudod, hogy például a Kéklő Hegy nyugati lejtőin lévő barlangokat sárkányok lakják. Keletre a hegyen túl a Smaragd-tó van, megannyi csodálatos vízi teremtménnyel, s a tó közepén a Keleti Szigetek, amiket boszorkányok laknak. Amott a távolban Tündérország lejtőin megannyi unikornissal és pegazussal, a távoli sötét hegységek pedig birodalmunk határvonala, amit folyamatosan védenek a varázslók. A fák odvaiban, virágok szirmaiban, a föld üregeiben és barlangjaiban lakik az Aprók Népe, manók és törpék. Ebben a birodalomban mindennek megvan a maga helye és rendje. A világunk határain túl pedig laknak a Fertelmesek, minden más, amit csak megszült az emberi elme, gonoszság és fekete mágia irányít, minden, minek célja a pusztítás, a káosz és a zűrzavar.

– Örök ez a világ, halhatatlanok a lakói, vagy meg tudtok halni? – kérdezte meg Rose azt, ami a legrégebb óta piszkálta a fantáziáját.

– Nos, a válasz bonyolult, mint ahogy a kérdés is az! – válaszolt a Zöld Tündér, ismét elindult lassan sétálva a Kéklő Hegy felé. – A halál egészen más jelentéssel bír itt, mint nálatok. Abban a másik világban egyszerűen a földi létetek végét látjátok benne, a megszerzett tudás megszűnését, a megszerzett javak elvesztését és a szeretet és szeretteitek elmúlását egy örökkévalóságig. Ez rettegéssel tölti el az emberek szívét. Nem jönnek rá, hogy éppen az teszi őket halhatatlanná, hogy tudják, napjaik meg vannak számlálva. Az ösztönzi őket szebbre, jobbra és nemesebbre, hogy egyszer majd nem látják a felkelő napot, sokkal vidámabban élnének, ha tudnák ezt értékelni, és sokkal boldogabban is halnának meg, mert tudnák, a halált úgysem kerülhetik el.

A csodálatos teremtmény megállt, és merőn a távoli horizont felé nézett, ahol talán a lenyugvó napnak kellett volna lángolva a bércek mögé hullania.

– A mi világunkban a teremtmények legnagyobb többsége halhatatlan, de a világotokban ránk a pusztulás vár, ott nem érvényesek a szabályok, amik védik az életünket. Azért, mert az a rész vagy tulajdonság halhatatlan bennünk, amit az emberek teremtettek álmaikban és meséikben belénk ültettek mint csodás képességet. Testünket érhetik olyan átkok, varázslatok vagy sérülések, amelyek halálosak, de a csodás darabka az majdnem sérthetetlen. És vannak olyan pillanatok, amikor az a darabka is sebezhető, vannak átkok és varázslatok, amik elpusztíthatják. A legveszélyesebb az emberi akarat, ezért kerülendő számunkra a ti világotok, mert az az emberi hatalom, ami megteremtett minket, ami mesék csodás teremtményeivé emelt minket, az a leghalálosabb. Mert ha az ember eldönti, hogy halálát akarja egy teremtménynek akár félelemből, akár gonoszságból, akkor tette azt a csodás darabkát éri, amit ő alkotott. Legyen bár fegyver, átok, varázslat vagy egy hangosabb szó, szilánkokra törhet az a csodálatos rész, ami egy tündért tündérré, a sárkányt sárkánnyá, a manót manóvá teszi, ha őszinte akarat vezérli.

– Senki sem halhatatlan és sebezhetetlen? – kérdezte Rose.

– De igen, vannak ilyen teremtmények, de ők nem emberi, hanem isteni sugallat alkotásai. Őket nem vezérelheti semmilyen hatalom vagy akarat, ők már felette állnak a világaink gondjainak – válaszolt eltűnődve a tündér, és merengve maga elé nézett, hogy fel tudja idézni kusza emlékeit. – ...Egyszer láttam őket, egy sötét és viharos időszakban sok-sok évvel ezelőtt! Hatalmas fehér árnyékú angyalok, hangtalanul suhantak hófehér szárnyaikon, mégis reszketett, aki csak rájuk pillanthatott...

A nő kirázta fejéből az emléket, és a lányra nézett.

– Meg kell védeni ezt a csodálatos világot, és védelmet kell nyújtani a te világodnak is, ez a legfontosabb. Tégy, amit tudsz, Rose Palmer, de holnap éjfélkor a háznál kell lenned!

– Mi lesz akkor? Mi lesz ott? – kérdezte félénken Rose.

– Nem tudom, még nem tudom, csak érzem, hogy ott kell lenni. Túl sok a kérdés, és alig találok választ magam is! – válaszolta titokzatosan, és a szomszédos domborulat felé pillantott.

Rose is arra fordította a tekintetét, és a sötétség ellenére is látta a dombélen egy hatalmas farkas és egy botjára támaszkodó, hosszú hajú férfi éles sziluettjét kibontakozni. Minden kétséget kizárva látszott, hogy a két alak is feléjük néz.

– Őket láttam már... találkoztam velük odaát! – súgta Rose akaratlanul a tündér felé.

– Igen, az könnyen meglehet! – jött a semmitmondó válasz, és mielőtt még Rose egy kicsivel többet kierőszakolhatott volna, a tündér így folytatta: – Menned kell, Luna, kérlek, vidd haza!

A Halott Fények Erdejének sötét rengetege felett a pirkadat kapaszkodót keresett, s Rose tudta, hogy indulnia kell.

Kinyújtotta kezét, és kinyújtott ujjaival várta, hogy a holdtündér odaszálljon tenyerébe, és jöjjön a bukfenc, s ő indulhasson vissza.

Vissza, nagyon messzire, itt hagyva lelkének egy darabkáját.

9.
Csak egy kancsó víz

A tábor és a barakkok fölé hálót feszített a csend.

Valamilyen titokzatos módon Luna nem a házhoz hozta vissza Rose-t, hanem a barakkokhoz, és ez most örömmel töltötte el a lányt, hiszen megspórolt neki egy fárasztó kutyagolást a sötét és nedves erdőn keresztül. Így talán még marad egy kis ideje a fürdés után alvásra is. Valamiért erre vágyott most a legjobban, egy forró zuhanyra, elnyújtózni a nem túl kényelmes ágyában, és aludni: álomtalanul és hosszan, míg a gyerekek fel nem keltik, aztán teletömni a hasát a reggeli alatt mindenféle finomsággal.

Édességre vágyott.

Gondolatai közben óvatossága nem lankadt, sőt Rose még meg is volt lepődve saját figyelmességén, ahogy megközelítette a 12-es barakk fénytelen tömbjét. Tanult és okult a mai nap csapdáiból, amikbe felelőtlen haragja és nemtörődömsége vitte. Ma már nem akart hibázni többet. Megpróbált oly módon koncentrálni, hogy szanaszét kószáló gondolatai ne zavarják meg abban, hogy környezetére tudjon figyelni, és még a legapróbb gyanús rezzenés se zavarja meg.

Semmi gyanúsat nem tapasztalt settenkedése közben, nem járt élő ember a tábor ezen részén, és nem volt a barakkja körül sem senki. Ezt most kivételesen külön is ellenőrizte, hisz Rozsdás már kétszer is meglepte úgy, hogy a közvetlen közelében fel sem figyelt rá.

„Nos, ezeknek az időknek vége" – gondolta magában Rose, és megfogadta magában, hogy egy indián felderítő óvatosságával és bölcsességével fog eljárni ezek után. Maradt még bőven ellensége ebben a világban is, és az ellene irányuló cselszövéseket a kellő időben észlelnie kell és reagálnia rájuk, különben elveszett ember lesz a közel s távoli jövőben egyaránt.

A kilincs és a zárszerkezet némán engedelmeskedett akaratának, és ő hangtalanul suhant be a barakkba, akár egy sötét árnyék. Egy pillanatig hallgatta a gyerekek mély, ütemes szuszogását, és csak a zuhanyzóban mert egy nagyobbat sóhajtani, amikor a forró víz első érintéseire felszakadt lelkéből mindaz, ami attól a pillanattól kezdve felgyülemlett benne, hogy kilépett ezen az ajtón.

Nagy utat járt be.

Talán még maga Rose sem fogta fel, milyen nagy utat. Arra gondolt, hogy amíg kis dózisokban kapta a titokzatos események sorát, addig mennyire vágyott arra, hogy el tudjon vonulni és átgondolni, tépelődni a történteken, a miértekre keresni szüntelenül és reménytelenül a feleleteket. Most pedig hogy egy életre való kaland történik vele egyetlen éjszaka alatt, már csak sodródik az árral. Nem keresi a válaszokat, csak teszi, amit jónak lát, amit kell. Oly messze volt már a gyerekes álma, amiben az szerepelt tábori nagy kalandjaként, hogy a tóparton meglesi majd a napkeltét. Ehhez képest alig ismerte meg magát a párás tükörben fürdés után.

Jócskán magán viselte az éjszaka minden megpróbáltatásának a nyomát, és csak abban reménykedett, hogy reggelre szebben fog kinézni a felszakadt szemöldöke vagy a kézfején lévő seb. Bízott az alvás regeneráló hatásában, amiben oly kevés része volt a táborozás ideje alatt. Képzeletében a tábor után egész napokat aludt át az otthoni, jól megszokott ágyában.

Attól az ágytól azonban még jó pár éjszaka választotta el, és ezek közül biztosan volt még olyan, amikor a jótékony álom is elkerüli az elméjét. Lassan kezdte megszokni azt a kevés alvást, ami itt jutott számára, de azért igazán jólesett elnyújtóznia az ágyában, nyakig betakarózni a sötét szobában, és hallgatni az ismét feltámadó szél és az ablak párkányán monotonul kopogó, újra eleredő eső dobolását. Ezek a hangok gyorsan álomba ringatták. Valamiféle isteni erők lelassították sebesen örvénylő gondolatait, és egy álomtalan álomba hagyták merülni meggyötört elméjét és testét.

Nem volt Wendy, nem volt ház, sem katakomba, szellemek vagy sikoltó kísértetek, és álmában nem látta a Zöld Tündért, Lunát, és azt a másik birodalmat sem. Olyan mélyen aludt, ahogy csak a gyerekek tudnak, nyitott szájából egy kis nyálcsík folyt a párnájára, s talán még horkolt is néha akaratlanul. A percek lelassultak a kedvéért, hogy az álomban töltött idő minden pillanatát ki tudja használni fáradt teste regenerálódására.

Magától ébredt fel.

Az elmúlt napok tekintetében a legkipihentebbnek érezte magát, bár a feje zúgott még egy kicsit, és ha megérintette, még nagyon fájt a szemöldöke felett húzódó seb is. Nem sokat apadt a dudor, és a kézfején Dolores tegnapi kötése is már igen megviselten fityegett, sokadszor átvérezve. Az órájára pillantva megállapította, hogy fél öt van. Pont a legjobbkor ébredt fel akaratlanul ahhoz, hogy el tudjon indulni a konyhára, segíteni. A két büntetőmunkáját már teljesítette és nagyon remélte, hogy senki sem osztott be mára helyette senkit. Több küldetése is volt ma hajnalra, amit szeretett volna elintézni. Szerette volna, ha Dolores ismét kezelésbe veszi a sebeit, beszélni akart Ronalddal a házról, továbbá a farkassal és az idegennel kapcsolatban is, aztán szeretett volna egy hálareggelit is készíteni Rozsdásnak, és nem utolsó sorban, mivel nem bírta megjavítani Mrs. Maddisont, erre is meg szerette volna kérni a konyhás nénit. Szóval akadt rengeteg dolga erre a reggelre is, még mielőtt a gyerekeket fel kellett keltenie, és elindult az igazi élet.

Hangtalanul felvette utolsó garnitúra még teljesen ép és tiszta ruháját, hóna alá csapta a hadirokkant macit, és kiosont a sötét hajnalba.

Az eső még szemerkélt, a szél lengedezett, de mivel az elmúlt napokban sokkal rosszabb is volt, így Rose arra gondolt, hogy még kellemes is ez a hajnali séta a táboron keresztül. Tudta, hogy még marad ideje kicsit nézelődni és elmélkedni, amíg megérkezik Dolores, de igazán kipihentnek és erőtől duzzadónak érezte magát ezen a hajnalon, amikor akár a világot is ki tudná fordítani a négy sarkából. Nem érzett lehetetlent ezekben a percekben, és arra gondolt, hogy de jó is lenne ebből az önbizalomból egy nagy zsákkal eltennie éjfélre. Erre a gondolatra aztán bukfencet vetett és görcsbe rándult a gyomra. Kissé elbizonytalanodott, mert a legkisebb porcikája sem vágyott vissza a házba még egyszer.

De hát megígérte a Zöld Tündérnek.

„Nem… – tiltakozott benne egy halk suttogás. – Nem is ígérted meg!"

Igen, az lehet, hogy nem, de hát az elhallgatás is bűnrészesség, és ő csak a tábor kiürítése ellen emelt szót. Azt nem sérelmezte, hogy éjfélre visszatérjen a házhoz. Abba hallgatólagosan beleegyezett. Nem teheti meg, hogy éppen most fordítson hátat annak a világnak, ami attól a pillanattól csábította, amikor először a földjére lépett.

Tudta, hogy most az egyszer bátornak kell lennie, és nem magáért, hanem mind a két világért ki kell állnia. Nem sejtette, hogy mi lesz a feladata, azt sem, hogy lesz-e egyáltalán valami, de ha azt mondta neki egy tündér, hogy legyen ott, akkor kutya kötelessége eleget tennie ennek a kérésnek.

Elérte a konyha hátsó bejáratát, és kezének gyors mozdulatával letörölte a rozsdamentes acélon összegyűlt esőcseppeket, felrugaszkodott rá, és lábait lóbálva játszadozott a megcsonkított macival vagy szórakozottan a karkötőjén logó ezüst obulusokat pöckölgette. Hiába volt tele a feje kérdésekkel, szíve kétségekkel és egész teste félelemmel, igazán nyugodtnak érezte magát. Harci sérüléseire – bár néha igazán fájtak – egészében véve büszke volt. Titkon remélte, hogy a hegek megmaradnak még jó darabig, csak azt sajnálta, hogy senkinek sem mesélheti el őszintén, miért és hogyan szerezte ezeket a sebeket. Talán még a szüleinek sem. Nem, most még nem. Talán majd idővel egyszer elmeséli, ha nagyobb lesz.

Érzékszervei annak hatására, amin Rose az elmúlt tizenkét óra alatt átment, varázslatos módon, hihetetlenül megélesedtek. Most is, amikor jelentéktelen dolgokon elmélkedett, egy alig hallható nesz ütötte meg a fülét… egy faág távoli, tompa reccsenése. Nagyon halk és finom nesz volt, hiszen a sorozatos esőzésektől a földre került ágacskák átnedvesedtek, és nem olyan éles reccsenéssel törtek el a talp alatt, mint száraz időben, hanem csupán halk, tompa pattanással. Ezt az apró, oda nem illő neszt azonban Rose füle kiválóan meghallotta az eső egyenletes kopogásában és a lágy szellő zörgette fenyőtüskék hangja között.

A távolabbi lámpaoszlop alatti fénytócsában egy hosszú árnyék jelent meg. Nem settenkedett, de láthatóan óvatosan és megfontoltan közeledett. Rose elsőre nem ismerte fel. Úgy vélte, hogy nem Dolores az, mert nála sokkal magasabb, görnyedt alak volt, de úgy gondolta, hogy úgyis közelebb ér, és akkor majd felismeri az alakot.

Mrs. Maddison majdnem kicsúszott a kezéből. Hirtelen utána kapott, mert nem akarta, hogy a sebesült macit még a korlát alatt összegyűlt sáros tócsába is beleejtse. Mire ismét felpillantott, már nem látta sehol az imént közeledő sötét alakot.

Kísérteties jelenség volt.

Rose nem tudta megmagyarázni magának, hiszen kifejezetten emlékezett a magas, görnyedt testtartású alakra, akit a lámpa sárga fénykörében pillantott meg. Csupán most, midőn eltűnt, volt csak jelentősége a kísérteties hangnak, amit hallott is, amikor közeledett. Hirtelen elgondolásból az ellenkező irányba kapta a fejét, hátha ott, a következő lámpa alatt ismét megpillantja majd a furcsa jövevényt, de hiába várt, ott sem jelent meg senki. Viszont amíg arra figyelt, addig ismét meghallotta a furcsa, tompa roppanást, visszafordította fejét abba az irányba.

A lámpa fénykörében ismét ott volt egy közeledő hosszú árnyék, de már nem az előző magas, görnyedt alaké, nem is Doloresé, hanem egy férfié. Rose most már le sem vette a szemét a sötét alakról, nehogy ismét elveszítse ezt az alakváltó lidércet.

Mr. Murphy volt az.

Rozsdás sietve közeledett az úton, aztán amikor észrevette a lányt, csak akkor tért le felé.

– Miss Palmer, ha jól emlékszem, akkor ma már nincs büntetőmunkája. Mit keres itt mégis?! – kérdezte a vörös hajú férfi.

Rose elgondolkodott, hogy mennyire barátságosan vagy épp kimérten válaszoljon neki.

– Igen, letelt már a büntetésem, de úgy gondoltam, hogy hamarosan úgyis megint kiérdemlem, így aztán úgy voltam vele, hogy elébe megyek a dolgoknak – válaszolta mosolyogva.

– Ez igazán nemes és előrelátó cselekedet volt! – mondta Rozsdás, aki csak ekkor ért Rose közvetlen közelébe. A lány le akart ugrani a korlátról, de a tanár csak intett. – Maradjon csak, Rose.

Végigmérte a lányt egy gyors pillantással, kicsit elidőzött tekintete a Rose szemöldökén lévő dudoros seben, majd a kezei közt szorongatott macin.

– Látom, hosszú utat tett meg az éjjel! – bökött a seb felé az orrával.

– Nem is gondolná, Mr. Murphy! – csúszott ki Rose ajkai között a meggondolatlan kijelentés, mert szinte ahogy kimondta, eszébe jutott Rozsdásnak az a mondata, amikor közölte vele, hogy „Higgye el, Rose, többet tudok és látok, mint ön azt gondolná!", ezért még gyorsan hozzátette: – Csak egy faág… nem vettem észre és nekimentem.

– Egy faág…? – kérdezett vissza az egyik szemöldökét hitetlenkedve felhúzó tanár, de látszott, hogy egyáltalán nem akarja feszegetni a dolgot, hiszen végül is Rose dolga. Szemével most a maci felé bökött. – Nem bírt vele?

– Nem, nem tudtam kellőképen megjavítani, igazából, azt sem tudtam, hogyan álljak neki! – suttogta szemlesütve a lány. – Arra gondoltam, hátha Dolores képes lenne rá, és cserébe segítenék neki megint a reggeli előkészítésében.

– Ez igazán derék dolog! – dicsérte meg Mr. Murphy. Kinyújtotta kezét, és barátságosan megveregette Rose vállát. – Igazán derék… meglepett engem, Rose Palmer!

– Én nem vagyok rossz ember, Mr. Murphy, higgye el… – mondta a lány

– Tudom, Miss Palmer, csak ezek a napok kicsit furcsán alakulnak az ön számára – szakította félbe a lány mondanivalóját, majd elgondolkodva maga is abbahagyta a beszédet. – Furcsák ezek az éjszakák, mintha valami ólálkodna a sötétben.

– Mire gondol, Mr. Murphy? – kérdezte a lány kíváncsian.

– Magam sem tudom. Meg mertem volna esküdni arra, hogy láttam valakit az imént itt az úton, de amikor ideértem, csak magát láttam, ám ön mégsem lehetett, mert annyi idő alatt még futva sem ért volna ide, és nem lihegett, tehát nem ön volt az… – elmélkedett Rozsdás.

– Igen, én is láttam egy pillanatra egy igen magas, görnyedt alakot az

imént. Levettem róla a tekintetem, és mire visszanéztem, már nem is volt ott!
– helyeselt Rose, és örült neki, hogy akkor mégsem képzelődött.

– Igen, az volt... – biccentett helyeslően Rozsdás. – Akkor mégis itt járt, ketten csak nem képzelődünk azonosat!

Rose hallotta meg előbb a lépések halk neszét. Ismét az előbbi irányba fordította fejét, és csak emiatt a mozdulat miatt nézett Rozsdás is arrafelé. Egy harmadik alak közeledett az úton.

Dolores volt az.

Rose messziről is felismerte, s szíve megtelt szeretettel, ahogy meglátta a számára oly kedves hölgyet.

– Már magára hagyom. Nem eshet baja! – jelentette ki Rozsdás. – Ennek a dolognak utána szeretnék nézni.

– Eddig sem féltem, Mr. Murphy! – szólt bátran Rose.

– Lehet, de nyugtával dicsérje a napot, Rose Palmer! – suttogta Rozsdás, és elindult, meg sem várva, hogy Dolores odaérjen hozzájuk.

– Azt hittem, letelt a büntetésed, Rose, és nem is látlak már – szólt köszönés helyett Dolores. – Újabb kényszermunka?

– Nem, Dolores, most önként jöttem! – válaszolt mosolyogva a lány. – Nem olyan rossz itt, mint ahogy a kívülállók gondolják. A legjobb reggeliket itt lehet enni hajnalban.

– Önként... hmm – jegyezte meg Dolores, amint elszörnyedve végignézett a lányon, és mint Rozsdásnak, neki is megállt a szeme a szemöldök sérülésén, a kézfej átvérzett kötésén és a macin is.

Fejét csóválva kutatott a kulcscsomója után, kinyitotta az ajtót, és csoszogva bement a sötét helyiségbe. Rose leugrott a korlátról, és mikor belépett Dolores után a konyhába, már a neonok pislogó, kigyulladó fénye ölelte körül. Dolores matatott egy kicsit az egyik hűtőben, aztán intett a lánynak, hogy kövesse. Az öltözőben aztán elővette az elsősegélydobozt, a lányt felültette az asztalra, hogy kezelésbe tudja venni a sebeket. Rose maga mellé tette a macit, kezeit az ölébe fektette, és míg türelmesen várt, az ujjai visszatértek az ezüst obulusok simogatásához.

Dolores egy furcsa pillantást vetett a karkötőre, majd egy gézlapot rakott a szemöldöki dudorra, és Rose kezébe nyomott egy jéghideg zacskót. A lány a szeme elé emelte, és meglepetten ismerte fel, hogy egy csomag fagyasztott borsó az.

– Tedd a dudorra. Kicsit enyhíteni fogja, és talán apad is tőle, bár sokkal jobb lett volna rögtön rátenni! A másik kezeddel fogd, hadd kössem át ezt a sebedet addig! – parancsolt rá Dolores. – Mit csináltál magaddal, te lány? Egy földre szállt angyal szépségével bírsz, erre elcsúfítod magad minden éjjel... Merre jársz, mit csinálsz, drágaságom? Szép a karkötőd, de ugye nem ahhoz a házhoz jársz fel?

– Ne haragudj meg, Dolores, de még mindig nem mondhatom el neked – suttogta szégyenkezve Rose. – Nem szeretném elmondani.

– Hát, a fene sem érti a mai fiatalokat... – bosszankodott a nő, s talán még valami spanyol imát vagy káromkodást is mormolt maga elé mérgében.

Közben óvatosan levette Rose kézfejéről a már amúgy is lifegő régi kötést, fertőtlenítette a sebet, és leragasztotta ugyanolyan erős és bőrszínű ragtapasszal, amitől szinte meg sem látszott a sérülés a kezén. Rose szerette volna, ha ugyanilyen jól el tudná tüntetni Dolores a szemöldökénél lévő sebet is, de gondolta, hogy erre nem sok esély van. Dolores, mintha meghallotta volna a lány gondolatait, így folytatta:

– Bárcsak a fejeden lévő sebet is el tudnám tüntetni! Szépen sikerült elcsúfítanod ezt a szép arcot, Rose, hogy a fene enné meg... – fortyogott magában alig hallhatóan a néni.

Mielőtt a fején lévő sebnek állt volna neki, odasietett a táskájához, egy termoszt vett elő, egy csészébe gőzölgő folyadékot töltött, és Rose szabad kezébe nyomta. A lány megérezte a forró kávé illatát, és mohón az ajkához emelte, szürcsölve beleivott a forró nedűbe, és behunyt szemmel adta át magát a csodás ízű kávé élvezetének. Dolores kivette Rose kezéből a fagyasztott borsót, és szemügyre vette a sebet, vigyázva lefertőtlenítette és leragasztotta azt is. Éppen végzett, mire Rose is kiitta a kávéját, mert bár elég meleg volt az ital, de olyan finomnak bizonyult, hogy amikor Dolores éppen nem dolgozott a fején lévő seben és nem kellett mozdulatlanul ülnie, akkor mindig a szájához emelte a poharat és ivott belőle.

– Még jó, hogy egy kicsit előbb érkeztem be! Mintha megéreztem volna ezt. De remélem, holnap már nem kell ápolgatnom téged, drágaságom! Vigyázz kicsit jobban magadra, ha kérhetem. Olyan szép vagy... – morgolódott folyamatosan a hölgy, de a lánynak igazán jólesett, hogy a néni így a szívén viseli az ő sorsát és aggódik érte, bár megígérni nem akarta neki, hogy holnap hajnalban nem fognak találkozni.

– Vigyázni fogok, Dolores, legalábbis igyekszem! – mondta Rose, és letette az üres kávéscsészét maga mellé az asztalra. – Meg is érkezett a pékség szállítmánya!

– Na, még az a vészmadár hiányzott nekem ma reggelre! – méltatlankodott a nő, mint akinek már az egész napja el van rontva.

– Köszönöm szépen, Dolores, és ne haragudj a kellemetlenségekért, amiket okoztam! – mondta őszintén Rose.

– Ugyan, dehogy, drága leányom, dehogy haragszom. Csak a szám jár. Hiszen kihez fordulhatnál, ha nem hozzám?

Rose és Dolores kisiettek az épületből, és üdvözölték az autójából éppen kiszálló férfit, aki – Rose már fel sem háborodva viselkedésén, mivel megszokta ezt – köszönés előtt sercintett egy jókorát a kocsifeljáró betonjára.

– Szép reggelt, hölgyeim! – köszönt fáradt hangon a pék.

– Jó reggelt, Ronald! – válaszoltak szinte egyszerre az imént említett hölgyek. – Milyen finomságokat hozott ma nekünk? Mindennel sikerült végezni? – tette még hozzá Dolores.

– Minden itt van, ami a tegnapi rendelésben szerepelt – bólintott a férfi, és elindult a kocsi hátulja felé, hogy kinyissa az raktér ajtaját, útjára engedve a jobbnál-jobb és finomabb illatokat.

Rose megállapította, hogy az egyik legjobb érzés a hajnali levegőben megérezni a frissen sült pékáru illatát. Szinte érezte ajkai között a gyürke roppanását, szájában pedig a szétomló, még meleg és foszló belsőt.

Míg Ronald adogatta ki a pékárus tálcákat, a lány azon gondolkodott, hogy is kérdezhetne rá a számára fontos dolgokra. Roppant kíváncsi volt arra, hogy vajon a faluban is vannak-e még természetfeletti jelenségek. De hiába erőltette meg magát, nem tudta, hogyan tegye fel a kérdését diszkréten. Szerencsére Ronald az utolsó tálca kiadása után maga hozta elő a témát:

– Hallom, azért itt is vannak furcsa dolgok, Dolores! – mondta, amikor becsapta az autó hátsó ajtajait.

– Ugyan kitől hallotta, Ronald? – kérdezett vissza a nő.

– Az öreg Tom mesélte, hogy délelőtt a fél erdő tele volt állattetemekkel. Gyerekek találták meg őket, az egész falu arról beszélt! – jelentette ki elég tudálékosan, mint akinek rosszul esik, hogy megkérdőjelezték az információit.

– Az a gondnok néhány pohár tüzesvíz után már mindenfélét mond, és még a nőkre mondják, hogy pletykásak! Ugyan-ugyan, Ronald, nem kell minden rémhír terjesztésének felülni! – dorgálta meg mosolyogva Dolores.

– De hiszen traktorszám hordta le a dögöket a táborból, többen is látták! – állította a férfi.

– Azok csak a vihar által letört ágak és levelek voltak, amit a gyerekek szedtek össze aznap, hogy egy kicsit szebb legyen a tábor – mondta a nő.

– Csupán néhány kisebb tetem volt, uram, kismadarak és néhány mókus! – szólt közbe Rose, mert nem szerette volna, ha ezek ketten megint csak felcukkolják egymást, és elszalasztja az esélyt, hogy egy kicsit többet megtudjon. – Ott voltam, mi találtuk!

– Na, ugye! – szólt elégedetten a férfi.

– Persze, persze, de nem traktorszámra lehordott állatokról van szó! – harsogta az igazát a konyhás néni.

– Persze, persze… – utánozta Ronald a hölgyet. – Történnek itt furább dolgok is a környéken, nem csak erről az egy esetről van szó! Suttognak mindenfélét, csak ide nem jutnak fel a hírek a táborba.

– Ugyan miről, miféle hírek terjedtek el? – kérdezte Rose, és majd kiugrott a szíve a kíváncsiságtól.

– Jaj, lányom, ne ülj fel ezeknek a történeteknek. Ezek a férfiak már pár sör után rémeket látnak, és még pár újabb kupa után, már úgy kiszínezik a meséiket, hogy maguk sem emlékeznek rá, hogy csak koholmány az egész – mondta Dolores, és ingerülten megragadott egy tálcát, és elindult vele befelé a konyhába.

– Miféle dolgokról lehet hallani? Kérem, mondja el, uram! – kérte Rose.

A férfi elégedetten nekidőlt a kocsija oldalának, és kicsit jobban szemügyre vette a lányt. Szerencsére a pirkadat még nem derengett, a fénynek is háttal állt, így Ronald nem láthatta Rose sérüléseit. Dolores visszaérkezett a következő tálcáért, de azért ő is megállt kíváncsian hallgatózni. Rose reménykedett benne, hogy nem fogja a közbeszólásaival elriasztani a férfit.

– Hát, amit az öreg gondnok mondott, azt már tudja, kisasszony – kezdte a férfi elmerengve, és köpött egy hegyeset a fűbe, csak úgy megszokásból, majd folytatta: – Tegnap reggel például innen rögtön a Maddock-farmra vittem ki a friss pékárut, mert az öreg Mrs. Robertson nem tud lejárni a faluba a lumbágója végett, az öreget meg nem engedi le, mert az többet lenne a kocsmában, mint otthon. Ezért megkért, hogy vigyem fel neki reggelente, amit szeretne, nekem meg mindegy, mert úgyis jövök ide, hát mondom magamnak, hogy miért is ne vinném el akkor már egy úttal oda is…

– A lényeget, Ronald, a lényeget! – sürgette meg Dolores.

– Jól van, na, vén boszorkány, jól van… szóval, éppen kanyarodok fel a farm útjára, amikor látom ám, hogy az öregasszony már hálóingben kint áll a verandán. Na, mondom magamba', jó helyre kerültem, ez meg biztos megbolondult vénségére, vagy alvajáró. Ki sem mertem szállni egy pillanatig az autóból, és már azon gondolkodtam, hogy elhajtok, és majd világosban visszajövök, amikor látom ám, hogy az öregasszony vadul integet felém. Kiszálltam hát az autóból, felmarkoltam a rendelését, és odamentem hozzá. Azt mondja nekem, hogy az imént, mikor kinézett az ablakon, látott egy hatalmas farkast és egy férfit a holdvilágban menni a hegy felé. Mondom neki, hogy miért nem maradt odabent a fenekén? Miért kellett kijönnie? Erre azt mondja, hogy meg akarta riasztani őket, azért jött ki, de mire kiért, már nem voltak sehol. Na, mondom neki, hogy akkor itt a kért áru, meghoztam, most már menjen be, aztán pihenjen le még egy kicsit. Erre az csak folytatja, hogy nemcsak ez volt ám furcsa ezen az éjszakán, látott ő még pokoli dolgokat éjfél felé, hát, én nem is akartam megkérdezni, hogy micsodát, de ő csak mondta tovább! Azt mesélte, hogy az ablakából látta, hogy igen nagy fények és mozgolódások voltak ám abban az átokverte házban az éjjel, még az ő házuk is beleremegett, olyan dolgok történtek ott. Odanéztem, és láttam, hogy az ablakukból valóban rálátni arra az elátkozott házra. Na, mondtam neki, hogy pihenje ki magát, én meg megyek Isten hírével, aztán majd a hét végén elszámolunk a tartozásával. De nekem egy percig sem volt maradásom az öregasszony mellett. Hát, éppen kanyarodnák ki a háztól, amikor én is megláttam, hogy valami furcsa lidércfények táncoltak az erdőben a ház közelében. Onnan már nem láttam az épületet, az szent igaz, de abból az irányból jött, arra megesküszöm. Na, akkor erre varrjon gombot, Dolores! – húzta ki magát a férfi.

– Hát, pont nem az öreg habókos Mrs. Robertson lesz az, akinek bármit is elhiszek, ugyanis azoknak az agya már megzápult a magánytól meg a sok kotyvasztott szesztől, amit bevedelnek a férjével – válaszolt Dolores.

– Az öreg erdőkerülő is meséli, hogy nem telik el úgy nap, hogy meg ne találná a farkas óriás lábnyomait a hegy körül, mintha az körül mászkálna folyamatosan. Meg egy ember is van vele, egy ember nagy bottal, merthogy az öreg látta a botnak a földbe mélyedő nyomait a lábnyomok mellett. Itt vannak... minden éjjel... és a környéken mászkálnak áldozatra várva – suttogta félelmetesen a férfi.

– Ugyan! Bolond lyukból bolond szél fúj! – szólt Dolores. Megfogott még egy tálcát, és bevitte azt is.

– Ki az a férfi, uram, tudja valaki? – kérdezte az ajtó felé sandítva Rose, hogy Dolores nem jön-e vissza idő előtt.

– Tudja fene, az biztos, hogy időnként megjelenik itt. Talán azután, hogy az a sok fiatal meghalt abban a házban. Igen, azt mondják, rá pár évre jelent meg, és azóta is itt kísért a farkasával a ház és a hegy körül. Azt mondják, hogy nem amerikai, hanem európai, még azt is mondják, hogy magyar vagy mifene.

– Magyar? – Rose próbálta ismereteit összeszedni a tanulmányaiból a magyarokról, de vajmi kevés jutott eszébe.

– Azt mondják... – Ronald köpött egy újabbat – ...Én nem tudom, ezt csak úgy mondják, hogy azért nem beszél senkivel, mert kivágták a nyelvét. Többen is állították az évek alatt, hogy összefutottak vele. Az öreg Williamson, isten nyugosztalja, aztán a Smith és a fia, a sheriff is találkozott vele és a farkasával. Megszólították, de ő csak ment a dolgára. Hátra sem fordította a fejét, nem is szólt. Azt mondják, hogy azért, mert kivágták a nyelvét és valami primitív indiánok megátkozták még a messzi hegységekben.

– Lári-fári, sületlenség! – szólalt meg a közben visszatérő nő. Ronald és Rose egyszerre ijedtek meg a hirtelen hangtól. Nem számítottak rá, hogy Dolores már vissza is ért melléjük.

– Nekem aztán mindegy, mit gondol, Dolores… – vonogatta a vállát a férfi, és köpött egyet a fűbe. – Az én munkám nem lesz kevesebb akkor sem, de azért az az egy biztos, hogy az a ház elátkozott.

– Milyen házról beszél? – kérdezte Rose.

Bár nagyon jól tudta a választ, hisz már többször is járt ott, és a Zöld Tündér is pontosan felvilágosította a ház rendeltetéséről. Csak remélte, hogy megtud olyasmit is, hogy mit gondolnak a környékbeliek az építményről.

– Az egy elátkozott ház. Nagyon sok ember meghalt már benne. Nem tudni, mikor és hogyan került oda, mert mióta itt vannak az emberek, a ház is itt áll. Nem tudni, kinek a tulajdona, és miért építette pont ott a hegyen. Az biztos, hogy az emberek elkerülik, elátkozott lesz, aki csak a közelébe megy, hamarosan elveszít valakit a családjából, vagy ő maga harap a fűbe. Nem megy oda senki sem, még ha megfizetik sem, de még az állatok is elkerülik azt a helyet. Rossz szellemek és démonok lakják a házat: hazajáró lidércek és mindenféle pokolfajzat. Tehát még nappal is elkerülendő! – Úgy beszélt róla a férfi, hogy most az egyszer Rose látta rajta, hogy őszintén, teljes meggyőződéssel mondja, amit állít.

– Nincs ott embernek keresnivalója! – szólalt meg Dolores, és most az egyszer Rose is látta, hogy ebben az egyben egyetértenek a férfival, és a nőnek esze ágában sincs belekötni a hallottakba. – Halál jár ott, lányom!

– Ez bizony szent igaz! – helyeselte Ronald, és ellökte magát az autótól. – Indulnom kell. Még fel kell mennem a Maddock-farmhoz is a mai adag áruval, és félek, hogy az öregasszonnyal ma is el kell még beszélgetnem, közben pedig a városban is várják az árut a boltok.

Rose sejtette, hogy minden élcelődése ellenére ismét valami finomságot hozott nekik a férfi. Úgy is lett, Ronald behajolt az anyósüléshez, és egy barna papírzacskót nyomott Rose kezébe. Hamiskásan kacsintott a lányra, Dolores felé pedig küldött egy biccentést, majd beült az autóba, és rövidesen elnyelte a táborba vezető út sötétsége.

Rose segített gyorsan behordani a kint maradt tálcákat a konyha asztalaira, ahol majd kosárkákba porciózza az asztaloknál ülő személyek számának megfelelően. Rose elégedetten ment vissza az öltözőbe. A legnehezebb feladatok, amiket elhatározott magában, már a háta mögött voltak. Ennél már csak könnyebbek maradtak. Az öltözőben magára vette a védőruházatot, hogy azért a megfelelő higiénia meglegyen, ha már mások ételéhez nyúl. Felmarkolta a sebesült macit az egyik székről, ahol hagyta még a sebkötözések előtt, és kiviharzott a konyhába.

Dolores már megterített neki.

Az asztalra került a Ronaldtól kapott barna papírba csomagolt pékáru, friss zöldségek, paradicsom, paprika és egy lezárható tetejű dobozka, ami valószínűleg egy újabb finomságot rejtett magában Dolores mestermunkái közül. Rose bátortalanul lépett az asztalhoz, hiszen ma már nem volt büntetőmunkán, a néni nem tudhatta, hogy jönni fog, s emiatt Rose nem is akarta megenni Dolores reggelijét, amit valószínűleg csak magának készített.

– Én nem… – próbált valami elegáns indokkal kibújni a reggelizés alól.

– Ugyan, Rose, gyere csak! Tudom, hogy szeretni fogod, kettőnkre csomagoltam! – kacsintott a lányra.

– De hát, honnan tudtad, Dolores?

– Nem tudtam! – vallotta be a néni. – Csak sejtettem, hogy bár nem kell jönnöd, nem hagynál ki egy újabb ínyenceknek való reggelit! Ne szégyenkezz, ez csak öröm és elismerés a számomra!

– Hát ebben van valami! Köszönöm szépen, Dolores!

– Ugyan, ne hálálkodj! Túl vagyunk már ezen. Megdolgozol érte, én meg szívesen adom! Na gyerünk, ne kéresd magad, mert kihűl…

Szavakkal nehéz lenne leírni, amit Rose érzett a kitűnő reggeli elfogyasztása közben. Illatos kávé is jutott még egy csészével a számára is. Evés közben előadta az utolsó két kérését, megmutatta a macit és elsősegélynyújtást kért neki, és a Rozsdásnak szánt reggeliről is kikérte Dolores véleményét. A hölgy mosolyogva bólintott a kért segítségre. Egy futó pillantást vetett a macira, és jelezte, hogy szerinte nincs akadálya a javításnak, meg tudja csinálni, és ember nem mondja majd meg, hogy el volt szakadva egykor. Aztán egy asztalra nagyon sokféle sajtot rakott ki, és elmondta, hogy szerény megfigyelései szerint a sajt Mr. Murphy gyengéje, így ha a kedvében szeretne járni, akkor készítsen egy szép sajttálat a férfinak, lehetőleg elegendő mosolygós arccal, hogy biztosan fel lehessen ismerni Rose keze munkáját.

Amíg a lány dolgozott, Dolores is leült a sarokban. Értő gondoskodással kezelésbe vette Mrs. Maddisont. Szótlanul dolgoztak mind a ketten, most szavak nélkül is mindenki tudta a dolgát. Ki szerettek volna tenni magukért, és a tudásuk legjavát beletenni a munkájukba. Így aztán hamarosan kész lett a maci, a kiskocsikra kerültek a reggeli kellékei, és a pirkadat fényei figyelmeztették a lányt, hogy a gyerekek mellett van a helye.

Megköszönte a segítséget, felmarkolta a macit, és suhant vissza a 12-es barakkhoz.

*

Már nem volt sok idő hátra az ébresztőig, mire Rose visszaért a barakkjához, mégis halkan és óvatosan osont be a szobába. Lerúgta a bakancsát, kibújt a pulcsijából, és úgy tervezte, hogy a maradék időre elnyúlik az ágyán egy kicsit. Éppen elérte feje a puha párnáját, amikor furcsa zajt hallott meg a szoba túlsó sarka felől. Nem tudta mire vélni a hangot, és nem is tudta beazonosítani, ezért hagyta, hogy feje kényelmes helyzetbe helyezkedhessen, és várta, hátha megismétlődik a halk zaj.

Nem is kellett sokáig várnia.

Fojtott nyüszögésszerű hangot hallott ismét, ugyanabból a sarokból, mint az előbb. Most már kíváncsian felemelte a fejét, és abba az irányba fordította. Amikor harmadszor is meghallotta, már fel is ült az ágyán, és egyre figyelmesebben próbálta meglelni a hang forrását. Nesztelenül felállt, és lassan elindult körbe az ágyak mellett, hogy pontot tehessen a rejtély végére. Kis idő múlva meg is torpant az egyik fekhelynél.

Kicsi Mark felől jött a hang. A fiúcska halkan sírdogált.

Rose meglepődve letérdelt az ágy mellé, és óvatosan megsimogatta a kisfiú homlokát, majd letörölte a könnyeit az arcáról. A fiúcska nagy, remegő könnycseppekkel a szemében a lányra nézett. Szemei tele voltak bánattal.

– Mi a baj, Mark? – suttogta kedvesen Rose, és tovább simogatta a fiú arcát, egy kis nyugalmat és szeretetet sugározva neki.

Mivel a kisfiú nem válaszolt, csak egy újabb könnycsepp gördült le az arcán válasz helyett, Rose próbálta szóra bírni:

– Semmi baj! Rosszat álmodtál? Itt vagyok veled, ne félj semmitől! – suttogta a lány, és jó érzés fogta el, amikor a fiú a takaró alól kinyújtotta kicsike kezét, és megfogta az ő ágyon pihenő jobbját. – Hiányzott Mrs. Maddison, igaz? De semmi baj! Nézd, rögtön idehozom neked!

Rose fel akart állni, hogy az ágyhoz menjen a kalandos úton megjavított maciért, de a kisfiú olyan görcsösen szorította a kezét, hogy nem volt szíve kihúzni kezei közül. Tovább simogatta hát a fejét és az arcát, míg a szorítás nem enyhült annyira, hogy el tudjon menni az ágyához. Sietett, amennyire csak tudott, és fülig érő mosollyal térdelt vissza az ágy mellé, a macit pedig aládugta.

– Na vajon ki jött vissza ezen a gyönyörű reggelen a gazdácskájához? – kérdezte Rose játékosan eltorzított hangon, és a maci fejét kicsit kidugta az ágy széle fölé, mintha Mrs. Maddison kikukucskálna mögüle, de hirtelen vissza is rántotta. – Hát, nem ismert meg engem a kis gazdácskám? – kérdezte játékosan a lány, és megismételte a maci kukucskálását.

Mark szemeiben csintalan fény villant egy halvány mosoly kíséretében.

– Mrs. Maddison... – suttogta.

– Ó, hát megismer az én kicsi gazdám! – mondta Rose, és a macit felugrasztotta az ágyra táncolni, mint ami a legnagyobb örvendezésben tör ki.
– Nézd, kicsi gazdám, milyen szép új lábaim vannak! – kiáltott, és vidáman meglóbálta a lábait Mark szeme előtt. – Nagyon hiányoztál, kicsi gazdám! – mondta a maci helyett Rose, és a kisfiú arcához dugta a Mrs. Maddison fejét.

Mark most megfogta a macit, és a legnagyobb szeretettel magához ölelte. Rose elégedetten ült vissza a sarkára, és nézte, hogy mekkora örömöt sikerült szerezníe a kisfiúnak. Dolores nélkül ez nem jöhetett volna létre, és ezzel Rose teljesen tisztában is volt, ezért már most azon kezdett gondolkodni, hogy vajon hogyan is tudná meghálálni a konyhásnéninek, mindazt a jót, amit kapott tőle. Nagy szeretettel nézte a kisfiú örömét, és amikor valami furcsa oknál fogva körülnézett, látta, hogy minden gyereknek nyitva van a szeme, és őket nézik.

A lánynak összeszorult a torka, és égette a szemét az a sok szeretetteljes pillantás, amit kapott. Érezte, hogy neki is kezdenek könnyek gyülekezni a szeme sarkában, csak neki az örömtől és a büszkeségtől. Amikor már tudta, hogy nem kell sok ahhoz, hogy kicsorduljon a könnye, kissé elfordította a fejét, és hogy megtörje ezt a pillanatot, megszólalt.

– Ébresztő, gyerekek! Gyorsan keljetek fel, hogy ne utolsók legyünk a reggelinél, és legyen még idő a szobát is rendbe rakni.

A kicsiknek nem kellett kétszer mondani, mindenki kipattant az ágyból. Ki a mellékhelyiségbe szaladt, ki a lámpát kapcsolta fel, de volt, aki rögtön öltözködni kezdett. Csak kicsi Mark maradt az ágyban nyakig betakarózva, és

Rose észrevette, hogy ismét megtelnek a szemei könnyel, és lehervad az arcáról a mosoly. A lány visszatérdelt az ágy mellé.

– Mi a baj, Mark? – kérdezte, majd lehalkította a hangját annyira, hogy csak a fiúcska hallja meg, mert nem tudta, hogyan kérdezze meg azt, ami hirtelen eszébe jutott. – Baleseted volt? Nem értél ki a mosdóba? Ezért nem mersz kiszállni az ágyból?

A fiú nemlegesen megrázta a fejét. Rose fellélegzett, mert bár nagyon jó kis csapat volt az övé, azért annak nem örült volna, hogy ha kicsúfolják a társukat, mert az esetleg bepisil álmában.

– Ma csodás nap lesz, meglátod. Nektek még látogatóitok is lehetnek. Biztos hozzád is eljönnek a szüleid – suttogta Rose, mert már nem nagyon jutott eszébe semmi egyéb, amivel fel tudná vidítani a fiút.

Na, erre aztán Mark könnyecskéi még vadabbul kezdtek záporozni az amúgy is eléggé elázott párnára. Rose megkövülten konstatálta, hogy ezzel sem ért el sok sikert, sőt talán még rosszabb lett a helyzet. Csak arra tudott gondolni, hogy már nagyon hiányozhattak a fiúcskának a szülei, és most felszakad belőle a honvágy és a család hiánya.

– Megreggelizünk, és jobb lesz, meglátod. Itt lesznek hamarosan! – suttogta a lány, és hagyta, hogy a kisfiú odahúzza magához, és arcához nyomja az övét.

A sírás lassan csillapodott, és halk hüppögéssé szelídült. Rose hallotta, hogy a barakk kis lakói már mind ismét mellettük állnak, és aki csak teheti, Markot simogatja, vagy csak a lábán pihenteti a kezét. Lassan teljesen megnyugodott, és akkor a lányra nézett kisírt, véreres, kissé megdagadt szemeivel. Észrevette a lány szemöldökén lévő friss ragasztást, és most ő simogatta meg a lány arcát gyengéden, óvatosan kikerülve a dudoros sebet.

Szavak nélkül, kimondatlanul is elismerték, hogy kemény éjszakán vannak túl, mire elérkezett az ébresztő ideje. A többi gyermek is kíváncsian szemlélte Rose vadonatúj sérülését, de a lány most nem érezte itt az idejét, hogy elmesélje a vele történteket. Nem is nagyon tudta volna, hogy hol kezdje, hiszen attól a perctől kezdve, ahogy kilépett a barakkból és célba vette Wendy barakkját, rengeteg minden történt vele, s ahogy Rozsdás is megállapította, „nagy utat tett meg".

Rose sohasem érzett ekkora szeretetet, ami most körülvette, és ezt csak egy nagy öleléssel tudta magából kiadni. Aztán minden gyerek kapott egy-egy ölelést személy szerint is, hogy érezzék a törődést, és nehogy kimaradjon valaki, vagy éppen többet kapjon, mint a másik.

Így történt aztán, hogy most már kicsi Mark is kikecmergett az ágyából, és vissza akarta adni a lánynak a kölcsönbe kapott, viharvert teknőst, de Rose visszahajlította a kisfiú ujjait a tenyerén pihenő figurára.

– A tiéd lehet, ha szeretnéd. Nagyszerű gazdája voltál ma éjjel. Nevezd el nyugodtan, és legyenek barátok Mrs. Maddisonnal – mondta Rose.

– Biztos? – kérdezte a fiú megilletődve, mert erre nem nagyon számított.

– Igen, jobb gazdája leszel, mint én, és biztos vagyok benne, hogy ő is ezt szeretné – mosolygott Rose a kisfiúra.

– Nagyon szépen köszönöm! – mondta Mark, és megtörölte duzzadt szemecskéit.

– Most pedig futás a mosdóba, aztán öltözni! – parancsolt rá nevetve a fiúra.

A kis csapat lassan összeszedte magát, Rose kinyitotta az ablakokat, hogy amíg reggelizni mennek, a szoba levegője ki tudjon cserélődni. Akire kellett, plusz pulcsit erőszakolt, és elindult a csapata élén az étkezdébe reggelizni.

Az ebédlőben a megszokottnál nagyobb volt a nyüzsgés és a lárma, aminek az okát Rose nem tudta rögtön, aztán rájött, hogy valószínűleg a nyílt nap miatt van mindenki besózva egy kicsit. Ő maga sem sejtette még, hogyan is fog zajlani az egész, de gondolta, hogy majd úgyis tájékoztatni fogják róla. Ha esetleg mégsem, akkor pedig majd azt csinálják, amit a szomszéd asztaloknál ülők.

Így aztán a legnagyobb nyugalommal mentek az asztalukhoz, és foglaltak helyet a székeken. Rose elindult a már megszokott és rutinná fejlődött körútján, és segített, akinek kellett az asztaltársaságánál. Bár hajnalban bereggelizett Dolores mellett, most mégis éhesnek érezte magát, és engedve a csábításnak, ami édességért kiáltott a pocakjából, másodszor is jól akart lakni ma reggel.

Eszébe sem jutott Wendy asztala felé pillantani. Megvolt nélkülük, és úgy érezte, hogy most az tesz a legjobbat a tekintélyének, ha egyszerűen semmibe veszi a valószínűleg bosszúra éhes lánycsapatot. Érezte, hogy az egész díszes bagázs az asztalnál ül, de tudta, hogy a legfinomabb szemkontaktus is felkérés lenne egy táncra, ezért aztán úgy tett, mintha mi sem történt volna tegnap éjjel a lányok barakkjában.

Viszont lopva Rozsdás felé pillantott, mert ő egy kicsit jobban érdekelte.

A vöröshajú férfi éppen akkor érkezett meg a tanárok asztalához. Elég nyúzottnak nézett ki. Látszott rajta, hogy nem sokat aludt az éjjel, bár azt valószínűleg csak Rose tudta, hogy azért, mert a 12-es barakkot őrizte. Beletúrt vörös szakállába, és csupán a kávé után nyúlt, amikor rápillantott a helyére készített tálra. Rögtön felemelte a fejét, és pillantásával megkereste Rose tekintetét.

Elmosolyodott.

S Rose tudta, hogy ebben a mosolyban benne van minden megbocsátás és köszönet elfogadása, a lány levette szemét a tanárról, és a bögréjében kavargó kakaót kezdte mereven szuggerálni, várva azt a pillanatot, amikor már nem érzi magán Rozsdás tekintetét.

Amikor a barakkok lakóinak döntő többsége végzett a reggeli maradékának elpusztításával is, a Görbelábú Hölgy emelkedett szólásra. Még akik háttal ültek a tanárok és felügyelők asztalának, azok is megérezték ezt a pillanatot, és halotti csend ereszkedett a helyiségre.

– Szép reggelt kívánok mindenkinek! Elérkeztünk a táborozásunk feléhez, és ilyenkor, mint már tudjátok, eljött az idő, hogy vendégeket fogadhassatok. Tudom, hogy a nagyobbak kifejezetten megtiltják ezt a szüleiknek, de kérlek benneteket, legyetek tekintettel a kisebbekre. Nekik ez sokat számít. Ezért arra kérlek titeket, hogy segítsetek az asztalokon rendet csinálni. A legkisebbek kilenc órára jelenjenek meg itt újra a vezetőjükkel, a többi barakkból pedig egy-egy tanuló foglaljon helyet a terem hátsó részén az erre a célra fenntartott asztalnál, hogy ha mégis érkezik valakihez látogató, akkor az tudja jelezni a társának. A többiek se hagyják el a barakkjukat a látogatási idő végéig, hogy ne kelljen keresgélni senkit. Köszönöm a figyelmet! A termet lassan ismét bezengte a halk zsongás, és itt is, ott is gyerekek álltak fel és hagyták el a helyiséget. Rose is gyengéden felparancsolta a gyerekeket, mert tisztában volt vele, hogy még rendet kell csinálniuk a barakkban a reggeli ellenőrzésre. Nem akart ismét rossz színben feltűnni, főleg nem Wendy ármánykodásának tudtával. Ki akart tenni magáért és a gyerekekért, hogy bebizonyítsák a vezérkarnak is, hogy nála jobban senki sem alkalmas a feladatra.

A barakk a tervek szerint gyorsan és szépen rendbe lett vágva, mire odaértek a tanárok. Rozsdás szemében elégedettséget látott felcsillanni, és egy „így kell ezt csinálni" féle mosolyt is küldött az egyik szemközti sarokba úgy, hogy közben nem is nézett a lány felé. Rose viszont megértette az üzenetet, és lelke mélyén jól is esett neki mindez. Mielőtt elmentek, még egyszer figyelmeztették a lányt, hogy kilenc órára feltétlenül legyenek ismét az étkezdében, és ha lehet, akkor az alkalomhoz illő öltözetben, a szülők ráérnek majd otthon szörnyülködni a gyermekük hazavitt és leamortizált ruháin.

Amikor mindennel készen voltak és Rose elég szalonképesnek ítélte meg a kis csapatát, még jócskán volt idő az indulásig. A várakozás unalmas perceit egyre nehezebben viselték el a gyerekek, nem tudtak nyugton ülni, csak sétálgattak fel s alá, nézelődtek az ablaknál, a mosdóba jártak felváltva. Ezért aztán Rose úgy döntött, hogy maga köré hívja őket, és hogy elterelje a gondolataikat a látogatásról, olvas nekik valamit az új könyvéből, amit még csak tegnap este kezdtek el.

Mire a manók és tündérek újra benépesítették a szobát, már a gyerekek is megnyugodtak, és figyelmesen hallgatták a mesét. Kalandozásuk a fantázia birodalmában rövid volt, mert lassan indulniuk kellett vissza az ebédlőbe, de a célját elérte azzal, hogy mindnyájan kicsit kizökkentek ebből a világból.

Eljött az idő az indulásra.

Az ebédlő csendes volt. A legkisebbek a 12-es barakk asztalán kívül még egy asztalt foglaltak el, így bőven volt lehetőség arra, hogy ha valakihez látogató jött, akkor kicsit külön üljön a többiektől. Rose gondolatban nagyon szorított azért, hogy ha jön szülő, akkor minden gyerekéhez jöjjön, mert saját magáról tudta, milyen nehéz lehet elviselni, ha nem kap látogatót valaki. Nem szeretett volna csalódást vagy fájdalmat látni a kis csapatának egyetlen tagján sem.

Eljött a kilenc óra.

Kinyíltak az ebédlő duplaszárnyú ajtói, és felnőttek egy nagyobb csoportja lépett a helyiségbe, figyelmesen keresve szemükkel a gyerekek között a sajátjukat. Több gyerek is felpattant a szomszédos asztaltól, hogy szülei üdvözlésére siessenek, és nyakukba borulhassanak. Rose asztalánál többen is a lányra pillantottak, aki erre mosolyogva bólintott, ezzel útjukra engedve őket. Hárman is felálltak, és elsiettek az érkező felnőttek felé, és az étkezde üres asztalait célba véve leültek velük.

Hamarosan aztán már csak ő és kicsi Mark maradt ott az asztalnál.

Egy kósza pillanatra ekkor a lánynak eszébe jutott a kisfiú reggeli viselkedése, sírása, és arra gondolt, hogy Mark talán már akkor sejtette, hogy nem fognak jönni hozzá látogatók, és azért volt annyira szomorú. Szívből megsajnálta a kisfiúcskát, odaült mellé, és beszélgetéssel, játékokkal és viccekkel próbálta elterelni a figyelmét a szomorúságáról.

Ekkor nagyon nagyot dobbant a szíve.

Az ajtón drága szüleit látta meg belépni. Az örömtől majdnem kiugrott a bőréből, de furcsa érzések is vegyültek a boldogsága mellé. Először is, nem volt szíve itt hagyni a kisfiút egyedül, másodszor pedig, nem tudta, hogy mit szólnak majd hozzá, hogy a nagyok közül eddig csak neki voltak látogatói. Ez újabb támadási és gúnyolódási okot adhatott azoknak, akiknek nem szeretett volna ilyen fegyvert adni a kezébe. Aztán mindezt kirázta a fejéből. Nagyon szerette a szüleit, és pár buta kamaszlány élcelődése miatt nem fogja megtagadni őket és a szeretetüket.

Nagyobb problémát jelentett most számára kicsi Mark.

Mindezek a gondolatok olyan gyorsan pörögtek végig az agyán, hogy a szülei még észre sem vették őt a szétszórt sokaság között. Ahogy nézte őket, látta, hogy Mark is megmoccan, aztán feláll a székéből, és a Rose szülei mögött érkező nő felé siet. Közben Rose szülei is észrevették lányukat, és amikor odaértek hozzá, szorosan magukhoz ölelték őt.

Rose édesanyja válla felett Markot nézte.

A kisfiú az utolsó lépéseket már futva tette meg örömében. Édesanyja leguggolva várta a fiúcska érkezését, és láthatóan hatalmas örömmel és szeretettel ölelte magához a fiát. Rose és szülei már helyet foglaltak a 12-es barakk törzsasztalánál, amikor Mark és édesanyja még mindig szeretettől vezérelve ölelte egymást. A nő rengeteg puszival halmozta el fiacskáját, mintha már nagyon-nagyon hosszú ideje nem látták volna egymást. Rose érezte, hogy rendkívül közel állhatnak egymáshoz. Szívszorító volt a látvány. Aztán a nő kihámozta magát fia szűnni nem akaró öleléséből, és gyengéden a bejárati ajtó melletti, még üresen álló asztalhoz ültek vele. Rose most megfigyelhette az asszonyt – vagyis dehogy asszonyt! Mark édesanyja egy nagyon fiatal nő volt, szinte még huszonéves. Gyönyörű volt, talán még a Zöld Tündérnél is gyönyörűbb. Hátára omló, hullámos vörös haja, világító zöld szemei és szeplői már-már istennői vonásokat kölcsönöztek neki. Rose lány létére megállapította, hogy régen látott ilyen tökéletes szépséget, és a szeretet, amivel a kisfiát ölelte és puszilgatta, még mindig a roppant szimpatikus kis család képét vetítette elé.

Nem tudott több időt szentelni nekik, hiszen az ő szülei is itt voltak, és most az ő szeretete is olyannyira fellángolt, hogy érezte, ahogy kiszárad a torka, égni kezdenek a szemei, és tudta, hogy pillanatokon belül kitör belőle mindaz, ami eddig megbújva ott szunnyadt a szívében. Hiába is volt oly kemény, mint a gyémánt, most egyszerre kirobbant a rengeteg elfojtott érzés a lelkéből, az átélt és elviselt tömérdek intrika, félelem, rettegés és kétség most mind a felszínre tört...

...könnyek formájában.

Odabújt édesapja mindig védelmet adó, hatalmas mellkasához, belefúrta magát a bolyhos, „apaillatú" pulcsiba, és zokogott. Eleinte próbálta kontrollálni, hogy ne vegyék észre mások, és szülein kívül senki se tudja meg, hogy sír. Próbálta a testét rázó zokogást csillapítani, de nem sikerült. A szülei védelmet adó közelsége felszabadította benne azt, amit az első este óta csak egyre jobban felhalmozott lelke mélyének raktáraiban. Édesapja ölelő karjai aztán összezáródtak körülötte, és ő eltűnt a hatalmas kezek, mellkas és vállak nyugalmat és finom parfümöt árasztó rengetegében.

Aztán – alig egy perc alatt – megnyugodott. Hagyta, hogy édesapja pulcsija még felszívja arcáról az utolsó könnycseppeket, és lassan kibontakozott az öleléséből. Szülei szemébe nézett. Édesapja mérhetetlen szeretettel nézett rá, édesanyja szemében viszont egy kis döbbenetet látott a szeretet mellett. Aztán ennek a meglepettségnek az apró szikrája megjelent az apukája szemeiben is, ahogy láthatóan végigmérte lányát. Kicsit megpihent a szeme a Rose szemöldökénél lévő sebtapaszon, a kezén lévő ragasztáson és a rengeteg karcoláson, amik még nem gyógyultak meg ennyi idő alatt. A lánynak eszébe jutott mindez, és megértette szüleinek a pillantását egy másodperc alatt.

– Nem számítottam rátok – szólalt meg halkan.

Kifejezetten emlékezett rá, hogy megkérte a szüleit: ha lehet, kíméljék meg őt a csoportos szekálástól, mert a nagyobb gyerekekhez nem jönnek már el a szüleik. „Túl égő!" – Ahogy akkor fogalmazott, amikor az indulás reggelén még az utolsó gondolatait osztotta meg a szüleivel.

– Persze én is nagyon örülök, hogy látlak, Rose! – válaszolt kis cinizmussal édesapja.

– Tudod, hogy nem így gondoltam... – visszakozott Rose, és ismét odabújt apjához. – Szeretlek!

– Ahogy látom a pulcsim nedvességtartalmán, azért talán hiányoztunk egy kicsit – suttogta Rose fülébe. – Tudod, hogy mi is szeretünk! Ha akarod, az egész tábor előtt is elmondom!

– Tudom, tudom! – csitította Rose, mert tisztában volt azzal, hogy édesapja bármikor képes lenne felállni, és beleüvölteni a levegőbe, hogy mennyire szereti. Természetesen a poén és az őszinte érzései miatt egyaránt.

– Édesapádnak dolga volt Port York-ban, ezért úgy időzítettük az indulást, hogy kicsit be tudjunk nézni hozzád, ha már úgyis szinte a tábor előtt megyünk el! – mesélte édesanyja.

– Egyébként nem szándékozunk sokáig zavarni. Már megyünk is, csak meg akartunk jól ríkatni. Nos, ez megvolt... mehetünk! – viccelt Rose édesapja, és úgy tett, mint aki máris fel akar állni, és indulni készül.

Mondanivalójának a végét már félhangosan közölte, amire a közelben ülők felkapták a fejüket, és feléjük néztek. Rose megszokta már ezeket a morbid vicceket, amikkel édesapja szokta őket szórakoztatni, de főleg önmaga szórakozott nagyszerűen ilyenkor. Most azonban olyan jó volt látni a sok feléjük forduló, bamba arcot, hogy Rose is elnevette magát, és úgy tett, mintha erőnek erejével kellene apukáját visszaültetni az asztalhoz.

– Elég legyen már! – szólt rájuk Rose édesanyja mosolyogva, és a kíváncsi fejek felé biccentett egy „Hát, ezek ilyenek... Gondolhatjátok, min megyek keresztül velük mindennap!" fejmozdulattal elnézést kérve a hangoskodásért. – Meséld el inkább, mi minden történt veled, miután úgy elviharzottál a parkolóból mellőlünk!

Rose mesélni kezdett.

Természetesen nem mindent, de a furcsa, természetfeletti kalandok nélkül is igazán kalandos volt az elmúlt pár napja. Elmesélte, hogyan kapta meg a gyerekeket, hogyan foglalták el a 12-es barakkot, hogyan csiszolódott össze a gyerekekkel. Mesélt a hegyi túráról szépen kiszínezve, a versenyekről, amit az ő gyerekei nyertek, a viharokról, a hajnali, konyhai munkáiról, szóval minden publikus dologról. Sokáig mesélt, s közben szülei figyelmesen hallgatták.

– Ezek igazi ördögfiókák lehetnek! – jelentette ki az édesapja, miután a lány elhallgatott.

– Nem dehogyis! Kiváló gyerekek mind egytől egyig! – Egyszerűen nem is értette, hogyan vonhatta le apja ezt a következtetést. Aztán megpillantotta édesapja felhúzott szemöldökét. – Ja, hogy ez... – simította meg akaratlanul a bekötözött kezével a szemöldöke felett lévő dudoros sebet. – Ezek...

– Szerintem ezekről most nem akarsz beszélni! – segítette ki édesanyja a lányt.

– Hát, nem... most még nem! – pillantott a földre kicsit pironkodva Rose, és a padlón lévő morzsákat nézte figyelmesen, míg eltelik az a kínos másodperc, ami ilyenkor törvényszerű.

– De jól vagy, Rose? – kérdezte kis aggodalommal édesanyja.

– Igen, igazán nagyszerűen, kérlek benneteket, ne aggódjatok e... ezek miatt! – mondta.

– Akkor jó, az jó! Okos nagylánynak tartunk, Rose, ezt tudod. Szabályokat nem állítunk, érezd jól magad, de...

– Tudom, anya, hidd el! Semmi gond! Ez egy nyaralás, egy nagy kaland. Mindenütt veszély leselkedik a sarkokon, a tóparton éles kagylók, a hegyekben visszacsapódó faágak, roppant veszélyes dolgok, de ezeket meg kell tapasztalni, hogy aztán az ember megtanulja, ha kilép a komfortzónából és el tudja kerülni legközelebb... – hadarta a lány.

– Ó, hát csak ilyesmiről van szó! – sóhajtott fel Mrs. Palmer, és Rose örömmel vette, hogy sikerült édesanyja minden félelmét és féltését elaltatni.

– Ugyan, mire gondoltál? Hogy szellemekkel és démonokkal harcolok minden éjjel? – viccelődött tovább Rose vigyázva, nehogy túlzásba vigye és túllőjön a célon. Észrevette, hogy apukája is mosolyog, de azt is látta a férfi szemeiben, hogy az ő gyanakvását nem sikerült úgy elaltatni, mint az anyukájáét, s közben akaratlanul a karkötőjének egyik ezüstmécskéjét kezdte forgatni az ujjai között. – Bébiszitterkedem egész nap, este mesét olvasok, kenyeret szelek és vajazok... nincs itt semmi baj.

– Persze, persze... – suttogta Mrs. Palmer.

– Ne tartsuk fel a lányunkat, kedvesem! – érintette meg Mr. Palmer a felesége karját gyengéden, mert látta, hogy többen is készülődnek a távozásra. – Mennünk kell, hogy időben ott legyek Port York-ban. Új karkötőd van? – tette még hozzá, mert meglátta, hogy Rose mit babrál az ujjaival.

– Aha! – nyögte ki az feleszmélve, majd gyorsan el is terelte róla a szót: – Nem mondtam az indulás előtt igazat – kezdte Rose halkan, amikor felálltak az asztaltól. – Egyáltalán nem égő, hogy eljöttetek, igazán jólesett! – Átölelte szüleit szeretetteljesen, és még odasúgta nekik: – Nagyon szépen köszönöm!

Rose úgy döntött, hogy elkíséri szüleit az ajtóig, tovább nem, hogy a gyerekeket szemmel tudja tartani. Még elég messze voltak az ajtótól, amikor kivágódtak az ajtószárnyak, és egy dühös férfi rontott be rajta.

– Csak pár percről volt szó! – üvöltött olyan félelmetesen és rosszat sejtetve, hogy Rose hátán is végigfutott a hideg.

Éppen Mark és édesanyja asztala mellett haladt el Rose, így rögtön látta, hogy anya és fia félelemtől rezzennek össze, meglátta a gyönyörű nő szemeiben a rettegést, és a hosszú idő óta tartó megalázás miatti megtörtséget a férfitól, béklyót, amitől nem tud megszabadulni, és fiát sem tudja kiszabadítani belőle gyengesége vagy a férfi erőszakossága miatt. Rose látta, ahogy a nő kezén felcsúszott a gondosan feltűrt pulóver ujja, hogy felkarja tele van kék-zöld foltokkal, és akkor szinte biztos volt benne, hogy máshol is, ahol a gyönyörű nő testét ruha takarja, ilyen sérülések és zúzódások borítják.

Rose látta, hogy a nő felpattan, egy gyors puszit lehel a fiúcska kobakjára, aki hátra sem mert fordulni a hang irányába. Rose látta, hogy a fiúcska székén elindul egy kis folyadékcsík, ami sárga tócsában kezdett összegyűlni a padlón. Látta a megalázottan néző, bepisilő kisfiút, amint remegve szorítja össze szemeit. Ennél nagyobb sajnálatot Rose még senki iránt nem érzett eddig, és szíve majd' meghasadt fájdalmában, de a gyomra mellett lapuló szörny iszonyatosan felhorkant. A gyűlöletet, amit érzett, nem lehetett egyszerű szavakba önteni, legszívesebben apró darabokra tépte volna a férfit, sőt előtte porig alázta volna. Olyan fokozhatatlan undort érzett a férfi iránt, hogy gyűlölete már-már émelygésbe ment át, minden gondolata bosszúért kiáltott és elégtételért a megalázottak védelméért.

Aztán Rose háborgó lelkében az ép ész ismét győzedelmeskedett a fellángoló harag felett, és szíve szerető parancsára a kisfiúcska megsegítésére sietett. Talán az rántotta ki gyűlöletes gondolatai örvényéből, hogy elkapta Rozsdás pillantását, aki mindennek a szemtanúja volt. Talán az, ahogyan egyedül maradt a fiú minden bánatában, szomorúságában és megalázottan.

Rose sem tudta, mi is vezérli igazán, de úgy tett, mintha megbotlana, és a vendégeknek odakészített kancsó vizet olyan szerencsétlenül fellökte, hogy az egész kicsi Mark ölébe ömlött, szerencsésen elmosva a baleset minden bizonyítékát.

Mark édesanyja mögött éppen csukódott az ajtó. Ő már nem láthatta ezt. Rose szüleit is lefoglalta a férfi által okozott közjáték, így ők is csak annyit láttak, hogy lányuk feldönti a kancsó vizet, ami szerencsétlenül a kisfiúcskára ömlik. Úgy tűnt, hogy mindenki Rose ügyetlenkedése miatt szörnyülködik, és a lányt hibáztatja kétbalkezessége miatt.

Talán Rozsdás tudta, mi és miért történt valójában... talán.

– Azonnal vidd vissza a barakkba átöltözni. A többieket majd visszakísérjük, ha mindenki végzett! – rivallt rá Rozsdás, de Rose látta a férfi szemében mindazt, amit szeretett volna.

Látta, hogy ő tudja és tapasztalta, mi történt.

Megfogta a víztől csöpögő fiúcska kezét, felsegítette a székről, és kisietett vele a helyiségből, vissza sem nézett a szüleire.

Még róluk is megfeledkezett ezekben a pillanatokban.

Mark pedig csak szorította megmentőjének a kezét, ölelte magához, mint akit soha többé nem akar elengedi.

*

Kellett az a kis idő kettőjüknek, amit Rozsdás biztosított azzal, hogy nem engedte magával hozni a barakk többi lakóját. Mark és Rose is minden szemérmességét félretette, és a fürdőbe sietve lefejtették a fiúcskáról a vizes ruhát. Rose megnyitotta az egyik zuhany csapját, és beparancsolta a fiút a forró víz alá, nehogy megfázzon a hideg vizes locsolástól. Rose kiment, és behozott egy váltás meleg ruhát, törölközőt, és odakészítette a fiúnak egy kisszékre a tusoló mellé. Közben elfordult, és a mosdóban kiöblítette Mark vizes gönceit a saját tusfürdőjével, és sorban kicsavarva, kiteregette a fürdőben lévő törölközőszárítóra. Néha-néha a tükörből visszanézett a fiúra, és még a lassan bepárásodó tükörben is meg tudta figyelni Mark hátán és a bordáin lévő sárgászöld zúzódások és véraláfutások nyomait. Mivel már öt napja itt volt a kisfiú, nagyon úgy tűnt, hogy még az elindulása előtt is bántalmazhatta az apja.

Rose maga is sírni tudott volna szégyenében, amiért ezt látnia kellett, hogy létezik még olyan emberi teremtmény, aki képes kezet emelni egy szép és okos kisfiúra. Egy gyerekre! Ez teljesen felháborította. Elfojtott haragjával és könnyeivel viaskodott, és azon törte a fejét, mit is csinálhatna, mihez van joga egyáltalán. Azt kívánta, bárcsak erőteljes férfi lehetne, aki móresre tanítja, aki visszaadhatna neki abból a félelemből, megalázásból és testi fájdalmakból, amin láthatóan kicsi Mark és gyönyörű édesanyja nap mint nap átmegy.

Viszont Rose csak egy törékeny kamasz volt, akinek esélye sem lett volna a bosszúra, s ha megtehetné, akkor is lehetséges, sőt nagyon valószínű, hogy csak a családján állna bosszút a sérelmeiért. Rajtuk töltené ki a haragját, amiért ő is kapott abból, amit rendszeres terrorizálással ad a családjának. A lány tisztában volt vele, hogy nincs semmi lehetősége és esélye megbüntetni Mark és anyukája agresszorát, s ez roppantul dühítette. A tehetetlenség béklyóját nem tudta lerázni csuklójáról, és ezek a bilincsek gúzsba kötötték a szeretetét és sajnálatát irántuk.

Rose előbb végzett a ruhák kimosásával, mint a kisfiú a zuhanyozással, vagy csupán szándékosan húzta az időt annyira, hogy egyedül maradhasson szégyenével. Rose nem tudta, mitévő legyen. Ha kijön a fiúcska a fürdőből, és szembe kell állnia vele, egy kicsit reménykedett benne, hogy addigra esetleg visszaérnek a többiek, és a látogatások miatti nagy zsivaj és öröm eltereli mindkettőjük gondolatait a történtekről. Erre azonban nagyon kevés esély volt, mivel a lány hallotta, ahogy Mark elzárja a vízcsapokat megunva a zuhanyzást, és tudta, hogy pillanatok alatt felöltözik, és ott lesz vele szemben.

Mire ezt végiggondolta, már ott is állt előtte a kisfiú.

Rose nem tudott mást tenni, mint amit a szíve diktált: Elérzékenyülve letérdelt a padlóra, és széttárva a karjait ölelésre hívja a fiúcskát. Mark nem tétovázott egy pillanatig sem, szemei újra megteltek könnyel, és odarohant Rose-hoz. Zokogva hagyta, hogy a lány karjai összezáruljanak körülötte. Olyan erősen fogta át a lányt, akár egy fuldokló a felé nyújtott mentőövet, édesanyja helyett most Rose volt a béke szigete.

Rose nem volt rest, némán ölelte, dajkálta és simogatta a kisfiút, és próbálta felitatni a potyogó könnycseppjeit. Bólintott, mutatva ezzel Marknak, hogy tudja a szörnyű titkát, de magában tartja mások előtt. A kisfiú erőt vett magán, felemelte fejét, és Rose fülébe suttogott egyetlen szót:

– Köszönöm.

Mindez elárulta, hogy tisztában van vele, hogy miért borította le Rose a kancsó vízzel őt, tudta, hogy a lány észrevette, hogy ijedtében és rettegésében bepisilt.

– Sajnálom, hogy az apukád ilyen veled, azaz veletek! – mondta Rose.

– Ő nem az apukám. Az én apukám egy hős volt. Elment egy háborúba, és nem jött vissza! Ő csak egy gonosz, nagyon gonosz ember... – válaszolta Mark, majd halkabban folytatta: – Te jó vagy... tudod, hogy... köszönöm.

– Ez a kettőnk titka! – válaszolt a lány, és zokogva magához ölelte a fiúcskát. – Senki meg nem fogja tudni rajtunk kívül!

– Ez biztos? – kérdezte a fiú.

– Igen, örökre! Bízz bennem! – válaszolta Rose.

– Bízom... örökre! – mondta magát is biztatva Mark.

– Gyere, tegyünk úgy, mintha tényleg csak egy véletlen baleset történt volna, semmi más! – ajánlotta fel Rose, és kibontakozott a fiúcska egyre gyengülő öleléséből.

– Szeretlek! – suttogta a fiú.

– Én is szeretlek!

Mark leült az ágya szélére, kezébe vette Mrs. Maddisont, és szeretettel forgatta a kezecskéiben. Láthatóan meg volt elégedve Dolores munkájával, és Rose látta, hogy hangtalanul mozog a szája, úgy beszélget kedvenc mackójával. Ez a játék lehetett Mark életének sötét oldalának és minden titkának tudója, vele osztotta meg minden szomorúságát és fájdalmát. A maci is mentőöv volt, aminek a közelségébe lehetett kapaszkodni bármikor, talán a fiú ezért is rémült meg, amikor Wendyék primitív szórakozásuk közepette tönkretették.

Rose az ablakhoz sétálva magára hagyta a kisfiút, hogy megbeszélje macijával a történteket, és megnézze, hogy vajon a többi gyereket mikor is kapja vissza maga mellé. Hiányoztak neki, és a társaságuk is jót tett volna most a kisfiúnak, bár szegényke már biztosan megtanulta kezelni magában ezeket az eseteket. A legnagyobb düh ébredt fel benne ismét, és a gyomra melletti eszeveszett szörnyeteg bosszúért kiáltott. Csak a módját találná meg valahogy...

Az ablakon kinézve látta, hogy Mr. Murphy már a barakkja elé fordul be futva a gyerekekkel, akiknek a kezük a fejük tetejét védte. Ekkor látta meg a lány, hogy ismét leszakadt az ég, és zuhogni kezdett az eső. A gyerekcsapat berontott nagy sikongatás és kacagás közepette a helyiségbe, és körülállták kicsi Markot. Rozsdás csak bedugta a fejét az ajtó résén, és biccentett a fejével, hogy Rose menjen ki hozzá egy pillanat erejéig.

– Csak azt tudják, hogy kétbalkezességének hála nyakon loccsantotta a kisfiút... és a tanári kar is ezt tudja! – súgta oda a lánynak.

– A tanárok? Nem lesz ebből baj? – kérdezte Rose.

– Nem, Miss Palmer, ennek nem lesz következménye, sem a tegnap éjszakai partizánakciójának, mert bár ez még nem hivatalos, de úgy néz ki, hogy holnap reggel lesz az utolsó reggeli itt, és utána mindenkinek haza kell mennie. Szerintem a vacsora után lesz bejelentve – mondta Rozsdás.

– De miért, uram? – csodálkozott Rose.

– A reggeli után ismét találtak egy erdőrészt a konyha mögött, ahol rengeteg halott állat hevert, azonkívül az állandó viharok és esőzés megölt minden programot, amit kitaláltunk, napok óta a barakkban gubbaszt mindenki – sorolta a férfi végigsimítva vörös szakállán. – Ennek így semmi értelme sincs, felesleges itt tartani magukat ezért!

– Értem. Mi történt az állatokkal? – kérdezte Rose.

– Ugyanolyanok voltak, mint amit ön talált a gyerekekkel: kisebb-nagyobb rágcsálók és madarak szerteszét. De most már mennem kell, sok dolgom van ezek miatt – biccentett Rozsdás.

– Köszönöm szépen, Mr. Murphy! – köszönt el Rose.

– Nem, Miss Palmer, nem! – rázta a fejét a férfi. – Én köszönöm. Láttam, mi miért történt! – mondta elfordulva, és amint kilépett az esőbe, Rose meg mert volna esküdni, hogy ezt hallja: „...régóta fáj már a fogam arra az emberre...".

Visszament a lurkók közé, és hagyta, hogy gyerekes vicceikkel szekálgassák őt ügyetlensége miatt. Csak néha-néha váltottak egy röpke pillantást Markkal. Látta, hogy a kisfiú öröme és vidámsága visszatért barátai között, erre volt most a legnagyobb szüksége, bár Rose bele sem mert gondolni abba, mi lesz, ha a fiúcska és a kis csapata megtudja, hogy holnap haza kell menniük. Legjobban Mark reakciói miatt félt a bejelentéstől, és azon törte a fejét szüntelenül, hogy meg tudja könnyíteni a kisfiú életét.

Eljött az ebédidő.

Eseménytelenül telt el, akár a délután és a vacsora. A gyerekek játszottak a barakkban, néha amikor nagyon unták magukat, akkor Rose olvasott nekik egy-egy mesét.

Ahogy Rozsdás megjósolta, a Görbelábú Hölgy a vacsora után jelentette be a hírt. Sokan ujjongva fogadták, hiszen a nagyobb gyerekeknek, tényleg teljesen unalmasan telhettek a napjaik, és alig várták, hogy vége legyen ennek a bezártságnak végre. A kicsik is vegyesen fogadták a hírt, hiszen azért Rose barakkja egész jól viselte az elmúlt napokat, kölcsönösen megszerették egymást, és az elválás elkerülhetetlenül közeledett. Tudták, hogy be fog következni egyszer, egy későbbi napon, de most a véletlenek komisz egybeesése miatt ez az oly távolinak tűnő nap egyszer csak pár órányi közelségbe került.

Mark kétségbeesetten pislogott körbe, de mindig Rose szemeiben pihentette meg rettegő tekintetét. A lány tisztában volt vele, miért, de a tehetetlenség megváltoztathatatlannak tűnt.

Ilyen gyászos csend még sohasem telepedett a 12-es barakkra fürdés és az alvásra készülődés közben. A kedves és vicces mesét sem szakította félbe kacagás vagy közbeszólás. Az utolsó éjszakára rányomta a bélyegét a közelgő elválás terhe. Rose leoltotta a lámpákat, végigsétált a szobán. Mindenkihez odament, megölelte őket, jóéjt puszikat osztogatott, megigazította az ágyak mellé rúgott papucsokat, majd ő is lefeküdt az ágyára pihenni.

Pontosan tudta már, hogy mikor kell indulnia ahhoz, hogy éjfélre a háznál legyen.

Az idő közeledtéig lehunyt szemmel pihent. Elaludni nem tudott, de próbált koncentrálni és kitalálni, hogy mire is számítson a házban a Zöld Tündértől éjfélkor. Amikor eljött az idő, felöltözött és kisurrant a szobából.

Ha egy kicsit, csak egy kicsit türelmesebb és figyelmesebb, talán észrevette volna, hogy nem ő az egyetlen a szobában, aki álmatlanul, kínok között szenved.

10.
Az Egy

Volt valami az éjszakában.

Valami, ami balsejtelmet ragasztott az erdő minden fájának koronájára, ami zsibbadt remegést varázsolt a föld felett terjengő párába, ami furcsa, fémes szájíze lett Rose-nak.

Valami vibráló, rossz előérzet.

Valami, ami született gonosz.

A fák közötti sötét ösvényen suhanó lány lábai alig érintették a korhadó tűlevelektől vastag avart. Rose már sokadjára tette meg ezt az utat. Már nem kellett lámpa, de még a holdfény sem, hogy tudja a helyes irányt. A sötét éjszaka pedig barátként ölelte körül néha-néha felvillanó testét, elrejtette árnyékát és megcsillanó szemeit. Csodás érzéssel száguldott át a titkokkal teli erdőn az elátkozott ház felé.

Gondolatai csapongva szárnyaltak körülötte, ezért sok energiát nem is tudott most rájuk szentelni. Hiába elmélkedett azon, mit is szeretne tőle a Zöld Tündér, és pont a kísértetek óráján egy elátkozott házban, pedig már az előző alkalommal megfogadta, hogy nem fogja átlépni a ház küszöbét soha többé. Hiába erőltette a válaszokat, azok csak nem akartak feltörni agya rejtett zugaiból, pedig érezte, hogy tudnia kell a megoldást, máskülönben nem kellene itt lennie, de minden hiába.

A válaszokat elhomályosította a keserű tehetetlenség és igazságtalanság, amik kicsi Mark szenvedései kapcsán folyton az eszében jártak. Megszerette a kisfiút, szimpatikus volt számára az anyukája is, és nem tudta, hogyan tudná kihúzni őket a csávából. Az asszony és a fiúcska testén látott sérülések teljesen felzaklatták a lányt, elképzelni sem tudta, milyen szörnyűségeken kell átmennie a kis családnak nap mint nap. A lánynak még most is akaratlanul ökölbe szorult a keze, és agya bosszúért kiáltott.

Ez a gondolat mindennél előrébb férkőzött a teendők sorában, és a közeljövő bizonytalanságát háttérbe szorította, pedig Rose érezte, hogy az elkövetkezendő alig egy óra is létfontosságú lesz. Valamelyik világban sorsfordító dolognak kell bekövetkeznie, hiszen a Fekete Pataki Kapu átjárójához kell most mennie. Nem a házhoz, hisz az csak egy zár a rendszer gépezetén. Az átjáró volt veszélyben, vagy csak egyszerűen valaki át akart jutni valamelyik világba kéretlenül és engedély nélkül.

Rose szerint a Zöld Tündér valószínűleg tudja a válaszokat, de vagy azt akarta, hogy ő maga jöjjön rá, vagy csak egyszerűen még nem látta alkalmasnak az időt arra, hogy beszámoljon neki róla. Még az a gondolat is végigfutott a lány agyán, hogy nem bízik benne úgy a Tündér, ahogy azt ő szeretné, hiszen ő mégiscsak egy ember, kíváncsi és önző, aki még túlságosan gyerek az ilyen nagy titkokhoz, és ha ennek a kalandnak vége lesz, talán egy álomból felébredve, semmire sem fog emlékezni. Semmi sem volt biztos, csak az, hogy állnia kell a szavát, teljesítenie kell a kérést, és ott kell lennie éjfélre a háznál.

Bár fikarcnyi befolyása sem volt a másik kérés teljesülésében, de azt gondolta, hogy a Zöld Tündér örülni fog a tábor kiürülésének. Nem tudta, mi oka lehet rá a tündérnek, de az tény, hogy holnap reggel elmennek a táborból, és valószínűleg ebben a szezonban már nem is fog újra benépesülni a kis telep. Rose ennek sem tudott örülni önfeledten, hiszen a szíve összeszorult, ha a gyerekekre gondolt. Hosszabb, sokkal hosszabb időt szeretett volna még velük együtt tölteni, és most már a nyaralás felénél el kell válniuk. Mindenféleképpen kell majd szervezni találkozókat, hogy tarthassák a kapcsolatot, bár azt már a saját tapasztalaiból tudta, hogy a kezdeti fellángolás után pár héttel már el is hamvad a lelkesedés, és elmúlik minden nagy barátság.

Rose gondolatai így megint visszakanyarodtak kicsi Mark titkához. Tudta, hogy nem lehet felelős érte, bármennyire is szereti és szívén viseli a sorsát, és csak arra tudott gondolni, hogy most öt nappal előbb kell visszatérnie abba a pokolba, amiben él. Sejtette, hogy fiatal anyukája, amíg teheti, mindent megtesz érte, de amit látott, az elárulta, hogy sajnos néha kevés.

Rose kizárta fejéből kicsi Mark problémáját, mert kiért az erdei ösvényről a kőzúzalékos útra. Tudta, hogy már közel van, és minden figyelmével most ide kell koncentrálnia, hiszen már közeledett az időpont, amit megjelölt számára a Zöld Tündér. Előérzete be is igazolódott, mert amikor elérte az előkertet, és a ház teljes valójában előtte termett, meg is pillantotta az első rendellenes jelenséget.

A ház majdnem minden ablakából, még a toronyablakokat is beleértve, vibráló, narancssárgás fáklyafény szűrődött ki a sötét előkert elburjánzott növényeire, és málló szobraira is, furcsa és egyben félelmetesen hosszú, fekete árnyékokkal ajándékozva meg mindent. Az árnyékok imbolyogtak a fáklyák szabálytalan fellobbanásai miatt, mintha éltek volna és elszakadni készülnének élettelen anyagi valójuktól ezen a kísérteties éjszakán.

Rose csak bámulta a kivilágított házat, és csapdát sejtett.

Akaratlanul a karkötőjét kezdte babrálni, és simogatta ujjai között az ezüst obulusokat. Valamiért ez mostanában megnyugtatta. Egyre többször ösztönösen érintette meg a mindig jéghideg érméket.

Ez nem volt, nem lehetett normális dolog pont ezen az éjszakán. Nem tudta, mitévő legyen. Tudta, hogy a vártnál gyorsabban érkezett meg, és még jócskán van ideje éjfélig, de pár perc alatt megunta a gyöngykavicsos ösvényen való téblábolást. Hiába akarta húzni az időt, az roppant lassan telt, és a gyerekes kalandvágy legyőzte a tegnap esti fogadalmát, miszerint szabad akaratából soha többé nem lépi át az elátkozott ház küszöbét.

Egy furcsa, kockázatos, de egyben nagyszerű ötlete támadt a hátralévő idő eltöltésére. Arra gondolt, kicsit körbenéz a házban, és ha minden nyugodt, akkor bizony felmegy az északi toronyba, és a kandallóból szerez még kagylócskát.

Legalább hetet.

Hatot, hogy minden gyerekének jusson, plusz még egyet. Az lesz a búcsúajándéka. Az a szerencsehozó talizmán talán megfelelő meglepetés lenne számukra. Igen, emlékezett a gyerekek csodálkozó szemeire, amikor megpillantották a hírből ismert legendás tárgyakat. Szinte biztos, hogy jó és emlékezetes relikviája lenne ennek a táborozásnak és az ő személyének. Örült ennek a gondolatnak, hiszen szeretett volna olyan dolgot adni gyerekeinek, amit csak tőle kaphatnak, és csak ő jut róla eszükbe. Oly sokat kapott a gyerekektől és oly sokat adhatott, hogy ez volt a legmegfelelőbb dolog, ami eszébe juthatott.

Már csak egy bökkenő volt...

Az északi torony tartogatta magában ezeket a kincseket.

Rose beleborzongott a feladatba, amit kigondolni és képzeletben végigcsinálni vidám és szórakoztató volt, de a kivilágított ház előtt állva már nem tűnt olyan jó mókának, és a kifogások gyártása gyorsabban beindult, minthogy az első lépést megtegye.

Maga sem hitte, hogy a bátorság olyan gyorsan erőt vesz rajta, és olyan biztos léptekkel indul el a ház felé, mintha a szülőházába kellene bemennie a legboldogabb napjai egyikén.

És akkor eszébe jutott, hogy talán a tündér a házban várja már. Hisz mi dolga lehetne itt kint a kertben? Igen, valószínűleg odabent kell keresni majd őt és Lunát, ha ő is eljön, hiszen a Fekete Pataki Kaput zárva kell tartaniuk. Csak az lehet a megoldás, hogy megvédjék mind a két világot. Rose a pincére és a katakombarendszerre gondolt, a furcsa zajokra, amit ott hallott: a sikolyokra és lánccsörgésre. A rengeteg döglött patkányra a falak tövében, és egyszerre rájött a megoldásra.

A Fekete Pataki Kapu zárva volt, amikor ott járt.

A katakombarendszer a kapu, ott a beomlott falnál van az átjáró a két világ között, és már ott várakoztak a Fertelmesek hordái a falakon túl, hogy át tudjanak törni az ő világába.

Hát ezért kell ő, mert ebből a világból szemmel tudja tartani a kaput. Itt kellett vigyázni a bejáratot, miközben a Zöld Tündér és szövetségesei visszaverik a betolakodókat. Ő itt lehet úgy, hogy nem kell kinyitni az átjárót.

A hirtelen felismerések miatt egyszerűen özönleni kezdtek a válaszok a számtalan megválaszolatlan kérdésre, amik eddig ott pattogtak koponyája belső falai között. Hát persze, hogy ez volt a terv, hiszen itt Rose biztonságban van, vagyis csak itt van biztonságban, a házban. Vajon milyen másik ember tudná ezt a feladatot ellátni, hol és hogyan kerestek volna most egy megfelelő emberi személyt erre a feladatra?

Most aztán gondolkodás nélkül odarohant a bejárati ajtóhoz, de lendülete megtört, ahogy elérte, és kinyújtotta kezét a kilincs felé. Az okos és óvatos Rose lépett a helyére, hisz az elmúlt napokban a meggondolatlansága és forró vére miatt már több hibát is követett el figyelmetlenségében. Itt és most ezt nem ronthatja el. Körültekintőnek kell lennie, még ha a saját teóriája szerint itt, az átjáró ezen az oldalán nem fenyegeti semmilyen veszély. Azonban vigyáznia kellett, hogy a titokzatos kérdések megválaszolása nehogy ismét öntelté és figyelmetlenné tegyék.

Mielőtt lenyomta a kilincset, hallgatózott egy pár pillanatig, és próbált bármilyen apró neszre felfigyelni, ami az ajtó túloldaláról szűrődne felé. Mérhetetlen csend volt körülötte, csak a zár nyelvének csikorgása és a feltáruló ajtó sikításszerű nyikorgása visszhangzott a kihalt termekben. Óvatosan, minden lépésére külön figyelve suhant be a kinyitott ajtó résén, és továbbra is minden érzékét segítségül hívva osont előre, lépésről lépésre. A padló pora felkavarodott a mozgásától, és furcsa körtáncot járt a bakancsai körül a fáklyák kísérteties fényében.

Az előtér nagyterme teljesen üres volt.

Pár perc figyelmes hallgatózás után Rose körüljárta a helyiséget, bekukkantott az ajtók mögé, a konyhába, de a földszint teljesen néptelen volt. Tudatosult benne, hogy még mindig korábban van, mint amit a Zöld Tündér mondott neki, ezért aztán biztonsága teljes tudatában úgy döntött, hogy visszatért az „A" tervéhez, az ajándékba kapott időt megpróbálja hasznosan eltölteni, és felmegy az északi toronyba még kagylóért.

Nem is teketóriázott sokat, mert ezt az utat is ismerte. Felsietett hát a megfelelő folyosón és lépcsőn az északi toronyba. A toronyszoba falába állított fáklya is bágyadtan pislogott, furcsa égett szaggal vegyítve a szoba levegőjét. Rose letérdelt a kandalló elé, és a gyenge fényt segítségül hívva kihalászott turkálva hét szép, vörös kagylót a hamuból.

Ujjai között érezte, hogy még jócskán maradt a koromban kagyló. Ha még sokáig él a szájhagyomány a tábortüzeknél, akkor pár gyereknek jut még belőle. Rose most először nem hozta el magával a kis elemlámpáját, ezért még egy kicsit hálás is volt a sorsnak, hogy égett egy fáklya ebben a toronyban is. Sokkal nehezebben tudott volna közlekedni a csigalépcsőn, és a kandalló hamujában is sokkal később lelt volna rá az áhított kagylóira.

„De ki gyújtotta meg a fáklyákat?" – kérdezte magában. Balsejtelem cikázott végig a lány tarkóján. „Ha még nincs itt a Zöld Tündér, sem Luna, sem más, akkor ki gyújtotta meg a fáklyákat? Ki tudhatta még, hogy itt leszek, vagy egyáltalán lesz itt valaki?" – A jeges borzongás tudata, hogy ismét figyelmetlenül egy csapdába sétált, elrettentette, és csak az járt fejében, hogy immár sokadszorra ki kell jutnia a házból. „Ha a tündér akar valamit tőlem, akkor a ház előtt is megvárhatott volna. Tegnap éjjel is ott találkoztunk, az előkert ösvényén."

Rose amennyire csak tudott, sietett lefelé a csigalépcsőn. Észrevette, hogy ahol elhaladt, ott mind elaludtak mögötte az eddig égő fáklyák. Nem tudta, hogy az általa életre keltett menetszél oltotta-e el őket, vagy inkább valami titokzatos, túl sötét varázslat. Nem is akart, de nem is mert volna maga mögé nézni. Sikeresen lejutott a toronyba vezető csigalépcsőn, végig a folyosón, le a bejárati terembe vezető lépcsőn, amikor egy halk hang megszólította. Megrémült, de rögtön felismerte a tulajdonosát.

– Kisasszonkám, ne rohanjon má' oly veszettű' – suttogta a toronyőr alig hallhatóan Rose felé. – Alig érem utó'!

A lány megállt, és akkor rögtön felfigyelt a levegőre, ami egy szempillantás alatt megfagyott körülötte. Megtanulta már, hogy ilyenkor egy szellem van a közelében, de azt is tudta, hogy a férfi szellemétől nem kell tartania.

– Miért szólítottál meg engem, toronyőr? – kérdezte Rose, és nézte a szavai nyomán megjelenő párafelhőcskéket továúszni a levegőben.

– Tuggya, kisasszonkám, magácskának nem itten lenne ám a helye most! – mondta körbepillantva, mintha hatalmas titkot fedett volna fel Rose előtt.

– Igen, nagyon sok ötletem van, ahová szívesebben mentem volna, mint ez a ház, nekem elhiheted! – válaszolta a lány.

– Nem teccik engemet érteni, kisasszonkám! – kezdte újra a szellem.

Teste nem volt teljesen átlátszó, inkább tömörnek látszott, de a fáklya fénye átszüremkedett azért a furcsa halmazállapotán. Rose nem tudta volna mihez hasonlítani, talán aki először látja, mint ahogy a lány az első éjszakán, tökéletesen egyszerű embernek érzékelte volna. Mivel azonban Rose szeme láttára az elmúlt éjszakákon kétszer is megölték, bizton lehetett állítani, hogy nem élő ember invitálta az éjszaka közepén egy baráti csevejre.

– Nem itt kellene lennie, kisasszonkám! – figyelmeztette másodszorra a férfi.

– Igen, tudom, de inkább arra felelj nekem, hogy a Zöld Tündér itt van-e már a házban. Miatta jöttem ide. Ő hívott. Ugye tudod, ki az a Zöld Tündér? Ő ismer téged?!

Fejrázás és biccentés volt a furcsa válasz.

– Akkor most mi van? Igen vagy nem? – kérdezte tanácstalanul a lány, mert nem értette a férfi reakcióját a kérdésére.

– A Ződ Tündér még nincs itten. Tudom, hogy kisasszonka mé' van itten, tudom, hogy ki az a Ződ Tündér, tudom, hogy tuggya, ki vagyok jómagam! – adta meg a kibontottabb és egyértelműbb válaszokat a férfi.

– Ööö, értem... – motyogta Rose, miután értelmezte a mondatot, és a fejrázások és bólogatások értelmet nyertek. – Azt mondd meg nekem, hogy te gyújtottad meg a fáklyákat?

– Ó, igen, kisasszonka, én vótam és a báró úr! – húzta ki magát elégedetten a toronyőr. – Szíp lett, igaz?

– Igen, így, hogy tudom, már egész kellemes érzés! – bökte ki bólintva és megkönnyebbülve Rose.

– De, kisasszonka, nem itt kellene lennie... – kezdett bele, de a lány nem hagyta befejezni.

– Tudom, tudom, de ha ismered a tündért, akkor tudsz mindent az éjféli ittlétemmel kapcsolatban! – legyintett Rose. – Azt mondd meg inkább, hogy milyen érzés meghalni minden este, és miért bánt téged az a báró?

– Tuggya, kisasszonka, meghalni csak elősző' vót kutya egy érzés, brrrr... – kezdte megborzongva. – Azt aztá' nem kívánom én még ez ellenségemnek se, bitang egy dolog vót, de azután ez már nem fáj, nem is kellemetlen. Csak az a baj, hogy mindig félbe vagyok szakítva, nem tudom befejezni a mondanivalómat. Minden este ez azé' elég durva szerintem, de nem fáj. – Aztán ismét megállt, mintha előásna valami szörnyű emléket egy mélyen elzárt koporsóból, és megtörve nyögte: – Bitang vótam, álnok kutya, beste semmirekellő. Nem is lehet más a büntetésem, mint az, hogy nap mint nap halálra ítélnek és végre is hajtják rajtam válogatott módszerekkel.

– De hát ez rettenetes! – fortyant fel Rose.

– Bitang jószág voltam – bólintott a férfi, mint aki helyesli és igenis megfelelőnek tartja az ítéletet és a végrehajtási módok sokszínűségét.

– Mióta bűnhődsz így? – kérdezte Rose most már kíváncsian.

– Ó, hát alig hétszáznegyvenkét esztendeje, drága kisasszonkám! – válaszolt, és büszkén kihúzta magát ismét.

– Ugyan, az lehetetlen! Hétszáznegyvenkét évvel ezelőtt nem volt itt még semmi, még fel sem fedezték Amerikát, te, jó uram pedig ne haragudj meg rám, de nem látszol indiánnak! – válaszolt kétkedve Rose a történelemtudását hívva segítségül.

– Mé' lenne az aztán lehetetlen, kisasszonkám? – nézett hitetlenkedve a lányra a szellem. – Csak nem hazugságga' vádol, kisasszonság?

– Nem, dehogy, csak... – hebegte a lány.

– Tuggya meg, kisasszonság, hogy igazlelkű és tisztavérű nemesi család sarja vagyok, akinek családfája messzibbre nyúlik vissza, mint aztat a kisasszonság gondolni merészelné – válaszolta kicsit gőgösen, felhúzott orral sértettségében. Kezeit közben összekulcsolta a hasa előtt, és ujjaival megbántottan malmozott.

– Jól van, na! Bocsánatot kérek. Nem akartalak megbántani, nemes lovag! – mondta Rose, és próbálta elfojtani a szavaiban rejlő gúnyt és a nevetését.

– Így mindjár' más! – nézett vissza barátságosan a lányra. – Tudd meg, hogy egy ezerívesnél is öregebb, hősi ország nemesi családjábúl származom. Őseim a hunok fejedelmének, Attilának, az istenek ostorának a leszármazottjai, kinek kiejtett nevétől is rettegtek Európa nemzetei egykoron.

– Értem, értem. Nem akartalak önérzetedben megsérteni, de hát csak megkérdeztem valamit! – békítette Rose, és próbálta elejét venni az egész hősi családfa felsorolásának.

– A magyarok mindig is büszkék voltak nemesi és hősi vérvonalaikra, mit nem szennyezett be sohasem a gyávaság métülye – bólintott a férfi nemesi előkelőséggel elfogadva a bocsánatkérést.

– Magyarok?! – kérdezett rá Rose, hiszen ma már másodszor merül fel ennek az országnak és a népének a neve beszélgetésekben. Még reggel Ronald említette, de akkor a leányzó nem tulajdonított neki túl nagy figyelmet.

– Hát ki más? Ismersz-e bátrabb, vakmerőbb, ősibb s nemesebb népet a vén Európában? – kérdezte a férfi.

– Nem! – válaszolt Rose, mert érezte, hogy más választ egyszerűen nem lehet erre a kérdésre adni. A szellem nem is fogadna el mást, és ő meg akarta kímélni magát a további szócsépléstől.

– Helyes! – bólintott a férfi. – De már mint ez elébb elkezdtem kisasszonnak mondani, nem itt kellene lennie most ám a drága hölgynek.

– Tudom, tudom! De azt mondod, hogy hétszáznegyvenvalahány éve meghaltál...

– Ezen esztendő december tizenharmadik napján, Luca napján lesz hétszáznegyvenkettedik esztendeje, hogy elvágták életem fonalát – szakította félbe a szellem, és büszkén kihúzta magát közben.

– ...igen, igen, de ezen a földön még indiánok vágtattak a végtelen pusztákon hétszáznegyvenkét évvel ezelőtt. Akkoriban az európai emberek nem is tudtak arról, hogy itt létezik élhető szárazföld! Nem értem, hogy lehetsz itt annyi ideje, hiszen nem lehetsz itt!

– Persze, hogy nem lehetek itten, kisasszonkám, és nem is vótam itten. Csak pár éve vagy évtizede... vagy évszázada hunyom itten le a szemem minden éjje'. Tuggya, kishölgyem, ennyi év itt a homály birodalmában, má' kissé összezavarja az ember emlékezetét, az évek már csak napok, úgy suhannak tova a semmibe – magyarázta a kísértet. – Nem vótam itt mindig, vótam én sokfele, és a báró úr is. Kísértettünk, ijesztgettünk, védelmeztünk és őriztünk sok mindent, várat, kastélyt, romot, templomot vagy embereket. Feletébb sok dóga van ám egy nemes és ősi mekbizható szellemnek... nem is gondolná, kisasszonkám!

– S a báró úr hol van? – kérdezte Rose, és türelmetlenül körülnézett.

– Hát, a báró úr hol itten van, hol ottan – vonta fel a vállát a szellem. – Egyszer csak felbukkan... ha akar, és ítéletét kihirdeti, oszt' kiosztja!

– Ezzel én nem tudok megbarátkozni! Ez rettenetes! – kezdte Rose. – Beszélnem kellene ezzel a báró úrral. Ezt nem teheti minden éjjel, nem lehet ekkora bűnöd...

– Óóó, dehonnem! – bólintott mindentudóan a szellem. – Dehonnem, kisasszonka, bitang vótam, álnok kutya, beste semmirekellő, hitvány áruló vótam! Nem kérhetem, hogy sorsom miatt közbenjárjon, kishölgy, de nem ám! Büntetésem és az ítélet igazságos és kegyelmes számomra, csak áldhatom az urat, hogy ily kevéssel bünteti szörnyű tettemet. Ne is fecséreljen rám se időt, se szót, naccságos kisasszonkám!

– Ezt nem értem. Miféle bűnöd van neked, hogy sorsod így viseled? Mi a neved, hős magyar nemes?

– Nincsen nevem, aztat elveszejtettem tettemmel együtt azon a rút napon, Luca napján hétszáznegyvenegy esztendeje, mikor életem is oda lészen. Talán az évek és hős tettek tisztára moshatják majdan egy távoli napon, de addig még Attila, istennek ostora és nemes lovasai sokszor rúgják széjjel az égen a csillagokat – hajtotta le búsan és szégyenkezve a fejét a kísértet. – S ekkor talán én is méltó leszek rá, hogy nemes őseim oldalán útra keljek a csillagösvényen megannyi bátor elődöm nyomdokaiba lépve... talán egyszer!

Homályos arcán mintha egy könnycsepp csordult volna végig. Hatalmas fájdalom és bánat szaggathatta szívét és lelkét, hogy még halálában sem tudott megbékélni ilyen sok év után sem. A szellem merengve nézett maga elé, talán a messzi múltat vizsgálta, talán ősei lovainak patadobogását vélte hallani, a lány nem sejtette, hogy melyiket, de nem is akarta megzavarni a férfit az emlékezésben.

Aztán megrázta a fejét, kizavarta elméjéből a zavaró gondolatokat, és a mostanra koncentrálva a lányra nézett. Mintha csak most ismerné őt fel ismét, és kábultságából ébredne, úgy bámult rá egy lélegzetvételnyi ideig.

– De hát kisasszonkámnak nem itt kellene lennie!

Rose-nak kezdett elege lenni ebből. Persze hogy nem itt kellene lennie, de már feladta a reményt, hogy elmagyarázza a kísértetnek, hogy semmi kedve itt lenni, és csak eleget próbál tenni a Zöld Tündér kérésének. A parancs pedig egyértelmű volt, hogy legyen itt éjfélkor a házban. Nem volt más alternatíva, és Rose feltételezte, hogy a Zöld Tündér tudja, hogy mit csinál, és hogy miért kell itt lennie. S azt már a lány is sejtette, hogy mindennek a középpontjában a Fekete Pataki Kapu s az átjáró van.

Két dolog történt ekkor egyszerre.

Egy távoli, éles kis hang hallatszott.

Ezzel egy időben pedig újabb jeges fuvallat borzolta össze Rose haját. Libabőrös lett tőle egészen a gerincétől a tarkójáig, és a kézfejein is. A lány nem tudta, hogy a furcsa kis hang a báró megjelenéséhez tartozott-e, de biztos volt benne, hogy a második kísértet jelent meg mögötte. Óvatosan lépett kettőt balra, és megfordult úgy, hogy már mind a két szellem előtte legyen. Kissé félelmetes volt, hogy milyen közel manifesztálódott hozzá a szellem, szinte centiméterekre a hátától. Rose arra gondolt, hogy ebben csak az a jó, hogy nem mellette jelent meg, mert ha közvetlenül az orra előtt történik, akkor valószínűleg még el is sikoltja magát.

A báró most vett csak tudomást a lány jelenlétéről.

Az értetlenség jelei ültek ki az arcára, homlokán és szemeinek sarkában elmélyültek a ráncok, ahogy összevonta kérdőn a szemöldökét, és mint egy kíváncsi kiskutya félrebillentette a fejét, hátha csak nem lát jól.

– Ó, te beste kígyó! Hát, már erre folyamodol, hogy egy Elevennel diskurálsz itten, amidőn mingyá' itten van a lidérceknek órája? – förmedt rá a toronyőrre, majd érdeklődve megkérdezte: – Lát ez minket egyáltalán?

Kíváncsian tett egy lépést Rose felé, és olyan közel hajolt, hogy már megint szinte csak egy arasznyira volt az arca a lányétól. Szemlélte Rose vonásait, pislogott, kezeit emelgette, és integetett a lánynak. Teljesen meg volt győződve arról, hogy a lány nem láthatja őt.

– Búúú! – kiáltott rá Rose, mert úgy érezte, hogy bármennyire is abszurd a helyzet, ezt a poént nem hagyhatja ki.

A báró a vártnak megfelelően reagált: Szemei elkerekedtek, hátrálni próbált, de elesett, és a fenekén landolva rémülten meredt a lányra annak legnagyobb derültségére. Még el is nevette magát ezen a nem mindennapi helyzeten. Aztán a szellem, hogy tekintélyét mentse, hirtelen felpattant, leseperte a láthatatlan porszemeket kifogástalan fehér nadrágjáról, szépen hímzett mellényéről, megigazította az oldalán a kardot és a kést, majd a hátul az övébe bujtatott kovás pisztolyt is. Közben szemei a toronyőrre és a lányra ugráltak felváltva, de aztán a másik szellemen állapodtak meg, hogy válaszokat kapjon a kérdéseire.

– Egy Eleven?! Itt, veled?! – kérdezte felháborodva. – Mire készülsz, te hitvány áruló?! Válaszolj uradnak! Tőrt állítasz nekem ismételten, elárulod nemes és ősi hazád egy Elevennek?

– Félreérted, nagyuram, ó, nemes báró úr! – kezdte a toronyőr. – Szívem és lelkem a nemes, ősi hazámé, becsületem pedig a markodban tartod, ó, jó uram! Nem készültem csellel s gánccsal érkezésedre, ez csak a pórias fehérnép, a Ződ Tündér kívánsága szerint van itten.

– A Ződ Tündér?! Már megint az a Ződ Tündér… – fortyogott magában. Közben kezeit a háta mögött összekulcsolta, és nagy büszkén, kidüllesztett pocakkal, felemelt állal elkezdte körbejárni a lányt. Figyelmesen szemlélte egy pár kört leírva körülötte.

– Ó, igen! Hát, ő volt a tolvaj. Megismerem a karkötőjén az ezüst csilingelésének a hangját, hát ő a bitor rabló? Ki kell végeznünk, igaz-e? Meg kell nyúznunk, felnégyelnünk és kitűzni a négy toronyba elrettentésül a gaz haramiáknak? Ezért rendelte ide a Ződ Tündér, igaz-e? Vajon enyém lehet e nemes feladat? – nézett a lány szemébe átszellemülten, haragtól kifordult szemekkel.

– Azt hiszem, nagyuram, félreérted a helyzetet. Nem kell kivégeznünk ezt a fehérnépet, sőt asziszem, a Ződ Tündér inkább kedveli, semmint a vesztét kívánná kardod vagy golyód által, nemes báró úr! – próbálta menteni a helyzetet a toronyőr, és csillapítani ura vérszomját.

– Mindig is nemes volt az a ződ nőszemély. Sohasem értettem a nagylelkűségét, de azért, halga csak! Amíg nincsen itten, egy kicsit megkínozhatnánk, aztán majd ráfogjuk másra! Ha tucc hallgatni, szellem barátom, talán egy kicsit szórakozhatnánk vele, míg a Ződ Tündér szabadjára nem engedi ezt a hitvány rablónépet, hogy megemlegesse azt a napot és ezt a házat. Mit is szokás csinálni a tolvajokkal, homályos barátom?

– De, nagy uram, erre semmi szükség nincsen! – emelte fel békítően a karjait a férfi. – Teljesen félreérted a helyzetet.

– Ááá, ne is válaszolj! Mentegesd csak! Azt hiszed, nem tudom, mi a dolgom? – kérdezte, és kihúzta a fényes szellemkardját az övéből. – A tolvajok kezét le kell csonkolni! Acca csak ide a kacsódat, kisasszonka!

Rose eleinte azt sem tudta, hogy sírjon-e vagy nevessen, de aztán az utóbbit választotta: Hangosan nevetni kezdett ezen a két jámbor kísérteten. Soha életében nem gondolta, hogy találkozni fog két ilyen szórakoztató személyiséggel, még ha holt emberek itt ragadt lelkei is azok. Egyáltalán nem félt a báró fenyegetőzéseitől, mert sejtette, hogy neki nem tudna ártani a szellemkardjával vagy pisztolyával, s bár nem volt ebben biztos, valahogy csak színjátéknak kezelte ezt a kis intermezzót.

– Húúú, egy Eleven! Hadd hányjam hát kardélemre izibe!...

– Csillapodj, jó uram, nem vagyok ellenséged. És nemes barátodnak sem! – szakította félbe Rose.

– ...Édes Istenem, adj erőt! – fohászkodott a báró, arcát az ég felé emelve.
– Hát, ez is megtörténhetik, hogy egy Eleven félbeszakítja legnemesebb bosszúm előtt a mondandómat! Egy lator fehérszemély... Adj erőt, Istenem, megtennem a szemednek oly kedves tettet, és láthatod megbűnhődni ezt a neveletlen tolvaj fehérnépet!

– Bosszúd és kardod erejét tartogasd az ellenségeidnek, nemes báró úr! – szólt rá Rose ismételten. – Lehet, hogy ma éjjel még szükséged lesz rá, csillapodj hát, és ne nézz rám olyan ellenségesen.

– Hát, ez hihetetlen! – kiáltott fel felháborodva a báró. – Már semmi sem a régi.

Durcásan visszadugta a kardját az övébe, és mint egy sértett kisgyerek, készakarva nem nézett Rose irányába, és kicsit el is fordult előle, a hátát mutatva. Mulattatta a lányt a két kísértet, de azért furcsának tartotta, hogy semmi sem történik, hiszen érezte, hogy már nem sok idő lehet hátra éjfélig. Annyira korán nem érkezhetett meg ide.

– Rendben van. Ez szépen ment. És most ígérd meg, hogy nem bántod többé a...

S akkor megint meghallotta a távoli, éles sípoló hangot.

– ...hogy nem bántod többé a... – kezdte újra a félbehagyott mondatot a lány, hogy miközben fülel, hátha meghallja ismét a furcsa kis hangot, vagy rájön, hogy honnan is jöhet, mert az már szinte biztos volt, hogy a báró megjelenésével kapcsolatos. – ...a szellem barátodat. Mi értelme van annak, hogy minden éjjel megölöd őt?

– Azért ezt talán nem kéne, kisasszonkám! – figyelmeztette a toronyőr.
– Ó, hát hadd mongya csak ez az Eleven, hagyjad csak! Mit kívánnál még

az életeden kívül? – tette fel a kérdést a báró. – Talán azt szeretnéd, hogy még nemes őseim fegyvereit is dobjam a porba, mert egy tolvaj fehérnép, aki még ki sem nőtt a fűből, azt kéri tőlem?

Úgy tett, mint aki felháborodott ezen a képtelen feltételezésen, kirántotta kardját, és a poros padlóra vetette, aztán megragadta a tőrét is, de azt nem dobta el magától. Mire Rose észrevette, hogy a gyanútlanul álldogáló toronyőr felé araszol, már késő volt figyelmeztetni őt. A szellemet tökéletesen lefoglalta a lány és a báró beszélgetése, és nem is számított támadásra.

A báró mögé lépett, átkarolta bal kezével a jobbjában lévő hegyes tőrt, pedig a szellem testébe döfte markolatig, oda, ahol a szívnek kellett volna dobognia normális körülmények között.

– Neee! – sikoltotta Rose. Már csak ennyire maradt ideje, semmi mást nem tudott volna csinálni.

Újabb távoli, éles hang süvített a levegőben.

A báró is felkapta a fejét a hang hallatán, és elengedte öleléséből az egyre erőtlenebbül tántorgó szellemet. Rose nem értette, hogy is lehet megölni még egyszer – sőt nap mint nap – egy holt ember földön rekedt maradványait, de most nem is ez volt a legfontosabb. Megpróbálta elkapni a szellem összecsukló testét, de az csupán jéghideg füstként suhant át az ujjai között.

– Hányszor mongyam még, asszonkám, hogy nem itt kellene lennie! – nézett rá bánatos szemekkel a kísértet. – Nem itt, kicsi hölgy, ...nem itt.

A földre érve már csak egy füstfelhő terült szét a föld porában.

Egy újabb kétségbeesett sípolás süvített a távolból:

– Ííí! – szólt fülsértően az éles hang.

Rose szívét gombócba gyűrte a rettegés. Már tudta, hogy a barakkjából egy gyerek fújja kétségbeesve a kabátkájára erősített sípot, amit még az első napon adott mindenkinek.

Még egy Eleven volt itt, a holtak birodalmában rajta kívül.

Egy gyerek a 12-es barakkból.

*

„Nem itt kellene lennie, kisasszonkám." – Ez az egy mondat visszhangzott Rose fülében szakadatlanul. A szellem nem a házra gondolt, hanem arra, hogy nem ott, vele kellene beszélgetnie.

„Milyen ostoba is voltam! – gondolta Rose. – Miért is nem figyeltem rá pontosabban" – De most aztán ahogy csak bírt, a hang irányába lódult magára hagyva a bárót és az újabb tragédia helyszínét. Rose nem tudta, hogy mennyi idő múlva jelenhet meg újra a toronyőr szelleme, és meddig is tart valójában halála a halál után.

De ez most jelentéktelen kérdéssé halványult számára.

Fohászkodott magában, hogy a sípoló fiú fújja csak sípját rendületlenül, mert kizárólag úgy találja meg idő előtt, ha nem kell keresgélnie, hanem tud menni a hang irányába folyamatosan. A sípfújó fiú pedig tette a dolgát kitartóan, mintha megérezte volna Rose minden gondolatát.

A lány leszáguldott a lépcsőn, kettesével véve a fokokat, és a konyha irányába fordult. Ott aztán megállt, amíg ismét meg nem hallotta a síp hangját a pince irányából. Valahogy nem akaródzott neki ismét lemenni a oda, hiszen az az egy hely volt az egész házban, ahová nem vágyott. De a hang kétségtelenül odalentről szólt bánatosan. Rose odalopódzott a lejárathoz, és a kinyitott ajtón át lekukkantott a csigalépcsőre. Tudta, hogy sok mindent nem láthat a lépcsőforduló miatt, de ösztönösen tette ezt. Meglepődve tapasztalta, hogy sötétvörös izzás fénye dereng fel a pincéből a lépcső félhomályába. Roppant félelmetesnek tűnt, és egyáltalán nem volt bizalomkeltő látvány, de a síp hangja onnan jött folyamatosan.

Rose csapdát szimatolt, de nem tétlenkedhetett, hátha tényleg az egyik gyereke van odalent.

Ahogy tudott, úgy sietett lefelé, és a tizenhetedik lépcsőfok után menetrendszerűen becsapódott mögötte a pince lejárati ajtaja. A vérvörös izzás elegendő világosságot adott ahhoz, hogy ne kelljen léptein lassítania, a fény erősödésével érezhetően nőtt a hőfok is. Olyan volt, mintha Rose egy hatalmas kemence gyomrába sietne feltartóztathatatlanul. Az utolsó lépcsőfokoknál már a szemeit csípte a sós izzadság, nem is a futás, hanem inkább a meleg miatt. Amikor megpillantotta a pince döngöltföld padlóját, az utolsó három fokról már leugorva érkezett a földre.

A falak olyan vörösen izzottak, és a túloldalon úgy vibrált, szinte lobogott a vérvörös izzás a téglák résein át, mintha a pokol üstjében tüzelnének. Sikolyok, hörgések és lánccsörgések kísérték ezt a kétségtelenül hátborzongató jelenséget. A falak túloldalán már ott várakoztak a Fertelmesek, hogy Rose világába tóduljanak és ki tudja, ott még mi mindent tegyenek.

A sípolás kétségtelenül innen érkezett.

Rose próbálta kitörölni szemeiből az izzadságcseppeket, hogy ráleljen a hang forrására. Sokáig meresztette a szemét a vörös izzásba, míg aztán észrevette az egyik széttört boroshordó dongái között kuporgó csöppnyi remegő testet. Odarohant, és maga felé sem kellett fordítania, tudta, hogy ki szökött utána.

Kicsi Mark volt az.

A fiú a fal felé fordulva próbálta minél kisebbre összehúzni magát, a szájában volt a síp, amit kitartóan fújt, kezeit a füleire szorította, és szorosan összecsukta szemhéjait, hogy ha lehet ne is halljon, és ne is lásson semmit.

Rose letérdelt mellé, megragadta a vállait, és maga felé fordította. Ettől aztán a kisfiú annyira megijedt, hogy szájából a kemény földre hullott a síp, és ő éktelen sikításba kezdett. A lány alig tudta megnyugtatni. Nevét kiabálta, gyengéden megrázta, hogy nyissa már ki a szemét, és nézzen rá, mert biztos volt benne, hogy ha felismeri, akkor rögtön abbahagyja a pánikolást.

Eltelt egy fél perc, mire kicsi Mark kinyitotta a szemeit, és felnézett a lányra. Szinte azonnal megismerte, abbahagyta a sikítást és levegőért kapkodva Rose nyakába vetette magát. Ölelte, mintha az élete múlott volna rajta, de a lány érezte, hogy nem maradhatnak itt, menniük, menekülniük kell innen.

– Állj fel, Mark! Fel tudsz állni? – suttogta Rose a fülébe, és próbálta lábra állítani a kisfiút, de az csak csüngött a nyakán, és el sem akarta engedni. Rose taktikát változtatott: Átkarolta a fiúcskát, és térdelő helyzetből próbált ő maga lábra állni, ami a gyerekkel az ölében azért nem volt olyan egyszerű feladat. De végül is elsőre sikerült neki, aztán minden felesleges gondolkodás és mérlegelés nélkül a csigalépcső felé indult ölében a görcsösen kapaszkodó kisfiúval.

Elérték a lépcsőt, és Rose elindult felfelé. Amint egyre inkább halkult a szörnyű lárma, és a hőség is enyhült, a lány annál jobban nyugodott meg.

– Minden rendben van? Nincs semmi bajod? – kérdezte Rose menet közben.

– Utánad jöttem! – válaszolta Mark, miután Rose kérdésére felemelte hüvelykujját, jelezve, hogy vele minden rendben.

– De miért, az ég szerelmére? – fakadt ki a lány.

– Hiányoztál! – suttogta szégyenlősen a fiúcska, és lehunyta a szemeit.

– El is tévedhettél volna az erdőben. Mi ütött beléd? – Pont ezek miatt rettegett magukra hagyni őket, és most be is teljesült az egyik legszörnyűbb rémálma.

– Követtelek… Láttalak végig, csak a házban tévesztettelek szem elől – mesélte a fiúcska, és Rose érezte, hogy elkezd remegni kezei alatt a kicsi test, és Mark rögtön sírva fakad az emlékek felelevenítése miatt. – Mire beértem, már eltűntél. Nem tudtam, merre vagy, hiába szólongattalak. Zajt hallottam, és fényeket láttam. Azt hittem, itt vagy, de már későn vettem észre, hogy rossz helyre kerültem.

– Jól van, semmi baj! De most figyelj rám egy kicsit, mert ez egy nagyon fontos kérdés lesz! – Rose folyamatosan ment, nem állt meg, bár torka kiszáradt már, zihálva vette a levegőt és ereje már fogyóban volt a kis testet cipelve felfelé a lépcsőn. – Tudnom kell, hogy egyedül követtél-e. Biztos, hogy csak te jöttél utánam, vagy mások is jöttek, csak ők másfelé mentek?

– Egyedül jöttem, ez egészen biztos! – jött a válasz.

– Rendben, köszönöm! – Rose megkönnyebbült a válasz hallatán, bár fogalma sem volt, hogyan fogja visszavinni a kisfiút a táborba. Úgy érezte, hogy ereje a lépcső tetejéig sem fog kitartani, nemhogy mérföldeken keresztül az éjszakai erdő ösvényén. – Figyelj, Mark, meg kellene próbálnod a saját lábadon jönni, mert ezt nem fogom így sokáig bírni!

A választ nem hallotta, de a fiúcska erre olyan görcsösen szorította őt magához, hogy még Rose lélegzete is elakadt tőle. Ez egyúttal erőt is adott a továbbhaladásra a lánynak, másodjára pedig a szeretete lángolt fel még jobban a ragaszkodó kisfiú iránt. Tudta, hogy már nem lehet sok hátra a pince lépcsőiből, és azt remélte, hogy a vízszintes terepen már nem okoz neki olyan nagy erőfeszítést vinni a kisfiút. Arra gondolt, hogy a konyhában vagy a bejárati nagyteremben majd megpihen egy kicsit, hogy aztán újult erővel, még egy nekirugaszkodással messzire kerüljön a háztól.

Már nem számított a Zöld Tündér kívánsága sem, csak ki akart jutni innen minél előbb, és a kisfiút biztonságban akarta tudni.

Még el sem érte a pinceajtót, amikor mögötte erősödni látszott a vérvörös lobogás, és a meleg is egyre elviselhetetlenebb lett, mintha követte volna őt.

Valami vagy valaki közeledett hozzájuk.

Rose összeszedte magát, és maradék erejét megduplázva igyekezett elhagyni a pincét. Amikor az utolsó csigavonalban meglátta a kijáratot maga előtt, már ki is nyújtotta a kezét a kilincs felé, egy kézzel egyensúlyozva a kisfiút. Kilökte az ajtót, és szinte beesett a konyhába, de úgy gondolta, hogy amíg erejéből telik, addig most már nem áll meg, csak megy kifelé a házból.

Sajnos az izmai besavasodtak, levegője utolsó tartalékait kapkodva vette, mert a félelem oly mértékben szorította össze a markában, hogy azt hitte, itt fog elveszni ebben az elátkozott házban, mint ahogy már oly sokan ő előtte. A nagyterem túlsó végéig bírta. Talán tízlépésnyire lehetett a kijárat, de ott aztán fel kellett adnia a menekülést, ha nem akart végkimerülésben összeesni a fiúcskával a karjaiban.

Térdre rogyott háttal a még mindig felé közeledő vérvörös izzásnak, a sikolyok hangjának. Tudta, hogy feltárult az átjáró, és a háta mögött a Fertelmesek visszataszítóan szörnyű hordái dülöngélnek. A józanész azt diktálta volna, hogy próbáljon még egy kis erőt összeszedni valami rejtett tartalékból, és érje el valahogy az ajtót, de hiába, mert izmai nem engedelmeskedtek, csak remegtek és úgy sajogtak, mintha ezernyi üvegszilánk között térdelne.

Azt a kis erőt, amit még be tudott préselni az izmaiba, arra használta, hogy behunyta a szemeit, és minden bátorságát összeszedve, térden állva ugyan, de szembe fordult a Fertelmesek hordájával, hogy ha elkövetkezik a perc, hogy kicsi Mark kinyitja a szemeit, akkor ne ő nézzen szembe üldözőivel, hanem Rose, hiszen mivel a fiúcska Rose ölében ült, így egész idáig ő nézett farkasszemet a követőikkel.

A fiú nehézkesen, de felnyitotta a szemét.

Ahogy lassan, nagyon lassan nyílt kifelé, a sötétvörösen lüktető fényt látta meg Rose, aztán ahogy tisztult a kép, érzékelte, hogy egy alak áll a fény centrumában. Kellett pár másodperc, mire a szemei hozzászoktak a szokatlan fényjelenségekhez, és akkor lopva körbepillantott, hátha meglátja a bárót vagy a toronyőrt az emeleti lépcsőnél, ahol utoljára látta őket ma.

Senki sem volt a nagyteremben rajta és a vörös lidércen kívül.

A vörös lüktetés halványodni látszott, és a forróság is csillapodott, míg végül egyetlen emberforma teremtés állt a lánnyal szemben.

Egy.

Vérvörös, földig érő csuhaszerű öltözék volt rajta, fején a csuklya teljesen eltakarta az arcát, csak két izzó vörös pontocska jelezte a szemek helyét. Az egyik keze a csuhája alatt pihent, nem látszott, hogy mit fog, de a bal kezében egy rücskös botot tartott, aminek vége bőven a feje fölé magasodott. Vörösen izzott a bot is, de fekete mérges kígyók tekeregtek és sziszegtek rajta. Az alak kissé görnyedt, de igen magas személy volt, valahonnan nagyon ismerősnek tűnt Rose-nak ez a testtartás.

„De nem, az nem lehet" – gondolta. „Az nem lehet, hogy ma hajnalban őt láttam a tábor udvarában, és Rozsdás is. Csak nem ennek a fertelmes lénynek köszönhető, hogy oly sok állat pusztult el a tábor környékén? De hát az lehetetlen! A Fekete Pataki Kapu zárva van. Nem juthatott át rajta senki, hacsak…

…hacsak nem itt voltam ebben a világban eddig is!"

Igen, elszámította magát, akárcsak a Zöld Tündér. Mindketten arra gondoltak, hogy az átjárón át akar törni a gonosz ebbe a birodalomba, és hogy mindenáron meg kell védeni a házat és az átjárót a Fertelmesekkel szemben. Azt nem vették számításba, hogy egy, az Egy, már ideát van, vagy itt is volt. Hiába figyelmeztette a Zöld Tündért, hogy itt is döglött állatokkal van tele az erdő, nemcsak odaát, a tündér nem tulajdonított ennek az információnak különösebb jelentőséget.

Ekkor Rose fejében kezdett összeállni a kép, és most érezte, hogy a többi teóriájához képest most áll talán legközelebb az igazsághoz, hiszen emlékezett, mikor a legelső este Wendy mesélt a házról. Elmesélte, hogy a pincében lévő katakombában kiástak egy elátkozott testet, és elégették a varázslót az északi toronyban, úgy menekültek meg az elátkozott házból.

„Mi van, ha nem is az északi toronyban történt mindez, hanem ott, amelyikben én ástam ki a hamuból az ezüst obulusokat, amik azért voltak ott, mert a halott varázsló szemeire tették, hogy a halott lelkét a révész elvigye a túlvilágra?" – elmélkedett Rose. „Az akkori fiatalok tudtukon kívül hozták át az átjárón ebbe a birodalomba a halott varázsló elátkozott testét. Megadták neki a végtisztességet, így szelleme megnyugodhatott és örök nyugalomra tért. Míg én meg nem jelentem, és el nem loptam a révész viteldíját. A léleknek nem volt és nem is lehetett maradása, hiszen a szemein hagyott obulusokat, az ezüstpénzecskéket ellopták, a viteldíja az alvilágban elveszett, így visszatért testéhez, ami már ebben a világban volt."

S most ott magasodott előtte az Egy, aki átjutott.

*

A vörös lidérc Rose fölé tornyosult, ő pedig erőtlenül térdelt a hideg, poros padlón ölében a remegő és görcsösen kapaszkodó kisfiúval. Sírni és üvölteni tudott volna félelmében, de nem tette, nem tehette. Most neki kellett példát mutatnia és erőt adnia a rajta csimpaszkodó gyereknek, neki kellett lennie a védőbástyának, a legbiztosabb pontnak, akire minden körülmények között lehet számítani. Pedig Rose belsejében majd szétrobbant a pánikbomba, legszívesebben üvöltve segítségért kiáltott volna bárkinek, akárkinek.

De hiába, mert egyedül volt.

A vörös lidérc megindult felé, lüktető vörös fény vette körül még mindig, akár egy mágikus védelmező aura és hőség. Ahogy közeledett, egyre elviselhetetlenebb volt a meleg és még valami:

Bűz.

Elviselhetetlen rothadás szaga, a halál lehelete.

Rose öklendezni kezdett tőle, és hogy a kisfiút egy kicsit megkímélje a szagoktól, fejét gyengéden a pulcsijába nyomta, hátha az azon keresztül vett levegő nem olyan elviselhetetlen. Rose sarkára ülve még kisebbre gömbölyödött össze, a lehető legjobban védve Mark kicsi testét, de szemeit nem vette le a közeledő Fertelmesről. A csuklya alá nem látott be, nem látta az arcot, csak a vörösen izzó szempárt, de a rücskös botot tartó, fonnyadt, aszott csontvázkéz láttán, örült, hogy a lidérc feje rejtve van előle.

A vörösen izzó, boton tekergő, vastag, fekete kígyók kíváncsian sziszegve öltögették nyelvüket a gyerekek irányába. Némelyik, amely talán már megérezte a préda jelenlétét, vadul kicsapott feléjük kitátva száját és előrelökve hatalmas méregfogát. Még túl messze voltak ahhoz, hogy megkaparintsák a lányt vagy a kisfiút, de a töretlen lendülettel közeledő lénynek már csak pár lépést kellett megtennie, hogy elérje őket. Rose sejtette, hogy olyan hatalom van a kezeiben, hogy csak a kisujját kellene megmozdítania, és ők holtan rogynának össze. Érezhetően vibrált a levegőben körülötte a varázslat: a fekete mágia. Egyszer csak megtorpanásra kényszerítette valami a félelmetes teremtményt.

A jobb oldali lépcsősor tetején, amelyen keresztül Rose a tornyokba ment fel, azúrkék pontocska kezdett világítani, de olyan erősen, hogy a vérvörös lidércnek elvonta a figyelmét a gyerekekről. A pontocska nőttön nőtt, és fénye is egyre erősödött, de a kékes ragyogása megmaradt és felismerhető volt. Kicsi Mark is megérezte a változást, és felemelte fejét Rose válláról, majd a lépcső felé tekintett. A fénygömb embernagyságúra nőtt, és egy felnőtt ember sziluettje jelent meg benne, de nem a Zöld Tündéré.

Egy öregember lépett ki a fénygömbből, a fényesség nem szűnt, meg, hanem éppúgy, mint a vörös lidérc körül, ott maradt védelmező auraként. Az újonnan érkezett egy hosszú ősz hajú és szakállú vénséges vén férfi volt. Kék csuhát viselt, amin a világoskék titokzatos írások és szimbólumok mintha világítottak volna. A csukja nem takarta az arcát, kivehető volt minden mély ránc az ábrázatán, és a világító kék szemei is. Egyenes tartással, délcegen állt, kezeiben ő is egy göcsörtös botot tartott maga előtt, és mielőtt bárki bármit is tehetett volna, jobb kezével elengedte a botot, és egy furcsa, véletlennek tűnő, apró legyintést tett a levegőbe, a bal kezével pedig a botot emelte fel pár centire a földtől, majd azt visszaejtve koppantott egyet.

Rose és Mark körül a poros padlón – mintha egy kék kígyó tekeredett volna – egy varázskör jelent meg, benne titokzatos betűkkel, vonalakkal és szimbólumokkal. Azok is kéken ragyogtak, és hogy kivételes varázslatot rejtettek, arra az volt a bizonyíték, hogy a vörös Fertelmes horkantva hátrált a jel láttán a gyerekek közeléből.

Talán védekezésképpen, talán támadás miatt, az Egy is koppantott egyet, amire egy fekete kígyó tekeredett le a botról, és vörös kört hagyva maga után, körbesiklotta a Fertelmest. A vörös lidérc következő koppantására egyszerre villantak fel ugyanolyan rejtélyes jelek a körben, mint a gyerekekében, ezek másfajta jelek voltak és vörösen izzottak: nem kéken, de a mágia hasonlóságát sejttette. A varázskör tökéletes kirajzolódása után a fekete kígyó visszasiklott a botra, még mindig a gyerekekre vadul sziszegő társai mellé.

– Hát előbújtál vackodról, a pokol kénkövei közül! Már vártam a találkozást – szólt a vén varázsló csengő hangon a lépcső tetejéről.

– Itt voltam végig a szemed előtt. De vén lettél! Szemeid már nem látnak, füleid már nem hallanak és az ösztöneid is becsapnak. Megvénültél, és most én győzlek le téged! Hosszú éveket vártam erre a percre – válaszolt alattomos sziszegéssel a vörös lidérc.

– Legyőztelek egyszer, legyőzlek most is! Nincs hatalmad felettem, nem is volt és nem is lesz sohasem! Mert én tudom a titkot, amit te sohasem fogsz megérteni! – válaszolta nyugodtan az öregember, és végigsimította ősz szakállát.

– Ez a világ az uralmam alá fog kerülni, és mindenki emlékezni fog odaát a mai napra, amikor minden elkezdődött itt! – kiáltott vissza a vörös lidérc.

– Csupán a következő halálod hírére fognak emlékezni odaát, semmi másra, de most figyelni fogok, hogy soha többé ne térhess vissza se ide, se a mi birodalmunkba – mondta még mindig meglepő nyugalommal a varázsló.

– Nem félek a haláltól. Most is itt vagyok, és ahogy látom, az idő vasfoga csak a te testedet és szellemedet rágcsálta meg. Öregnek és fáradtnak látszol, hatalmad gyengülőben van és most ezt ki is fogom használni! – kiabált veszettül a lidérc.

A Fertelmes felemelte göcsörtös botját, és a varázsló felé legyintett vele. Az egyik kígyó vörös üstökössé változva száguldott a mágus felé, aki bár egy ujjmozdulatával szétrobbantotta a felé közeledő fénycsóvát, de láthatóan hátratántorodott a támadás erejétől.

– Lám csak, lám! Mégiscsak jól éreztem, hogy erőd is sorvadóban van. Öröm lesz ez a nap a másik világban! – nevetett fel gúnyosan az Egy.

A vén mágus nem válaszolt a kihívó gúnyra, bár látszott rajta, hogy nem erre számított. Rose észrevett a szemeiben egy pillanatnyi tétovázást, egy kis félelmet. Nem ismerte, nem ismerhette a vénembert, de az ilyen pillantásokban tudott olvasni. A kék varázskör védelmében már egy kicsit bátrabbnak érezte magát. Érezte, hogy ereje visszatér az izmaiba, a vérébe kerülő oxigén kimossa a fáradtság és kimerültség ópiumát. A lábai és kezei remegése megszűnt, mégsem érzett magában erőt, hogy felálljon és elmeneküljön a házból, sőt még a környékről is. Itt akart maradni, és látni akarta a vörös lény pusztulását, a rend visszaállítását és hibájának a rendbetételét. Mert most már biztos volt abban, hogy minden ott és akkor kezdődött, amikor ő ellopta az ezüst obulusokat. Látni akarta a győzelmet, ehelyett tétovázást és félelmet pillantott meg a varázsló szemeiben.

A vénséges mágus felemelte botját, és koppantott egyet.

Más volt, mint az, amikor Rose és a fiúcska köré varázskört idézett. Ez magasabban, de hosszabban csendült a levegőben.

A hatása azonnali volt.

A bal oldali lépcsősor tetején most egy zöld pontocska kezdett világítani, sejtelmes zöld fénnyel beteríteni a csarnokot. A folyamat megismétlődött, a pontocska embernagyságúra hízott, és megjelent a Zöld Tündér a fény középpontjában.

A vörös teremtménynek most már meg kellett osztania figyelmét a két támadójával szemben. Addig hátrált, hogy pontosan szemmel tudja tartani a két lépcső tetején helyet foglaló ellenfelét.

– Csak erre telik, vénség? – kérdezte gúnyosan. – Segítségért könyörögsz, és egy kislányt idézel meg ellenem?

– Nyelved, akár a kígyóidé, de nem tudnak belém marni és megsérteni! – mosolygott megértően az öregember. – Csak az a fontos, hogy megértsd, itt és most el kell dőlnie annak, hogy önként visszatérsz-e a Fekete Pataki Kapu túloldalára, vagy itt pusztulsz-e el örökre. A Fertelmesek nem kapják vissza még a furkósbotod szálkáját sem, hogy újrateremtsenek.

– Miért zavar az titeket, ha ez a világ elvész? Nem akarnák-e ők is a ti veszteteket? Minden varázserő, mágia és természetfeletti képességünk azért van, és arra rendeltetett, hogy ezt az egyszerű, emberi fajt igába hajtsuk és uralkodjunk fölöttük. Nézzetek csak körül! Ugye nem nektek kell megmagyarázni, hogy a világuk legkártékonyabb teremtményei csak rombolni tudnak és a gyengébbek felett uralkodni? Nem láttátok-e ti évszázadokon át, hogyan pusztítják az élőlényeket, a földjüket és millió számra saját magukat is? Megérett a világuk arra, hogy visszavegyük, ami a mi jogos jussunk, és ne egy elfeledett világ rabszolgái legyünk, hanem megmentsük az ő világukat az emberektől.

– Ami egy volt egykor, az szétválasztatott, és már soha többé nem lehet egész! – szólt csengő hangon, de szikrázóan a Zöld Tündér. – Elmúlt az ő életük, az ő világuk, nincs jogunk ítélkezni felettük, ahogy ők sem jönnek át a mi világunkba számon kérni a tetteinket és vétkeinket! Nekünk sem kell az ő igazságszolgáltatásuk, hát mi sem oszthatunk semmilyen jogcímen ítéletet felettük.

– Bármit is mondasz, a félelem beszél belőled! – kárált a vörös démon. – Tudod, hogy visszavehetjük és egyesíthetjük azt, ami egykor egy volt. Aki megmarad, az behódol vagy elpusztul!

– Igen, van a szívemben félelem, de csak azért, mert szeretet is lakozik benne. Te könnyedén odadobod ezernyi légióját a Fertelmeseknek szíved egyetlen zokszava nélkül, de nekem egyetlen holdtünder halála miatt is a szívem szakadna meg. És az, amire készülsz, nem csak a Fertelmesek légióját tizedelné meg – válaszolta még mindig tárgyilagosan a tünder.

– Nem győzhet le engem egy vénember és egy zöld fattyú! Itt az idő, hadba kell szállni az emberiség ellen! Semmirekellő, tohonya és gyilkos népség, akik mindent elpusztítanak, aminél hatalmasabbnak érzik magukat. De nézd meg, hogy rettegnek, ha a vesztüket érzik! – mutatott a Fertelmes hirtelen Rose és Mark irányába. – Szánalmas, pusztulásra ítéltetett faj!

– Nem bánthatod őket, nincs felettük hatalmad! – szólt a vén varázsló a démonra. – Ők nem szegték meg a törvényt, hatalmad nem lehet felettük!

– Nem-e? – kérdezett vissza a vörös démon, és már indult volna eltaposni a gyerekeket a varázslatával, de a vén varázsló ekkor figyelmeztetően ismét megkoppintotta botjával a padlót.

Rose orrát ismerős virágillat csapta meg, és tudta, érezte, hogy a jobbján a hatalmas farkas fog érkezni, a közvetlen közelében fog védelmezően megállni. Mark izgatottan megmozdult a karjai között, Rose pedig kinyújtotta kezét, hogy érezze a farkas oldalán a kék szikrácskákat vető szőrt ujjai alatt. Egy lélegzetvételnyi időt kellett csak várnia, és a farkas oda is siklott a keze mellé, megállt mellette, úgy, hogy a lány fel is tudott tekinteni a fejére.

– Nem! – harsogta bele a levegőbe egy mély hang parancsolóan.

Rose balján a közvetlen közelében megállt a titokzatos idegen, az erdei kósza. Hosszú haja arca elé lógott, a lány nem láthatta a vonásait, bal kezében most is szorította az embermagas göcsörtös botját.

– Hallottad a vén varázslót! Vagy kotródj vissza a Fekete Pataki Kapu mögé, vagy pedig készülj, mert ítéletet mondunk feletted! – harsant ércesen a férfi hangja, parancsolón, amivel nem lehetett alkudozni. Szónoklatok nem húzhatták tovább az időt.

– Ó, hát megérkeztél te is, kitagadott és kitaszított, népének csavargója, a két világ száműzöttje, a Sehonnani! – mart most gúnyos szavaival a titokzatos férfiba a Fertelmes. – Te tudod a legjobban, mit tesznek az emberek azokkal, akiket nem értenek meg. Hiú és öntelt nép. Neked tudnod kell, emlékezz csak…

– Elég! – csattant ostorként a mély hang, ami rögtön a vörös lidércbe fojtotta a szót. – A szavaid, ármánykodásaid nem érnek célt a szívemben. Ami volt, elmúlt. Arra válaszolj, hogy hogyan döntöttél!

– Hogy is dönthetek, nézzük csak! Úgy látom, túlerőben vagytok, nincs választásom, de azért mutatok valamit, hogy lássátok, nem azért megyek vissza, mert félek, hanem azért, hogy megmutassam, bármikor képes leszek visszatérni ide.

Lehajtott fejjel beszélt.

Rose érezte, hogy ez csak csel, ez is a terv része, tudta, hogy a következő pillanatban történni fog valami, amire senki sem számít, ami pusztító lesz, és valószínűleg ők, a gyerekek lesznek a célpontjai.

Az Egy hirtelen felemelte fejét, és egyenesen a gyerekekre nézett. A vörös izzás a csuklya árnyékában gonoszul összeszűkült, a Fertelmes kivette a csuhája alól egészen idáig rejtve tartott kezét. A tenyerén vörös lángokat táncoltatott, amiket aztán egy szemvillanás alatt a gyerekeke felé hajított.

A varázsló kék ellenvarázsa a tűzgömb mögött csapódott a padlóba.

A Zöld Tündér és az Idegen varázsa a Fertelmest és kígyóit kötötte gúzsba, de a tűzgömbbel már nem tehetett semmit.

A hatalmas farkas ugrott a varázs és a gyerekek közé.

Teste a becsapódó varázstól vörösen felizzott, az ugrás lendülete megtört, és mozdulatlanul rogyott össze a gyerekek előtt. A becsapódás ereje odalökte közvetlen Rose térdei elé.

Rose ijedten felsikoltott, kicsi Mark pedig összerezzent.

A lány kinyújtott kezét a farkasra helyezte, és simogatta az önfeláldozó állatot. Rose sejtette, hogy nem tarthat már ki sokáig a farkas, mert a szőréből felvillanó kék villámocskák egyre erőtlenebbek voltak. Az idegen rögtön letérdelt állata mellé, és kezébe vette a fejét.

– Készülj fel az ítéletedre! – harsant fel a Zöld Tündér.

– Nem ítélhettek el, a Hét Nemzetségből négy mondhat csak ítéletet – kacagott a Fertelmes.

– Egy az emberek közül helyettesíthet egyet a Hét Nemzetségből! – figyelmeztetett a varázsló. – Én a Mágusok Tanácsát képviselem, az Idegen a Farkasok Tanácsát, a Zöld Tündér pedig az Aprónépek Tanácsát, és itt van még e lány, aki az Emberek Tanácsát képviseli.

– Egy ember nem mondhat ki ítéletet, egy másik birodalomból lévő felett! – mondta az Egy, de egyre jobban elbizonytalanodott.

– Valóban nem! – adott neki igazat a Zöld Tündér. – De az ítélethozatalban részt vehet, és döntetlen esetén elbillentheti a mérleg nyelvét, de olyan szavazat itt most nem lesz!

– Egyszerűen nem ítélhettek el! – kiabált a démon.

– Megvan hát az ítéletképes, rögtönítélő bíróság. Amíg tehetted volna, addig kellett volna sopánkodnod! – szólt nyugodtan Rose mellett az Idegen izzó szemmel, haragosan. – Kezet akartál emelni egy ártatlan emberi gyerekre, pedig kiskorú ellen fordítani erőt vagy varázslatot a legnagyobb bűn. Kezet emeltél és megsebesítettél egy varázslényt békeidőben, tömeges pusztítást vittél végbe a környező erdő állataiban, csupán erőd próbálgatása végett ki akartad nyitni felhatalmazás nélkül a Fekete Pataki átjárót... Folytathatnám még a felsorolást, de felesleges, mert ezek közül a bűnök közül egy is örökös kitiltást jelent a világokból, vagyis pusztulást!

– És ki fogja végrehajtani, talán te, Sehonnani? Ez idegen világ, itt nem ölhettek meg engem, odaát a kapukon túl pedig a Fertelmesek ezernyi légiója vár. Nem tudtok átvinni ítéletet végrehajtani – mosolygott a megszokott kaján gúnnyal hangjában az Egy.

– Igen, akár én megteszem! – harsant fel olyan gyűlölettel az Idegen, hogy a vörös démon botján tekergő kígyók visszarettentek hangjától és abbahagyták kéjes sziszegésüket. – Lehet, hogy a ti világotok számára Sehonnani vagyok, se ide, se oda nem tartozom, viszont ennek van egy nagy előnye is! Mégpedig az, hogy éppen ezért egy kicsit mindkét oldalt a magaménak tudhatom, tehát emberi jogaim jussán mint engedély nélküli betolakodót, népem, világom és fajom érdekében és védelmében elpusztíthatlak legjobb tudásom szerint. Ez hát a titok, amit elfelejtettél figyelembe venni!

– Neem! – üvöltötte a démon, és szabadulni akart, de a tündér és az idegen béklyói szoros gúzsba kötötték. Érezte, hogy igaza lehet a bíráinak.

– Állj fel, kérlek, a fiúcskára vigyáz majd a farkasom – szólt a lánynak a mellette álló férfi, és szemeit folyamatosan a vörös lidércen tartva kinyújtotta a kezét Rose irányába.

A lány nem tudta, hogy történtetett, de kicsi Mark görcsös szorítása enyhült, majd elengedte Rose nyakát, és odabújt a hatalmas farkas mellé. A lány felállt, nem tudta, mi fog történni, nem tudta, hogy lesz-e benne része vagy feladata, egyszerűen, csak szeretett volna csak túllenni rajta.

– Bűnösnek találtalak a felsorolt vádpontokban. Van valakinek ellenvetése a büntetés mértékét illetően? – kérdezte az erdei kósza.

Néma csend ereszkedett a csarnokra. Rose tudta, hogy ő, ha akarna, sem tudna mentséget felhozni a Fertelmes védelmében, és azzal is tisztában volt, hogy csak azért kellett itt lennie, hogy pontot tudjanak tenni az ügy végére. Természetes, hogy a Fertelmes nem maradhat itt, ebben a világban. Egyértelmű, hogy nem tudják visszavinni a maguk dimenziójába, hiszen saját szemeivel látta és hallotta, mi várakozik az átjáró túlsó oldalán. Csak az lehetett járható út, ha az Egy magától visszamegy, ha nem, akkor itt kell elpusztulnia.

Senki sem törte meg a csendet, sem a tündér, sem pedig a vén varázsló. Ők is tudták, amit Rose.

– Nem ítélhettek el! – nevetett a Fertelmes.

Gúnyos kacaja visszhangozva csilingelt a bejárati terem falai között. Kezében tartott göcsörtös varázsbotján a kábult kígyók egyike a démont gúzsba kötő varázslatban tartotta lapos fejét, ezzel magát áldozva fel gazdája szabadságáért. A varázs megtört, és a Fertelmes lerázva magáról a csillámló köddé változó kötelékeket, csuklyás fejét az ég felé vetve még hangosabban kezdett nevetni.

Mindannyian kővé dermedtek.

Rose volt a legvédtelenebb, az idegen durván a földön fekvő farkas háta mögé lökte a lányt. Ott aztán ő is odasimult a kisfiúhoz, de a farkas háta mögött kikandikálva azért még figyelemmel követte az eseményeket.

A varázsló újabb védelmező varázskört idézett a gyerekek köré, nagyobbat, ami már a védtelen farkast is védelmezi.

A Zöld Tündér és az Idegen pedig a Fertelmesre támadt. Az pedig könnyű szerrel, lazán visszaverte támadásaikat a bal kezében tartott botjával, és jobb kezét ismét kihúzta a csuhája alól. Fekete kígyói izgatottan siklottak a boton fel s alá, és amint megjelentek az Egy tenyerén a vörösen táncoló lángnyelvek, ők is támadásra készen voltak. Az újabb tűzgolyó ismét a gyerekek felé indult, amit az Idegen próbált elhárítani, a tucatnyi fekete kígyó a vénséges varázsló felé indult szerteszét, hogy ne is lehessen követni mozgásukat, és váratlanul csapjanak le. Így csak a Zöld Tündér maradt szemtől szemben a Fertelmessel.

Hirtelen megfordult az összecsapás állása. Eléggé bizonytalan volt, hogy a Fertelmes tényleg hátrányba van-e és nem menekülhet meg. Most hirtelen az látszott a legmegfelelőbbnek, ha a házban tartják, hiszen mindannyian érezték, hogy ha kijut az ajtón, akkor talán sohasem kapják el újra.

Az Egy is megérezte a lehetőséget, és varázslata diadalmas nevetéssel a földre taszította a Zöld Tündért, és elindult az ajtó felé. A varázsló a tucatnyi fekete kígyóval küzdött, amik közben már combvastagságúvá és több méteresre nőttek, az Idegen a gyerekeket és a farkasát védte, a tündér pedig a földön feküdt.

Mindez egy pár pillanat műve volt. Az előbb még ítéletére váró démon most az ajtó felé suhant, hogy kijutva rajta, talán kinyisson egy másik átjárót, és rászabadítsa seregeit az emberiségre.

A Fertelmes időközben elérte az ajtót, és kezének egyetlen mozdulatára az engedelmesen ki is nyílt.

De a Fertelmes már nem tudott kilépni az ajtón a külvilágba.

Az ajtó túloldalán egy vakítóan fehér alak állt, aki hatalmas, hófehér angyalszárnyaival egyet legyintett, és a kezeiben tartott óriási lángoló pallossal kettéhasította a vörös démont, akinek diadalmas kacaja még ott visszhangzott a falak között.

A széthasított vörös csuha, a varázsbot és a tucatnyi fekete kígyó is kéklő csillámporrá változott, és a poros padló helyett a gravitációnak ellent mondva, a mennyezet felé lebegett.

A diadal mámorát elhalványította a farkas egyre halkuló szuszogása, a feltörő öröm alig feledtette az átélt eseményeket és annak a súlyát, mi is történhetett volna ebben a világban.

Rose világában.

Epilógus

A csend.

Ez volt a legelső és legnyomasztóbb érzés és benyomás, amit Rose érzett a Fertelmes pusztulása utáni másodpercekben. A bejárati ajtóban még ott állt az a hatalmas teremtmény, ami végzett vele. Mindenki, aki csak a csarnokban volt és megélte az elmúlt percek történését őrá nézett megdöbbenve. A csodás teremtmény megpörgette kezében elegánsan a lángoló pallost, ezáltal lehullott tiszta pengéjéről a Fertelmesből maradt kéklő por, és egy kifinomult szárnycsapással tovalebbent.

A varázsló, a tündér és az Idegen is most a gyerekek és a sebesült farkas felé fordult. Lesiettek a lépcsőn, és köré gyűltek, Rose tekintetével figyelmesen követte őket, és lélegzetét visszafojtva várta az eljövendőt. Nem tudta, hogy ezek után mire számíthat, nem tudta, lesz-e jövője, visszamehet-e majd alkalomadtán abba a másik birodalomba, vagy egy mágikus ujjmozdulatra minden emléke a feledés homályába vész.

A varázsló odalépett a farkas fejéhez, óvatosan megigazította a hosszú, ősz szakállát, hogy rá ne térdeljen, és lekuporodott az állat nyugodt teste mellé. Hosszú botját maga mellé fektette a padlóra, de a keze ügyében tartotta. Láthatóan most nem volt rá szüksége. Kezeit kinyújtotta a farkas mellkasa felett, ahol az Egy varázslata érte, és közben az ujjaival titokzatos szimbólumokat rajzolt, amik parázsló, narancsos csillogással jelentek meg a levegőben. Szemeit behunyta, de arcára ráfeszült az óriási koncentrálás. Szája mozgott, de Rose csak halk, értelmetlen motyogást hallott az egészből. A farkas megvonaglott, és nem mozdult többé.

– Mi lesz vele? – kérdezte Rose rémülten, és szeretetteljesen megsimogatta a farkas fejét. Az apró kéklő villámocskák roppant erőtlenül csipkedték a lány tenyerét.

– Hamarosan erőre kap ismét, és lábra állhat! – jelentette ki a mágus. Rose kissé megkönnyebbült, bár ő pont az ellenkezőjét olvasta ki jelenetből.

– Mi lesz velünk? – kérdezte Rose, mert bár nem akarta ezt a kérdést feltenni a választól félve, mégis erőt kellett vennie magán Mark miatt.

A Zöld Tündér lépett most oda hozzá.

– Kérlek, vedd fel az öledbe a kisfiút! – kérte csendesen és barátságosan a lányt.

Rose eleget tett a kérésnek, és Mark is engedelmesen segített, hogy minél könnyebben elhelyezkedhessen a lány ölében. A Zöld Tündér eléjük lépett, kinyújtotta jobb kezén a mutatóujját, amin apró zöld, csillogó ködszerűség jelent meg, és odaérintette Mark homlokához.

Rose érezte, hogy a kisfiú teste teljesen elernyed.

– Elaludt, mély és álomtalan álma lesz, és reggel, mire a nap felkel már semmire sem fog emlékezni az éjszaka történtekből – suttogta a tündér Rose fülébe. A lány már várta, hogy a csillogó zöld mutatóujj az ő homlokához is hozzáér, hosszú és mindent kitörlő álmot hozva, de ehelyett a tündér csettintett egyet. – Luna, kérlek, vidd haza őket! – kérte az abban a pillanatban manifesztálódott holdtündért, aki csak bólintott, és kezét nyújtotta Rose felé.

Jött az elkerülhetetlen bukfenc.

Már sokadszor élte át, mégsem tudta megszokni és kezelni ezt a furcsa, émelyítő érzést. Kicsit szédülő, zsibbadt fejjel nézett körül. Egy sötét szobában találta magát ölében az alvó kisfiúval, kellett pár pillanat, amire szeme annyira hozzászokott a sötéthez, hogy felismerte a 12-es barakk helyiségét.

A táborba vezető erdei úton egy autó araszolt, fényszóróinak csóvái egy pillanatra bevilágítottak a szobába, és akkor Rose észrevette, hogy pont kicsi Mark ágya előtt állnak. Most, hogy tudta, hol van és hol az ágy, már ösztönösen csinálhatta a dolgát, nem is bánta, hogy a tovahaladó autó fényei megszűntek. Lefektette a kisfiút, ölelő karjaiba helyezte Mrs. Maddisont, lábáról lefejtette a bakancsát, ami nem is volt egyszerű feladat, mert Mark vagy a kapkodás miatt, vagy megszokásból legalább fél tucat csomót kötött a cipőfűzőre. Betakarta a fiúcskát, körbement a teremben, és konstatálta, hogy szerencsére tényleg nem hiányzik más, és mindenki az igazak álmát alussza még.

Tudta, hogy egy helyre még el kell mennie ma éjjel. Ez lesz az utolsó lehetősége, hiszen a tábornak vége, reggeli után mindenki mehet haza. Biztosan lesz, akiért eljönnek a szülei, de a többség azokkal a buszokkal megy haza, amivel érkezett is ide pár nappal ezelőtt.

Doloreshez kellett még egyszer ellátogatnia.

Eszébe jutott az autó és a fényszórók fénye. Valószínűleg Ronald érkezett meg a konyhához. Rose ösztönösen sietősre vette a mozdulatait, és mire kiért a barakkból, már szinte szaladt. Tudta, hogy nincs büntetőmunkája, mégis ez a kötelessége volt már, ott kellett lennie Dolores mellett segíteni kipakolni a pék autóját, előkészíteni a reggelit, és ha lehet enni egy finomat és inni abból a csodálatos kávéból. Tudta, hogy Dolores is várja, számít rá, még ha nem is mondta ki elválásuk után sem.

Sejtése beigazolódott: valóban Ronald érkezett meg, éppen a konyha hátsó ajtaja felé tolatott. Dolores már ott várta az ajtóban, és feltűnően sokszor nézett körbe. Ronald, ahogy kiszállt az autójából, ő is tanácstalanul nézett Dolores felé, és menetrendszerűen kiköpött. Dolores és Ronald egyszerre pillantották meg a feléjük szaladó lányt, aki csak a közelükbe érve lassított a léptein, és kissé zihálva állt meg mellettük.

– Elkéstél! – mondta kicsit szemrehányóan Ronald.

– Majdnem… – válaszolt levegőért kapkodva Rose, és még elkapta Dolores apró, megnyugtató kacsintását.

Ronald bólintott, egy apró mosoly futott végig a sötétben az ajkain, és kinyitotta a kocsi rakterének ajtaját, majd kíváncsian tekintett a lányra, hogy sikerül-e pocakját korgásra ingerelnie a csodás illatokkal. A várt siker nem maradt el, amit természetesen a férfi a legnagyobb elismeréssel vett tudomásul. Rose már nem szégyellte el magát, hiszen barátok között volt, de annál jobban várta már a különleges reggelit, amivel Dolores készült neki. Merthogy készült, abban biztos volt.

Szótlanul rakták ki a ládákat és tálcákat, most nem jött olyan sok, mint szokott, de ez annak volt tudható, hogy ma már csak egy reggelire maradnak a gyerekek, és nem lesz több étkezés. Legfeljebb a hamarosan érkező takarítószemélyzetre, akik felkészítik a téli üzemmódra a tábort, de az már elhanyagolható lesz a mostani gyerekhadhoz képest. Ronald sem fecsegett most, egy szó nélkül adogatta a péksüteményes tálcákat, majd amikor végzett és kilépett a raktérből, sercintett is egy jókorát a gyepre. Bevágta a csomagtér ajtaját, és bambán bámulta egy pillanatig a felhők között, már igen alacsonyan járó holdat. Megrázta a fejét, mint aki rossz álomból ébred, és halkan megszólalt.

– Furcsa egy éjszaka volt a mai! – mondta eltöprengve. – Éjféltől szinte folyamatosan remegett a föld és dörgött az ég, mintha az istenek hadakoztak volna, pedig igen kevés felhő volt az égen. Alig egy órája, vagy talán még annyi sincs, hogy hatalmas fényességek cikáztak az égen a ház felől – bökött a fejével az elátkozott ház irányába.

– Lehet, hogy csak a távolban volt vihar. Ne komplikáld túl, Ronald! – figyelmeztette Dolores.

– Lehet, hogy igazad van, de a kutyák is olyan furcsán szűköltek egész hajnalban… – mondta elgondolkodva, mint aki most akarja összerakni az éjszaka történt misztikus jelenségeit. – Lehet… – mondta ismét. – Majd az öregasszony a Maddock-farmon, Mrs. Robertson biztos többet látott.

Kinyitotta a vezető oldali ajtót, beült, letekerte az ablakot, és mielőtt elindult, még kinyújtott Rose felé egy barna papírba tekert gőzölgő csomagot.

– Vigyázz magadra, kicsi lány! – mondta, odaadta a csomagot Rose kezébe, és elhajtott az erdei úton.

Rose Dolores felé nézett, a csomagot rátette az egyik ládára, felkapta, és elindult vele a konyhába. Csendesen behordták a pékárut a munkaasztalokra, és csak akkor nézett Dolores a lányra.

– Új sérülés? – kérdezte felhúzott szemekkel.

– Nem, ma nincs – mosolygott a lány. – A régiek pedig nagyon jól vannak, köszönöm. Nem azért jöttem ma, csak szerettem volna megköszönni mindent, amit…

– Ugyan, lányom, ne butáskodj, és erre ne is fecséreljünk szavakat. Ha jól emlékszem, ezt párszor már megbeszéltük! – vágott a szavába a nő.

Úgy látszott, nem akarta, hogy a lány kiöntse neki a szívét, mert így is furcsán csillogni kezdtek a szemei, s hogy ne kelljen a lányra néznie, elfordult és a kisebbik hűtőszekrényben kezdett matatni. Több kis dobozt hozott a kezeiben, letette Rose elé az asztalra, kibontotta a Ronald által adott csomagot, azt is odahelyezte, és leült ő is a lánnyal szemben.

– Ez nem búcsúreggeli! – jelentette ki. – Csak…

– Tudom! – válaszolt Rose, és tényleg szavak nélkül is tudták mind a ketten, mi is jár a másik fejében.

Szótlanul ettek, a lány nem tudta, mit eszik, de az biztos, hogy roppant finom volt, és nem is érezte helyénvalónak, ha megkérdezi, mi az ünnepi menü. Hiszen ez nem búcsúreggeli volt. Nem is nagyon néztek egymás szemébe, a reggeli vége felé a lány figyelmét elkezdte lekötni az a megfigyelés, hogy a felhők szinte teljesen eltűntek az égről, és a keleti égbolt alatt világos csík kezdett kibontakozni. Amint lenyelte az utolsó falatot, Dolores megszólalt mellette, kirántva a lányt mélázásából.

– Menj csak, ezzel a reggelivel megbirkózom egyedül is!

– De hát… – kezdte volna Rose.

– Egy napkeltére vágytál, úgy emlékszem, egyedül a tóparton –

mosolygott a hölgy, és Rose már emlékezett is, amikor elmesélte a nőnek, hogy mi is lett volna szíve nagy vágya a táborban. – Siess, mert hamarabb jön el, mint gondolnád, és rövidebb lesz, mint szeretnéd!

Rose a zsebébe túrt, és kivette a maréknyi kifúrt, vörös kagylót, kiválasztotta a legszebbet és legvörösebbet, és Dolores felé nyújtotta. A hölgy merengve nézte a kagylót, aztán a lány szemébe nézett, mint aki mindent ért. Felhúzta a pulcsija ujját, és megmutatta a lánynak a karkötőjét. Azon is ott fityegett egy kifúrt, vörös kagyló, bár az évek múltán elég viharvert darabbá vált.

– Nekem is van! – mosolygott a nő. – Azt hiszem, van egy közös titkunk!

Azért elvette Rose tenyeréből a kagylót, és a másik mellé akasztotta óvatosan. Rose meg sem tudott szólalni. A döbbenet torkára fagyasztotta a szavakat. Csak állt ott bambán, és Dolores szemeiből olvasta ki mindazt, amit ő is érzett. A konyhásnéni szeme sarkában könny gyűlt össze, úgy nézett vissza a lányra. Rose nem tudott szólni még mindig, helyette tett egy tétova lépést, és minden szeretetét és köszönetét beleadva átkarolta az asszonyt, és csak ölelte egy örökkévalóságig tartó percig.

– Menj! – figyelmeztette Dolores az egyre színesedő égalja felé biccentve.

Rose megfordult, és további búcsúzkodások nélkül magára hagyta a könnyeivel küszködő asszonyt. A lánynak is nehéz volt a szíve, de gondolatait most lekötötte a napkelte és a hozzá vezető út.

Hamar leért a tópartra, leült az egyik kidőlt fatörzsre, kezeit az ölébe fektette, és tágra nyílt szemmel várta a csodát. Az áhítattal várt csodát, aminek olyan nagy jelentőséget tulajdonított még a buszon, amikor idefelé utazott. S a csoda megérkezett, hiszen az volt ez a hat nap, amióta felszállt arra a buszra. Csoda volt a gyerekekkel eltöltött minden perc. Nagy melegséget érzett a szívében azzal kapcsolatban, amikor az első alkalommal kellett Marknak pisilnie az erdőben, vagy amikor az első ebéd utáni pihenés volt a játszótéren.

Az égalján rózsaszín csík jelent meg lassan elolvasztva a világoskéket. A hegyek magas bércei lassan markáns körvonalakat kaptak.

Csoda volt megélni az éjszakai kóborlásokat, első találkozását a hatalmas farkassal és a hosszú hajú idegennel, és az éjszaka sötétjében megpillantania az elátkozott házat. Csodát és szabad kijárást eredményezett a lebukása és büntetése, amit Rozsdás rótt ki rá, hiszen anélkül nem ismerte volna meg Dolorest. Az első találkozása a kis holdtündérrel, Lunával, és véletlen látogatása a másik birodalomba, aztán az első tekergése az elátkozott házban.

Az emlékek úgy öntötték el szívét és lelkét, ahogy a felkelő nap meleg színei az azúrkék égboltot.

A Kéklő Hegy és a Zöld Tündér.

Aztán az álnok csapda, amit Wendy és a barátnői eszeltek ki a számára. Az emlékek elárasztották. Oly sok minden történt vele oly kevés idő alatt. Embert és jellemet próbáló kihívások voltak ezek, ahol meg kellett őriznie a méltóságát és minden nemes erényét. Nem volt könnyű, és nem volt göröngyöktől mentes ez a pár nap, de olyan élményeket adott, amit nem sokan élhettek át rajta kívül, és amit titokban kell tartania, míg él.

Ölében pihenő kezeire nézett, a sebesülésére, amely átvérzett kötése alatt még mindig tátongott, a szemöldökén lévőre, és vele együtt a toronyőr és a báró kísértetének árnyai is felsejlettek. Még mindig nem tudta eldönteni, hogy sírnia vagy kacagnia kell-e jobban, ha a két szellemre gondolt. A nap kíváncsian kidugta korongját a tó túlsó partjainak vizéből. Az apró hullámokon játszó napsugarak megannyi csillámló gyémántként szaladgáltak a víz felszínén. Rose nyitott szájjal bámulta ezt a csodát, tudta, hogy itt a győzelem kapujában nem is kívánhatna ennél többet. Megszenvedte, de megélte a győzelmet, még ha vajmi kevés része is volt benne, de azért az ő diadala is volt az elmúlt pár óra.

A nap lángoló fáklyaként lobbant fel teljes korongjával az égbolton. A csoda eljött és elmúlt. Tényleg ahogy Dolores is mondta, „hamarabb jött el, mint gondolta, és gyorsabban véget ért, mint szerette volna".

Váratlanul a furcsa, behangolatlan rádió sercegését hallotta, és tudta, hogy kinyújtott tenyerét fel kell tartania, hogy megérkezhessen hozzá barátja, Luna, a másik világ különös kis lakója. Mire ez a gondolat végigfutott agyának tekervényein, már ott is termett a kis kék tünemény.

– Szia, Luna! – köszöntötte a tündérkét.

– Örülök, hogy ismét látlak, Rose Palmer! – pukedlizett a tündér.

– Ítéletet hoztál? – kérdezte Rose, mert sejtette, hogy ezért érkezett Luna.

– Nem, nem én leszek az, aki emlékeidet elveszi – jelentette ki a tündér.

– Akkor ki lesz az? – érdeklődött a lány, és érdeklődve nézte az apró teremtményt.

– Nem tudom. Azt sem tudom, hogy eljönnek-e! – rebbentette meg szárnyait. – Furcsa az emberi elme, Rose Palmer. Egy idő után elhiszed, hogy az egészet csak képzelted, és amikor már saját magad is meggyőzted róla, akkor egyszerűen el fogod felejteni az itt történteket.

– Akkor miért jöttél el? – kérdezte Rose.

– Csak! – mosolygott a tündér. – Érted?!

– Igen, Csak, a holdtündér! – nevetett fel fáradtan Rose. – Hiányozni fogsz, Luna! Hiányozni fog a birodalom, amit láthattam, amiben járhattam, hiányozni fog a Zöld Tündér is.

– Igen, azért jöhettem el, mert nekem is hiányoztál! – mondta Luna, majd hozzátette mosolyogva: – Most kivételesen engedéllyel vagyok itt, hogy elbúcsúzhassam!

– Mielőtt elmész, még egy kérdést engedj meg nekem! Ugye a Fertelmest egy isteni lény ölte meg?

– Igen, mesélt már róluk neked a Zöld Tündér!

– Ugye egy volt a Fehérárnyékú Angyalok közül? Ugye az volt, Luna?

– Igen, egy volt azok közül! – válaszolta. Várt egy kicsit, majd csendesen lehajtotta a fejét. – Mennem kell, az időm véges, de nem szeretnék elbúcsúzni, mert az rossz, búcsú nélkül talán még találkozunk! A búcsúzás a végét jelentené…

– Igen, köszönöm, Luna, mindent köszönök! – mondta Rose, és összeszoruló, égő torokkal nézte, ahogy bukfencet vet a kis kék tünemény a tenyerén, és eltűnik örökre.

Talán még egy szívdobbanásnyi ideig bírta, majd zokogni kezdett.

Sokáig, keservesen és szívet tépően zokogott.

*

A felkelő nap narancs fényei érdekes színekkel festették be a 12-es barakk szobáját. Amikor Rose belépett és körbenézett a helyiségben, mindent rendben talált, még mindenki aludt. Levette a bakancsát, hogy minél csendesebben tudjon járkálni, és odaosont kicsi Mark ágyához. A fiúcska békésen, szuszogva aludt, talán még álmodott is.

Még volt egy kis idő ébresztőig.

Rose leült az ágya szélére, és a hátizsákjában addig kutatott, amíg meg nem talált egy tekercs vastag barna fonalat. Nekilátott hát, és elkészítette a hat gyerekének a vörös kagylós karkötőt. Egymás mellé fektette a lepedőjére a kész ékszereket, majd szorgalmasan állt neki a következőnek.

A nap már teljes erejével sütött be a szobába, amikor Rose végzett. Furcsa volt látnia a sok viharos nap után, hogy milyen szépek is lehettek volna a reggelek. Valamilyen szinten Rose összekötötte a Fertelmes megjelenésével a tomboló ítéletidőt, és most, hogy nincs többé ebben a világban, rögtön megszűntek a viharok is. Bár ezt rajta kívül senki sem tudhatta, és ezért valószínűleg nem is párosította volna össze a jelenséggel.

Gyengéden felébresztette a gyerekeket, azok az első percnyi csipapiszkálás és ásítozás után boldogan vették körül az ágyáról lecsúszó és szőnyegen térdelő lányt. Rose megölelte mindegyiket, és megcsókolta fejük búbját. Néha-néha lopva Markra pillantott, kicsit sűrűbben, mint azt indokolta volna a helyzet, de mindannyiszor azt olvasta ki a szemeiből, hogy valóban nem emlékszik semmire az éjszaka történtekből.

Ennek azért szívből örült.

Körbevette magát a gyerekekkel, és a háta mögé dugott kezeit előre nyújtva felemelte, kinyitotta és a gyerekek legnagyobb csodálkozására a tenyerén egyensúlyozta a hat vörös kagylós karkötőt. Mindenkinek ő maga tette fel a kezére, és elégedetten nézte a büszke és diadalmas arcocskákat. Pár szóval ismét megköszönte a gyerekeknek ezt a pár csodálatos napot, és rátért arra, amit nem szeretett volna, de kötelessége volt kimondania. Miszerint a reggelizésre menet előtt mindenki a rendrakás mellett kezdjen el csomagolni is, mert az étkezés után nem biztos, hogy sok idejük marad.

A kicsi arcokról leolvadt a mosoly.

Rose még egyszer maga köré gyűjtötte és megölelte mindegyiket, majd útjukra bocsátotta őket. Ő maga is elkezdett csomagolni, mert tudta, hogy holmijának nagy része összevissza hever a helyiségben. A szobára halotti csend telepedett. Senkinek sem volt kedve beszélni, nevetni vagy viccelődni. Mindenki tette a dolgát. A szoba kinézete kezdett emlékeztetni egy kísértetházéra, az ágyneműk az ágy végében lettek összehajtogatva és letakarva, a kis székek felfordítva az ágyra kerültek a bőröndök és utazótáskák mellé, hogy az utolsó felmosás könnyebb legyen.

Szótlanul mentek az étkezde felé is. Rose kicsit szomorú volt, hogy ilyen gyászosra sikerülnek az utolsó óráik, de hiába próbálta felvidítani a társaságot, az elválás nyomasztó érzése rátelepedett a szívekre. A reggelizőasztalnál aztán kicsit oldódott a hangulat, amikor Lucy, Maggie és Chloe a pulcsijuk ujját feltűrte, hogy mindenki megcsodálhassa a karkötőjüket. A többiek is követték példájukat, amiből persze Rose sem maradt ki, így aztán csak a 12-es barakk asztalánál volt minden gyermek egyik kezén feltűrve a ruha ujja.

A reggeli utolsó falatjainak elfogyasztása közben a Görbelábú Hölgy is felállt az asztalánál, rövidre fogta a mondanivalóját, és csak arra tért ki külön, hogy a kapukat hamarosan megnyitják, és akiért megjönnek, azok elmehetnek a szüleikkel, de feltétlenül jelezzék távozásukat a barakk vezetőjénél, hogy mindenkiről tudjanak, hogy elkerüljenek mindenféle tévedést.

A 12-es barakkba visszatérve gyorsan befejezte mindenki a csomagolást, Rose még körülbelül kétszer végigjárt minden helyiséget, hátha talál valami ottfelejtett tárgyat, de hiába, minden rendben volt. Amint leült az ágyára várakozva, már meg is hallotta a tábor területére beguruló autók kerekeinek ropogását a murvás úton.

Kisvártatva az ő ajtajuk is kinyílt, és Maggie szülei léptek be rajta. Magukhoz vették a gyermekük csomagjait, és mosolyogva nézték, ahogy a kislány odafut, és megöleli Rose derekát. Megköszönték ők is a segítségét, és kimentek a kislánnyal az ajtón.

Rose lelkében egyre jobban tátongó űr keletkezett.

Aztán sorban megérkeztek a szülők, és elment Chloe, Ralph, aztán Cindy is.

Már csak Lucy és kicsi Mark maradt.

Értük egyszerre érkeztek meg. Talán csak két lépéssel előbb érkezett meg Lucy anyukája. Ő is végignézte, ahogy a kislánya hatalmas szeretettel megöleli Rose derekát, és alig akarja elengedni.

Mark anyukája kicsit piszmogott még a fiúcska csomagjával és Mrs. Maddisonnal, aztán még Mark elfutott a mellékhelyiségbe is. Rose szinte érezte, mennyire húzza az időt, és nem akar hazaindulni. Amint Lucy és anyukája kiléptek a barakk ajtaján, annak szinte nem is volt ideje visszacsukódni, máris bedugta a fejét egy gonosz férfi, akit Rose kellően meggyűlölt az elmúlt nap során.

– Mit piszmogtok még? Gyerünk már, nem érek rá egész nap! Na, érjünk csak haza! – csattant korbácsként az illető hangja, és látta, mintha Mark fiatal és gyönyörű anyukájának hátán csattant volna minden szó, úgy összerándult a hallatán.

Nem mondta végig, hogy mi fog történni, ha hazaérnek, mert meglátta Rose gyűlölettől izzó szemeit, és nem akarta előtte befejezni a fenyegetést. Agresszívan és kihívóan rántotta fel a szemöldökét a lány felé, mintha azt kérdezné, „Na, mi van, mit bámulsz? Te is kérsz egyet?". Majd visszahúzta fejét az ajtónyílásból.

Rose remegett az elfojtott indulattól. Úgy döntött, hogy kimegy, és hagyja a fiúcskát és anyukáját békén, hadd bátorítsák egymást szemtanúk nélkül. Odakint hirtelen elveszítette a szeme elől a férfit, pedig minden bátorságát összeszedte, hogy a szemébe mondja, ami a szívét nyomja. Hirtelen el is felejtette, mit is akar, mert a barakk előtt megpillantotta Lucyt anyukájával, és éppen akkor ért oda az autóhoz egy férfi, valószínűleg az apukája, aki a kislány testvérének a csomagjait hozta.

Az a testvér pedig nem volt más, mint...

Wendy!

Rose hátán végigfutott a hideg borzongás. Hihetetlen és mégis kézen fekvő volt a tény, de sajnos nem gondolta ezt végig sohasem. Az első éjszakai kóborlása délutánján Lucy elment információkat szerezni, Wendy írta azt a titokzatos levelet, amit valószínűleg Lucy csempészett a párnája alá. Wendy adta meg az instrukciókat, mikor menjen, s ha ő maga nem is volt ott, a barátnői biztosan a házban várták volna a lányt. Csak Wendy bukott le, Rozsdás nem is feltételezte, hogy mások is hiányoztak a barakkból. A fények mégis tőlük származtak, hiszen akkor, azon az éjjelen még nem kísértett a házban a két mókás szellem. Lucy valószínűleg nem is tudta, hogy részese lett egy összeesküvésnek, mint ahogy egy világ dőlhetett össze benne, amikor a testvére barátai tönkretették a barakkjukat.

Wendy mielőtt utolsónak beszállt volna az autó hátsó ülésére, még kinyújtott középső ujjával megpiszkálta a szemét, így üzent sok szépet és jót Rose felé. Természetesen a lány sem maradt adós, egy puszit nyomott a tenyerére, és Wendy felé fújta. Lucy vígan integetett az ablakon át, és anyukája is kedvesen mosolygott vissza, nem is sejtve, hogy a puszi nem a kislánynak szólt, hanem egy néma hadviselés jelképe volt Wendy felé.

Amikor a kocsi aztán kikanyarodott a barakk elől, és eltűnt az erdei ösvényen, Rose ismét elmerülhetett végtelen gyűlöletében. Végigpásztázta a szemeivel a közeli erdőt, és egy pillanatra még látta, ahogy Mark és anyukájának zsarnoka eltűnt egy vastagabb fenyő törzse mögött.

Követte a férfit az erdő legsűrűbb része felé, ahol olyan tömör volt a fenyőfák lombja, annyira összeért, hogy szinte félhomály uralkodott még most is ebben a szikrázó napsütésben. A férfi szemben állt vele, egy vastag fának dőlve, a kezeit figyelte, amikkel egy cigarettát próbált megsodorni. A lánynak volt egy tippje, milyen cigaretta lehet, ha ilyen messzire el kell bújnia az elszívásához.

Már éppen el akart indulni, hogy a férfi szemére vesse álnokságát, amikor ismerős illat csapta meg az orrát. A csodálatos virágillat, amit már oly sokszor érzett, és már egyértelműen a másik világ csodás teremtményeivel azonosított. Érezte, aztán a szeme sarkából látta is, hogy jobbján megjelenik a hatalmas farkas, baljához pedig odalép a hosszú hajú idegen, akinek arcát még mindig nem látta. Valamilyen titokzatos okból most is teljes árnyék és csapzott haj fedte. Rose kinyújtotta a kezét, megsimogatta a farkas oldalát, és örömmel fedezte fel a kicsiny, csiklandozó villámocskákat a kézfején. Tehát valóban fel fog épülni a farkas.

– Most már barátok vagyunk? – kérdezte Rose halkan.

– Egyszer talán azok lehetünk… – válaszolta mély hangján az idegen.

Rose elmosolyodott, ennél többet nem is kérhetett volna. Mindhárman a fának támaszkodó férfit figyelték, le sem vették róla a szemüket, lesték minden mozdulatát. Most ők voltak a vadászok, és a gyűlölt férfi lett az áldozat, egy szánalmas préda csupán. A férfi észrevette a sötétségben a gyűlölettől izzó, reá szegeződő három szempárt.

– Tudom, mit szeretnél. Olvasok a szívedben, de túl gonosz ő neked, bízd csak ránk! – mondta a kósza halkan, de parancsolóan. – Most pedig menj innen!

A férfi ösztönösen megrázta a fejét, és megtörölte a szemét, hogy jól láte, de amikor ismét az előbbi pont felé nézett, már csak két vörösen izzó szempárral nézett farkasszemet.

Rose visszasietett a barakkhoz, nem tudta, hogy mi fog történni, de abban biztos volt, hogy jobb, ha nem látja. Felment a verandára, és ott várakozott. Nézte a hangyaként fontoskodó emberek és gyerekek hadát, akik azon szorgoskodtak, hogy minél hamarabb kiürülhessen a tábor. Kis idő múltán aztán megjelent mellette a verandán kicsi Mark és az anyukája. Rose ránézett a még így megtörten és megalázva is gyönyörű leányanyára, és bízva bízott a barátai nevelő szándékú közeledésében az agresszor férfival kapcsolatban.

Nem kellett sokáig várniuk.

Pár perc múlva kitántorgott a fák közül a férfi. Minden vér kiszaladt az arcából, kezei remegtek, szája vérzett, valószínűleg félelmében elharapta, mert Rose biztos volt abban, hogy nem bántották őt. Bizonytalan lépésekkel odabotorkált az autóhoz, megalázottságát ki akarta vetíteni ismét a kisfiú és anyukája felé, már vadul és parancsolóan emelte a kezét feléjük, száját is nyitotta volna egy kiáltás miatt, de az erdőből egy mély, gyomorból jövő morgás megakadályozta őt, és biztosította arról, hogy figyelemmel lesz ezután kísérve minden mozdulata. A férfi megrettenve behúzta a nyakát, és kedvesnek hatóan szólt a fiúcskához és a nőhöz, akik nem is értették, mi történhetett.

– Kérlek szépen benneteket, szálljatok be az autóba, és induljunk! – szólt a férfi.

Mark és édesanyja meglepődve bár, de eleget tett a kérésnek. Még egy mély mordulás remegtette meg a földet és a levegőt. A férfi is az erdő felé kapta a tekintetét és Rose tökéletes biztonsággal tudta, hogy nem csak ő látta az erdő félhomályában egy botra támaszkodó idegen és egy hatalmas farkas vörösen izzó szemét.

Aztán pár pillanattal később Rose egyedül maradt a verandán. Bámulta egy ideig a port, amit az autó vert fel, amiből az utolsó pillanatig integetett kicsi Marknak. Valami elmúlt, valaminek vége szakadt itt. Rose gépiesen bement a barakkba, még egyszer végig akart nézni a helyiségen. Látta maga előtt a felé rohanó gyerekeket, a sok mosolygó arcocskát, az öleléseket, a viccelődéseket, mindent, amit az elmúlt napok nekiajándékoztak. Erőtlenül lerogyott az ajtóba, kezeibe temette arcát, és csendesen zokogni kezdett. Az öröm és boldogság könnyei voltak ezek és a szomorúságé, amit az elválás és a búcsúzás okozott. Már megértette, miért nem akart Luna elbúcsúzni tőle… Az véget vetett volna valaminek, így pedig legalább maradt remény.

Egy kéz érintette meg szelíden Rose vállát. Hirtelen azt gondolta, hogy minden gyermeke visszatért hozzá, ott állnak ölelésre széttárt karokkal mögötte, vágyakozva megpördült.

De nem a gyerekek voltak ott, hanem Mr. Murphy, alias Rozsdás.

Rose nem törődött semmivel, felállt, és a férfi nyakába borult zokogva. Rozsdás sután megveregette a vállát, és odasúgta a lány füleibe:

– Szedje össze magát, Rose Palmer. Mindjárt indulnak a buszok, szinte már csak önre várunk! – mondta mosolyogva.

– Köszönöm, Mr. Murphy, mindent köszönök! – zokogta a férfi nyakában Rose. – Életem legszebb napjai voltak ezek, mindent köszönök, uram!

A férfi beletúrt vörös szakállába, szégyenlősen biccentett, mint aki nincs hozzászokva a köszönetnyilvánításokhoz, aztán magára hagyta a lányt.

A következő percek kiestek a lány emlékezetéből. Arra eszmélt, hogy már a buszon ül a hátsó sorok egyikében, merengve és szomorúságtól csöpögő szívvel bámulja a tovasuhanó tájat. Az idejövetelre emlékeztette mindez, arra, hogy milyen reményekkel érkezett, és micsoda kalandokkal és emlékekkel távozik innen. Arra gondolt, hogy ezeket sohasem fogja eltagadni magától.

Mindig emlékezni fog erre a nyárra, erre a táborozásra.

Amíg világ a világ.

S azon is túl, örökkön örökké.

Vége

Kapcsolat

Weboldal
www.artetenebrarum.hu

Facebook
www.facebook.com/ArteTenebrarum

Email
artetenebrarum.konyvkiado@gmail.com

Egyéb kiadványaink

Antológiák:
„Árnyemberek" horrorantológia
„Az erdő mélyén" horrorantológia
„Robot / ember" sci-fi antológia
„Oberon álma" sci-fi antológia

E. M. Marthacharles
Emguru (sci-fi regény)

Anne Grant & Robert L. Reed & Gabriel Wolf
Kényszer (thriller regény)

Gabriel Wolf & Marosi Katalin
Bipolar: végletek között (verseskötet)

J. A. A. Donath
Az első szövetség (fantasy regény)

Sacheverell Black
A Hold cirkusza (misztikus regény)

Bálint Endre
A Programozó Könyve (sci-fi regény)
Az idő árnyéka (sci-fi regény)

Szemán Zoltán
A Link (sci-fi regény)
Múlt idő (sci-fi regény)

Anne Grant
Mira vagyok (thrillersorozat)
1. Mira vagyok... és magányos
2. Mira vagyok... és veszélyes [hamarosan]

3. Mira vagyok... és menyasszony [hamarosan]

David Adamovsky
A halhatatlanság hullámhosszán (sci-fi sorozat)
1. Tudatküszöb (írta: David Adamovsky)
2. Túl a valóságon (írta: Gabriel Wolf és David Adamovsky)
3. A hazugok tévedése (írta: Gabriel Wolf)
1-3. A halhatatlanság hullámhosszán (teljes regény)

Gabriel Wolf

Tükörvilág:

Pszichopata apokalipszis (horrorsorozat)
1. Táncolj a holtakkal
2. Játék a holtakkal
3. Élet a holtakkal
4. Halál a Holtakkal
1-4. Pszichokalipszis (teljes regény)

Mit üzen a sír? (horrorsorozat)
1. A sötétség mondja...
2. A fekete fák gyermekei
3. Suttog a fény
1-3. Mit üzen a sír? (teljes regény)

Kellünk a sötétségnek (horrorsorozat)
1. A legsötétebb szabadság ura
2. A hajléktalanok felemelkedése
3. Az elmúlás ősi fészke
4. Rothadás a csillagokon túlról
1-4. Kellünk a sötétségnek (teljes regény)
5. A feledés fátyla (a teljes regény újrakiadása új címmel és borítóval)

Gépisten (science fiction sorozat)
1. Egy robot naplója
2. Egy pszichiáter-szerelő naplója
3. Egy ember és egy isten naplója
1-3. Gépisten (teljes regény)

Hit (science fiction sorozat)
1. Soylentville
2. Isten-klón (Vallás 2.0) [hamarosan]
3. Jézus-merénylet (A Hazugok Harca) [hamarosan]
1-3. Hit (teljes regény) [hamarosan]

Valami betegesen más (thrillerparódia sorozat)
1. Az éjféli fojtogató!
2. A kibertéri gyilkos
3. A hegyi stoppos
4. A pap
1-4. Valami betegesen más (regény)
5. A merénylő

Egy élet a tükör mögött (dalszövegek és versek)

Tükörvilágtól független történetek:

Árnykeltő (paranormális thriller/horrorsorozat)
1. A halál nyomában
2. Az ördög jobb keze
3. Két testben ép lélek
1-3. Árnykeltő (teljes regény)

A napisten háborúja (fantasy/sci-fi sorozat)
1. Idegen Mágia
2. A keselyűk hava
3. A jövő vándora
4. Jeges halál
5. Bolygótörés
1-5. A napisten háborúja (teljes regény)

1-5. A napisten háborúja illusztrált változat (a teljes regény
újrakiadása magyar és külföldi grafikusok illusztrációival)

Ahová sose menj (horrorparódia sorozat)
1. A borzalmak szigete
2. A borzalmak városa

Odalent (young adult sci-fi sorozat)
1. A bunker
2. A titok
3. A búvóhely
1-3. Odalent (teljes regény)

Humor vagy szerelem (humoros romantikus sorozat)
1. Gyógymód: Szerelem
2. A kezelés [hamarosan]

Gabriel Wolf gyűjtemények:
Sci-fi 2017
Horror 2017
Humor 2017

www.artetenebrarum.hu

Lightning Source UK Ltd.
Milton Keynes UK
UKHW021917180820
368456UK00006B/105/J